喚醒你的英文語感！

Get a Feel for English !

喚醒你的英文語感！

Get a Feel for English !

一手掌握逐題剖析，
洞悉文法見題知解！

多益文法

必考上千真題

狂解

Like a Boss

1000題

作者 — **TEX加藤**

前　言

　　本書收錄 TOEIC 多益測驗 Part 5 單句填空題中的文法題共 1049 題（不含詞彙題及 Part 6），筆者將自身過去十年來將近百次的多益實戰心得、透過實測和官方教材所做的多益研究，以及在經年累月的授課課堂上精煉而得的解析訣竅等精華全都投注於其中；命題方面，則獲得了精通多益測驗的 Ross Tulloch 先生之協助。

◉ TOEIC 的文法題準備要「窄而深」

　　多益測驗的 Part 5 有個很大的特色，那就是每次幾乎都出同類型的題目。因此，尤其是文法題，只要鎖定特定出題範圍，投入「窄而深」的研究、學習，便可有效率地提高分數。實際上，在筆者平常教課的學校裡，就有很多學生在短時間內大幅提升了其文法得分，甚至全對的學生也不在少數。

◉ 本書結構

1 解題策略
　　依「詞性題」、「動詞題」等不同題型來分別學習作答的基本法則。

2 習題演練
　　一邊實際解題，一邊理解各類型問題之特徵並習得其解法。

3 進階實戰
　　藉由大量做同類型問題的方式，來養成快速並正確作答的能力。至第 7 章為止，按上述程序反覆練習各題型。

4 文法模擬試題（**30 題×13 組**）
　　最後用 13 組擬真題做總驗收。

附錄 詞彙一覽表
　　依 A-Z 順序將書中註解部分所介紹的單字、片語彙整於書末，並標示該詞語所出現之題號，方便對照學習。

◉ 本書使用方式

基本上請由第 1 章的「詞性題」起依序練習，但若你想先練習自己不擅長的文法項目，那麼也不一定非得從第 1 章開始不可。

不須看完整詳細解析的進階讀者或多益測驗的狂熱粉絲等，甚至可以只查閱答錯或不確定部分的解說與中譯，這樣的用法想必也很有效率。至於一般讀者，筆者建議第一次就從第 1 章開始循序漸進，第二次再針對不擅長的文法項目進行重點式複習。

◉ 適讀對象

本書針對具高中基礎文法及單字能力者編纂而成，讓讀者透過練習大量考題的方式來提高得分，並以多益成績至少 500 分以上者為目標對象。

對基本文法及單字沒信心的人，建議務必先打好基礎。在基礎不穩的情況下要挑戰一千多題可謂痴人說夢。就如棒球有所謂擊球千回的訓練般，只要解完本書的上千道題目，應該就能培養出可應付各種不同球路（文法題型）的基本功。要做完 1000 題絕非易事，但就像全程馬拉松一樣，只有跑完的人才能體會到的充實感與成長後的自己，一定會在終點線的後方等著你。

最後，多虧了也積極地主動參加多益測驗並取得 990 分的編輯竹田直次郎先生的嚴謹工作態度，本書才得以具備「必可提高多益分數」的效果。在此表達誠摯謝意。

真心希望拙作能成為幫助各位突破多益這道高牆並開拓未來的一本書。

TEX 加藤

目　錄

前言 002

本書架構說明 006

多益測驗概要 009

Part 5（單句填空題）綜觀 013

第 1 章　詞性題　017

解題策略 018

習題演練 024

進階實戰：基礎篇 038

進階實戰：應用篇 078

進階實戰：延伸篇 118

第 2 章　動詞題　159

解題策略 160

習題演練 168

進階實戰 172

第 3 章　介系詞 or 連接詞題　209

解題策略 210

習題演練 216

進階實戰 220

第 4 章　代名詞題　245

解題策略 246

習題演練 250

進階實戰 252

第 5 章　介系詞題 — 265

解題策略 — 266

習題演練 — 270

進階實戰 — 272

第 6 章　關係詞題 — 293

解題策略 — 294

習題演練 — 298

進階實戰 — 300

第 7 章　配對句型、語法、數量、比較題 — 305

習題演練 — 306

進階實戰 — 314

文法模擬試題

第 1 組 — 329

第 2 組 — 343

第 3 組 — 357

第 4 組 — 371

第 5 組 — 385

第 6 組 — 399

第 7 組 — 413

第 8 組 — 427

第 9 組 — 441

第 10 組 — 455

第 11 組 — 469

第 12 組 — 483

第 13 組 — 497

專用答案卡 — 529

〈附錄〉多益頻出關鍵詞彙表 — 511

本書架構說明

在本書中，讀者將從第 1 章至第 7 章先依序學習 Part 5 的各類型文法題，接著再挑戰僅由文法題構成的模擬試題（各 30 題×13 組）。

◉ 掌握各類型文法題（第 1 章～第 7 章）

1 解題策略

分別學習如「詞性題」、「動詞題」、「介系詞 or 連接詞題」等各題型的基本解題法。

解題的基本心法
在演練例題的同時，熟悉作答原則。

文法知識
包括「各主要詞性字尾」和「主要介系詞示意圖」等，介紹正確作答必不可少的文法知識。

② 習題演練

　　一邊挑戰練習題，一邊實際應用 ① 的「解法」。此部分網羅了各種具代表性的出題模式，可瞭解各種題型之特徵。

③ 進階實戰

　　請繼續大量地做題目。反覆實踐於 ①、② 所學到的要點，藉此培養快速、正確之作答技巧。

TEX's notes
作者特別提醒的重點和圖解題目的句子結構等。

題目
每頁列出 4～5 題。和實際考試時一樣，請留意儘量在 20～30 秒內答完 1 題。

解析
在「習題演練」和「進階實戰」部分，題目和解析皆以左右跨頁對稱的形式呈現，方便立即查閱正確答案和解說內容。

文法模擬試題（**30** 題 × **13** 組）

　　最後的總驗收。當練習至此部分時，請利用書末的答案卡，一次連續作答 30 題。各組試題的解析就接在題目之後。

第 1 組

1. You may renew your driver's license 60 days in advance of the date of -------.
   - (A) expire
   - (B) expired
   - (C) expiring
   - (D) expiration

2. Ms. Moreau in the PR department worked diligently to ensure that the new portable audio player was well -------.
   - (A) publicly
   - (B) publicized
   - (C) publicizing
   - (D) publicity

3. Tasty Beverage Co. has decided to give a more ------- title to Mr. Takahashi, who has led a successful national campaign.
   - (A) prestige
   - (B) prestigious
   - (C) prestigiously
   - (D) prestidigitation

4. Max Wilson has negotiated ------- a local sporting team to have players wear his company's logo on their uniforms.
   - (A) upon
   - (B) out
   - (C) into
   - (D) with

5. InfoTech, a leading provider of management service technology, announced a 20 percent revenue increase last year despite unfavorable market -------.
   - (A) conditions
   - (B) conditioned
   - (C) conditionally
   - (D) conditional

6. Local residents are ------- that Wilcox Castle's 500-year heritage will be preserved for years to come thanks to a generous federal grant.
   - (A) delight
   - (B) delighted
   - (C) delighting
   - (D) delightful

7. ------- supplement his income as an art teacher, Mr. Khatri illustrated children's books for various publishers.
   - (A) As long as
   - (B) Provided that
   - (C) Due to
   - (D) In order to

8. A study published in February says that ------- few employees use their time as effectively as they could.
   - (A) little
   - (B) none
   - (C) very
   - (D) neither

9. Jupiter Technology executives had ------- planned on selling at least 130,000 computers this year, but it now seems doubtful they will sell even 100,000.
   - (A) initial
   - (B) initialize
   - (C) initials
   - (D) initially

10. Organizers are ------- trying to find an alternative venue for the product launch but it may be too late.
    - (A) except
    - (B) still
    - (C) very
    - (D) while

1 何謂 TOEIC（多益）測驗？

TOEIC（多益）為 Test of English for International Communication 之縮寫，係由位於美國的全球最大教育研究機構 Educational Testing Service（ETS）所開發之英語能力測驗，在台灣是授權給 ETS 台灣區總代理忠欣股份有限公司辦理。目前 TOEIC 有以下三種測驗：

① TOEIC Listening and Reading 測驗

測量英語的「聽」和「讀」的能力。本書內容便是針對此測驗之 Part 5 所設計。

② TOEIC Speaking and Writing 測驗

測量英語的「說」和「寫」的能力。

③ TOEIC BRIDGE 測驗

測量英語的「聽」和「讀」的能力。比 ① 簡單，適合初級與中級者。

所謂的「TOEIC」或「TOEIC 測驗」一般都是指 ①（因為是最早開始的）。許多知名企業要求其員工必須考取一定以上的多益成績，方可獲得晉升等，可見多益測驗已廣泛成為商業英語運用能力之評量基準。

2 關於分數

多益測驗沒有分級，因此也沒有所謂的合不合格或通不通過。測驗的評分為聽力 5 ～ 495 分，閱讀 5 ～ 495 分，總計 10 ～ 990 分。

得分會寫在成績單上，並於測驗結束後 16 個工作天內以平信方式寄出。證書則為付費服務，須另自行付費申請。而透過網路報名者，可在對應的成績查詢期間上網利用「成績查詢」功能提早查看成績，若是以通訊或臨櫃方式報名，只要有填寫 e-mail 帳號，也都能事後上網查看成績。

3 關於題目架構

多益測驗分成聽力和閱讀兩部分，兩者皆以答案卡作答。考試時間爲兩小時，題目共 200 題！在這段時間內應試者須持續聽英文、讀英文並答題，故除了英文理解力外，還須具備快速、確實的資訊處理能力。尤其對本書所針對的 Part 5 來說，這種迅速的處理能力又顯得格外重要。

	聽力				閱讀		
	Part 1	Part 2	Part 3	Part 4	Part 5	Part 6	Part 7
題型	照片題	應答題	簡短對話題	簡短獨白題	單句填空題	短文填空題	文章理解題
題目數	6	25	39	30	30	16	54
考試時間	約 45 分鐘				75 分鐘		

4 測驗日期與考區

台灣目前每年舉辦公開測驗約 14 次（每個月至少一次，詳見 http://www.toeic.com.tw/tests_info.jsp）。所謂的「公開測驗」，係指以個人身份報名，除此之外還有專爲企業或學校等團體舉行的所謂「IP 測驗」（Institutional Program，多益團體測驗）。不同於公開測驗，這種 IP 測驗可配合各報名團體的需求隨時辦理。

公開測驗在全台包括離島等十多個考區舉辦，但由於並非每個考區每次都有舉辦，故實際的考試時間、地點等，應以官網所列之應考資訊爲準。詳情請至台灣多益官網上的「測驗資訊＞測驗日期及考區」部分確認。

5 報名費用

自 2018 年 3 月起，報名費改爲 1600 元。（低收入戶家庭人士或其子女可免費報名，測驗日時年滿 65 歲以上者僅需 800 元。詳情請至官網確認。）

6 報名方法

　　報考方式分為 ① 網路報名、② 通訊報名、③ 臨櫃報名、④ APP 報名，共四種。而為響應環保，2016 年起皆採無紙化作業，不再寄發紙本考試通知單，故測驗日期及考場等相關資訊請於考前洽主辦單位查詢。

① 網路報名

　　於官網免費登錄為會員，即可線上報名。付款方式包括「信用卡」、「7-ELEVEN ibon」和「全家 FamiPort」。

② 通訊報名

　　官網不提供報名表下載服務，僅接受正本報名表申請。報名表可至總代理公司臨櫃索取或打電話索取（地址與電話詳見官網）。

③ 臨櫃報名

　　基於個資法，臨櫃報名須由應試者本人備妥符合格式之照片親自辦理，以親簽個資使用同意書並用現金付款報名。

④ APP 報名

　　於 Android 或 iOS 系統下載「多益報名」APP 即可報名。付款方式包括「7-ELEVEN ibon」和「全家 FamiPort」。

　　考量可上網查詢成績及各種測驗資訊等理由，一般建議網路報名。

★ 考試當天必備物品清單

☐ 有效身份證件	• 年滿 16 歲（含）以上之應試者限身份證正本，或有效期限內之護照正本。 • 未滿 16 歲之應試者可用身份證正本、有效期限內之護照正本，或健保卡正本。（詳見官網）
☐ 手錶	• 有些考場未配置時鐘，再加上非應試用品如具有攝錄影、錄音功能之器材或智慧型手機、手錶等電子用品皆不得攜入考場，故請務必自備非電子式之手錶應考。注意，入場前手機或手錶等各類電子用品須關機，直至監試人員宣布離開試場前皆不得發出任何聲響（包括震動）。違者成績不予計分，亦不得要求辦理退費或申請延期。
☐ 鉛筆、橡皮擦等文具	• 基於劃記答案的方便性，一般建議使用 2B 鉛筆。請務必多準備幾支，以備不時之需。

★ 詳細說明與最新資訊

請上網參閱：

ETS 台灣區總代理忠欣股份有限公司

官方網站 http://www.toeic.com.tw/

• 地址：（106）台北市復興南路二段 45 號 2 樓

• 電話：（02）2701-7333　傳真：（02）2708-3879

• 客服信箱：service@examservice.com.tw

Part 5（單句填空題）綜觀

1 Part 5 的出題模式

多益測驗的 Part 5 有個很大的特色，那就是每次幾乎都出同類型的題目。而 2018 年 3 月題型更新後，題目結構也沒出現什麼重大變化。以筆者近期實際所參加的多益測驗而言，其平均題目結構如下（此數字來自筆者每次考完後的記憶，並非官方統計數據）：

Part 5 的平均出題數（2016 ～ 17 年）

題目類型	平均出題數
字彙	10
詞性	7
動詞	3
介系詞 or 連接詞	2
代名詞	2
介系詞	3
關係詞	1
其他	2
總計	30

當然，每次測驗的出題狀況不盡相同，有時可能完全沒出代名詞題，或是關係詞題出了三題等，不過基本上都不會過度偏離這樣的出題傾向。

出現在多益測驗 Part 5 中的英文，都是國外商業人士每天都會接觸的事物。能將自己想說的事情簡潔地傳達給對方是商業書信之基礎，故在某個程度上可說是理所當然地不會出現複雜的語法結構或艱難的文法。再加上就出題者的立場而言，有必要維持每次測驗的題目難度固定，以免因問題的種類導致對某些應試者有利或不利。

於是基於上述理由，Part 5 的出題內容幾乎每次都差不多。所以只要聚焦於此出題範圍深入學習，便能有效率地提升成績。

本書是以筆者個人過去的考試經驗為基礎，在精通多益測驗之母語人士的協助下，收錄了 1049 題多益測驗題型之文法題。而筆者可以肯定地說，這 1049 題網羅了 Part 5 會出的文法考點。請務必反覆練習，直到將各解題策略應用得滾瓜爛熟為止，以幫助提高得分。

2 Part 5 的作答速度

多益測驗的閱讀部分限時 75 分鐘。其中 Part 7 的文章理解題最好能留個 54 分鐘左右較理想。因此 Part 5、6 就必須以如下的高速在約 20 分鐘內完成。

Part 5（30 題）：10 分鐘（每題 20 秒）
Part 6（16 題）：8 分鐘（每題 30 秒）
Part 7（54 題）：54 分鐘（每題 60 秒）

題型更新後，由於 Part 6、7 的題數增多，並且都各加入了不少難度更高的題目。故為了獲得高分，就必須具備快速並正確處理 Part 5 的技巧。

在使用本書時，也請以「每題 20 秒」或「3 題 1 分鐘」的速度來計時練習。或許一開始每題只能花 20 秒很辛苦，但隨著英語力提升、掌握了解題訣竅，就能有節奏地順利作答。

3 Part 5 的解題策略

Part 5 的有些題目只要看空格前後就答得出來。然而一旦養成只看部分內容即作答的壞習慣，正式考試時往往會出現粗心大意的失誤，解不出來只好從頭重讀一遍的結果便是浪費了時間。

畢竟這部分的題目幾乎都只有約 15 ～ 20 個字（最長也不過 25 字左右），故建議各位還是要從句首開始完整讀題，並逐漸增加在時間限制內所能答完的題數。

■ 適合中級者的解法

① 瀏覽選項以確認題目類型

② 從句首開始讀，若為文法題就以句子結構，若為字彙題則以文脈為中心思考

③ 知道答案時就立刻劃記答案卡

■ 適合進階者的解法

① 在掌握句子結構與文脈的同時，從句首開始讀

② 讀至空格處時，瀏覽選項，抓住出題要點

③ 繼續閱讀，知道答案時就立刻劃記答案卡

採取哪種解法都無所謂，但最晚務必於讀完題目句和選項時決定出答案。沒時間可反覆閱讀，猶豫不決並不會讓答對率有所改變（答案改來改去反而更容易錯）。

英語能力一旦提升，直覺的準確度也會增加，故請務必相信自己，要勇敢地做出決定，乾脆地劃記答案。

4 Part 5 的學習方法

對答案的時候不只是對答案編號而已，還要釐清答對、答錯的原因，並瞭解題目的意思。

此時不光是讀過中譯就好，一定要像「看來這句的意思是說，出差時代墊的住宿費及交通費等費用若要向公司請款，必須取得上司許可」這樣，用「自己的話」來理解內容。此外還要試著將題目快速朗讀一遍。

藉由此程序的反覆實行，讓單調無趣的英文測驗題漸漸轉變成屬於你自己的、活的英文，以培養出可應付應用題的靈活英語能力。

另外，本書所列之題目大量採用多益必備詞彙，因此亦可作為本書未側重的詞彙題應考對策。別只是單純解題而已，請務必把本書中的英文內化成你自己的東西。

5 關於 Part 6

本書內容不包含 Part 6（短文填空題）。話雖如此，但 Part 6 會出的文法題其實和 Part 5 一樣。

專屬於 Part 6 的，只有依前後文判斷正確答案的問題，亦即根據文意作答的問題。由於沒有只會出現在 Part 6 的文法題，所以只要能解 Part 5 的文法題，就能解 Part 6 的文法題。換言之，本書所收錄的題目不僅涵蓋了 Part 5，也涵蓋了 Part 6 的文法題，故讀者可安心練習。

那麼接著下一頁起，就讓我們正式開始囉！

第 1 章

詞 性 題

在 Part 5 的文法類問題中佔了近半數的正是「詞性題」。

請透過本章的大量考題演練，
來掌握戰勝「詞性題」之訣竅。

搞定「詞性題」，就等於搞定了 Part 5 ！

題數
334

題目序號

0001 ～ 0334

第1章 【詞性題】解題策略

　　所謂的詞性題是指必須在屬同字源的多個衍生詞選項中選出正確詞性之文法考題。這類題目每次會出七題左右，因此快速、正確地答完詞性題便成了戰勝 Part 5 的首要策略。而多益測驗的詞性題可大致分為以下兩種：

1 句子的要素（SVOC）有所缺漏的類型

在構成句子的主詞 (S)、述語動詞 (V)、受詞 (O)、補語 (C) 之中缺了某一項，必須於空格處補上合適詞性的題目。

2 句子的要素（SVOC）齊備的類型

主詞 (S)、述語動詞 (V)、受詞 (O)、補語 (C) 等句子的骨架齊全，但缺乏修飾元素的題目。若空格修飾的是名詞，那答案就會是形容詞，而若所修飾的是名詞以外的動詞、形容詞或副詞，則基本上應填入副詞。

接著就讓我們來解下面這題，並逐一分析要點。

◎ 句子的要素（SVOC）有所缺漏的類型

　　　　　　　　　　　　　　　　　　　　　　　　　　　　例 題

0001 請從 (A) ～ (D) 選出一個最適合填入空格的詞語。

------- to the Queensland Museum from local residents and corporations are welcome but entirely optional.

(A) Donate
(B) Donating
(C) Donated
(D) Donations

基本解題法

① 查看選項

首先快速瀏覽選項，若是像此例 Donate、Donating、Donated、Donations 這樣，是屬同字源的多個衍生詞的話，就屬於「詞性題」。

② 查看句子結構（SVOC）

接著觀察句子的構造，以主詞和述語動詞為基礎。開頭的空格為主詞，to ～ corporations 的部分是在修飾主詞，而述語動詞為 are。亦即空格處應填入作為主詞的名詞複數形，故正確答案是 (D) Donations。雖然 (B) 作為動名詞，也可扮演名詞的角色，但為單數，與述語動詞形式不合。而 (A) 是動詞原形，(C) 則為過去式或過去分詞，兩者皆無法當成主詞使用。

答案 **(D)**

譯 我們歡迎來自本地居民及企業給 Queensland 博物館的捐款，但這完全不是強制性的。

英文 5 大基本句型複習

讓我們來複習一下英文的五個基本句型及其中要素。

第 1 句型 SV： Sales rose.（銷售額增加了。）
　　　　　　　　 S　　 V

第 2 句型 SVC： Mr. Smith is a doctor.（史密斯先生是醫生。）
　　　　　　　　　 S　　　 V　 C

第 3 句型 SVO： The company employs 100 people.（該公司雇用了一百個人。）
　　　　　　　　　　 S　　　　　 V　　　　 O

第 4 句型 SVOO： The shop has sent me a letter.（那家店寄了一封信給我。）
　　　　　　　　　　 S　　　 V　 O　 O

第 5 句型 SVOC： Ms. White left the door open.（懷特女士讓門開著。）
　　　　　　　　　　 S　　　 V　　 O　　 C

練習

請想想以類型 **1** 的題目來說，在缺少以下要素時，分別應填入哪種詞性？

① **S**（主詞）　　➡　_____

② **V**（述語動詞）➡　_____

③ **C**（補語）　　➡　_____

　※ 以接在 be 動詞後等同於主詞的詞語為主。

④ **O**（受詞）　　➡　_____

　※ 接在及物動詞後，表行動或動作目標的詞彙。

類型 **1** 的基本原則為缺少 S 應填入「名詞」，缺少 V 應填入「動詞」，缺少 C 應填入「形容詞」或「名詞」，而缺少 O 則應填入「名詞」。請務必牢記於心。

◎ 句子的要素（**SVOC**）齊備的類型

例 題

[0002] 請從 (A) ～ (D) 選出一個最適合填入空格的詞語。

Roux Corporation conducted an ------- analysis on its new product by surveying its customers.

(A) extend
(B) extensive
(C) extensively
(D) extension

基本解題法

① 查看選項

↓ 這題的選項皆為 extend 的衍生詞。確認為「詞性題」後，就來看題目。

② 查看句子結構（**SVOC**）

此句的主詞 (S) 為 Roux Corporation，述語動詞 (V) 為 conducted，而受詞 (O) 是 analysis。

$$\underset{S}{\underline{\text{Roux Corporation}}} \quad \underset{V}{\underline{\text{conducted}}} \quad \underset{O}{\underline{\text{an analysis}}}$$

句子的要素齊備，即使缺了空格部分，「Roux 公司進行了分析」這樣的句子依舊成立。換言之，空格處應為修飾語。

③ 查看空格所修飾的是什麼

接著要思考的是空格在修飾什麼？此例為〈冠詞 ------- 名詞〉的形式，空格顯然是在修飾緊接在其後的名詞 analysis。而修飾名詞的是形容詞，因此正解為 (B) extensive（廣泛的、大規模的）。另，(A) 是動詞、(C) 是副詞、(D) 是名詞。雖然 (C) 亦為修飾語，但副詞修飾的對象不會是名詞。

答案 (B)

譯 ▶ Roux 公司透過對其顧客的意見調查，進行了新產品的大規模分析。

形容詞與副詞的差異　　　　　(0002)

SVOC 句型的要素齊備，也就是，將空格部分隱藏起來該句子仍成立時，填入空格處的就應為修飾語。而英文的修飾語包括以下 2 種：

① 形容詞：**修飾名詞**
② 副詞：**修飾除名詞以外的動詞、形容詞、副詞，有時也用來修飾整個句子**

因此，若空格修飾的是名詞，就填入形容詞，而若修飾的是動詞、形容詞或副詞，則選副詞，這便是類型 **2** 的基本解法。

另，有時還會有像 construction plan（建設計畫）或 production plant（生產工廠）這類〈名詞＋名詞〉的組合形式，也就是，以前面的名詞修飾後面的名詞之所謂「複合名詞」為正確答案的情況（在考題演練中會看到）。

總　結

☐ 整理各詞性的作用
- **名詞** ➡ 可作為主詞、及物動詞的受詞、介系詞的受詞、補語
- **動詞** ➡ 作為述語之中心
- **形容詞** ➡ 可作為補語或修飾名詞
- **副詞** ➡ 作為修飾語修飾除名詞以外的動詞、形容詞或副詞

☐ 解題時，要檢查句子的要素（**SVOC**）是否齊備
- **有缺漏** ➡ 依據所缺的要素來填入「名詞」、「動詞」或「形容詞」
- **齊備** ➡ 依據被修飾的詞語來填入「形容詞」或「副詞」

☐ 記住各種詞性的字尾特色（詳見次頁）

各主要詞性字尾

即使確定了空格所應填入的詞性，若不知選項中的何者屬於該詞性的話，依舊無法答對。因此讓我們培養出可從字尾判斷單字詞性的能力。

◎ 主要的名詞字尾

-ance	performance（表演）、maintenance（維護）、distance（距離）
-cy	policy（政策；方針）、emergency（緊急狀況）、agency（代理商；仲介）
-sion	decision（決定）、extension（延伸；分機）、permission（許可）
-tion	position（位置）、presentation（簡報）、information（資訊）
-ty	community（社區）、facility（設施）、opportunity（機會）
-ness	business（生意）、effectiveness（效果）、fitness（健康；適合）
-ment	document（文件）、department（部門）、management（管理）
-sis	analysis（分析）、emphasis（強調）、basis（基礎）
-ee	employee（員工）、trainee（受訓者）

◎ 主要的動詞字尾

-fy	identify（識別～）、notify（通知～）、modify（修改～）
-ize	realize（領悟～）、organize（組織～）、specialize（專門從事）
-en	broaden（擴大～）、widen（放寬～）、sharpen（銳利化～）
-ate	create（創造～）、indicate（指示～）、donate（捐贈～）

◎ 主要的形容詞字尾

-ous	delicious（美味的）、serious（嚴重的；嚴肅的）、previous（以前的）
-ble	available（可得到的）、possible（可能的）、reasonable（合理的）
-ful	successful（成功的）、careful（小心的）、useful（有用的）
-cal	local（本地的）、historical（歷史的）、economical（經濟的）
-cial	financial（財務的；金融的）、special（特別的）、official（官方的）
-nal	international（國際的）、additional（額外的）、personal（個人的）
-ive	expensive（昂貴的）、effective（有效的）、competitive（有競爭力的）

◎ 主要的副詞字尾

-ly	usually（通常）、recently（最近）、frequently（頻繁地）

※【必須注意】字尾雖為 ly 但卻是形容詞的單字

基本上〈名詞＋ly〉形式者為形容詞。例如：

costly（代價高的）、friendly（友善的）、likely（很可能的）、unlikely（不太可能的）、nightly（每晚的）、orderly（井然有序的）、timely（及時的）、daily（每天的）、weekly（每週的）、monthly（每月的）、yearly（每年的）

※ 將副詞的 ly 去掉會變成形容詞

例如：

recently（副詞）➡ recent（形容詞）

從下頁起為練習題。請試著應用在此環節學到的解題法。

◎ 請從 (A) ～ (D) 選出一個最適合填入空格的詞語。

1. The weather in Merizo is very ------- year-round, though there are showers almost daily from December through March.
   (A) agreeable
   (B) agree
   (C) agreement
   (D) agreeably

2. ------- for the competition should be submitted by November 28 at the latest.
   (A) Enter
   (B) Entered
   (C) Entering
   (D) Entries

3. Creek County approved ------- to create a transportation council, which will coordinate the planning of new roads and tunnels.
   (A) legislation
   (B) legislate
   (C) legislated
   (D) legislates

4. The award ceremony ------- with a speech by the Chief Executive Officer, Harry Robinson.
   (A) opening
   (B) to open
   (C) opener
   (D) opened

> 請一邊注意有無主詞 (S)、述語動詞 (V)、受詞 (O) 及補語 (C) 等，一邊解題。

0003　1.　　　　　　　　　　　　　　　　　　　　　　　　　　答案 (A)

〈**be 動詞＋副詞 ------**〉的空格處應填入**作為補語使用的形容詞**。即使不認識選項中的單字，仍可判斷具形容詞字尾 -able 的 (A) agreeable（宜人的）為正確答案。雖然名詞 (C)「意見一致、協議」也可作補語用，但與文意不合且無法被副詞 very 修飾。而 (B)「同意」為動詞，(D)「令人愉快地、愜意地」為副詞，都無法作為補語使用。另，空格後的 year-round（一年到頭地）在此為副詞。

譯 雖然從 12 月到 3 月幾乎每天都有午後雷陣雨，但 Merizo 的氣候一整年都非常宜人。

註 agreeable 形 宜人的；令人愉快的

0004　2.　　　　　　　　　　　　　　　　　　　　　　　　　　答案 (D)

------ should be submitted 為整個句子的主架構，可見空格處必須填入**主詞**。而主詞的詞性為名詞，因此表「參賽作品」之意的名詞 (D) Entries 為正確答案。另，(A) Enter（進入）是動詞，(B) 為其過去式或過去分詞，兩者皆無法作為主詞使用。而若將 (C) 視為動名詞的話，意思會變成「參加應該被提交」，文意邏輯不通。

譯 參賽作品最晚應於 11 月 28 日前提交。

註 competition 名 競爭；比賽

0005　3.　　　　　　　　　　　　　　　　　　　　　　　　　　答案 (A)

這個句子的主詞是 Creek County，述語動詞是 approved（批准～）。空格處顯然必須填入**作受詞使用的名詞**，因此具名詞字尾 -tion 的 (A) legislation（立法）為正解。而 (B) legislate（制定法律）為動詞、(C) 為其過去式或過去分詞、(D) 是動詞的第三人稱單數現在式，三者都無法作為受詞使用。

譯 Greek 郡通過了設立交通委員會的立法，該委員會將協調新道路與隧道之規畫。

註 legislation 名 立法

0006　4.　　　　　　　　　　　　　　　　　　　　　　　　　　答案 (D)

本句主詞為 The award ceremony（頒獎典禮），空格則須填入**述語動詞**。將**動詞** open 的過去式 (D) opened 填入空格，便可完成「頒獎典禮以～的演說揭開序幕」這樣的正確句子。而 (A) 可作為名詞用，如 a job opening（職缺）；或作為形容詞用，如 the opening speech（開幕致詞）。(B) 是不定詞，(C) opener 則為名詞，指「用來打開物品的工具」。

譯 頒獎典禮以執行長 Harry Robinson 的演說揭開了序幕。

註 ceremony 名 儀式；典禮

5. The ensemble's performance was ------- impressive because they decided to enter the contest at the last minute.

(A) particular
(B) particularity
(C) particulars
(D) particularly

6. Ogawara Electronics is going to relocate its corporate headquarters to a larger facility in order to accommodate the ------- of a legal department.

(A) additive
(B) addition
(C) added
(D) add

7. The shareholders meeting will begin ------- at 2 P.M. so all presenters should be well prepared by that time.

(A) prompt
(B) prompted
(C) promptly
(D) promptness

8. During yesterday's press conference, Mr. Shimura ------- denied that the company would acquire Seattle-based White Corporation.

(A) emphasized
(B) emphatic
(C) emphatically
(D) emphasis

9. A proposal to upgrade the data security software will be considered at the next ------- scheduled meeting.

(A) regulating
(B) regularly
(C) regulate
(D) regulation

0007 **5.** 答案 **(D)**

空格前爲 was，後爲其補語形容詞 impressive（令人印象深刻的），SVC 句型的要素齊備。換言之，填入空格的應爲修飾語，而**修飾**空格後之**形容詞**的應爲**副詞** (D) particularly（特別、尤其）。注意，〈be 動詞 ------- 形容詞〉是詞性題中答案爲副詞的常見出題模式之一。另，(A) particular 作爲形容詞指「特定的」，作爲名詞是「詳情」之意；(B) particularity 是名詞「特殊性」；(C) 則爲名詞的複數形。

譯 該樂團的表演特別讓人印象深刻，因爲他們是在最後一刻才決定參加比賽的。

0008 **6.** 答案 **(B)**

空格前的冠詞 the 應置於名詞之前，而空格後的〈of＋名詞〉則爲其前名詞的修飾語。也就是說，空格處應填入**名詞**，故正解爲具名詞字尾 -tion 的 (B) addition（新增的人或物、附加）。注意，此種〈冠詞 ------- 介系詞〉之間的空格，是詞性題中答案爲名詞選項的常見出題模式之一。而 (A) additive 雖亦爲名詞，但爲「添加物」之意，與文意不合；(D) 是動詞「增加～」，(C) 則爲其過去式或過去分詞。

譯 Ogawara 電器爲了容納新增的法律部門，將把總公司搬遷至一個較大的場所。

註 accommodate 動 容納～   additive 名（食品等的）添加物

0009 **7.** 答案 **(C)**

即使去掉空格部分，Ⓢ will begin at 2 P.M. 的句子依舊成立，可見應填入空格處的是修飾語。因此，可**修飾**空格後的 at 2 P.M. 這個**時刻**，表「準時地在 2 點」之意的**副詞** (C) promptly 就是正確答案。另，(A) prompt 經常作爲形容詞來表「及時的、迅速的」，或作爲動詞指「促使、激起」。而 (B) 是動詞的過去式或過去分詞。至於 (D) promptness 爲名詞，指「迅速」，若將之視爲 begin 的受詞，意思不通。

譯 股東大會將於下午 2 點準時開始，因此所有報告人都應該在那之前做好準備。

0010 **8.** 答案 **(C)**

即使去掉空格部分，Mr. ShimuraⓈ deniedⓋ ... 的句子依舊成立，可見應填入空格處的是修飾語。而要修飾的是緊接在其後的動詞 denied（否認～），故應選擇**副詞** (C) emphatically（斷然地）。另，(A) 是動詞 emphasize（強調）的過去式或過去分詞；(B) 爲形容詞，指「斷然的、強調的」；(D) emphasis 爲名詞，意思是「強調、重點」。注意，像這種在 **SV 之間**的空格，是詞性題中以副詞爲正解的常見出題模式之一。

譯 在昨天的記者會上，Shimura 先生斷然地否認了該公司將收購總部設於西雅圖的 White 公司一事。

註 acquire 動 取得～   emphatically 副 斷然地；強調地

0011 **9.** 答案 **(B)**

即使去掉空格部分，at the next scheduled meeting 仍可連接前後，故此空格內應填入的是修飾語。而由於要修飾的是空格後的過去分詞形容詞 scheduled，因此要選**副詞** (B) regularly（定期地），形成「定期安排好的會議」，語意通順。另，(A) 是動詞 (C) regulate（規範～）的現在分詞或動名詞，(D) regulation（規定）則爲名詞。注意，像這種〈------- 形容詞＋名詞〉的空格，有時也可填入形容詞，所以若選項中有副詞也有形容詞的話，請依文意判斷。

譯 升級資料防護軟體的提議將於下一次的定期會議中討論。

10. Job ------- will be posted on the college Web site and normally remain open for one to two weeks depending on the position.

(A) open
(B) opens
(C) opened
(D) openings

11. During the company banquet, David Thomas was presented with a watch in ------- of his thirty years of service.

(A) appreciate
(B) appreciated
(C) appreciating
(D) appreciation

12. Shipping costs will be calculated ------- at the sales counter based on the product weight, size, and destination.

(A) automatic
(B) automatically
(C) automation
(D) automated

13. Passengers on Air Atlanta may cancel their ------- for a nominal fee, if the requests are filed one week in advance.

(A) book
(B) booked
(C) bookings
(D) bookable

14. Ms. Kelly was able to solve the issues with the new software ------- after consulting Mr. Lee in the technical support department.

(A) easily
(B) easy
(C) eased
(D) ease

0012 **10.** 答案 **(D)**

will be posted 爲動詞，因此其前應爲**主詞**，所以名詞選項 (D) openings 就是正確答案。注意，job openings（職缺）爲複合名詞，是多益測驗的常見詞彙之一。另，(A) open 可爲動詞表「打開～」之意，或爲形容詞指「敞開的」；(B) 是動詞的第三人稱單數現在式；(C) 是動詞的過去式或過去分詞。

TEX's notes

> 如本題之 Job openings 這種由〈名詞＋名詞〉組合而成的**複合名詞**，其前一名詞具修飾其後名詞之功能，也就是說，前一名詞可視爲形容詞，因此通常不用複數形。

譯 職缺將刊登於大學的網站上，而依職務不同，通常會開放徵人 1～2 週。

0013 **11.** 答案 **(D)**

空格前有個介系詞 in，而空格後的〈of＋名詞〉應是對前面名詞的修飾語，換言之，空格處須填入**名詞**，故 (D) appreciation（感謝）爲正解。注意，**in appreciation of X**（感謝 X）是相當重要的句型。另，(A) appreciate（感謝～）是動詞，(B) 爲其過去式或過去分詞，(C) 則爲現在分詞或動名詞。

譯 在公司的宴會上，David Thomas 獲贈一只手錶以作爲對其服務三十年的感謝。

0014 **12.** 答案 **(B)**

即使去掉空格，Ⓢ will be calculated at ... 的被動句型依舊成立，可見空格處應填入的是一修飾語，而其修飾對象爲動詞 will be calculated，故本題選**副詞** (B) automatically（自動地）。而 (A) automatic 可作爲形容詞表「自動的」，或作爲名詞表「自動排檔汽車」；(C) automation 是名詞，指「自動化」；(D) automated 則爲過去分詞形容詞，指「自動化的」。

譯 運費將依商品的重量、尺寸及目的地於銷售櫃檯自動被計算出來。

0015 **13.** 答案 **(C)**

空格前爲代名詞的所有格 their，可見空格處必須填入**作爲其所有物的名詞**，而符合「乘客可取消～」之文意的 (C) bookings（預約）爲正確答案。注意，另一名詞 (A)「書」並不符合文意。(B) 是動詞 book（預約～）的過去式或過去分詞，(D) bookable（可預約的）則爲形容詞。另，如 their online bookings 之類，有時所有格和名詞之間也可能插入形容詞，故作答時也務必確認空格後的部分。

譯 只要在一週前提出申請，Atlanta 航空的乘客就能以低額手續費取消其預約。
註 nominal 形 象徵性的；金額很低的　　file 動 提出～

0016 **14.** 答案 **(A)**

在空格前，Ms. KellyⓈ was able to solveⓋ the issuesⓄ 這個句子已是完整的，而附加於此類要素齊備的句子並修飾述語動詞的爲**副詞**，所以 (A) easily（輕易地）就是正確答案。注意，像這種接在**完整句子結尾處**的空格是詞性題中以副詞爲正解的常見出題模式之一。另，(B) easy（簡單的）是形容詞；(C) 是動詞 ease（緩和）的過去式或過去分詞；(D) ease 則可作名詞，指「容易」，或作動詞，指「減輕」。

譯 Kelly 女士在諮詢過技術支援部門的 Lee 先生後，得以用新的軟體輕易地解決了該問題。

15. Mr. Garcia's ------- for updating the current inventory control system will be reviewed at the next board meeting.
    (A) recommend
    (B) recommending
    (C) recommendation
    (D) recommendable

16. Department managers are required to ensure all the staff members they supervise have a ------- understanding of the company mission.
    (A) clear
    (B) clearly
    (C) clarity
    (D) clears

17. Yearly utility costs for the new energy efficient headquarters will be about 50% lower than those of ------- designed buildings.
    (A) conventionally
    (B) convention
    (C) conventions
    (D) conventional

18. New and transferred employees must become ------- with company policies and procedures in order to perform their jobs safely and efficiently.
    (A) familiar
    (B) familiarize
    (C) familiarizing
    (D) familiarization

19. Dream Painting Ltd. is a painting contractor with a solid reputation for ------- completing projects by tight deadlines.
    (A) success
    (B) successful
    (C) successfully
    (D) succeed

0017 **15.** 答案 (C)

句首 Mr. Garcia's 的 's 表所有格（～的），由此可判斷空格處必須是**作為所有物的名詞**，故本題選 (C) recommendation（推薦、建議）。（注意，在此句中它扮演主詞的角色。）另，(A) recommend（推薦～）是動詞，(B) 是其現在分詞或動名詞，(D) recommendable（值得推薦的）則為形容詞。

譯 Garcia 先生所提出之更新現行庫存控管系統的建議將於下次的董事會進行審查。

0018 **16.** 答案 (A)

作為及物動詞 have 之受詞的名詞 understanding（理解）位於空格後，故空格處應填入**修飾名詞的形容詞** (A) clear（清楚的）。(B) clearly（清楚地）是副詞，(C) clarity（清楚、明晰）是名詞，(D) 則為動詞 clear（清除～）的第三人稱單數現在式。本題關鍵在於，要看清句子結構，勿將字尾為 -ing 的 understanding 視為動名詞或現在分詞而選了副詞選項 (B)。

譯 各部門主管必須確保其所監督之所有員工都清楚理解公司的使命。

註 ensure 動 確保～

0019 **17.** 答案 (A)

在〈------- 形容詞＋名詞〉之結構的空格內應填入副詞的 (A) conventionally，指「以傳統方式設計的建築物」之意，亦即用 conventionally **修飾**緊接在其後的**過去分詞** designed。（注意，conventionally designed buildings 為其前介系詞 of 之受詞。）另，(B) 和 (C) 分別是名詞「會議」及其複數形。

譯 能源效率高的新總公司每年的水電瓦斯費將比那些以傳統方式設計的建築物低 50% 左右。

註 utility costs 水、電、瓦斯等公用事業費用　　conventionally 副 依慣例；傳統地

0020 **18.** 答案 (A)

本句依空格前的動詞 become 形成 SVC 句型，因此空格處必須填入補語。**可作為補語的是形容詞或名詞**，而若將形容詞 (A) familiar 填入的話，文意通順。（**become familiar with X** 是「熟悉、通曉 X」之意。）名詞 (D) familiarization 雖也可作為補語，但無法等同於主詞 employees，故不選。另，(B) familiarize（使熟悉）是動詞，(C) 則為其現在分詞或動名詞。

譯 新進及調職員工必須熟悉公司的政策與程序，以便安全且有效率地執行其工作。

0021 **19.** 答案 (C)

作為空格前介系詞 for 之受詞的動名詞 completing projects（完成專案）就接在空格之後，可見此句即使去掉空格部分，其前後仍可銜接。由此判斷空格內應填入修飾語，而**修飾動名詞的應為副詞**，所以答案是 (C) successfully（成功地）。另，(A) success（成功）是名詞，(B) successful（成功的）是形容詞，(D) succeed（成功）則為動詞。注意，由於**動名詞源自動詞**，因此亦為由**副詞**來修飾。

譯 Dream 塗裝公司是一家以能在緊迫的期限內完成專案而獲得良好聲譽的油漆承包商。

註 contractor 名 承包商　　solid 形 可信賴的；穩固的

20. Over the past few years as the domestic market has matured, manufacturers in Japan have ------- turned to overseas markets.

(A) increase
(B) increases
(C) increasing
(D) increasingly

21. The purpose of the survey is to collect information from our customers in order to make our operations more efficient and -------.

(A) rely
(B) reliable
(C) reliably
(D) reliance

22. The most recently completed section of the water tunnel is considered to be the largest ------- project ever undertaken in Nagasaki.

(A) construct
(B) constructed
(C) constructs
(D) construction

23. Some of the ------- for employees at Sky Manufacturing include a company car and company stock options.

(A) benefit
(B) benefits
(C) beneficial
(D) beneficially

[0022] **20.** 答案 (D)

[0022] ▼ [0025]

即使去掉空格，Ⓢ have turned to X. 此現在完成式之句型依舊成立，可見空格處應填入的是一修飾語，而修飾前後動詞部分 have turned 的應為**副詞**，故本題選 (D) increasingly（越來越多地）。另，(A) increase 是動詞或名詞，指「增加」；(B) 是動詞的第三人稱單數現在式或名詞的複數形；(C) 則為現在分詞或動名詞。注意，**現在完成式的 has / have 和過去分詞之間**是副詞常見的位置之一。

譯▶ 過去幾年來，隨著國內市場的成熟，日本的製造業已紛紛轉往海外市場。

註▶ domestic 形 國內的　　mature 動 成熟

第1章

詞性題

[0023] **21.** 答案 (B)

對等連接詞 and 通常以 X and Y 或 X, Y, and Z 等結構出現，原則上用來**連接同詞性的詞彙**（即所謂的平行結構）。以此題來說，and 之前為形容詞 efficient（有效率的），因此應將同為**形容詞** (B) reliable（可信賴的）填入空格處。（more efficient and reliable 在句中作為 make 的受詞 our operations 之補語。）另，(A) rely（依靠）是動詞，(C) reliably（可靠地）是副詞，(D) reliance（依賴）則為名詞。

譯▶ 該調查的目的是要從我們的顧客收集資訊，好讓我們的營運更有效率且值得信賴。

註▶ survey 名 調查

[0024] **22.** 答案 (D)

將名詞 (D) construction（建設）填入空格處，則形成**複合名詞 construction project**（建設專案），言辭達意。而若將過去分詞 (B) constructed 填入空格來修飾其後的名詞 project，會變成「被建造的專案」，意思不通。另，(A) construct（建造～）是動詞，(C) 則為動詞的第三人稱單數現在式。

譯▶ 該引水隧道最近完成的部分被認為是長崎有史以來最大的建案。

註▶ undertake 動 承擔～；從事～

[0025] **23.** 答案 (B)

在〈冠詞 ------- 介系詞〉之結構的空格內應填入**名詞**，所以答案可能是 (A) 或 (B)。不過由此句的述語動詞 include 並未加上第三人稱單數現在式的 s 可知，其所對應的**主詞應為複數形**，因此正解為 (B) benefits（福利、津貼）。（注意，這個字作「公司所提供的各種津貼、福利」之意使用時，通常都採取複數形。）另，(C) beneficial（有益的）是形容詞，(D)「有益地」則為副詞。

TEX's notes

> 難度較高的詞性題不能只靠詞性做判斷，還須配合考慮其他要素（在此為〈主詞、動詞一致〉），才能選出正確答案。

譯▶ Sky 製造的員工福利包括一輛公司配車及公司的股票選擇權。

註▶ employee 名 受雇者；員工

24. Francesco Romano opened a new wellness ------- on the first floor of his house after quitting his job as a television repairman.

(A) facilitate
(B) facility
(C) facilitates
(D) facilitation

25. According to the event manager, it is important to complete urgent ------- in order of importance.

(A) task
(B) tasked
(C) tasking
(D) tasks

26. Harold's Ice Cream recently launched a newly ------- Web site that showcases its innovative ice-cream desserts.

(A) design
(B) designs
(C) designed
(D) designing

27. The demand for electric automobiles has increased by ------- 50 percent over the past 10 years in Australia.

(A) nears
(B) nearly
(C) nearing
(D) nearness

28. Half of the board members of Bell Corporation are appointed on a ------- two-year basis.

(A) rotate
(B) rotates
(C) rotating
(D) rotation

[0026] **24.**   答案 **(B)**

空格前的名詞 wellness（健康）為不可數名詞，它應該是不需要冠詞的，但前面卻有不定冠詞 a。若直接作為述語動詞 opened 的受詞，意思不通，因此應將名詞 (B) facility（場所）填入空格處，形成**複合名詞 wellness facility**（健康中心），意思才完整。另，名詞 (D) facilitation（促進）與文意不符，且因它亦為不可數名詞，故不可加冠詞 a。最後，(A) facilitate（促進～）是動詞，而 (C) 則為其第三人稱單數現在式。

譯▶ Francesco Romano 在辭去修理電視的工作後，於自家一樓開了個新的健康中心。

[0027] **25.**   答案 **(D)**

本題空格內須填入可被形容詞 urgent（緊急的）修飾之名詞，以作為及物動詞 complete（完成～）的受詞。選項中的名詞包括單數形的 (A) 和複數形的 (D)。task（任務、工作）為可數名詞，在**不加冠詞（a / an / the）的情況下不能以單數的原形使用**，故正解為複數形的 (D) tasks。另，(B) 為動詞 task（賦予任務給～）的過去式或過去分詞，(C) 則為其現在分詞或動名詞。

譯▶ 根據活動經理所言，依重要性的順序完成緊急任務是很重要的。

[0028] **26.**   答案 **(C)**

在〈**冠詞＋副詞 ------- 名詞**〉之結構的空格內應填入**形容詞**，但四選項中，可作為形容詞使用的有屬於分詞的 (C) 和 (D)。由於空格後的名詞 Web site 和動詞 design 之間存在有「被設計」的**被動關係**，所以正確答案是過去分詞 (C) designed。若選現在分詞 (D)，就變成 Web site 是做設計的一方，意思不通。另，(A) 為名詞或動詞，(B) 則為其第三人稱單數現在式。

譯▶ Harold's 冰淇淋公司最近推出一個新設計的網站，展示了其創新的冰淇淋甜點。

[0029] **27.**   答案 **(B)**

即使去掉空格部分，⑤ has increased by 50 percent 此句依舊成立，由此判斷空格內應填入一修飾語。將**副詞 (B) nearly**（幾乎）填入，可用以修飾空格後的**數詞 50**，形成 nearly 50 percent，表達「近 50%」之意。注意，數詞是**形容詞的一種**，可以副詞修飾之。另，(A) 是動詞 near（接近～）的第三人稱單數現在式，(C) 為其現在分詞或動名詞，(D) nearness（近、靠近）則為名詞。

譯▶ 澳洲過去十年來對電動車的需求已增加了近 50%。

[0030] **28.**   答案 **(C)**

〈**冠詞 ------- 形容詞＋名詞**〉的空格處應填入形容詞或副詞，而選項中沒有副詞，故只能選可作形容詞使用的**現在分詞 (C) rotating**（輪換的）。on a rotating basis 是指「以輪換的方式」。另，(A) rotate（輪換、輪流）是動詞，(B) 為其第三人稱單數現在式，而 (D) rotation（輪流、旋轉）則為名詞。（注意，如 two-year 這種以連字號連接的詞彙通常為形容詞。）

譯▶ Bell 公司一半的董事會成員以每兩年輪換一次的方式任命。

29. Restoration work on the Marysville Museum is ------- much slower than residents had hoped.

(A) regret
(B) regretful
(C) regrettable
(D) regrettably

30. On many ------- Ms. Humphrey sketched and painted until after midnight, when the only sound was the cooing of pigeons on the roof.

(A) occasionally
(B) occasions
(C) occasional
(D) occasion

31. Word-of-mouth ------- is considered highly effective, but remains a rarely studied phenomenon.

(A) advertise
(B) advertised
(C) advertising
(D) advertisements

32. It is the job of cabin attendants to make passengers feel as ------- as possible during the flight.

(A) comfortable
(B) comfortably
(C) comfort
(D) comforting

0031 **29.** 　　　　　　　　　　　　　　　　　　　　　　　答案 (D)

即使去掉空格部分，Ⓢ is much slower than ... 此句依舊成立，可見空格內應填入的是修飾語。slower than 為比較級結構，much 則為強調用的副詞，而可用來修飾此比較結構的唯有**副詞**，所以答案應選 (D) regrettably（令人遺憾地）。另，(A) regret 是表「後悔～、因～而遺憾」之意的動詞，或表「悔恨」之意的名詞；(B) regretful（後悔的）和 (C) regrettable（可惜的、令人遺憾的）則為形容詞。

譯〉令人遺憾地，Marysville 博物館的修復工作比居民期待的要慢得多。
註〉restoration ⓰ 修復；整修　　　regrettably ⓪ 令人遺憾地

0032 **30.** 　　　　　　　　　　　　　　　　　　　　　　　答案 (B)

空格前的 many 是用來**修飾複數形的名詞**，故空格處應填入 (B) occasions。(A) occasionally（偶爾、有時）是副詞，(C) occasional（偶爾的、有時的）是形容詞，(D) occasion 則為單數名詞。

TEX's notes

occasion 指「場合、時刻」，是多益測驗的常考詞彙，而 on many occasions 指「很多時候、經常」之意。此外，最好將類似說法 on several occasions（有數次）也記起來。

譯〉很多時候，Humphrey 女士會素描或作畫直到午夜之後，那時唯一聽得到的是鴿子在屋頂上發出的咕咕聲。
註〉occasion ⓰ 時機；場合；活動

0033 **31.** 　　　　　　　　　　　　　　　　　　　　　　　答案 (C)

這題的空格必須填入可被句首形容詞 Word-of-mouth（口耳相傳的）修飾且能**擔任句子主詞的名詞**。而因其後的述語動詞是 is，故應**視為單數的不可數名詞** (C) advertising（宣傳、廣告、廣告業）為正確答案。（注意，advertising 常作為動詞 advertise（做廣告、宣傳～）的現在分詞或動名詞出現在多益測驗中。）另，複數形的名詞 (D) advertisements（宣傳、廣告）就文意來說是沒問題的，但和述語動詞的「數」不符。至於 (A) 是動詞，(B) 為其過去式或過去分詞。

譯〉口耳相傳的宣傳被認為非常有效，但依舊是一個鮮少被研究的現象。
註〉word-of-mouth ⓯ 口耳相傳的　　　rarely ⓪ 很少；難得　　　phenomenon ⓰ 現象

0034 **32.** 　　　　　　　　　　　　　　　　　　　　　　　答案 (A)

可置於同級比較結構〈as ------- as〉之間的是形容詞或副詞，所以 (A)、(B)、(D) 都有可能是答案。而在此結構前的**動詞 feel 應採 SVC 句型**，也就是，其後應有補語，因此可能的選項就只剩屬於**形容詞**的 (A)、(D)。接著依文意判斷，選項 (A) comfortable（舒適的）明顯較 (D)「令人欣慰地」符合前後文邏輯。另，(B) comfortably（舒適地）是副詞，(C) comfort（舒適）則為名詞。

譯〉讓乘客在飛行過程中盡可能覺得舒適是空服員的職責。

◎ 請以每題 20 秒的速度為目標作答。

1. Mr. Tomiyasu returned the ------- merchandise to the manufacturer at his own expense.

(A) defect
(B) defective
(C) defectively
(D) defection

2. Mr. Santos, who joined Wood Eco Institute just three months ago, has already proved himself to be a ------- employee.

(A) value
(B) valuable
(C) valuing
(D) valuation

3. A customer placing an order through our Web site should receive a ------- within 24 hours.

(A) response
(B) respond
(C) responded
(D) responding

4. After 30 years of ------- to Johnson City, Donna Stover stepped down as mayor and council secretary.

(A) serve
(B) served
(C) serves
(D) service

5. Mr. Sanders won this quarter's Best Employee award for his ------- service to clients and early achievement of his yearly sales target.

(A) except
(B) exceptional
(C) exceptionally
(D) exceptions

[0035] **1.**   答案 **(B)**

置於定冠詞 the 和名詞 merchandise（商品）之間的應是**修飾該名詞的形容詞** (B) defective（有瑕疵的）。另，(A) defect（瑕疵）是名詞，(C) defectively（有缺陷地）是副詞，(D) defection（叛逃）亦為名詞。

TEX's notes

> 就算不懂意思，也能判斷字尾為 -ly 的單字（以此例來說是 defectively）為副詞，而拿掉該字尾 -ly 的就是形容詞（defective）。換言之，只要運用此技巧，即使不認識選項內容，也可能答對。

譯 ▶ Tomiyasu 先生自費將瑕疵商品退還給廠商。

註 defective 形 有瑕疵的；不完美的

[0036] **2.**   答案 **(B)**

可填入〈冠詞 ------- 名詞〉中之空格的為可**修飾名詞 employee（員工）的形容詞** (B) valuable（有價值的）。 (A) value 是表「價值」之意的名詞，或表「珍視～、重視～」之意的動詞；(C) 是動詞的現在分詞或動名詞；(D) valuation（估價）亦為名詞。注意，雖然 (C) valuing 若作現在分詞可視為形容詞，但若填入空格，意思不通。

譯 ▶ Santos 先生三個月前才加入 Wood Eco 研究所，卻已證明他是個有價值的員工。

[0037] **3.**   答案 **(A)**

本題空格處必須填入可**作為**前面及物動詞 receive 之**受詞的名詞**，所以正確答案是 (A) response（回覆）。(B) respond 是表「做出反應」之意的動詞，(C) 為其過去式或過去分詞，(D) 則為其現在分詞或動名詞。注意，別錯選了動名詞，因為表行為的動名詞不可數，通常不加冠詞 a。

譯 ▶ 透過我們網站下單的顧客應會於 24 小時內收到回覆。

[0038] **4.**   答案 **(D)**

這題的空格處必須填入**作為**前面介系詞 of 之**受詞的名詞**，故正解為 (D) service（服務、勤務）。注意，此種〈介系詞 ------- 介系詞〉之間的空格，是詞性題中答案為**名詞**的常見出題模式之一。(A) serve（供應～、為～服務）是動詞，(B) 為其過去式或過去分詞，(C) 則為其動詞的第三人稱單數現在式。

譯 ▶ 在為 Johnson 市服務三十年後，Donna Stover 卸下了市長及議會秘書長的職務。

註 secretary 名 秘書（長）；書記官；（政府各部的）部長

[0039] **5.**   答案 **(B)**

可填入〈所有格 ------- 名詞〉中之空格的為可**修飾名詞 service 的形容詞** (B) exceptional（非比尋常的、卓越的）。另，(A) except 是表「除～之外」的介系詞，或表「把～除外」之意的動詞；(C) exceptionally（異常地）是副詞；(D) exceptions（例外）則為名詞的複數形。注意，千萬別只看到空格前為所有格，就選了名詞選項 (D)。

譯 ▶ 因為 Sanders 先生對客戶提供卓越的服務並提早達成其年度銷售目標，所以贏得了本季的最佳員工獎。

註 exceptional 形 非比尋常的；卓越的

6. The appearance of the CEO at the Beijing Motor Show was a ------- that his company is eager to expand into China.

(A) reminder
(B) remind
(C) reminded
(D) reminding

7. Public health inspectors monitor pools ------- to ensure that they meet specific guidelines and local laws.

(A) regular
(B) regulate
(C) regularly
(D) regularity

8. The final chapter is the most ------- part of *Amazing Ads*, in which the author provides reviews, remarks, and analyses of a number of advertising strategies.

(A) essence
(B) essential
(C) essentially
(D) essentiality

9. A change in the price of ------- is expected by the end of the year.

(A) electrify
(B) electrical
(C) electrically
(D) electricity

10. Employees are reminded to record their vacation days ------- on their time sheets.

(A) careful
(B) more careful
(C) carefully
(D) carefulness

[0040] **6.** 答案 (A)

本題空格內須填入其前方**述語動詞 was 的補語**。而可作為補語的是形容詞或名詞，但因為空格前**有冠詞 a**，所以正確答案是**名詞** (A) reminder（提示）。另，(B) remind（提醒、使想起）是動詞，(C) 為其過去式或過去分詞，(D) 則為其現在分詞或動名詞。

譯▶ 該執行長在北京車展上的現身表示他的公司極欲擴展至中國。

註▶ eager 形 急切的；渴望的

[0041] **7.** 答案 (C)

空格前的 [S] monitor [V] pools [O] 已是完整的句子，換言之，**附加於這種要素齊備的句子並修飾動詞的應為副詞**，因此本題選 (C) regularly（定期地）。{在本句中 regularly 修飾的是動詞 monitor（監控～）。} 另，(A) regular（定期的）是形容詞，(B) regulate（規範～）是動詞，(D) regularity（規則性）則為名詞。

譯▶ 公共衛生稽查員定期監測游泳池以確保它們都符合明確之準則及當地的法律。

註▶ inspector 名 稽查員

[0042] **8.** 答案 (B)

述語動詞 is 的名詞補語 part 位於空格後，故填入空格的應是**修飾此名詞的形容詞** (B) essential（必要的）。（the most essential 為最高級。）另，(A) essence（本質、精髓）是名詞，(C) essentially（本質上）是副詞，(D) essentiality（必要性）亦為名詞。

譯▶《Amazing Ads》的最後一章是該書最重要的部分，作者於其中提供了對許多廣告策略的評論、意見和分析。

註▶ remark 名 意見；評語

[0043] **9.** 答案 (D)

此題的空格須填入**作為介系詞 of 之受詞的名詞**，故應選 (D) electricity（電）。（注意，原則上，字尾為 -ty 的單字是名詞。）另，(A) electrify（使震驚、使電氣化）為動詞。（-fy 字尾的單字是動詞。）(B) electrical（電的）為形容詞。（-cal 字尾的單字是形容詞。）(C) electrically（用電力）為副詞。（-ly 字尾的單字是副詞。）

譯▶ 預計年底前電價會有所變動。

[0044] **10.** 答案 (C)

即使刪除空格部分，句子依舊成立，由此可推斷空格內應填入修飾語。而從句子前後文意來看，本題應選用來**修飾動詞 record（記錄～）的副詞** (C) carefully（仔細地）。另，(A) careful（仔細的）是形容詞，(B) 為其比較級，而 (D) carefulness（仔細、謹慎）則為名詞。

譯▶ 員工們被提醒要仔細地在自己的工時表上記錄他們的休假日。

註▶ time sheet 工作時間紀錄表

11. Sun Watch Corporation offers ------- replacement batteries for all of its products.

(A) free
(B) freely
(C) freeing
(D) freedom

12. Mr. Yashima spoke ------- with the vice president about his decision to step down as CEO.

(A) exclusively
(B) exclusive
(C) exclusivity
(D) exclusiveness

13. Summaries of the ------- among the hiring committee will be distributed to board members by the end of the week.

(A) discuss
(B) discussed
(C) discusses
(D) discussions

14. The best way to help people reduce their ------- on non-renewable energy sources is to educate consumers about the potential of solar energy.

(A) dependent
(B) dependently
(C) dependable
(D) dependence

15. It is important that the materials used for the building be ------- for the climate of the area.

(A) suit
(B) suitable
(C) suitably
(D) suitability

(0045) **11.** 答案 (A)

這題即使去掉空格部分句子仍成立,由此可判斷,填入空格處的應爲**修飾其後名詞 replacement batteries(替換用電池)之形容詞** (A) free(免費的)。而 (B) freely(自由地)是副詞;(C) 是動詞 free(使自由、解放)的現在分詞或動名詞,但即使將其視爲現在分詞形容詞填入空格,就語意上而言並不通順;(D) freedom(自由)則爲名詞。

譯▶ Sun 鐘錶公司針對其所有產品提供免費的替換用電池。

(0046) **12.** 答案 (A)

去掉空格部分後句子依舊成立,可見空格內應填入修飾語。而依前後文意邏輯來判斷,本題應選 (A) exclusively (= only),以修飾其後的介系詞片語。另,(B) exclusive 是形容詞「僅限的、專用的」或名詞「獨家新聞」,(C) exclusivity 和 (D) exclusiveness 則皆爲名詞,指「排斥性、獨占」。

譯▶ Yashima 先生只有跟副總裁說他決定要辭去執行長一職。

(0047) **13.** 答案 (D)

由於空格前的定冠詞 the 後面**缺少名詞**,因此應填入 (D) discussions(討論)。注意,像這種〈冠詞 ------- 介系詞〉之間的空格是詞性題中以**名詞**爲正確答案的常見出題模式之一。而 (A) discuss(討論~)是動詞,(B) 爲其過去式或過去分詞,(C) 則爲其第三人稱單數現在式。

譯▶ 聘僱委員會的討論摘要將於本週末前分發給董事會成員。

(0048) **14.** 答案 (D)

代名詞的所有格 their 之後必須接著表所有物的名詞,故正解爲 (D) dependence(依賴),而 their dependence 扮演的是及物動詞 reduce(減少~)的受詞角色。另,(A) dependent 可爲形容詞「依靠的」或名詞「受撫養親屬」,但作爲名詞時的意思與句子前後文意並不相符;(B) dependently(依賴地)是副詞,(C) dependable(可靠的、可信賴的)則爲形容詞。

譯▶ 幫助人們降低對非再生能源之依賴的最好辦法就是教導消費者認識太陽能的潛力。

(0049) **15.** 答案 (B)

本題空格內應填入可**作爲**其前方 be 動詞原形之**補語的形容詞或名詞**。而可等同於 that 子句之主詞 the materials(材料),又符合文意的,只有**形容詞** (B) suitable(合適的)。注意,名詞選項 (D)「合適性」與句子內容無關,故不可選。另,(A) suit 是動詞「適合~」或名詞「西裝」之意,(C) suitably(適當地、恰如其份地)則爲副詞。

TEX's notes

注意,接在如 important 或 necessary 之類表〈重要性或必要性〉之形容詞後的 that 子句內,必須使用原形動詞(以此例來說就是 be)。此爲第 2 章【動詞題】的出題要點之一。

譯▶ 用於建築物的材料必須符合該地區之氣候這一點是很重要的。

16. There are blankets and pillows in the overhead compartments for the passengers'------- during the flight.

(A) comfortable
(B) comforted
(C) comfortably
(D) comfort

17. Please view the written ------- of the product online before contacting a company representative with a question.

(A) describe
(B) describes
(C) described
(D) description

18. Lucky Corporation often receives interest from the most promising applicants because of the ------- package it offers to its staff.

(A) attract
(B) attractive
(C) attractively
(D) attraction

19. The Westchester Philharmonic received a ------- award for its education program three years ago.

(A) nation
(B) national
(C) nationality
(D) nationally

20. City employees ------- endorsed the new benefits plan proposed by the city's Department of Health.

(A) enthusiastically
(B) enthusiastic
(C) enthusiasm
(D) enthuse

[0050] **16.** 答案 **(D)**

所有格 **passengers'**（乘客的）之後需要有名詞，故選項 (D) comfort（舒適）為正解，而 the passengers' comfort 扮演的是介系詞 for 的受詞角色。另，(A) comfortable（舒適的）是形容詞，(B) comforted 是動詞 comfort（撫慰）的過去式或過去分詞，(C) comfortably（舒適地）則為副詞。

譯 ▶ 上方的置物櫃裡有毯子和枕頭可在飛行過程中提供乘客舒適性。

註 ▶ compartment 名 置物櫃

[0051] **17.** 答案 **(D)**

空格前的及物動詞 view（查看～）之後接著 the written（被寫下的～、書面的～），但卻**少了作為受詞的名詞**，所以要選字尾為 -tion 的名詞 (D) description（說明）。另，(A) describe（描述～）是動詞，(B) 為其第三人稱單數現在式，(C) 則為其過去式或過去分詞。

譯 ▶ 在與公司代表聯絡詢問問題之前，請先上網查看產品的書面說明。

註 ▶ representative 名 代表；代理人

[0052] **18.** 答案 **(B)**

〈冠詞 ------- 名詞〉此結構中的空格內應填入**修飾名詞的形容詞**，故本題選 (B) attractive（有吸引力的）。注意，其後的名詞 package 是指「薪資及醫療保險等由公司給予員工的整套福利」。另，(A) attract（吸引～）是動詞，(C) attractively（引人注目地）是副詞，(D) attraction（吸引力、名勝）則為名詞。

譯 ▶ Lucky 公司往往會引起前景極看好之應徵者的興趣，因為它提供給員工具吸引力的薪資福利。

註 ▶ promising 形 可期待的；前途有望的

[0053] **19.** 答案 **(B)**

與上一題相同，本題可填入**冠詞及名詞之間的空格**的唯有可**修飾名詞 award（獎項）的形容詞** (B) national（全國性的），而 a national award（全國性的獎項）扮演的是動詞 received（得到了～）的受詞角色。另，(A) nation（國家）是名詞，(C) nationality（國籍）亦為名詞，(D) nationally（全國性地）則為副詞。

譯 ▶ Westchester 愛樂交響樂團三年前因其教育計畫而獲得了一個全國性的獎項。

[0054] **20.** 答案 **(A)**

在主詞 City employees_S 與述語動詞 endorsed_V 之間，填入**可修飾動詞的副詞**選項 (A) enthusiastically（熱烈地）最適當。注意，像這種在 **SV 之間**的空格，是詞性題中答案為副詞的常見出題模式之一。另，(B) enthusiastic（熱烈的）是形容詞，(C) enthusiasm（熱忱）是名詞，(D) enthuse（〔使〕充滿熱情）則為動詞。

譯 ▶ 市府員工熱烈地支持由市政府衛生局所提出的新福利計畫。

註 ▶ endorse 動 支持～；為～背書   enthusiastically 副 熱烈地

第 1 章   詞性題

21. It is estimated that Coyote Oil's net profit last year was in ------- of 1 billion dollars.

(A) excessive
(B) excess
(C) excessively
(D) exceed

22. The Department of Transportation has ------- requested information about Mr. Becker's updated address.

(A) repeat
(B) repeated
(C) repeatedly
(D) repeats

23. Buy one of our surfboards and get a free ------- to *Surfing Life* magazine.

(A) subscription
(B) subscribe
(C) subscribed
(D) subscribing

24. The supermarket chain has had a very successful year under the ------- of its new CEO, Aditya Kumar.

(A) direct
(B) direction
(C) directed
(D) directly

25. No seats for the concert are guaranteed unless you make ------- and payments in advance.

(A) reserve
(B) reserves
(C) reserved
(D) reservations

[0055] 21. 答案 **(B)** [0055] ▼ [0059]

在〈介系詞 ------- 介系詞〉之結構的空格內應填入**名詞**，故本題選 (B) excess（超越）。至於其他選項，(A) excessive（過度的）是形容詞，(C) excessively（過度地）是副詞，(D) exceed（超過～）則爲動詞。

譯▶ 據估計，Coyote 石油公司去年的淨利超過十億美元。

註▶ in excess of *X* 超過 X

[0056] 22. 答案 答案 **(C)**

即使去掉空格，Ⓢ has requested information ... 此現在完成式之句型依舊成立，可見空格處應填入修飾語。而**修飾前後述語動詞的應為副詞**，故答案爲 (C) repeatedly（一再、反覆多次）。另，(A) repeat（重複）是動詞，(B) 爲其過去式或過去分詞，(D) 則爲其第三人稱單數現在式。

譯▶ 交通部已一再要求提供關於 Becker 先生新地址的資訊。

[0057] 23. 答案 **(A)**

應填入〈冠詞＋形容詞 -------〉結構中之空格的爲**名詞**，所以正確答案是 (A) subscription（訂閱）。另，(B) subscribe（訂閱～）是動詞，(C) 爲其過去式或過去分詞，(D) 則爲其現在分詞或動名詞。注意，雖然動名詞也可作爲受詞，但其前不能加冠詞 a，故 (D) 不可選。

譯▶ 買一片我們的衝浪板即可免費訂閱《Surfing Life》雜誌。

註▶ subscription ❷ 訂閱

[0058] 24. 答案 **(B)**

〈冠詞 ------- 介系詞〉空格內應填入**名詞**，故正解爲 (B) direction（指揮、管理）。（**under the direction of *X*** 指「在 X 的指揮管理下」，是個相當重要的句型。）而 (A) direct 是形容詞「直接的」或動詞「針對～、指引～」，又可作副詞「直接地」；(C) 是動詞的過去式或過去分詞；(D) directly（直接地）則爲副詞。

譯▶ 在其新任執行長 Aditya Kumar 的指揮管理下，該連鎖超市有了非常成功的一年。

[0059] 25. 答案 **(D)**

本題空格須填入前方及物動詞 make 的受詞，而**可作為受詞使用的是名詞**，因此答案爲 (D) reservations（預訂）。另，(A) reserve 可爲表「預約～」之意的動詞或表「儲備」之意的名詞，而名詞雖可作爲受詞使用，但與文意不符；(B) 是動詞的第三人稱單數現在式或名詞的複數形；(C) 則爲動詞的過去式或過去分詞。

譯▶ 該演唱會不保證有座位，除非你事先預訂並付款。

26. The new sales manager has been putting an ------- on attracting new clients rather than just selling higher volumes.

(A) emphasize
(B) emphasized
(C) emphasis
(D) emphasizes

27. A reviewer who attended the opening night of Max Cabernet's new musical reported that it was exciting and -------.

(A) memory
(B) memorable
(C) memorize
(D) memorably

28. The TexPhone was found to be unattractive to consumers due to weaknesses in terms of color, design, and ------- of use.

(A) easy
(B) easily
(C) ease
(D) easier

29. Experts ------- that new building insulation regulations will reduce the state's dependency on fossil fuels.

(A) predict
(B) predicting
(C) predictable
(D) prediction

30. If the City Council ------- the renovation plan for the airport, workers will begin construction late this year.

(A) approves
(B) approvable
(C) approval
(D) approvingly

0060 26. 答案 (C) 0060 ▼ 0064

〈冠詞 ------- 介系詞〉空格內應填入**名詞**，因此本題選 (C) emphasis（強調、重點）。其他選項：(A) emphasize（強調～）是動詞，(B) 爲其過去式或過去分詞，(D) 則爲動詞的第三人稱單數現在式。

第 **1** 章

詞性題

譯 新的業務經理一直都將重點放在吸引新的客戶，而不只是大量銷售。

註 put [place] an emphasis on *X* 重視 X；把重點放在 X

0061 27. 答案 (B)

空格前的對等連接詞 and **前後必須並列同詞性的詞彙**，而此處句式爲〈形容詞＋and -------〉，故空格處應塡入**形容詞**選項 (B) memorable（值得懷念的、難忘的）。另，(A) memory（記憶）是名詞，(C) memorize（記住～）是動詞，(D) memorably（留在記憶中）則爲副詞。

譯 參加了 Max Cabernet 的新音樂劇首演的一位劇評家報導說，該作品令人興奮又難忘。

0062 28. 答案 (C)

空格前的對等連接詞 and 採 *X, Y, and Z* 形式，也就是，必須將**同詞性的 XYZ 並列在一起**，而由於 X 和 Y 皆爲名詞，所以空格處也應塡入**名詞**，因此本題選 (C) ease（容易）。不過須注意，ease 有時也會作爲動詞使用，表「緩和～」之意。另，(A) easy（容易的）是形容詞，(B) easily（容易地）是副詞，(D) easier 則爲形容詞之比較級。

譯 由於在色彩、設計和易用性方面的缺陷，使得 TexPhone 被認爲對消費者不具吸引力。

註 in terms of *X* 就 X 方面

0063 29. 答案 (A)

本題關鍵在於，要掌握 Experts(S) ------- that (S)(V). 此句型結構。由於空格處須塡入句子的主要動詞，而該動詞須**以 that 子句爲其受詞**，因此**及物動詞**選項 (A) predict（預料～）爲正解。(B) 是 predict 之現在分詞或動名詞，(C) predictable（可預料的）是形容詞，(D) prediction（預測、預言）則爲名詞。

譯 專家預測，新的建築隔熱法規將減少國家對石化燃料的依賴。

註 insulation ❷ 隔熱（材料）　dependency ❷ 依賴　predict ❶ 預料～；預言～

0064 30. 答案 (A)

由於此句**缺乏**對應於 If 子句之主詞 the City Council（市議會）的**述語動詞**，因此**動詞**選項 (A) approves（批准～、同意～）即爲本題正確答案。另，(B) approvable（可核准的）是形容詞，(C) approval（批准）是名詞，(D) approvingly（贊成地、認可地）則爲副詞。

TEX's notes

注意，選項 (C) 的 approval 和 arrival（到達）、survival（倖存）、proposal（提案）等字一樣，雖然字尾爲 -al 但卻不是形容詞，而是名詞。

譯 如果市議會批准了機場的整修計畫，工人們將會於今年年底開始施工。

31. Dr. Matthews has received a ------- large number of calls in response to her lectures at medical schools nationwide.

(A) surprise
(B) surprised
(C) surprisingly
(D) surprises

32. BioTech's corporate structure and financial information are ------- accessible to customers on the Web site at www.biotech.com.

(A) ready
(B) readying
(C) readily
(D) readiness

33. There has been speculation that Techsoft's board is trying to find a ------- for its chief executive by the end of the year.

(A) replace
(B) replaced
(C) replacing
(D) replacement

34. Our design consultants generate concepts combining visual impact, clear messages, and a high level of -------.

(A) create
(B) creative
(C) creatively
(D) creativity

35. Bookmart.com promises to make ------- to the Web site, and there could be an updated version as early as November.

(A) improve
(B) improvements
(C) improves
(D) improving

0065 **31.**　　　　　　　　　　　　　　　　　　　　　　　　答案 (C)

可**修飾**空格後方形容詞 **large** 的應是**副詞** (C) surprisingly（驚人地、出乎意料地），而 a surprisingly large number 指「一個驚人地龐大的數字」。另，(A) surprise 可為名詞「驚訝、詫異」或動詞「使吃驚」(B) 為動詞之過去式或過去分詞，(D) 則為名詞的複數形或動詞的第三人稱單數現在式。

譯▶ Matthews 博士已接到回應她在全國各醫學院所做講座之驚人的大量電話。

0066 **32.**　　　　　　　　　　　　　　　　　　　　　　　　答案 (C)

作為前方 be 動詞 are 之補語的形容詞 accessible 出現在空格後，可見空格內應填入其修飾語。四選項中，唯有副詞 (C) readily（容易地、輕易地）最能適當地**修飾**空格後之**形容詞**，故為正解。而 (A) ready 可以是形容詞「準備好的」或動詞「使準備好」，(B) 為動詞的現在分詞或動名詞，(D) readiness（準備就緒）則為名詞。

譯▶ BioTech 公司的企業結構與財務資訊可透過 www.biotech.com 網站讓顧客輕易取得。

註▶ accessible 形 可（易）取得的　　　readily 副 容易地；輕易地

0067 **33.**　　　　　　　　　　　　　　　　　　　　　　　　答案 (D)

由空格前的不定冠詞 a 即可知，空格中應填入一可數名詞。(D) replacement（接替者）即為正解。而 (A) replace（取代～、更換～）是動詞，(B) 為其過去式或過去分詞，(C) 則為其現在分詞或動名詞。

譯▶ 近來有人猜測，Techsoft 公司的董事會正試圖在年底前找到執行長的接替者。

註▶ speculation 名 猜測；臆測

0068 **34.**　　　　　　　　　　　　　　　　　　　　　　　　答案 (D)

這題的空格處必須填入**介系詞 of** 的受詞，所以答案就是**名詞**選項 (D) creativity（創造性、創造力）。（注意，就算不認識這個字，也能靠字尾 -ty 判斷它是名詞。）而 (A) create（創造～）是動詞，(B) creative 為形容詞「有創造力的」，(C) creatively（有創造力地）則為副詞。

譯▶ 我們的設計顧問帶出了結合視覺震撼力、明確的訊息以及高層次創造力的概念。

註▶ generate 動 生成～；產生～　　　combine 動 結合～；合併～

0069 **35.**　　　　　　　　　　　　　　　　　　　　　　　　答案 (B)

空格處須填入其前**及物動詞 make** 的受詞，因此本題選名詞 (B) improvements（改善、改進）。而 (A) improve（改善～）是動詞，(C) 是其第三人稱單數現在式，(D) 則為其現在分詞或動名詞。

譯▶ Bookmart.com 承諾會對網站做出改善，最早可能於 11 月初就會有更新版本。

36. The company will provide an ------- day of paid vacation when an annual leave day falls on a public holiday.

(A) add
(B) additional
(C) additionally
(D) additive

37. Travelpal Luggage is the perfect choice for travelers whether they are traveling on business or for -------.

(A) pleased
(B) pleasant
(C) pleasure
(D) please

38. All visitors to the hotel during the construction phase must wear ------- goggles and helmets at all times.

(A) protect
(B) protects
(C) protective
(D) protectively

39. The client's files must be arranged ------- rather than by date to allow for easier searching.

(A) alphabet
(B) alphabets
(C) alphabetical
(D) alphabetically

40. Kaseguma Design has brightly colored meeting spaces, which are intended to help employees think -------.

(A) create
(B) creative
(C) creatively
(D) creation

[0070] **36.** 答案 **(B)**

在〈冠詞 ------- 名詞〉之結構中的空格內應填入**可修飾名詞的形容詞**,故正解為 (B) additional(額外的)。而 (A) add(增加~)是動詞,(C) additionally(附加地、此外)是副詞,(D) additive(添加物)則為名詞。

TEX's notes

> 注意,選項 (D) additive 的字尾是 -tive,容易讓人以為是形容詞,但它其實是指「添加物」之意的名詞。

譯 當特休假碰到國定假日時,該公司將額外提供一天有薪休假。

[0071] **37.** 答案 **(C)**

此題的空格內必須填入其前**介系詞 for 的受詞**,所以**名詞**選項 (C) pleasure(愉快、樂事)是正確答案。而 (A) pleased 可以是動詞 please(使高興、討好~)的過去式,或形容詞「感到高興的」;(B) pleasant(令人愉快的、討人喜歡的)是形容詞;(D) please 則為動詞原形。另,注意,像本句中的 on business or for pleasure 這樣用對等連接詞 or 連結的前後項目須為相同的文法結構。

譯 不論出差或玩樂,Travelpal Luggage 皆為旅行者最完美的選擇。

[0072] **38.** 答案 **(C)**

由於空格前之述語動詞 must wear 的受詞(即名詞 goggles)位於空格之後,因此填入空格的應是**修飾名詞之形容詞**,故本題選 (C) protective(防護用的)。而 (A) protect(保護~)是動詞,(B) 是其第三人稱單數現在式,(D) protectively 則為副詞「保護〔性〕地」。

譯 在施工期間,所有到旅館的訪客都必須隨時配戴防護用的護目鏡與安全帽。

註 phase **名** 階段;時期

[0073] **39.** 答案 **(D)**

空格之前的 S must be arranged 為一完整被動形式,因此空格中應填入的是**可修飾動詞**部分的**副詞**,故本題選 (D) alphabetically(按字母順序)。而 (A) alphabet(字母)是名詞,(B) 為其複數形,(C) alphabetical(照字母順序的)則為形容詞。

譯 客戶的檔案必須按字母順序而非依日期整理,以便於搜尋。

[0074] **40.** 答案 **(C)**

空格前的 think 在此指「思考」,為**不及物動詞**,後面不需要接受詞,因此填入空格處的應為**修飾動詞之副詞** (C) creatively(有創造力地)。而 (A) create(創造~)是動詞,(B) creative 為形容詞「有創造力的」,(D) creation(創作、作品)則為名詞。

譯 Kaseguma 設計公司開會的地方色彩鮮豔,其目的是要幫助員工能有創意地思考。

41. TAA Airlines has a ------- dress code which all staff adhere to diligently.

(A) strict
(B) strictly
(C) strictness
(D) strictest

42. The spokesperson for Carter Robotics says its new room cleaning robot will ------- be revolutionary.

(A) assured
(B) assuredness
(C) more assured
(D) assuredly

43. The office manager is ------- for regularly checking the inventory of office supplies and placing orders if needed.

(A) responsibilities
(B) responsibility
(C) responsible
(D) responsibly

44. Shares of Wellington Depot rose ------- after the retailer reported record sales in December.

(A) sharp
(B) sharpen
(C) sharply
(D) sharpness

45. A professional ------- is one of the key elements of a successful job interview.

(A) appearance
(B) appear
(C) appeared
(D) appears

[0075] **41.** 答案 **(A)**

〈冠詞 ------- 名詞〉的空格處應填入**修飾名詞的形容詞**，而在本句中可修飾空格後之複合名詞 dress code（服裝規定）的形容詞，就是 (A) strict（嚴格的），故為正解。另，(B) strictly（嚴格地）是副詞，(C) strictness（嚴格、嚴謹）是名詞，(D) 則為形容詞的最高級。

譯 TAA 航空公司有嚴格的服裝規定，所有員工都要努力遵守。

註 adhere to X 遵守 X　　diligently 副 勤勉地；用心地　　strict 形 嚴格的

[0076] **42.** 答案 **(D)**

空格前的**助動詞 will** 和其後原形動詞 **be** 之間應填入的是能**修飾動詞的副詞**，故本題選 (D) assuredly（一定地、確實地）。而 (A) assured（確定的、自信的）是形容詞，(B) assuredness（確定性、自信）為其名詞，(C) 則為其比較級。雖然這題答案的詞彙偏難，不過助動詞與原形動詞之間算是副詞的基本位置之一，所以就算不知單字的意思，應也能依結構、形式來解題。

譯 Carter Robotics 公司的發言人表示他們的新款房間打掃機器人必將是革命性的。

註 revolutionary 形 完全創新的；革命性的　　assuredly 副 一定地；確實地

[0077] **43.** 答案 **(C)**

本題空格前之 **be 動詞 is 需要補語**，而最適合作為補語用來說明句子主詞 The office manager 的是**形容詞**選項 (C) responsible（須負責任的）。注意，***be responsible for X*** 指「對 X 負責」，為重要片語。另，分屬名詞複數和單數的 (A) responsibilities 和 (B) responsibility（責任）雖可作為補語，但意思不通；而 (D) responsibly（負責任地）則為副詞。

譯 辦公室經理要負責定期檢查辦公用品庫存，並在有需要時下單購買。

[0078] **44.** 答案 **(C)**

空格前的 rose 是主詞 Shares（股票）的述語動詞，為不及物動詞 rise 的過去式，而可**於其後修飾此動詞的是副詞**，因此正解為 (C) sharply（急遽地）。另，(A) sharp（銳利的）是形容詞，(B) sharpen（使銳利）是動詞，(D) sharpness（銳利）則為名詞。

譯 Wellington Depot 公司的股票在該零售商報告了 12 月的創紀錄銷量後急遽上漲。

註 share 名 股票；股份　　retailer 名 零售商；零售店

[0079] **45.** 答案 **(A)**

在此句〈冠詞＋形容詞 ------- is〉的結構中，述語動詞 is **缺少主詞**，所以**名詞**選項 (A) appearance（外表、外觀）是正確答案。professional appearance 指「專業的外表」。而 (B) appear（出現）是動詞，(C) 為其過去式或過去分詞，(D) 則為其第三人稱單數現在式。

譯 專業的外表是求職面試成功的關鍵要素之一。

註 appearance 名 外表；外觀

46. Located in the heart of Manhattan, Gilford's café offers a large ------- of traditional and contemporary American, Japanese, and Chinese dishes.

(A) select
(B) selection
(C) selects
(D) selecting

47. Although Michael Young has been performing as a guitarist for many years, he is ------- unknown in the Japanese music industry.

(A) relative
(B) relatively
(C) relation
(D) relate

48. Ms. Patel's ------- novel, *Clipped Wings*, has been translated into 13 languages since it was first published.

(A) late
(B) lately
(C) latest
(D) lateness

49. The residents of Jamestown and Tomasville ------- approved the construction of a highway to connect the two cities.

(A) overwhelm
(B) overwhelming
(C) overwhelmingly
(D) overwhelmed

50. The most imaginative ------- in the photography competition will receive a new laptop computer from Candy Computers.

(A) submission
(B) submitted
(C) submit
(D) submitting

[0080] 46. 答案 **(B)**

在本題〈冠詞＋形容詞 -------〉之結構的空格中應填入**名詞** (B) selection（品項選擇）。注意，a large selection 為**及物動詞 offers** 的受詞。另，(A) select 是動詞（選擇～）或形容詞「精選的」，(C) 是動詞的第三人稱單數現在式，(D) 則為其現在分詞或動名詞。

譯 位於曼哈頓核心地帶的 Gilford's café 提供各式各樣精製的傳統及現代美式、日式與中式餐點。

[0081] 47. 答案 **(B)**

空格前後的 he is unknown 已是完整的 SVC 句型，可見填入空格處的應是一修飾語，而**修飾緊接於其後之形容詞 unknown（沒沒無聞的）的應為副詞** (B) relatively（相對地）。另，(A) relative 是形容詞「相對的」或名詞「親戚」，(C) relation（關係）是名詞，(D) relate（使有關、把～聯繫起來）則為動詞。

譯 雖然 Michael Young 已經以吉他樂手的身份表演多年，但他在日本音樂界仍然是相對沒沒無聞的。

[0082] 48. 答案 **(C)**

本題空格應填入**修飾**其後作為句子主詞之**名詞 novel（小說）的形容詞**，因此形容詞選項 (A) 和 (C) 皆有可能是答案。但填入 (C) latest（最新的）比填入 (A) late（遲的、晚的）合理，故 (C) 為正解。至於其他選項，(B) lately（近來、最近）是副詞，(D) lateness（遲到）則為名詞。

譯 Patel 女士的最新小說《Clipped Wings》自出版以來已被翻譯成 13 國語言。

[0083] 49. 答案 **(C)**

在 The residents[S] ------- approved[V] ... 此一 **SV 句型**結構中的空格裡，應填入可**修飾其後動詞 approved 的副詞**，故答案為 (C) overwhelmingly（壓倒性地）。而 (A) overwhelm（壓倒～、戰勝～）是動詞，(B) overwhelming（壓倒性的、勢不可擋的）是形容詞，(C) 則為動詞的過去式或過去分詞。

譯 Jamestown 和 Tomasville 的居民以壓倒性多數票贊成興建公路以連接兩個城市。
註 overwhelmingly ⓪ 壓倒性地

[0084] 50. 答案 **(A)**

由空格前出現的最高級形容詞結構 The most imaginative 即可知，空格處應填入**名詞**選項 (A) submission（提交物）。注意，The most imaginative submission 為本句之主詞。另，(B) submitted 是動詞 submit（提交～）的過去式或過去分詞，(C) 為原形動詞，(D) 則為其現在分詞或動名詞。

譯 攝影比賽中最富想像力的參賽作品將獲得 Candy 電腦所提供的一台全新筆記型電腦。
註 submission ⓝ 提交（物）

第 **1** 章

詞性題

[0080]
▼
[0084]

51. A great ------- of employees use public transport to get to work because of the cost of parking in the city.

(A) major
(B) majority
(C) majors
(D) majoring

52. The communications manager from Golden Egg Appliances says the company is studying the ------- of retooling its factory in Ohio.

(A) feasible
(B) more feasible
(C) feasibility
(D) feasibly

53. Hospital staff members are not permitted to share patients' ------- details with outside parties without written consent.

(A) private
(B) privatize
(C) privately
(D) privatization

54. The large drugstore includes a pharmacy with a doctor on hand for ------- during the week.

(A) consulted
(B) consultation
(C) consultant
(D) to consult

55. The fashion chain announced that it expected to record a substantial ------- in the second quarter.

(A) lost
(B) loss
(C) lose
(D) losing

0085　**51.**　　　　　　　　　　　　　　　　　　　　　　　答案 **(B)**　　0085 ▼ 0089

這題的空格前爲冠詞 A 與形容詞 great，故空格內須填入**作爲主詞的名詞**。正確答案是 (B) majority。（a great majority of *X* 是「絕大多數的 X」之意。）另，(A) major 可以是形容詞「主要的」或名詞「主修」，又或是動詞的「主修～」，但其名詞意義與此句文意不符，故不可選；(C) 是名詞的複數形或動詞的第三人稱單數現在式；(D) 則爲動詞之現在分詞或動名詞。

譯▶ 因爲在都市內的停車費用的關係，絕大多數員工都利用公共交通工具通勤上班。

0086　**52.**　　　　　　　　　　　　　　　　　　　　　　　答案 **(C)**

此題的空格前後爲〈冠詞 ------- 介系詞〉形式，故空格處應填入名詞 (C) feasibility（可行性）。（**study the feasibility of *X*** 指「研究 X 的可行性」。）而 (A) feasible（可行的）爲形容詞（注意，此爲常考詞彙），(B) 爲其比較級，(D) feasibly（切實可行地）則爲副詞。

譯▶ Golden Egg 電器公司的公關經理表示，該公司正在研究更新其俄亥俄州工廠設備的可行性。
註▶ retool 動 更新（工廠等的）機械設備　　feasibility 名 可行性

0087　**53.**　　　　　　　　　　　　　　　　　　　　　　　答案 **(A)**

四選項中最適合填入〈所有格 ------- 名詞〉中之空格的是可用來**修飾其後名詞 details**（細節、詳情）的形容詞 (A) private（私人的）。而 (B) privatize（使私有化、使民營化）是動詞，(C) privately（私下、私營地）是副詞，(D) privatization（私有化、民營化）則爲名詞。注意，千萬別只看到空格前爲所有格，就誤選了名詞 (D)，務必要先確認空格之後是否已有名詞。

譯▶ 醫院員工在未有書面同意的情況下，不得與外界分享病患的私人資訊。
註▶ consent 名 同意；承諾

0088　**54.**　　　　　　　　　　　　　　　　　　　　　　　答案 **(B)**

在本題可填入〈介系詞 ------- 介系詞〉內空格的選項應爲**名詞**。而由於空格前無冠詞，因此應選屬於**不可數名詞**的 (B) consultation（諮詢）。另，因 (C) consultant（顧問）是可數名詞，不能以單數且無冠詞的形式使用，故不可選。(A) 是動詞 consult（諮詢～、與～商量）的過去式或過去分詞，(D) 則爲不定詞，二者皆不能直接置於介系詞後。

譯▶ 該大型藥妝店包含一家於週間有一位醫師駐店以供諮詢的藥局。
註▶ pharmacy 名（在醫院等處的）藥局；藥房　　consultation 名（與專家的）諮商；諮詢

0089　**55.**　　　　　　　　　　　　　　　　　　　　　　　答案 **(B)**

空格前爲 a substantial（大量的～），而由於前方的動詞 record（記錄～）**缺乏受詞**，因此空格中應填入**名詞**。正解爲 (B) loss（損失、虧損）。另，(A) lost 是動詞 lose（失去～）的過去式或過去分詞，(C) 爲原形動詞，(D) 爲其現在分詞或動名詞。

譯▶ 該服飾連鎖店宣布他們預計將於第二季出現大量虧損。
註▶ substantial 形 實在的；大量的

56. At the dawn of the Internet, a ------- venture called Next Net was founded to create one of the first search engines.

(A) cooperate
(B) cooperatively
(C) cooperation
(D) cooperative

57. A ------- variety of amenities and services are provided by the newly opened Oakridge Hotel.

(A) broad
(B) breadth
(C) broaden
(D) broadly

58. Consumers tend to prefer domestic brands when buying ------- like milk, medicines, or diapers.

(A) necessitate
(B) necessary
(C) necessarily
(D) necessities

59. Hareyama Flowers provides the ------- arrangements for any occasion including anniversaries, graduations, and weddings.

(A) perfect
(B) perfectly
(C) perfects
(D) perfection

60. Hiring ------- for the new board members will be announced at the meeting this afternoon.

(A) deciding
(B) decisions
(C) decided
(D) to decide

0090 **56.** 　　　　　　　　　　　　　　　　　　　　　　答案 (D)   0090 ▼ 0094

〈冠詞 ------- 名詞〉的空格處應填入**形容詞**，而四選項中唯有 (D) cooperative（合作的、合資的）為形容詞，故為正解。（**cooperative venture** 即「合資企業」之意。）另，(A) cooperate（合作）是動詞，(B) cooperatively（合作地）是副詞，(C) cooperation 則為名詞。

譯▶ 在網路時代的初期，有一家叫 Next Net 的合資企業被創立，而這家公司創建了最早的搜尋引擎之一。

註▶ dawn 名 黎明；開端   venture 名 冒險事業；企業

0091 **57.** 　　　　　　　　　　　　　　　　　　　　　　答案 (A)

適合填入**冠詞與名詞之間**的應為用來**修飾名詞的形容詞**，因此本題選 (A) broad（廣泛的）。（**a broad variety of X** 指「各式各樣、類型廣泛的 X」。）而 (B) breadth（寬度、幅度）是名詞，(C) broaden（擴大、變寬）是動詞，(D) broadly（寬廣地、大體上）則為副詞。

TEX's notes

將 broad 換成 wide 的 a wide variety of X 亦為同樣意思。在多益測驗實際考題中這兩種句型都挺常見的。

譯▶ 新開幕的 Oakridge 飯店提供了各式各樣的便利設施與服務。

0092 **58.** 　　　　　　　　　　　　　　　　　　　　　　答案 (D)

這題的空格處必須填入**作為前面現在分詞 buying 之受詞的名詞**，故正確答案是 (D) necessities（必需品）。（注意，本句在 when 之後省略了 they are。）而 (A) necessitate（使成為必須）是動詞，(B) necessary（必要的）是形容詞，(C) necessarily（必定、必然地）則為副詞。

譯▶ 消費者在購買如牛奶、藥品或尿布等必需品時，往往會偏好國內品牌。

0093 **59.** 　　　　　　　　　　　　　　　　　　　　　　答案 (A)

〈冠詞 ------- 名詞〉的空格處應填入**修飾名詞 arrangements 的形容詞**，因此答案為 (A) perfect（完美的）。(B) perfectly（完美地）是副詞，(C) perfects 是動詞 perfect（使完美）的第三人稱單數現在式，(D) perfection（完美無缺）則為名詞。

譯▶ Hareyama 花店為包括週年紀念日、畢業典禮及婚禮等各種重要時刻提供完美的安排。

0094 **60.** 　　　　　　　　　　　　　　　　　　　　　　答案 (B)

現在分詞 Hiring 之後**欠缺作為主詞的名詞**，故本題應選 (B) decisions（決定）。(A) deciding 是動詞 decide（決定～）的現在分詞或動名詞，而 (C) 為其過去式或過去分詞，(D) 則為不定詞。

譯▶ 新董事會成員的聘用決定將在今天下午的會議上公布。

No.59 出現了「花店」，而與其相關的 florist（花店店員、花商）一詞是常考字，請記起來。

第 1 章　詞性題

61. The photographs featured on our Web site may be purchased ------- from the photographers using the links provided below.

(A) direction
(B) directing
(C) directed
(D) directly

62. Attendees will be asked to complete a ------- survey at the beginning and end of the training program.

(A) brief
(B) briefed
(C) briefest
(D) briefly

63. Mr. Hamilton pointed out that most clerical errors are -------, and suggested a system of checks to resolve the problem.

(A) preventable
(B) prevent
(C) preventing
(D) prevention

64. Urbandale City College provides several management courses that will improve your employment prospects and add to your -------.

(A) qualify
(B) qualified
(C) qualifications
(D) qualifier

65. The use of recyclable materials has expanded ------- in the last few years, thanks to the conscientious effort of manufacturers.

(A) consider
(B) considerate
(C) considerable
(D) considerably

0095 **61.** 答案 (D)

句子裡的 Ⓢ may be purchased 被動形式已然成立，而可附加於這種要素齊備的句子用來**修飾動詞部分的為副詞**，所以正確答案是 (D) directly（直接地）。另，(A) direction（指揮、指導）是名詞，(B) directing 是動詞 direct（指引）的現在分詞或動名詞，(C) 則為其過去式或過去分詞。

譯▶ 展示於我們網站上的照片可利用下方提供的連結，直接向攝影師購買。

0096 **62.** 答案 (A)

在**冠詞與名詞之間**，須填入**修飾名詞的形容詞**，故本題選 (A) brief（簡短的）。而 (B) briefed 是動詞 brief（對～做簡報、簡介～）的過去式或過去分詞。（注意，過去分詞雖可作形容詞用，但是在此一旦填入過去分詞，會變成「被簡介了的調查」，不知所云。）另，(C) briefest 是形容詞的最高級。（最高級需要的冠詞是 the 而非 a，因此 (C) 亦不可選。）最後，(D)「簡潔地」則為副詞，與題意所需無關。

譯▶ 參加者將被要求在訓練計畫的開始及結束時，完成一份簡短的調查。

0097 **63.** 答案 (A)

本句 **be 動詞 are 之後需要補語**，選項中可作為補語的包括形容詞 (A) 與名詞 (D)，而符合文意的是 (A) preventable（可預防的）。注意，(D) prevention（防止、預防）無法等同於主詞「錯誤」，故不可選。另，(B) prevent（預防～）是動詞，與題意所需無關。最後，(C) 為動詞 prevent 之現在分詞或動名詞。（雖然現在分詞可作形容詞，但若填入空格，意思說不通。）

譯▶ Hamilton 先生指出，大部分的文書錯誤都是可預防的，他同時還建議使用一個檢查系統來解決此問題。

註▶ clerical error 文書性的錯誤　preventable 形 可預防的

0098 **64.** 答案 (C)

〈所有格 -------.〉的空格處須填入**表所有物的名詞**，因此選項 (C) qualifications（資格、能力條件）為正解。而 (A) qualify（使有資格）是動詞。｛請記住 **qualify for X**（具有 X 的資格）這個重要句型。｝(B) qualified（有資格的）是形容詞，與題意所需無關。至於 (D) qualifier（合格者）雖亦為名詞，但與文意不符。

譯▶ Urbandale 市立大學提供幾種可改善個人就業前景並增加能力條件的管理課程。

註▶ prospect 名 前景；（成功的）可能性　qualifications 名 資格；能力條件

0099 **65.** 答案 (D)

即使刪除空格，Ⓢ has expanded in ... 此句型依舊成立，故應填入空格處的是用來**修飾現在完成式之動詞部分 has expanded（已擴大）的副詞** (D) considerably（相當多地）。而 (A) consider（考慮～）是動詞，(B) considerate（考慮周到的、體貼的）與 (C) considerable（相當大的、相當多的）則皆為形容詞。

譯▶ 多虧製造商的認真努力，可回收材料的使用在過去幾年裡已大幅增加。

註▶ conscientious 形 認真的；煞費苦心的　considerably 副 相當多地；大幅地

66. Torres Furniture's old location has been ------- since last February, when the store moved to 1630 Sherman Avenue.

    (A) vacant
    (B) vacating
    (C) vacancy
    (D) vacantly

67. The results of recent water quality monitoring in the area verify that community health and safety concerns have been ------- addressed.

    (A) effect
    (B) effective
    (C) effectively
    (D) effectiveness

68. The curtains, designed by Elaine Hutton, are ------- by such distinctive motifs as tulips, stylized birds, and other animals.

    (A) identify
    (B) identifies
    (C) identity
    (D) identifiable

69. The ------- use of office space and equipment in the Tokyo branch has been emulated by several of the other international branches.

    (A) economize
    (B) economical
    (C) economy
    (D) economist

70. For the agreement to be -------, you need to fill out the attached application form and submit it to the human resources manager.

    (A) valid
    (B) validate
    (C) validity
    (D) validates

0100 **66.** 答案 **(A)**

若將**形容詞** (A) vacant（空著的）填入空格，它就可扮演完成式 **be 動詞 has been 後之補語**角色，而且意思也通順，故爲正解。另注意，名詞選項 (C) vacancy（〔工作的〕空缺、空房）雖可作補語，但無法等同於主詞，再加上爲可數名詞需要冠詞，因此不適用。而 (B) vacating 爲動詞 vacate（空出～、騰出～）的現在分詞，其後須有受詞。最後，(D) vacantly（心不在焉地、茫然地）則爲副詞，與題意所需無關。

譯 Torres 傢俱店的舊址自從去年 2 月該店搬遷至 Sherman 街 1630 號後就一直空著。

0101 **67.** 答案 **(C)**

句中 have been addressed 之被動形式完整，所以空格內應填入副詞 (C) effectively（有效地）。至於其他選項，(A) effect（效果）是名詞，(B) effective（有效的）是形容詞，(D) effectiveness（有效性）亦爲名詞。

譯 該區域最近的水質監測結果證明社區的衛生與安全問題已被有效解決。
註 verify 動 證實～；證明～   address 動 處理～；解決～

0102 **68.** 答案 **(D)**

這題的空格處必須填入前面 **be 動詞 are** 的補語，因此可能的答案包括名詞選項 (C) identity 和形容詞選項 (D) identifiable。而符合文意的是 (D)「可辨別的、可認明的」，(C)「身份」無法等同於主詞「窗簾」，故不可選。另，(A) identify（識別～）是動詞，(B) 則爲其第三人稱單數現在式。

譯 Elaine Hutton 所設計的窗簾可由如鬱金香、風格造型的鳥類及其他動物等獨特圖案來辨識。
註 distinctive 形 獨特的；有特色的   motif 名 （服裝設計等的）基本圖案

0103 **69.** 答案 **(B)**

空格前有冠詞，而其後的 use 是表「利用、運用」之意的名詞，後面則有 of 接著修飾語。由此可判斷，空格內應填入可**修飾名詞 use** 的形容詞 (B) economical（經濟的、節省的）。另，(A) economize（節省～）是動詞，(C) economy（經濟）和 (D) economist（經濟學家）皆爲名詞。

譯 東京分公司在辦公室空間與設備方面的節省運用方式已爲其他幾個國際分公司所仿效。
註 emulate 動 仿效～；模仿～

0104 **70.** 答案 **(A)**

本題空格前的 **be 動詞**需要補語，而可作爲補語的選項包括形容詞 (A) valid 和名詞 (C) validity。符合文意的是選項 (A)「有效的、具法律效力的」，名詞 (C)「有效性」無法等同於 agreement（協議、合約），故不可選。另，(B) validate（使生效）是動詞，(D) 則爲其第三人稱單數現在式。

譯 爲了使協議生效，你必須填好附上的申請表格然後交給人力資源經理。

第 1 章 詞性題

71. Huber Online Bookstore guarantees ------- of your order within two
working days, provided you order before 4 P.M.

(A) deliver
(B) delivers
(C) delivering
(D) delivery

72. One of the ------- of the office manager is to identify volunteers for
the emergency evacuation team.

(A) responsible
(B) responsibly
(C) responsibility
(D) responsibilities

73. Ms. Kim received a ------- just three months after being hired as a
sales representative at Wilson Manufacturing.

(A) promote
(B) promoting
(C) promotion
(D) promoted

74. The product concept is derived from the Karaoke sing-along, a
popular pastime in Japan that has been ------- successful in the U.S.
as well.

(A) moderate
(B) moderately
(C) moderating
(D) moderator

75. Due to positive reviews and popular demand, the theatrical
production will continue for an ------- period of time.

(A) extend
(B) extended
(C) extensively
(D) extension

0105 **71.** 答案 (D)

這題的空格處須填入及物動詞 guarantee（保證～）的受詞，所以答案是**名詞**選項 (D) delivery（交付、交貨）。而 (A) deliver（遞送～）是動詞，(B) 為其第三人稱單數現在式，(C) 則為其現在分詞或動名詞。

譯▶ 只要您於下午四點前下單，Huber 網路書店就保證在兩個工作天內把貨送到。

註▶ provided 連 以～為條件；假如～

0106 **72.** 答案 (D)

由於 one of the X 中的 X **必定為複數名詞**，因此本題選 (D) responsibilities（職責、責任）。而 (A) responsible（有責任的）是形容詞，(B) responsibly（負責任地）是副詞，(C) 則為名詞的單數形。

TEX's notes

注意，當主詞部分為 one of the X 時，因主詞為 one，所以動詞必須使用單數。

譯▶ 辦公室經理的職責之一就是要為緊急疏散小組找出志願者。

註▶ evacuation 名 疏散；避難

0107 **73.** 答案 (C)

空格之前為冠詞 a，且其前之**及物動詞 received 欠缺受詞**，所以可作為受詞使用的**名詞** (C) promotion（升遷）就是正確答案。注意，**receive a promotion**（獲得升遷）為重要片語，請牢記。而 (A) promote（使升遷、促進）為動詞，(B) 為其現在分詞或動名詞，(D) 則為其過去式或過去分詞。

譯▶ Kim 女士在受雇為 Wilson 製造公司的業務代表後才三個月就獲得了升遷。

0108 **74.** 答案 (B)

本題去掉空格部分後句子依舊成立，由此判斷空格內應填入修飾語。而四選項中可**修飾後面形容詞 successful** 的唯有**副詞** (B) moderately（適度地），故為正解。另，(A) moderate 可以是形容詞「適度的」或動詞「節制、使符合標準」，(C) 為其現在分詞或動名詞，(D) moderator（會議主席、仲裁者）則為名詞。（注意，be 動詞和形容詞之間是副詞常考的位置之一。）

譯▶ 此產品概念來自在日本為熱門消遣娛樂、在美國也一直還算成功的卡拉 OK。

註▶ *be* derived from X 源自 X；來自 X   moderately 副 適度地

0109 **75.** 答案 (B)

〈冠詞 ------- 名詞〉之結構的空格處應填入**修飾後方名詞的形容詞**，而在選項中屬於形容詞的只有 (B) extended（延長的）。（an extended period of time 是「長期」的意思。）另，(A) extend（延長～）是動詞，(C) extensively（廣泛地、全面地）是副詞，(D) extension（延伸、分機）則為名詞。

譯▶ 由於正面的評論與大眾的要求，該舞台戲劇作品將持續演出很長一段時間。

註▶ theatrical 形 戲劇的   production 名 生產；（藝術）作品
extended 形 延長了的；長期的

76. R&D managers must ------- find a way to reduce the production cost of the new portable computer.

(A) quick
(B) quicker
(C) quickest
(D) quickly

77. A well-designed logo that is ------- recognizable makes a company seem more dependable.

(A) universe
(B) universal
(C) universally
(D) universality

78. Located approximately 150 miles south of Rome, Deer Island can ------- be reached by plane from Napoli Airport.

(A) easily
(B) easy
(C) ease
(D) easiness

79. The age of its components and the cost of repair can indicate whether or not it is ------- to purchase a new computer.

(A) necessitate
(B) necessity
(C) necessary
(D) necessarily

80. Employee training is ------- to running a smooth business and maintaining compliance with industry standards.

(A) vitalize
(B) vitality
(C) vital
(D) vitally

0110 **76.** 答案 **(D)**

若去掉空格部分，⑤ must find a way ... 此句依舊成立，可見空格內應填入修飾語，而可用來**修飾後方動詞 find** 的是副詞 (D) quickly（迅速地）。另，(A) quick（迅速的）是形容詞，(B) 爲其比較級，(C) 則爲其最高級。注意，像本題這樣在**助動詞和原形動詞之間填入副詞**是詞性題的常見題型之一。

TEX's notes

題目中的 R&D 爲 research and development（研究開發、研發）之縮寫。

譯▶ 研發經理們必須迅速找出方法來降低新型可攜式電腦的生產成本。

0111 **77.** 答案 **(C)**

空格前爲 be 動詞 is，其後則爲補語形容詞 recognizable（可識別的），由此可判斷空格內應填入**可修飾此形容詞的副詞** (C) universally（普遍地）。而 (A) universe（宇宙）是名詞，(B) universal（全體的、通用的）是形容詞，(D) universality（普遍性）亦爲名詞。（**be 動詞和形容詞之間**也是**副詞**的常見位置。）

譯▶ 一個可被普遍識別、設計良好的 Logo 標誌會讓一家公司顯得更加可靠。

註 dependable 形 可靠的

0112 **78.** 答案 **(A)**

即使去掉空格，⑤ can be reached ... 此被動句型依舊成立，可見空格處須填入的是**可修飾前後動詞部分 can be reached 的副詞** (A) easily（輕易地）。而 (B) easy（簡單的）是形容詞，(C) ease 可以是名詞「容易」或動詞「緩和」，(D) easiness（從容）則爲名詞。

譯▶ 位於羅馬南方約莫 150 英哩處的 Deer 島可從 Napoli 機場坐飛機輕易到達。

註 approximately 副 大約；近乎

0113 **79.** 答案 **(C)**

whether or not 之後出現了假主詞 it，換言之，其主詞爲 to purchase a new computer，因此本題須以 To purchase a new computer is -------. 的形式來思考作答。由於 be 動詞 is 之後應有**補語**，故符合文意的**形容詞** (C) necessary（必要的）即爲正解。而名詞 (B) necessity（必要性）雖然也可作爲補語，但意思會變成「購買新電腦是必要性」，邏輯不通。另，(A) necessitate（使成爲必須）是動詞，(D) necessarily（必定、必然地）則爲副詞。

譯▶ 零件的老舊程度與維修成本可作爲是否有必要購買新電腦之指標。

0114 **80.** 答案 **(C)**

be 動詞 is 之後需要補語，而選項中可作爲補語的有名詞 (B) vitality 和形容詞 (C) vital。(C)「必要的」表達了主詞 Employee training（員工訓練）之重要性，文意適當合理，因此爲正確答案。至於名詞 (B)「活力」則因無法等同於 Employee training，故不可選。另，(A) vitalize（使有活力）是動詞，而 (D) vitally（極其、充滿活力地）則爲副詞。

譯▶ 員工訓練對一個企業的順利營運及維持符合該業界之標準來說非常重要。

註 compliance 名 遵照；符合（規則、命令等）　　vital 形 必不可少的；極其重要的

81. Once the board of directors approves the plan, construction of the new ------- will begin.

(A) build
(B) builder
(C) to build
(D) building

82. Strong Steels Inc. is ------- regarded as one of the leading steel engineering companies in Asia.

(A) wider
(B) widened
(C) widening
(D) widely

83. Ms. Anderson is looking for a dress that is both ------- and comfortable to wear to her supervisor's retirement party.

(A) elegant
(B) elegance
(C) elegantly
(D) more elegantly

84. Iznik, the site of the ancient Greek Council of Nicaea, has ------- been an important center for ceramics production.

(A) history
(B) historian
(C) historical
(D) historically

85. Most of the business travelers surveyed rated Starlight Hotel highly because of the ------- of the rooms and its convenient location.

(A) clean
(B) cleanly
(C) cleanliness
(D) cleans

[0115] **81.**   答案 **(D)**

由空格前的定冠詞 the 和形容詞 new 即可知，空格內應填入一**名詞**，因此答案有可能是 (B) builder 或 (D) building。而若將 (D)「建築物」填入空格後文意通順，（注意，the new building 為其前**介系詞 of** 之受詞。）但填入 (B)「建築商、建立者」則不知所云，故 (D) 為正解。另，(A) build 是動詞「建造」，(C) 則為不定詞。

譯▶ 一旦董事會批准該計畫，新大樓的建設便會展開。

[0116] **82.**   答案 **(D)**

這題去掉空格後，被動句型依舊成立，可見填入空格處的應是一修飾語。正解為可用來**修飾前後動詞部分 is regarded（被視為）的副詞** (D) widely（廣泛地、普遍地）。而 (A) wider 是形容詞 wide（寬廣的）的比較級，(B) widened 是動詞 widen（擴大～、使變寬）的過去式或過去分詞，(C) 則為其現在分詞或動名詞。

譯▶ Strong Steels 有限公司在亞洲被廣泛視為主要的鋼鐵工程公司之一。

[0117] **83.**   答案 **(A)**

在 both X and Y（X 和 Y 都）這種結構中，於**對等連接詞 and 前後的 X 和 Y 必須為屬於同樣詞性之字詞**。而這裡的 Y 是形容詞 comfortable，故 X 應填入同為**形容詞**的 (A) elegant（優雅的）。另，(B) elegance（優雅）是名詞，(C) elegantly（優雅地）是副詞，(D) 則為副詞之比較級。

譯▶ Anderson 女士正在尋找一件優雅又舒適的禮服，以便穿去參加她上司的退休派對。

[0118] **84.**   答案 **(D)**

這題去掉空格後，現在完成式的句型依舊成立，由此可知填入空格處的應是一修飾語。答案是可用來**修飾前後動詞部分 has been 的副詞** (D) historically（在歷史上）。另，(A) history（歷史）和 (B) historian（歷史學家）都是名詞，(C) historical（歷史的）則為形容詞。（注意，現在完成式的 **has / have** 和過去分詞之間，亦為**副詞**的常見位置之一。）

譯▶ Iznik，古希臘尼西亞會議的所在地，在歷史上一直是個重要的陶瓷生產中心。

註▶ site 名 地點；場所；遺跡

[0119] **85.**   答案 **(C)**

〈冠詞 ------- 介系詞〉此結構中的空格內須填入**名詞**，故本題應選 (C) cleanliness（清潔）。（注意，-ness 為名詞字尾。）而 (A) clean 可以是形容詞「乾淨的」或動詞「把～弄乾淨」，又或是副詞「完全地」；(B) cleanly（乾淨俐落地）是副詞，(D) cleans 則為動詞的第三人稱單數現式。

譯▶ 大部分接受意見調查的商務旅客對 Starlight 的評價都很高，因為它的房間乾淨且位置便利。

註▶ rate 動 評價～

86. Venture capital firms are considering contests that offer competing entrepreneurs multimillion-dollar prizes if they come up with ------- technologies.

(A) innovate
(B) innovative
(C) innovates
(D) innovatively

87. The company's recent rise in ------- can be attributed to the managerial acumen of the newly appointed CEO, Leonie Wagner.

(A) profitability
(B) profitable
(C) profited
(D) to profit

88. Smile Fitness Center, an exclusive fitness club in Seoul, is ------- seeking full-time personal trainers.

(A) urgent
(B) most urgent
(C) urgency
(D) urgently

89. ------- of your order will be sent within 24 hours to the e-mail address you have provided.

(A) Confirmation
(B) Confirms
(C) Confirmed
(D) Confirming

90. Smokey Joe's café has three ------- in Tokyo, including one recently opened in Aoyama.

(A) locate
(B) locates
(C) located
(D) locations

[0120] **86.** 答案 **(B)**   [0120]▼[0124]

適合填入〈介系詞 ------- 名詞〉結構中之空格的應為可**修飾其後名詞的形容詞**。選項 (B) innovative（創新的）即為本題正解。而 (A) innovate（革新～）是動詞，(C) 是其第三人稱單數現在式，(D) innovatively（創新地）則為副詞。（請將相關名詞衍生詞 innovation（創新）也一併記起來。）

第**1**章 詞性題

譯▶ 創投公司正考慮為競爭的創業者們舉辦競賽，如果誰能想出創新的技術，比賽就提供數百萬美元的獎金。

註▶ competing **形** 競爭的   entrepreneur **名** 創業家   come up with *X* 想出 *X*

[0121] **87.** 答案 **(A)**

由於從句首至空格為止應為本句主詞，因此空格處必須填入一**名詞**，以作為其前**介系詞 in** 的受詞。正解為 (A) profitability（收益）。（注意，-ty 為名詞字尾。）另，(B) profitable（有利益的）是形容詞，(C) profited 為動詞 profit（使獲利、獲利）的過去式或過去分詞，(D) 則為不定詞。

譯▶ 該公司最近獲利的增加可歸功於新任命的執行長 Leonie Wagner 在管理上的精明。

註▶ attribute *X* to *Y* 將 *X* 歸因於 *Y*   managerial **形** 管理上的   acumen **名** 聰明；敏銳

[0122] **88.** 答案 **(D)**

這題去掉空格後，現在進行式的句型依舊成立，由此判斷空格內需要一修飾語，而可用來**修飾前後動詞部分 is seeking**（正在尋求～）的是**副詞** (D) urgently（迫切地）。另，(A) urgent（緊急的）是形容詞，(B) 為其最高級，(C) urgency（急迫性）則為名詞。（注意，**be 動詞和分詞之間**是**副詞**的常見位置之一。）

譯▶ 位於首爾的高級健身俱樂部 Smile Fitness Center 正迫切尋求全職的個人健身教練。

[0123] **89.** 答案 **(A)**

動詞 will be 之前為**主詞**部分，故本題選**名詞** (A) Confirmation（確認）。另，(B) Confirms 是動詞 confirm（確認～）的第三人稱單數現在式，(C) 為其過去式或過去分詞，(D) 則為其現在分詞或動名詞。（注意，動名詞雖可作為主詞，但由於 confirm 為及物動詞，因此使用時其後須有受詞，例如 Confirming your order is ....。）

譯▶ 您訂單的確認信將於 24 小時內發送至您所提供的電子郵件地址。

[0124] **90.** 答案 **(D)**

本句述語動詞 **has** 為及物動詞，其後須有受詞，而可作為受詞使用的是**名詞**選項 (D) locations（地點、位置）。另，(A) locate（找出～的地點）是動詞，(B) 為其第三人稱單數現在式，(C) located（位於的、座落於）則為過去分詞形容詞。

譯▶ Smokey Joe's café 在東京有三處，其中包括最近在青山開幕的那一家。

91. During the probationary period, all newly hired engineers of Thunder Engineering work very ------- with their supervisors.

(A) close
(B) closely
(C) closer
(D) closest

92. The company's annual strategy meeting will be held at the headquarters on Tuesday to discuss steps to enhance ------- among the different departments.

(A) cooperate
(B) cooperated
(C) cooperative
(D) cooperation

93. The strategic partnership agreement with a leading Canadian business publisher will enable Bear Publishing to reach a ------- group of readers.

(A) diverse
(B) diversity
(C) diversely
(D) diversify

94. Situated in the center of Budapest, Royal Sky Hotel is easily ------- to business travelers using public transport.

(A) access
(B) accesses
(C) accessible
(D) accessibility

95. Please show ------- for other guests by refraining from conversing during the performance.

(A) consider
(B) considerate
(C) consideration
(D) considerably

0125 **91.**　　　答案 (B)

由空格前有動詞 work 和副詞 very 可推斷，空格內應填入的是用來**修飾動詞 work 的副詞** (B) closely（緊密地、密切地）。（注意，closely 修飾 work，而 very 修飾 closely。）另，雖然 (A) close 除了動詞（指「關」）及形容詞（指「近」）之外，也有作爲副詞的用法，但它必須採取如 I work close to home.（我在家附近工作）這樣的形式，故不選。而 (C) closer 是 close 的比較級，(D) 則爲最高級。

譯 在試用期間，所有 Thunder 工程公司的新進工程師都和他們的主管非常密切地一同工作。
註 probationary 形 試用的；實習中的　　supervisor 名 主管；上司

0126 **92.**　　　答案 (D)

空格前的 **enhance**（提高～、增強～）為及物動詞，其後須有受詞，因此應填入可作爲受詞使用的**名詞** (D) cooperation（合作、協力）。而 (A) cooperate（合作）是動詞，(B) 爲其過去式或過去分詞，(C) cooperative 則可爲形容詞表「合作的、協力的」之意，或爲名詞指「合作社」，但因其作爲名詞時的意義與本題文意不符，故不選。

譯 該公司的年度策略會議將於週二在總部舉行，以討論加強不同部門間合作的步驟。

0127 **93.**　　　答案 (A)

本題空格前爲冠詞，後爲名詞，所以空格內應填入可**修飾名詞的形容詞** (A) diverse（多種多樣的）。原則上，將副詞 (C) diversely（多種多樣地）的字尾 ly 去掉，便會是形容詞，故這題光靠字尾就能判斷詞性。而 (B) diversity（多樣性）是字尾爲 -ty 的名詞，(D) diversify（使多樣化）則是字尾爲 -fy 的動詞。

譯 與一家主要的加拿大商業出版商的策略合作協議將使 Bear 出版得以觸及多元化的讀者群。
註 diverse 形 多種多樣的

0128 **94.**　　　答案 (C)

在〈**be 動詞＋副詞 ------〉**之結構的空格內應填入**作爲補語的形容詞**，因此本題選 (C) accessible（容易到達的）。而 (A) access 可以是名詞「近用、進入（或使用）的權利」或動詞「存取（電腦資料）」，(B) 是動詞的第三人稱單數現在式，(D) accessibility（易達性）則爲名詞。

譯 位於布達佩斯中心地帶的 Royal Sky 飯店使得商務旅客只要利用公共交通工具就可輕易到達。

0129 **95.**　　　答案 (C)

本題之 **show**（表現出～、顯示出～）為及物動詞，其後應接受詞。(C) consideration（考量、體貼）爲正解。而 (A) consider（考慮到～、顧及～）是動詞，(B) considerate（考慮周到的、體貼的）是形容詞，(D) considerably（相當多地、大幅地）則爲副詞。

譯 在演出時請避免交談，以表示對其他來賓應有的體貼。
註 refrain from *doing* 避免做～；忍住不做～　　converse 動 交談
consideration 名 考量；體貼

96. Ms. Carter's presentation included a ------- explanation of the hiring practices leading companies use to find suitable candidates.

(A) length
(B) lengthy
(C) lengthily
(D) lengthen

97. Sales figures from the Shinjuku, Shibuya, and Yokohama stores showed a ------- rise in the volume of winter clothing sold during September and October.

(A) notice
(B) noticing
(C) noticeable
(D) noticeably

98. Mr. Ali ------- threw away the copies of his itinerary for his trip to Mumbai, so he had to have new ones printed.

(A) mistake
(B) mistakenly
(C) mistakes
(D) mistook

99. Repairs on Highway 12 are likely to cause ------- in the delivery of supplies to local restaurants.

(A) delays
(B) delayed
(C) to delay
(D) be delayed

100. The ------- in the produce section of the Freshone Supermarket will feature exotic fruit from Australia.

(A) display
(B) displaying
(C) displayed
(D) displayable

[0130] 96.   答案 (B)

可填入〈**冠詞 ------- 名詞**〉結構中之空格的選項應為**可修飾其後名詞的形容詞**。(B) lengthy（冗長的）為本題正解。而 (A) length（長度）是名詞，(C) lengthily（冗長地、長時間地）是副詞，(D) lengthen（延長～、加長～）則為動詞。注意，這些字皆可由字尾 -th（名詞）、-y（形容詞）、-ly（副詞）、-en（動詞）來判斷詞性。

譯 Carter 女士的簡報包含了一段關於龍頭企業用來找出合適人選之雇用方法的冗長說明。

[0131] 97.   答案 (C)

與上一題相同，〈**冠詞 ------- 名詞**〉空格內應填入可**修飾其後名詞的形容詞**，故本題選 (C) noticeable（顯著的）。(A) notice 可以是動詞「注意到～」或名詞「通知」，(B) noticing 是現在分詞或動名詞，(D) noticeably（顯著地）則為副詞。

譯 來自新宿、涉谷和橫濱店的銷售數字顯示出在 9 月和 10 月期間冬衣銷量顯著上升。

註 noticeable 形 顯著的；值得注意的

[0132] 98.   答案 (B)

Mr. Ali [S] ------- threw away [V] 的空格處應填入**修飾其後述語動詞 threw away（丟棄）的副詞** (B) mistakenly（錯誤地）。而 (A) mistake 是名詞「錯誤」或動詞「誤解、弄錯」，(C) mistakes 是名詞的複數形或動詞的第三人稱單數現在式，(D) mistook 則為動詞的過去式。

譯 Ali 先生誤將他要去孟買的旅遊行程表給丟了，所以他必須重新印一份。

註 itinerary 名 旅行計畫；行程（表）

[0133] 99.   答案 (A)

由於空格前的 **cause**（導致～、引起～）為及物動詞，其後需要受詞，而可作為受詞使用的是**名詞**，故正解為 (A) delays（延遲）。（注意，delays 可為名詞之複數形，也可為動詞「使延誤、耽擱」第三人稱之單數形。）(B) delayed 是動詞 delay 的過去式或過去分詞，(C) 是不定詞，(D) 則為〈be 動詞＋過去分詞〉的被動形式。

譯 12 號公路的修補工程可能會導致當地餐廳物資配送的延誤。

[0134] 100.   答案 (A)

句中〈**冠詞 ------- 介系詞**〉之空格處必須填入**名詞**，故本題選 (A) display（展示）。而 (B) displaying 是動詞 display（陳列、展出）的現在分詞或動名詞，(C) displayed 是動詞的過去式或過去分詞，(D) displayable（可展示的）則為形容詞。

譯 Freshone 超市農產品區的展示將主打來自澳洲的奇特水果。

註 produce 名 農產品；生鮮蔬果

◎ 請以每題 20 秒的速度為目標作答。

1. The company picnic will be held on a beach, but the weather ------- is predicting heavy rain.

(A) forecast
(B) forecasts
(C) will forecast
(D) to forecast

2. The board conducted a second round of ------- with the four selected candidates for the position on Tuesday.

(A) interview
(B) interviews
(C) interviewed
(D) interviewer

3. More than half of the respondents said television was more ------- than any other form of advertising.

(A) memory
(B) memorize
(C) memorable
(D) memorably

4. All students who wish to be considered for financial aid for the fall semester should file their ------- by May 30.

(A) applications
(B) applicants
(C) applicability
(D) applies

5. Texas Carbide is looking for three marketing professionals who have work experience in the textile -------.

(A) industry
(B) industrialize
(C) industrial
(D) industrialist

接著挑戰應用篇！這個等級的題目也務必要能確實答對才行。

0135 1. 答案 (A)

空格處應填入**作為述語動詞 is 之主詞 the weather 的單數形名詞**，因此正確答案為 (A) forecast（預報、預測）。注意，weather forecast（氣象預報）為〈**名詞＋名詞**〉的複合名詞。而 (B) 是動詞 forecast（預測～）的第三人稱單數現在式或名詞的複數形，(C) 是動詞的未來式，(D) 則為不定詞。

譯 公司的野餐將於海灘舉行，但是氣象預報說會下大雨。

0136 2. 答案 (B)

可填入**介系詞和介系詞之間**的是**名詞**，而在空格前的 a round of X（一輪的 X）句型中，X 必須為**複數名詞**（因為要進行多次的 X），故選項 (B) interviews（面試）為正解。另，(A) 是名詞的「面試」或動詞的「面試～」，(C) 是動詞的過去式或過去分詞，(D) interviewer（面試官）亦為名詞。

譯 董事會在週二對該職位的四位選定候選人進行了第二輪的面試。

0137 3. 答案 (C)

由空格前之 be 動詞 was 及其後表比較級的 more 即可知，空格內應填入**形容詞** (C) memorable（難忘的、值得懷念的），以形成 X was more memorable than Y.（X 比 Y 更令人難忘）此比較級句型。而 (A) memory（記憶）是名詞，(B) memorize（記住～）是動詞，(D) memorably（留在記憶中地）則為副詞。

譯 超過一半的受訪者表示，電視比任何其他的廣告形式都來得令人難忘。
註 respondent 名 受訪者；被告

0138 4. 答案 (A)

空格內應填入表**代名詞所有格 their 之所有物的名詞**，而在名詞選項 (A)、(B)、(C) 當中，跟在 their 之後可作 file（提出～）之受詞且文意通順者只有 (A) applications（申請書），故為正解。(B) applicants（申請人）和 (C) applicability（適用性）皆與文意不符；(D) 則為動詞 apply（申請～）的第三人稱單數現在式。

譯 所有希望秋季學期被考慮可獲得經濟援助的學生皆應於 5 月 30 日前提出申請書。
註 aid 名 援助

0139 5. 答案 (A)

若將空格前方的名詞 textile（紡織品）視為介系詞 in 的受詞，答案就會是副詞，但選項中並無副詞，而若將**名詞** (A) industry（產業）填入空格，則會形成 **textile industry**「紡織業」此一**複合名詞**，且文意通順，故本題選 (A)。另，(D) industrialist（實業家）雖亦為名詞，但與文意不符，(B) industrialize（使工業化）是動詞，(C) industrial（工業的、產業的）則為形容詞。

譯 Texas Carbide 公司正在尋找三名具有紡織業工作經驗的行銷專家。
註 textile 名 紡織品；紡織原料

6. The company performed well this year and ------- surpassed last year's profits.

(A) neared
(B) nearly
(C) nearest
(D) nearness

7. After the six-month probationary period, new employees may be eligible for an ------- in salary.

(A) increase
(B) increasing
(C) increasingly
(D) increased

8. It took several days for the managers to decide on which applicant was the most ------- for the position.

(A) qualify
(B) qualified
(C) qualification
(D) qualifies

9. In December, toy stores usually receive lots of shipments and prices remain ------- until after the holidays.

(A) compete
(B) competitive
(C) competitively
(D) competition

10. Because of its cool climate, the eastern region of Hokkaido is ------- for dairy farming.

(A) ideal
(B) idea
(C) ideally
(D) idealistic

0140　**6.**　　　　　　　　　　　　　　　　　　　　　　　　答案 (B)

本句結構爲 ⑤ ⑰ and ------- surpassed⑰ ...，也就是說，對等連接詞用來連接兩個動詞，而在 **SV** 之間用以修飾其後動詞的應爲副詞，故正解爲 (B) nearly（幾乎）。另，(A) neared 是動詞 near（接近～）的過去式或過去分詞，(C) 是形容詞 near（接近的）的最高級，而若將名詞 (D) nearness（近、靠近）塡入空格則不知所云。

譯▶ 該公司今年的業績表現良好，而且幾乎超越去年的獲利。

註▶ surpass 動 超越～；勝過～

0141　**7.**　　　　　　　　　　　　　　　　　　　　　　　　答案 (A)

本題可塡入〈冠詞 ------- 介系詞〉結構中之空格的爲**名詞**，因此選 (A) increase（增加）。注意，increase 也經常以表「增加、使～增加」之意的動詞形式出現。而 (B) 可作動詞的現在分詞或動名詞，但因表行爲的動名詞不可數，其前不可加冠詞 an，故不選。另，(C) increasingly（越來越多地、紛紛地）是副詞，(D) 則爲動詞的過去式或過去分詞。

譯▶ 在六個月的試用期過後，新進員工可能有資格獲得加薪。

註▶ eligible 形 有資格的

0142　**8.**　　　　　　　　　　　　　　　　　　　　　　　　答案 (B)

be 動詞 was 之後需要補語，所以正確答案是**形容詞**選項 (B) qualified（符合條件的），而 the most qualified（最適任的）爲其最高級形式。而名詞選項 (C) qualification（資格）雖也可作爲補語，但無法等同於主詞「應徵者、申請人」，故不可選。另，(A) qualify（使有資格）是動詞，(D) 則爲動詞的第三人稱單數現在式。

譯▶ 經理們花了幾天時間來決定哪個應徵者最適合此職務。

註▶ qualified 形 符合條件的

0143　**9.**　　　　　　　　　　　　　　　　　　　　　　　　答案 (B)

空格前的動詞 remain（保持不變）與 be 動詞相同，須採後方**伴隨補語之 SVC** 形式，而四選項中可作爲補語的是形容詞 (B) competitive 和名詞 (D) competition，但符合文意的是 (B)「有競爭力的」，而 (D)「競爭」無法等同於主詞「價格」，故不選。另，(A) compete（競爭、對抗）是動詞，(C) competitively（有競爭力地）則爲副詞。

譯▶ 十二月時，玩具店通常都會收到很多貨，而一直到假期結束爲止價格都仍保有競爭力。

註▶ competitive 形 有競爭力的

0144　**10.**　　　　　　　　　　　　　　　　　　　　　　　　答案 (A)

be 動詞 is 之後需要補語，而可作爲補語使用的是形容詞或名詞，故 (A) ideal、(B) idea、(D) idealistic 都有可能是答案，但其中符合前後文意的只有形容詞 (A)「理想的、非常合適的」，而名詞 (B)「構想」和形容詞 (D)「理想主義的」皆不適合。另，(C) ideally（理想地）則爲副詞。

譯▶ 由於氣候寒涼，北海道東部非常適合做酪農業。

註▶ dairy 名 酪農（業）

16. The tables at the banquet were prepared in a style that was ------- yet elegant.

(A) simple
(B) simply
(C) simplify
(D) simplification

17. Conference organizers made arrangements for all ------- guests to be presented with an information package.

(A) arrive
(B) arrives
(C) arrival
(D) arriving

18. The number of orders for the month of May was estimated extremely ------- resulting in a substantial reduction in waste.

(A) accurate
(B) accurately
(C) accuracy
(D) accuracies

19. The store display attracted a lot of attention from customers with its ------- colored packages and entertaining animated mannequins.

(A) brighten
(B) brightly
(C) brightened
(D) brightness

20. As one of the fastest ------- distributors in the country, Falcon Supply Inc., is known for its commitment to quality.

(A) grow
(B) grew
(C) growing
(D) growth

[0150] **16.**　　　　　　　　　　　　　　　　　　　　　　　　答案 (A)

be 動詞 was 之後需要補語，而可作為補語使用的是形容詞 (A) simple 和名詞 (D) simplification，但符合文意者為形容詞 (A)「簡單的」，名詞 (D)「單純化」在此則意思不通。另，(B) simply（單純地）是副詞，(C) simplify（簡化、使單純）則為動詞。

TEX's notes

> 空格後的 yet 在此為表「但卻～」之意的<u>對等連接詞</u>，其前後也必須並列同詞性的詞彙（elegant 亦為形容詞）。

譯▶ 宴會中的餐桌以簡單卻優雅的風格安排佈置。

[0151] **17.**　　　　　　　　　　　　　　　　　　　　　　　　答案 (D)

這題的空格處應填入能**修飾後方名詞 guests（賓客）的形容詞**，而在四選項中可作形容詞使用的只有**現在分詞** (D) arriving（到達）。另，(A) arrive（到達）是動詞，(B) 為其第三人稱單數現在式，(C) arrival（到達）則為名詞。

TEX's notes

> 注意，選項 (C) arrival 儘管字尾為 -al，但卻不是形容詞，而是名詞。此外，雖說有複合名詞 arrival time（到達時間）這類用法，但 arrival 一般並不用於修飾人。

譯▶ 研討會的主辦人員安排了讓所有到達的賓客都獲得一套資料。

[0152] **18.**　　　　　　　　　　　　　　　　　　　　　　　　答案 (B)

由於 ⓢ was estimated. 此被動句型已成立，因此本題選**修飾被動述語動詞 was estimated（被估計）的副詞** (B) accurately（精準地）。（注意，extremely 則為修飾 accurately 之副詞。）而 (A) accurate（精準的）是形容詞，(C) accuracy（精準、準確性）是名詞，(D) 則為名詞之複數形。

譯▶ 五月份的訂單數量被非常精準地估算出來，因此大大地減少了浪費。

[0153] **19.**　　　　　　　　　　　　　　　　　　　　　　　　答案 (B)

若將副詞 (B) brightly（鮮豔地、明亮地）填入空格處，便可用來修飾形容詞 colored（有顏色的、彩色的），而形成「有鮮豔色彩的→包裝」通順的文意。另，(A) brighten（使明亮）是動詞，(C) 為其過去式或過去分詞，(D) brightness（明亮）則為名詞。

譯▶ 該店家的陳列以有鮮豔色彩的包裝和具娛樂效果、栩栩如生的假人模特兒吸引了許多顧客的注意力。

[0154] **20.**　　　　　　　　　　　　　　　　　　　　　　　　答案 (C)

在〈**副詞（最高級）------- 名詞**〉之結構中的空格內應填入**形容詞**以修飾其後名詞，而選項中可作為形容詞修飾 distributors（批發商）的只有**現在分詞** (C) growing（成長中的）。另，(A) grow（成長、栽培～）是動詞，(B) 為其過去式，(D) growth（成長）則為名詞。

譯▶ 作為該國成長最快速的批發商之一，Falcon Supply 公司以其對品質的承諾而聞名。

21. Crown Corporation has been the leading ------- of innovative fabrics for over 25 years.
    (A) produce
    (B) produced
    (C) production
    (D) producer

22. If all single rooms are already booked, guests will be offered a double room for single use at a ------- higher rate.
    (A) correspond
    (B) corresponding
    (C) correspondingly
    (D) correspondence

23. Dylan Clarke has been promoted to the position of marketing manager because he organized a national campaign -------.
    (A) commend
    (B) commendable
    (C) commendably
    (D) commended

24. Although construction has already been approved, the city is still looking for an ------- to coordinate the project.
    (A) architect
    (B) architecture
    (C) architectural
    (D) architecturally

25. Since his appointment as CEO, Nathan Lee has been running the company much ------- than his predecessor.
    (A) efficient
    (B) efficiently
    (C) more efficient
    (D) more efficiently

0155 **21.** 答案 (D)

本題〈冠詞＋形容詞 ------- 介系詞〉之結構的空格應填入**名詞**，而在選項中，符合文意的名詞只有 (D) producer（生產商）。另，(A) produce 除了可作爲動詞「生產～」外，也可作爲名詞「農產品」，但這與文意不合，故不選。(C) production 的「生產」亦爲名詞，但並無法等同於主詞的「公司」。至於 (B) 則爲動詞的過去式或過去分詞。

譯 ▶ Crown 公司超過二十五年來一直是創新織品的主要生產商。

註 ▶ fabric 名 布料；織品／物

0156 **22.** 答案 (C)

〈冠詞 ------- 形容詞＋名詞〉之結構中的空格內應填入副詞或形容詞。而若將副詞 (C) **correspondingly**（相對應地）填入空格，便可修飾形容詞的比較級 higher，變成「相應地較高的→價格」，文意通順。但填入形容詞 (B) corresponding（一致的、對應的）則意思不通。另，(A) correspond（符合、對應）是動詞，(D) correspondence（來往聯繫、相似之處）則爲名詞。

譯 ▶ 如果所有單人房都被訂滿了，飯店將提供客人價格相對較高的雙人房作爲單人用。

註 ▶ correspondingly 副 相對應地

0157 **23.** 答案 (C)

在 because 之後，he[S] organized[V] a national campaign[O] 此句型已然成立，而在這種**要素齊備的句子之句尾應使用副詞來修飾動詞**，因此本題選 (C) commendably（值得讚賞地）。另，(A) commend（稱讚～）是動詞，(B) commendable（值得稱讚的）是形容詞，至於 (D) 則爲 (A) 的過去式或過去分詞。

譯 ▶ Dylan Clarke 因爲將一場全國性的活動辦得相當令人讚賞，所以被提拔爲行銷主管。

註 ▶ commendably 副 值得讚賞地

0158 **24.** 答案 (A)

不定冠詞 an 之後應填入名詞。四個選項當中名詞選項爲 (A) architect 和 (B) architecture，而可填入本題空格且使文意通順的是 (A)「建築師」，(B)「建築學、建築風格」則與文意不符。另，(C) architectural（建築的）是形容詞，(D) architecturally（在建築學上）則爲副詞。

譯 ▶ 雖然建造一事已獲批准，但該市仍在尋找一名建築師來協調此專案。

0159 **25.** 答案 (D)

這題的空格後有 **than**，由此判斷屬於比較級的 (C) 和 (D) 是可能的選擇。而空格前爲**要素齊備的句子**（much 是加強比較級的副詞），因此正解爲用來**修飾動詞 has been running**（一直在經營～）的副詞 (D) more efficiently（更有效率地）。另，(A) efficient（有效率的）是形容詞，(C) 則爲其比較級。

譯 ▶ 自從被任命爲執行長以來，Nathan Lee 一直比其前任更有效率地經營著公司。

註 ▶ appointment 名 任命   run 動 經營～   predecessor 名 前任（者）

26. The Independent School Association has welcomed some of the
------- lecturers, authors, and performing artists in California.

(A) more prominent
(B) most prominent
(C) more prominently
(D) most prominently

27. The City University offers masters programs in civil engineering,
construction, project -------, and information technology.

(A) manage
(B) managed
(C) manageable
(D) management

28. Some contractors use special ------- tools to help pinpoint the source
of common home problems.

(A) diagnose
(B) diagnosed
(C) diagnostic
(D) diagnostically

29. The policy that late fees are charged for books returned after the due
date is stated quite ------- in the agreement.

(A) clear
(B) clearly
(C) clarity
(D) clearer

30. Tullox Shoes are constructed in South East Asia according to the
------- standards for durability and comfort.

(A) strictly
(B) more strictly
(C) strictest
(D) strictness

0160 **26.** 答案 (B)

0160 ▼ 0164

冠詞與名詞之間的空格內應填入**形容詞**，而形容詞選項 (A) more prominent（較著名的）和 (B) most prominent（最著名的）分別爲比較級和最高級，而由於在文中並無比較對象，故 (A) 不適當。因此，本題選 (B)。另，(C) more prominently、(D) most prominently 分別爲副詞 prominently（顯著地）的比較級和最高級，並不用於修飾名詞。

譯▶ 獨立學校協會已迎來一些加州最著名的講師、作家和表演藝術家。

註▶ prominent 形 著名的；卓越的

0161 **27.** 答案 (D)

本題〈名詞, 名詞, project -------, **and** 名詞〉部分屬平行結構，故若將名詞 (D) 填入空格處，便能建立**複合名詞 project management**（專案管理），完成**平行結構**。而 (A) manage（管理～）是動詞，(B) 爲其過去式或過去分詞，(C) manageable（可管理的）則爲形容詞。

譯▶ 城市大學提供土木工程、建築、專案管理，以及資訊技術的碩士學程。

0162 **28.** 答案 (C)

在這句裡 Ｓ use_V tools_O 句型已然成立，可見填入空格的應爲一修飾語。四選項中，以**形容詞 (C) diagnostic（診斷用的）修飾空格後名詞 tools（工具）**最爲合理。（注意，special 用來修飾 diagnostic tools。）另，(A) diagnose（診斷～）是動詞，(B) 爲其過去式或過去分詞，(D) diagnostically（在診斷方面）則爲副詞。

譯▶ 有些承包商會使用特殊的診斷用工具來幫助查明常見居家問題的根源。

註▶ diagnostic 形 診斷用的   pinpoint 動 查明；精準地確定（位置、原因等）

0163 **29.** 答案 (B)

Ｓ is stated -------. 爲一完整的句子，換言之，本題應選**副詞 (B) clearly（清楚地）**填入空格，用以**修飾述語動詞 is stated**。（注意，quite 則用來修飾 clearly。）而 (A) clear 可爲動詞「清除、使乾淨」或形容詞「清楚的、清澈的」，(C) clarity（清楚、明晰）是名詞，(D) 則爲形容詞的比較級。

譯▶ 協議中相當清楚地說明了在期限後還書會被收取逾期費之方針。

0164 **30.** 答案 (C)

本題**冠詞與名詞之間**的空格，應填入可**修飾名詞 standards（標準）**的形容詞，而在選項中爲形容詞的只有最高級的 (C) strictest（最嚴格的）。另，(A) strictly（嚴格地）是副詞，(B) 是副詞的比較級，(D) strictness（嚴格、嚴謹）則爲名詞。

譯▶ Tullox 鞋品是依最嚴格之耐用及舒適標準於東南亞製造的。

註▶ durability 名 耐用（性）   comfort 名 舒適（性）

31. The highly anticipated second album of William Roy is ------- from the first but no less remarkable.

(A) distinct
(B) distinguish
(C) distinction
(D) distinctly

32. The mission of the university store is to provide a wide range of ------- priced merchandise to students and faculty members.

(A) compete
(B) competitive
(C) competitively
(D) competition

33. Light, maneuverable, and powerful, this lawnmower is perfectly ------- to small lawns of up to 2,000 square feet.

(A) suit
(B) suited
(C) suiting
(D) suits

34. Japanese cuisine has received a lot of attention in the last 10 years, and ------- has gained popularity all over the world.

(A) consequent
(B) consequently
(C) consequence
(D) consequences

35. Should you require ------- with your selection of tools, please talk to one of our experienced advisors.

(A) assist
(B) assisted
(C) assistance
(D) assists

0165 **31.** 答案 (A)

be 動詞 is 之後需要補語，四選項中只有形容詞 (A) distinct 和名詞 (C) distinction 可作為補語，而符合文意的是**形容詞** (A)「與其他不同的」，名詞 (C)「區別、不同點」無法等同於主詞「專輯」，故不可選。另，(B) distinguish（區分～）是動詞，(D) distinctly（清楚地）則為副詞。

譯 眾所期盼的 William Roy 的第二張專輯明顯不同於第一張，但同樣出色。

註 anticipated 形 被期待的　　remarkable 形 卓越的；非凡的
distinct 形 與其他不同的；有區別的

0166 **32.** 答案 (C)

〈------- 形容詞＋名詞〉空格內應填入副詞或形容詞，而副詞選項 (C) **competitively（有競爭力地）** 可用來修飾形容詞 priced（定了價的），形成通順的文意：「在定價上具競爭力的」，故為正解，但若選形容詞 (B) competitive 意思則會變成「有競爭力的定了價之商品」，語意不清。另，(A) compete（競爭、對抗）是動詞，(D)「競爭」則為名詞。

譯 大學商店的使命是要提供學生與教職員各式各樣在定價上具競爭力的商品。

註 faculty 名（大學的）教職員

0167 **33.** 答案 (B)

be 動詞 is 之後需要補語，而四選項中可**作補語使用的是形容詞** (B) suited（合適的）。（注意，副詞 perfectly 用來修飾 suited。）另，(A) suit 是動詞「適合～」或名詞「西裝」，(C) 是動詞的現在分詞或動名詞，(D) 則為動詞的第三人稱單數現在式或名詞的複數形。

譯 輕巧、易操作且功率強大，此割草機非常適合不超過 2000 平方英呎的小草坪。

註 maneuverable 形 容易操作的　　lawnmower 名 割草機

0168 **34.** 答案 (B)

空格前的 and 為對等連接詞，空格後則為動詞，由此推斷空格中應填入可**修飾動詞 has gained 的副詞** (B) consequently（因此）。而 (A) consequent（作為結果的、隨之發生的）是形容詞，(C) consequence（後果、結果）為名詞，(D) 則為名詞的複數形。

譯 過去十年來，日本料理獲得了許多關注，也因此在世界各地受到歡迎。

0169 **35.** 答案 (C)

空格處必須填入前方**及物動詞 require（需要～）的受詞**，所以答案是**名詞**選項 (C) assistance（協助）。而 (A) assist 可以是表「協助～」之意的動詞或表「（運動上的）助攻」之意的名詞（但此名詞的意義與文意不符），(B) 是動詞的過去式或過去分詞，(D) 則為動詞的第三人稱單數現在式或名詞的複數形。

TEX's notes

題目開頭的 Should you ... 是省略條件子句的 if 而改為倒裝之句型。

If you should require assistance ...　→ 若省略 If　　Should you require assistance ...
　　　　　　　　　　　　　　　　　　　　　　　　　　　　　 ※ should 出現在主詞之前

譯 若你在選擇工具上需要協助，請找我們任一位經驗豐富的顧問談一談。

36. Not only does the new sedan have an ------- design, but it also offers its passengers more luggage room.

(A) appeal
(B) appealed
(C) appealing
(D) appealingly

37. ------- scheduling vacation leave of one full week or more must obtain permission from their supervisors in advance.

(A) Employs
(B) Employed
(C) Employment
(D) Employees

38. New ------- are eligible for a 30 day free trial period and will receive one free song download upon signing up.

(A) subscribe
(B) subscriptions
(C) subscribed
(D) subscribers

39. Rubber ------- are working hard to fill orders from the automobile industry which is expecting to sell record numbers of vehicles this year.

(A) produce
(B) produces
(C) productions
(D) producers

40. Fast & Falls is a Dallas-based interior design firm, known for ------- service and a sophisticated style.

(A) personalized
(B) personalize
(C) personalizes
(D) personalizing

0170 **36.** 答案 **(C)**

冠詞與名詞之間的空格應填入**形容詞**，因此正解為 (C) appealing（有吸引力的）。另，(A) appeal 是動詞「呼籲、訴諸」或名詞「呼籲」，(B) appealed 是動詞的過去式或過去分詞，(D) appealingly 則為副詞。

TEX's notes

> 題目句使用了 not only ... but also ... 這個對等連接詞組，而因 not only 出現在句首，故其後採取倒裝形式。

譯 該新款轎車不僅有吸引人的設計，還提供乘客更多的行李空間。
註 appealing 形 有吸引力的

0171 **37.** 答案 **(D)**

-------s must obtainv permissiono 為本句骨架，換言之，空格中應填入可作為主詞之**名詞**。四選項中的 (C) 和 (D) 為名詞，但符合文意的是 (D) Employees（員工），若選 (C) Employment（雇用）的話意思不通。另，(A) Employs 是動詞 employ（雇用～）的第三人稱單數現在式，(B) 則為其過去式或過去分詞。
譯 想安排一週以上之假期的員工必須事先取得其主管的許可。

0172 **38.** 答案 **(D)**

空格處需要一主詞，而四選項中只有**名詞** (B) 和 (D) 可**作為主詞**，但符合文意的是 (D) subscribers（訂戶、訂閱者），(B) subscriptions（訂閱）意思不通。另，(A) subscribe（訂閱～）是動詞，(C) 為其過去式或過去分詞。
譯 新訂戶有資格獲得三十天的免費試用期，且只要登記報名即可免費下載一首歌曲。

0173 **39.** 答案 **(D)**

可**作為述語動詞 are 之主詞的複數形名詞**選項 (C) 和 (D) 都可能是答案，但填入 (C) productions（生產）意思不通，因此本題選 (D) **producers（生產商）**。另，(A) produce 可以是動詞「生產～」或名詞「農產品」，(B) 則為動詞的第三人稱單數現在式。
譯 橡膠生產商正在努力工作以應付來自預期今年銷量將創新高之汽車業的訂單。

0174 **40.** 答案 **(A)**

適合填入**介系詞與名詞間**空格的是可**修飾其後名詞的形容詞**，故本題選 (A) personalized（個人化的、為個人特製的）。另，(B) personalize（個人化～、為個人特製～）是動詞，(C) 為其第三人稱單數現在式，(D) 則為現在分詞或動名詞。
譯 Fast & Falls 是總部設在達拉斯的一家室內設計公司，以個人化的服務及精緻的風格聞名。
註 sophisticated 形 精緻的；精密的　　personalized 形 個人化的

41. This ------- should only be taken as directed by a qualified physician.

    (A) medication
    (B) medically
    (C) medicated
    (D) medications

42. The jewelry box is covered in a thin layer of hand-stitched black leather stretched ------- around the frame.

    (A) tightening
    (B) tightly
    (C) tighten
    (D) tightness

43. Fun Toys is pleased to announce two shipments of the popular game will arrive this month, the first of which should come -------.

    (A) shortly
    (B) shorten
    (C) short
    (D) shortness

44. Ms. Watanabe's new coffee tumbler, which cost over 30 dollars, is stylish as well as -------.

    (A) function
    (B) functioned
    (C) functional
    (D) functionally

45. When placing an order during holiday seasons, please note that it will take ------- five to seven days for the delivery.

    (A) approximate
    (B) approximately
    (C) approximation
    (D) approximates

0175 **41.** 答案 (A)

空格處需要一**作為句子主詞的名詞**，因此可先排除副詞選項 (B) medically（在醫學上）和過去分詞形容詞選項 (C) medicated（含藥物的）。而由空格前之單數指示代名詞 This 即可判斷正解應為 (A) medication（藥物、藥物治療），而非複數的 (D) medications。

譯 這種藥物只可在合格醫師的指示下服用。

註 qualified 形 合格的；有資格的　　physician 名 醫師　　medication 名 藥物；藥物治療

0176 **42.** 答案 (B)

這題即使去掉空格部分，leather stretched around X（圍繞著 X 鋪展的皮革）意思仍舊完整，可見空格處應填入的是一修飾語，而能夠用來**修飾前方過去分詞 stretched 的副詞** (B) tightly（緊緊地）就是正確答案。另，(A) tightening 是動詞 (C) tighten（使繃緊～）的現在分詞或動名詞，(D) tightness（緊繃）則為名詞。

譯 該珠寶盒外覆蓋著一層薄薄的、緊緊地圍繞著外框鋪展的手工縫製黑色皮革。

0177 **43.** 答案 (A)

由於空格前為**不及物動詞 come**，空格後是句號，由此推斷正確答案應為可用來**修飾動詞 come 的副詞** (A) shortly（不久）。（注意，shortly 和 soon 是同義詞，兩者皆為多益測驗考題的常客。）另，(B) shorten（縮短～）是動詞，(C) short（短的、矮的）是形容詞，(D) shortness（短小）則為名詞。

譯 Fun Toys 很高興地宣布該熱門遊戲本月將到貨兩次，而第一批貨應該不久就會到。

0178 **44.** 答案 (C)

空格前的 **as well as** 可替換成 and，亦即本句末尾處其實就是 stylish（形容詞）and ------- 的形式。而由於**對等連接詞 and 須連接同詞性的詞彙**，故空格內應填入的是**形容詞** (C) functional（實用的）。另，(A) function 是動詞「運作、起作用」或名詞「功能」，(B) 是動詞的過去式或過去分詞，(D) functionally（在功能上、功能地）則為副詞。

譯 Watanabe 女士那價格三十多美元的新咖啡隨行杯既時尚又實用。

註 functional 形 功能上的；實用的

0179 **45.** 答案 (B)

由於及物動詞 take 的受詞 five to seven days 就接在空格後，可見空格內缺少的是一修飾語。而空格後的**數詞 (five to seven) 算是一種形容詞**，因此可修飾此形容詞的**副詞** (B) approximately（大約）即為正解。另，(A) approximate 是形容詞「近似的、大約的」或動詞「接近～」，(C) approximation（近似〔值〕）是名詞，(D) 則為動詞的第三人稱單數現在式。

譯 節慶假日期間下單時請注意，出貨約須五至七天。

46. Justin Moore's ------- jazz album from Spark Records combines modern rhythms with traditional elements.

(A) newer
(B) newly
(C) newest
(D) newness

47. The Darren Theater opened on Oct. 5, 1987, ------- eight years before Ms. Gonzalez was hired.

(A) precise
(B) precision
(C) precisely
(D) preciseness

48. Mr. McConnell studied Japanese business culture and practices ------- before transferring to the Sendai branch.

(A) exhaustive
(B) exhaustion
(C) exhausting
(D) exhaustively

49. Located near the Dallas Convention Center, Hotel Camel is the perfect choice for convention ------- who want accommodations close to the venue.

(A) attendance
(B) attendees
(C) attend
(D) attended

50. Mr. Larsen's name, which appeared in the original movie, was mistakenly removed from the ------- version.

(A) edit
(B) edited
(C) editing
(D) edits

0180 **46.** 答案 **(C)**

〈所有格 ------- 名詞〉之空格處應填入**可修飾後方名詞的形容詞**，而四選項中 (A) newer 和 (C) newest 為形容詞，但符合文意的是**最高級**的 (C)「最新的」，而非比較級的 (A)，因為 newer jazz album「較新的爵士專輯」缺乏比較對象，意味不明。另，(B) newly（新近、重新）是副詞，(D) newness（新奇、新穎）則為名詞。

譯 ▶ 由 Spark 唱片所發行之 Justin Moore 的最新爵士專輯融合了現代節奏與傳統元素。

0181 **47.** 答案 **(C)**

這題的空格後接著〈數字 (eight) ＋名詞 (years)〉的結構，而**數詞為形容詞的一種**，故將可用來修飾該數詞的**副詞** (C) precisely（恰恰好）填入空格處，就能形成文意通順的 precisely eight years（恰好八年）。另，(A) precise（精確的）是形容詞，(B) precision（精確性）和 (D) preciseness（精確）則皆為名詞。

TEX's notes

請牢記一個重點：可用來**修飾數詞**的是「副詞」。

譯 ▶ Darren 劇院於 1987 年 10 月 5 日開幕，恰恰好是 Gonzalez 女士被雇用的八年前。
註 ▶ precisely 副 恰好；精確地

0182 **48.** 答案 **(D)**

附加於 Ⓢ studied X and Y 這種要素齊備的句子並用來**修飾動詞**的應為**副詞**，故本題選 (D) exhaustively（徹底地）。注意，本句中的 practices 為名詞指「慣例」，而非指「練習〜」的動詞用法。另，(A) exhaustive（徹底的）和 (C) exhausting（令人筋疲力竭的）都是形容詞，(B) exhaustion（精疲力竭）則為名詞。

譯 ▶ 在調任至仙台分公司前，McConnell 先生徹底地研究了日本的商業文化與慣例。
註 ▶ practice 名 慣例　　exhaustively 副 徹底地

0183 **49.** 答案 **(B)**

空格後的主格關係代名詞 who 的先行詞一定是〈人〉，因此表「**參加者**」之意的**名詞** (B) attendees 就是正確答案。另，(A) attendance（出席人數、出席）亦為名詞（但不指〈人〉），(C) attend（參加〜）是動詞，(D) 則為其過去式或過去分詞。

譯 ▶ 位於靠近達拉斯會議中心的 Camel 飯店是希望住宿地點接近會議舉辦處之與會人士的理想選擇。

0184 **50.** 答案 **(B)**

冠詞與名詞間的空格應填入可**修飾其後名詞的形容詞**，而四選項中可**作形容詞使用**的是**分詞**選項 (B) edited 或 (C) editing，而因名詞 version（版本）和動詞 edit（編輯〜）之間具有「被編輯」的**被動關係**，故正解應為過去分詞 (B)，而非現在分詞 (C)。另，(A) edit（編輯〜）是動詞，(D) 則為其第三人稱單數現在式。

譯 ▶ 曾出現在原始電影中之 Larsen 先生的名字在經剪輯後的版本中卻被誤刪了。

51. Only one year after its -------, Denton Publishing was awarded the Prize for Exceptional Creativity at an international competition in Vienna.

(A) found
(B) foundations
(C) founded
(D) foundation

52. Grape Computers is known for running ------- commercials to promote its innovative electronic devices.

(A) imaginative
(B) imagination
(C) imagine
(D) imaginary

53. Original copies of *Pirate Island* are ------- rare, with only 18 copies in existence, of which 12 are in private hands.

(A) excessive
(B) exceed
(C) excess
(D) exceedingly

54. Most users agree that the new smartphone has a ------- better picture and sound quality.

(A) notice
(B) noticeable
(C) noticeably
(D) noticing

55. While Fire Art's new video games have already been launched in Asia, they will not be available ------- anytime soon.

(A) globe
(B) global
(C) globally
(D) globalization

[0185] **51.** 答案 (D)

由於空格前有代名詞 it 的**所有格 its**，故空格內應填入**名詞**，而雖然選項 (B) foundations 和 (D) foundation 皆為名詞，但符合文意的只有 (D)「創立」。注意，foundation 以此意使用時為**不可數名詞**，若作為可數名詞，則是指「基礎、基金會」等，因此 (B) 並不符文意。另，(A) found（創立～）是動詞，(C) 則為其過去式或過去分詞。

譯▶ 創立僅一年後，Denton 出版社便在維也納的一場國際競賽中獲得了卓越創意獎。

[0186] **52.** 答案 (A)

前方動名詞 running 的名詞受詞 commercials 就緊接在空格後，因此空格處應填入**修飾該一名詞的形容詞**。而四選項中之形容詞選項為 (A) imaginative 和 (D) imaginary，但只有 (A)「富想像力的」符合文意，(D)「想像中的」的意思不通。另，(B) imagination（想像力）是名詞，(C) imagine（想像～）則為動詞。

譯▶ Grape Computers 公司以傳播富想像力的商業廣告來推銷其創新的電子設備而聞名。
註▶ promote 動 推銷～　　imaginative 形 富想像力的；虛構的

[0187] **53.** 答案 (D)

即使刪除空格部分，Original copies⒮ are⒱ rare⒞ 此句依舊成立，可見空格內應填入的是一修飾語，而可用來**修飾其後形容詞 rare（稀有的）的副詞** (D) exceedingly（非常地）就是正確答案。另，(A) excessive（過度的）是形容詞，(B) exceed（超過～）是動詞，(C) excess（超越、過剩）則為名詞。

譯▶《Pirate Island》的原始版本非常稀有，現存僅十八份，其中十二份為私人所有。
註▶ exceedingly 副 非常地；極度地

[0188] **54.** 答案 (C)

〈冠詞 ------- 形容詞（比較級）＋名詞〉的空格處若填入**副詞** (C) noticeably（顯著地），便可用來修飾 better，形成「顯然較好的～」的通順文意，而填入形容詞 (B) 會變成「顯著的且較好的～」，不知所云。另，(A) notice 是動詞「通知～、注意～」或名詞「公告、通知」，(D) 則為其現在分詞或動名詞。

譯▶ 大部分使用者都同意，該款新智慧型手機具有明顯較佳的圖像與聲音品質。
註▶ noticeably 副 顯著地；明顯地

[0189] **55.** 答案 (C)

即使去掉空格部分，前後仍可連接成 they will not be available anytime soon. ，故此空格應填入的是修飾語，而依前後文意空格中應填入的是用來修飾形容詞 available 的**副詞**，故本題選 (C) globally（全球地）。另，(A) globe（地球）是名詞，(B) global（全球的）是形容詞，(D) globalization（全球化）亦為名詞。（注意，globe 這個字原指「球狀物」。）

譯▶ 雖然 Fire Art 公司的新電玩遊戲已在亞洲推出，但短期內還無法在全球各地都買得到。

56. Presented by Whole Family Foods, the event will feature cooking ------- and activities for kids.

(A) demonstrations
(B) demonstrates
(C) demonstrator
(D) demonstrated

57. Paul Tanaka, the founder of Wheaton Technology, will come to the Seattle headquarters to participate in ------- and interact with employees.

(A) lecture
(B) lectured
(C) lectures
(D) lecturer

58. All staff members of Premium Promotion have extensive experience in ------- or a related field.

(A) advertising
(B) advertiser
(C) advertised
(D) advertises

59. The award ceremony would not have been possible without ------- from several members, notably Mal Benjamin, who chairs the award committee.

(A) contribute
(B) contributed
(C) contributions
(D) contributor

60. Since the benefits seemed evident, Mr. Tucker was ------- that his proposal would be accepted by the board of directors.

(A) confident
(B) confidential
(C) confidently
(D) confidence

[0190] **56.** 答案 (A)

若將複數名詞選項 (A) 填入空格，前後便能形成 **cooking demonstrations**（烹飪示範）之**複合名詞**（cooking 是動名詞），並建立〈複數名詞＋and＋複數名詞〉這樣正確的平行結構。另，(B) demonstrates 是動詞 demonstrate（示範）的第三人稱單數現在式；(C) demonstrator（示範教學者）為可數名詞，在句中使用須加上冠詞；(D) 則為動詞的過去式或過去分詞。

譯 由 Whole Family Foods 公司所舉辦的這項活動將主打烹飪示範和兒童活動。
註 feature 動 以～為特色

[0191] **57.** 答案 (C)

空格內須填入前方介系詞 in 的受詞，因此名詞選項 (A) lecture、(C) lectures、(D) lecturer 都有可能正確。其中 (A)「演講」和 (D)「演講者」皆為可數名詞，原則上不能以單數且無冠詞的形式使用，故可立即排除。本題正確答案為**複數名詞**選項 (C)「演講」。另，(B) 為動詞 lecture（演講、講課）的過去式或過去分詞。

譯 Wheaton Technology 公司的創始人 Paul Tanaka 將到西雅圖總部參加演講並與員工互動。
註 founder 名 創立者；創始人 interact 動 互動

[0192] **58.** 答案 (A)

空格內須填入前方**介系詞 in 的受詞**，故為**名詞**的 (A) advertising 和 (B) advertiser 皆為可能的選項，而**由於空格前並沒有冠詞，因此本題選不可數名詞**的 (A)「廣告業」。至於 (B)「廣告商」則為需要冠詞的可數名詞，且意思也不通，故不選。另，(C) advertised 是動詞 advertise（宣傳～）的過去式或過去分詞，(D) 則為其第三人稱單數現在式。

譯 Premium Promotion 公司的所有員工都在廣告或相關領域擁有廣泛的經驗。
註 extensive 形 廣泛的；大量的

[0193] **59.** 答案 (C)

可填入**介系詞和介系詞間**之空格的應為**名詞**選項 (C) contributions 或 (D) contributor，而填入後意思通順的是 (C)「貢獻」，若填入 (D)「捐贈者」則文意不通，且因 contributor 為可數名詞其前須有冠詞才行。另，(A) contribute（捐助～、貢獻～）是動詞，(B) 則為其過去式或過去分詞。

譯 若沒有好幾位成員的貢獻，尤其是擔任獎項委員會主席的 Mal Benjamin，此頒獎典禮是不可能得以舉行的。
註 notably 副 顯著地；尤其 chair 動 擔任～的主席 contribution 名 貢獻

[0194] **60.** 答案 (A)

be 動詞 was 後需要補語，而可作為補語的選項包括**形容詞** (A) confident、(B) confidential 和**名詞** (D) confidence。這三者中可等同於主詞 Mr. Tucker 且文意通順者則只有 (A)「有自信的」，故為正解。注意，(B)「機密的」和 (D)「自信」雖可作為補語，但無法以人為主詞，所以都不可選。另，(C) confidently（自信地）則為副詞。

譯 由於好處顯而易見，因此 Tucker 先生有信心他的提案會被董事會接受。
註 evident 形 明顯的；明白的

61. All requests for personal time off must be submitted for ------- using the appropriate request form.

(A) approve
(B) approved
(C) approval
(D) approvingly

62. The assistant office manager, Ms. Reed, will explain the ------- paper recycling policy at the next weekly meeting.

(A) revise
(B) revised
(C) revising
(D) revision

63. Pacific Home Designs has been a reliable ------- of home furnishings for more than 30 years.

(A) manufacture
(B) manufactures
(C) manufacturing
(D) manufacturer

64. Mr. Li should be available to meet with the newly hired employees this week as he has no ------- travel plans.

(A) schedule
(B) scheduled
(C) scheduling
(D) scheduler

65. To spread the workload more ------- within the organization, the project team has decided to assign roles to specific individuals.

(A) even
(B) evens
(C) evening
(D) evenly

[0195] **61.** 答案 **(C)**

由空格前的介系詞 for 即可知,空格中應**填入名詞作為其受詞**,故本題選 (C)「批准、核可」。另,(A) approve(批准〜、認可〜)是動詞,(B) 為其過去式或過去分詞,(D) approvingly(認可地)則為副詞。

譯 所有個人休假的請求都必須用適當的申請表提出以備核准。

[0196] **62.** 答案 **(B)**

本題空格內應填入可**修飾後方名詞片語 paper recycling policy(紙張的回收政策)的形容詞**,而選項中可作為形容詞使用的只有**分詞** (B) revised 和 (C) revising。又因後方名詞 paper recycling policy 和動詞 revise(修改〜)之間具有「政策被修改」的**被動關係**,故正解為**過去分詞** (B)。另,(D) revision(修改、修訂)則為名詞。

譯 助理辦公室經理 Reed 女士將在下一次的每週會議上說明修訂後的紙張回收政策。
註 revise 動 修訂〜;修正〜

[0197] **63.** 答案 **(D)**

〈冠詞+形容詞 -------〉的空格內應**填入名詞**,因此本題選 (D) manufacturer(製造商)。而 (A) manufacture 除了是表「製造〜」之意的動詞外,也可作為名詞「製造」,但由於它是不可數名詞,其前不需冠詞 a,故不選。另,(B) 是動詞的第三人稱單數現在式,或表「製品」之意的複數名詞,(C) 則為動詞之現在分詞或動名詞。

譯 Pacific Home Designs 公司三十多年來一直都是一家可靠的傢飾用品製造商。
註 reliable 形 可靠的   furnishings 名 (包括地毯、窗簾等的)居家用品;傢俱

[0198] **64.** 答案 **(B)**

這題的空格處應填入**修飾其後名詞 travel plans(出差計畫)的形容**,而選項中可作為形容詞使用的只有**分詞** (B) scheduled 和 (C) scheduling。又因 travel plans(出差計畫)是 schedule(安排、預定)這一動作的接受方,因此**表被動關係的過去分詞** (B) 便是正確答案。另,(A) schedule 除了作動詞外亦可作名詞(時程表),而 (D) scheduler(行程管理軟體)則為名詞。

譯 李先生本週應有空會見新進員工們,因為他沒安排出差計畫。

[0199] **65.** 答案 **(D)**

依前後文意可判斷,本題空格內應填入**副詞** (D) evenly(均衡地)以**修飾不定詞形式的動詞 spread(使分散)**。另,(A) even 可以是形容詞「均等的」、副詞「甚至〜」(但與題意無關)或動詞「弄平、拉平」,(B) evens 是動詞的第三人稱單數現在式,(C) evening(傍晚)則為名詞。

譯 為了在組織內更平均地分散工作量,該專案小組已決定指派角色給特定的個人。
註 workload 名 工作量   assign 動 指派〜

66. ------- are nearly complete for the product demonstration at the press conference on Friday next week.

(A) Preparations
(B) Prepare
(C) Prepares
(D) Preparers

67. An ------- large number of our customers now make reservations online rather than by phone.

(A) increase
(B) increases
(C) increasing
(D) increasingly

68. News of Felix Schneider's retirement spread quickly as he had made many friends and ------- during his 20 years on the job.

(A) acquaint
(B) acquainted
(C) acquaintance
(D) acquaintances

69. The advertising campaigns Mr. Weyden had developed before he left were ------- implemented by his colleagues.

(A) subsequent
(B) most subsequent
(C) subsequently
(D) subsequence

70. Under ------- and CEO Jack Thompson, Thompson Legal has become a successful law firm within a relatively short span of time.

(A) foundation
(B) founder
(C) found
(D) founded

0200 **66.** 答案 **(A)**

由空格後的複數形 be 動詞 are 即可知，空格內須填入**作為主詞的複數形名詞**，故答案應從選項 (A) Preparations 和 (D) Preparers 間二擇一，而填入空格後可形成順暢文意的是 (A)「準備、準備工作」，(D)「準備者」則與文意不符。

譯▶ 下週五記者會上的產品示範準備工作已接近完成。

0201 **67.** 答案 **(D)**

空格內可填入副詞或形容詞，而答案須**依文意判斷**。若填入副詞 (D) increasingly（越來越多地、漸增地），便可用來修飾其後的〈形容詞 large ＋名詞 number〉，形成「**越來越大的數字**」之通順文意；若填入形容詞 (C) increasing，則會變成「正在增加的大數字」，辭不達意。另，(A) increase 是動詞或名詞，(B) increases 則為動詞第三人稱單數現在式或名詞的複數形。

譯▶ 現在我們有越來越多的客人上網而非打電話預訂。

0202 **68.** 答案 **(D)**

〈he had made many ＋複數名詞＋ **and** -------〉的空格部分若填入複數名詞 (D) acquaintances（相識的人），便能形成**對等連接詞 and** 之前後詞性相同的正確平行結構。而 (A) acquaint（使認識）為動詞，(B) 為其過去式或過去分詞，(C) acquaintance 則是名詞的單數形，數量與文意不符。

譯▶ Felix Schneider 的退休消息很快地便傳開來，因為在擔任該工作的二十年期間他交了很多朋友並認識了不少人。

0203 **69.** 答案 **(C)**

The campaigns were ------- implemented. 為全句的主幹，由於去掉空格後句子依舊成立，可見填入空格處的應是**修飾前後動詞部分 were implemented** 的副詞，因此本題選 (C) subsequently（隨後、接著）。而 (A) subsequent（隨後的、接著發生的）是形容詞，(B) 為其最高級，(D) subsequence（後果）則為名詞。

TEX's notes

這句的主詞部分雖複雜，不過其結構可分解如下：

修飾

The advertising **campaigns** (that) Mr. Weyden had developed before he left ...
　　　　　　　　[S]　　　　〔關係代名詞子句〕
　　　　　　　　　　　　　※ 此子句內又再包含表時間的 before 子句

譯▶ Weyden 先生在離開前就已開發的廣告活動之後由他的同事們執行。

註▶ implement 動 執行～；實施～　　subsequently 副 隨後；接著

0204 **70.** 答案 **(B)**

空格處應填入**作為句首介系詞 Under** 之受詞的名詞。而由空格後的對等連接詞 **and** 之後所接的 CEO（執行長）即可知，本題應選表「**創立者**」之意的 (B) founder，**平行結構才能成立**，文意也才通順。選項 (A) foundation（創立）雖為名詞，但與 and 之後的文意無法銜接。另，(C) found（創立～）是動詞，(D) 則為其過去式或過去分詞。

譯▶ 在創始人兼執行長 Jack Thompson 的領導下，Thompson Legal 在相當短的時間內就成為了一家成功的法律事務所。

71. Mr. Aiden Roy, an award-winning ------- at *Calgary Daily Press*, has agreed to chair an ad hoc committee on the newspaper's 75th anniversary.

(A) journal
(B) journalism
(C) journalist
(D) journalistic

72. The award will promote workplace values within the company by giving recognition to successful managers who demonstrate ------- for subordinates.

(A) respect
(B) respected
(C) respecting
(D) respectable

73. Small manufacturers operating using a limited workforce with ------- skills have recently been on the rise.

(A) specialize
(B) specialized
(C) specializing
(D) specialization

74. Happy Wholesale is the main ------- of Wonder Toys' products including toys, video games, and kids' PCs.

(A) distributor
(B) distributing
(C) distribute
(D) distribution

75. Current plant workers will be given hiring preference for the newly ------- jobs at the company's production facility in Kawasaki.

(A) creates
(B) creating
(C) created
(D) creation

0205 **71.** 答案 (C)

0205
↓
0209

由於〈冠詞＋形容詞 ------- 介系詞〉的空格處應填入**名詞**，且此空格部分為主詞 Mr. Aiden Roy 的補充說明（同位語），因此本題選 (C) journalist（新聞記者）。而同為名詞的 (A) journal（期刊）和 (B) journalism（新聞業、新聞學），都無法等同於 Mr. Aiden Roy，故皆不可選。另，(D) journalistic（新聞業的、新聞記者的）則為形容詞。

TEX's notes

> 像這種兩個名詞並列，且以逗號隔開的補充說明形式，稱為〈同位語〉。
> **Mr. Aiden Roy**, an award-winning **journalist** at Calgary Daily Press, ...
>   〔名詞〕   〔名詞（一整串表名詞的部分）〕
>   ※ 作為前方名詞的補充說明

譯《Calgary Daily Press》的得獎記者 Aiden Roy 先生已答應擔任該報 75 週年紀念特別委員會的主席。

0206 **72.** 答案 (A)

由於空格前的**及物動詞 demonstrate**（示範～、表明～）需要受詞，因此空格內應填入**名詞** (A) respect（尊重、敬意）。不過，respect 也可作動詞，表「尊敬～」，(B) respected 為其過去式或過去分詞，(C) 則為其現在分詞或動名詞。另，(D) respectable（值得尊敬的、體面的）則為形容詞。

譯 該獎項將透過表彰對下屬展現出尊重的成功主管，來發揚公司內的職場價值。

註 workplace 名 職場　　recognition 名 認出；表彰　　subordinate 名 部下；下屬

0207 **73.** 答案 (B)

可置於**介系詞和名詞之間**，用以**修飾其後名詞的為形容詞**。在本題中可用來修飾名詞 skills 的是 (B) specialized（專門的）。而 (A) specialize（專門從事、專攻）是動詞，(C) 為其現在分詞或動名詞。注意，現在分詞使用時，必須像 a firm specializing in X（專做 X 的公司）這樣，由名詞的後方來修飾名詞。(D) specialization（專門化）則為名詞。

譯 使用具專業技能的有限勞動人力來營運的小型製造商近來日益增加。

0208 **74.** 答案 (A)

在形容詞與介系詞之間應填入名詞，而四選項中屬於名詞的有 (A) distributor 和 (D) distribution，但可等同於主詞 Happy Wholesale 公司的是 (A)「批發商」，故為正解。若填入 (D)「分發、分銷」的話，意思不通。另，(B) distributing 是動詞 (C) distribute（分發～）的現在分詞或動名詞。

譯 Happy Wholesale 公司是包括玩具、電玩遊戲及兒童電腦等 Wonder Toy 公司之產品的主要批發商。

0209 **75.** 答案 (C)

〈冠詞＋副詞 ------- 名詞〉的空格處應填入可作形容詞用之分詞選項 (B) creating 或 (C) created，而因為名詞 jobs 和動詞 create（創造～）間具有「被創造出來之工作」的**被動關係**，所以正確答案是**過去分詞** (C) created。另，(A) creates 是動詞的第三人稱單數現在式，(D) creation（創造）則為名詞。

譯 目前的工廠工人將被給予該公司在川崎之生產設施所新創造出來的工作之優先雇用權。

註 plant 名 工廠　　preference 名 優先（權）

76. As of February 1, the no-smoking policy at the Mountain Tower apartments will be more ------- enforced.

(A) strict
(B) strictly
(C) stricter
(D) strictness

77. In the last decade, there has been a ------- rapid increase in the number of public locations for wireless Internet usage.

(A) remark
(B) remarks
(C) remarking
(D) remarkably

78. All products made by Trust Computers come with a user's manual that contains ------- for installation as well as operating procedures.

(A) explain
(B) explanatory
(C) explanations
(D) explaining

79. During the workshop, small business owners will learn how to develop ------- business relationships with their clients.

(A) prosper
(B) prosperity
(C) prosperous
(D) prospered

80. Green Net Corporation reported a net profit of 40 million dollars for the third quarter, ------- exceeding analysts' forecasts.

(A) easy
(B) easing
(C) ease
(D) easily

0210 **76.**　　　　　　　　　　　　　　　　　　　　　　　　　　　　答案 (B)

本句之主幹為 The policy will be ------- enforced.，由於去掉空格部分句子仍成立，因此本題應選可用來**修飾空格前後之被動式動詞 will be enforced** 的副詞選項 (B) strictly（嚴格地）。而 (A) strict（嚴格的）是形容詞，(C) 為其比較級，(D) strictness（嚴格、嚴謹）則為名詞。

TEX's notes

〈as of＋時間〉指「自～起」，是在法律及契約等方面常用以表生效日期的重要句型。

譯 ▶ 自 2 月 1 日起，Mountain Tower 公寓大廈的禁菸政策將被更嚴格地施行。
註 ▶ as of X 自 X（日期／時間）起　　enforce ⑩ 實施～；執行～

0211 **77.**　　　　　　　　　　　　　　　　　　　　　　　　　　　　答案 (D)

〈冠詞 ------- 形容詞＋名詞〉的空格處若填入**副詞** (D) remarkably（顯著地），便可用來修飾形容詞 rapid（快速的），且文意也通順，故為正解。而 (A) remark 可作名詞的「評論」或動詞的「評論」，(B) 為名詞複數形或動詞第三人稱單數現在式，(C) 則為動詞之現在分詞或動名詞。

譯 ▶ 在過去十年裡，可使用無線網路的公共場所數量已顯著地快速增長。

0212 **78.**　　　　　　　　　　　　　　　　　　　　　　　　　　　　答案 (C)

本題空格內應填入其前**及物動詞 contains（包含～）的受詞**，所以答案是**名詞**選項 (C) explanations（說明）。另，(A) explain（說明～）是動詞，(B) explanatory（說明的）是形容詞，(D) 則為動詞之現在分詞或動名詞。

譯 ▶ Trust Computers 公司所製造的所有產品都附有一份使用者手冊，其中包含了安裝及操作程序說明。

0213 **79.**　　　　　　　　　　　　　　　　　　　　　　　　　　　　答案 (C)

由於動詞 develop 的**受詞 business relationships（業務關係）**緊接在空格之後，因此可修飾此名詞的**形容詞**選項 (C) prosperous（繁榮的、成功的）就是正確答案。而 (A) prosper（繁榮、昌盛）是動詞，(B) prosperity（繁榮、興旺）是名詞，(D) prospered 則為動詞的過去式或過去分詞。

譯 ▶ 在研討會進行期間，小型企業主將學習如何與其客戶發展出成功的業務關係。

0214 **80.**　　　　　　　　　　　　　　　　　　　　　　　　　　　　答案 (D)

即使去掉空格，S V, exceeding ... 題目之分詞構句部分依舊成立，由此判斷空格內應填入修飾語，而可用來**修飾空格後之現在分詞 exceeding** 的只有**副詞** (D) easily（輕易地），故為正解。另，(A) easy（簡單的）是形容詞，(B) easing 是動詞 ease（緩和～）的現在分詞或動名詞，(C) ease 則可作動詞或名詞「容易」。

譯 ▶ Green Net 公司所提報的第三季淨利為四千萬美元，輕易地超越了分析師們的預測。

0210
▼
0214

第 1 章

詞性題

81. Tiger Motors intentionally cut back on fleet sales, which are less ------- than sales to individual customers.

(A) profit
(B) profitable
(C) profitably
(D) profits

82. Newly hired staff members are required to attend a three-day training course on airport -------.

(A) secure
(B) secured
(C) security
(D) securely

83. Diego Martinez is going to appear on a prime-time news program as a ------- for the anchor, David Lee.

(A) substitute
(B) substitutive
(C) substitutions
(D) substitutes

84. Charlie Evans starts his day with a cup of coffee at Turner's Café ------- every morning.

(A) practical
(B) practically
(C) practice
(D) practicing

85. If you wish to enroll in the course, please complete the ------- application form and send it to us as quickly as possible.

(A) attach
(B) attaching
(C) attached
(D) attachment

[0215] **81.**　　答案 (B)

be 動詞 are 後需要補語，而該補語則須與前後的 less than 組成比較級結構，所以正確答案是 (B) profitable（有利益的）。而 (A) profit 是名詞「利益」（在本句中無法等同於先行詞 fleet sales，故不可選）或動詞「從～獲得利益」，(C) profitably（有益地）是副詞，(D) 則為名詞的複數形或動詞的第三人稱單數現在式。

譯 Tiger 汽車公司刻意削減獲利低於個人顧客業務的車隊之銷售。

註 intentionally 副 刻意地；有意地　　cut back on X 削減 X　　fleet 名 艦隊；車隊

[0216] **82.**　　答案 (C)

空格前的 airport 為可數名詞，不能以單數且無冠詞的形式使用，但若將之視為形容詞用來修飾後方之不可數名詞 (C) security，便可形成**複合名詞 airport security**（機場安全）。另，(A) secure 可以是形容詞「安全的」或動詞「固定～、把～弄牢」，(B) 是動詞的過去式或過去分詞，(D) securely 則為副詞。

譯 新聘僱的職員必須參加為期三天的機場安全訓練課程。

[0217] **83.**　　答案 (A)

適合填入**冠詞 a 和介系詞 for 之間**的空格的應為**單數形的名詞**，因此本題選 (A) substitute（替補者）。而 (B) substitutive（替代的）是形容詞，(C) substitutions 是名詞 substitution「替代」的複數形，(D) substitutes 則為動詞 substitute「代替」的第三人稱單數現在式或名詞的複數形。

TEX's notes

substitute 是個動詞、名詞同形的單字，除了名詞「替補者、替代物」外，substitute X for Y（用 X 替代 Y）的動詞用法也很重要。

譯 Diego Martinez 將出現在黃金時段的新聞節目中來代替主播 David Lee。

[0218] **84.**　　答案 (B)

這題去掉空格部分後句子依舊成立，可見空格內應填入一修飾語，可用來**修飾空格後之時間副詞 every morning 的副詞** (B) practically（幾乎＝almost）即為正解。另，(A) practical 是形容詞「實用的」或名詞「實習」，(C) practice 是名詞「練習、慣例」或動詞「練習～」，(D) practicing 則為現在分詞或動名詞。

譯 Charlie Evans 幾乎每個早晨都喝一杯 Turner's Café 的咖啡來展開他的一天。

註 practically 副 幾乎；實際上

[0219] **85.**　　答案 (C)

〈冠詞 ------- 名詞〉的空格處應填入**修飾其後名詞的形容詞**，故可作為形容詞使用的**分詞**選項 (B) attaching 與 (C) attached 都有可能是答案。而由於「申請表」是 (A) attach（附加～）此動作的接受方，所以正確答案是**表被動意涵的過去分詞** (C) attached。另，(D) attachment（附件、附屬物）則為名詞。

譯 若你想報名此課程，請填妥隨附的申請表並盡快寄給我們。

86. The delayed departure of the plane added a further ------- to Mr. Gonzalez's journey.

(A) complications
(B) complicated
(C) complicating
(D) complication

87. Nelson College of Marketing will take on a more ------- strategy to attract participants for its training workshops.

(A) aggressive
(B) aggressively
(C) aggression
(D) aggressor

88. Charmody skin cream is only effective if applied ------- and immediately after the skin has been washed.

(A) correction
(B) correctly
(C) correcting
(D) corrects

89. Every business owner knows that quality of service is a top ------- to attract and retain customers.

(A) prior
(B) priority
(C) prioritize
(D) prioritized

90. Lion Construction reported yesterday that its net income had increased by nearly 20 percent in the second quarter, mainly because of ------- market conditions.

(A) improve
(B) improved
(C) improves
(D) improvement

86. 答案 (D)

〈冠詞＋形容詞 ------- 介系詞〉的空格處應填入**名詞**，因此本題選 (D) complication（複雜）。注意，雖然 (A) complications 也是名詞，但為複數形，前面不可加冠詞 a。另，(B) complicated（複雜的）是形容詞，(C) complicating 則為動詞 complicate（使複雜）的現在分詞或動名詞，而動名詞雖也可作為受詞，但不能加冠詞 a、也不能加形容詞，故不可選。

譯 飛機的延遲起飛為 Gonzalez 先生的旅程增添了更多的複雜度。

註 complication **名** 複雜；糾葛

87. 答案 (A)

本題可填入冠詞 a 和名詞 strategy（策略）之間並用來**修飾名詞 strategy 的形容詞** (A) aggressive（積極的、有侵略性的）即為正解。（more 則用來修飾 aggressive。）而 (B) aggressively（積極地、侵略地）是副詞，(C) aggression（侵略）和 (D) aggressor（侵略者）則皆為名詞。

譯 為了吸引參與者參加訓練講習，Nelson 行銷學院將採取一個較積極的策略。

註 take on X 採用 X

88. 答案 (B)

可**修飾空格前過去分詞 applied**（塗敷～）的只有**副詞** (B) correctly（正確地）。（注意，if applied 乃 if (it is) applied 的**省略**形式。）另，(A) correction（修正、更正）是名詞，(C) correcting 是動詞 correct（改正～）的現在分詞或動名詞，(D) 則為動詞的第三人稱單數現在式。

譯 Charmody 護膚霜只有在皮膚清洗完畢後立刻正確地塗敷才有效。

89. 答案 (B)

空格前的 top 為形容詞，指「最高的」（若將 top 視為名詞則文意不通），因此其後應為**名詞**，故本題選 (B) priority（優先事項）。而 (A) prior 可以是形容詞「事先的、優先的」，或名詞「修道院院長」，但此名詞意義與文意不符。另，(C) prioritize（替～排出優先順序）是動詞，(D) 則為其過去式或過去分詞。

譯 每個企業主都知道服務品質是吸引並留住顧客的最優先事項。

註 retain **動** 留住～

90. 答案 (B)

本題空格後為**複合名詞 market conditions**（市場狀況），故空格內應填入可用來修飾之的**形容詞**。正解為 (B) improved（改善過的）。而 (A) improve（改善～）是動詞，(C) 為其第三人稱單數現在式，(D) improvement（改善）則為名詞。

譯 Lion 建設昨日表示該公司的淨利在第二季已增加近 20%，主要是因為市況的改善。

第 **1** 章

詞性題

113

91. With time running out before the busy season, the board ------- approved a plan to hire temporary factory workers until production targets were met.

(A) swiftly
(B) swift
(C) swiftness
(D) swifts

92. The hiring committee have ------- decided that they will appoint Mr. Tremblay as the next CEO.

(A) seeming
(B) seemingly
(C) to seem
(D) seems

93. Tracy Hahn is a ------- trained pastry chef who has been working professionally with chocolate for over 10 years.

(A) formal
(B) formally
(C) formalize
(D) formality

94. Mr. Gao ------- grants interviews and almost never allows journalists onto his company's campus.

(A) rare
(B) rarely
(C) rarity
(D) rareness

95. Big Buy, an appliance ------- serving New Jersey, has recently opened a new store on Route 17 in Paramus.

(A) retailer
(B) retail
(C) retailed
(D) retailers

0225 **91.** 答案 (A)

即使去掉空格部分，the board approved a plan ... 此句依舊成立，由此判斷應選一修飾語填入空格，故可用來**修飾其後動詞 approved 的副詞** (A) swiftly（迅速地）即為正解。而 (B) swift（迅速的）是形容詞，(C) swiftness（迅速）是名詞，(D) swifts 則為名詞 swift（褐雨燕）的複數形。

譯 隨著時間越來越接近繁忙期，董事會迅速地批准了一項雇用工廠臨時工直到達成生產目標為止的計畫。

註 swiftly 副 迅速地；飛快地

0226 **92.** 答案 (B)

可置於現在完成式之動詞結構 have decided（已決定～）之間並用來**修飾前後動詞部分的副詞** (B) seemingly（表面上看來、似乎是）就是正確答案。而 (A) seeming（表面上的）是形容詞，(C) 是動詞 seem（看似～、好像～）的不定詞形式，(D) 則為動詞的第三人稱單數現在式。

譯 雇用委員會似乎已決定將指派 Tremblay 先生為下一任的執行長。

註 seemingly 副 表面上看來；似乎是

0227 **93.** 答案 (B)

若將**副詞** (B) formally（正式地）填入空格，便可**修飾後方的形容詞 trained**，形成「正式地→受訓練的→師傅」之通順文意。而形容詞 (A) formal（正式的、正規的）一般用來修飾〈事〉或〈物〉，而不用來修飾〈人〉，故不選。另，(C) formalize 是動詞「使正式、正式化～」，(D) formality 則為名詞「正式手續、拘泥形式」。

譯 Tracy Hahn 是個經過正規訓練的糕點師傅，在巧克力食品業工作已超過十年。

註 chef 名 主廚；大師傅

0228 **94.** 答案 (B)

即使去掉空格部分，Mr. Gao[S] grants[V] interviews[O] 仍具備必要的句子元素，可見空格內應填入一修飾語。而能在 **SV 之間修飾述語動詞**的只有**副詞** (B) rarely（很少）。另，(A) rare（稀有的）是形容詞，(C) rarity（稀有物）和 (D) rareness（稀罕、珍奇）則為名詞。

譯 Gao 先生很少答應接受採訪且幾乎從不讓記者踏入他公司的範圍內。

註 grant 動 同意～；准予～   campus 名（學校、企業等的）土地範圍

0229 **95.** 答案 (A)

本句之主詞為 Big Buy，其後在兩個逗號之間的 an ... New Jersey 則為其同位語，而空格中若填入 (A) retailer 形成**複合名詞 appliance retailer**（家電零售商）即可等同於 Big Buy 公司。另，(B) retail 可以是形容詞「零售的」或名詞「零售」，但此名詞不可數，使用時不加冠詞 a，故不可選。而 (C) 是動詞 retail（零售～）的過去式或過去分詞，(D) retailers 則為 (A) 之複數形。

譯 服務紐澤西地區的家電零售商 Big Buy 最近在 Paramus 的 17 號公路上開了一家新店。

96. Janet Morris ------- declined an award for product design, as she felt others had contributed much more than her.

(A) respect
(B) respectful
(C) respectfully
(D) respects

97. After their flight was canceled, the airline assured passengers that ------- had been made for them to stay at a hotel.

(A) arrange
(B) arranges
(C) arranging
(D) arrangements

98. Walter Kling, an accomplished fashion -------, has been hired by the company to create images for the May catalog.

(A) photograph
(B) photography
(C) photographic
(D) photographer

99. A team of animators was employed to create ------- unique animated logos for the company's television advertisements.

(A) visualize
(B) visuals
(C) visually
(D) visualizes

100. Please refer to the product identification -------, which is printed in the upper right hand corner of the warranty.

(A) number
(B) numbers
(C) numbered
(D) numbering

[0230] **96.** 　　　　　　　　　　　　　　　　　　　　　　　　　　[答案] (C)

空格前後爲〈 Ⓢ ------- Ⓥ 〉的形式，空格內應填入可用來**修飾動詞的副詞**，因此本題選 (C) respectfully（恭敬地）。而 (A) respect 是動詞「尊敬～」或名詞的「尊敬」，(B) respectful（尊敬的）是形容詞，(D) respects 則爲動詞的第三人稱單數現在式或名詞的複數形。

譯 Janet Morris 恭敬地婉拒了一項產品設計獎，因爲她覺得其他人的貢獻比她多得多。

註 decline 動 婉拒　　contribute 動 貢獻　　respectfully 副 恭敬地

[0231] **97.** 　　　　　　　　　　　　　　　　　　　　　　　　　　[答案] (D)

題目裡的 **that 子句（SV）欠缺主詞**，故**名詞**選項 (D) arrangements（安排）即爲正解。（注意，make arrangements 指「做安排」。）而 (A) arrange（安排～）是動詞，(B) 爲其第三人稱單數現在式，(C) 則爲現在分詞或動名詞。

譯 在航班被取消後，該航空公司向乘客保證已做好安排讓他們能夠留宿飯店。

註 assure 動 向～保證

[0232] **98.** 　　　　　　　　　　　　　　　　　　　　　　　　　　[答案] (D)

Walter Kling 爲本句之主詞，而其後置於兩個逗號之間的部分爲其同位語。換言之，空格內應填入**表〈人〉之名詞**，所以正確答案是 (D) photographer（攝影師）。而 (A) photograph（照片）和 (B) photography（攝影）雖然亦爲名詞，但皆不指〈人〉，故不可選。至於 (C) photographic（攝影的）則爲形容詞。

譯 時尚攝影大師 Walter Kling 已被該公司聘請來爲五月份的目錄拍攝照片。

註 accomplished 形 有造詣的

[0233] **99.** 　　　　　　　　　　　　　　　　　　　　　　　　　　[答案] (C)

即使去掉空格部分，create unique animated logos 仍可連接前後，故空格中應填入的是一修飾語。而可用來**修飾形容詞 unique** 的只有**副詞** (C) visually（在視覺上、外觀上）。另，(A) visualize（使形象化）是動詞，(B) visuals 是名詞 visual（視覺圖像）的複數形，(C) 則爲動詞的第三人稱單數現在式。

譯 一個動畫團隊被雇用來爲該公司的電視廣告創造視覺上獨特的動畫 Logo 標誌。

[0234] **100.** 　　　　　　　　　　　　　　　　　　　　　　　　　　[答案] (A)

在空格內填入名詞選項 (A) number 就能形成**複合名詞 product identification number**（產品識別編號）作爲其後關係代名詞 which 的先行詞，故正解爲 (A)。而因關係代名詞 which 後方的動詞是 is，所以複數形名詞選項 (B) numbers 爲誤。另，(C) numbered 是動詞 number（替～編號）的過去式或過去分詞，(D) 則爲其現在分詞或動名詞。

譯 請參照印在保證書右上角的產品識別編號。

◎ 請以每題 20 秒的速度為目標作答。

1. Residents were concerned about increased traffic and ------- so, considering the size of the approved housing project.
   (A) understood
   (B) understandable
   (C) understandably
   (D) understanding

2. Any information about the impending merger with Sakura First Bank should be kept strictly -------.
   (A) confide
   (B) confides
   (C) confidential
   (D) confidentially

3. The Archeological Museum of New York is an inexpensive attraction that is not listed in major guidebooks but well ------- a visit.
   (A) worth
   (B) worthy
   (C) worthwhile
   (D) worthless

4. ------- the most important invention of the last 60 years, computers are used in almost every aspect of our lives.
   (A) Argue
   (B) Arguing
   (C) Arguably
   (D) Argument

5. ------- with this letter is a survey, which should be returned using the self-addressed envelope also supplied.
   (A) Enclosed
   (B) Enclose
   (C) Enclosing
   (D) Enclosure

0235 **1.** 答案 (C)

0235
▼
0239

空格後的 **so 屬替代副詞**，在本句中用來代替前面的 concerned（擔心的），因此空格中應填入副詞 (C) understandably（可理解地）。另，(A) understood 為動詞 understand（理解）的過去式，(B) understandable（可理解的）是形容詞，(D) 則為動詞的現在分詞或動名詞。

譯 居民們擔心交通量增加，然而考量到被通過之住屋建案的規模，這是可理解的。

註 suburb 名 郊區；近郊住宅區

0236 **2.** 答案 (C)

動詞 keep 採取的是 SVOC 句型，而本句是將 O（受詞）置於主詞位置的被動語態。由於空格處須填入**作為 C（補語）的形容詞**，因此選項 (C) confidential（機密的）為正解。（注意，strictly 用來修飾 confidential。）而 (A) confide（吐露～）是動詞，(B) confides 為其第三人稱單數現在式，(D) confidentially（秘密地）則為副詞。

譯 任何關於即將發生的與 Sakura 第一銀行合併之資訊都應被嚴格保密。

註 impending 形 即將到來的   merger 名 合併   confidential 形 機密的；秘密的

0237 **3.** 答案 (A)

S is an attraction but (S is) ------- a visit. 為本句主幹。若將具介系詞功能的形容詞 (A) worth（值得～）填入空格，便可形成作為補語的形容詞片語 worth a visit。（**be worth X** 是「有 X 的價值、值得 X」之意。）另，(B) worthy 可以是形容詞「有價值的」或名詞「知名人士、傑出人物」，而 (C) worthwhile（值得的）和 (D) worthless（無價值的）皆為形容詞，但形容詞不可越過冠詞去修飾名詞。

譯 紐約的考古學博物館是個沒被列在主要旅遊指南中但相當值得一遊的便宜景點。

0238 **4.** 答案 (C)

若將此句視為分詞構句而填入現在分詞 (B)，就會變成主詞 computers 是 argue（爭論～）的一方，如此意思不通。但若填入可修飾整句的副詞 (C) **Arguably（可說是、雖有爭議但基本上是）**的話，便可形成 (Being) Arguably the most important invention ... 這個可**省略 Being** 的分詞構句，且文意通順。另，(A) Argue 是動詞，(D) Argument 則為名詞。

譯 可說是過去六十年來最重要發明的電腦，幾乎被使用於我們生活的每一個方面。

0239 **5.** 答案 (A)

這句是 A survey is ------- with this letter. 之倒裝句型。由於 survey（調查）和動詞 (B) Enclose（隨函附上～）之間具有**被動關係**，故正解為過去分詞 (A) Enclosed。而 (C) Enclosing 是現在分詞或動名詞，(D) Enclosure（隨函附件）則為可數名詞，前須加冠詞才行。

譯 隨信附上的是一份調查表，請利用同時附上之已寫好地址的信封寄回。

第**1**章

詞性題

6. The Green Scholars Program offers undergraduate students who have a ------- interest in environmental issues an opportunity to attend the Oslo Green Forum.

(A) demonstrate
(B) demonstrated
(C) demonstrating
(D) demonstration

7. The ideal candidate for the position will require at least 10 years of work experience in human resources at a ------- level.

(A) manage
(B) manageable
(C) manageably
(D) managerial

8. To ventilate your home during the summer, windows and internal doors should be left ------- overnight in a secure manner.

(A) open
(B) opening
(C) opener
(D) opens

9. Scientists at Warsaw's Central Laboratory have been trying to find cleaner ways of ------- coal.

(A) burn
(B) burned
(C) burning
(D) burns

10. All ------- must be picked up from the storage room at least one hour before the store opens.

(A) delivery
(B) deliveries
(C) delivers
(D) delivering

0240 **6.**   答案 **(B)**

冠詞與名詞間的空格應填入可作形容詞用的分詞選項 (B) demonstrated 或 (C) demonstrating，故可先排除動詞 (A) demonstrate 和名詞 (D) demonstration。而空格後的名詞 interest（興趣）和動詞 demonstrate（展示～）之間具有「興趣被表露出來」的**被動關係**，因此本題選過去分詞 (B) demonstrated。

譯 Green 學者計畫提供在環境議題方面顯露出興趣的大學生一個參加奧斯陸綠色論壇的機會。

0241 **7.**   答案 **(D)**

冠詞與名詞間的空格應填入**形容詞** (B) manageable 或 (D) managerial，而適合填入空格且文意通順的是 (D)「管理人的」。若填入 (B)「可管理的」則意思不通。另，(A) manage（管理～）是動詞，(C) manageably（可管理地）則爲副詞。

譯 此職務的理想候選人需要至少有十年在人力資源方面作爲管理階層的工作經驗。

註 managerial 形 管理人的

0242 **8.**   答案 **(A)**

動詞 leave 的句型爲 SVOC，而此句爲其被動形式。若將**形容詞** (A) open 填入空格，則既可作爲 **C（補語）**，文意也通順，故爲正解。（注意，open 亦可作動詞。）另，(B) opening 爲動詞 open 之現在分詞，(C) opener（用來打開物品的工具）是名詞，(D) opens 則爲動詞的第三人稱單數現在式。

TEX's notes

這題可恢復成如下的主動語態。

S̲ should leave windows and internal doors open ...
   [V]   [O]   [C]

譯 若要在夏季讓您的居家通風，窗戶和室內的門都應在安全的前提之下整夜開啟。

註 ventilate 動 使～通風

0243 **9.**   答案 **(C)**

四選項裡，適合填入介系詞和名詞間的有過去分詞 (B) burned 或動名詞 (C) burning，而可使文意通順的則屬**動名詞** (C) burning。（注意，burning 亦可作現在分詞。）若填入過去分詞 (B) 會使之變成「燒過的煤的方法」，不知所云。另，(A) burn 可以是動詞「燃燒～」或名詞「燒燙傷」，(D) 則爲動詞第三人稱單數現在式或複數形。

譯 華沙中央實驗室的科學家一直在試圖找出更乾淨的燃煤方式。

註 coal 名 煤；煤塊

0244 **10.**   答案 **(B)**

四選項中可作爲主詞的名詞爲 (A) delivery 和 (B) deliveries。由於空格前的 all 是用來修飾**可數名詞的複數**，故本題應選 (B)「交付的貨物」。注意，delivery 亦可作不可數名詞，指「交付」。另，(C) delivers 是動詞 deliver（投遞、傳送）的第三人稱單數現在式，(D) 則爲現在分詞或動名詞。

譯 所有要交付的貨物必須至少在商店開門營業前一小時從儲藏室取出。

11. A survey shows that only an ------- 30 percent of the workforce in the textile industry is female.

(A) estimate
(B) estimates
(C) estimated
(D) estimating

12. Nishiwaki Corporation has been acquired by Blue Ocean Electronics in a deal ------- at 1 billion yen.

(A) value
(B) valued
(C) valuation
(D) values

13. The rules ------- employee use of company-owned mobile phones are outlined in the employee handbook.

(A) concerning
(B) concern
(C) concerns
(D) concerned

14. Factory workers were ------- of the company for its failure to keep them informed about the shutdown plans.

(A) critical
(B) critic
(C) criticized
(D) criticism

15. FastLine Computers opened 10 call centers last year and plans to add another 10 this year as part of its growth -------.

(A) initial
(B) initially
(C) initiative
(D) initialization

0245 **11.** 答案 **(C)**

四選項中可作為修飾語的是分詞選項 (C) estimated 或 (D) estimating。而由於動詞 estimate（估計～）和 30 percent 之間具有**被動關係**，因此本題選**過去分詞** (C)。注意，(A) estimate 亦可作名詞，指「估計、估價（單）」，(B) estimates 則為動詞第三人稱單數現在式或複數形。

譯 一項調查顯示，紡織業中只有估計約 30% 的勞動人口是女性。

0246 **12.** 答案 **(B)**

由於 deal（交易）價格是「被」評估的，因此本題應選動詞 value（估價）的過去分詞 (B) valued。注意，(A) value 亦可作名詞，指「價值」。另，(C) valuation（估價）亦為名詞，(D) values 則為名詞的複數形或動詞的第三人稱單數現在式。

譯 Nishiwaki 公司已被 Blue Ocean 電子以被評估為十億日元的交易價格收購。

0247 **13.** 答案 **(A)**

名詞與名詞間應填入**介系詞**，故本題選 (A) concerning（關於～）。（The rules **concerning** X 指「關於 X 的規則」。）而 (B) concern 是名詞「擔心」或動詞「使擔心」，(C) concerns 是名詞的複數形或動詞的第三人稱單數現在式，(D) concerned（擔心的）則為形容詞。

譯 關於員工使用公司業務手機的規定在員工手冊中有所說明。

註 outline **動** 概述～；說明～的要點

0248 **14.** 答案 **(A)**

由空格前的 be 動詞 were 可知，空格中須填入形容詞，而由空格後的介系詞 of 則可斷定，本題應選 (A) **critical（批評的）**。（**be critical of X** 指「對 X 有所批評」。）注意，雖然 (C) criticized 亦可置於 be 動詞 were 之後以構成被動式，但必須採 be criticized for X（因 X 被批評）或 be criticized by X（被 X 批評）之形式，故不可選。另，(B) critic（評論家）為單數形，與主詞為複數不相符，而 (D) criticism（批評、評論）亦為名詞，但意思不通。

TEX's notes

注意，形容詞 critical 除了表「批評的」之意外，就如 a critical issue（關鍵性的問題）般，也具有「非常重要的、關鍵的」的意涵。這兩種意義都很常出現於多益考題。

譯 工廠工人對公司未能及時通知停工計畫有所批評。

註 critical **形** 批評的；關鍵的；不可或缺的　　shutdown **名** 關閉；停工

0249 **15.** 答案 **(C)**

將**名詞 (C) initiative（主動性、新策略）**填入空格，便能與前方 growth 結合，形成複合名詞「成長新策略」，並構成最通順的文意。而 (A) initial 可以是形容詞「最初的」、名詞「字首字母」或動詞「簽下姓名的字首字母於～」，(B) initially（最初）為副詞，(D) initialization（初始化）亦為名詞。

譯 FastLine 電腦公司去年開設了十個客服中心，並計畫於今年再增加十個客服中心以作為其成長新策略的一部分。

16. ------- to the country from Europe consist mainly of food and beverages despite the large farming industry that exists here.

    (A) Imports
    (B) Importing
    (C) Importers
    (D) Imported

17. Only applications from candidates who meet all eligibility ------- will be replied to.

    (A) require
    (B) requirement
    (C) requirements
    (D) requires

18. Some industry experts predict that Sunrise Computers will continue to make ------- in computer technology.

    (A) advance
    (B) advances
    (C) advancing
    (D) advanced

19. Icon Air confirmed today that it plans to resume aircraft ------- at its factory in Kerrville in January after a five-year absence from the market.

    (A) product
    (B) produced
    (C) produce
    (D) production

20. Furniture ------- made online may be returned for any reason, so long as the packaging has not been removed.

    (A) purchase
    (B) purchases
    (C) purchased
    (D) purchasing

0250 **16.**　　　　　　　　　　　　　　　　　　　　答案 **(A)**

空格內須填入可**作為主詞的名詞**，再加上述語動詞 consist 字尾沒有表第三人稱單數現在式的 s，故可能的答案只有**複數名詞**選項 (A) Imports 或 (C) Importers，而符合文意者為 (A)「進口商品」，(C)「進口商」意思不通。另，(B) Importing 是動詞 import（進口～、輸入～）的現在分詞或動名詞，(D) 則為動詞的過去式或過去分詞。

譯▶ 儘管本身有大型的農牧養殖業，該國從歐洲進口的商品卻仍以食品與飲料為主。

0251 **17.**　　　　　　　　　　　　　　　　　　　　答案 **(C)**

只要將**複數形的名詞** (C) 填入空格，便可形成複合名詞 **eligibility requirements**（資格要求），以作為動詞 meet（滿足～、符合～）的受詞，且文意通順。而因 all 是用來修飾可數名詞的複數形，所以單數形的 (B) requirement 不可選。另，(A) require（需要～、要求～）是動詞，(D) requires 則為其第三人稱單數現在式。

譯▶ 只有符合所有資格要求之應徵者的申請才會獲得回覆。

0252 **18.**　　　　　　　　　　　　　　　　　　　　答案 **(B)**

由於空格前的及物動詞 make 缺少受詞，因此名詞選項 (A) advance 和 (B) advances 都有可能是答案。而名詞 **advance** 表「進步、發展」之意時為**可數名詞**，不能以單數且無冠詞的形式使用，由此判斷 (A) 並不適當，因此正確答案為**複數形**的 (B)。（注意，在 in advance〔預先〕這個片語中 advance 則為不可數名詞。）另，(C) advancing（前進的）和 (D) advanced（先進的、高階的）皆為形容詞。

譯▶ 有一些業界專家預測，Sunrise 電腦公司將在電腦技術上持續進步。

0253 **19.**　　　　　　　　　　　　　　　　　　　　答案 **(D)**

將名詞 (D) production 填入空格後，即形成**複合名詞 aircraft production**（飛機的生產），並可作為動詞 resume（恢復～、重啟～）之受詞，且文意通順，故為正解。而雖 (A) product（產品）亦為名詞但屬可數之名詞，其前須加冠詞，故不選。另，(B) produced 是動詞 produce（生產～）的過去式或過去分詞，(C) produce 則為動詞或表「農產品」之意的名詞。

譯▶ Icon 航空公司今日證實，在離開市場五年後該公司計畫於一月在其位於 Kerrville 的工廠重啟飛機生產。

0254 **20.**　　　　　　　　　　　　　　　　　　　　答案 **(B)**

若將 Furniture 視為主詞，與空格之後的部分就會接不起來，故應在空格處填入名詞以形成一複合名詞。選項 (A) purchase 可作動詞或不可數名詞「購買」，亦可表「**購入品、所購買的東西**」，但此用法屬**可數名詞**，不能以單數且無冠詞的形式使用，因此本題選**複數形**的 (B) purchases。

TEX's notes

空格後的 made 並非動詞，而是用來修飾主詞的過去分詞。

　　　　　　　　　　　　　　　　修飾
Furniture purchases (which are) made online ...
　　　　[S]

譯▶ 在網路上購買的傢俱，只要包裝未拆除，不論任何理由皆可退貨。

21. Prospective students are required to complete the introductory course prior to ------- for Advanced Programming Theory.
    - (A) register
    - (B) registered
    - (C) registering
    - (D) registrar

22. Far more calls were received from disappointed fans than ------- after the concerts by Jack Chan were canceled.
    - (A) anticipate
    - (B) anticipation
    - (C) anticipating
    - (D) anticipated

23. The Indiana Mineral Association has secured a room rate of $109 per night ------- taxes at the Marion Hotel during the annual convention.
    - (A) exclude
    - (B) excluded
    - (C) excluding
    - (D) excludes

24. Cooper House dental surgery recognizes that all members of the team have a legal and ethical duty to keep patient ------- confidential.
    - (A) informed
    - (B) informative
    - (C) informatively
    - (D) information

25. The amount of traffic the company Web site attracted before the product launch was an ------- sign for the marketing division.
    - (A) encourage
    - (B) encouraged
    - (C) encouraging
    - (D) encourages

0255 **21.** 答案 (C)

空格前的 **to 是介系詞**，空格處需要可作為受詞的名詞，但選項 (A) register（登記簿）〔register 亦可作動詞，指「登記、註冊」〕和 (D) registrar（登錄者）皆為可數名詞，不能以單數且無冠詞的形式使用，故不可選。而由上判斷，應於空格內填入可作名詞用的**動詞 register（登記、註冊）之動名詞** (C) registering 才能將前後合理地連接起來。另，(B) register 是動詞的過去式或過去分詞。

譯 未來的學生們必須在註冊進階程式設計理論之前，先完成入門課程。

註 prospective 形 預期的；未來的　　prior to X 在 X 之前

0256 **22.** 答案 (D)

本題只要填入 (D)，便可形成 **than anticipated（出乎預料地）**的固定講法。（than anticipated 可視為 than (were) anticipated 之省略形式。）而 (A) anticipate（預料～）是動詞，(C) 為其現在分詞或動名詞，(B) anticipation（預測）則為名詞。

譯 在 Jack Chan 的演唱會取消後，接到了比預料中要得多的失望粉絲的來電。

0257 **23.** 答案 (C)

空格前的部分已經是一個完整的句子，而後面接著名詞 taxes（稅），由此判斷應選可將名詞連接至句子的**介系詞** (C) excluding（除～之外）。另，(A) exclude（把～排除在外）是動詞，(B) 為其過去式或過去分詞，(D) excludes 則為動詞的第三人稱單數現在式。

譯 印第安納州礦業協會已獲得在年度大會期間於 Marion 飯店每晚 109 美元不含稅的住房價格。

註 secure 動 獲得～；確保～

0258 **24.** 答案 (D)

本句之 keep 的句型為 SVOC，而若在空格處填入名詞 (D) information 即可形成了複合名詞 **patient information（病患資訊）**作為 keep 的受詞，故 (D) 為正解。另，(A) informed 是動詞 inform（告知～）的過去式或過去分詞，(B) informative（見聞廣博的、有益的）是形容詞，(C) informatively（有益地）則為副詞。

譯 Cooper House 口腔外科認為該團隊的所有成員都有法律和道德的責任須對病患資訊保密。

註 ethical 形 倫理的；道德的

0259 **25.** 答案 (C)

冠詞與名詞間的空格處應填入**形容詞**，故本題選 (C) encouraging（鼓舞人心的）。而因句子所指的網站流量增加的這個 sign（徵兆、跡象）是 encourage（激勵）行銷部的動作方，因此若選擇具被動意涵的過去分詞 (B) encouraged 則意思不通。另，(A) encourage 是動詞，(D) 則為其第三人稱單數現在式。

譯 該公司的網站在產品推出前所吸引的流量對行銷部門來說是個鼓舞人心的徵兆。

26. As a special benefit for conference attendees, complimentary Wi-Fi service will be available in hotel rooms ------- through this Web site.

    (A) book
    (B) booked
    (C) books
    (D) booking

27. It was decided to post the important safety video on the Internet to ensure that it reached the ------- possible audience.

    (A) broadest
    (B) broad
    (C) broadly
    (D) broaden

28. The parks department has plans for three new inner city parks and has made the information ------- accessible from its Web site.

    (A) readily
    (B) ready
    (C) readying
    (D) readiness

29. Eagle Joe's Pizza delivers to Mermaid Waters and ------- areas at no extra cost.

    (A) surround
    (B) surrounding
    (C) surrounded
    (D) surrounds

30. Alan Chan was entrusted with a ------- and costly project due to the high degree of success he had been enjoying.

    (A) challenge
    (B) challenged
    (C) challenging
    (D) challengingly

[0260] **26.** 答案 (B)

空格後的部分應爲針對前方名詞 rooms（房間）而提出的補充資訊，而只要將**過去分詞** (B) booked 填入空格，便能形成「透過網站被預訂的房間」之通順文意。但若選具主動意涵的現在分詞 (D) booking，則會使房間變成預訂的動作方，邏輯不通。另，(A) book 可以是動詞「預訂～」或名詞「書」，(C) 則爲其第三人稱單數現在式或複數形。

譯▶ 透過此網站所預訂的飯店房間將享有免費贈送的 Wi-Fi 服務以作爲給會議參加者的特殊優惠。

[0261] **27.** 答案 (A)

形容詞 possible 也有強調最高級的用法。若將選項 (A) broadest 填入空格可形成 broadest possible audience 來指「**盡可能最廣泛的受衆**」此通順文意，故爲正解。若填入形容詞 (B) broad 會變成「廣泛的可能的受衆」，語焉不詳。另，副詞 (C) broadly（大體上）也無法連接 possible，而 (D) broaden（擴大）則爲動詞，非題意所需。

譯▶ 該則重要的安全影片被決定發布在網路上以確保能觸及盡可能最廣泛的受衆。

[0262] **28.** 答案 (A)

即使去掉空格部分，S̲ has made O̲ C̲（S 使 O 成爲 C）之句型依舊成立，可見空格處應填入的是一修飾語，故本題選可用來**修飾後方形容詞 accessible** 的副詞 (A) readily（容易地）。而 (B) ready 可以是形容詞「準備好的」或動詞「使準備好」，(C) readying 是現在分詞或動名詞，(D) readiness（準備就緒）則爲名詞。

TEX's notes

> 這題可將空格前後整理爲如下的結構：
>
> ... and (the parks department) has made the information readily accessible ...
>   [S]   [V]   [O]   [C]
>
> 換言之，在對等連接詞 and 之後將主詞省略。

譯▶ 公園部門計畫了三座新的市中心公園，且已使得該資訊可由其網站輕易取得。

[0263] **29.** 答案 (B)

本題空格內應填入可**修飾其後名詞 areas（區域）的形容詞**，所以正確答案是 (B) surrounding（周圍的）。而由於周邊區域是圍繞 Mermaid Waters 的動作方，因此若選具被動意涵的過去分詞 (C) surrounded 則意思不通。另，(A) surround 是動詞「圍繞～」或名詞「邊、鑲邊」，(D) surrounds 則爲其第三人稱單數現在式或複數形。

譯▶ Eagle Joe's Pizza 外送至 Mermaid Waters 及其周邊地區不收取額外費用。

[0264] **30.** 答案 (C)

空格前後的結構爲〈冠詞 ------- and＋形容詞＋名詞〉（注意：costly 並非副詞），而由對等連接詞 and 連接之項目須對等平行，空格處應填入另一**形容詞**。正解爲 (C) challenging（有挑戰性的）。若填入過去分詞形容詞 (B) challenged（有殘疾的）會意思不通。另，(A) challenge 可以是名詞「挑戰」或動詞「挑戰～、對～提出異議」，(D) challengingly（挑釁地）則爲副詞。

譯▶ 由於先前表現極爲成功，Alan Chan 受託進行一項挑戰性且昂貴的專案。

31. ------- housed in a facility designed by a Swiss architecture firm, the Nagano Youth Museum reopened in October 2012.

(A) New
(B) Newest
(C) Newness
(D) Newly

32. The apparel catalog is divided into ------- by clothing type so that customers can easily locate the items they wish to purchase.

(A) section
(B) sections
(C) sectioning
(D) sectioned

33. With its spas, saunas, massage rooms, and fitness center, Stallard Towers Hotel provides a ------- stay for business and leisure travelers alike.

(A) refresh
(B) refreshed
(C) refreshing
(D) refreshments

34. Colorado Café will introduce a new line of coffee with a free ------- at Braxton Supermarket on Thursday, June 16.

(A) tasting
(B) tasty
(C) tasted
(D) taste

35. A recent survey found that more than a quarter of Japanese mobile broadband subscribers are ------- to renew their contracts.

(A) unlike
(B) unlikable
(C) unlikely
(D) unlikeness

⓪265 **31.** 　　　　　　　　　　　　　　　　　　　　　　答案 **(D)**

即使去掉空格部分，逗號前之分詞構句依舊成立，可見空格中應填入一修飾語，而四選項中可用來**修飾空格後之過去分詞 housed（被安置）**的只有**副詞** (D) Newly（重新、新近）。另，(A) New（新的）是形容詞，(B) Newest 為其最高級，(C) Newness（新奇、新穎）則為名詞。

譯 重新被安置於由一家瑞士建築師事務所設計之設施中的長野青少年博物館已於 2012 年 10 月重新開放。

註 house 動 收容～；安置～

⓪266 **32.** 　　　　　　　　　　　　　　　　　　　　　　答案 **(B)**

可填入介系詞和介系詞間之空格的應是名詞選項 (A) section 或 (B) sections。而因 **section**（部分）為可數名詞，不能以單數且無冠詞的形式使用，且由空格前的 is divided into「被分成～」之文意可知，本題應選**複數形**的 (B)。另，section 亦可作動詞，指「把～分成段」，而 (C) sectioning 為其現在分詞或動名詞，(D) 則為其過去式或過去分詞。

譯 該服裝型錄依衣服類型被分成幾部分以便顧客能輕鬆找出他們想買的品項。

⓪267 **33.** 　　　　　　　　　　　　　　　　　　　　　　答案 **(C)**

冠詞與名詞間的空格內應填入分詞形容詞選項 (B) refreshed 或 (C) refreshing，而由於**名詞 stay**（住宿、停留）是**使旅客消除疲勞的動作方**，故正解為現在分詞形容詞 (C)「消除疲勞」。若選過去分詞 (B)「已消除了疲勞的」會變成住宿是被消除疲勞的一方，意思不對。另，(A) refresh 是動詞，(D) refreshments（茶點飲料）則為名詞。

譯 Stallard Towers 飯店以其水療中心、三溫暖、按摩室和健身中心為商務與休閒旅客提供了消除疲勞的住宿。

註 alike 副 一樣地

⓪268 **34.** 　　　　　　　　　　　　　　　　　　　　　　答案 **(A)**

〈冠詞＋形容詞 ------- 介系詞〉的空格處應填入**名詞**，而適合填入本句空格中的是選項 (A) tasting（試飲會）。選項 (D) taste（味道、品味）雖亦為名詞，但填入後意思不通。（注意，taste 也可作動詞，指「嚐、有～的味道」。）而 (B) tasty（美味的）是形容詞，(C) 則為動詞 taste 的過去式或過去分詞。

譯 Colorado Café 將於 6 月 16 日週四在 Braxton 超市以免費試飲會的方式介紹一個新的咖啡系列。

⓪269 **35.** 　　　　　　　　　　　　　　　　　　　　　　答案 **(C)**

空格前為 be 動詞 are，空格後則為不定詞 to renew，四選項中適合填入空格中並使文意通順的只有形容詞的 (C) unlikely。（**be unlikely to do** 是「不太可能做～」之意。）而 (A) unlike 是介系詞「不像～、和～不同」或形容詞「不同的」，(B) unlikable（不討人喜歡的）亦為形容詞，(D) unlikeness（不像、相異）則為名詞。注意，本題除正確答案外的其他形容詞選項都無法搭配不定詞，故皆不可選。

譯 最近的一項調查發現，有超過四分之一的日本行動寬頻用戶不太可能續約。

36. After having lived in a small town in Ohio for ten years, Ms. Wright wants to move to a more ------- city like New York.

(A) stimulate
(B) stimulated
(C) stimulates
(D) stimulating

37. This book contains 15 tips to help improve ------- morale and boost productivity within an organization.

(A) employ
(B) employed
(C) employs
(D) employee

38. Now the owner of a large restaurant chain, Mr. Lim believes that persistence is a ------- of a successful entrepreneur.

(A) characterize
(B) characters
(C) characteristic
(D) characterization

39. According to a recent survey, real estate agencies remain cautiously ------- about the housing market in Miami.

(A) optimistic
(B) optimize
(C) optimistically
(D) optimism

40. In her recent book, *Marketing Success*, the author claims that ------- targeting specific audiences are often the most successful.

(A) advertisements
(B) advertised
(C) advertising
(D) advertises

0270 **36.** 答案 **(D)**

適合填入〈冠詞＋副詞 ------- 名詞〉之結構內空格的應是可**修飾名詞的形容詞**。本題選現在分詞形容詞 (D) stimulating（激動人心的）來修飾其後的 city。另，因都市是讓 Ms. Wright 感到激動的動作方，故表被動意涵的過去分詞 (B) stimulated 意思不通。另，(A) stimulate（刺激～）是動詞，(C) 則為其第三人稱單數現在式。

譯▶ 在俄亥俄州的一個小鎮生活了十年之後，Wright 女士想搬到像紐約那樣更激動人心的城市。

0271 **37.** 答案 **(D)**

若將**名詞** (D) employee（員工）填入空格處，便可形成作為動詞 improve 之受詞的**複合名詞 employee morale**（員工士氣）。而若將 (B) employed（被雇用）視為修飾名詞的過去分詞填入，則意思會變成「被雇用的士氣」，不知所云。另，(A) employ（雇用）是動詞，(C) 則為其第三人稱單數現在式。

譯▶ 這本書包含了十五個有助於增進員工士氣並在組織內提升生產力的訣竅。

0272 **38.** 答案 **(C)**

be 動詞 is 之後需要補語，而四選項中可等同於主詞 persistence（堅持）的只有**名詞** (C) characteristic（特性），故為正解。若填入另一名詞 (D) characterization（角色刻畫）的話，則意思不通。另，(A) characterize（描繪～的特性）是動詞，(B) characters（人物、角色）則為名詞的複數形。

TEX's notes

> 注意，characteristic 除了作名詞指「特性」外，也可作形容詞表「獨特的、特有的」之意。

譯▶ 現在是一家大型連鎖餐廳老闆的 Lim 先生相信，堅持是成功企業家的特性。
註 persistence 名 堅持　　characteristic 名 特性

0273 **39.** 答案 **(A)**

述語動詞 **remain**（保持～）應採取 SVC 的句型，故空格處須填入可**作為 C（補語）的形容詞**。而四選項中詞性為形容詞的只有 (A) optimistic（樂觀的）。另，(B) optimize（最佳化～）是動詞，(C) optimistically（樂觀地）是副詞，而名詞選項 (D) optimism（樂觀主義）雖然也可作為補語，但無法被前方的副詞 cautiously 修飾，故不可選。

譯▶ 根據最近的一項調查，房地產仲介對邁阿密的房地產市場仍然保持審慎樂觀的態度。

0274 **40.** 答案 **(A)**

本句動詞 claims 之後為一由 that 引導的名詞子句，而該子句的述語動詞是 are，所以要選**複數名詞** (A) advertisements（廣告）作為其**主詞**。而 (B) advertised 是動詞 advertise（宣傳～）的過去式或過去分詞，(C) advertising（做廣告）應視為單數，(D) 則為動詞的第三人稱單數現在式。

譯▶ 在其最近著作《Marketing Success》當中，作者認為針對特定受眾的廣告往往是最成功的。

41. Thanks to clear skies and careful -------, the seventh annual Greenfield Road Race saw its biggest turnout yet, with approximately 500 runners.

(A) plan
(B) planned
(C) planning
(D) planner

42. The Axis 3000, a new energy-efficient hybrid car, has extraordinary ------- for global sales, said Alex Tokudaiji, the company's new CEO.

(A) potent
(B) potential
(C) potentially
(D) potentiality

43. Mr. Hoffman, a company spokesperson, said on TV that Nile Electronics Ltd. has raised worker ------- through consistent training programs.

(A) productivity
(B) produces
(C) to produce
(D) productively

44. Since its ------- 50 years ago, the Richmond Chamber of Commerce has worked tirelessly to build the local economy.

(A) establish
(B) establishment
(C) establishments
(D) established

45. Seaside Resort Hotel is offering ------- of up to 40 percent on all stays until September 30 as long as they are booked by July 1.

(A) discounts
(B) discount
(C) discounter
(D) discounting

[0275] **41.**   答案 **(C)**

Thanks to（由於、幸虧）之後需要名詞作爲**介系詞 to 之受詞**，所以 (A) plan、(C) planning、(D) planner 都有可能是答案。而由於空格前無冠詞，由此可判斷本題應選**不可數名詞** (C)「規畫」。(A)「計畫」和 (D)「策畫人」皆爲可數名詞，以單數形使用時必須加上冠詞。另，(B) planned 爲其過去式或過去分詞。

譯▶ 由於有晴朗的天氣與精心的策畫，第七屆年度 Greenfield 路跑創下迄今參賽人數最多約有五百名跑者的紀錄。

註 turnout 名 出席者；聚集人數

[0276] **42.**   答案 **(B)**

由於本句**述語動詞 has 欠缺受詞**，因此可能的答案爲名詞選項 (B) potential 或 (D) potentiality。而因空格前無冠詞，所以應選**不可數名詞** (B)「潛力」。（注意，potential 亦可作形容詞，指「潛在的」。）(D)「潛在可能性」爲可數名詞（一般使用複數），不能以單數且無冠詞的形式使用。另，(A) potent（強有力的）是形容詞，(C) potentially（潛在地）則爲副詞。

譯▶ 該公司的新總裁 Alex Tokudaiji 表示，Axis 3000 是一款新型節能混合動力車，在全球銷售上具有驚人的潛力。

註 extraordinary 形 非凡的；驚人的

[0277] **43.**   答案 **(A)**

空格前的**可數名詞 worker** 不能以單數且無冠詞的形式使用，且就作爲動詞 has raised 的受詞而言，意思也不通，唯有填入**名詞**選項 (A) productivity（生產力），形成複合名詞「**工人的生產力**」，才能使文意通順。而 (B) produces 是動詞 produce（生產～）的第三人稱單數現在式，(C) 爲其不定詞，(D) productively 則爲副詞「有效地、有成果地」。

譯▶ 公司發言人 Hoffman 先生在電視上說，Nile 電子公司已透過一貫的培訓計畫提高了工人的生產力。

註 consistent 形 一貫的；始終如一的

[0278] **44.**   答案 **(B)**

代名詞**所有格 its** 之後缺乏名詞，因此答案可能是 (B) establishment 或 (C) establishments，而符合文意者爲 (B)「設立」。注意，establishment 作爲此意使用時是不可數名詞，但若用來指設施、店鋪、機構等「被設立的東西」時則爲可數名詞，因此其複數形之 (C) 與文意不符。另，(A) establish（設立～）是動詞，(D) established（已確立的）則爲其過去分詞形容詞。

譯▶ 自五十年前成立以來，Richmond 商會一直持續不懈地致力於發展當地的經濟。

註 chamber of commerce 商會   tirelessly 副 堅持不懈地

[0279] **45.**   答案 **(A)**

空格處應填入作爲**動詞 offer**（提供～）之受詞的名詞，故可能的答案爲 (A) discounts、(B) discount 或 (C) discounter，而因空格前無冠詞，所以要選**複數形**的 (A)「折扣」。單數的 (B) 和 (C)「折扣商店」皆爲可數名詞，不能以單數且無冠詞的形式使用。另，discount 亦可作動詞「把～打折出售」，而 (D) discounting 則爲其現在分詞或動名詞。

譯▶ 只要於 7 月 1 日前預訂，Seaside 度假飯店提供所有至 9 月 30 日止的住宿最高六折的折扣。

46. If guests find noise from the renovation work -------, they may transfer to another local hotel after the first day.

(A) object
(B) objected
(C) objecting
(D) objectionable

47. When renovations are required, a completed building ------- form must be forwarded to the department head.

(A) modify
(B) modifiable
(C) to modify
(D) modification

48. Superior Design Company has held ------- among its employees to create its new company logo.

(A) competes
(B) competing
(C) competitions
(D) competitively

49. As part of the marketing study, customers were given samples of three different fruit juices with brand labels ------- concealed.

(A) purposeless
(B) purpose
(C) purposeful
(D) purposely

50. Some business leaders believe increasing the size of their organizations will lead to corporate -------.

(A) prosperity
(B) prosperous
(C) prosperously
(D) prospered

[0280] **46.** 答案 (D)

本題動詞 find 採取 find ⓞ ⓒ（發覺 O 是 C）之形式，其中 noise 為 O（受詞），**空格內則需要其 C（補語）**，因此形容詞選項 (D) objectionable（令人反感的）為正確答案。而 (A) object（反對）為動詞，(B) objected 為其過去分詞，(C) objecting 則為其現在分詞。

TEX's notes

句子開頭的 if 子句結構如下：

※ 等同關係

If guests find noise from the renovation work objectionable, ...
[S] [V] [O]   [C]

譯▶ 如果客人覺得整修工程的噪音令人反感，他們可在第一天後換到另一家當地飯店。

[0281] **47.** 答案 (D)

只要將**名詞**的 (D) modification（修改）填入空格，便可形成複合名詞 **building modification form**（建築物之修改用表單），作為動詞 must be forwarded 之主詞，故為正解。而 (A) modify（修改～）是動詞，(B) modifiable（可修改的）是形容詞，(C) 則為其不定詞。

譯▶ 當需要整修時，必須將填寫好的建築物之修改用表單提交給部門負責人。

[0282] **48.** 答案 (C)

空格處應填入及物動詞 hold 之**現在完成式 has held 的受詞**，所以正確答案是名詞選項 (C) competitions（競賽、競爭）。而 (A) competes（競爭、對抗）是動詞的第三人稱單數現在式，(B) competing 為其現在分詞，(D) competitively（有競爭力地、好競爭地）則為副詞。

譯▶ 為了創作出新的公司標誌，Superior Design 舉辦了員工之間的競賽。

[0283] **49.** 答案 (D)

即使去掉空格，with brand labels concealed（在品牌標籤被隱藏的狀態下）仍可連接前後，可見空格內應填入**修飾後方過去分詞 concealed 的副詞**。正解為 (D) purposely（故意地）。另，(A) purposeless（無目的的、盲目的）是形容詞，(B) purpose（目的）是名詞，(C) purposeful（堅定的、有目的的）則為形容詞。

譯▶ 作為行銷研究的一部分，顧客被給予品牌標籤被刻意隱藏的三種不同的果汁樣品。

[0284] **50.** 答案 (A)

在〈介系詞＋形容詞 -------〉之結構的空格中應填入名詞，故正解為 (A) prosperity（繁榮）。（注意，-ty 為名詞字尾。）而 (B) prosperous（繁榮的）是形容詞，(C) prosperously（繁榮地）是副詞，(D) prospered 則為動詞 prosper（繁榮、成功）的過去式或過去分詞。

譯▶ 有些企業領導者相信增加組織規模將促使企業繁榮。

51. The application deadline for Speedsoft's summer internship program is drawing -------, so interested students should contact the office by April 30.

(A) near
(B) nearly
(C) nears
(D) nearby

52. Classic Line perfume is the ------- of one of the most well-known fragrance designers in Asia.

(A) creation
(B) creator
(C) created
(D) creating

53. There is still some uncertainty among the employees as to how ------- the new advertising campaign will be in boosting sales.

(A) effect
(B) effectively
(C) to effect
(D) effective

54. The Flagstaff city council is committed to ------- the environment and has approved a plan to encourage more residents to commute by bicycle.

(A) preserve
(B) preserved
(C) preserving
(D) preserves

55. The new range of McGinty silicon mobile phone covers are fashionable and ------- priced.

(A) afford
(B) affordable
(C) affordably
(D) affordability

0285 **51.** 答案 (A) 0285 ▼ 0289

空格內應填入修飾**不及物動詞 draw** 的副詞，而四選項中的 (A) near 可與其形成慣用片語 **draw near**（接近），故為正解。其他屬副詞選項的 (B) nearly（幾乎）和 (D) nearby（〔地點〕在附近）意思都不通。另，(C) nears 則為動詞 near（接近～）的第三人稱單數現在式。

第 1 章

詞性題

> 譯 Speedsoft 公司暑期實習計畫的申請截止日已近，所以有興趣的學生應於 4 月 30 日前與該辦公室聯繫。

> 註 draw near（人、事件等）接近；靠近

0286 **52.** 答案 (A)

可填入**冠詞和介系詞間**的應為**名詞**，而四選項中為名詞且可等同於主詞 perfume（香水）並使文意通順者為 (A) creation（創作品）。(B) creator（創作者）雖亦為名詞，但意思不通。另，(C) created 是動詞 create（創造～）的過去式或過去分詞，(D) 則為其現在分詞或動名詞。

> 譯 Classic Line 香水是亞洲最知名香水設計師之一所創造出來的。

0287 **53.** 答案 (D)

本句中由疑問詞 how 所引導的是一間接問句。若將疑問詞 how 之後的部分恢復為直接問句，則變成 How ------- will the new advertising campaign be in boosting sales?，而在 how 之後填入形容詞 (D) effective（有效的）最為合理。另，(A) effect 是名詞「效果、影響」或動詞「招致～」，(B) effectively（有成效地）是副詞，(C) 則為動詞之不定詞。

> 譯 關於新的廣告活動在提升銷售方面有多大效果這點，於員工之間仍然存在著一些疑慮。

> 註 uncertainty ② 不確定 as to X 關於 X

0288 **54.** 答案 (C)

可連接空格後之名詞 the environment 並形成**作為前方介系詞 to（非不定詞）之受詞**的只有**動名詞**選項 (C) preserving（維護～）。而 (A) preserve 是動詞「維護～」或名詞「保護區」，(B) 為其過去式或過去分詞，(D) 則為動詞的第三人稱單數現在式或名詞的複數形。

TEX's notes

注意，be committed to X（致力於 X）的 to 和 look forward to X（期待 X）的 to 一樣，詞性皆屬於介系詞，後應接名詞或動名詞。

> 譯 Flagstaff 市議會致力於維護環境且已批准了一項計畫來鼓勵更多居民騎腳踏車通勤。

> 註 commute ⑩ 通勤；通學

0289 **55.** 答案 (C)

在〈⑤ are ＋形容詞＋ and ------- 過去分詞.〉之結構的空格內應填入可**修飾後方過去分詞 priced（被定了價的）的副詞**，因此正解為 (C) affordably（負擔得起地）。而 (A) afford（付得起、能承受）是動詞，(B) affordable（負擔得起的）是形容詞，(D) affordability（負擔能力）則為名詞。

> 譯 McGinty 的新款矽手機殼系列既時尚且平價。

56. Max Davis's books are borrowed from the library so ------- that it has become necessary to purchase additional copies.

(A) frequent
(B) frequency
(C) frequencies
(D) frequently

57. An ------- 10 percent discount is available to shoppers who show their loyalty card to staff at the register.

(A) additive
(B) additional
(C) additionally
(D) addition

58. The seminar started about 30 minutes later than ------- scheduled, as many of those who had signed up were delayed by the weather.

(A) original
(B) originally
(C) originate
(D) origin

59. Professor Santiago is ------- that he can find a qualified assistant by the end of the month.

(A) doubt
(B) doubted
(C) doubtful
(D) doubtfully

60. Barrow Construction is committed to providing the highest quality service to our customers in a ------- and efficient fashion.

(A) time
(B) timely
(C) timing
(D) timeliness

0290 **56.** 答案 (D)

so ... that S V 之間應爲形容詞或副詞，而在本句中可附加於 S are borrowed from the library 這種要素齊備的句子並**修飾動詞的是副詞**，所以正確答案是 (D) frequently（頻繁地）。另，(A) frequent（頻繁的）是形容詞，(B) frequency（頻率）是名詞，(C) 則爲其複數形。

譯▶ Max Davis 的書是如此頻繁地從圖書館被借出以至於有必要額外再購買幾本。

0291 **57.** 答案 (B)

只要將**形容詞** (B) additional（額外的）填入空格，便能**修飾後方之名詞片語 10 percent discount（10% 的折扣）**，並構成通順的文意。另，(A) additive（添加物）爲名詞（注意，此字字尾爲 -ive，但卻是名詞而非形容詞），(C) additionally（此外、附加地）爲副詞，(D) addition（附加、新增的人或物）則爲名詞。

譯▶ 在結帳櫃檯向工作人員出示忠誠卡的購物者可享有額外的 10% 折扣。

註▶ loyalty card 忠誠卡

0292 **58.** 答案 (B)

即使去掉空格部分，later than scheduled 仍可連接前後，可見空格處應填入一修飾語，因此可用來**修飾過去分詞 scheduled 的副詞** (B) originally（起初）便是正確答案。另，(A) original 可以是形容詞「本來的」或名詞「原作」，(C) originate（源自～）是動詞，(D) origin（起源）則爲名詞。

譯▶ 研討會比原定時間晚了約三十分鐘開始，因爲許多已報名參加的人被天氣狀況給耽擱了。

0293 **59.** 答案 (C)

四選項中，可**作爲 be 動詞 is 後之補語並接 that 子句（SV）**的只有形容詞 (C) **doubtful（懷疑的）**。(A) doubt 可作動詞「懷疑～」或名詞「疑慮」，(B) doubted 是動詞的過去式或過去分詞，(D) doubtfully（懷疑地）則爲副詞。

譯▶ Santiago 教授對於他能否在本月底找到合格的助理一事存疑。

0294 **60.** 答案 (B)

and 爲對等連接詞，因此在〈------- and ＋形容詞〉之結構中的空格處應填入另一**形容詞**，故本題選 (B) timely（及時的）。（注意，timely 的字尾雖爲 -ly，但卻是形容詞。）而 (A) time 可以是名詞「時間」或動詞「安排～的時間」，(C) 是動詞之現在分詞或動名詞，(D) timeliness（及時）則爲名詞。

TEX's notes

in a timely fashion 中的 fashion 可以 manner 代替。

譯▶ Barrow 建設公司致力於以及時且有效率的方式提供最高品質的服務給顧客。

61. Now that Alex Gupta has hired additional sales clerks for the store, he hopes that there will be fewer ------- from shoppers.

(A) complains
(B) complainer
(C) complaining
(D) complaints

62. All inquiries ------- the Orange Appliance returns policy should be directed to the e-mail address provided on the warranty form.

(A) regard
(B) regarding
(C) regarded
(D) regards

63. All car batteries sold at Oil World come with a ------- two-year warranty.

(A) comprehensive
(B) comprehensively
(C) more comprehensively
(D) comprehensiveness

64. All of the negotiations that had been held between the two companies became ------- after ownership changed hands this month.

(A) point
(B) pointing
(C) pointed
(D) pointless

65 Breakthrough Business School is rated highly among students as its teachers ------- engage in discussions with students before and after classes.

(A) active
(B) actively
(C) activate
(D) activity

0295 **61.**

空格處應填入述語動詞 will be 之**補語**，且該補語必須是**能被形容詞比較級 fewer 修飾的複數形名詞**，因此本題選 (D) complaints（抱怨）。另，(A) complains 是動詞 complain（抱怨～）的第三人稱單數現在式，(B) complainer（愛抱怨的人）爲單數名詞，(C) complaining 則爲動詞的現在分詞或動名詞。

譯 由於 Alex Gupta 已經爲這家店雇用了新的銷售人員，他希望購物者的抱怨會減少一些。

0296 **62.** 答案 (B)

本句之動詞爲 should be directed，因此只要將**介系詞** (B) regarding（關於～）填入空格，便可形成 All inquiries regarding X（所有關於 X 的詢問）作爲本句之主詞。另，(A) regard 是動詞「將～視爲」或名詞「注重」，(C) 是動詞的過去式或過去分詞，(D) 則爲動詞的第三人稱單數現在式或名詞的複數形。

譯 所有關於 Orange 電器退貨政策的詢問請寄至保證書上所提供的電子郵件地址。

註 direct 動 將～（信件等）寄至

0297 **63.** 答案 (A)

〈冠詞 ------- 形容詞＋名詞〉的空格處應填入形容詞或副詞，而本句若填入**形容詞** (A) comprehensive（全面性的、綜合性的），便可形成「**全面性的→兩年保固**」之通順文意。至於副詞 (B) comprehensively（全面地）則應用來修飾形容詞，所以意思會變成不順暢的「全面地兩年的→保固」。另，(C) 是副詞的比較級，(D) comprehensiveness（全面性、綜合性）則爲名詞。

譯 凡是於 Oil World 公司售出的汽車電池皆附有全面性的兩年保固。

註 come 動（商品等）附有～　comprehensive 形 全面性的；綜合性的

0298 **64.** 答案 (D)

空格前的**述語動詞 become** 採 SVC 句型，由此判斷空格處**需要 C（補語）**，而雖然四選項都可作補語使用，但符合文意的只有形容詞 (D) pointless（無意義的）。另外的名詞選項 (A) point（點）和 (B) pointing（指示），還有形容詞 (C) pointed（尖的、尖銳的），均無法等同於主詞「協商」，故皆不可選。

譯 在本月所有權轉手後，兩家公司之間曾進行的所有協商都變得毫無意義。

註 change hands（房子、公司等）擁有者換人；轉手　pointless 形 無意義的

0299 **65.** 答案 (B)

即使去掉空格部分，its teachers[S] engage[V] in .... 此句依舊成立，可見應填入空格處的是一修飾語，而本題應選可用來**修飾後方述語動詞 engage 的副詞** (B) actively（積極地）。另，(A) active（積極的、活躍的）是形容詞，(C) activate（啓動～、使活化）是動詞，(D) activity（活動）則爲名詞。

譯 Breakthrough 商業學院在學生間的評價相當高，因爲其教師在課堂前後都很積極地參與和學生的討論。

註 engage in X 從事 X；參加 X

66. In recent years, municipal governments have taken on ------- more responsibilities for social services and community development than in the past.

(A) considerable
(B) consideration
(C) considerate
(D) considerably

67. Lorenzo Rossi, the CEO of Rossi Cosmetics, announced his decision to appoint Ms. Moretti as vice-president, ------- next month.

(A) effective
(B) effect
(C) effects
(D) effectively

68. All of the artwork used in the short film was painted by John English, a local animation -------.

(A) enthusiastic
(B) enthusiastically
(C) enthusiasm
(D) enthusiast

69. Donations to the school's art department are strictly ------- and contributions are only accepted anonymously.

(A) voluntary
(B) volunteer
(C) volunteering
(D) volunteered

70. Tullworth Stores provide refunds and exchanges only for items ------- by the original receipts.

(A) accompany
(B) accompanies
(C) accompanying
(D) accompanied

`0300` **66.**   答案 (D)

將副詞 (D) **considerably**（相當多地、大幅地）填入空格後，便可修飾表比較之形容詞 more，並形成「**大幅地增加了的→責任**」之通順語意。(A) considerable（相當多的）為形容詞，(B) consideration（考慮、關心）是名詞，(C) considerate（體貼的、考慮周到的）亦為形容詞。

譯 近幾年來，市政府在社會服務與社區發展方面承擔的責任比過去要多得多。

註 municipal 形 市政的；自治都市的   take on X 承擔 X

`0301` **67.**   答案 (A)

在本句中可用來連接後方的〈時間〉，並形成表「**（法律、契約等）自～開始生效**」之意的慣用語的為形容詞 (A) **effective**（有效的）。而 (B) effect 是名詞「效果、影響」或動詞「招致～」，(C) 是其複數形或第三人稱單數現在式，(D) effectively（有成效地）則為副詞。（請將同樣可表「自～開始生效」之意的〈as of＋時間〉句型也記起來。）

譯 Rossi 化妝品公司的執行長 Lorenzo Rossi 宣布了他指派 Moretti 女士為副總經理之決定，自下月起生效。

`0302` **68.**   答案 (D)

逗號之後的部分明顯是用於補充說明其前之 John English，也就是說，空格處須填入可作 John English 之同位語，因此表〈人〉的名詞 (D) **enthusiast**（熱衷者、愛好者）為正解。而 (A) enthusiastic（熱衷的）是形容詞，(B) enthusiastically（充滿熱情地）是副詞，(C) enthusiasm（熱忱）則為名詞。

譯 用於該短片中的所有插圖作品都是由當地動畫熱愛者 John English 所繪製。

註 enthusiast 名 熱衷者；熱心者

`0303` **69.**   答案 (A)

四選項中可填入〈be 動詞＋副詞 -------〉之結構中的空格**作為主詞 Donations（捐獻）的補語且能形成通順文意的只有形容詞** (A) **voluntary**（自願的）。而 (B) volunteer 是名詞「志願者、義工」或動詞「自願做～」，(C) volunteering 為動詞之現在分詞或動名詞，(D) volunteered 則為動詞的過去式或過去分詞。

譯 對該校藝術系的捐獻是完全自願的，而且只接受匿名捐款。

註 strictly 副 嚴格地；完全地   anonymously 副 匿名地   voluntary 形 自願的

`0304` **70.**   答案 (D)

空格前為要素齊備的句子，空格後則為 **items（品項）的補充資訊**，而由介系詞 by 即可知只要將**過去分詞** (D) accompanied（附有的）填入空格，就能形成「附有原始收據的品項」之通順文意。選項 (A) accompany（伴隨、使附有）為動詞，(B) 為其第三人稱單數現在式，(C) 則為其現在分詞。

譯 Tullworth 商店只對附有原始收據的品項提供退款和換貨服務。

71. As -------, Nobel Corporations' new advertising campaign has increased its sales substantially in the southern region of the country.

(A) predict
(B) prediction
(C) predictably
(D) predicted

72. At *Metal Rock Magazine*, rules regarding the submission deadlines for articles are applied ------- than at other publications.

(A) stringent
(B) stringently
(C) more stringent
(D) more stringently

73. The Thomas Walker Comic Fair's director of public relations said that he was surprised at how ------- the tickets had been sold.

(A) quicker
(B) quickly
(C) quickness
(D) quickest

74. With thousands of visitors attending the Harbor Markets' events, all vendors must park their cars in the ------- area.

(A) designate
(B) designated
(C) designating
(D) designation

75. BookOn has reported that Oliver Harris, a senior vice president, is a ------- candidate to take over from Ms. Hoffmann as CEO.

(A) like
(B) liking
(C) likely
(D) likeness

71. 答案 **(D)**

0305

將過去分詞 (D) predicted 填入空格，便可形成 **as predicted**（如同預期）此一慣用語。（注意，as predicted 是 as (it was) predicted 之省略形式。）而 (A) predict（預料～）是動詞，(B) prediction（預測）是名詞，(C) predictably（可預見地、不出所料地）則為副詞。

譯▶ 正如預期，Nobel 公司推出的新廣告活動在該國南部地區大大地增加了其銷量。

註▶ substantially 副 大幅地

72. 答案 **(D)**

空格後有 **than**，故為**比較級**的 (C)、(D) 都有可能是答案，但因空格前已經是完整的句子，所以**附加於此要素齊備的句子並用來修飾動詞 are applied 的副詞**比較級 (D) more stringently（更嚴格地）就是正確答案。而 (A) stringent（嚴格的）為形容詞，(C) 為其比較級。另，(B) stringently（嚴格地）則為副詞。

譯▶《Metal Rock》雜誌對於文章提交截止日期的規定比其他出版物執行得更為嚴格。

註▶ apply 動 實行～；應用～   stringently 副 嚴格地

73. 答案 **(B)**

本句中由疑問詞 how 引導的是一間接問句。若將疑問詞 how 之後的部分恢復為問句，就是 How ------- had the tickets been sold?，而很明顯地空格內應填入可用來修飾動詞 had been sold 的副詞 (B) quickly（迅速地）。而 (A) quicker 是形容詞 quick（迅速的）之比較級，(C) quickness（迅速）是名詞，(D) quickest 則為形容詞的最高級。

譯▶ Thomas Walker 漫畫博覽會的公關總監表示，他很驚訝門票賣得這麼快。

74. 答案 **(B)**

冠詞與名詞間的空格應填入**形容詞**，故本題選 (A) designate（指定～）之過去分詞 (B) designated（被指定的）。由於名詞 area 和動詞 designate 之間具有「被指定」的**被動關係**，所以填入現在分詞 (C) designating 意思不通。而 (D) designation（指定、委任）是名詞。（另外補充一點，棒球術語中的 DH 為 Designated Hitter（指定打擊）的縮寫。）

譯▶ 由於有數千的參觀者會來參加 Harbor Markets 的活動，因此所有售貨廠商都必須將其車輛停放在指定區域。

註▶ vendor 名 賣主   designated 形 指定的

75. 答案 **(C)**

可填入此題**冠詞與名詞間**之空格且文意通順的只有**形容詞** (C) likely（適當的、很可能的）。（注意，本字字尾雖為 -ly，但卻主要作為形容詞使用。）而 (A) like 除了可為動詞「喜歡～」或介系詞「像～、如～」外，還有表「相像的」之意的形容詞用法，但與此句的文意不符，故不選。另，(B) liking（愛好）和 (D) likeness（相似之處）皆為名詞。

譯▶ BookOn 報導指出，資深副總裁 Oliver Harris 是接替 Hoffmann 女士擔任執行長的適當候選人。

註▶ take over from X 接替 X

76. Your mailing and e-mail addresses are kept entirely ------- and used solely for the purpose of notifying you of upcoming shows at Roadside Theater.
    (A) private
    (B) privatize
    (C) privatizing
    (D) privately

77. When making an online flight booking, passengers are requested to specify their meal -------.
    (A) preferable
    (B) preferred
    (C) preferably
    (D) preferences

78. The results of the survey were declared ------- when an error was found in the counting system.
    (A) invalid
    (B) invalidly
    (C) invalidity
    (D) invalided

79. The Glasgow Glass Factory recently issued important updates to its ------- regulations for employees.
    (A) safe
    (B) safely
    (C) safety
    (D) safes

80. According to a recent survey, a company's performance is ------- on employees' perceptions that they are receiving fair performance evaluations.
    (A) depended
    (B) dependence
    (C) dependable
    (D) dependent

0310 **76.** 答案 (A)

這題屬於 **keep** Ⓞ Ⓒ（保持 O 為 C）句型中之 O（受詞）出現於主詞位置的被動形式，因此空格處則須填入 **C（補語）**。而四選項中可作補語且能使文意通順的只有形容詞 (A) **private（秘密的、私下的）**。另，(B) privatize（使私有化、使民營化）是動詞，(C) 為其現在分詞或動名詞，(D) privately（私下地）則為副詞。

譯 您的郵件和電子郵件地址會被完全保密，僅使用於通知您即將在 Roadside 劇院舉辦的演出。

註 solely 副 僅僅；完全

0311 **77.** 答案 (D)

只要將**名詞** (D) preferences（偏好）填入空格處，便可形成**複合名詞「餐飲的偏好」**，且文意通順。另，(A) preferable（更合意的、更可取的）是形容詞；(B) preferred 是動詞 prefer（偏好～）的過去式或過去分詞，但單獨作為過去分詞使用時，應置於名詞前而非名詞後，故不可選；(C) preferably（寧可、更可取地）則為副詞。

譯 在網路上預訂航班時，乘客們會被要求指定其餐飲偏好。

0312 **78.** 答案 (A)

動詞 declare（宣告～）應採取 **declare** Ⓞ Ⓒ 之結構，而這句為其被動形式，因此空格處應填入可作為 **C（補語）的形容詞或名詞**。而在此條件之下，四選項中符合文意者只有形容詞 (A) **invalid（無效的）**，名詞 (C) invalidity（無效）和形容詞 (D) invalided（因傷獲准退役的）都不符文意。另，(B) invalidly（無效地）則為副詞。

譯 在計票系統被發現有錯誤時，調查結果被宣告無效。

註 declare *X Y* 宣告 X 是 Y　　invalid 形 無效的

0313 **79.** 答案 (C)

由於空格前為所有格，空格後為名詞，所以形容詞 (A) safe（安全的）有可能是答案，但這樣會變成「安全的規定」，意思不通。而若選**名詞**的 (C) safety（安全），則可形成**複合名詞 safety regulations**（安全規定），語意通順，故為正解。而 (B) safely（安全地）是副詞，(D) safes 則為名詞「保險箱」之複數形。

譯 Glasgow 玻璃工廠最近發布了關於員工安全規定的重要更新。

0314 **80.** 答案 (D)

be 動詞 is 之後需要補語，而四選項中之形容詞 (D) dependent 最為適當。（**be dependent on *X*** 指「取決於 X 的」之意。）選項 (A) depended 為動詞 depend（依靠、依賴）之過去分詞，並非題意所需。另，名詞 (B) dependence（依賴）和形容詞 (C) dependable（可信賴的）雖然都可作為補語，但意思皆不通。

譯 根據最近的一項調查，公司的表現取決於員工是否認為他們正受到公平的績效評估。

註 perception 名 感覺；認知

81. An ------- from Ms. Nielsen's award-winning novel, *Number the Stars* was printed in today's *Copenhagen Times*.
    (A) extract
    (B) extractable
    (C) extracted
    (D) extractability

82. Mr. Schulz said that results in the first half of the fiscal year were not always ------- of outcomes for the full year.
    (A) indicate
    (B) indicative
    (C) indicated
    (D) indication

83. Mars Motors' new clamping system makes their vehicles ------- even during emergency braking.
    (A) controlling
    (B) controllable
    (C) controllability
    (D) controls

84. The interior designer matched the drapes and wallpaper ------- with the antique desk in the editor's office.
    (A) perfect
    (B) perfected
    (C) perfectly
    (D) perfection

85. The walls of the main dining room were decorated with a pattern ------- different from the other dining areas to create a sense of exclusivity.
    (A) distinct
    (B) distinctly
    (C) distinguish
    (D) distinction

0315 **81.**　　　　　　　　　　　　　　　　　　　　　　　答案 **(A)**

冠詞和介系詞間需要**名詞**，而四選項中的 (A) extract 和 (D) extractability 為名詞，但適合填入空格中並形成通順文意的是 (A)「**摘錄、選粹**」。若填入 (D)「可萃取性」的話，意思不通。另，(A) 除了作為名詞外，有時也會以動詞「抽出～、提煉～」之意出題，而 (B) extractable（可抽出的）是形容詞，(C) 則為動詞的過去式或過去分詞。

譯 Nielsen 的得獎小說《Number the Stars》的摘錄被刊登於今天的《Copenhagen Times》時報上。

0316 **82.**　　　　　　　　　　　　　　　　　　　　　　　答案 **(B)**

本題空格內可考慮填入作為 be 動詞 were 後之補語的是形容詞 (B) indicative 或過去分詞 (C) indicated，但符合文意的為 (B)，而非與 were 形成被動式的 (C)。（注意，**be indicative of X** 指「表示 X 的、象徵 X 的」之意。）另，(A) indicate（指示～）是動詞，(D) indication（徵兆、指示）則為名詞。

譯 Schulz 先生說，會計年度的上半年結果並不總是能代表全年的成果。
註 fiscal year 會計年度

0317 **83.**　　　　　　　　　　　　　　　　　　　　　　　答案 **(B)**

這題為 **make** Ⓞ Ⓒ（使 O 成為 C）之句型，空格處須填入 **C（補語）**，而可表 vehicles（車輛）之狀態的形容詞 (B) **controllable（可控制的）**即為正解。名詞 (C) controllability（可控制性）和 (D) controls（控制）雖都可作為補語，但意思不通。（注意，controls 亦可視為動詞 control 之第三人稱單數現在式。）另，(A) controlling 為動詞 control 之現在分詞或動名詞。

譯 Mars 汽車公司的新型定位夾鉗系統使他們的車輛即使在緊急煞車時仍可控制。

0318 **84.**　　　　　　　　　　　　　　　　　　　　　　　答案 **(C)**

即使去掉空格部分，matched X and Y with Z 此句子依舊成立，故可**附加於此要素齊備的句子並用來修飾動詞 matched（搭配～）的副詞** (C) perfectly（完美地）便是正確答案。而 (A) perfect 是形容詞「完美的」或動詞「使完美」，(B) 是動詞的過去式或過去分詞，(D) perfection（完美無缺）則為名詞。

譯 該室內設計師將編輯室裡的窗簾和壁紙與古董桌做了完美的搭配。
註 drapes 名 窗簾

0319 **85.**　　　　　　　　　　　　　　　　　　　　　　　答案 **(B)**

即使去掉空格部分，a pattern different from ...（不同於～的圖案）仍可連接前後，可見空格處應填入一修飾語，而四選項中能用來**修飾形容詞 different** 的只有**副詞** (B) distinctly（確切地、明顯地）。另，(A) distinct（有區別的）是形容詞，(C) distinguish（區分～）是動詞，(D) distinction（區分）則為名詞。

譯 主餐廳牆壁上的裝飾圖案與其他用餐區明顯不同，為的是要營造出一種獨特感。
註 exclusivity 名 獨特（性）；排他（性）　　distinctly 副 確切地；清晰地

86. Yamato Insurance Group has designed a new automobile insurance policy ------- to appeal to senior drivers.

(A) specify
(B) specifying
(C) specifications
(D) specifically

87. OnePhone is going to send a software update to its customers that will allow the device to more ------- display signal reception.

(A) accurate
(B) accurately
(C) accuracy
(D) accuracies

88. A number of major airlines are planning to offer Internet ------- to passengers on international flights for a fee.

(A) connect
(B) connecting
(C) connections
(D) connects

89. Mr. Lydon is an ------- musician who has performed with several of the world's most famous symphonic orchestras.

(A) accomplish
(B) accomplished
(C) accomplishing
(D) accomplishment

90. Due to low ------- last year, it has been decided that this year's conference will be held in a smaller venue.

(A) attend
(B) attendees
(C) attendance
(D) attending

`0320` **86.** 答案 **(D)**

即使去掉空格部分，⑤ has designed a policy to appeal ... 此句子依舊成立，由此判斷空格內應填入一修飾語，而由前後文意可推斷本題應選**副詞** (D) specifically（特別地）以**修飾空格後表目的之不定詞片語** to appeal ... drivers。而 (A) specify（具體指明～）是動詞，(B) 為其現在分詞或動名詞，(C) specifications（規格書）則為名詞的複數形。

譯 Yamato 保險集團設計了一種新的汽車保單，特地用來吸引年長的駕駛人。

`0321` **87.** 答案 **(B)**

本句空格前為表比較級的 more 而空格後則為動詞 display（顯示），因此正確答案是可用來**修飾動詞 display 的副詞** (B) accurately（精準地）。而 (A) accurate（精確的）是形容詞，(C) accuracy（精準、準確性）是名詞，(D) 則為名詞的複數形。

譯 OnePhone 將對其顧客發送可讓手機更精準地顯示訊號接收的軟體更新。

`0322` **88.** 答案 **(C)**

本句中的 offer（提供）為及物動詞，故只要將**名詞**選項 (C) 填入空格，便可形成作為 offer 之受詞的**複合名詞 Internet connections**（網路連線）。而 (A) connect（連接～）是動詞，(B) 為其現在分詞或動名詞，(D) 則為其第三人稱單數現在式。

譯 有一些大型的航空公司正計畫要提供付費的上網服務給國際航班上的乘客。

`0323` **89.** 答案 **(B)**

冠詞與名詞間的空格內填入**形容詞** (B) accomplished（技藝嫻熟的）最適當。而 (A) accomplish（達成～）是動詞，(C) 為其現在分詞或動名詞，但若填入現在分詞，語意會變成「正在達成的音樂家」，不知所云。另，(D) accomplishment（成就）則為名詞。

譯 Lydon 先生是一位技藝嫻熟的音樂家，他曾與幾個世界最著名之交響樂團一起表演。

`0324` **90.** 答案 **(C)**

空格內應填入可**作為片語介系詞 Due to 之受詞且適合被形容詞 low 修飾的名詞**，故本題選 (C) attendance（出席人數）。而由於 (B) attendees（參加者）須採取 the low number of attendees 這樣的形式，故不可選。另，(A) attend（參加～）是動詞，(D) 則為其現在分詞或動名詞。

譯 由於去年的出席人數少，今年的會議已決定將在較小的場地舉行。

註 venue 名 場地；會場 attendance 名 出席人數

91. Tropical Hotel's central location makes it ------- for business and leisure travelers who wish to stay in the hub of Melbourne.

(A) ideal
(B) idealize
(C) ideally
(D) idealization

92. Many restaurants in the state have been selling their ------- cooking oil for use as an alternative fuel source.

(A) use
(B) used
(C) using
(D) uses

93. Some delays can be expected during the ------- of the Southeast Freeway from two lanes to four.

(A) widening
(B) wide
(C) widely
(D) width

94. Seminar ------- who filled in the survey on the last day were awarded a pen marked with the logo of the organizers.

(A) participate
(B) participant
(C) participation
(D) participants

95. Lucas Janssen has requested that the marketing department examine trends ------- when implementing promotional campaigns.

(A) attentive
(B) attention
(C) most attentive
(D) more attentively

0325 **91.** 答案 **(A)**

這句的述語動詞 make 採取 **SVOC** 句型，因此空格中應填入 **C（補語）**，而可**表受詞 it （＝飯店）之狀態的形容詞** (A) ideal（理想的）就是正確答案。名詞選項 (D) idealization （理想化）雖亦可作爲補語，但意思不通。另，(B) idealize（把～理想化）是動詞，(C) ideally（理想地）則爲副詞。

譯 Tropical 飯店坐落於市中心，這一點對希望入住墨爾本市中心的商務和休閒旅客來說是很理想的。

註 hub **名** 樞紐；中心

0326 **92.** 答案 **(B)**

可置於所有格與名詞之間的爲形容詞，故本題選 (B) **used（用過的、中古的）**。（used cooking oil 指「使用過的食用油」。）而 (A) use 可以是動詞的「使用～」或名詞的「使用」，(C) 是動詞的現在分詞或動名詞，(D) 則爲動詞的第三人稱單數現在式或名詞的複數形。

譯 該州的許多餐館一直都在出售使用過的食用油以作爲替代燃料來源。

註 alternative **形** 替代的；供選擇的

0327 **93.** 答案 **(A)**

冠詞和介系詞間應爲名詞，但假如選 (D) width（寬度）填入空格會無法搭配前方表期間的介系詞 **during**，因此要選將**動詞 widen（放寬～、擴大～）名詞化之動名詞** (A) widening（擴大、拓寬），意思才會通順。另，(B) wide 可以是形容詞「寬闊的」或副詞「充分地」，(C) widely（廣泛地）則爲副詞。

譯 在 Southeast 高速公路由兩線道拓寬至四線道的工程期間，可預料會有一些延誤。

註 lane **名** 車道；線道　　widening **名** 擴大；拓寬

0328 **94.** 答案 **(D)**

本題空格內應填入其後關係代名詞 who 之先行詞，而由於其述語動詞爲 were，所以答案是**複數形的** (D) **participants（參與者）**。(B) participant 爲單數形，與述語動詞不一致，故不選。另，(A) participate（參加～）是動詞，(C) participation（參加）則爲名詞。

譯 在最後一天填寫了調查表的研討會參與者獲贈一支印有主辦單位 Logo 標誌的筆。

0329 **95.** 答案 **(D)**

空格後爲表時間的副詞子句，而空格前 ⑤ examine ⓥ trends ⓞ 的部分爲**要素齊備的句子**，因此可用來**修飾動詞 examine（檢驗～、細查～）的副詞**比較級 (D) more attentively（更專注地）即爲正解。另，(A) attentive（注意的、留意的）是形容詞，(B) attention（注意、注意力）是名詞，(C) most attentive 則爲形容詞的最高級。

譯 Lucas Janssen 已要求行銷部門在執行促銷活動時要更專注地分析趨勢。

註 attentively **副** 聚精會神地

96. Each ------- is asked to fill out an evaluation form to provide comments and suggestions for improving the workshop.

(A) individual
(B) individuals
(C) individualistic
(D) individualism

97. The acknowledgements section of a book usually appears on the page ------- the table of contents.

(A) follow
(B) following
(C) follows
(D) follower

98. Philips Pharmaceuticals announced to ------- that its sales revenue in the fourth quarter is likely to exceed expectations.

(A) invest
(B) investments
(C) investors
(D) investing

99. Of all the ------- in the museum, the landscape painting by Susan Owen is by far the most famous.

(A) work
(B) works
(C) working
(D) worked

100. Please ensure that your submissions are ------- with the requirements of the Jules Mann Art Prize as outlined in the rulebook.

(A) complied
(B) compliance
(C) comply
(D) compliant

[0330] 96. 答案 **(A)**

這題的空格處應填入可作為述語動詞 is 之**主詞的單數形名詞**，而四選項中符合文意的只有 (A) **individual**（個人）。(D) individualism（個人主義）雖為名詞，但不僅意思不通，且為不可數名詞，不可置於 each 之後。另，(B) individuals 為複數形，與述語動詞不符；(C) individualistic（個人主義的）則為形容詞。

譯 為了使該研討會變得更完善，每個人都被要求要填寫一份評估表以提供意見與建議。

註 evaluation 名 評估

[0331] 97. 答案 **(B)**

可銜接空格前之名詞 page 和空格後之名詞片語 the table of contents（目錄）的以**介系詞** (B) following（在～之後 = after）最適當。（注意，following 作為形容詞表「接下來的」之意，以及作為名詞表「下列事項（人員）」之意等用法也很重要。）另，(A) follow（跟隨～）是動詞，(C) 為其第三人稱單數現在式，(D) follower（追隨者、信徒）則為名詞。

譯 一本書的答謝詞部分通常出現在目錄之後的那一頁。

註 acknowledgements 名（作者的）答謝詞

[0332] 98. 答案 **(C)**

空格前的 to 為介系詞，其後應有名詞作為其受詞，而適合作 announce（宣布）之對象的是 (C) **investors**（投資者）。(A) invest（投資～）為動詞，(B) investments（投資）是名詞（但與句意不符），(D) 則為動詞的現在分詞或動名詞。

譯 Philips 製藥公司向投資者宣布其第四季的營收很可能會超出預期。

註 pharmaceuticals 名 藥物；製藥公司　　revenue 名 收入；收益　　exceed 動 超出～

[0333] 99. 答案 **(B)**

由空格前的定冠詞 the 可知空格中應填入一名詞，而由 the 之前的 all 則斷定複數的 (B) **works**（作品）為本題正解。（注意，works 亦可視為動詞 work 的第三人稱單數現在式。）另，單數形的 (A) work 數量不符，而 work 若作不可數名詞「工作」解，則意思不通，故不可選。(C) working 是動詞 work 的現在分詞或動名詞，(D) 則為其過去式或過去分詞。

譯 在該博物館的所有作品中，Susan Owen 的風景畫顯然是最有名的。

註 landscape 名 風景；景色　　by far（用作比較的強調語）～得多

[0334] 100. 答案 **(D)**

本句空格前為 be 動詞 were 而空格後為介系詞 with，因此只要將**形容詞** (D) compliant 填入空格，就能形成片語 **be compliant with X**（遵從 X），故為正解。而因動詞 (C) comply（遵從）為**不及物動詞**，不可能有被動式故 (A) complied 不可選。另，名詞 (B) compliance（遵從）則須用 S are in compliance with X 的形式來表達同樣意義。

譯 請確保您提交的內容符合概述於 Jules Mann 藝術獎規則手冊中的要求。

註 be compliant with X 遵從 X

【詞性題】解答基本公式

在此將詞性題的常見模式整理為一覽表。基本上應從句首開始邊理解文意邊解答，但若「無論如何都看不懂」的話，只要記住如下的公式（當然還是會有例外），應該會對答題有所幫助。

正解	公式	例子
答案是 名詞	〈冠詞 ------- 介系詞〉	<u>a</u> **store** <u>in</u> Tokyo
	〈冠詞＋形容詞 ------- 介系詞〉	<u>a</u> <u>large</u> **store** <u>in</u> Tokyo
	〈及物動詞 ------- 介系詞〉	<u>open</u> **stores** <u>in</u> Tokyo
	〈介系詞 ------- 介系詞〉	<u>for</u> **stores** <u>in</u> Tokyo
答案是 形容詞	〈冠詞 ------- 名詞〉	<u>a</u> **nice** <u>restaurant</u>
	〈冠詞＋副詞 ------- 名詞〉	<u>a</u> <u>really</u> **nice** <u>restaurant</u>
	〈所有格 ------- 名詞〉	<u>his</u> **nice** <u>restaurant</u>
	〈be 動詞＋副詞 -------〉	The weather <u>was</u> <u>really</u> **nice**.
答案是 副詞	〈have [has / had]------- 過去分詞〉	Tex <u>has</u> **easily** <u>solved</u> the problem.
	〈主詞 ------- 述語動詞〉	Tex **easily** <u>solved</u> the problem.
	〈要素齊備的句子 -------.（句點）〉	Tex <u>solved the problem</u> **easily**.
	〈不及物動詞 -------.（句點）〉	The tickets <u>sold</u> **easily**.
	〈助動詞 ------- 原形動詞〉	Tex <u>can</u> **easily** <u>solve</u> the problem.
	〈be 動詞 ------- 形容詞〉	The problem <u>was</u> **easily** <u>avoidable</u>.
	〈be 動詞 ------- 分詞（Ving / Ved）〉	The problem <u>was</u> **easily** <u>solved</u>.
	〈be 動詞＋過去分詞 -------〉	The problem <u>was</u> <u>solved</u> **easily**.

第 **2** 章

動 詞 題

出題頻率僅次於【詞性題】的【動詞題】，
其答題策略最重要的就是掌握
〈主・述一致〉、〈語態〉、〈時態〉等三大要點。

接著就讓我們來學習
從這 3 個「切入點」破題的技巧吧！

題數
102

題目序號
0335 ～ 0436

第2章 【動詞題】解題策略

　　緊接於【詞性題】之後，出題頻率也很高的就是【動詞題】，每次會出三題左右，而選項中會列出同一動詞的不同形態。請練習由下列三個「切入點」來解答這類題目。

1 從「主·述一致」的切入點思考

所謂「主·述一致」，是指主詞的人稱及數量和動詞的形態相符。這很基本，但卻很容易被忽略。

- **確認 SV**
- **第三人稱單數現在式的 s**

2 用「語態」的切入點破題

主詞「做」某事的形式為主動語態，而某事物「被做」的形式為被動語態。這點務必要弄清。

- **是「做～」還是「被～做」？**
- **空格後有無受詞**

3 由「時態」的切入點答題

動詞所表示的動作、狀態是發生在何時？要找出可確定過去、現在、未來等時態的關鍵詞。

- **時間關鍵詞**

接著就讓我們來實際演練例題，並逐一分析要點。

◎ 從「主‧述一致」的切入點思考   (0335)

例 題

(0335) 請從 (A)～(D) 選出一個最適合填入空格的詞語。

The new supervisor ------- an open-door policy for staff to come in and talk about their concerns with day-to-day operations.

(A) institute
(B) is instituting
(C) to institute
(D) have instituted

基本解題法

① 查看選項

看到四個選項是 (A) 原形‧現在式、(B) 現在進行式、(C) 不定詞、(D) 現在完成式，各為動詞 institute 的不同時態。而 institute 作為動詞是「開始、設立（制度等）」之意，不過面對這類【動詞題】，就算不知道意思也能作答。重要的是時態！

② 確認主詞（S）和述語動詞（V）

接著將焦點放在句子的主詞（S）和述語動詞（V）。這題的主詞是 The new supervisor，但找不到述語動詞（to come in and talk 是不定詞）。也就是說，空格處應填入述語動詞。這時我們已可將不定詞 (C) 排除在外。

③ 留意第三人稱單數現在式的 s

下一個檢查要點是「第三人稱單數現在式的 s」，此指主詞為第三人稱單數且時態為現在式時，動詞字尾的「s」。這題的主詞是 The new supervisor（新的主管），為〈第三人稱單數〉，因此現在式的 (A) 必須是 institutes，現在完成式的 (D) 則必須是 has instituted 才行。由上判斷，唯一主‧述正確且一致的現在進行式選項 (B) is instituting 就是正確答案。

答案 (B)

譯▶ 新主管正在設立一個門戶開放的政策，以便讓員工可以進來談談他們對日常業務的關切。

◎ 用「語態」的切入點破題

0336 請從 (A) ～ (D) 選出一個最適合填入空格的詞語。

The Employee of the Year Award ------- to Office Support Assistant, Joyce Perry for her outstanding work ethic.

(A) was presenting
(B) has presented
(C) was presented
(D) had been presenting

基本解題法

① 查看選項

(A) 過去進行式、(B) 現在完成式、(C) 被動的過去式、(D) 過去完成進行式。四選項中包含了各種不同的時態。

② 確認主詞（S）和述語動詞（V）

這題的主詞（S）是 The Employee of the Year Award，但沒看到述語動詞（V），可見空格處應填入一述語動詞。而本題的四個選項不僅都可作為述語動詞，還都正確對應第三人稱單數的主詞，故無法以「主・述一致」的切入點來解題。

③ 確認是「做～」還是「被～做」

接著從「語態」切入點來查看選項，只有 (C) 是被動語態〈be 動詞＋過去分詞〉，其他都是主動語態。而考慮到題目句的文意，在主詞 Award（獎項）和動詞 present（頒發～）之間具有「獎項被頒發」的被動關係，由此可知唯一的被動語態選項 (C) was presented 即為正解。

④ 查看有無受詞

另，因 present 是及物動詞，若採取主動語態，就一定要有受詞。而這題接在空格後的是介系詞 to，並非作為受詞的名詞。從這點亦可判斷題目句屬於受詞被移到主詞處的被動語態，因此本題選 (C)。注意，若在正式考試時碰到不懂意思的動詞，記得查看空格後有無受詞。有受詞（名詞）就選主動語態，沒有就選被動語態，這是解動詞題時的不變法則。

答案 **(C)**

譯 年度最佳員工獎被頒給了辦公室支援助理 Joyce Perry，因為她表現了傑出的職業道德。

0336
▼
0337

註 work ethic 職業道德；工作操守

◎ 由「時態」的切入點答題

例 題

0337 請從 (A) ～ (D) 選出一個最適合填入空格的詞語。

The accounting department ------- travel reimbursement forms at the meeting next week.

(A) distributed
(B) distributing
(C) was distributing
(D) will distribute

基本解題法

① 查看選項

分別為 (A) 過去式‧過去分詞、(B) 現在分詞‧動名詞、(C) 過去進行式、(D) 未來式。

② 確認主詞（S）和述語動詞（V）

這題的主詞是 The accounting department，而空格處應填入述語動詞，因此首先可將 (B) distributing 排除在外（ing 形式要作為述語動詞時，前面一定要有 be 動詞）。

③ 留意「時間關鍵詞」

剩下的其他選項全都主‧述一致，且為主動語態，所以我們無法繼續從「主‧述一致」和「語態」這兩個切入點來篩選答案。而若以「時態」的切入點瀏覽題目，便可發現最後面有 next week（下週）此「時間關鍵詞」。這提示了空格部分的動詞應為未來式，因此正解為選項 (D) will distribute。

答案 (D)

譯 會計部門將在下週的會議上分發差旅費報銷單。

註 reimbursement ② 償還；補償

3 種切入點的搭配組合

遇到選項分別為同一動詞之不同形態的題目，如上所述，基本上可由「主・述一致」、「語態」、「時態」此 3 種切入點來思考。

在前幾頁，筆者是將三者分別解說，不過在正式測驗中，也會出現「主・述一致加語態」、「語態加時態」等不同搭配組合的問題。之後的考題演練也會包含這種題目，請務必掌握併用 3 種切入點來解題的訣竅。

關於 ing 形

在實際做題目之前，讓我們先來談一下 ing 形。根據筆者平常在學校教多益的經驗，初、中級程度的學生很多其實並沒有真正清楚地理解「ing 形」。在【動詞題】方面，對 ing 形的正確理解可謂必不可少，因此以下就為各位做個簡單的整理。

		進行式	❶ A man is **reading** a book.
-ing 形	現在分詞	形容詞	❷ It was an **exciting** game. ❸ There is a man **working** in an office.
		分詞構句	❹ Mr. Kato entered the room, **holding** a cup of coffee. ❺ Over 1,000 people attended the event, **making** it a big success.
	動名詞	主詞	❻ **Learning** English is fun.
		受詞	❼ I like **reading** books. ❽ I am interested in **learning** Spanish.
		補語	❾ My hobby is **collecting** stamps.

首先必須要知道的是，ing 形可分為「現在分詞」和「動名詞」兩大類。

◎ 現在分詞

有進行式、形容詞、分詞構句等三種用法。

① 進行式

如例❶，可以〈be 動詞＋現在分詞〉之形式作述語動詞使用。

② 形容詞

這是所謂分詞形容詞的用法。單獨使用時，如例❷ It was an **exciting** game.，可在名詞前修飾名詞。

而原則上，一旦加上修飾語以兩個以上的字詞使用時，如例❸ There is a man **working** in an office.，即須從後方修飾名詞。

③ 分詞構句

如例❹ Mr. Kato entered the room, **holding** a cup of coffee.（Kato 先生拿著一杯咖啡進了房間），在句子最後放置以 ing 形起頭的片語，表「一邊～」之意。片語 holding a cup of coffee（拿著一杯咖啡），具有修飾其前方整個句子的副詞作用。

另，如例❺ Over 1,000 people attended the event, **making** it a big success.（超過一千人參加了該活動，使其大大地成功），我們也可以用同樣的形式來為前面的句子添加補充資訊。

另，亦有將現在分詞置於句首的〈Ⓥing ..., Ⓢ Ⓥ.〉形式之分詞構句，此以分詞開頭的片語同樣具有副詞片語的作用，可替逗號後的句子添加補充資訊。而不論是哪種形式，請記住句子的主詞（S）和現在分詞之間具有「S 做～、S 正在做～」的主動關係。

◎ 動名詞

和名詞一樣，動名詞主要作為主詞、及物動詞或介系詞之受詞，以及補語來使用（請參考左頁例句）。如上述，ing 形只有在作〈be 動詞＋現在分詞〉進行式使用時，才具有述語動詞的作用，故在【動詞題】中，當空格處應填入述語動詞時，絕不能選沒有 be 動詞的單獨 ing 形。

關於 ed 形

除了 ing 形外，解答文法問題時，對 ed 形的正確理解也同樣必不可少。

-ed 形	動詞	過去式	❶ I **visited** Hawaii last summer.
	過去分詞	被動式	❷ Hawaii is **visited** by millions of tourists every year.
		完成式	❸ I have **visited** Hawaii twice.
		形容詞	❹ Oahu is the most **visited** island in Hawaii. ❺ Kauai was the first Hawaiian Island **visited** by Captain Cook.
		分詞構句	❻ Hawaii is a popular tourist destination, **visited** by millions of tourists every year. ❼ **Visited** by millions of tourists, Waikiki is one of the most popular beaches in the world.

首先，ed 形可分為「動詞過去式」和「過去分詞」兩大類。

◎ 動詞過去式

如例❶，可作為句子中的述語動詞。

◎ 過去分詞

1 被動式

如例❷ Hawaii **is visited** by millions of tourists every year.（夏威夷每年被數百萬名遊客造訪），可以用〈be 動詞＋過去分詞〉的組合來建立表「被〜」之意的被動式。

2 完成式

如例❸〈have [has]＋過去分詞〉的現在完成式或〈had＋過去分詞〉的過去完成式，以及〈will have＋過去分詞〉的未來完成式，可形成表完成或延續至某個時間點的時態。

3 形容詞

和 ing 形一樣可作為形容詞使用。如例❹ Oahu is the most **visited** island in Hawaii.（在夏威夷，歐胡島是被最多人造訪的島嶼）。及物動詞的過去分詞可單獨修飾名詞，表「被～」的被動意涵。

而不及物動詞的過去分詞雖然也有像 fallen leaves（落下的葉子）或 returned CEO（回鍋的 CEO）等單獨用來修飾名詞但表完成之意者，但這種例子相當有限。

另，和 ing 形之形容詞一樣，一旦加上修飾語以兩個以上的字詞使用時，如例❺ Kauai was the first Hawaiian Island **visited** by Captain Cook.（第一個夏威夷的島←被庫克船長造訪的），原則上須從後方修飾名詞。

4 分詞構句

如例❻ Hawaii is a popular tourist destination, **visited** by millions of tourists every year.（夏威夷是個受歡迎的旅遊地，每年被數百萬名遊客造訪），可用〈Ⓢ Ⓥ , Ⓥed ... .〉之形式建立副詞片語來替前面的句子添加補充資訊。

又如例❼ **Visited** by millions of tourists, Waikiki is one of the most popular beaches in the world.，也有將過去分詞起頭之副詞片語放在句首的〈Ⓥed ..., Ⓢ Ⓥ.〉形式。而同樣也請記住，這時句子的主詞（S）和過去分詞之間具有被動關係。

總　結

☐ 以「主・述一致」、「語態」、「時態」等 3 個切入點來解題

☐「主・述一致」的檢查要點

- **確認 SV**
- **第三人稱單數現在式的 s**

☐「語態」的檢查要點

- **是「做～」還是「被～做」？**
- **空格後有無受詞**

☐「時態」的檢查要點

- **時間關鍵詞**

從下頁起為練習題。請試著應用在此環節學到的解題法。

◎ 請從 (A)～(D) 選出一個最適合填入空格的詞語。

1. Seaside Hotel is now ------- a manager for their newly opened branch in Urayasu.

(A) recruit
(B) recruits
(C) recruiting
(D) recruitment

2. The new city regulation ------- only to companies with 100 or more employees.

(A) pertinent
(B) pertains
(C) pertaining
(D) pertain

3. Fountain Investment could possibly ------- the goal of a 30 percent reduction in operational costs for the year.

(A) achieve
(B) achieving
(C) achieves
(D) achievable

4. For a short time, Greg Smith lived in the Village of Caronport before ------- to Vancouver Island at the age of eighteen.

(A) move
(B) moves
(C) moving
(D) movement

面對動詞題，「主・述一致」、「語態」、「時態」這 3 個切入點就是通往正確答案的關鍵！

0338 **1.** 答案 **(C)**

可**連接空格前的 is 並形成現在進行式**的就是現在分詞選項 (C) recruiting。而 (A) 和 (B) 是動詞的原形或現在式，不能和 be 動詞一起使用，故不可選。另，(D) recruitment（招聘）則為名詞。

TEX's notes

recruit 除了可作動詞表「聘僱、徵募（人）」外，也常以如 Ms. Patel is training new recruits.（Patel 女士正在訓練新進人員）中的名詞「新進人員」之意出現。

譯 Seaside 飯店正在為他們於浦安新開的分店招聘一位經理。

0339 **2.** 答案 **(B)**

The new city regulation 為主詞，空格內需要**述語動詞**，故可能的選項只有 (B) 或 (D)。而主詞的數量為**單數**，因此正解為字尾加上第三人稱單數現在式之 s 的 (B) pertains（關於～）。另，(A) pertinent（有關的）是形容詞，(C) pertaining 則為現在分詞或動名詞。

譯 新的都市法規只和有一百名以上員工的公司有關。

註 pertain to X 與 X 有關

0340 **3.** 答案 **(A)**

由於空格前的副詞 possibly 之前有個**助動詞 could**，所以正確答案是原形動詞 (A) achieve。而 (B) achieving 為現在分詞或動名詞，(C) achieves 是第三人稱單數現在式，(D) achievable（可達成的）則為形容詞。（注意，〈助動詞 -------〉和〈助動詞＋副詞 -------〉都是以動詞原形為正解的基本出題模式之一。）

譯 Fountain 投資公司有可能達成今年營運成本降低 30% 的目標。

註 investment 名 投資　　reduction 名 減少；降低

0341 **4.** 答案 **(C)**

由於空格前的介系詞 before 之後需要**名詞或動名詞**，因此動詞 (A) move（搬遷）的動名詞 (C) moving 便是正確答案。注意，move 也有作為名詞「搬遷」之意的用法，但在這種情況下為可數名詞，必須加上 a 或 his 方可成立。另，(B) moves 是動詞的第三人稱單數現在式或名詞的複數形，而 (D) movement（行動、運動）亦為名詞，但與文意不符。（注意，像這種**緊接於介系詞 before / after 之後的空格應選動名詞**的題目相當常見。）

譯 在 18 歲時搬遷至溫哥華島之前，有一小段時間 Greg Smith 曾居住在 Caronport 村。

第**2**章

動詞題

5. Gary Anderson was honored by family and friends at a party ------- his retirement after nearly 35 years of service.

(A) celebrate
(B) celebrating
(C) celebrated
(D) celebration

6. If you want to apply for a patent, remember several countries still require that all documents ------- into English.

(A) translate
(B) are translating
(C) translated
(D) be translated

7. Future Software is a company that produces language learning materials for which it ------- numerous awards over the past ten years.

(A) receives
(B) has received
(C) is receiving
(D) would receive

8. The lounges on the third floor ------- for business and first-class passengers with a same-day return ticket.

(A) reserved
(B) have been reserving
(C) reserving
(D) are reserved

9. ------- more than 1,000 people, Sunshine Manufacturing is one of the most important businesses in the town of Bicol.

(A) Employ
(B) Employed
(C) Employing
(D) Employment

0342 **5.** 答案 (B)

在空格前句子就已成立，可見空格後的部分應爲一修飾元素，而**接在空格後的是作為受詞的名詞 his retirement**，故只要填入動詞 (A) celebrate（慶祝～）之現在分詞 (B) celebrating，便可形成「慶祝他退休的→宴會」這樣修飾 party 的形容詞片語，並使文意通順。另，(C) celebrated 爲 celebrate 之過去分詞，雖與現在分詞一樣，可從後方修飾名詞，但意思不通。至於 (D) celebration（慶祝）則爲名詞。

譯 在 Gary Anderson 服務了近 35 年之後，他的親朋好友在一場慶祝他退休的宴會上對他致上崇高的敬意。

0343 **6.** 答案 (D)

本題空格內應填入 require that ⑤ ⓥ 的 V。但必須注意的是，在 require 這種**表要求之意的動詞後 that 子句中的 V 須使用原形**。四選項中，屬原形的只有 (A) 和 (D)。而因主詞 all documents（所有文件）和動詞 (A) translate（翻譯～）之間具有「文件被翻譯」的**被動關係**，因此被動式的 (D) be translated 爲正解。(B) are translating 是現在進行式，(C) translated 則爲過去式或過去分詞。

譯 如果你要申請專利，記住有幾個國家仍要求所有文件必須翻譯成英文。
註 patent 名 專利

0344 **7.** 答案 (B)

題目句末有 over the past ten years（過去十年來）這種表從過去至現在爲止之**時間關鍵詞**，故判斷本題應選現在完成式的 (B) has received。另，現在簡單式的 (A) receives 和現在進行式的 (C) is receiving 的時態皆不符，而 (D) would receive 則爲過去未來式，同樣時態不對。

譯 Future 軟體是一家生產語言學習教材的公司，過去十年來它已因此獲得了許多獎項。

0345 **8.** 答案 (D)

空格處需要主詞 The lounges 的**述語動詞**，而「休息室」和動詞 reserve（保留～、預約～）之間具有「被保留、被預約」的**被動關係**，所以正確答案是被動式的 (D) are reserved。(A) reserved 爲過去式或過去分詞，(B) have been reserving 爲現在完成進行式，(C) reserving 則爲現在分詞或動名詞。另，這題也可基於**空格後沒有作為及物動詞 reserve 之受詞的名詞**這點，來判斷應選擇受詞出現於主詞處的被動式。

譯 三樓的休息室是預留給持有當天來回票之商務與頭等艙乘客的。
註 lounge 名 休息室；會客廳

0346 **9.** 答案 (C)

當句首爲空格，且選項中有現在分詞和過去分詞時，考點很可能就是〈分詞～, ⑤ ⓥ.〉之**分詞構句**。若將被省略的句子主詞（Sunshine 製造公司）移回句首，就變成 Sunshine Manufacturing⑤ employs more than 1,000 people。由於此主詞和動詞間具有主動關係，故正解爲現在分詞 (C) Employing。另，過去分詞 (B) Employed 表被動意涵，不可選；(A) Employ（雇用～）是動詞原形，(D) Employment（雇用）則爲名詞。

譯 雇用超過一千人的 Sunshine 製造公司在 Bicol 鎮是最重要的企業之一。

第 **2** 章 動詞題

0342 ▼ 0346

◎ 請以每題 20 秒的速度為目標作答。

1. Before submitting a request, please ------- to the vacation policy printed in the employee manual.
   (A) refer
   (B) referred
   (C) referring
   (D) to refer

2. As Ms. Smith has already received a permit from the city, she looks forward to ------- construction of her driveway soon.
   (A) begin
   (B) began
   (C) begins
   (D) beginning

3. Apple Airways announced that it will temporarily ------- the number of weekly flights to Bangkok from June 1.
   (A) reduce
   (B) reduces
   (C) reduced
   (D) reducing

4. *The Tokyo Tribune* ------- 50 percent off home delivery for new readers when they sign up for a year's subscription.
   (A) offer
   (B) is offering
   (C) offering
   (D) have offered

5. A passenger criticized the travel agency for ------- to respond quickly to her request for discount tickets.
   (A) failing
   (B) was failing
   (C) has failed
   (D) fails

[0347] **1.**   答案 (A)   [0347] ▼ [0351]

please 之後的動詞必須爲**原形**（祈使句），所以正確答案是 (A) refer（參照～）。(B) referred 爲過去式或過去分詞，(C) referring 爲現在分詞或動名詞，(D) 則是不定詞。

TEX's notes

> 在正式考試中，也很常出現須於沒有 please 的祈使句句首或助動詞後之空格處填入原形動詞的題目。

譯▶ 在提出申請之前，請參閱印在員工手冊中的休假政策。

註▶ manual 名 手冊；簡介

[0348] **2.**   答案 (D)

空格前的 looks forward to 的 **to 是介系詞**，後應接**動名詞**或**名詞**，因此正解爲動名詞選項 (D) beginning。這題的重點在於不能誤判 to 是不定詞而選了原形動詞 (A) begin。另，(B) began 是過去式，(C) begins 則爲第三人稱單數現在式。

譯▶ 由於 Smith 女士已獲得該市的許可證，她期待很快就能開始她的車道建造工程。

註▶ permit 名 許可證

[0349] **3.**   答案 (A)

由於空格前有**助動詞 will**，可見空格處應填入**原形動詞**，因此本題選 (A) reduce（減少～）。(B) reduces 爲第三人稱單數現在式，(C) reduced 爲過去式或過去分詞，(D) reducing 則爲現在分詞或動名詞。

譯▶ Apple 航空宣布從 6 月 1 日起將暫時減少每週飛往曼谷的航班。

註▶ temporarily 副 暫時地；臨時地

[0350] **4.**   答案 (B)

主詞 The Tokyo Tribune **爲單數**，而空格處需要述語動詞。四選項中可對應單數形主詞的述語動詞只有現在進行式的 (B) is offering，故爲正解。(A) offer（提供）是原形動詞，於本句中字尾須加第三人稱單數現在式的 s 方可使用；(C) offering 爲現在分詞或動名詞，(D) have offered 爲現在完成式，而若爲 has offered 的話，就可選。

譯▶《The Tokyo Tribune》報正在對登記訂閱一年份的新讀者提供遞送到府五折的優惠。

註▶ sign up 報名登記；註冊

[0351] **5.**   答案 (A)

空格前的**介系詞 for** 後方須接**作爲受詞的名詞或動名詞**，故 (A) failing 爲正確答案。另，過去進行式的 (B) was failing、現在完成式的 (C) has failed 和第三人稱單數現在式的 (D) fails 皆爲述語動詞之形式，無法作爲介系詞的受詞。注意，(D) 也可作名詞，指「不及格」（複數形），但在此意思不通。

譯▶ 有一位旅客批評該旅行社未能快速回應她對折扣機票的要求。

註▶ criticize 動 批評～   fail to *do* 未能～；沒有做到某事

第 **2** 章   動詞題

6. Mail carriers ------- to wear comfortable shoes as their work involves considerable walking.

   (A) encourage
   (B) encouraging
   (C) are encouraged
   (D) have encouraged

7. The DroidPhone 9000 is built for durability and should ------- being dropped from heights of up to seven meters.

   (A) withstand
   (B) withstood
   (C) withstanding
   (D) withstands

8. The manager hired additional employees ------- in the store during the busy summer months.

   (A) assist
   (B) assisted
   (C) assists
   (D) to assist

9. Beyond the dwindling supply, the multinational oil giant is facing a growing number of risks that could ------- its future.

   (A) jeopardize
   (B) jeopardized
   (C) jeopardizing
   (D) will jeopardize

10. To help us assist your business further, please ------- a customer satisfaction survey.

    (A) complete
    (B) completed
    (C) completion
    (D) completely

0352 **6.** 答案 (C)

0352 ▼ **0356**

由於本句主詞「郵差」是「被鼓勵」做 to 之後的行為的動作方，因此本題選**被動式**的 (C) are encouraged。另，空格後沒有作為及物動詞 encourage 之受詞的名詞這點，亦是選項 (C) 為正解之理由。（這題是 encourage Ⓞ to *do* 的 O（受詞）出現在主詞位置之形式。）選項 (A) encourage（鼓勵）是原形動詞，(B) 為其現在分詞或動名詞，(D) 則為現在完成式。

譯 郵差們被鼓勵穿著舒適的鞋子，因為他們的工作需要走相當多的路。

註 carrier ❷ 運送者；運輸工具　considerable ❽ 相當大的；相當多的

0353 **7.** 答案 (A)

由於空格前有**助動詞 should**，因此正解是**原形動詞**選項 (A) withstand（經得起～、承受得住～）。空格後的 being dropped（被丟落）是〈動名詞＋過去分詞〉形式的名詞片語，作為 withstand 的受詞。（注意，withstand 亦為 Part 5 詞彙題的常考單字。）另，(B) withstood 為過去式或過去分詞，(C) 為現在分詞或動名詞，(D) 則為第三人稱單數現在式。

譯 DroidPhone 9000 製作得堅固耐用，且應可承受從高達七公尺的高度落下。

註 withstand ❶ 經得起～；承受得住～

0354 **8.** 答案 (D)

空格前的 The manager⒮ hired⒱ additional employees⒪ 已是完整句子，空格中若填入不定詞 (D) to assist，即可用來說明雇用額外員工之目的，故為正解。(A) assist（協助～）是原形動詞，(B) assisted 為其過去式或過去分詞，(C) 則為第三人稱單數現在式。

譯 在忙碌的夏季期間，經理雇用了額外的員工在店裡幫忙。

0355 **9.** 答案 (A)

空格前有**助動詞 could**，由此即可判斷空格處應填入**原形動詞**，故正解為 (A) jeopardize（危及～）。而因助動詞不能連續使用，所以選項 (D) 不適當。另，(B) jeopardized 為過去式或過去分詞，(C) jeopardizing 則為現在分詞或動名詞。

TEX's notes

在【動詞題】中，選項裡常會出現像 jeopardize 這種高難度的單字，此時冷靜地依據基本文法來解題是很重要的觀念。

譯 除了供應萎縮外，該跨國石油巨頭正面臨越來越多可能危及其未來的風險。

註 dwindling ❽ 日益減少的；逐漸萎縮的　jeopardize ❶ 危及～；使～瀕於危險境地

0356 **10.** 答案 (A)

空格前有 **please**，所以答案很顯然就是**原形動詞** (A) complete（完成～）。注意，complete 也常以形容詞「完整的」之意出現。另，(B) completed 為過去式或過去分詞，(C) completion（完成）是名詞，(D) completely 則為表「徹底地」之意的副詞。（本題為混合了詞性題和動詞題的題型。）

譯 為了幫助我們進一步協助您的業務，請填寫一份顧客滿意度調查。

11. Premium Luxury Products experienced another year of strong growth, ------- its leadership in the cosmetics industry.

(A) confirms
(B) confirmed
(C) confirming
(D) confirmation

12. Because personal computers ------- outdated so rapidly, many large companies are choosing to lease.

(A) become
(B) becomes
(C) is becoming
(D) becoming

13. The newly appointed president has already ------- to resign if the company does not reach profitability by the end of the year.

(A) promise
(B) promised
(C) promises
(D) promising

14. Because the warranty ------- already, the dealer will not be able to cover the repair cost.

(A) is expiring
(B) has expired
(C) will expire
(D) expires

15. Ms. Adams ------- office supplies on the third Friday of each month, so you should contact her if you need any.

(A) order
(B) ordered
(C) orders
(D) to order

0357 **11.** 答案 (C)

由於述語動詞 experienced 已存在，因此可填入空格的是分詞選項 (B) 或 (C)。若以後方名詞 its leadership 爲受詞而填入**現在分詞** (C) confirming，便可完成表主動意涵的分詞構句。至於過去分詞 (B) 則表被動意涵，不會有受詞，故將之排除。另，(A) confirms 爲動詞 confirm（確定、證實）之第三人稱單數現在式。

譯 Premium Luxury Products 公司又經歷了一年的強勁成長，確定了其在化妝品業的領導地位。

0358 **12.** 答案 (A)

空格處須填入 Because 子句的**主詞** personal computers 的**述語動詞**。由於此主詞是**複數名詞**，因此數量對應的現在式選項 (A) become（變成）爲正解。而 (B) 爲第三人稱單數現在式，(C) is becoming 爲單數之現在進行式，(D) 則爲現在分詞或動名詞。

TEX's notes

注意，Because 子句的述語動詞 become 採取的是 SVC 句型。

Because personal computers become outdated ...
　　　　[S]　　　　　[V]　　　[C]

譯 由於個人電腦很快就會過時，因此許多大公司選擇採取租用的方式。
註 outdated 形 過時的；舊式的

0359 **13.** 答案 (B)

空格前的 has (already) 明顯是現在完成式的一部分，因此將**過去分詞** (B) promised 填入空格，便能完成正確的句子。(A) promise（承諾）是原形動詞，(C) 爲第三人稱單數現在式，(D) 則爲現在分詞或動名詞。

譯 新任命的總裁已承諾，若公司在年底前沒有達到獲利，就辭職。
註 resign 動 辭職　　profitability 名 獲利；收益性

0360 **14.** 答案 (B)

本題空格內應填入 Because 子句的主詞 the warranty 的**述語動詞**。因爲空格後有使用於過去時態或完成時態的 **already**（已經），所以正確答案是**現在完成式**的 (B) has expired（已過期）。而 (A) is expiring 爲現在進行式，(C) will expire 是未來式，(D) expires 爲第三人稱單數現在式。

譯 由於保固已經過期，因此經銷商將無法負擔維修費用。

0361 **15.** 答案 (C)

題目主詞爲 Ms. Adams，是**第三人稱單數名詞**，空格處應填入其**述語動詞**。由句中提到 each month 可知該動作乃每月進行的「習慣性行動」，而整句表達的又是現在之概念，所以答案是字尾加 s 表第三人稱單數**現在式**的 (C) orders。另，(A) order（訂購）是原形動詞，(B) ordered 爲過去式或過去分詞，(D) 則是不定詞。

譯 Adams 女士每個月的第三個星期五會訂購辦公室用品，所以假如你有需要的話，應該與她聯繫。

16. Yesterday morning, the district supervisor ------- by a local store for her monthly visit.

(A) drop
(B) will drop
(C) dropped
(D) was dropped

17. Attracted by lower rent and convenient access to public transportation, Magic Media Company ------- to Tarrytown next spring.

(A) was relocated
(B) to relocate
(C) will relocate
(D) relocated

18. Twenty one percent of those surveyed believe house prices in Richland ------- by 10% or more in the next twelve months.

(A) rises
(B) will rise
(C) rising
(D) rose

19. Designers at Star Electronics are ------- about the prospect of winning the prestigious award.

(A) excite
(B) excited
(C) exciting
(D) excitement

20. Transcripts of all the presentations that were ------- during the conference can be found on the official Web site.

(A) give
(B) gave
(C) given
(D) giving

0362　**16.**　　　　　　　　　　　　　　　　　　　　　　　　答案 **(C)**

由句首的 Yesterday morning 即可知可能的答案選項只有過去式的 (C) dropped 和 (D) was dropped。而因主詞 the district supervisor（區主管）是 drop by（順便拜訪～）的動作方，所以正確答案是主動式的 (C)。另，(A) drop 是原形動詞，(B) will drop 爲未來式。

譯▶ 昨天早上，區主管在執行他的每月視察時順便拜訪了一家當地商店。

0363　**17.**　　　　　　　　　　　　　　　　　　　　　　　　答案 **(C)**

由於句末有 **next spring**（明年春天）這個表未來的「**時間關鍵詞**」，因此表**未來時態**的 (C) will relocate（會搬遷）爲正解。(A) was relocated 爲過去被動式，(B) 是不定詞，(D) 則爲過去式或過去分詞。

TEX's notes

> 注意，relocate 是「搬遷、將～搬遷」之意，有不及物動詞和及物動詞兩種用法（will be relocated 也可以是正確答案）。

譯▶ 由於受到較低租金和便利大眾交通的吸引，Magic Media 公司將於明年春天搬遷至 Tarrytown。

0364　**18.**　　　　　　　　　　　　　　　　　　　　　　　　答案 **(B)**

本題爲 ⓈS believe (that) ... 這種省略連接詞 that 的句型，空格處須填入 that 子句之主詞 house prices 的**述語動詞**。而因句尾的 in the next twelve months（在接下來的十二個月裡）指的是未來的期間，所以正確答案是 (B) will rise（會上漲）。另，(A) rises 爲第三人稱單數現在式（注意，主詞 house prices 爲複數），(C) rising 爲現在分詞或動名詞，(D) rose 則爲過去式。

譯▶ 21% 的受訪者認爲，在接下來的十二個月裡 Richland 的房價將上漲 10% 以上。

0365　**19.**　　　　　　　　　　　　　　　　　　　　　　　　答案 **(B)**

由前後文意來判斷，主詞 Designers（設計人員）是「被得獎的可能性刺激而感到興奮」，因此正解爲**表被動意涵的過去分詞** (B) excited。(A) excite（使興奮）是原形動詞，(C) exciting 爲現在分詞或動名詞，(D) excitement（興奮）則爲名詞。

譯▶ Star 電子公司的設計人員們對於有可能贏得該著名獎項感到興奮。

0366　**20.**　　　　　　　　　　　　　　　　　　　　　　　　答案 **(C)**

空格前的 that 爲關係代名詞，其先行詞爲 the presentations（簡報），而由於簡報是「被進行」的一方，故可與 be 動詞 were 結合成**被動語態的過去分詞** (C) given 便是正確答案。(A) give 是原形動詞，(B) gave 爲過去式，(D) giving 則爲現在分詞或動名詞。

譯▶ 在會議期間發表的所有簡報的文字稿都可在官方網站上找到。

註▶ transcript 名（演講等的）文字稿；謄本

21. The information that you requested will be ------- to your e-mail address within 24 hours.

(A) send
(B) sending
(C) sent
(D) sends

22. The addition of a new dish to the menu, featuring local food, ------- in favorable feedback from customers.

(A) resulted
(B) resulting
(C) was resulted
(D) have resulted

23. A wonderful antique chair was ------- to the museum by an anonymous donor.

(A) contribute
(B) contributed
(C) contributing
(D) contributions

24. Audio One has been ------- this year despite the fact that personal music players are selling at record numbers.

(A) struggle
(B) struggles
(C) struggled
(D) struggling

25. Nippon Noodle sells most of its products online, but some of them can also ------- at Asian grocery stores.

(A) buy
(B) buying
(C) to buy
(D) be bought

0367 **21.** 　答案 **(C)**

可與空格前的 be 動詞原形 be 結合的只有分詞選項 (B) 或 (C)。而因主詞 The information 是「被傳送」的一方，故用來**形成被動語態的過去分詞** (C) sent 為正解。注意，本題也可基於空格後不存在及物動詞 send 之受詞這點，來判斷應選擇受詞出現於主詞處的被動語態。另，(A) send 是原形動詞，(B) sending 為現在分詞或動名詞，(D) sends 則為第三人稱單數現在式。

譯 您所要求的資訊將於二十四小時內發送至您的電子郵件地址。

0368 **22.** 　答案 **(A)**

空格處需要主詞 The addition 的**述語動詞**，因此 (B) resulting 可先排除。而因 result（導致）為不及物動詞，屬被動形式的 (C) was resulted 不能選。另，主詞為第三人稱單數形，所以複數形的現在完成式 (D) have resulted 亦為誤。正解為過去式的 (A) resulted。

譯 菜單上新增的一道以當地食物為特色的新菜得到了顧客的良好回應。

註 addition **名** 附加　　favorable **形** 贊同的；有利的

0369 **23.** 　答案 **(B)**

可與空格前的 be 動詞 was 結合的只有過去分詞 (B) 或現在分詞 (C)。而因主詞 chair（椅子）是「被捐獻」的一方，所以答案是可形成**被動式的過去分詞** (B) contributed。(A) contribute（捐獻）是原形動詞，而名詞 (D) contributions（捐獻、捐獻品）雖可作為補語，但為複數形，與單數形的主詞數量不符。

譯 有一把令人讚嘆的古董椅被一位匿名的捐贈者捐給了博物館。

註 anonymous **形** 匿名的　　donor **名** 捐贈者

0370 **24.** 　答案 **(D)**

空格前為 has been，因此可直接先考慮分詞選項 (C) 或 (D)。而因動詞 struggle（掙扎）是不及物動詞，無法成為被動語態，故可排除過去分詞 (C) struggled，換言之，正解為可與 has been 形成主動語態之現在完成進行式的**現在分詞** (D) struggling。而 (A) 是原形動詞，(B) 則為第三人稱單數現在式。

譯 儘管個人音樂播放器的銷量創歷史新高，但是 Audio One 公司今年卻一直在苦苦掙扎。

0371 **25.** 　答案 **(D)**

由空格前的**助動詞 can** 可判斷空格處應填入**原形動詞**，而因逗號後子句主詞 some of them 的 them 是指 its products，而產品是「被購買」的一方，所以本題應選**被動式**選項 (D) be bought。另，因產品不會做出「購買」行為的動作，故表主動的 (A) buy 不可選。(B) 為現在分詞或動名詞，(C) 則為不定詞。

譯 Nippon Noodle 公司大部分的產品在網路上銷售，不過其中一些產品也可在亞洲的雜貨店買到。

26. Mr. Murphy sent a letter of complaint to the manufacturer, as two of the garden lamps he received were ------- and did not operate properly.

(A) broken
(B) break
(C) breaks
(D) breaking

27. According to a national survey, purchases of cars fell 0.2 percent, while money ------- on utilities was unchanged.

(A) spend
(B) spends
(C) spent
(D) will spend

28. First State Bank has streamlined its procedures for business clients, ------- on simplifying the process for obtaining short-term loans.

(A) focus
(B) focusing
(C) focused
(D) focuses

29. Participants in last week's business trip ------- to submit the travel expense report as promptly as possible.

(A) have required
(B) are requiring
(C) will require
(D) are required

30. Residents of Yankton recently received a letter from the mayor ------- them to attend a community meeting on May 1.

(A) inviting
(B) invite
(C) invited
(D) are invited

0372
0376

0372 **26.** 答案 (A)

題目的整體句型結構爲 S V, as S V.，而逗號後 as 子句之主詞 two of the garden lamps 是「被弄壞」的一方，故正解爲可與空格前 were **結合成被動語態的過去分詞** (A) broken。

譯▶ Murphy 先生寄了一封投訴信給製造商，因爲他收到的兩盞花園燈是壞的，無法正常運作。

0373 **27.** 答案 (C)

從 while 子句的主詞爲 money，述語動詞是 was unchanged，而從空格至 utilities 明顯 **爲主詞的修飾語**，故可作形容詞片語之**過去分詞** (C) spent 爲正解。注意，money (which was) spent on X（花在 X 上的錢）表被動意涵。

譯▶ 根據一項全國性的調查，汽車購買量下降了 0.2%，而花在公用事業上的錢則沒有變化。

0374 **28.** 答案 (B)

從句首到逗號爲止爲主句，空格以後則應爲具副詞功能之**分詞構句**，而分詞意義上的主詞和主句之主詞共通，即 First State Bank。由於此銀行是 focus on（集中於、專注於）的動作方，因此正確答案是可**表主動意涵的現在分詞** (B) focusing，而非表被動意涵的過去分詞 (C) focused。

譯▶ First State 銀行已精簡其企業客戶之手續，專注於簡化短期貸款的取得流程。
註▶ streamline 動 使有效率　　simplify 動 簡化～

0375 **29.** 答案 (D)

空格處應填入主詞 Participants（參與者）的**述語動詞**，而因參與者是「被要求」提出報告的一方，所以答案是**被動式**的 (D) are required。

譯▶ 上週出差的參與者必須盡快提交差旅費報告。

0376 **30.** 答案 (A)

空格前爲主句，空格後則爲替 a letter 添加補充資訊的形容詞片語，而四選項中只有**現在分詞** (A) inviting 可連接受詞 them，並形成「邀請他們的→信件」之主動意涵的形容詞片語，故爲正解。另，因信件並非「被邀請」的一方，因此表被動意涵的過去分詞 (C) invited 意思不通。

譯▶ Yankton 的居民最近收到一封來自市長的信，邀請他們參加 5 月 1 日的社區會議。

在多益考題情境中經常可見講求效率的描述，所以像 No. 28 中的 streamline（使～精簡、使～有效率）這類的單字很重要。

31. Mr. Stallard has requested that sales representatives ------- their customers' telephone calls immediately and without fail.

(A) return
(B) returned
(C) returning
(D) to return

32. Members of the historical society ------- a budget proposal for the exhibition to the museum's curator.

(A) are submitted
(B) have submitted
(C) submitting
(D) submit

33. The Tokyo Symphony Orchestra has been performing for over 20 years, having ------- more than 12 countries worldwide.

(A) tour
(B) tours
(C) toured
(D) touring

34. Smooth Communication's Chairperson, Mr. Roberts said the board had no plans ------- its CEO because they had absolute confidence in his ability.

(A) replace
(B) replaced
(C) to replace
(D) replacement

35. The new software provides users with an option ------- higher quality prints although it takes substantially longer.

(A) request
(B) to request
(C) requested
(D) requesting

[0377] **31.** 答案 (A)

在如 request 等表〈要求或提議〉之動詞後的 that 子句內，不論主詞單、複數形或時態如何，動詞都要使用原形，所以正確答案是 (A) return（回、返）。

TEX's notes

> 表「要求或提議」的動詞除了 request 外，還有 ask、demand、insist、recommend、suggest 等，都是相當常考的重要單字。

譯▶ Stallard 先生已要求業務代表們一定要立刻回電話給他們的顧客。
註▶ without fail 一定

[0378] **32.** 答案 (B)

空格前為主詞，空格後為受詞，因此可接空格後方之受詞 a budget proposal 並作為主詞 Members 之述語動詞的現在完成式選項 (B) have submitted（已提交）為正解。
譯▶ 歷史學會的成員們已向博物館館長提交了展覽會的預算案。
註▶ curator ❷ 館長

[0379] **33.** 答案 (C)

從句首至逗號為止是主句，而逗號之後是以現在分詞 having 起頭的分詞構句，而若在 having 之後填入過去分詞 (C) toured 即可建立完成式的分詞構句，符合前後文意。(A) tour（巡迴演出）是原形動詞，(B) 為其第三人稱單數現在式，(D) touring 則為現在分詞或動名詞。
譯▶ 東京交響樂團已表演了二十多年，它曾在全球超過十二個國家巡迴演出。

[0380] **34.** 答案 (C)

本句在 Mr. Roberts said 之後為省略了連接詞 that 的名詞子句，而只要將不定詞 (C) to replace 填入空格，便能連接後方的受詞 its CEO，形成修飾名詞 **plans** 之形容詞片語「更換其執行長的→計畫」。(A) replace（取代～、更換～）是原形動詞，(B) replaced 為過去式或過去分詞，(D) replacement（取代、更換）則為名詞。
譯▶ Smooth Communication 公司的董事長 Roberts 先生表示，董事會並沒有更換執行長的計畫，因為他們對他的能力有絕對的信心。
註▶ chairperson ❷ 主席；董事長

[0381] **35.** 答案 (B)

只要將不定詞 (B) to request 填入空格，便能連接後方名詞 higher quality prints 作為其受詞，並形成修飾名詞 **option** 的形容詞片語「要求更高品質的列印的→選項」，故為正解。若選現在分詞 (D)，則變成是「選項」做出「要求」的主動關係，意思不通。(A) request（要求）是原形動詞，(C) 為過去式或過去分詞，(D) 則為現在分詞或動名詞。
譯▶ 新軟體提供使用者一個能夠要求更高品質的列印之選項，雖然須花費的時間要長得多。

36. It is recommended that customers ------- snow tires in November as stock is often quite limited by early December.

(A) purchase
(B) purchased
(C) purchases
(D) had purchased

37. Swan Air has received approval ------- daily flights between St. Petersburg and Brussels starting in May.

(A) perform
(B) to perform
(C) performing
(D) performance

38. Sophie Reid, one of the professors at Glasgow College, ------- extensive research of historical sites in Scotland.

(A) have conducted
(B) conducting
(C) will be conducted
(D) has conducted

39. Legrand Auto's new sports car is ------- with technologies designed to keep its occupants comfortable and safe.

(A) equip
(B) equipped
(C) equipping
(D) equips

40. Study results ------- earlier this year indicated that candidates with lower-pitched voices may have an edge in a job interview.

(A) will be published
(B) were published
(C) published
(D) publishing

0382

0382
▼
0386

0382 **36.** 答案 **(A)**

就文法規則而言，在**表〈提議〉的動詞之後的 that 子句**中，不論主詞及時態如何，都必須**使用原形動詞**，故本題選 (A) purchase（購買）。

TEX's notes

> 和 No. 31 一樣，that 子句中應使用原形動詞。另注意，在表「重要性或必要性」的形容詞，如 important、necessary 和 essential 等，之後的 that 子句中同樣地動詞須用原形。

譯▶ 一般建議顧客在 11 月份購買雪地輪胎，因為 12 月初庫存往往十分有限。

0383 **37.** 答案 **(B)**

將表目的之不定詞 (B) to perform 填入空格後，便可**連接後方名詞 daily flights**，並形成**修飾名詞 approval 的形容詞片語**「去實行每日航班的→核准」，故為正解。(A) perform（實行～）是原形動詞，(C) 為現在分詞或動名詞，(D) performance（執行、實行）則為名詞。

譯▶ Swan 航空已獲得核准，從 5 月開始在聖彼得堡和布魯塞爾之間可有每日航班。

0384 **38.** 答案 **(D)**

本句主詞為 Sophie Reid，是**第三人稱單數名詞**，空格處則應填入對應的述語動詞，而因空格後有受詞 extensive research，故應採取**主動語態**。四選項中符合這兩個條件的只有現在完成式的 (D) has conducted（已進行）。(A) have conducted 為複數形式，(B) conducting 為現在分詞或動名詞，(C) will be conducted 則為未來被動式。

譯▶ Glasgow 學院的教授之一 Sophie Reid 已對蘇格蘭的歷史遺址進行了廣泛的研究。

0385 **39.** 答案 **(B)**

可與空格前的 be 動詞 is 結合的，四選項中只有**過去分詞 (B)** 或**現在分詞 (C)**。由於**空格後不存在作為及物動詞** (A) equip（裝備～、使～有能力）**之受詞的名詞**，故正解為可形成被動語態的過去分詞 (B) equipped。（be equipped with X（配備有 X）是曾出題多次的重要句型。）另，(D) equips 為第三人稱單數現在式。

譯▶ Legrand 汽車公司的新跑車具備了為保持乘客舒適及安全而設計的技術。

註▶ occupant 🔶（交通工具的）乘坐者；乘客

0386 **40.** 答案 **(C)**

對應主詞 Study results（研究結果）的述語動詞 indicated 已存在，因此空格內應填入可**修飾主詞的分詞選項 (C) 或 (D)**。而因研究結果是「被發表」的一方，所以答案是**表被動意涵的過去分詞 (C) published**。(A) will be published 為未來被動式，(B) were published 則為過去被動式。

譯▶ 今年稍早所公布的研究結果顯示，聲調較低的求職應徵者在工作面試中可能會有優勢。

註▶ edge 🔶 優勢；優越條件

第**2**章 動詞題

41. Diego Garcia is a fashion entrepreneur whose firm is known for ------- shoes well-suited to professional athletes.

(A) create
(B) creation
(C) creates
(D) creating

42. Copies of Mr. Sato's presentation materials ------- to all department staff by the end of this week.

(A) have been distributed
(B) will distribute
(C) are distributing
(D) will be distributed

43. The advertising agency suggested that the packaging design ------- in order to improve the product image.

(A) be modified
(B) is modifying
(C) were modified
(D) will modify

44. Due to routine maintenance of the equipment, production ------- from March 31 to April 7.

(A) halt
(B) will be halted
(C) to halt
(D) have been halted

45. Lighting engineers have managed ------- most of the street lights in the community with brighter, longer lasting ones.

(A) replaced
(B) replacement
(C) had replaced
(D) to replace

0387
0391

0387 41. 答案 **(D)**

空格前有介系詞 for，可見空格處須填入作爲其受詞的名詞或動名詞，而若填入可以後方名詞 shoes 爲受詞之**動名詞** (D) creating 即可構成通順文意。（注意，well-suited ... 的部分是從 shoes 後方補充資訊的形容詞片語。）名詞 (B) creation（創作、創作品）並無法直接連接 shoes，故不選。另，(A) create（創造）是原形動詞，(D) creating 則爲現在分詞或動名詞。

譯 ▶ Diego Garcia 是一位時尚企業家，他的公司以創造適合職業運動員的鞋履而聞名。

註 ▶ well-suited 形 適合的

0388 42. 答案 **(D)**

這題的空格處應填入主詞 Copies（影本）的述語動詞，而影本是「被分發」的一方，因此可考慮的選項只有**被動式**的 (A) 或 (D)。但因句尾寫到分發時間點 **by the end of this week**（在本週末前），所以**未來式**的 (D) will be distributed 爲正確答案。(A) have been distributed 爲現在完成被動式，不可選。而屬主動語態的 (B) will distribute 和 (C) are distributing 則語態不符。

譯 ▶ Sato 先生的簡報資料影本將在本週末前分發給所有部門的工作人員。

0389 43. 答案 **(A)**

表〈提議〉的動詞 **suggest** 之後的 **that** 子句內須使用原形動詞，故本題選 (A) be modified（被修改）。注意，the packaging design be modified 可視爲 the packaging design (should) be modified 這樣省略 should 的形式，如此會比較容易理解。另，(B) is modifying 爲現在進行式，(C) were modified 爲過去被動式，(D) will modify 則爲未來式。

譯 ▶ 廣告代理商建議包裝設計應修改，以改善產品形象。

註 ▶ modify 動 修改～

0390 44. 答案 **(B)**

空格處需要可對應句子主詞 production 的述語動詞，而四選項中只有 (B) will be halted 符合此**第三人稱單數**名詞的主詞。(A) halt（使停止）是原形動詞，(C) 是不定詞，(D) have been halted 則爲複數形的現在完成被動式。注意，動詞 halt 除了有及物動詞（使～停止）的用法外，也有不及物動詞（停止）的用法。

譯 ▶ 由於設備的例行性維護，3 月 31 日至 4 月 7 日將暫停生產。

註 ▶ halt 動 使～停止；使終止

0391 45. 答案 **(D)**

在 manage（設法應付）之後應接不定詞以表達「設法做到～」之意，故本題選 (D) to replace。（have managed to replace 指「已設法取代～」。）而名詞 (B) 雖可作爲 have managed 的受詞，但無法銜接後方代名詞 most 以後的部分，故不可選。

譯 ▶ 照明工程師已設法用更亮、更持久的路燈來取代社區內大部分的路燈。

在多益的考題情境中，有許多富創業理想的人物設定，因此如 entrepreneur（企業家、創業家）這樣和新創企業相關的字彙經常出現。

第 **2** 章　動詞題

46. Uncle Joe's Café is one of the popular coffee chains ------- light meals in addition to coffees, teas, and other beverages.

(A) sell
(B) selling
(C) are selling
(D) will sell

47. The TBR Health Organization yesterday marked its 10th anniversary with a luncheon ------- its founding members.

(A) honor
(B) honors
(C) honored
(D) honoring

48. Please note that the entrance to the visitor's parking lot ------- on Binkley Avenue adjacent to the Blanton Student Service Building.

(A) locates
(B) locating
(C) was locating
(D) is located

49. The Lewiston Football Team is ------- mostly through the generous donations of local residents and businesses.

(A) fund
(B) funded
(C) funding
(D) funds

50. Unlike their competitors, Wealth Furniture has been successful at ------- a position as a premium brand among wealthy customers.

(A) establish
(B) establishes
(C) establishing
(D) established

0392 **46.**　　　　　　　　　　　　　　　　　　　　　　　答案 **(B)**

本句已有述語動詞 is，無法再填入 (A) sell、(C) are selling 和 (D) will sell 等述語動詞，因此答案就是現在分詞 (B) selling。（注意，selling 以空格後的部分為受詞形成分詞片語，作形容詞**修飾 popular coffee chains**。）

譯▶ Uncle Joe's Café 是除了咖啡、茶及其他飲料外也賣輕食簡餐的人氣咖啡連鎖店之一。

0393 **47.**　　　　　　　　　　　　　　　　　　　　　　　答案 **(D)**

本句已有述語動詞 marked（為～的表徵），因此若將現在分詞 (D) honoring 填入空格，就能以空格後的名詞為受詞，並形成可替前方 luncheon 添加補充資訊的**形容詞片語**「表彰創始成員的→午餐會」，故為正解。而因午餐會不是「被表彰」的一方，所以過去分詞 (C) honored 不正確。另，(A) honor 是原形動詞，(B) honors 為第三人稱單數現在式。

譯▶ TBR 衛生組織昨天以一場表彰其創始成員的午餐會來慶祝成立十週年。

註▶ mark 動 為～的表徵　　　luncheon 名 午餐會　　　founding 形 創辦的；發起的

0394 **48.**　　　　　　　　　　　　　　　　　　　　　　　答案 **(D)**

本句的主要動詞 note（注意）之後為由 that 引導之名詞子句，而空格中應填入被動式的 (D) is located 以形成 Ⓢ **is located on** *X*「**S 位於 X**」這種表場所、位置的句型。另，以 (A) locates 與 (C) was locating 這樣的主動語態使用時，locate 指的是「找出～」之意，在此文意不通。

TEX's notes

小心別被中譯誤導而選擇主動語態，被動式的 *be* located 才是「位於～」之意。

譯▶ 請注意，訪客停車場的入口位在鄰接於 Blanton 學生服務大樓的 Binkley 大道上。
註▶ adjacent 形 鄰接的

0395 **49.**　　　　　　　　　　　　　　　　　　　　　　　答案 **(B)**

fund 此單字是表「提供資金給～」之意的及物動詞，而由空格之後並沒有名詞可斷定，本句為**受詞出現在主詞位置的被動語態**，故應選過去分詞 (B) funded。另，(A) fund 是原形動詞，不可選。注意，fund 亦可作名詞用，相關的 raise funds（募集資金）為多益測驗頻出片語。

譯▶ Lewiston 足球隊主要透過當地居民及企業的慷慨捐助來獲得資金。

0396 **50.**　　　　　　　　　　　　　　　　　　　　　　　答案 **(C)**

空格前的 at 為**介系詞**，其後應接名詞或動名詞作為其受詞，因此本題選 (C) establishing。（*be* successful at *doing* 是「成功做到～」之意。）(A) establish（建立）是原形動詞，(B) 為第三人稱單數現在式，(D) 則為過去式或過去分詞。

譯▶ 不同於他們的競爭對手，Wealth 傢俱公司已成功在富裕客層中建立了高級品牌的地位。

第 **2** 章　動詞題

51. Cherry Bank plans to upgrade its core processing system within a year ------- the quality of its service.

(A) enhance
(B) has enhanced
(C) will enhance
(D) to enhance

52. All vacation time should be at a time agreeable to both the staff member and the supervisor and ------- well in advance.

(A) request
(B) requesting
(C) requested
(D) requests

53. All staff members agree that Ms. Smith's dedication to the company ------- her promotion to the position of vice president.

(A) justify
(B) justifying
(C) justifies
(D) justification

54. Please save all of your work to an external drive so that old computers ------- over the weekend.

(A) replace
(B) were replaced
(C) can replace
(D) can be replaced

55. Collectible items from the old stadium, including seats, signage, and benches will ------- online from 6 P.M. next Wednesday.

(A) be sold
(B) sell
(C) selling
(D) be selling

[0397] **51.** 　　　　　　　　　　　　　　　　　　　　　　　　　　　**答案 (D)**

由於句子在空格前就已完整，空格處無法填入 (A) enhance（原形）、(B) has enhanced（現在完成）和 (C) will enhance（未來式）等述語動詞形式，因此不定詞選項 (D) to enhance 即爲正解。注意，enhance 這個單字多益很常考，是表「強化～、提升～」之意的及物動詞，在此爲表目的之副詞用法，用以表達「爲了提升～」這種目的性。

譯 Cherry 銀行計畫在一年内升級其核心處理系統以提升服務品質。

[0398] **52.** 　　　　　　　　　　　　　　　　　　　　　　　　　　　**答案 (C)**

本句在對等連接詞 and 之後省略了 all vacation time should be，也就是說在 and 之後**省略主詞和 be 動詞**，而因休假是「被要求」的一方，故可與被省略的 be 動詞形成**被動式**之過去分詞 (C) requested 就是正確答案。

譯 所有的休假時間都應在員工與主管皆可接受的時間點並須早早於事前提出。

註 agreeable **形** 欣然贊同的

[0399] **53.** 　　　　　　　　　　　　　　　　　　　　　　　　　　　**答案 (C)**

本句動詞 agree 後之 that 子句主詞爲 Ms. Smith's dedication，由此可知空格處應填入對應的述語動詞，而因主詞爲**第三人稱單數形**，故正解爲 (C) justifies（正當化～、證明～是正當的）。(A) justify 是原形動詞，(B) justifying 爲現在分詞或動名詞，(D) justification（證明爲正當）則爲名詞。

譯 全體工作人員都同意 Smith 女士對公司的奉獻證明了她晉升爲副總裁一職是正當的。

註 dedication **名** 奉獻　　justify **動** 正當化～；證明～是正當的

[0400] **54.** 　　　　　　　　　　　　　　　　　　　　　　　　　　　**答案 (D)**

空格内應填入表目的之 so that 子句的主詞 old computers 的述語動詞，而因電腦是「被替換」的一方，所以可能的選項只剩**被動語態**的 (B) were replaced 或 (D) can be replaced。而依據前半文意可知，句末的 over the weekend 是指**本週末（未來時間）**，因此可符合時態的 (D) can be replaced 爲正解。過去式的 (B) 則時態不符。另，(A) replace（更換）是原形動詞，而 (C) can replace 屬主動，二者同樣皆不可選。

譯 請將您所有的工作資料儲存至外接式硬碟以便讓舊電腦可於週末期間被更換。

[0401] **55.** 　　　　　　　　　　　　　　　　　　　　　　　　　　　**答案 (A)**

助動詞 will 後面必須接**原形動詞**，而由於主詞 Collectible items（值得收藏之物品）是「被賣」的一方，故可與 will 結合成**未來時態之被動式**的 (A) be sold 便是正確答案。(B) sell（賣）是原形動詞，(C) 爲其現在分詞或動名詞，(D) be selling 則爲進行式之原形。

譯 舊體育館值得收藏的物品，包括座位、標牌和長凳等，將從下週三晚上六點起在網路上被出售。

註 collectible **形** 值得收藏的

[0397] [0401]

56. If time -------, visit the local train museum, where railway enthusiasts have constructed a model of the famous Japanese Bullet Train.

(A) allow
(B) allows
(C) allowed
(D) allowing

57. Arnold Insurance is pleased to announce that the firm ------- with Drakes Ltd. by the end of the month.

(A) has merged
(B) was merging
(C) will have merged
(D) had been merging

58. No matter what type of heating system you choose, it needs to be professionally ------- for optimal performance.

(A) install
(B) installing
(C) installation
(D) installed

59. Join the workshop and learn from master painter Claudia Morales as she ------- acrylic landscape painting on November 12.

(A) demonstrating
(B) demonstrated
(C) demonstrate
(D) demonstrates

60. Later this month, Mr. Schmidt will travel to Hamburg, where his schedule ------- a client meeting, a news conference, and dinner with the mayor.

(A) include
(B) is included
(C) including
(D) includes

0402 **56.** 答案 (B)

由前後文意可推斷，if 子句表達的應是在現實中可能發生的條件，因此動詞應採**現在時態**，而因主詞 time 為**第三人稱單數形**，故本題正解為 (B) allows。注意，假如選 (C) allowed 的話，會變成與現在事實相反的假設。另，(A) allow（允許）是原形動詞，(D) allowing 則為現在分詞或動名詞。

譯 如果時間允許，參觀一下當地的火車博物館，鐵道迷在裡面建造了一個著名日本子彈列車的模型。

0403 **57.** 答案 (C)

句尾 by the end of the month（在本月底前）為一表「**未來的期限**」之詞語。由此可推知，本題應選用〈will have＋過去分詞〉形式表**至未來某時間點完成**（也有持續或經驗之意）的未來完成式 (C) will have merged（將會已經合併）。(A) has merged 為現在完成式、(B) was merging 為過去進行式、(D) had been merging 則為過去完成進行式。

譯 Arnold 保險公司很高興地宣布，該公司將在本月底之前與 Drakes 公司合併。

0404 **58.** 答案 (D)

逗號後之子句的主詞 it 是指 heating system，而因暖氣系統是「被安裝」的一方，故正確答案是可與 be 動詞一同形成**被動式**的過去分詞 (D) installed。(A) install（安裝～）是原形動詞，(B) 為其現在分詞或動名詞，(C) installation（安裝）則為名詞。

譯 無論您選擇何種類型的暖氣系統，若想達到最佳效能，都需要進行專業安裝。

註 optimal **形** 最理想的

0405 **59.** 答案 (D)

空格前的連接詞 as（在做～的同時、一邊～）表示兩個子句的內容是同時進行的，而主句的前半內容是在「呼籲大家參與工作坊活動」，由此可推知 as 子句所指亦為未來之事。依據文法規則，在**表時間的副詞子句**中，表未來的動作也須**使用現在式**，而因主詞 she 為第三人稱單數，故 (D) demonstrates（示範）為正解。

TEX's notes

其他可作為連接詞以建立「表時間的副詞子句」者，還有 when、before、after、once、until、by the time、as soon as 等。

譯 敬請參加 11 月 12 日的工作坊，於繪畫大師 Claudia Morales 示範壓克力風景畫的同時向她學習。

0406 **60.** 答案 (D)

空格前之關係副詞 where 後面須連接要素齊備的子句，換言之，空格處應填入對應 where 子句之主詞 his schedule（**單數名詞**）的述語動詞，而因空格後列舉了幾個作為受詞的名詞，所以答案是表第三人稱單數現在式之主動語態的 (D) includes（包括）。(A) include 為原形動詞，(B) is included 為被動式，(C) including 則為現在分詞或動名詞（亦可作介系詞用）。

譯 本月稍晚的時候，Schmidt 先生將前往德國漢堡，而他在那裡的行程包括與客戶開會、記者招待會，以及與市長的晚餐。

61. Earlier this year, the International Wilderness Conservation Society
------- over 10,000 species for their ability to survive climate change.

(A) evaluates
(B) evaluated
(C) has evaluated
(D) will evaluate

62. Mr. Wood predicts the construction cost for the new city library -------
the budget approved by the city.

(A) has surpassed
(B) will surpass
(C) surpass
(D) surpassing

63. The agreement that was reached ------- the company to continue
selling products featuring the characters from a popular cartoon.

(A) allow
(B) allowable
(C) allowing
(D) allowed

64. Once all entries have been submitted, Daniel Miller, the advertising
director, ------- the winning slogan.

(A) choose
(B) has chosen
(C) was choosing
(D) will choose

65. As of tomorrow, new security procedures will ------- to minimize the
number of staff with access to confidential data files.

(A) be implemented
(B) implementing
(C) implements
(D) have implemented

0407

61.   答案 **(B)**

本題四選項皆爲主動式，且主・述一致，因此關鍵在於「**時態**」。由於句首的 Earlier this year（今年稍早的時候）是「**過去的時間點**」，故空格內應填入過去式的 (B) evaluated（評估）。注意，現在完成式的選項 (C) has evaluated 是表從過去延續到現在的時態，不能與表過去的語句一同使用。另，(A) evaluates 爲第三人稱單數現在式，(D) will evaluate 則爲未來式。

譯▶ 今年稍早的時候，國際荒野保護協會針對一萬多物種在氣候變化中的生存能力做了評估。

註▶ conservation **名**（對自然資源的）保護、管理   evaluate **動** 評估～；鑑定～

0407 ▼ 0411

0408

62.   答案 **(B)**

本句在 Mr. Wood predicts 之後爲省略連接詞 that 的名詞子句，而空格處需要的是該子句的**述語動詞**。因爲主要動詞 predict（預料～、預言～）是**表對將來之預測**，所以答案就是未來式的 (B) will surpass（將超過）。(A) has surpassed 爲現在完成式，(C) surpass 是原形動詞，(D) surpassing 則爲現在分詞或動名詞。

譯▶ Wood 先生預估新的市立圖書館的建設成本將超過市府所批准的預算。

0409

63.   答案 **(D)**

空格前的 that was reached（被達成了）爲關係子句，用來修飾其先行詞 The agreement，而解題關鍵就在於是否能看出此結構。空格處須填入主要子句之**述語動詞**，而由於主要子句之主詞 The agreement 爲第三人稱單數，因此只有過去式的 (D) allowed 可維持主・述一致。(A) allow（允許）是原形動詞，(B) allowable（可允許的）爲形容詞，(C) allowing 爲 (A) 之現在分詞或動名詞。

譯▶ 該項達成了的協議允許該公司繼續販售以一部流行卡通的角色爲主打特色之產品。

註▶ reach **動** 達成（協議等）

0410

64.   答案 **(D)**

由連接詞 Once（一旦～就～）所引導之子句是**表時間的副詞子句**，雖然時態爲現在完成式，但卻是**未來的條件**（因爲時間副詞子句必須以現在時態表未來）。綜合以上判斷，主句的動詞應採取**未來時態**，故正解爲 (D) will choose。(A) choose（選擇）是原形動詞，(B) has chosen 爲現在完成式，(C) was choosing 則爲過去進行式。

譯▶ 一旦所有參賽作品都提交後，廣告總監 Daniel Miller 便將選出勝出的標語。

註▶ slogan **名** 宣傳口號；廣告標語

0411

65.   答案 **(A)**

空格前有**助動詞 will**，可見空格處應填入**原形動詞**。由於 implement（實施）爲及物動詞，而空格後並無受詞，因此正解爲被動式的 (A) be implemented。(B) implementing 爲現在分詞或動名詞，(C) implements 爲第三人稱單數現在式，(D) have implemented 則爲現在完成式。

譯▶ 爲了將有權存取機密資料檔案的人員數減至最低，明天起將開始實施新的安全程序。

註▶ minimize **動** 將～減少到最低限度

66. A reminder about security was sent to staff after a document containing personal information ------- in a meeting room last week.

(A) left
(B) is being left
(C) was left
(D) has left

67. All successful candidates ------- a letter of acceptance within a week of their interview.

(A) sent
(B) sending
(C) will be sent
(D) have sent

68. The company announced the appointment of Mr. Ishikawa as the new CEO, hoping it ------- its falling share price.

(A) improve
(B) would improve
(C) was improved
(D) improving

69. A banquet will be organized for those who ------- in the project to celebrate its completion.

(A) involve
(B) are involving
(C) have involved
(D) have been involved

70. Mr. Yokoyama received a letter from a customer who ------- with the service offered at his café.

(A) was satisfied
(B) satisfies
(C) has satisfied
(D) satisfied

0412 **66.** 答案 (C)

連接詞 after 後的子句主詞是 a document，空格處則需要可對應此主詞的**述語動詞**，而由句末的 last week 此一表**過去**時間的詞語可知，該動詞須為過去式。又，因主詞 a document 和動詞 leave 之間具有「被留下」的被動關係，所以被動語態的 (C) was left 是正確答案。(A) left 為過去式或過去分詞，(B) is being left 為現在進行被動式，(D) has left 則為現在完成式。

譯 在上星期有個包含個人資訊的文件被留在會議室後，一則關於安全性的提示便被發送給了員工。

0413 **67.** 答案 (C)

句首主詞「所有通過的應徵者」是「被寄送」a letter of acceptance（錄取通知函）的一方，因此本題應選**被動式**的 (C) will be sent。(A) sent 為 send（寄送）之過去式或過去分詞，(B) 為其現在分詞或動名詞，(D) have sent 則為現在完成式。

譯 錄取通知函將在面試後的一週內寄送給所有通過的應徵者。

註 acceptance 名 接受；認可

0414 **68.** 答案 (B)

本句的 hoping 之後為省略了連接詞 that 的名詞子句，可見空格處應填入對應該子句主詞 it 的**述語動詞**。而由於空格後有**作為受詞之名詞** its falling share price，所以答案是主動式的 (B) would improve。(A) improve（改善）是原形動詞，(C) was improved 為過去被動式，(D) improving 則為現在分詞或動名詞。

譯 該公司宣布任命 Ishikawa 先生為新任執行長，希望這麼做能改善其下跌的股價。

0415 **69.** 答案 (D)

空格前的 those who 是指「做～的人們」，involve 則為表「牽涉（人）」之意的及物動詞。由於**空格後無受詞**，可見本題屬受詞〈人〉出現在先行詞位置的被動式。而四選項中唯一為被動式的是 (D) have been involved（曾被牽涉的、曾參與的）。(A) involve 是原形動詞，(B) are involving 為現在進行式，(C) have involved 則為現在完成式。

譯 為了慶祝專案的完成，將為那些曾參與專案的人員舉辦一場宴會。

註 completion 名 完成；結束

0416 **70.** 答案 (A)

由於空格前之關係代名詞 who 的先行詞 a customer 是「被服務所滿足」的一方，故本題應選唯一為**被動式**的選項 (A) was satisfied。注意，satisfy 是表「使～滿足」之意的及物動詞，因此空格後無作為受詞之名詞存在這點亦為解題線索之一。(B) satisfies 為第三人稱單數現在式，(C) has satisfied 為現在完成式，(D) satisfied 則為過去式或過去分詞。

譯 Yokoyama 先生收到了一位對他的咖啡廳所提供之服務感到滿意的顧客來函。

71. The new CEO ------- by analysts and investors for quickly turning around his company's mobile phone business.

(A) praises
(B) has praised
(C) has been praising
(D) has been praised

72. All of the statistics published in the report ------- by experts from the University of Hartford.

(A) were verified
(B) has verified
(C) verifying
(D) verified

73. The priority of the fire department ------- the highest level of service to the citizens of Brewster and surrounding areas.

(A) provide
(B) is provided
(C) is to provide
(D) will have provided

74. Ms. Thomas is the author of *Small Business Survival*, a book ------- marketing strategies that help small businesses increase income.

(A) outline
(B) outlining
(C) outlined
(D) outlines

75. A team of the meteorologists led by Ms. Ida is ------- to providing accurate weather forecasts to the Kyoto area.

(A) dedication
(B) dedicating
(C) dedicated
(D) dedicate

0417 **71.** 答案 **(D)**

0417 ▼ 0421

四選項皆可作主詞 The new CEO 之述語動詞，且皆主‧述一致，又無表時間的詞語，因此本題應從「**語態**」切入思考。由於**空格後不存在**及物動詞 praise（讚揚～）之**受詞**，而是接著表行爲執行者的〈**by＋人**〉形式，所以唯一的被動式 (D) has been praised 就是正確答案。(A) praises 爲第三人稱單數現在式，(B) has praised 爲現在完成式，(C) has been praising 則爲現在完成進行式。

譯 新任執行長因迅速扭轉其公司的手機業務而受到了分析師與投資者的讚揚。

0418 **72.** 答案 **(A)**

這題的空格處需要主詞 All of the statistics（所有的統計數據）之述語動詞（published 爲過去分詞，從後方修飾主詞）。verify 是表「證實～」之意的**及物動詞**，而主詞「所有的統計數據」是「被證實」的一方，因此被動式的 (A) were verified 爲正解。另，空格後無受詞，而是接著表行爲執行者的〈**by＋人**〉形式這點，亦是解題線索之一。

譯 公布於該報告中的所有統計數據均經 Hartford 大學的專家們驗證過。

註 statistics **名** 統計（的數據）；統計學

0419 **73.** 答案 **(C)**

空格處應填入可對應 The priority 此**第三人稱單數形**主詞的述語動詞，而因其**後有作爲受詞的名詞**存在，可見本句應採取主動語態。而在符合上述兩條件的 (C)、(D) 兩個選項中，選擇 be 動詞 is 後接表目的之不定詞的 (C) is to provide（是要提供～）文意才通順。未來完成式的 (D) will have provided 則意思不通，時態也不符。另，(A) provide（提供）是原形動詞，(B) is provided 則爲被動式。

譯 消防局的首要任務是爲 Brewster 及其周邊地區的居民提供最高水準的服務。

0420 **74.** 答案 **(B)**

從句首至逗號爲止就已是個完整句子，之後的部分是在補充說明「書」的內容。只要在空格處填入現在分詞 (B) outlining（概述～），便可連同受詞 marketing strategies 形成**修飾 a book 的形容詞片語**。(A) outline 是原形動詞，(C) outlined 爲過去式或過去分詞，(D) outlines 則爲第三人稱單數現在式。

譯 Thomas 女士是《Small Business Survival》一書的作者，而該書概述了幫助小型企業增加收入之行銷策略。

0421 **75.** 答案 **(C)**

dedicate 爲及物動詞，而 dedicate X to Y 指「把 X 奉獻給 Y」之意，但由於**空格後無受詞**，可見本句爲受詞出現在主詞位置的**被動語態**，故應選過去分詞選項 (C) dedicated。be dedicated to doing（致力於～、專注於做～）爲多益常考句型之一。注意，此處的 to 是介系詞，而非不定詞的 to。）另，(A) dedication（奉獻）爲名詞，(B) dedicating 爲動詞 (D) dedicate 的現在分詞或動名詞。

譯 由 Ida 女士所領導的氣象學家團隊致力於爲京都地區提供準確的氣象預報。

註 meteorologist **名** 氣象學家

76. According to traffic updates, all flights ------- from Haneda have been delayed due to the inclement weather.

(A) originating
(B) are originating
(C) originate
(D) will originate

77. Turner Hospital has established a good reputation and has been highly ------- for the professional conduct of its employees.

(A) recommend
(B) recommends
(C) recommended
(D) recommending

78. Visitors who do not have access to the Internet from home can ask that documents ------- for them at the circulation desk.

(A) print
(B) printed
(C) be printed
(D) printing

79. Many businesses use online documents, which can be ------- from anywhere by employees, who are given usernames and passwords.

(A) access
(B) accessed
(C) accessibly
(D) accessing

80. The manager makes a point of testing all food ------- at the restaurant to ensure quality.

(A) serve
(B) serves
(C) serving
(D) served

[0422]
▼
[0426]

[0422] **76.**　　　　　　　　　　　　　　　　　　　　　答案 **(A)**

空格前的 all flights 為主詞，後方的 have been delayed 是述語動詞，而能夠用來結合空格後之 from Haneda 並形成**修飾主詞之形容詞片語**的只有現在分詞 (A) originating（來自～）。(B) are originating 為現在進行式，(C) originate 是原形動詞，(D) will originate 則為未來式。

TEX's notes

　　　　　　　　　　　　　　修飾
▼　　┌──────────┐
all flights originating from Haneda **have been delayed** ...
[S]　　〔形容詞片語〕　　　　　　[V]

譯 ▶ 根據最新的交通資訊，由於天候惡劣，所有來自羽田的航班都已延遲。
註 ▶ inclement 形（天候）惡劣的　　originate 動 來自～

[0423] **77.**　　　　　　　　　　　　　　　　　　　　　答案 **(C)**

可與空格前的 be 動詞 been 結合的只有過去分詞 (C) 或現在分詞 (D)。recommend 是表「推薦～」之意的及物動詞，而由於**空格後無名詞，可見題目為受詞出現在主詞位置的被動語態**，因此本題選過去分詞 (C) recommended。(A) recommend 是原形動詞，(B) recommends 則為第三人稱單數現在式。

譯 ▶ Turner 醫院已建立良好的聲譽，且因其員工的專業表現而受到高度推薦。
註 ▶ reputation 名 名聲；聲譽　　conduct 名 行為；表現

[0424] **78.**　　　　　　　　　　　　　　　　　　　　　答案 **(C)**

在 ask 這類**表要求之意的動詞後的 that 子句中，述語動詞須使用原形**，而因 that 子句的主詞 documents（文件）是「被列印」的一方，由此判斷本題應選**被動語態**，所以答案是 (C) be printed。(A) print（列印）是原形動詞，(B) printed 為過去式或過去分詞，(D) printing 則為現在分詞或動名詞。

譯 ▶ 無法從家中上網的訪客可於借還書櫃檯要求替他們列印文件。
註 ▶ circulation 名 循環；（圖書館的）借還書籍

[0425] **79.**　　　　　　　　　　　　　　　　　　　　　答案 **(B)**

由於空格前之關係代名詞 which 的先行詞 online documents 是「被員工存取」的一方，因此正解為可與 be 動詞形成**被動語態**之過去分詞 (B) accessed。而 (C) accessibly（可接近地）是副詞，(D) accessing 則為動詞 (A) access（存取〔電腦資料〕）之現在分詞或動名詞。

譯 ▶ 許多企業都使用線上文件，而被授予了使用者名稱及密碼的員工可在任何地方存取文件。

[0426] **80.**　　　　　　　　　　　　　　　　　　　　　答案 **(D)**

空格前為 SVO 形式的完整句子，因此空格及其後之 at the restaurant 應為 all food 的修飾語，而因食物是在餐廳「被供應」的一方，故本題選過去分詞 (D) served。(A) serve（供應～、服務～）是原形動詞，(B) 為第三人稱單數現在式，(C) 則為現在分詞或動名詞。注意，本句中的 make a point of *doing* 指「特意做～、將做～視為必要」之意。

譯 ▶ 經理特意嘗試餐廳供應的所有食物以確保品質。

81. Ms. Zhao should ------- that she was required to speak at a training seminar, but only found out on the day.

(A) inform
(B) be informed
(C) have been informed
(D) have informed

82. Steven Holloway's rendition of *Starry Night* at the open air concert was stellar, ------- the event organizers and audience members alike.

(A) delighting
(B) delight
(C) delighted
(D) delights

83. Employees should use the elevators at the rear entrance while the ones in the lobby -------.

(A) fixes
(B) are fixing
(C) have fixed
(D) are being fixed

84. An organizing committee was assembled to arrange a farewell party for Bruce Marshal, who is ------- in May.

(A) retired
(B) retiree
(C) retirement
(D) to retire

85. The event organizer announced that those who had bought tickets for the canceled performance would have their money -------.

(A) refunded
(B) refund
(C) refunding
(D) to refund

0427

0427
▼
0431

0427 **81.** 　　　　　　　　　　　　　　　　　　　　　　　答案 **(C)**

助動詞 should 之後使用完成式可用來表「過去應做而未做之事」，而因本句**受詞〈人〉出現在主詞位置的被動語態**，故本題選完成被動的 (C) have been informed。(A) inform（告知）是原形動詞，(B) be informed 為被動式，(D) have informed 則為現在完成式。

譯 趙女士本來應該被告知她必須在培訓研討會上發言，但她卻是當天才知道。

0428 **82.** 　　　　　　　　　　　　　　　　　　　　　　　答案 **(A)**

從句首至逗號為止就已是個完整句子，逗號之後應為作副詞用之**分詞構句**。由於**空格後有作為受詞的名詞存在**，故表主動意涵的**現在分詞** (A) delighting 是正確答案。(B) delight 是及物動詞，表「使～高興」之意；(C) delighted 為過去式或過去分詞，(D) delights 則為第三人稱單數現在式。

譯 Steven Holloway 在露天音樂會上演奏的《Starry Night》非常精彩，使得活動主辦單位和觀眾都很開心。

註 rendition 名 演奏；表演　　stellar 形 非常精彩的

0429 **83.** 　　　　　　　　　　　　　　　　　　　　　　　答案 **(D)**

接在連接詞 while 後之子句裡的主詞 the ones 指的是 the elevators，而空格處需要可對應之述語動詞。因電梯是「被修理」的一方，因此正解為四選項中唯一屬被動式的 (D) are being fixed。另，(A) fixes 為第三人稱單數現在式，(B) are fixing 為現在進行式，(C) have fixed 則為現在完成式。

譯 大廳電梯修理期間，員工應使用位於後方入口處的電梯。

0430 **84.** 　　　　　　　　　　　　　　　　　　　　　　　答案 **(D)**

四選項中可與前方 **be 動詞 is** 結合以表達符合前後文邏輯之意義的只有**不定詞** (D) to retire。（*be* to 指「預定要～、即將～」。）(A) retired 為過去式或過去分詞，(B) retiree（退休人員）是名詞，(C) retirement（退休）亦為名詞。

譯 組織委員會被召集起來幫即將於五月份退休的 Bruce Marshal 安排一場歡送宴會。

0431 **85.** 　　　　　　　　　　　　　　　　　　　　　　　答案 **(A)**

refund 是及物動詞「退還（款項）～」之意，由於和前方的 their money 之間具有「被退還」的**被動關係**，所以正確答案是過去分詞 (A) refunded。注意，have *X done* 指「使 X 被～」，若為主動關係，則採取 have *X do* 的形式。

譯 活動主辦單位宣布，那些已購買那場被取消之演出的門票者將能獲得退款。

第 **2** 章　動詞題

> No. 82 題目句中的 stellar 是從 star（星星）的形容詞「星星的」之意衍生而來，具有「（表演、業績或作品等是）閃亮美好的」這種意義。

86. Before ------- to the factory, each component is carefully checked for imperfections by quality control staff hired by the supplier.

(A) deliver
(B) being delivered
(C) delivered
(D) having delivered

87. In celebration of Wonder Words Festival, the library ------- a traveling exhibit of miniature books at the beginning of next month.

(A) hosted
(B) is hosting
(C) will be hosted
(D) had been hosting

88. Employees must shut down their computers, printers, and other electronic devices when ------- the office for the day.

(A) leave
(B) leaves
(C) left
(D) leaving

89. The opening of the concert hall ------- until a thorough safety inspection has been carried out.

(A) delay
(B) to delay
(C) has been delayed
(D) will be delaying

90. ------- about 20 kilometers from the city center is the Benin City Airport.

(A) Situates
(B) Situated
(C) Situating
(D) Situation

[0432] **86.** 　　　　　　　　　　　　　　　　　　　　　　　　　　　 答案 (B)   [0432] ▾ [0436]

本題介系詞 Before 後方須接**作為受詞的動名詞**，而因主詞 component（零件）是「被運送」的一方，所以答案就是被動式的動名詞 (B) being delivered。(A) deliver（運送）是原形動詞，(C) 為其過去式或過去分詞，(D) having delivered 則為完成式之動名詞。

譯 在被運送至工廠前，每個零件都會由供應商所雇用的品管人員仔細檢查有無瑕疵。

註 imperfection 名 瑕疵；缺點

[0433] **87.** 　　　　　　　　　　　　　　　　　　　　　　　　　　　 答案 (B)

由於句末有**表未來時間點**的 at the beginning of next month（下個月初），因此唯有可表未來的 (B) 或未來式的 (C) 可選。而因**空格後有作為受詞的名詞** a traveling exhibit（巡迴展），故可知本句應採取主動語態。正解為 (B) is hosting。注意，〈be 動詞＋現在分詞〉的形式可用以表確定的未來、預定。

TEX's notes

> 以現在進行式表確定的未來、預定時，隱含著「現在已在進行具體的準備工作」之語意。

譯 為了慶祝 Wonder Words Festival，圖書館將於下個月初舉辦一次小型圖書的巡迴展。

[0434] **88.** 　　　　　　　　　　　　　　　　　　　　　　　　　　　 答案 (D)

連接詞 when 之後並沒有主詞，故應將之視為 when (they are) ------- the office ... 這樣**省略**〈**主詞＋be 動詞**〉的形式（發生於兩個子句的主詞相同時）。而由於空格後的 the office 為受詞，因此表主動的現在分詞 (D) leaving 為正解。(A) leave（離開）是原形動詞，(B) 為其第三人稱單數現在式，(C) 則為其過去式或過去分詞。

譯 員工在下班離開辦公室時，必須關閉電腦、印表機及其他電子設備。

[0435] **89.** 　　　　　　　　　　　　　　　　　　　　　　　　　　　 答案 (C)

delay 是及物動詞，表「使～延遲」之意（作不及物動詞用的「拖延」之意與本句文意不符）。由於**空格後無作為受詞的名詞**，因此本題選被動式（現在完成被動）的 (C) has been delayed。另，(A) delay 是原形動詞，(B) 為不定詞，(D) will be delaying 則為未來進行式。注意，在本句表時間的 until 子句中是以現在完成式替代未來完成式。

譯 該音樂廳的開幕已被延後至徹底的安全檢查完成為止。

[0436] **90.** 　　　　　　　　　　　　　　　　　　　　　　　　　　　 答案 (B)

本句為了強調地點將主詞（機場）移至句尾，形成倒裝句型。將之恢復成 The Benin City Airport⒮ is ------- about 20 kilometers ... 此形式來思考得知，只要填入及物動詞 situate（使～位於）的過去分詞 (B) Situated，即可形成通順文意。注意，be situated 指「位於～」之意。(A) Situates 為第三人稱單數現在式，(C) Situating 為現在分詞或動名詞，(D) Situation（形勢）則為名詞。

譯 位於距市中心約二十公里處的是 Benin City 機場。

掌握正解之鑰【動名詞特徵】

　　以第 1 章的題目作為參考，在此將動名詞的基本特性整理如下。

◎ 同時具備「動詞」和「名詞」的功用

[0123] ------- of your order will be sent within 24 hours to the e-mail address you have provided.

　　(A) Confirmation　　(B) Confirms　　(C) Confirmed　　(D) Confirming

confirm 是表「確認～」之意的及物動詞，使用上須伴隨受詞。正如其名，同時擁有「動詞」和「名詞」功用的叫作「動」「名」詞，因此及物動詞的動名詞就像 Thank you for **confirming** <u>your order</u>. 這樣，不可缺漏受詞。而這題的空格後沒有受詞，又接著介系詞 of，若選動名詞 (D) 就文法而言並不恰當。

◎ 須以副詞修飾

[0021] Dream Painting Ltd. is a painting contractor with a solid reputation for ------- completing projects by tight deadlines.

　　(A) success　　(B) successful　　(C) successfully　　(D) succeed

動名詞雖具有名詞的作用，但不能以形容詞修飾。動名詞和分詞原本都是動詞，皆須由副詞來修飾，故這題要選可修飾空格後之動名詞 completing 的副詞 (C) successfully。

◎ 不加冠詞

[0057] Buy one of our surfboards and get a free ------- to *Surfing Life* magazine.

　　(A) subscription　　(B) subscribe　　(C) subscribed　　(D) subscribing

動名詞就像 I am interested in **subscribing** to the magazine. 這樣，原則上以單數形式使用，不加冠詞（a / an / the）。這題的空格前有冠詞和形容詞，故就文法而言選動名詞 (D) 並不恰當（也不符文意）。

　　以上是解題的基本原則，但就如 the safe lifting of patients（病患的安全抬起），當動名詞失去了動詞之作用而被名詞化時，就會和名詞一樣加上冠詞或形容詞（請參考 [0327]）。

　　在詞性題中，經常出現基於「雖為及物動詞卻沒有受詞」、「附有形容詞或冠詞」等文法上的理由，導致正解非動名詞的案例。故請注意，勿單憑「直覺」或「感覺」就急於選擇動名詞選項作為答案。

介系詞 or 連接詞題

【介系詞 or 連接詞題】是每次都會出現的經典題型之一。

奪分關鍵在於要能正確理解介系詞和連接詞的差異，
並且要具備讀取文句脈絡的能力。

由於會出現於考題的介系詞、連接詞在某種程度上是固定的，
因此讓我們先釐清這部分，再開始練習解題。

題數
67

題目序號

0437 ～ 0503

第3章 【介系詞 or 連接詞題】解題策略

　　此類問題爲 Part 5 的固定題型之一，特徵在於選項所列的皆爲介系詞（如 despite、because of、due to 等）和連接詞（如 although、because、as soon as 等），應試者必須從中選出在文法及意義上正確的介系詞或連接詞。在解這種類型的題目時，請採取下列 2 個步驟。

1 確認空格後的形式

若空格後接的是名詞或名詞片語，就選介系詞；若接的是子句（SV），就選連接詞。

2 思考文句脈絡通順與否

根據詞性篩選了四選項之後，再依句子所要表達的意思，選出可自然、合理地連接前後的選項。

接著就讓我們一邊解答例題，一邊分析要點。

例 題   0437

[0437] 請從 (A) ～ (D) 選出一個最適合填入空格的詞語。

------- the Harbor Continental Hotel has been open for only two months, it has already become very popular among business travelers.

(A) Although
(B) Despite
(C) Nevertheless
(D) Because

基本解題法

① 查看選項

快速掃瞄題目，判斷出是屬於【介系詞 or 連接詞】類型後，接著確認四選項之詞性。(A)、(D) 是連接詞，(B) 是介系詞，(C) 是副詞。

② 確認空格後的形式

自空格後至逗號為止的部分，和逗號以後的部分，皆為包含主詞（S）和述語動詞（V）的子句（SV）。

     ------- the Harbor Continental Hotel has been open ... ,
               S   V   C

     it has ... become ... popular ... .
     S   V   C

而可連接兩個子句的是連接詞，因此選項中只有 (A)、(D) 可能是正確答案，介系詞 (B) 和副詞 (C) 均可排除。

③ 思考文句脈絡通順與否

可能的連接詞選項意思分別為 (A)「雖然～」、(D)「因為～」。這題第一個子句的意思是「Harbor Continental 飯店才開幕兩個月」，第二個子句的意思則為「它已經非常受商務旅客歡迎」。在此要考慮的是以何者來連接這兩個內容最恰當。基於「才開兩個月，但卻受歡迎」的文意較自然通順，判斷本題選 (A) Although 最合適。

答案 (A)

譯 雖然 Harbor Continental 飯店才開幕兩個月，卻已在商務旅客之間變得非常受歡迎。

基本的解答步驟就如上述。最重要的是必須正確理解介系詞和連接詞之後「應接什麼」，以及其後接著什麼樣的內容。

介系詞、連接詞、副詞的差異

1️⃣ **介系詞：後面接名詞或名詞片語**

① 〈介系詞＋名詞, Ⓢ Ⓥ.〉　　**Despite** <u>the rain</u>, Tex went out.

② 〈Ⓢ Ⓥ 介系詞＋名詞.〉　　Tex went out **despite** <u>the rain</u>.

2️⃣ **連接詞：後面接子句（SV）**

① 〈連接詞＋ Ⓢ Ⓥ, Ⓢ Ⓥ.〉　　**Although** <u>it was raining</u>, Tex went out.

② 〈Ⓢ Ⓥ＋連接詞＋Ⓢ Ⓥ.〉　　Tex went out **although** <u>it was raining</u>.

3️⃣ **副詞：不具連接功能**

① 〈副詞, Ⓢ Ⓥ.〉　　**Luckily**, Tex passed the test.

② 〈Ⓢ ＋副詞＋Ⓥ.〉　　Tex **recently** went to Osaka.

③ 〈Ⓢ Ⓥ 副詞.〉　　Tex solved the problem **easily**.

④ 〈Ⓢ Ⓥ. 副詞, Ⓢ Ⓥ.〉　　Tex is poor. **However**, he is happy.

最重要的關鍵點為，介系詞是「後接名詞」，連接詞則用來「連接子句」。而 however（然而）及 therefore（因此）等副詞可連接兩個句子的文意，但無法連接單一句子裡的子句。

〔○〕　Tex is poor. **However**, he is happy.

〔×〕　Tex is poor, **however**, he is happy.

〔○〕　Tex won. **Therefore**, he is happy.

〔×〕　Tex won, **therefore**, he is happy.

常見的出題組合

請看例題的選項 (A) 和 (B)，although 與 despite。兩者雖詞性不同（分別為連接詞和介系詞）但皆為「雖然～、儘管～」之意。在多益測驗的考題中，像這種意義類似的介系詞、連接詞組合題經常出現。以下整理出常見的出題組合，供讀者參考。

意思	介系詞	連接詞
在～期間；當～時	during	while
因為～；由於～	because of	because
	due to	since
雖然～；儘管～	despite	although
		though
	in spite of	even though

多益考題高頻連接詞

when	當～時
while	當～的時候；然而～
as soon as	一～就～
once	一旦～
if	如果～
unless	除非～
because	因為～
now that	既然～
so that	以便～；為的是～
though / although	雖然～；儘管～
even though	雖然～；縱使～
whenever	每當～
even if	即使～
provided that	倘若～；以～為條件

同時具有介系詞和連接詞兩種用法的單字

單字	介系詞	連接詞
before	在～之前	在 S 做 V 之前
after	在～之後	在 S 做 V 之後
until	直到～	直到 S 做 V 為止
since	自從～	由於 S 做 V
		自從 S 做了 V

介系詞 or 連接詞題基本演練

請一邊觀察空格後的形式，一邊用介系詞／連接詞填空，以形成如下各中文句子的意思。（列出第一個字母作為提示；答案在次頁底）

1. We did not go out yesterday <u>b</u>   it was windy.
因為風大，所以我們昨天沒出去。

2. We did not go out yesterday <u>b</u>   the strong wind.

3. We did not go out yesterday <u>d</u>   the strong wind.
由於有強風，因此我們昨天沒出去。

4. <u>W</u>   she was out, someone went into her room.
在她外出期間，有人進入她的房間。

5. <u>D</u>   her absence, someone went into her room.
當她不在時，有人進入她的房間。

6. <u>A</u>   it was foggy, we went for a walk.

7. <u>E</u>   <u>t</u>   it was foggy, we went for a walk.
雖然有霧，我們還是去散步了。

8. <u>D</u>   the fog, we went for a walk.
儘管有霧，我們還是去散步了。

9. I've known Tex s_____ he was born.

自 Tex 出生，我就認識他了。

10. I've been waiting here s_____ three o'clock.

我從三點起就一直在這裡等。

11. A_____ _____ _____ Tex arrives, we will leave.

12. O_____ Tex arrives, we will leave.

Tex 一到，我們就離開。

第 **3** 章　介系詞 or 連接詞題

總　結

☐ 確認空格後的形式

- **若為名詞或名詞片語 ➡ 填入介系詞**
- **若為子句（SV）➡ 填入連接詞**

☐ 思考文句脈絡通順與否

- 確認名詞與句子（介系詞時）、子句與子句（連接詞時）之文意脈絡，選擇接起來意思最自然的選項
- 注意同義的介系詞和連接詞
- 也要留意同時具有介系詞和連接詞兩種用法的字詞

從下頁起為練習題。請試著應用在此環節學到的解題法。

〔前頁練習題解答〕

1. because（連）　**2.** because of（介）　**3.** due to（介）　**4.** While（連）　**5.** During（介）
6. Although（連）　**7.** Even though（連）　**8.** Despite（介）　**9.** since（連）
10. since（介）　**11.** As soon as（連）　**12.** Once（連）

◎ 請從 (A) ～ (D) 選出一個最適合填入空格的詞語。

1. ------- a recent survey, the top characteristics of effective managers include adaptability and sensitivity.

(A) According to
(B) When
(C) In case
(D) Since

2. ------- you finish writing your report, please e-mail it to Ms. Garcia, one of the seminar instructors.

(A) As well as
(B) In addition to
(C) As soon as
(D) In regard to

3. We thank you for your order ------- regret to advise that it cannot be processed because the items are currently out of stock.

(A) or
(B) but
(C) whether
(D) either

4. Customers must show proof of identification ------- opening a new account with the Banana Bank.

(A) when
(B) because
(C) then
(D) so that

0438
0441

> 別忘了，空格後接名詞的話選介系詞，後接子句（SV）的話就選連接詞！

0438 1. 答案 **(A)**

可正確**連接空格後之名詞** a recent survey（最近的一項調查）的是**介系詞**，而四選項中為介系詞的只有 (A) According to（依據～）。另，(B) When（當～時）和 (C) In case（以防萬一～）皆為連接詞，須連接子句和子句；(D) Since 雖同時具有連接詞「自從～、由於～」和介系詞「自從～」兩種用法，但作為介系詞使用時，須像 since yesterday（從昨天起）這樣，其後應接「過去的起點」。

譯 根據最近的一項調查，有效管理者的主要特質包括適應能力與敏感度。

註 adaptability 名 適應性　　sensitivity 名 敏感度

0439 2. 答案 **(C)**

題目的整體句型為〈------- S V, S V.〉，可見空格處應填入用來**連接兩個子句的連接詞**。四選項中為連接詞的只有 (C) As soon as（一～就～）。另，(A) As well as 是介系詞，以 X as well as Y（X 以及 Y）之形式連接兩名詞；而 (B) In addition to（除了～之外）和 (D) In regard to（關於～）亦皆為介系詞，後面要接名詞。

譯 您一寫完報告，就請用電子郵件寄給研討會講師之一的 Garcia 女士。

0440 3. 答案 **(B)**

空格前為「感謝下單」（正向的內容），空格後為「缺貨通知」（負面的內容），亦即空格前後的**語意相反**，而能順暢地連接這兩個子句的就是具**逆接**功能的連接詞 (B) but（但是）。（but 後省略了 we。）另，(A) or（或）不符文意，(C) whether 是表「不論～、是否～」之意的連接詞，(D) either（二者中任一）則常以 either X or Y（不是 X 就是 Y）的形式出現。

譯 我們感謝您的訂單，但很遺憾要告知您，由於該商品目前缺貨，因此您的訂單無法處理。

註 advise 動 忠告；告知

0441 4. 答案 **(A)**

可連接子句的連接詞選項有 (A) when、(B) because 和 (D) so that。由於 (A) when 具有當兩個子句主詞相同時，**可省略**接 when 之後的〈**主詞＋ be 動詞**〉之特性，因此本題空格後的 opening a new account 可視為 when (customers are) opening a new account 之省略式，表達「當顧客開新帳戶時」，文意通順，故正解為 (A)。至於 (B)「因為～」和 (D)「以便～」皆無法採取此形式，必須連接完整的句子才行。另，(C) then（那時、然後）則是副詞，不具連接功能。

TEX's notes

〈主詞＋ be 動詞〉的省略用法除了 when 之外，也常見於 while 所引導之子句。這點非常重要，請務必牢記。

譯 在 Banana 銀行開新帳戶時，顧客必須出示身份證明。

5. The Skyway Bridge will be closed for roadwork on Friday, ------- commuters should consider other means of transportation.

(A) when
(B) so
(C) though
(D) unless

6. ------- Dr. Martin expected his patients to take advantage of the extended office hours, but they actually preferred earlier appointments.

(A) Although
(B) In light of
(C) Despite
(D) At first

7. A recent survey indicates ------- 47 percent of travelers do not get enough sleep on business trips.

(A) that
(B) what
(C) which
(D) so

8. All city bus passengers should exit through the rear door, ------- passengers with small children and strollers.

(A) even though
(B) furthermore
(C) in spite of
(D) except

0442 **5.** 答案 (B)

四選項皆爲連接子句與子句的連接詞，故須考慮空格**前後文之脈絡**。由於空格前爲「Skyway Bridge 預計將於週五封閉」的「通知」，空格後則爲隨之提供的「通勤者請考慮其他交通方式」這種「建議」，若將 (B) so（因此）塡入空格即可形成通順文意。而 (A) when（當～時）、(C) though（雖然～）、(D) unless（除非～）都無法構成合理的句意邏輯。

譯 Skyway Bridge 將於週五因道路工程而封閉，故通勤及通學者應考慮其他交通方式。

註 commuter **名** 通勤；通學的人　　means **名** 手段；方法

0443 **6.** 答案 (D)

首先要掌握〈------- Ⓢ Ⓥ, but Ⓢ Ⓥ〉此全句結構。由於**連接詞 but** 已存在，即使去掉空格部分句子依舊完整，可見空格處應塡入修飾語，故本題選**副詞選項** (D) At first（起初、一開始）。而連接詞 (A) Although（雖然～）後面雖應接子句（SV），但由於句中**已有 but**，因此不適當。另，(B) In light of（有鑑於～）和 (C) Despite（儘管～）皆爲介系詞，其後須接名詞。

TEX's notes

> 像這種看似應選【介系詞 or 連接詞】實際上正確答案卻是副詞的模式也曾出現過，請務必小心。

譯 起初 Martin 醫師希望他的病人能夠利用延長的門診時間，但他們實際上較偏好預約較早的看診時間。

0444 **7.** 答案 (A)

空格後的子句 47 percent of travelers ... on business trips 非常完整，由此可推知，正解爲無眞正意涵之純連接詞選項 (A) that。注意，由 that 引導名詞子句時，that 可省略。至於 (B) what 雖可作爲關係代名詞來建立名詞子句，形成 indicate 的受詞，但後面應連接缺少主詞或受詞的內容；而 (C) which 作爲關係代名詞使用時，須有先行詞。另，(D) so 爲對等連接詞，指「所以」，完全與句意邏輯不相符，故不選。

譯 最近的一項調查顯示，47% 的旅客在出差時無法獲得足夠的睡眠。

0445 **8.** 答案 (D)

本題整體句型爲〈Ⓢ Ⓥ, ------- 名詞.〉，由此判斷空格處需要可**將名詞與前方子句連結的介系詞**，所以可能是答案的選項有 (C) in spite of 和 (D) except。而由空格前描述「從後門下車」之規則，空格後提及「攜帶幼兒或嬰兒車的乘客」可推知，若塡入 (D) except（除了～之外），便可使空格後的部分成爲相對於**規則**的**例外**，文意通順故正確。而 (C)「儘管～」則意思不通。另，(A) even though（縱使～）是連接子句的連接詞，(B) furthermore（再者、而且）則爲不具連接功能的副詞。

譯 所有搭市營公車的乘客均應由後門下車，除了攜帶幼兒和嬰兒車的乘客外。

第 **3** 章 介系詞 or 連接詞題

◎ 請以每題 20 秒的速度為目標作答。

1. Currently, the Tokyo Central Bank has overseas branches in the UK, Hong Kong, ------- China.

(A) and
(B) if
(C) such
(D) but

2. Apple Hills residents are encouraged to renew their driver's licenses online ------- they have already expired.

(A) whether
(B) so
(C) unless
(D) due to

3. Jackets are required for club members in the main dining room ------- casual dress is acceptable in all other areas of the club.

(A) during
(B) what
(C) such
(D) while

4. ------- she has already proved herself a versatile actress, Helen Kuroshima continues to study to develop her acting style.

(A) Not only
(B) Although
(C) Despite
(D) Consequently

5. With the exception of a few pavilions, all are slated for removal or demolition ------- the trade show closes on October 31.

(A) after
(B) either
(C) due to
(D) during

0446 1. 答案 (A)

於空格處填入**對等連接詞** (A) and 後，便形成 in X, Y, and Z 之形式，並建構介系詞 in 的三個名詞受詞（XYZ）並列之平行結構，故選為正解。(B) if 是後面須連接子句的連接詞；(C) such 是不具連接功能的形容詞；(D) but 為對等連接詞，用來連接前後對立之內容，在此意思不通。

譯▶ 目前，東京中央銀行在英國、香港和中國皆設有海外分行。

0447 2. 答案 (C)

本題空格內應填入**連接前後子句的連接詞**。由於空格後列出了沒必要在線上更新駕照的例外條件，故在連接詞選項 (A) whether、(B) so、(C) unless 中，應選可形成通順文意的 (C) unless（除非～）。而 (A)「是否～」和 (B)「因此～」都意思不通。另，(D) due to（由於～）則為介系詞。

譯▶ 我們鼓勵 Apple Hills 的居民們上網更新駕照，除非駕照已過期。

0448 3. 答案 (D)

空格前後各有一個子句，可見應填入連接子句的**連接詞**，而四選項中為連接詞的只有 (D) while。（注意，在本句中 while 指「然而」，用來連接兩個對比的內容。）另，(A) during（在～期間）是介系詞，其後須接名詞。(B) what 是關係代名詞，後接無主詞或受詞之結構，(C) such 則為不具連接功能的形容詞。

譯▶ 俱樂部會員在主餐廳內必須穿西裝外套，然而在俱樂部的所有其他區域皆可做休閒式的打扮。

0449 4. 答案 (B)

這題的空格處需要可**連接逗號前後子句的連接詞**，而四選項中為連接詞的只有 (B) Although（雖然～）。另，(A) Not only 應用於 not only X but (also) Y（不僅 X 而且 Y）的配對句型；(C) Despite 亦為「儘管～、雖然～」之意，但為介系詞，後應接名詞；(D) Consequently（結果）則為不具連接功能的副詞。

譯▶ 雖然 Helen Kuroshima 已經證明自己是一位多才多藝的女演員，但她依舊繼續學習以拓展自己的戲路。

註▶ versatile 形 多才多藝的

0450 5. 答案 (A)

空格前後皆為子句，故得知空格處需要可**連接兩個子句的連接詞**，而四選項中只有 (A) after（在～之後）可作連接詞用。（注意，after 也常以 after October 31 這樣的形式作為介系詞使用。）選項 (B) either 常見於 either X or Y（不是 X 就是 Y）的配對句型，(C) due to（由於～）和 (D) during（在～期間）則皆為介系詞，後接名詞而非子句。

譯▶ 除了幾個展館外，其他所有展館都預定在 10 月 31 日貿易展結束後搬遷或拆除。

註▶ exception 名 例外；除外　　pavilion 名 （博覽會的）展示館　　be slated for X 預定 X　　demolition 名 拆除

6. Smile Cable Television offers a variety of movie channels ------- local news and sports.

(A) always
(B) in case of
(C) in addition to
(D) next

7. Payroll procedure changed ------- the company merged with Olsson Corporation in July.

(A) when
(B) soon
(C) without
(D) between

8. Swallow Airways Flight 990 arrived at HwangBo International Airport on time ------- the adverse weather conditions.

(A) because
(B) even though
(C) now that
(D) despite

9. The workshop is expected to be well attended ------- we recommend that you make reservations in advance.

(A) for
(B) or
(C) so
(D) either

10. It is a good idea to limit your cover letter to a single page ------- that is not specifically indicated in the job advertisement.

(A) even if
(B) as though
(C) rather than
(D) so that

0451 **6.** 答案 **(C)**

可將空格後的**名詞連接**至空格前之**子句**的是**介系詞**，因此直接從介系詞選項 (B) in case of 和 (C) in addition to 中篩選，而可形成通順文意的 (C)「除了～之外」最適當爲正確答案。(B) 指的是「萬一」，意思不通。另，(A) always 是副詞，(D) next 是形容詞或副詞。

譯 除了當地的新聞和體育活動外，Smile 有線電視還提供各種電影頻道。

0452 **7.** 答案 **(A)**

首先從選項判斷出本題屬於【介系詞 or 連接詞】題型，接著觀察句子結構。由於空格前後各有一個子句，可見應填入可**連接子句的連接詞**，而四選項中爲連接詞的只有 (A) when（當～時），故爲正解。另，(B) soon（不久）是副詞，(C) without（沒有～）和 (D) between（在～之間）則皆爲介系詞，後應接名詞。

譯 當該公司在七月份與 Olsson 公司合併時，發薪程序有了改變。

註 merge **動** 合併

0453 **8.** 答案 **(D)**

空格前爲子句，空格後則接著名詞片語 the adverse weather conditions（惡劣的天候條件）。由於**可後接名詞的是介系詞**，因此正解爲 (D) despite（儘管～）。而 (A) because（因爲～）、(B) even though（縱使～）、(C) now that（既然～）皆爲連接詞，後面要接子句才行。

譯 儘管在惡劣的天候條件下，Swallow 航空公司的 990 航班仍準時抵達了 HwangBo 國際機場。

註 adverse **形** 不利的；（天候）惡劣的

0454 **9.** 答案 **(C)**

空格前後皆爲子句，故得知空格處應填入可用來**連接兩個子句的連接詞**。而符合空格前後之「理由→結論」此文意脈絡的，則只有表結果的 (C) so（因此）。另，(A) for 雖然也有連接詞的用法，但句型爲〈結論＋for＋理由〉，與此題邏輯相反。(B) or（或、否則～）與文意不符，(D) either 則應以 either X or Y 的形式出現。

譯 該工作坊預料會有很多人參加，因此我們建議您提前預約。

0455 **10.** 答案 **(A)**

空格前後的兩個子句須以**連接詞**連接，故可先排除無法用來連接子句的選項 (C) rather than（而不是～）。而另外三選項中可通順地連接前半「最好將求職信限縮在一頁內」與後半「那並沒有寫明在徵才廣告上」之文意的，則只有 (A) even if（即使～），故爲正解。(B) as though（彷彿～般）和 (D) so that（以便～）都意思不通。

譯 將求職信限制在一頁內是個好主意，即使在徵才廣告上這點並未被具體指明。

11. ------- sales have been rising, Western Chemicals has been struggling to maintain a profit.

(A) If not
(B) In case
(C) Even though
(D) Such as

12. Mr. Ikeda had no time to purchase gifts for coworkers ------- his stay in Tokyo.

(A) when
(B) while
(C) during
(D) also

13. Eastbound Highway 66 was shut down Monday morning ------- icy road conditions.

(A) while
(B) in order to
(C) now that
(D) due to

14. Under the new recycling regulations, manufacturers are required to accept old equipment for disposal ------- a customer is purchasing a new item.

(A) if
(B) likewise
(C) nevertheless
(D) besides

15. ------- a short rainy period from March to May, the climate in Red Desert is mostly hot and dry.

(A) Although
(B) However
(C) Except for
(D) Even if

0456 **11.** 答案 **(C)**

空格處應填入連接逗號前後子句的**連接詞**，而由於逗號前後的文意脈絡相反（「銷售提升」→「苦於維持利潤」），所以答案是具逆接功能的連接詞 (C) Even though（縱使～）。另，(A) If not（不然～）必須採取 If not, $\boxed{S}$ $\boxed{V}$. 的形式整句話才成立，(B) In case（以防萬一～、免得～）雖為連接詞但在此意思不通，(D) Such as 則不接子句。

譯 儘管銷售一直在增長，但 Western 化學公司仍持續為維持利潤而努力。

註 struggle 動 努力；掙扎

0457 **12.** 答案 **(C)**

空格前為子句，後為名詞 his stay（他的停留），可見空格處應填入可接名詞的**介系詞**，而四選項中只有 (C) during（在～期間）是介系詞，故為本題正解。另，(A) when（當～時）和 (B) while（當～的時候、然而～）皆為連接詞，要接子句；(D) also（也～）則是副詞。

譯 Ikeda 先生在停留於東京期間沒時間替同事買禮物。

註 coworker 名 同事

0458 **13.** 答案 **(D)**

空格前為子句，後為名詞片語 icy road conditions（道路結冰的狀況），由此得知空格處需要後接名詞的**介系詞**，而四選項中只有 (D) due to（由於～）是介系詞，故為正解。另，(A) while（當～的時候、然而～）和 (C) now that（既然～）皆為連接子句的連接詞；(B) in order to（為了～）後面則須接動詞原形。

譯 由於路面結冰，66 號公路東行方向週一早晨封閉。

0459 **14.** 答案 **(A)**

從選項判斷出本題屬於【介系詞 or 連接詞】題型後，接著觀察句子結構。由於空格處需要連接前後子句的**連接詞**，所以答案是 (A) if（如果～）。(B) likewise（同樣地）和 (C) nevertheless（儘管如此、然而）皆為不具連接功能的副詞，(D) besides（此外～）則可為後接名詞的介系詞或為副詞。

譯 按照新的回收規定，如果客戶購買新的商品，製造商就必須接收舊設備並處置。

註 disposal 名 處理；處置

0460 **15.** 答案 **(C)**

空格後到逗號為止的 a short rainy period from March to May 為一名詞片語，逗號以後則為子句，由此判斷空格處應填入後接名詞的**介系詞**。四選項中只有 (C) Except for（除了～以外）是介系詞，故為正解。(A) Although（雖然～）和 (D) Even if（即使～）皆為連接子句的連接詞，(B)「然而」則是副詞。

譯 除了三月至五月的短暫雨季外，Red 沙漠的氣候大多炎熱而乾燥。

第**3**章 介系詞 or 連接詞題

16. ------- track work for street railways is taking longer than expected, temporary bus services will be available until the work is complete.

(A) Because
(B) During
(C) Should
(D) Where

17. ------- she can spend more time with her family, Emily Gomez decided to change her job.

(A) Apart from
(B) So that
(C) Because of
(D) Rather than

18. Purchases of over $100 should not be made ------- authorization from department heads.

(A) even
(B) despite
(C) unless
(D) without

19. In the first quarter, the company managed to expand its market share slightly ------- its closest competitor suffered major drop in sales.

(A) throughout
(B) whereas
(C) that
(D) despite

20. Mr. Morozov will complete the expense report and submit it to the accounting office ------- he returns from Shanghai.

(A) among
(B) beside
(C) after
(D) within

0461 **16.** 答案 (A)

逗號前後皆為子句，可見空格處應填入用來連接子句的**連接詞**，而四選項中可形成通順文意的連接詞為 (A) Because（因為～）。另，(B) During（在～期間）是介系詞，其後須接名詞；(C) Should 置於句首時雖有表「萬一」之意的倒裝用法，但其述語動詞必須用原形（亦即在此要用 be 而非 is），故不可選；而 (D) Where 作為連接詞使用時，應表地方，在此意思不通。

譯▶ 因為路面電車的軌道工程費時超過預期，所以臨時公車服務將持續至該工程完成為止。

0462 **17.** 答案 (B)

逗號前後各有一個子句，由此可知空格處應填入用來連接子句的**連接詞**，而四選項中只有 (B) So that 是連接詞，故為正解。（so that Ⓢ can do 是表「以便 S 能夠～」之意。）另，(A) Apart from（除～之外）和 (C) Because of（因為～的關係）皆為應接名詞的介系詞，至於 (D) Rather than（而不是～）雖可置於句首，但不接子句。

譯▶ Emily Gomez 決定要換工作，以便能夠有更多時間陪伴家人。

0463 **18.** 答案 (D)

本句空格後的 authorization from department heads（部門主管之授權）為一名詞片語，因此空格內應填入一**介系詞**，而若填入 (D) without 後便可構成「在沒有部門主管授權的情況下不能～」之通順文意，故為正解。另，雖然 (B) despite（儘管～）亦為介系詞，但在此意思不通。(A) even（甚至）是不具連接功能的副詞；(C) unless（除非～）則為連接詞，其後不能接名詞。

譯▶ 未經部門主管授權，不得進行一百美元以上的採購。

註▶ authorization ❷ 授權；許可

0464 **19.** 答案 (B)

這題的空格處應填入可連接前後兩個子句的**連接詞**，而適合連接前半「該公司擴大了其市佔率」和後半「競爭對手的銷售大幅滑落」這樣形成對比之內容的只有 (B) whereas（反之～、然而～）。另，(A) throughout 與 (D) despite 皆為介系詞；(C) that 作為連接詞時，應引導名詞子句或關係子句。

TEX's notes

請將表「對比」意義的連接詞 whereas（反之～、卻～）和同義的 while 一起牢記。

譯▶ 在第一季，該公司設法稍微擴大了其市佔率，然而其最接近的競爭對手卻苦於銷售量大幅下滑。

0465 **20.** 答案 (C)

由於前後各有一個子句，因此空格處應填入用來連接子句的**連接詞**，而四選項中，只有 (C) after（在～之後）可作連接詞使用，故選為本題答案。（注意，after 也常作為介系詞，以 after his return 這類形式出現。）其他選項的 (A) among 指「在～之中」、(B) beside 指「在～旁」、(D) within 指「在～內」，三者皆為介系詞，後應接名詞。

譯▶ 在 Morozov 先生從上海回來之後，他會完成費用報告並提交給會計室。

21. Highland Road has been closed for a week ------- repairs being made to the bridge over Douglas Creek.

(A) because
(B) even though
(C) while
(D) due to

22. Pearl Online will request information such as name, billing address, and credit card number ------- that we can process your order.

(A) so
(B) even
(C) until
(D) also

23. ------- all technical issues associated with the new product have been resolved, the marketing plan will be finalized.

(A) Rather
(B) Once
(C) Moreover
(D) Meanwhile

24. In the hotel lobby, there are many exhibits that participants can visit ------- attending the conference.

(A) provided that
(B) while
(C) because
(D) for

25. The company has agreed to remedy the construction errors ------- of the cost.

(A) despite
(B) though
(C) regardless
(D) now that

0466 **21.** 答案 **(D)**

因為空格後的 repairs（修補）為一名詞（其後之分詞片語 being made ... 為其修飾語），故空格內應填入**介系詞**。正解為 (D) due to（由於～）。另，(A) because（因為～）、(B) even though（縱使～）與 (C) while（當～的時候）則皆為連接詞。

譯▶ 由於 Douglas 溪上之橋樑正在進行修補工程的緣故，Highland 路已封閉一週。

0467 **22.** 答案 **(A)**

由於空格前為子句，空格後的 that 之後亦為子句，由此推斷可結合 that 形成 so that $\underline{S}$ can $\underline{do}$（以便 S 能夠～）此句型的連接詞 (A) so（因此）即為正解。而 (B) even（甚至）是副詞；(C) until（直到～）除了作介系詞外，也具有連接詞的用法，但不接 that，(D) also（也～）亦為副詞。

譯▶ 我們 Pearl Online 公司會要求如姓名、帳單地址和信用卡卡號等資訊，以利處理您的訂單。

0468 **23.** 答案 **(B)**

逗號前後各有一個子句，可見空格處應填入用來連接子句的**連接詞**，而在四選項當中，只有 (B) Once（一旦～就～）可作為連接詞使用。另，(A) Rather（相當）是副詞，(C) Moreover（此外）和 (D) Meanwhile（同時）則皆為不具連接功能的副詞。

譯▶ 一旦與新產品有關的所有技術問題都解決之後，行銷計畫便將底定。

註▶ associate X with Y 使 X 和 Y 有關聯　　resolve ⓥ 解決～

0469 **24.** 答案 **(B)**

空格前為一子句，空格後則似乎是動名詞片語，由此判斷答案應為介系詞。但四選項中唯一的介系詞 (D) for 意思不通。因此，本題應選可形成 while (they are) attending ... 如此省略後方〈主詞＋be 動詞〉的連接詞 (B) while（當～的時候、然而），以建立通順文意。另，(A) provided that（倘若～、以～為條件）與 (C) because（因為～）雖亦為連接詞，但無法做這樣的省略，必須連接完整句子才行。

譯▶ 在飯店大廳裡有很多展示品可供參加會議者在出席會議時參觀。

0470 **25.** 答案 **(C)**

本題四選項中可結合空格後的介系詞 of 以形成慣用語 **regardless of X**（不管 X）的 (C) 就是正確答案。而 (A) despite（儘管～）是介系詞，但須單獨使用，其後不接 of。（但注意，despite ＝ in spite of。）另，(B) though（雖然～）和 (D) now that（既然～）皆為連接詞。

譯▶ 不管費用如何，該公司已同意修正施工錯誤。

註▶ remedy ⓥ 補救～；糾正～　　regardless of X 不管 X

第 **3** 章　介系詞 or 連接詞題

26. ------- Mr. Yaguchi retired ten years ago, companies still request his assistance in an advisory role.

(A) Although
(B) Once
(C) Despite
(D) Until

27. Everyone in the finance division ------- staff members working on special projects is expected to attend the meeting tomorrow afternoon.

(A) apart
(B) even though
(C) also
(D) except for

28. To receive the following month's issue, subscriptions should be sent in by the 15th of each month ------- submitted electronically or by mail.

(A) whether
(B) because
(C) since
(D) therefore

29. Workers can leave the factory early ------- they have received permission to do so from a supervisor.

(A) otherwise
(B) except for
(C) in spite of
(D) provided that

30. Mr. Williams usually brings gifts to his colleagues ------- he returns from an overseas business trip.

(A) which
(B) whenever
(C) whether
(D) what

0471 **26.** 答案 (A)   0471 ▼ 0475

本題空格內應填入連接逗號前後子句的**連接詞**，而在連接詞選項 (A) Although、(B) Once、(D) Until 中，可連接這兩個子句並形成通順文意的只有 (A) Although（雖然～）；(B)「一旦～就～」和 (D)「直到～」與子句的時態不符，意思也不通。至於 (C) Despite（儘管～）則爲後接名詞的介系詞。

譯 雖然 Yaguchi 先生十年前退休，但是許多公司仍然請他以顧問的角色提供協助。

註 advisory **形** 顧問的；提供忠告的

0472 **27.** 答案 (D)

題目的骨架爲 Everyone_⑤ ... is expected_ⓥ，其中「...」部分是對主詞的修飾語，而能夠接空格後的名詞 staff members 並建立修飾主詞 Everyone 之形容詞片語的只有介系詞 (D) except for（除了～以外）。另，(A) apart（分開地）與 (C) also（也～）是不具連接功能的副詞，(B) even though 則爲連接詞。

譯 除了做特別專案的工作人員以外，財務部門的每個人明天下午都應出席會議。

0473 **28.** 答案 (A)

本題四選項中可結合空格後的 or 以形成 **whether X or Y**（無論 X 還是 Y）之意的連接詞 (A) 即爲正解。（注意，whether (they are) submitted ... 省略了〈主詞＋be 動詞〉。）另，(B) because（因爲～）爲連結詞，但須接完整的句子，(C) since 不論作連接詞（指「既然」）或介系詞（指「自～以來」）意思皆不通；(D) therefore（因此）則是副詞。

譯 要收到下個月的刊物，無論是以電子方式還是透過郵遞繳交，訂閱費都應在每月 15 號前寄達。

0474 **29.** 答案 (D)

空格前後各有一個子句，由此可判斷空格內應填入可用來連接子句的**連接詞**，而四選項中只有 (D) provided that（倘若～、以～爲條件）是連接詞，故爲正解。(A) otherwise（否則～）爲副詞，(B) except for（除～之外）和 (C) in spite of（儘管～）則皆爲介系詞。

TEX's notes

請將與 provided that 同義的連接詞 providing that 也記起來。另，別忘了這兩者都可省略 that。

譯 倘若工人已獲得主管的許可，就可提早離開工廠。

0475 **30.** 答案 (B)

這題的空格處同樣需要連接前後子句的**連接詞**。四選項中屬連接詞的爲 (B) whenever 與 (C) whether 二者，而可用來連接前後並形成通順文意的是 (B) whenever（每當～）。（注意，(C) 在連接兩個子句時，須採取 whether X or Y（無論 X 還是 Y）的形式。）另，(A) which 和 (D) what 是關係代名詞，後接無主詞或受詞的內容。

譯 每當 Williams 先生從海外出差回來，通常都會帶禮物給他的同事。

31. Tanton City passed legislation requiring all drivers age 75 and older to pass a vision test ------- renewing their driver's license.

(A) although
(B) before
(C) and
(D) from

32. ------- the book may be understood by non-specialists, the first two chapters provide a detailed introduction.

(A) In regard to
(B) Because of
(C) However
(D) In order that

33. ------- her extensive experience and past successes, Ms. Isohi is expected to be an invaluable asset to our company.

(A) So
(B) That
(C) Given
(D) Furthermore

34. The fun run will be postponed until March 23 ------- the weather clears up by Friday.

(A) unless
(B) however
(C) because of
(D) so that

35. Due to excessive requests for support, GeoMax Technologies has decided to remove a map application from its mobile phones, ------- the product's popularity.

(A) although
(B) notwithstanding
(C) however
(D) even

0476
▼
0480

[0476] **31.** 　　　　　　　　　　　　　　　　　　　　　　答案 **(B)**

空格前爲子句，後爲動名詞片語，可見空格處應塡入**介系詞**，而可形成通順文意的 (B) before 即爲正解。(D) from 雖亦爲介系詞，但意思不通，故不選。另，連接詞選項 (A) although（雖然～）雖也有接分詞的用法，但在此並不適當；對等連接詞選項 (C) and 意思也不通。

譯 ▶ Tanton 市通過立法，要求 75 歲以上的所有駕駛人在更新其駕駛執照前，都要通過視力檢查。

註 renew 動 更新～

[0477] **32.** 　　　　　　　　　　　　　　　　　　　　　　答案 **(D)**

本句逗號前後皆爲子句，因此空格處需要可連接前後兩個子句的**連接詞**，而四選項中唯一的連接詞爲 (D) In order that（爲了～），故爲正解。另，(A) In regard to（關於～）和 (B) Because of（因爲～的關係）皆爲介系詞，(C) However（然而）則是副詞。

TEX's notes

請將同樣表「目的」的連接詞 so that 一併記起來。

譯 ▶ 爲了使這本書可被非專業人士理解，前兩章提供了詳細的入門介紹。

[0478] **33.** 　　　　　　　　　　　　　　　　　　　　　　答案 **(C)**

從空格後到逗號爲止的 her extensive experience and past successes 爲一名詞片語，逗號以後則爲子句，由此判斷空格處應塡入的是**介系詞**。而四選項中唯一可作介系詞者爲 (C) Given（有鑑於～）。另，(A) So 是副詞或連接詞，(B) That 可爲代名詞或連接詞，(D) Furthermore（再者、而且）則爲副詞。

譯 ▶ 有鑑於其豐富的經驗與過去的成功，Isohi 女士預料將成爲我們公司的寶貴資產。

註 invaluable 形 非常寶貴的；無法估價的　　asset 名 資產；寶貴的人才；有價值的物品

[0479] **34.** 　　　　　　　　　　　　　　　　　　　　　　答案 **(A)**

空格前後皆爲子句，故空格內應塡入可連接前後子句的**連接詞**。由於空格後所描述的是活動不延期的例外條件，因此可使文意通順的連接詞爲 (A) unless（除非～）。注意，雖然 (D) so that（以便～）亦爲連接詞，但在此意思不通。另，(B) however（然而）是副詞，(C) because of（因爲～的關係）則爲介系詞。

譯 ▶ 除非天氣在週五前放晴，否則趣味路跑將延至 3 月 23 日。

[0480] **35.** 　　　　　　　　　　　　　　　　　　　　　　答案 **(B)**

空格前爲子句，後爲名詞，可見空格處應塡入**介系詞**。而四選項中唯有表「儘管～」之意的 (B) notwithstanding（＝despite / in spite of）是介系詞，故爲本題答案。另，(A) although（雖然～）是連接詞，須接子句；(C) however（然而）和 (D) even（甚至）則皆爲副詞。

譯 ▶ 由於過多的支援要求，儘管該產品很受歡迎，GeoMax Technologies 公司仍決定由其手機中移除地圖應用程式。

36. All city residents must obtain a construction permit from the city ------- building a driveway.

(A) prior to
(B) because
(C) soon
(D) so that

37. The leadership workshop covers a range of topics, ------- career development, social networking, and recruiting new members.

(A) so that
(B) as of
(C) in that
(D) such as

38. ------- booking flights and making accommodation reservations, Waterfall Travel agents arrange private tours for small groups.

(A) As much as
(B) Moreover
(C) Included in
(D) In addition to

39. Ridgeway Associates agreed to pay an early completion bonus ------- construction of their new headquarters was completed by March 30.

(A) in spite of
(B) as long as
(C) since then
(D) due to

40. ------- the difficulties he faced, Mr. Chang managed to complete his master's degree at the University of Abeno last year.

(A) Although
(B) Despite
(C) However
(D) Whereas

[0481] **36.** 答案 (A)

空格前爲子句，後爲動名詞片語，可見空格處應塡入**介系詞**，而四選項中只有 (A) prior to（在～之前）是介系詞，故爲正解。注意，這裡的 to **並非不定詞**，因此不接動詞原形，而是要接名詞或動名詞。另，(B) because（因爲～）和 (D) so that（以便～）皆爲須接完整句子的連接詞；(C) soon（不久）則爲不具連接功能的副詞。

譯 所有市民在建造私人車道之前都必須自市政府取得施工許可證。

[0482] **37.** 答案 (D)

空格後列出了數個名詞片語，而能將這些片語與前方子句作連結的是**介系詞**。由於所列出的名詞片語可視爲是空格前 a range of topics（一系列主題）的具體例子，故符合文意的 (D) such as（例如～）就是正確答案。另，(B) as of（自～起）亦爲介系詞，但後面必須像 as of May 12 這樣連接「時間點」；(A) so that（以便～）和 (C) in that（基於～的理由）則皆爲連接詞。

譯 領導力工作坊涵蓋了一系列主題，例如職業發展、社交網路和招募新成員等。

[0483] **38.** 答案 (D)

空格後到逗號爲止是兩個對等的動名詞片語，逗號以後則爲子句，由此可知空格處須塡入**介系詞**，而因逗號後所描述的是另外其他的服務內容，因此本題選符合文意的 (D) In addition to（除～之外）。另，(A) As much as 應放在數詞前用來強調數量很多，(B) Moreover（此外）是副詞，(C) Included in（被包括在～中）則屬一般置於句首的分詞構句形式，在此意思不通。

譯 除了預訂航班和預約住宿外，Waterfall 旅行社還爲小型團體安排私人旅行。

註 accommodation 名 住處；住宿設施

[0484] **39.** 答案 (B)

本句空格前後皆爲子句，因此空格內應塡入用來連接前後子句的**連接詞**，而四選項中可作爲連接詞的只有表「只要～」這種「條件」意涵的 (B) as long as，且塡入後可形成文意通順的「只要建造工程在 3 月 30 日前完成」，故爲正解。另，(A) in spite of（儘管～）和 (D) due to（由於～）是介系詞；(C) since then（從那時以來）則屬時間副詞。

譯 Ridgeway Associates 公司同意，只要他們新總部的建造工程在 3 月 30 日前完成就支付提前完工獎金。

[0485] **40.** 答案 (B)

空格後的 the difficulties 爲名詞，故空格內應塡入**介系詞**。正解爲 (B) Despite（儘管～）。注意，the difficulties 之後原爲一關係子句，但在本句中將 which 省略。另，(A) Although（雖然～）和 (D) Whereas（反之～、卻～）皆爲連接詞；(C) However（然而）則是副詞。

譯 儘管面臨了許多困難，張先生去年仍在 Abeno 大學設法完成了他的碩士學位。

41. ------- Mr. Bruno contributed significantly to the success of the advertising campaign, his promotion to the manager position is well deserved.

(A) If so
(B) Rather than
(C) Owing to
(D) Given that

42. ------- Isabella Hill has received a high rating on her evaluation, it is likely that her salary will increase next year.

(A) Besides
(B) So that
(C) As
(D) Due to

43. Mr. Murphy has requested that the second seminar be held tomorrow ------- having him return next week.

(A) even though
(B) rather than
(C) as soon as
(D) so that

44. ------- Ms. Contreras began working as a sales representative, she has successfully expanded our client base.

(A) Since
(B) When
(C) Before
(D) Whereas

45. Please note that breakfast and dinner are included in the price of the room, ------- that lunch costs extra.

(A) in
(B) but
(C) or
(D) then

0486 **41.** 答案 (D)   0486 ▼ 0490

這題的空格處應填入可連接逗號前後子句的**連接詞**，而四選項中符合文意的連接詞只有 (D) Given that（有鑑於～）。另，(A) If so（若是如此）的使用句型應為 If so, ⑤ Ⓥ.；(B) Rather than（而不是～）雖可置於句首，但不接完整的句子；(C) Owing to（由於～）則是介系詞。

TEX's notes

可表與 given that 類似涵義的還有 given。兩者皆為「有鑑於～」，不過 given 為**介系詞**，given that 則是**連接詞**。這點很容易搞混，請務必小心。

譯▶ 有鑑於 Bruno 先生為廣告活動的成功做出了重大貢獻，他晉升至經理職位是當之無愧的。

註▶ significantly ⓐ 顯著地；相當多地   deserve ⓥ 應得～

0487 **42.** 答案 (C)

本句逗號前後皆為子句，因此空格內須填入**連接詞**，而連接詞選項有 (B) So that 和 (C) As，而可恰當地連接二子句並形成「理由（獲得了高評價）→結論（加薪）」之通順文意的是 (C) As（由於～）。(B) So that（以便～）在此意思不通。另，(A) Besides（此外～）和 (D) Due to（由於～）則皆為介系詞。

譯▶ Isabella Hill 已經在考績上獲得了相當高的評分，所以明年她的薪水很可能會增加。

註▶ rating ⓝ 評分；等級

0488 **43.** 答案 (B)

空格前為子句，空格後則為動名詞片語，因此空格處應填入**介系詞**。正解為 (B) rather than（而不是～）。注意，having 原為使役動詞，故其受詞 him 之後為原形動詞。而 (A) even though（縱使～）、(C) as soon as（一～就～）和 (D) so that（以便～）皆為連接詞。

譯▶ Murphy 先生已要求明天就舉行第二次研討會，而不是讓他下週再回來。

0489 **44.** 答案 (A)

這題的選項全都可作為連接詞，故須注意時態並考量文意。本句逗號前為過去式（表「過去的時間點」），逗號後則為現在完成式（表「至現在為止的實際成果」），由此可推斷適合用來連接這兩者的就是 (A) Since（自從～）。至於 (B) When（當～時）、(C) Before（在～之前）、(D) Whereas（反之～、卻～）皆無法正確表達二子句間的時態關係。

譯▶ 自從 Contreras 女士開始擔任業務代表之後已成功地擴大了我們的客群。

0490 **45.** 答案 (B)

本題關鍵在於必須看出空格後的 that 子句之前省略了 please note（與前一子句相同的述語動詞）。而可正確連接前半「早晚餐包含在房價內」，與後半「午餐要另收費」的選項就是具逆接功能的對等**連接詞** (B) but（但）。若選同為對等連接詞的 (C) or（或）則意思不通。另，(A) in 為介系詞，(D) then 則是副詞。

譯▶ 請注意，早餐和晚餐包含在房價內，但午餐則須另行收費。

第 **3** 章

介系詞 or 連接詞題

46. Tim Rothschild has a number of important qualifications as a market researcher ------- his experience at Bridgeport Advertising.

(A) while
(B) only if
(C) moreover
(D) aside from

47. Mr. Hasegawa decided to purchase the movie tickets early ------- he would not have to wait in line at the box office.

(A) so that
(B) in order
(C) as if
(D) even yet

48. ------- periodic maintenance is carried out according to the manufacturers specifications, the TD24 paper folder will continue to function for a good many years.

(A) For
(B) Therefore
(C) Providing
(D) Over

49. Please let us know ------- you prefer to be notified by e-mail or telephone in case we have to reschedule your appointment.

(A) than
(B) whereas
(C) whether
(D) such

50. The tour group left for Osaka, ------- they had not received their complete itinerary from the travel agency.

(A) in spite of
(B) because of
(C) even though
(D) so that

0491 **46.** **答案 (D)** **0491 ▼ 0495**

由於空格後的 his experience at ... 為名詞片語，因此空格內應填入**介系詞**，而四選項中只有 (D) aside from（除了～之外還有）是介系詞，故為正解。另，(A) while（當～的時候、然而～）和 (B) only if（只有～）皆為連接詞；(C) moreover（此外）則是副詞。

TEX's notes

注意，aside from 除了有如本題的「除了～之外還有」的意思，也可指「除了～以外」（＝except for)，例如 Aside from us, there were only ten people there.（除了我們之外，那兒只有十個人。）

譯▶ 除了在 Bridgeport 廣告公司的經驗外，Tim Rothschild 還具備了一些作為市場研究人員的重要資格。

0492 **47.** **答案 (A)**

本句空格前後皆為子句，因此空格內須填入**連接詞**，而四選項中的 (A) so that 和 (C) as if 都是連接詞，但符合前後邏輯者為 (A)「以便～」。(C)「彷彿～」語意不通。另，(B) in order 若使用 in order that ⑤ Ⓥ 之形式即可表達和 (A) 同樣的意思，但在此沒有 that，故不能選。(D) even yet（甚至還沒～）則是副詞。

譯▶ Hasegawa 先生決定早點購買電影票，這樣他就不用在售票處排隊等候了。

0493 **48.** **答案 (C)**

逗號前後皆為子句，因此空格內應填入**連接詞**，而四選項中只有 (C) Providing（倘若～）是連接詞。（注意，providing (that) 與 provided (that) 相同，是表條件的連接詞，而 that 可省略。）另，(A) For 除作介系詞外，亦可作為「因為～」之意的連接詞使用，但不能用於句首；(B) Therefore（因此）是副詞，(D) Over 則可作介系詞或副詞。

譯▶ 倘若定期維護是依據製造商的規格進行，TD24 折紙機將可繼續運作許多年。

註▶ periodic ⑱ 定期的　specifications ❹ 規格（書）

0494 **49.** **答案 (C)**

空格前有及物動詞 know，而空格後的 you prefer ... by e-mail or telephone 為一完整子句，由此推斷空格內須填入可用來引導名詞子句的**連接詞**，而四選項中可引導名詞子句的只有 (C) whether，故為正解。另，(A) than 用於比較句型；(B) whereas（反之～、卻～）是引導副詞子句的連接詞，須採取 Whereas ⑤ Ⓥ, ⑤ Ⓥ. 的形式；(D) such（這樣的）則為形容詞。

譯▶ 為了以防萬一我們必須重新安排您的預約，請告訴我們您較喜歡透過電子郵件還是電話獲得通知。

0495 **50.** **答案 (C)**

本句逗號前為一子句，而空格後亦為一子句，因此空格內須填入**連接詞**。四選項中的 (C) even though 和 (D) so that 都是連接詞，但可恰當地連接「已出發前往大阪」和「尚未收到完整的旅遊行程表」的是具逆接功能的連接詞 (C) even though（縱使～、雖然～＝ although）。(D) so that（以便～）在此意思不通。另，(A) in spite of（儘管～）和 (B) because of（因為～的關係）則皆為介系詞。

譯▶ 縱使他們還沒收到旅行社提供的完整行程表，該旅行團還是出發前往了大阪。

51. Mr. Roy called to ask if the deadline for submission for the draft could be postponed ------- after midnight.

    (A) during
    (B) until
    (C) since
    (D) when

52. Applicants for the position will be sent an acknowledgement letter ------- the Human Resources Department has received the applications.

    (A) among
    (B) despite
    (C) unless
    (D) once

53. Administration keeps records of all vehicle registration numbers, ------- whether they are company owned or not.

    (A) due to
    (B) even though
    (C) rather than
    (D) regardless of

54. Producers of the children's animation series *Team Power* shortened the program by two minutes, ------- meeting the requirements of broadcasters.

    (A) thereby
    (B) because
    (C) whenever
    (D) during

55. Employees are required to book in advance ------- intending to use a company vehicle.

    (A) whereas
    (B) from
    (C) if
    (D) even

[0496] 51. 答案 **(B)** [0496] ▼ [0500]

可與空格後的介系詞 after 結合並形成「直到～後」之意的是介系詞 (B) until。而介系詞 (A) during（在～期間）後不能接 after；(C) since（自從～）作爲介系詞使用時，其後必須接一明確之「過去的時間點」。另，(D) when（當～時）則爲連接詞。

譯▶ Roy 先生打電話來詢問提交草稿的截止期限可否延遲至午夜過後。

註 draft 名 草稿；草圖

[0497] 52. 答案 **(D)**

由於空格前後皆爲子句，故可知空格內應填入用來連接子句的**連接詞**，而四選項中的 (C) unless 和 (D) once 都是連接詞，但可順暢地連接「確認函被寄送」與「已收到申請」者爲 (D) once（一旦～就～）。(C) unless（除非～）在此意思不通。另，(A) among（在～之中）和 (B) despite（儘管～）則皆爲介系詞。

譯▶ 一旦人力資源部門收到申請便會寄確認函給申請人。

註 acknowledgement 名 確認通知（書）

[0498] 53. 答案 **(D)**

四選項中可後接 whether 子句的只有 (D) regardless of，故選爲正解。注意，regardless of（不管～、不論～）可像 regardless of age 這樣**接名詞**，也可像 regardless of whether [how / what] S V 這樣**接名詞子句**。另，(A) due to（由於～）是介系詞，(B) even though（縱使～）是應單獨使用的連接詞，(C) rather than（而不是～）則不接子句。

譯▶ 管理部門保存所有車輛登記號碼的紀錄，不論它們是否屬於公司。

註 administration 名 管理部門；行政機構

[0499] 54. 答案 **(A)**

這題即使去掉空格部分，分詞構句依舊成立，可見空格處應填入一修飾語，而可用來修飾現在分詞 meeting 的是**副詞** (A) thereby（藉此、從而）。另，(B) because（因爲～）和 (C) whenever（每當～）都是連接詞，而 (D) during（在～期間）則爲介系詞。

譯▶ 兒童動畫系列 Team Power 的製作人將節目縮短兩分鐘，從而符合了電視台的要求。

[0500] 55. 答案 **(C)**

空格前爲子句，空格後看似爲一動名詞片語，若如此判斷，則答案應是介系詞，但填入 (B) from 卻意思不通。因此，應將空格後的結構視爲**省略了〈主詞＋ be 動詞〉的子句**，然後尋找合適的連接詞，而四選項中可做如此省略的連接詞只有 (C) if（如果～），故爲正解。另，(A) whereas（反之～、卻～）雖亦爲連接詞，但須接完整的句子，(D) even（甚至）則是副詞。

TEX's notes

這也是和主句之主詞相同時，副詞子句會有的〈主詞＋ be 動詞〉省略現象。雖然在 when 及 while 子句中較常見，不過偶爾也會出現於像本題的 if 子句中。

譯▶ 如果打算使用公司車輛，員工必須提前預約。

第 **3** 章 介系詞 or 連接詞題

56. ------- retiring from Smith Computer Technologies two years ago, Bill Smith has been devoting more time to charity events.

(A) When
(B) Since
(C) Already
(D) From

57. ------- recent changes made to the schedule, employees are to be given an additional day off next Friday.

(A) Because
(B) As far as
(C) In light of
(D) Except for

58. Members of the purchasing department should follow the current procedures for the issuing of purchase orders to suppliers, unless ------- instructed by the manager.

(A) otherwise
(B) furthermore
(C) however
(D) if

0501 **56.** 答案 **(B)**   0501 ▼ 0503

從空格後至逗號為止是動名詞片語，而能將之與逗號後之子句做連結的是**介系詞**。四選項中的 (B) Since 與 (D) From 都是介系詞，而可形成通順文意的是 (B) Since（自從～），故為本題正解。另，連接詞 (A) When 雖有省略後方〈主詞＋be 動詞〉並直接接分詞的用法，但在此時態不符，因此不可選。至於 (C) Already（已經）則為不具連接功能的副詞。

譯 自從兩年前從 Smith Computer Technologies 公司退休以來，Bill Smith 一直不斷為慈善活動投入更多的時間。

註 devote *X* to *Y* 把 X 奉獻給 Y

0502 **57.** 答案 **(C)**

接在空格後的 recent changes 被過去分詞片語 made to the schedule 所修飾並形成**名詞片語**，因此空格內應填入介系詞。四選項中屬介系詞者包括 (C) In light of 與 (D) Except for，而符合文意的是 (C)「有鑑於～」。(D)「除了～以外」在此意思不通。另，(A) Because 和 (B) As far as 則皆為連接詞。

譯 有鑑於最近時程表的改變，員工下週五將被給予一天額外的休假。

註 in light of *X* 有鑑於 X

0503 **58.** 答案 **(A)**

本題四選項中可結合空格前之連接詞 unless 和後方過去分詞並形成「**除非另有～**」之意的唯有副詞 (A) otherwise（以其他方式）。（注意，unless otherwise instructed 是 unless they are otherwise instructed 的省略形式。）而副詞選項 (B) furthermore 與 (C) however，以及連接詞 (D) if 都不能直接接在 unless 之後，故皆非正解。

譯 除非經理另有指示，否則採購部門的成員應遵循目前向供應商發出採購訂單的程序。

第 **3** 章   介系詞 or 連接詞題

代名詞題

【代名詞題】每次會出 0～2 題。

這類題目看似簡單，

但往往會出現意料之外的陷阱。

尤其須注意反身代名詞及所有代名詞的用法。

題數

37

題目序號

0504 ～ 0540

第4章 【代名詞題】解題策略

　　【代名詞題】是指所列出的選項為 he / his / him / himself 等代名詞的題目。這類問題每次會出 0 ～ 2 題左右，而大致可分為以下兩種。

1 考「格」的題型

　　要從主格 he、所有格 his、受格 him、反身代名詞 himself 等不同的人稱代名詞中選出正確答案。

2 其他題型

　　將人稱代名詞以外的 anyone、each other、those 等代名詞列為選項的種類。

接著就讓我們來解答各個例題，並逐一分析要點。

◎ 考「格」的題型

例 題

0504 請從 (A) ～ (D) 選出一個最適合填入空格的詞語。

David Brown sent a letter from his new office to thank all ------- former colleagues for their support over the years.

(A) he
(B) his
(C) him
(D) himself

基本解題法

① 查看選項

　　一看選項就知道這題屬於【代名詞題】：A 主格 / B 所有格 / C 受格 / D 反身代名詞。

② 確認句子結構　　　　　　　　　　　　　　　　　　　　　　　　　0504

| 由於空格前的及物動詞 thank（感謝～）的受詞 former colleagues（前同事）位於空格後，故只要將表「是誰的同事」之所有格選項 (B) his 填入至此名詞前，便能形成正確的句子。

答案 (B)

譯 David Brown 從他的新辦公室寄了一封信感謝他所有舊同事們多年來的支持。

此第一類的題目相對較容易，應試者應好好把握。

代名詞的格變化

請想想下表空格處的①～⑩分別應填入哪些詞彙。（答案在本頁下方）

數量	人稱	主格 （～是、～做）	所有格 （～的）	受格 （將～、～被）	所有代名詞 （～的東西）	反身代名詞 （～本身）
單數	第 1 人稱	I	my	me	①	myself
	第 2 人稱	you	your	you	yours	yourself
	第 3 人稱	he	②	him	③	himself
		she	her	④	hers	herself
		it	⑤	it	―	itself
複數	第 1 人稱	we	our	⑥	ours	ourselves
	第 2 人稱	⑦	your	you	yours	⑧
	第 3 人稱	they	their	them	⑨	⑩

① mine　② his　③ his　④ her　⑤ its　⑥ us　⑦ you　⑧ yourselves　⑨ theirs　⑩ themselves

格的功用

在此將代名詞的各種格之功用整理如下。

[1] **主格**：作為主詞

They are students.

[2] **所有格**：置於名詞前表所有者

Their school is big.

[3] **所有代名詞**：用來代替〈所有格＋前面出現過的名詞〉

Our school is small, and theirs is big. (theirs = their school)

[4] **介受格**：作為動詞或介系詞的受詞

I like them.

I talked to them.

[5] **反身代名詞**：用於**強調**，或在**主詞和受詞相同時作為受詞**使用

〈強調〉They built the house themselves.（他們自行建造了房子。）

〈主詞和受詞相同〉They introduced themselves.（他們介紹了他們自己。）

◎ 其他題型

0505

例 題

0505 請從 (A) ～ (D) 選出一個最適合填入空格的詞語。

The firm is going to hold a free workshop for ------- who are interested in working at its first Asian branch in Japan.

(A) them
(B) those
(C) everybody
(D) anyone

基本解題法

① 查看選項

確定選項中列出的是各種代名詞。

② 確認句子結構

空格處需要被空格後的關係子句 (who ... Japan) 所修飾的先行詞（接在關係詞前的名詞）。首先，選項 (A) them 不能接修飾語。其次，由於 who 之後的述語動詞是 are，可見先行詞應為複數形，故為複數形代名詞且在此表 people 之意的 (B) those 為正解。至於 (C) everybody 和 (D) anyone 則皆為單數，會造成主·述不一致，因此不可選。

答案 (B)

譯▶ 該公司將為那些有興趣在其位於日本的第一家亞洲分公司工作的人舉辦免費的工作坊。

總　結

☐ 理解〈格〉問題的基本觀念

- **缺乏主詞** ➡ 填入主詞或所有代名詞
- **缺乏受詞** ➡ 填入受詞或所有代名詞、反身代名詞（主詞和受詞相同時）
- **句子的要素齊備** ➡ 若在名詞前，就填入所有格
  ➡ 若是在句尾或為強調用法，則填入反身代名詞

從下頁起為練習題。請試著應用在此環節學到的解題法。

◎ 請從 (A) ～ (D) 選出一個最適合填入空格的詞語。

1. If you take office stationery from the storeroom, please contact Ms. Nelson so that ------- can keep an inventory of office supplies.
(A) she
(B) her
(C) hers
(D) herself

2. Mr. Bando was told by the building's owner that the monthly rent should be paid directly to -------.
(A) she
(B) her
(C) hers
(D) herself

3. Peter Hardy guided visitors around the company ------- while his secretary prepared refreshments in the cafeteria.
(A) he
(B) his
(C) him
(D) himself

4. ------- attending the International Toy Fair is asked to sign in at the entrance and wear a colored wristband according to their ticket type.
(A) Everyone
(B) Whoever
(C) They
(D) Several

5. The Human Resources department has received more than 20 résumés so far, but ------- are qualified for the position.
(A) nothing
(B) few
(C) someone
(D) every

0506 **1.** 答案 (A)

由於是代名詞格的問題，故要以空格前後爲中心來確認句子結構。整體句型爲〈If Ⓢ
Ⓥ, Ⓢ Ⓥ.〉，空格處應塡入 so that 後之子句的述語動詞 can keep 的主詞。而**可作爲主
詞的只有主格**選項 (A) she。另，(B) her 是所有格或受格，不能作爲主詞。(C) hers（她
的東西）爲所有代名詞，雖可作主詞用，但在此意思不通。至於 (D) 反身代名詞 herself
也不能當主詞。

譯 如果你從儲藏室拿走辦公文具，請與 Nelson 女士聯繫以便她能夠在辦公用品庫存清單上做
紀錄。

註 storeroom 名 儲藏室；庫房　　inventory 名 存貨清單；庫存

0507 **2.** 答案 (B)

空格所在的 that 子句爲 the monthly rentⓈ should be paidⓋ directly to -------. 的形式，可
見空格處應塡入介系詞 to 的受詞，而**可作爲受詞的只有受格**選項 (B) her。另，(A) she
是作爲主詞用的主格，(C) hers（她的東西）爲所有代名詞，雖可作爲受詞，但在此所
指內容不明，不可選。(D) herself 爲反身代名詞，在主詞和受詞相同時可作爲受詞，但
與此題的情況不符，故不適當。

譯 Bando 先生被大樓屋主告知，每個月的租金應直接付給她。

0508 **3.** 答案 (D)

空格前 Peter HardyⓈ guidedⓋ visitorsⓄ 就已是要素齊備的句子，因此空格內應塡入可
於句末**強調主詞**並形成「（主詞）親自～」之意的**反身代名詞**選項 (D) himself。（另注
意，加上介系詞 by 的 by himself 也可表同樣意義。）主格的 (A) he、所有格及所有代
名詞 (B) his、受格的 (C) him 都沒有這種用法。

譯 當他的秘書在自助餐廳準備茶點時，Peter Hardy 親自帶領訪客參觀公司。

0509 **4.** 答案 (A)

本句主詞爲 ------- attending the International Toy Fair，述語動詞爲 is asked，而**可被
現在分詞片語** attending the International Toy Fair **修飾並作爲主詞**的代名詞就是 (A)
Everyone。另，(B) Whoever 必須以 Whoever (= Anyone who) attends 的形式接述語動
詞而非分詞。(C) They 和 (D) Several 雖然都可作主詞，但皆爲複數，故有主‧述不一
致的問題。

譯 每個參加國際玩具展的人都被要求在入口處簽到，並依據其票種佩戴不同顏色的腕帶。

0510 **5.** 答案 (B)

本題空格內需要作後方述語動詞 are 之主詞的**複數名詞**，而選項中可視爲複數名詞的只
有**表數量很少的代名詞** (B) few（很少數、幾乎沒有的人或物）。（注意，few 這個字也
常作形容詞用，如 few people 這樣修飾複數形名詞。）至於 (A) nothing 與 (C) someone
雖然皆爲代名詞且都可作爲主詞，但皆爲單數，故有主‧述不一致的問題。(D) every
則只可作形容詞修飾可數名詞的單數形，如 every student。

譯 到目前爲止，人力資源部門已收到超過二十份履歷，但幾乎沒有人符合該職位的條件。

第**4**章　代名詞題

進階實戰
徹底掌握得分要領

◎ 請以每題 20 秒的速度為目標作答。

1. Less than 40 percent of all physicians in Wichita are employed as full-time staff by the hospitals where ------- practice.
(A) they
(B) their
(C) them
(D) themselves

2. Personnel at the manufacturing facility are required to have identification cards with ------- at all times.
(A) they
(B) their
(C) them
(D) theirs

3. As the seminar was understaffed, Ms. Tahara offered to distribute the documents ------- in order to save time.
(A) she
(B) her
(C) hers
(D) herself

4. Steady sales of the new digital camera have been attributed to ------- high picture quality.
(A) its
(B) them
(C) itself
(D) theirs

5. Instead of purchasing -------, Mr. Filbert decided to lease photocopiers for his new office.
(A) them
(B) themselves
(C) their
(D) they

0511 **1.** 答案 (A)

空格前的關係副詞 where 後面須接要素齊備的句子，故可**作為**空格後述語動詞 practice（執業、行醫）之**主詞的主格** (A) they 就是正確答案。另，(B) their 是所有格，(C) them 是受格，(D) themselves 則為反身代名詞。

譯▶ 在 Wichita 的所有醫師中，不到 40% 的人在他們所執業的醫院中被雇用為全職員工。

0512 **2.** 答案 (C)

空格處需要**介系詞 with 的受詞**，故唯有受格的 (C) them 和所有代名詞 (D) theirs 為可能的選項，但在本句中可用來代替主詞 Personnel（員工）又符合前後文意的是 (C) them。而由於句子裡沒有對應的所有物（他們的東西），因此 (D) 不可選。另，(A) they 是主格，(B) their 是所有格，二者皆無法當受詞。

譯▶ 製造廠的員工必須時時隨身攜帶身份證件。

0513 **3.** 答案 (D)

題目即使去掉空格部分，句子仍成立，因此本題應選可附加於完整句子並用來**強調主詞**以表「親自」之意的**反身代名詞** (D) herself。另，(A) she 是主格，(B) her 是所有格、受格，(C) hers 則為所有代名詞。

TEX's notes

加上介系詞 by 的 by oneself（獨自）也能表相同的強調之意，不過在正式測驗中，反身代名詞較常出現不加 by 的用法。

譯▶ 由於研討會人手不足，Tahara 女士表示可由她自行分發文件以節省時間。

註▶ understaffed **形** 人手不足的

0514 **4.** 答案 (A)

由於作為空格前之介系詞 to 的受詞名詞 high picture quality（高畫質）已存在，因此在名詞前表所有者之所有格 (A) its（它的）就是正確答案。小心別只看到前面的 to，就覺得該填入受詞而誤選了受格選項 (B) her。另，(C) itself 是反身代名詞，(D) theirs 則為所有代名詞。

譯▶ 新數位相機的穩定銷售歸功於其高畫質。

註▶ steady **形** 穩定的；不變的

0515 **5.** 答案 (A)

空格前有原屬及物動詞的動名詞 purchasing（購買～），故可作為其受詞的 (A) them 和 (B) themselves 為可能的選項。但觀察逗號後的部分便會發現，空格處指的是 photocopiers，由此判斷答案就是作為其代稱的**受格**選項 (A) them。而由於主詞 (Mr. Filbert) 和受詞 (photocopiers) 並不一致，故反身代名詞 (B) themselves 不適當。另，(C) theirs 是所有格，(D) they 則為主格。

譯▶ Filbert 先生決定為他的新辦公室租影印機，而不是用買的。

第 **4** 章 代名詞題

6. As everyone else on the sales team was out of the office, Mr. Bruno had to take care of all client calls -------.

(A) he
(B) his own
(C) his
(D) himself

7. Applicants for the position must be able to lift heavy items and move ------- to and from various locations.

(A) they
(B) their
(C) them
(D) themselves

8. Participants at the workshop will be served a complimentary lunch but will have to make dinner arrangements -------.

(A) itself
(B) themselves
(C) ourselves
(D) himself

9. The assembly line supervisor is working on the work schedule and will forward it to all of ------- by the end of the week.

(A) us
(B) our
(C) we
(D) ourselves

10. Sunflower Media will issue a formal statement this afternoon confirming ------- acquisition of the *Tokyo Daily*.

(A) itself
(B) its
(C) ours
(D) us

0516

0516
▼
0520

6. 答案 (D)

逗號後的 Mr. Bruno had to take care of all client calls 已經是要素齊備的句子，由此得知本題應選可附加於完整句子並**強調主詞的反身代名詞** (D) himself。另，(B) his own 若加上介系詞 on，以 on his own 形式呈現的話，亦可表同樣意義。至於主格的 (A) he 與所有格的 (C) his 則完全與本題無關。

譯 因為銷售團隊的其他人全都不在辦公室，Bruno 先生只好自行處理所有的客戶來電。

7. 答案 (C)

由於空格前有及物動詞 move，因此答案就是可**作為受詞的受格** (C) them。而反身代名詞 (D) themselves 雖然也可作受詞使用，但主詞 Applicants（應徵者）和受詞 heavy items（重物）並不相同，故不適當。另，主格的 (A) they 和所有格的 (B) their 皆無法當受詞。

譯 該職位的應徵者必須能夠搬起重物並且能夠在不同的位置之間移動它們。

8. 答案 (B)

四選項皆為反身代名詞，因此必須確認主詞為何。由於句子的主詞是 Participants（參與者），故本題應選 (B) themselves。另，(A) itself 的主詞應為單數之事物，(C) ourselves 的主詞應為 we，而 (D) himself 的主詞則應為 he 或單數的男人。

譯 工作坊的參與者將可享用免費的午餐，但必須自行安排晚餐。

註 complimentary 形 免費的；贈送的

9. 答案 (A)

空格處需要其前**介系詞 of 的受詞**，所以受格的 (A) us 和反身代名詞 (D) ourselves 為可能的選項，但由於單數形的主詞 The assembly line supervisor 和工作時間表的複數寄送對象是**不同的人**，因此不可選 (D) 而應選 (A)。另，(B) our 是所有格，(C) we 是主格，二者皆無法當受詞。

譯 裝配生產線的主管正在制定工作時間表，且會在本週末前轉發給我們所有人。

註 assembly 名 組裝；裝配

10. 答案 (B)

空格前有及物動詞 confirm（確認～）的現在分詞 confirming，空格後則有作為其受詞的名詞 acquisition（收購），因此**在名詞前表所有者**的代名詞 it 之**所有格** (B) its（它的）就是正確答案。注意，it 指的是 Sunflower Media。另，(A) itself 是反身代名詞，(C) ours 是所有代名詞，(D) us 則為受格。

譯 Sunflower Media 公司將於今天下午發布正式聲明，確認其對《Tokyo Daily》報的收購。

註 statement 名 聲明　acquisition 名 取得；收購

第**4**章

代名詞題

11. The furniture they bought was too heavy for Mr. Baker and Ms. Roberts to move by -------.

(A) their
(B) them
(C) themselves
(D) their own

12. Ms. Gao requested that the department staff send ------- the final draft of the sales report before submitting it to management.

(A) she
(B) her
(C) hers
(D) herself

13. Before Lucia Gomez and Daniel White moved to their offices on the first floor, both of ------- had been working on the second floor.

(A) they
(B) their
(C) them
(D) themselves

14. Ms. Smith's decision to resign in advance of her contract expiration next summer was ------- own rather than a request from the CEO.

(A) she
(B) her
(C) hers
(D) herself

15. The CEO, Mr. Wozniak has shown ------- to have a polished manner, confidence as a speaker, and the ability to make a deep impression on audiences.

(A) he
(B) his
(C) him
(D) himself

0521 **11.** 答案 **(C)**

四選項中唯一可與前方介系詞 by 結合做有意義之使用的爲**反身代名詞** (C) themselves。（by themselves 指「靠他們自己」。）(D) their own 前面要接介系詞 on 而非 by，用 on their own 的形式才能表達同樣意思。另，(A) their 是所有格，(B) them 則爲受格，雖可作介系詞 by 的受詞，但在此意思不通。

譯 Baker 先生和 Roberts 女士買的傢俱太重了，他們無法自行搬動。

0522 **12.** 答案 **(B)**

空格前的動詞 send 須採取 **SVOO** 的句型，而空格後有直接受詞 the final draft（最終定案），故正解爲可作其**寄送對象**（間接受詞）之**受格**選項 (B) her。注意，動詞 send 的主詞 (the department staff) 和受詞 (Ms. Gao) 不同，所以不能用反身代名詞 (D) herself。另，(A) she 是主格，(C) hers 則爲所有代名詞。

譯 高女士要求部門工作人員在將銷售報告的最終草案提交給管理階層前，先寄給她。

0523 **13.** 答案 **(C)**

本題四選項中適合作爲空格前**介系詞 of** 之受詞的是**受格代名詞** (C) them。（them 指 Lucia Gomez 和 Daniel White 兩人，而 both of them 就是「兩人都」的意思。）另，(A) they 是主格，(B) their 是所有格，(D) themselves 則爲反身代名詞。

譯 在 Lucia Gomez 和 Daniel White 搬到他們位於一樓的辦公室之前，他們倆一直都在二樓工作。

0524 **14.** 答案 **(B)**

由前後文意可推斷 Ms. Smith 的決定是「她自己」所做的，因此本題應選反身代名詞的所有格 (B) her 以形成 **her own decision**「她自己的決定」。注意，句中若沒有 own，本題就可選所有代名詞 (C) hers (hers = her decision)。另，(A) she 是主格，(D) herself 則爲反身代名詞。

譯 Smith 女士在明年夏天合約到期前辭職的決定是她自己做的，並非執行長的要求。

註 expiration 名 期滿；到期

0525 **15.** 答案 **(D)**

空格前有及物動詞 has shown（已展現出～），故可填入空格的是其**受詞**，而由前後文意可知，**主詞和受詞應是同一人**，因此正解爲 (D) himself。另，(A) he 是主格，(B) his 爲所有格或所有代名詞，(C) him 則爲受格。

TEX's notes

注意，男性第三人稱的所有格和所有代名詞皆爲 his。

譯 執行長 Wozniak 先生已展現出其本身所具有的優雅舉止、身爲演講者的自信，以及讓聽眾留下深刻印象的能力。

註 polished 形 優雅的；洗練的

第 **4** 章

代名詞題

0521
▼
0525

16. Working for a publisher in Mumbai and later for ------- company, Tiger Books, Mr. Singh translated scores of major Indian novels into English.

(A) he
(B) him
(C) himself
(D) his own

17. Given ------- many years of experience in customer service, Ms. Mori is well qualified for the position.

(A) she
(B) her
(C) hers
(D) herself

18. Richard Martinez spent over 20 years in the food service industry before deciding to open a restaurant on -------.

(A) he
(B) him
(C) himself
(D) his own

19. International companies such as ------- often need to hire financial specialists because of the different regulations that exist in various countries.

(A) it
(B) itself
(C) ours
(D) we

20. The printing company provides a design service for catalogs and brochures that clients cannot fully develop -------.

(A) they
(B) their
(C) them
(D) themselves

0526
▾
0530

0526 **16.** 答案 (D)

空格前有介系詞 for，後則有作為其受詞的名詞 company（公司），因此空格內應填入**表所有者之所有格**。選項中雖無單獨的所有格 his，但有具強調功能的反身代名詞 (D) his own（表「他自己的」之意），故為正解。另，(A) he 是主格，(B) him 是受格，(C) himself 則為反身代名詞。

譯▶ 先是在孟買為一家出版商工作、後來則為他自己的公司 Tiger Books 公司工作，Singh 先生將許多主要的印度小說翻譯成了英文。

註▶ scores of X 許多的 X

0527 **17.** 答案 (B)

空格前的 Given 是「有鑑於～、考慮到～」之意的介系詞，空格後則有名詞片語 many years，可見填入兩者間的應是**所有格**選項 (B) her。注意，相關語法 given that Ⓢ Ⓥ（有鑑於 S 做 V 一事）也很重要。另，主格的 (A) she、所有代名詞 (C) hers 和反身代名詞 (D) herself 皆無法置於空格中。

譯▶ 有鑑於其多年的客服經驗，Mori 女士很有資格擔任該職位。

0528 **18.** 答案 (D)

由於介系詞 on 後需要受詞，因此 (B) him 和 (C) himself 皆有可能是答案。但本題正解其實是可與空格前的介系詞 on 結合並形成 **on *one's* own**（靠自己、獨自）之意的 (D) his own。若空格前的介系詞是 by，則能形成 **by *oneself***（獨自）的反身代名詞 (C) himself 就會是正確答案。另，(A) he 是作為主詞用的主格，(B) him 雖可作為介系詞的受詞，但在此意思不通。

譯▶ Richard Martinez 在決定自己開餐廳之前已於餐飲服務業工作了二十多年。

0529 **19.** 答案 (C)

空格前的 such as（例如～）之後應**接前方名詞** International companies（國際企業）**的例子**，而若選擇 (C) ours 以**替代 our company**，便能形成「像我們公司這樣的國際企業」的通順文意，故為正解。注意，由於 such as 屬於介系詞用法，所以不能選無法當受詞的主格 (D) we。另，(A) it 與 (B) itself 亦不可選，因為句中並無其指稱之對象。

譯▶ 像我們這樣的國際公司通常需要聘請財務專家，因為各個國家有不同的法規。

0530 **20.** 答案 (D)

本句中之關係子句的主詞為 clients（客戶），換言之，關係代名詞 that 是動詞 develop 的受詞（指其先行詞 catalogs and brochures），因此可用來強調**主詞 clients** 的反身代名詞 (D) themselves 就是正確答案。而主格的 (A) they、所有格的 (B) their 與受格的 (C) them 皆無法置於空格中。

譯▶ 該印刷公司提供客戶無法完全靠自己開發的目錄和宣傳小冊之設計服務。

21. For ------- interested in flower arrangement, Maya Li will be providing an introductory course in the first week of May.

(A) they
(B) their
(C) them
(D) those

22. The new low-cost projectors allow purchasers to enjoy movies on a big screen in the comfort of ------- homes.

(A) they
(B) their own
(C) them
(D) it

23. You can purchase used pianos at a fraction of ------- retail value by attending a musical instrument auction in Whitehaven this weekend.

(A) its
(B) my
(C) their
(D) our

24. The new home improvement app has a free demo version so that you can gauge its value for ------- before purchasing the full package.

(A) you
(B) your
(C) yours
(D) yourself

25. In the survey, participants were asked which of the three fruit drinks ------- would like to buy.

(A) they
(B) their
(C) them
(D) themselves

0531 **21.**   **答案** (D)   0531 ▾ 0535

這題的空格處應填入介系詞 **For 的受詞**，故受格的 (C) them 和代名詞 (D) those 爲可能之選項，但因空格後的過去分詞片語 interested in flower arrangement 爲針對空格的修飾語，因此表「〜的人們 (= people who are)」之意的 (D) those 就是正確答案。(C) them 無法接修飾語，故不可選。另，主格的 (A) they 與所有格的 (B) their 皆無法置於空格中。

譯▶ 針對那些對插花有興趣的人，Maya Li 將在五月的第一週提供一堂入門課程。

0532 **22.**   **答案** (B)

由於空格前有介系詞 of，後則有名詞 homes，故可知空格處應填入**所有格**，而選項中雖無單獨的所有格 their，但有表「他們自己的」之意的 (B) their own，故爲正解。另，(A) they 是主格，(C) them 是受格，二者皆不可選。而 (D) it 亦不適當，因爲其後無法接複數名詞 homes。

譯▶ 新的低成本投影機可讓購買者在他們自己舒適的家中於大螢幕上欣賞電影。

0533 **23.**   **答案** (C)

四選項都是可修飾空格後名詞 retail value（零售價）的所有格，可見本題應從空格部分所表的是什麼東西的價格這點來思考。而由出現在空格前方的**複數名詞 pianos** 即可知，正解爲 (C) their（它們的）。選項 (A) its、(B) my 和 (D) our 皆不通。

譯▶ 您可藉由參加本週末於 Whitehaven 舉辦的樂器拍賣會，以零售價一小部分的金額購買二手鋼琴。

註▶ fraction **名** 小部分

0534 **24.**   **答案** (D)

空格處需要前方介系詞 for 的受詞，而由於 **that 子句的主詞 you** 和空格爲同一人，因此答案爲**反身代名詞** (D) yourself。另，(A) you 是主格，(B) your 是所有格，(C) yours 則爲所有代名詞，三者皆無法置於空格中。

譯▶ 新的居家改善 app 有個免費的展示版，以便您可在購買完整的軟體套件之前自己評估其價值。

0535 **25.**   **答案** (A)

本句由疑問詞 which 所引導的是一間接問句，而在間接問句中，主詞與動詞應採取**與直述句相同的詞序**，即〈疑問詞＋ⓈⓋ〉，由此判斷空格處應填入**述語動詞 would like** 的主詞，因此正解爲主格的 (A) they。(B) their、(C) them、(D) themselves 都不能當主詞，故皆不可選。

TEX's notes

如下將替代 participants（參加者）的 they 作爲主詞 (S) 填入間接問句中。

... participants were asked which of the three fruit drinks (they) would like to buy
                      [O]   [S]   [V]

譯▶ 在該調查中，參加者被問到他們會想購買三種水果飲料中的哪一種。

第 **4** 章   代名詞題

26. ------- of the exhibits at the aquarium include fish commonly found along rocky Hawaiian shorelines.

(A) One
(B) Theirs
(C) Some
(D) They

27. If you have not received an ID badge, please obtain ------- from the personnel department.

(A) one
(B) each
(C) any
(D) either

28. Purchase two of Eric Schneider's popular rock 'n' roll CDs and get ------- free of charge.

(A) each other
(B) another
(C) other
(D) one another

29. It was a point of contention that Mr. Cox's research results were different from ------- of his colleagues.

(A) those
(B) it
(C) them
(D) theirs

30. ------- of the customers at Philips Grill have complimented the chef for his professionalism and the wonderful gourmet experience provided.

(A) Whomever
(B) Several
(C) Someone
(D) Everybody

0536 **26.** 答案 (C)   0536 · 0540

本題空格處需要句子的主詞。雖然每個選項都可作為主詞，但後面能接**修飾語〈of＋名詞〉**的則只有 (A) One 和 (C) Some。而因此句的述語動詞 include 為**複數形**，故表複數的代名詞 (C) Some 就是正確答案。注意，(A) One 是單數，動詞必須加 s。另，(B) Theirs 是所有代名詞，(D) They 是代名詞主格，二者皆不適合置於〈of＋名詞〉之前。

譯 該水族館所展示的一些生物包括了沿著夏威夷岩岸常見的魚類。

註 aquarium 名 水族館　　shoreline 名 海岸線

0537 **27.** 答案 (A)

根據前後文意，空格處應填入可用來代替 an ID badge 的代名詞，因此可替代〈a／an＋單數名詞〉表「**同種類的東西之一**」的 (A) one 為正解。而 (B) each（各個）、(C) any（任一個）、(D) either（兩者中的任一個）也都可作為代名詞，但填入後意思皆不通，故不選。

譯 若您還沒收到員工識別證，請至人事部門領取。

0538 **28.** 答案 (B)

依前後邏輯，本句要表達的應該是「買兩張 CD，可再獲得一張免費的」之意，故本題應選表「**同種類人／物的另一個**」之代名詞 (B) another。另，(A) each other 與 (D) one another 皆為表「彼此、互相」之意的代名詞，在此意思不通。(C) other 則為形容詞，後須接名詞。

譯 買兩張 Eric Schneider 的流行搖滾 CD 即免費獲得另一張。

0539 **29.** 答案 (A)

依前後邏輯來看，此句討論的是 Mr. Cox 的 research results（研究結果）與他同事們的 research results 之間的差異，因此空格處應填入可用來**代替 research results 的代名詞**。正解為 (A) those。而 (B) it、(C) them、(D) their 雖然皆可作為介系詞的受詞，但都不能接〈of＋名詞〉這種修飾語，故皆不可選。

譯 Cox 先生的研究結果與他同事們的研究結果有所不同乃爭論的焦點。

註 contention 名 爭論；主張

0540 **30.** 答案 (B)

空格處需要主詞，而因述語動詞 have complimented 為**複數形**，故本題選複數的代名詞 (B) Several（數個）。另，(C) Someone 與 (D) Everybody 皆為單數，不可選；受格的 (A) Whomever 則不能當主詞。

譯 Philips 燒烤餐廳的幾位顧客讚賞了主廚的專業精神及所提供的美妙美食體驗。

註 compliment 動 讚美～；恭維～　　gourmet 形 美味的；美食家的

第 **4** 章

代名詞題

連同字彙題一網打盡

請想想下列空格處應填入什麼單字。

1. keep an i------- of office supplies　做辦公用品**庫存清單紀錄**

2. p-------s in Wichita　在 Wichita 的**醫師們**

3. The seminar was u-------.　該研討會**人手不足**。

4. s------- sales of the new digital camera　新數位相機的**穩定**銷售

5. a c------- lunch　**免費的**午餐

6. i------- a formal statement　**發布**正式的聲明

7. contract e-------　合約**期滿**

8. Ms. Mori is well q------- for the position.　Mori 女士很**有資格**擔任該職位。

9. at a f------- of retail value　以零售價**一小部分**的金額

10. c------- the chef for his p-------　**讚賞**主廚的**專業精神**

　　以上單字都摘自第 4 章中的題目，儘管有程度上的差異，它們都常出現在多益測驗的考題裡。由於本書的題目全皆以符合「多益測驗實際考題」之標準來設計，因此納入了許多重要單字。建議讀者除了解題外，也請務必徹底理解句子的意思，將技巧運用於字彙題。

答案（括弧內數字指題目序號）
1. inventory [506]　**2.** physicians [511]　**3.** understaffed [513]　**4.** steady [514]
5. complimentary [518]　**6.** issue [520]　**7.** expiration [524]　**8.** qualified [527]
9. fraction [533]　**10.** compliment / professionalism [540]

第 **5** 章

介系詞題

若不知道介系詞的固定用法及所構成之正確片語，
就無法解答【介系詞題】。

因此，理解介系詞所具有的基本意象，
並多多練習相關題目，
以培養對介系詞的正確直覺可說是非常重要。

題數

56

題目序號

0541 ～ 0596

第5章 【介系詞題】解題策略

　　這類問題是要從 in、at、to、from、on 等中選出可構成正確片語的介系詞。由於不知固定用法及正確片語就答不出來，因此嚴格來說這應算是一種字彙題而非文法題。此類問題的作答重點在於：不要花太多時間。當你不是很確定時，請相信自己的直覺。

接著就讓我們來看看例題。

0541 請從 (A) ～ (D) 選出一個最適合填入空格的詞語。

Anyone spending time outdoors ------- hot weather should drink at least four cups of water per hour.

(A) at
(B) on
(C) in
(D) from

基本解題法

① 查看選項

快速掃瞄選項後，確認這是介系詞題。注意，若選項中摻有連接詞，則屬於【介系詞 or 連接詞題】。

② 優先考量介系詞所具有的意象

可表示天氣狀況的介系詞為 (C) in。請記住人處於炎熱天氣「裡」的意象（中文也有「在大熱天『裡』」的講法）。

③ 重視直覺

假如不知道描述天氣要搭配 in 的話，再怎麼想破頭也不會知道該選 (C)。面對【介系詞題】時務必速戰速決。此時建議讀者重視直覺，選擇「感覺應該是這個」的選項就對了。因為你可能在無意識中曾於某處看過 in hot weather 的講法，而該無意識的記憶也很可能就形成了直覺。

答案 (C)

譯 任何在炎熱的天氣裡花時間在戶外的人，每小時都該喝至少四杯水。

主要介系詞示意圖

針對介系詞，建議讀者以下列基本意象來記憶。

❶ at

「位於某一點」之意象

❷ in / inside

「在某個空間中、在某個範圍裡」之意象

❸ on

「接觸」之意象

❹ over

「超過某個空間、範圍的正上方」之意象

❺ under
「在某個空間、範圍的正下方」之意象

❻ between
「在兩個東西之間」之意象

❼ among
「被某個群體包圍」之意象

❽ against
「反抗、施加了力量的接觸」之意象

❾ opposite

「隔著道路等的對面」之意象

❿ along

「沿線行進」之意象

總 結

☐ 以介系詞所具有的基本意象來記憶

☐ 重視直覺，務必立刻決定答案

從下頁起為練習題。請試著應用在此環節學到的解題法。

◎ 請從 (A) ～ (D) 選出一個最適合填入空格的詞語。

1. Ms. Torres told her team members to submit the progress report on the promotional campaign ------- Thursday afternoon.
(A) with
(B) at
(C) by
(D) between

2. ------- the conclusion of the workshop, Mr. Brown handed out questionnaires to all participants.
(A) Through
(B) Under
(C) At
(D) Into

3. Riley Lee reminded other office staff that ------- the regulations, they were required to keep detailed records of all transactions.
(A) over
(B) up
(C) under
(D) into

4. ------- the past ten years, Mikan Motors has been serving the automobile repair needs of the Kawasaki area.
(A) Over
(B) Along
(C) Within
(D) Still

5. Canberra Community College offers classes on nutrition ------ both beginners and experts.
(A) by
(B) from
(C) to
(D) with

答題時，除了邏輯思考外，也要重視直覺。

0542 **1.** 答案 **(C)**

依前後文可知，空格後的「星期四下午」是報告的提交期限，故正解為表〈**期限**〉的 (C) by。注意，介系詞 by 的其他用法如 The report was written by Ms. Torres.（動作的執行者），以及 Please send the report by e-mail.（方法、手段）等，也都很重要。另，(B) at 在表〈時間〉時，不指長時間，而是指像 at 9:00 A.M. 這樣的〈時間點〉。（見下題。）

譯 Torres 女士告訴她的團隊成員們必須在週四下午前提交有關促銷活動的進度報告。

0543 **2.** 答案 **(C)**

四選項中可表空格後「工作坊之結尾」這種〈**時間點**〉的介系詞就是 (C) At，故為正解。注意，除了 at the conclusion [end] of X（在 X 的結尾）外，at the beginning [start] of X（在 X 的起頭）亦為相當重要的句型。另，at 還常用來表如 at 10 A.M. 的〈**時刻**〉，或如 I met Mr. Brown at the workshop. 的〈**地點**〉。

譯 工作坊結束時，Brown 先生發問卷給所有的參與者。

0544 **3.** 答案 **(C)**

可接在空格後的名詞 regulations（規則、規定）之前，表「在規則（規定）下」之意的是介系詞 (C) under。注意，under 除了能表示 under the table 此〈下方的位置〉外，還能以 under construction（施工中）這種〈在某狀態下〉，以及 I work under Mr. Lee.（我在李先生手下工作）這種〈在某種影響下〉等意象來使用。

譯 Riley Lee 提醒其他辦公室職員，基於規定他們必須保存所有交易的詳細紀錄。

0545 **4.** 答案 **(A)**

可接在空格後的 the past ten years（過去十年）這種〈**期間**〉之前，表示「經過～、在～期間」之意的介系詞就是本題正解 (A) Over。另，over 有各式各樣的用法，其中如 over the weekend（週末期間）和 over the next few days（在接下來的幾天裡）等表〈期間〉的用法在多益考題裡格外常見。同時，也請記住 over the telephone（透過電話）此一講法。

譯 在過去十年裡，Mikan 汽車公司一直都提供川崎地區汽車維修需求的服務。

0546 **5.** 答案 **(C)**

可搭配此句之述語動詞 offer 的介系詞為 (C) to，即以 offer X to Y 的形式來表示「提供 X 給 Y」之意。另，介系詞 to 具有〈**目的、方向**〉之意象，經常以 I go to college every day.、I sent a letter to the college、I work from 9 A.M. to 5 P.M. 等形式連接「目的點」。

譯 Canberra 社區學院提供營養學課程給初學者與專家。

註 nutrition **名** 營養學

第 **5** 章 介系詞題

◎ 請以每題 20 秒的速度為目標作答。

1. The Tokyo Eye is one of the newest landmarks in the capital, and is already ------- the most popular tourist destinations.

    (A) from
    (B) into
    (C) among
    (D) throughout

2. Just six months ------- a career with Cooper Advertising, Mr. Harlan was offered the branch manager position.

    (A) into
    (B) throughout
    (C) since
    (D) over

3. On the day of the audition, entrants need to arrive at the Northern Star Playhouse ------- 7:00 A.M.

    (A) early
    (B) ahead
    (C) before
    (D) prior

4. Over one hundred guests have been invited to the Royal Hotel ------- the reception after the medical conference next week.

    (A) on
    (B) from
    (C) for
    (D) across

5. Because it is a growing company, with sales topping $1 billion last year, Bruno Building always has a construction project ------- progress.

    (A) on
    (B) from
    (C) during
    (D) in

0547 1. 答案 (C)

可表主詞 The Tokyo Eye 已屬於空格後「最受歡迎的觀光地」此一群組的介系詞是 (C) among（在～之中）。注意，among 指「在三個（人）以上的群體之中（間）」，而因它不是表時間上的「之間」，故其後不接「期間」。

譯 The Tokyo Eye 是首都最新的地標之一，也已是最受歡迎的觀光地之一。

0548 2. 答案 (A)

用〈期間＋into X〉的形式便可表「進入 X ～（期間）」之意，故本題選 (A) into。此用法正如 Three minutes into the game, Okazaki scored.（進入比賽才三分鐘，Okazaki 就得分了）。而 (B) throughout 須採取 throughout his six-month career 的形式。

譯 進入 Cooper 廣告公司工作才六個月，Harlan 先生就獲得了分公司的經理職位。

0549 3. 答案 (C)

可連接後方 7:00 A.M. 此〈時間點〉的介系詞只有 (C) before（在～之前），故為正解。而 (A) early 是形容詞或副詞，不接時間；(B) ahead 則有 ahead of schedule（早於預定）此一重要用法；(D) prior 則須加介系詞 to，用 prior to（在～之前）才行。另，選項中若有表〈期限〉的 **by**（在～以前）亦可選。

譯 選秀當天，參賽者須於上午七點前到達 Northern Star 劇場。

註 entrant 名 參賽者

0550 4. 答案 (C)

空格後的 the reception（接待會、歡迎會）是主詞「百名以上的賓客」被招待至飯店之〈目的〉，所以答案是 (C) for。另，介系詞 for 從表〈方向〉的基本意象，衍生出了〈持續期間〉、〈目的〉、〈理由〉等用法。

TEX's notes

多益測驗的考題中經常出現這種〈行為＋for＋目的〉的句型。

譯 有一百多位賓客已經被邀請在下週的醫療會議結束後到 Royal 飯店參加接待會。

0551 5. 答案 (D)

介系詞 (D) in 可與後方名詞 progress 結合並正確形成 **in progress**（進行中）之涵義，故為正解。另如 match in progress 就是指正在進行的比賽。注意，(C) during 是表〈特定的期間〉，須接加上 the 或所有格的名詞。

譯 因為 Bruno 建設公司是一家去年銷售額超過十億美元正在成長中的公司，所以它總是有建設專案在進行中。

註 top 動 超過～

6. The National Business Travel Association expects corporate car rental rates to increase ------- two percent this year.

(A) in
(B) by
(C) on
(D) with

7. E-Marketing Solutions is offering a two-week program for people who want to learn more ------- digital marketing.

(A) near
(B) about
(C) beyond
(D) among

8. At today's press conference, the CEO declined to comment ------- the possibility of a merger.

(A) of
(B) on
(C) from
(D) at

9. The popular online service is gaining new subscribers ------- the rate of about one million every two months.

(A) from
(B) on
(C) into
(D) at

10. All contract documents should be sent to our legal office ------- priority mail.

(A) to
(B) by
(C) against
(D) outside

(0552) **6.**　　　　　　　　　　　　　　　　　　　　　　　　答案 (B)　(0552)

由前後文可知，空格後的 two percent (2%) 是指上升幅度，因此表〈差距〉的 (B) by 為 (0556)
正解。另如 by a wide margin（以大幅度）的用法也曾實際出現在考題中。另，介系詞
by 從「在～旁邊」的基本意象衍生出了其他如〈期限〉（在～之前）、〈方法、手段、
動作的執行者〉（以～、由～）等各式各樣的用法。

譯▶ 全國商務旅行協會預期今年的企業租車費率將增加 2%。

(0553) **7.**　　　　　　　　　　　　　　　　　　　　　　　　答案 (B)

由於空格後的 digital marketing 是課程的學習內容，故本題選可形成 learn about X（學
習關於 X）這個片語的 (B) about（關於～）。注意，介系詞 about 的基本意象為〈在周
圍〉，在此則表大略地學習數位行銷之周邊一般事務的意思。

譯▶ E-Marketing Solutions 公司提供為期兩週的課程給想要學習更多關於數位行銷的人。

(0554) **8.**　　　　　　　　　　　　　　　　　　　　　　　　答案 (B)

可與前方動詞 comment 結合，並形成 comment on X（對 X 做出評論）這個片語的介系
詞 (B) on 就是正確答案。注意，on 的基本意象是〈接觸〉，在此則表觸及特定事項之
意。另，就〈不及物動詞＋on〉此用法而言，focus on X（聚焦於 X）和 rely on X（依
賴 X）也都很重要。

譯▶ 在今天的記者會上，執行長婉拒對合併的可能性做出評論。

(0555) **9.**　　　　　　　　　　　　　　　　　　　　　　　　答案 (D)

介系詞 (D) at 除了從基本意象的〈位於某一點〉衍生出了表〈時刻〉及〈地點〉的意義
外，還可用 at the rate of X（以 X 的速度、以 X 的比率）之形式表〈速度或比率〉。（若
將其想成是指各種數值中的「某一點」會比較容易理解。）另，表〈價格〉、〈溫度〉、
〈速度〉等的 at 用法也都屬於這種意象。

譯▶ 那個受歡迎的線上服務正以每兩個月約一百萬的速度獲得新用戶。

註▶ subscriber 名 用戶；訂閱者

(0556) **10.**　　　　　　　　　　　　　　　　　　　　　　　答案 (B)

空格後的 priority mail（優先郵件：美國郵局所提供的一種服務）是郵件的寄送方式之
一，因此可表〈方法、手段〉的介系詞 (B) by 就是正確答案。

TEX's notes

在多益測驗中，明確區隔 by mail（以郵遞方式）和 by e-mail（以電子郵件）是很重要的。
另，表〈交通方式〉的 by bus（坐巴士）、by train（坐火車）等用法也都很常見，請務必記
住。

譯▶ 所有合約文件都應以優先郵件寄送至我們的法務室。

註▶ priority 名 優先（權）

11. Beaver Creek Resource Management is looking to hire three student interns ------- the summer to work on the Brett Gray Ranch in Colorado.

(A) for
(B) at
(C) to
(D) as

12. Due to the forecast of rain, the concert will be held in Joe Louis Arena ------- the outdoor stage at Comerica Park.

(A) rather
(B) despite
(C) instead of
(D) aside from

13. There is an extensive library of books on marketing and sales in the office which can be borrowed ------- a monthly basis.

(A) at
(B) in
(C) on
(D) with

14. As a token of appreciation ------- her 20 years of hard work, Mary Wilson was given a gold watch as a parting gift.

(A) into
(B) from
(C) above
(D) for

15. Miles Smith used a projector set up ------- the conference room to deliver his report on the company's sales performance.

(A) on
(B) to
(C) in
(D) of

0557
▼
0561

[0557] 11. 　　　　　　　　　　　　　　　　　　　　　　答案 **(A)**

空格後的 the summer（夏天）是表空格前「三名學生身分的實習生」的〈**特定雇用期間**〉，而介系詞 (A) for 即可指定如「只在夏天」這樣的**特定期間**。此為針對特定期間，由其基本意象〈**方向**〉所衍生出的形式。另注意，(B) at 須接〈**時刻**〉。

> **譯** Beaver Creek 資源管理公司想在夏季雇用三名學生身分的實習生於科羅拉多州的 Brett Gray 牧場工作。

[0558] 12. 　　　　　　　　　　　　　　　　　　　　　　答案 **(C)**

空格前後都提到演唱會場地，而由於預報會下雨，因此可推斷演唱會會變更場地。正確答案是介系詞 (C) instead of（代替～、改為～）。而同為介系詞的 (B) despite（儘管～）和 (D) aside from（除了～之外）意思都不通。另，(A) rather（而不是～）則為副詞。

> **譯** 由於天氣預報會下雨，因此演唱會將改在 Joe Louis 體育館舉行，而不是在 Comerica 公園的戶外舞台舉行。

[0559] 13. 　　　　　　　　　　　　　　　　　　　　　　答案 **(C)**

本題正解為可形成〈on a ＋形容詞＋ basis〉以表「**以～為單位**」之意的 (C) on，而 on a monthly basis 就是「以月為單位」之意。另，on a regular basis（定期）及 on a first-come, first-served basis（先到先得、依先來後到的順序）等用法也都很重要。

> **譯** 辦公室裡有個行銷與業務相關的大圖書庫，可以月為單位借書。

[0560] 14. 　　　　　　　　　　　　　　　　　　　　　　答案 **(D)**

空格後的 her 20 years of hard work 是空格前的 appreciation（感謝）的〈**理由**〉，故本題選 (D) for（為～）。

TEX's notes

> as a token of appreciation for *X*（作為對 X 感謝的象徵）是曾在正式考試中出現多次的重要句型。

> **譯** 作為感謝她二十年來辛勤工作之象徵，Mary Wilson 被贈與一只金錶當作離別禮物。
> **註** parting 形 離別的

[0561] 15. 　　　　　　　　　　　　　　　　　　　　　　答案 **(C)**

空格前的 set up 指「安裝」，空格後的 the conference room（會議室）則為安裝場所，只要填入介系詞 (C) in，便能形成「被安裝在會議室內的→投影機」這樣的通順文意，故為正解。另，若填入 (A) 會變成「在會議室之上」，而將投影機安裝在「會議室上」並不合理。

> **譯** Miles Smith 使用安裝在會議室的投影機來發表關於公司銷售業績的報告。
> **註** deliver 動 發表（演說等）

16. ------- a typical Saturday night, the restaurant serves as many as 300 patrons between the hours of 6 P.M. and 10 P.M.

(A) At
(B) On
(C) In
(D) Over

17. A snowstorm in New York caused flight delays that prevented Ms. Jimenez ------- arriving until yesterday.

(A) from
(B) on
(C) into
(D) at

18. In addition to signing up for our free daily newsletter, be sure to visit our TechInfo blog for updates ------- the day.

(A) throughout
(B) over
(C) at
(D) within

19. The real-estate developer has decided to construct a large shopping mall ------- the city museum.

(A) throughout
(B) near
(C) into
(D) upon

20. Advance Telecommunications announced that the cause of yesterday's network disruption is still ------- investigation.

(A) over
(B) with
(C) among
(D) under

0562
▼
0566

0562 **16.** 答案 (B)

欲表達如空格後的「典型的週六夜晚」這類**「特定日子」**的夜晚時，要用介系詞 (B) On。若選 (A) At 形成 At ... night 則是指<u>不特定的夜晚</u>。另，特定日子的早上或中午也都須使用介系詞 on，如 on Sunday morning、on a hot summer afternoon 等。

譯 在週六夜晚，該餐廳通常於晚上 6 點到 10 點間供應餐點給多達三百位顧客。

註 patron ⊗ 顧客

0563 **17.** 答案 (A)

空格前的動詞 prevent 應與介系詞 (A) from 結合，形成 prevent *X* <u>from</u> *doing* 表「妨礙 *X* 做～」之意。

TEX's notes

> 注意，prevent 為及物動詞，不可直接連接 from，而須在兩者之間插入受詞。

譯 紐約的一場暴風雪造成航班延誤，使得 Jimenez 女士一直到昨天為止都無法抵達。

註 prevent *X* from *doing* 妨礙 *X* 做～

0564 **18.** 答案 (A)

依前後文意可知，空格前的 updates（更新）是「一整天」都在進行的，因此正解為 (A) throughout（在～裡一直持續）。另如 throughout Taiwan（在全台灣）這樣接〈**地點**〉的用法也很重要。注意，(B) over 要接有一定長度的〈期間〉，而選 (D) within 則會變成「在當天之內」，意思不通。

譯 除了登記免費閱讀我們的每日新聞通訊外，也務必造訪我們的 TechInfo 部落格以獲取全天持續更新的內容。

0565 **19.** 答案 (B)

這題空格後的部分是用來指出 a large shopping mall（大型購物中心）的建設地點，故本題應選表在市立博物館「**附近**」的 (B) near。而 (A) throughout 是「遍布～」、(C) into 是「往～之中」，(D) upon 則是同 on，為「在～之上、在～表面」之意，三者意思都不通。

譯 該房地產開發商已決定在市立博物館附近建一個大型購物中心。

註 developer ⊗ 開發商

0566 **20.** 答案 (D)

本題正解為可形成 **under investigation** 以表「調查中」之意的 (D)。注意，under 的基本意象是〈**正下方**〉，但除了物理上的空間位置外，也可表如 <u>under construction</u> [negotiation / regulations]（施工中 / 談判中 / 規範下）等在某些〈狀況下〉或〈影響下〉之意。

譯 Advance Telecommunications 公司宣布，昨天網路中斷的原因仍在調查中。

註 disruption ⊗ 中斷；混亂　　investigation ⊗ 調查

第 **5** 章

介系詞題

21. Mr. Matsuhashi submitted his travel report immediately ------- arrival at the company headquarters.

    (A) upon
    (B) in
    (C) to
    (D) from

22. To visit our store, follow Parry Road ------- the pharmacy and you will see it on your right.

    (A) close
    (B) over
    (C) throughout
    (D) past

23. The hotel is situated in a quiet residential area and was fully renovated ------- the guests' comfort last year.

    (A) for
    (B) under
    (C) on
    (D) at

24. Employees wishing to exchange their computers must return the old ones to the company ------- two weeks.

    (A) while
    (B) before
    (C) within
    (D) over

25. Mr. Harrison stated that he would donate any leftover funds ------- charity when the community center was complete.

    (A) to
    (B) for
    (C) with
    (D) in

0567 **21.** 答案 (A)   0567

介系詞 (A) upon (= on) 可以 **upon X** 之形式表「在做了 X 後立刻」之意。注意，接動名詞的 **upon [on]** *doing X*（一做了 X 就立刻）形式也很重要。另，述語動詞 submit 雖常以 submit *X* to *Y*（提交 X 給 Y）之形式出現，但 to 後面必須為「提交對象」，故不可選 (C)。

0571

譯 Matsuhashi 先生一抵達公司總部後便立刻提交了他的出差報告。

0568 **22.** 答案 (D)

將介系詞 (D) past（經過～）填入空格後，便可形成 past the pharmacy（經過藥局）之通順文意，故為正解。若要選形容詞 (A) close，則須接介系詞 to，以 close to 來表「接近～」之意。另，若選 (B) over 會是「越過藥局上方」，選 (C) throughtout 則會是「在藥局中各處」之意，二者皆不符文意。

譯 若要來我們店裡，請沿著 Parry 路走，在經過藥房後你就會在你的右手邊看到它。

0569 **23.** 答案 (A)

空格後的 the guests' comfort（住客的舒適）是飯店全面裝修的〈**目的**〉，由此判斷答案就是可表目的之介系詞 (A) for。而具同樣意思的 for the comfort of *X*（為了 X 的舒適）也請一併記住。另，句中使用的 *be* situated in（位於～）亦為重要片語。

譯 該飯店坐落於安靜的住宅區，而且去年為了住客的舒適而全面翻新過。

註 *be* situated in *X* 位於 X（地點）

0570 **24.** 答案 (C)

空格後的 two weeks（兩週的時間）是空格前「將老舊電腦歸還給公司」此一行為所應執行的期間，故正確答案是表在時間或地點、程度等〈**範圍內**〉的 (C) within（在～內）。而 (B) before 不接〈期間〉，要接〈時間點〉，選 (D) over 意思則會變成「兩週以上、超過兩週」，並不合理。

譯 希望更換電腦的員工，必須在兩週內將舊電腦退還給公司。

0571 **25.** 答案 (A)

空格前的動詞 donate 是指「捐錢或物」，它和 give 一樣，通常都搭配介系詞 to，故 (A) 為正解。注意，**donate X to Y**（捐贈 X 給 Y）是個重要句型，此外 donate 也能以 donate to *X* 之形式，作為不及物動詞使用。

譯 Harrison 先生表示，當社區中心完成後，他會將所有剩餘的資金捐贈給慈善機構。

註 leftover 形 剩餘的   fund 名 資金

第 **5** 章 介系詞題

26. *California Travel Magazine* named Hugo Bertrand the best travel writer ------- five consecutive years.

(A) at
(B) for
(C) from
(D) before

27. ------- all the dishes served at the Little Bird Café, the Chef's Special Pizza is the most popular.

(A) At
(B) Through
(C) Over
(D) Of

28. Customers of our online store who spend more than $50 will qualify ------- free shipping.

(A) to
(B) in
(C) after
(D) for

29. Oriental Trade Co. imports and exports a wide variety ------- consumer and industrial goods, including software, electric motors, and clothes.

(A) with
(B) of
(C) into
(D) on

30. Should you have any questions ------- how to get to the Global Research Center, please direct your inquiry to rep@globalresearch.com.

(A) between
(B) next
(C) onto
(D) regarding

0572
▼
0576

0572 26. 答案 (B)

四選項中可用來連接空格後之 five consecutive years（連續五年）這種以〈數詞＋名詞〉表〈持續期間〉的是 (B) for（在～期間）。而 (A) at 表〈時刻〉、(C) from 表〈時間的起點〉、(D) before 表〈～時間之前〉，三者皆不符題意。

譯《加州旅遊》雜誌連續五年將 Hugo Bertrand 評為最佳旅遊作家。

註 consecutive **形** 連續的

0573 27. 答案 (D)

可搭配句末之最高級形式 the most popular，用來表「在～中最～」之意的就是 (D) Of。本句若以 The Chef's Special Pizza is the most popular (dish) of all the dishes. 之形式表達即可清楚看出「整體」中之「最～」之意，而本題是將 of all the dishes 移至句首來強調。

譯 在 Little Bird Café 所供應的所有菜色中，主廚的特製披薩是最受歡迎的。

0574 28. 答案 (D)

空格後的 free shipping（免運費）是購物金額超過五十美元才可獲得的資格〈目標〉，因此本題選 (D) for。**qualify for X**（取得 X 的資格）這個用法相當重要，請記住。

譯 我們網路商店的顧客只要購買超過五十美元的商品便可免收運費。

註 qualify for *X* 取得 X 的資格

0575 29. 答案 (B)

介系詞 (B) of 可與前方名詞 variety 結合，以表達「**各式各樣的～**」之意。注意，**a wide variety of ...**（各式各樣、種類廣泛的～）是多益測驗的常考片語。其他選項若置入句中皆無意義。

TEX's notes

類似說法 a wide array of ... 和 a wide [broad] range of ... 同樣亦為「種類廣泛的～」的意思，也都十分重要。

譯 Oriental 貿易公司進出口各式各樣的消費者及工業用商品，包括軟體、電動馬達和衣物等。

0576 30. 答案 (D)

空格後的「要怎麼到全球研究中心」，是空格前之 question（疑問）的〈內容〉，故若填入 (D) regarding（關於～）便可形成通順文意。而若將其他選項置入空格中皆無法表達合理意義。

TEX's notes

同樣表「關於～」之意的介系詞 concerning 也很常出現，而同義的 **in [with] regard to X**（關於 X）亦為重要片語。

譯 若您對於要怎麼到全球研究中心有任何疑問，請至 rep@globalresearch.com 洽詢。

31. Frank Jones has transformed Beansflavor Coffee ------- a start-up business to a market leader in the high-end coffee market in Willamette.

   (A) about
   (B) from
   (C) since
   (D) after

32. Keep up-to-date with the latest information about special offers and discounts at Wagner Clothing Stores ------- subscribing to our newsletter.

   (A) at
   (B) in
   (C) by
   (D) as

33. ------- Friday, Portside Clothing Store will have a clearance sale in order to make room for new inventory.

   (A) Since
   (B) Until
   (C) In
   (D) Below

34. Dice Pizza announced Tuesday that Ms. Emily Martin will replace David Brandon ------- CEO in March with a three-year contract.

   (A) as
   (B) like
   (C) out
   (D) about

35. The new portable music players from Star Electronics are available ------- red, blue, and silver.

   (A) at
   (B) in
   (C) of
   (D) to

0577 **31.**   答案 **(B)**

在描述企業變遷的此句中，「start-up（新創）企業」和「市場領導者」之間屬於〈**起點**〉和〈**終點**〉的關係，故可與空格後方的介系詞 to 組成 **from X to Y**（從 X 到 Y）形式的選項 (B) from 就是正確答案。另，**transform X into Y**（將 X 轉變成 Y）亦為重要用法。其他選項在本句中則不具意義。

譯▶ Frank Jones 已將 Beans flavor Coffee 公司從新創企業轉型為 Willamette 高級咖啡市場中的領導者。

註▶ transform 動 使～轉變　　start-up 形 新創的；啟動（新事業）的

0578 **32.**   答案 **(C)**

空格後的 subscribing to our newsletter（訂閱新聞通訊）代表的是取得店家之最新優惠及折扣訊息的〈**方法、手段**〉，所以答案應選可表〈**方法、手段**〉的介系詞 (C) by。

譯▶ 透過訂閱我們的新聞通訊即可獲得關於 Wagner 服飾店的最新特別優惠與折扣資訊。

註▶ subscribe to X 訂閱 X；成為 X 的會員；報名 X

0579 **33.**   答案 **(B)**

填入空格後可形成通順文意的是表〈**持續**〉至某時間點為止的介系詞 (B) Until（直到～），故為正解。（另，until 也常連接子句，作為連接詞使用。）而 (A) Since（自從～）要接〈過去的起點〉，在此時態不符（通常使用現在完成式）；(C) In 則要接「月」或「年」（日要用 on）；(D) Below 則不接時間。

譯▶ 一直到週五為止，Portside 服飾店將舉行清倉大拍賣以便為新商品騰出空間。

0580 **34.**   答案 **(A)**

可與空格前的動詞 replace（取代～、更換～）結合成〈replace X as ＋職務〉（取代 X 擔任～）的介系詞 (A) as（擔任～、成為～）就是正確答案。此句型於多益測驗相當多見，建議讀者將相關句型 **replace X with Y**（用 Y 取代 X）也一併記起來。

譯▶ Dice Pizza 公司週二宣布，Emily Martin 女士將於三月份簽下三年的合約取代 David Brandon 成為執行長。

註▶ replace 動 取代～；繼任～

0581 **35.**   答案 **(B)**

空格後有主詞「攜帶式音樂播放器」的所有顏色，而可用來表顏色的為介系詞 (B) in。（請由產品被包在該顏色「中」的意象來記住此用法。）

TEX's notes

好萊塢電影《Men in Black（MIB 星際戰警）》的片名就字面上而言即「穿著黑衣服的男人們」之意。

譯▶ Star Electronics 公司的新款攜帶式音樂播放器共有紅、藍、銀三種顏色。

36. Mr. Anderson suggested that the presenter give a demonstration ------- the new products at the press conference.

(A) along
(B) of
(C) during
(D) into

37. Crystal Records allows consumers to purchase music for use on both their mobile phones and computers, ------- most other mobile music download services.

(A) despite
(B) through
(C) unlike
(D) except

38. Mr. Jones announced his retirement yesterday ------- 20 years of outstanding service as CEO.

(A) within
(B) on
(C) after
(D) along

39. All workers are required to read and observe the safety instructions posted ------- the factory entrance.

(A) for
(B) beside
(C) into
(D) off

40. Mr. Romano subscribes to *Urban Green Life*, a gardening magazine, and keeps each issue neatly filed ------- the top shelf of his bookcase.

(A) on
(B) out
(C) to
(D) for

0582 **36.**　　　　　　　　　　　　　　　　　　　　　　　　　答案 (B)

只要將表「～的」之意的介系詞 (B) of 填入空格，便可連接前方的 a demonstration（示範操作）和後方的「新產品」，構成「新產品的示範操作」之通順文意。介系詞 of 具有〈具體化‧明確化〉之意象，而在此，空格前的示範之內容即由空格後的部分（新產品）所具體化。

譯▶ Anderson 先生建議主講人在記者會上進行新產品的示範操作。

註▶ press conference　記者會

0583 **37.**　　　　　　　　　　　　　　　　　　　　　　　　　答案 (C)

由前後文意推斷，Crystal 唱片應是與大多數其他的行動裝置音樂下載服務有所不同，因為它「允許消費者購買音樂以使用於他們的手機和電腦上」，所以正確答案是 (C) unlike（和～不同）。其他選項則皆無法使句子前後產生合理、通順之文意。

譯▶ 與大多數其他的行動裝置音樂下載服務不同，Crystal 唱片允許消費者購買音樂以用於他們的手機和電腦上。

0584 **38.**　　　　　　　　　　　　　　　　　　　　　　　　　答案 (C)

由前後文意推斷，Jones 先生應該是在二十年的傑出服務**之後**宣布退休，故本題選 (C) after（在～之後）。另注意，在 after 之後接動名詞的形式（如 after working ...）也很常見。而若填入其他選項之介系詞則意思不通。

譯▶ 在擔任執行長、提供了二十年的傑出服務之後，Jones 先生昨天宣布退休。

註▶ outstanding 形 傑出的

0585 **39.**　　　　　　　　　　　　　　　　　　　　　　　　　答案 (B)

空格前的 the safety instructions（安全須知）被過去分詞 posted（被張貼的）所修飾，而空格後的 the factory entrance（工廠入口）是指**公布的場所**，因此只要填入 (B) beside（在～旁），便可形成「被張貼在入口旁的→安全須知」之通順文意，故為正解。

譯▶ 所有工人都必須閱讀並遵守張貼在於工廠入口旁的安全須知。

註▶ observe 動 遵守（法律等）

0586 **40.**　　　　　　　　　　　　　　　　　　　　　　　　　答案 (A)

空格前提到「each issue（每一期雜誌）保持在 neatly filed（被整齊地歸檔了）的狀態」，而空格後的「書架最上層」是指歸檔、整理的場所，所以表「在～之上」的 (A) on 為正確答案。

譯▶ Romano 先生有訂閱園藝雜誌《Urban Green Life》，而且他將每一期的雜誌都整齊地排列在書架的最上層。

註▶ neatly 副 整齊地；恰好地

41. Thanks to favorable wind conditions, Kangaroo Airlines Flight 990 arrived at Wang Tao International Airport one hour ------- schedule.
    (A) on
    (B) next to
    (C) in
    (D) ahead of

42. Business owners in Stonehaven may advertise ------- our Web site at an affordable price.
    (A) of
    (B) up
    (C) on
    (D) to

43. Travelers are advised to carry their passports at all times while -------certain foreign countries.
    (A) at
    (B) with
    (C) along
    (D) in

44. The power generators at Hinze Dam have been in operation -------the mid-20th century, although they are often stopped for scheduled maintenance.
    (A) since
    (B) toward
    (C) while
    (D) when

45. As our express delivery option is a guaranteed service, your order will definitely arrive ------- 8 A.M. and 1 P.M. the following day.
    (A) among
    (B) at
    (C) between
    (D) after

[0587] **41.** 答案 **(D)**

[0587]
↓
[0591]

由前後文意可推知，990 班機應該是「**比預定時間早**」抵達，故本題選 (D) ahead of。one hour ahead of schedule 是「比預定早一小時」的意思；若想表達「晚一小時」，則用介系詞 behind，說成 one hour behind schedule。另，on schedule 則指「按時、準時」。

譯 由於有利的風向條件，Kangaroo 航空公司的 990 班機比預定時間早一小時抵達 Wang Tao 國際機場。

註 thanks to 由於；幸虧

[0588] **42.** 答案 **(C)**

用於指網路、電視、廣播及電話等〈**溝通傳播管道上**〉的介系詞是 (C) on，用法如 on the Internet / on TV / on the radio / on the phone 等，這是 on 的基本意象〈**接觸**〉之衍生形式。

譯 Stonehaven 的企業主可於我們的網站上以合理的價格刊登廣告。

註 affordable **形** （價格）合理的；負擔得起的

[0589] **43.** 答案 **(D)**

此句為 while 後方省略〈主詞＋be 動詞〉的形式，而因空格後提到的地方為 countries，故空格內應填入表〈**在廣大場所之中**〉的 (D) in。

譯 建議旅行者在身處某些海外國家時要隨時攜帶護照。

[0590] **44.** 答案 **(A)**

空格前為句子，後為過去時間 the mid-20th century，由此判斷空格處應填入介系詞 (A) since（自從～），以形成「自二十世紀中葉以來一直持續運作」之通順文意。若選 (B) toward 則會變成表過去的「接近二十世紀中葉」之意，和現在完成式的時態不符。另，(C) while 與 (D) when 皆為連接詞，後應接子句。

譯 Hinze 水壩的發電機儘管經常因定期維護而停止，但自二十世紀中葉以來都一直持續運作著。

註 generator **名** 發電機　　in operation 運作中

[0591] **45.** 答案 **(C)**

可與空格後方之連接詞 and 結合，以形成 **between X and Y** 表「在 X 和 Y 之間」之意的介系詞 (C) between 為正確答案。另，(A) among 表「在三個（人）以上的群體中」，不指「兩個（人）之間」。而選項 (B) at 與 (D) after 則不合邏輯。

譯 由於我們的快遞選項是有保證的服務，因此您的訂單一定會在隔天的上午八點到下午一點之間到達。

註 definitely **副** 肯定地；一定

第 **5** 章 介系詞題

46. ------- its production rates at an all-time low, Kenner Manufacturing decided to renovate its manufacturing facilities.

(A) Except
(B) Until
(C) With
(D) Into

47. The new novel by Daniel Weber will be available in bookstores nationwide a week ------- today.

(A) from
(B) with
(C) for
(D) into

48. Visitors to Iris Chemical Corporation are requested to observe the "No Food or Drink" signs posted ------- the laboratory.

(A) among
(B) between
(C) with
(D) throughout

49. As you go down the street, you will see the City Public Library -------
the left.

(A) on
(B) for
(C) into
(D) with

50. The online cooking course will teach you how to transform simple ingredients ------- a fine meal in minutes.

(A) at
(B) over
(C) on
(D) into

0592 **46.** 答案 (C)

逗號前描述了「生產率創歷史新低」之狀況，逗號後則是隨之而來的「更新製造設備」之決定，由此判斷正解應為表〈附帶狀況〉的 (C) With。介系詞 with 的基本意象是〈連結〉，在此便是表「原因（沒效率）→結果（更新）」之**因果關係連結**。其他選項介系詞則皆不適用於本句。

譯 由於生產率前所未有地低，因此 Kenner 製造公司決定更新其生產設備。

0593 **47.** 答案 (A)

空格前後所描述的是新小說的上市時間，故可為「一週」的期間加上「從今天起」之明確〈起點〉的選項 (A) from（從～）就是正確答案。而若將其他選項介系詞置於 today 之前則皆無意義。

譯 Daniel Weber 的新小說將在今天起的一週後於全國各地的書店販售。

0594 **48.** 答案 (D)

空格以後的部分是張貼「No Food or Drink」signs（「禁止飲食」之標誌）的地點，由此可知答案應為表「**～的各處**」之意的 (D) throughout。其他選項則皆不符本題所需。

譯 來到 Iris 化學公司的訪客都必須遵守張貼在實驗室各處的「禁止飲食」標示。

0595 **49.** 答案 (A)

介系詞 (A) on 可表在道路 (on the road [street / way]) 或河川 (on the river) 等〈路線上〉，而 on the left 則指「在左邊」。注意，(C) into（往～之中）須以 go into ...（進入～中）的形式使用。

譯 你沿著街道走下去便會看到市立公共圖書館在你的左邊。

0596 **50.** 答案 (D)

空格後的「精緻佳餚」，是由空格前的「簡單食材」經調理「變形」而成，故可表〈變化〉之意的 (D) into（變成～）就是正確答案。**transform X into Y**（將 X 轉變成 Y）是重要句型。另，也請記住類似涵義的 **turn X into Y**（把 X 變成 Y）。

譯 線上烹飪課程將教你如何在幾分鐘內將簡單的食材變成精緻佳餚。

註 ingredient ❷（烹調的）原料；（構成）要素

0592
▼
0596

第 **5** 章

介系詞題

> 在多益測驗的世界裡，經常可見命題者設計出新書作者舉辦朗讀與簽名會的情境，而這類在書店中的「宣傳」、「通知」亦常見於 Part 4 考題中，讀者可多加留意。

利用本書提升英語能力的學習法 1

以下要為各位介紹活用 Part 5 解題策略以提升英語能力的學習法。

以第 1 章的第 1 題為例：

0001 Donations to the Queensland Museum from local residents and corporations are welcome but entirely optional.

首先，查出不認識的單字意義。

donations 名 捐贈　　entirely 副 完全地　　optional 形 隨意的；可選擇的

接著確認句子結構。

Donations (to the Queensland Museum) (from local residents and corporations)
　　S　　　　　　　　　M　　　　　　　　　　　　　M

are welcome but (entirely) **optional**.
　V　　C　　　　　　M　　　　C

如上，本句主架構為 Donations are welcome but optional. 這樣的 SVC 句型（but 為對等連接詞），其他部分為修飾語。一旦弄懂了句子的結構，便可用斜線劃分各部分，然後試著從頭開始翻譯（這麼做是為了練習以英語詞序來理解英文）。

Donations / to the Queensland Museum /
　捐贈　　　給 Queensland 博物館的
from local residents and corporations /
　　來自本地居民及企業的
are welcome / but entirely optional.
　是受歡迎的　　但完全隨意的

在每日持續累積這種紮實訓練的過程中，你的詞彙理解力便會提升，並可培養出快速、正確作答的能力。請充分活用本書以達成在時間限制內答完一百題閱讀測驗題之目標。

第 **6** 章

關係詞題

想必很多人都很怕關係詞題。

在本章中，將為各位讀者介紹統整了

相關答題步驟之實用圖表，

以及不確定答案時的得分訣竅。

請先確實學會「解題策略」，再開始做例題。

題數

16

題目序號

0597 ~ 0612

第6章 【關係詞題】解題策略

　　這類題目是要從 who、which、that 等關係詞中選出可正確連接前方名詞（先行詞）與後方子句者。由於關係副詞（when 和 where 等）及複合關係詞（whoever 和 whatever 等）的出題頻率較低，故在此只解說關係代名詞題的解答要點。

　　多益測驗中的關係代名詞題基本上可用下列兩個步驟來破解。

■ 查看空格後的形式

　　關係子句缺主詞的話就填入主格的關係代名詞，缺受詞的話就填入受格的關係代名詞。若是兩者都不缺，而先行詞和空格後的純名詞（沒帶冠詞、指示詞等）之間具有所謂「～的」之所有關係的話，則填入所有格的關係代名詞 whose。

■ 查看先行詞

　　確認是「人」或「非人」，再選擇正確的關係代名詞。

接著就讓我們來看看例題。

例 題

0597　請從 (A)～(D) 選出一個最適合填入空格的詞語。

Adrian Pennino, ------- has recently been transferred to Mexico City, will visit the New York branch next Thursday.

(A) who
(B) which
(C) where
(D) he

基本解題法

① 查看選項

　　由於所列選項為 who、which、what、where 等，故可判斷是【關係詞題】。
　　接著請一邊注意空格後的子句結構，一邊快速瀏覽題目。

② 查看空格後的形式   (0597)

全句是以 Adrian Pennino 為主詞，從空格後到 Mexico City 為止則是用來詳細說明主詞的關係（形容詞）子句。而空格後的 has recently been transferred 顯然缺乏主詞，故空格處應填入主格的關係代名詞。

③ 查看先行詞

因為先行詞是主詞 Adrian Pennino，亦即〈人〉，所以正確答案是可用於人的主格關係代名詞 (A) who。而 (B) 可於先行詞為〈非人〉時，作為主格或受格的關係代名詞使用。另，(C) 是表地點的關係副詞，至於 (D) 的 he，雖是代名詞的主格，但句中已有主詞 Adrian Pennino，因此選此項會導致一個句子裡有兩個主詞，這是行不通的。

答案 (A)

譯 最近被調往墨西哥城的 Adrian Pennino 將於下週四拜訪紐約分公司。

關係代名詞一覽表

請將下表牢牢記住。

先行詞	主格	所有格	受格
人	who	whose	whom
非人	which	whose	which
人與非人兩者	that	—	that
無	what	—	what

練習

讓我們利用國中程度的題目來驗證前述的解題訣竅。請在空格處填入除 that 以外的關係代名詞。（答案請見下頁）

1. I have a sister ------- lives in Osaka.

2. This is a book ------- is written by Haruki Murakami.

3. That is the woman ------- husband is a famous doctor.

4. I know ------- you want.

5. I met Mr. Kanzaki and Mr. Maeda, both of ------- are famous teachers.

練習題答案

1. I have a sister <u>who</u> lives in Osaka.

① 空格後缺主詞 ➡ 主格

② 先行詞是人 ➡ who

2. This is a book <u>which</u> is written by Haruki Murakami.

① 空格後缺主詞 ➡ 主格

② 先行詞非人 ➡ which

3. That is the woman <u>whose</u> husband is a famous doctor.

① 空格後不缺主詞也不缺受詞

② 先行詞 woman 和空格後的純名詞 husband 之間具有 her husband 的所有關係 ➡ whose

4. I know <u>what</u> you want.

① 空格後的及物動詞 want 缺少受詞 ➡ 受格

② 沒有先行詞 ➡ what

※ 關係代名詞的 what 和可建立形容詞子句的其他關係代名詞不同，它所建立的是名詞子句（這裡的 what you want 乃及物動詞 know 的受詞）。

5. I met Mr. Kanzaki and Mr. Maeda, both of <u>whom</u> are famous teachers.

① 空格後 are 的主詞 both of ------- 中的介系詞 of 需要有受詞 ➡ 受格

② 先行詞是人 ➡ whom

不確定答案時的得分訣竅

包含關係代名詞的子句，在以普通代名詞取代關係代名詞後，便能如下分成兩句。（以剛剛的練習題爲例）

1. I have a sister <u>who</u> lives in Osaka.

⬇ ※ 將主格關係代名詞 who 換成主格代名詞 she ...

I have a sister. <u>She</u> lives in Osaka.

3. That is the woman <u>whose</u> husband is a famous doctor.

⬇ ※ 將所有格關係代名詞 whose 換成所有格代名詞 her ...

That is the woman. <u>Her</u> husband is a famous doctor.

另，在練習 5 中若將主格 who 填入空格，再分成兩句，則第二句會變成 Both of they are famous teachers.，這顯然不是正確的句子。因 Both of them are famous teachers. 才符合正確形式，故可確定受格方爲正解。當你在正式測驗中不確定答案時，就可以像這樣分成兩句來想。

※ 除了這種作介系詞之受詞的用法外，在現代英語中，受格的 whom 可用 who 替代，因此多益測驗幾乎沒出現過有關 whom 的題目。

答題步驟之實用圖表

多益測驗中的關係代名詞題解法可統整爲下表。

空格後的形式	先行詞	答案	
缺少主詞	人	who	that
	非人	which	that
	無	what	
缺少受詞	人	whom	that
	非人	which	that
	無	what	
• 不缺主詞也不缺受詞 • 空格後接純名詞 • 先行詞和空格後的名詞間具有所謂「～的」之所有關係	whose		

※ 由於受格的關係代名詞（that、which、whom）通常可省略，因此多益測驗會考的幾乎都是主格和所有格。

※ 關係副詞（where 和 how 等）及複合關係詞（whoever 和 whatever 等）的出題頻率很低，故不列入此表（但會出現在個別題目中）。

總　結

☐ 找出空格後缺少的要素

☐ 判別先行詞是〈人〉還是〈非人〉

☐ 若不確定，就分成兩句來想

從下頁起爲練習題。請試著應用在此環節學到的解題法。

◎ 請從 (A) ～ (D) 選出一個最適合填入空格的詞語。

1. Career consultant Louise Bennett, ------- latest book was published last week, will be speaking at the workshop this afternoon.
   (A) whatever
   (B) whom
   (C) what
   (D) whose

2. For the interview, applicants are requested to come to our main office, ------- is located two blocks from Chewy Subway station.
   (A) when
   (B) what
   (C) which
   (D) why

3. Best Electronics has introduced a new range of portable appliances designed for customers who ------- in small apartments.
   (A) reside
   (B) residing
   (C) resident
   (D) residence

4. The park restoration project is divided into three phases, the first of ------- will be to restore old wooden tables and benches.
   (A) which
   (B) what
   (C) it
   (D) this

5. ------- is selected as the team leader will be required to provide regular motivational talks.
   (A) Whoever
   (B) What
   (C) Where
   (D) Whenever

0598 **1.** 答案 (D)

0598 ▼ 0602

關係詞題的解題重點在於確認「**先行詞**」和「**空格後的子句結構**」。此題的先行詞是 Louise Bennett 這個〈人〉，故只有 (B) whom 和 (D) whose 可選。若將先行詞改為其代名詞所有格 his，並填入空格處，結果變成正確的句子 his latest book was published last week，由此可見正確答案就是**所有格**關係代名詞 (D) whose。而 (A) whatever 和 (C) what 都不需要先行詞，(B) whom 則須連接缺少受詞的子句。

譯 上週剛出版了最新著作的職涯顧問 Louise Bennett 將在今天下午的工作坊上發表演說。

0599 **2.** 答案 (C)

本題空格前的先行詞是〈非人〉的 our main office，空格後則為**缺乏主詞**的 is located ... 形式，由此判斷正解應為**主格**關係代名詞 (C) which。（將先行詞改成代名詞 it 並填入空格，就會變成正確的句子 it is located two blocks from ...。）另，(A) when 與 (D) why 都是關係副詞，後方須接要素齊備的完整子句，而關係代名詞 (B) what 則不需要先行詞。

譯 面試時，應徵者必須前來我們距離 Chewy 地鐵站兩個街區的總部。

0600 **3.** 答案 (A)

空格前的 who 是**主格**的關係代名詞，後面須接**述語動詞**，故本題選 (A) reside（居住）。換言之，who 之後的子句用來修飾先行詞 customers，形成「居住在小型公寓的→顧客」。而 (B) residing 是現在分詞或動名詞，(C) resident（居民）和 (D) residence（住所）則皆為名詞。注意，即使不認識 reside 這個單字，基於「分詞去掉 -ing / -ed 就是動詞」之原則，仍可判斷將 (B) 的 ing 去掉後的 (A) 就是動詞。

譯 Best 電器公司推出了一個專為居住在小型公寓裡的顧客所設計之新系列可攜式電器產品。

0601 **4.** 答案 (A)

可作空格前之**介系詞 of 的受詞**並建立替先行詞 three phases（三個階段）添加補充資訊之形容詞子句的為可作**受格**使用的關係代名詞 (A) which。而 (B) what 雖可作為介系詞的受詞，但不需要先行詞。代名詞 (C) it 與 (D) this 則都是單數形，與 three phases 數量不符，且因二者皆非連接詞，無法用來連接逗號前後的兩個子句。

譯 公園的整修專案分為三個階段，其中第一階段將修復老舊的木桌與長椅。

註 restore 動 修復～；恢復～

0602 **5.** 答案 (A)

從句首的空格至 leader 為止是主句的主詞，will be required 則是述語動詞，而四選項中可建立**名詞子句**以作為**主詞**的只有 (A) Whoever 和 (B) What。但依據「被選為團隊領導者的～」之文意可知，空格處應填入〈人〉，所以正確答案是表〈人〉的複合關係代名詞 (A) Whoever。注意，Whoever 可用 Anyone who（**任何做～的人**）來代換。至於關係代名詞 (B) What 表〈事物〉，與文意不相符。另，(C) Where 與 (D) Whenever 作為關係詞使用時，皆須接完整的句子。

譯 無論誰被選為團隊領導者都將必須提供定期的激勵性談話。

◎ 請以每題 20 秒的速度為目標作答。

1. The company's stock, ------- rose steadily over several years to peak at around $140 early last year, closed Monday at $47.77.
(A) this
(B) which
(C) what
(D) where

2. A contract valued at $30 million will be awarded to the bidder ------- proposal is deemed the most attractive.
(A) who
(B) whom
(C) whoever
(D) whose

3. The architect, ------- designed the Rainbow Historical Museum, received an award for the work.
(A) he
(B) who
(C) also
(D) some

4. GeoTex Software created a series of video games ------- feature a cute fox and a delightful baby bird.
(A) that
(B) who
(C) where
(D) whose

5. The learning program provides online exercises to help employees practice ------- is taught in the workshop.
(A) that
(B) how
(C) which
(D) what

0603
▼
0607

0603 **1.** 答案 (B)

本題先行詞 The company's stock 同時也是主句的主詞,而在兩個逗號之間包含空格的部分則為用來說明此主詞的**關係子句**。由空格後為動詞 rose 可知,關係子句**欠缺主詞**,故正解為**主格**的關係代名詞 (B) which。另,(A) this 是代名詞,無法連接子句;關係代名詞 (C) what 則是用來引導名詞子句,不需要先行詞。至於關係副詞 (D) where 之先行詞必須是地點,且其後須接完整句子。

譯 於過去幾年穩定上漲而至去年初達到 140 美元左右之最高點的該公司股票週一收盤時市值為 47.77 美元。

0604 **2.** 答案 (D)

這題的先行詞是 the bidder(投標者),而空格後的 proposal 並沒有冠詞,因此只要填入**所有格**關係代名詞 (D) whose,便可形成「其提案被認為最具吸引力的投標者」之通順文意,故為正解。另,(A) who 和 (B) whom 後面分別須接缺少主詞及缺少受詞的子句,而 (C) whoever (= anyone who) 則不需要先行詞,且其後應接述語動詞。

譯 價值三千萬美元的合約將授予提案被認為最具吸引力之投標者。

註 bidder 名(競標、拍賣等的)投標者;出價者　　deem X Y 動 認為 X 是 Y;將 X 視為 Y

0605 **3.** 答案 (B)

句首的 The architect 是主句之主詞,述語動詞為 received,而包含空格在內於兩個逗號之間的部分是用來說明先行詞 (The architect) 的**關係子句**。由於先行詞是〈人〉,空格後又為**缺少主詞的子句**,由此判斷空格處應填入**主格**的關係代名詞 (B) who。其他選項 (A) he、(C) also、(D) some 都無法用來形成關係子句,故皆不可選。

譯 設計了彩虹歷史博物館的那位建築師因該作品而獲獎。

0606 **4.** 答案 (A)

此句先行詞是 a series of video games,為〈**物**〉,而空格後為動詞 feature(以～為特色),換言之,關係子句缺少主詞,故本題選**主格**的關係代名詞 (A) that。另,(B) who 的先行詞應為〈人〉,(C) where 的先行詞應為〈地點〉,且後接完整句子。至於 (D) whose 則為所有格,後方須接名詞。

譯 GeoTex 軟體公司開發了一系列以可愛的狐狸和討人喜歡的鳥寶寶為特色的電玩遊戲。

0607 **5.** 答案 (D)

空格前的 practice 是表「練習～」之意的**及物動詞**,故可**引導名詞子句作為其受詞**之關係代名詞 (D) what 就是正確答案。其他的關係代名詞 (A) that 和 (C) which 則都需要先行詞。另,關係副詞 (B) how 則須接完整句子。

譯 該學習計畫提供線上習題以幫助員工練習工作坊中教授的內容。

第 **6** 章

關係詞題

No. 3 的 architect(建築師)在多益測驗的情境裡是很熱門的職業,經常出現於考題中。

6. Speed Ltd. is a manufacturing company whose ------- extends to all areas of indoor and outdoor signage.

(A) expert
(B) expertly
(C) expertise
(D) expertize

7. The lecture was given by Ms. Takahashi and Ms. Maeyama, both of ------- have worked in Europe and Asia.

(A) whose
(B) which
(C) whom
(D) what

8. Those who attended last week's workshop are encouraged to download the additional material that ------- the lecture.

(A) supplement
(B) supplements
(C) supplementing
(D) supplementation

9. Tex Kato is working on a new TOEIC preparation book, which he ------- will be ready for publication in April.

(A) hopes
(B) hoping
(C) to hope
(D) hopeful

10. The construction contract will be given to ------- team makes the best proposal by September 19.

(A) every
(B) these
(C) whichever
(D) their

0608 **6.** 答案 **(C)** 　0608 ▼ 0612

空格前的 whose 是所有格的關係代名詞，可見空格處應填入一名詞以作爲動詞 extends 的**主詞**。而選項 (A) expert 與 (C) expertise 皆爲名詞，但可作爲「擴及所有與室內外招牌相關之領域」的主詞應爲 (C)「專業技術」，故選爲本題正解。選 (A)「專家」意思不通。另，(B) expertly 是副詞，指「熟練地」；(D) expertize 則爲動詞，指「對～提出專業見解」。

譯▶ Speed 有限公司是一家專業技術擴及所有與室內外招牌相關之領域的製造商。

註▶ extend **動** 擴展；廣及　　signage **名** 招牌　　expertise **名** 專業技術；專長
expertize **動** 對～提出專業見解

0609 **7.** 答案 **(C)**

空格前有介系詞 of，故可知空格處應填入可作爲其受詞的**受格**關係代名詞，而因先行詞是〈人〉（Ms. Takahashi and Ms. Maeyama），所以正確答案是 (C) whom。另，(A) whose 是須接名詞的所有格，(B) which 作爲受格時其先行詞必須是〈物〉。至於 (D) what，雖也作受格，但不需要先行詞。

譯▶ 該講座由 Takahashi 女士和 Maeyama 女士擔任授課，她們兩個人都曾在歐洲和亞洲工作過。

0610 **8.** 答案 **(B)**

本句關係代名詞 that 之先行詞爲 the additional material（額外資料），而空格後則爲另一名詞 the lecture，由此可知空格處應填入一**述語動詞**。雖然選項 (A) supplement 與 (B) supplements 都是動詞「補充～」，但由於先行詞是**單數名詞**，因此正解爲 (B)。另，(C) supplementing 爲現在分詞或動名詞，(D) supplementation 則爲名詞「補充、增補」。

譯▶ 參加上週工作坊的人被鼓勵去下載補充該講座的額外資料。

0611 **9.** 答案 **(A)**

將關係詞的前與後分成兩句來想。若以代名詞 it 替代先行詞 a new TOEIC preparation book 來填入關係詞子句，就會變成 He ------- it will be ...，由此即可推斷空格內應填入動詞，而因 he 爲第三人稱單數，因此答案是 (A) hopes（希望）。另，(B) 爲現在分詞或動名詞，(C) 爲不定詞，(D) hopeful（有希望的）則爲形容詞。

譯▶ Tex Kato 正在製作一本新的多益備考書，他希望這本書能準備好在四月時出版。

0612 **10.** 答案 **(C)**

可引導作爲空格前介系詞 to 之受詞的**名詞子句**又具備**形容詞**功能可用來修飾其後之名詞 team 的只有複合關係形容詞 (C) whichever（無論哪個～），故爲正解。而 (A) every、(B) these、(D) their 雖然都能修飾名詞，但都不接子句。

譯▶ 工程合約將給予任何一個在 9 月 19 日前提出最佳方案的團隊。

第 **6** 章

關係詞題

利用本書提升英語能力的學習法 2

以下是本章中的幾個題目，請想想空格內應填入哪個關係代名詞。

1. The company's stock, ------- rose steadily over several years to peak at around $140 early last year, closed Monday at $47.77.

2. A contract valued at $30 million will be awarded to the bidder ------- proposal is deemed the most attractive.

3. The architect, ------- designed the Rainbow Historical Museum, received an award for the work.

4. The lecture was given by two financial specialists, both of ------- have worked in Europe and Asia.

5. Tex Kato is working on a new TOEIC preparation book, ------- he hopes will be ready for publication in April.

只要瞭解關係詞的基本知識，應該就能答對以上各題。在做完一遍本書題目後，請像這樣以沒選項也能直接答對為目標努力。而接著請再進一步思考下列問題的答案。

A. 第 1、2、3 題的空格處能否填入關係代名詞 that？
B. 第 4 題的空格處能否填入關係代名詞 who？
C. 第 5 題的關係代名詞 which 是什麼格？

不只是從四個選項中選出答案，透過更深入的思考，便可培養出能在正式測驗中應付任何題目的堅強實力。若練習了題目，也讀過解說，但仍有疑問的話，請務必勤於查閱專門書籍。這樣的功夫將使你穩步邁向目標分數。

答案（括弧內數字指題目序號）
1. which [603]　**2.** whose [604]　**3.** who [605]　**4.** whom [609]　**5.** which [611]
A. 不能：關係代名詞的 that 不用於如第 1、3 題等前面接著逗號的非限定用法，而第 2 題則是因為空格後屬完整句子（SVOC），故只能填入所有格的 whose。
B. 不能：雖然在現代英語中，關係代名詞的 whom 可用 who 替代，但是在〈介系詞＋whom〉的形式中則不可代換。
C. 主格：試著將先行詞移回至空格後的子句中，會變成 He hopes it (= the book) will be ready for publication in April.，亦即 which 須放在 will be 之主詞位置。

配對句型、語法、數量、比較題

本章將合併介紹【配對句型題】、【語法題】、【數量題】和【比較題】等題型。

這些題型雖然出現頻率都不算高，但其中的【語法題】和【數量題】尤其容易弄錯。

在此為讀者提供一些相關題目，請務必好好練習。

題數

47

題目序號

0613 ~ 0659

【配對句型題】

> 這類問題是將配對句型的一方設為空格，讓答題者以包含在題目中的另一方為線索來作答。雖然最近不太出現這種題目，不過有時還是會出個一題左右。

◎ 請從 (A) ～ (D) 選出一個最適合填入空格的詞語。

1. Applications for the chief librarian position should be sent ------- electronically or by mail to Brescia Library by February 2.

(A) both
(B) either
(C) neither
(D) so

2. Employees interested in working overseas should attend both the morning ------- afternoon sessions of the seminar.

(A) and
(B) or
(C) but
(D) so

3. On weekends, Fernando's Restaurant is ------- crowded that patrons often have to wait for more than 30 minutes to get in.

(A) so
(B) such
(C) rather
(D) very

0613 1. 答案 (B) 0613
0615

空格後指出了「用電子方式（電子郵件）或郵寄」這**兩種寄送應徵文件的方法**，而填入 (B) either，便可形成 **either X or Y**（不是 X 就是 Y）此二選一的配對句型，故為正解。

譯 圖書館館長一職的申請文件應於 2 月 2 日前以電子方式或郵寄方式寄送至 Brescia 圖書館。

註 librarian **名** 圖書館員

0614 2. 答案 (A)

在空格處填入可與空格前之 **both** 配對的 (A) and，便能正確形成 both the morning and afternoon session（上午和下午時段都）這種 **both X and Y**（X 和 Y 都）的句型。

譯 有興趣在海外工作的員工應參加上午及下午時段的研討會。

0615 3. 答案 (A)

可與空格後的連接詞 **that** 配對使用的有 (A) 和 (B)，其中 (A) so 可先接**形容詞**或**副詞**後再接 that，以表示「非常地～以致於～」之意，為本題正解。至於 (B) such 則應改為 such a crowded restaurant that ...，意即，在 such 與 that 之間必須有**名詞**才行。另，(C) rather 和 (D) very 都不與 that 配對使用。

譯 週末時，Fernando 餐廳是如此地擁擠以致於顧客經常必須等三十分鐘以上才能入店。

多益測驗頻出配對句型

both X and Y X 和 Y 都	The product is **both** practical **and** stylish. 該產品既實用又時尚。
either X or Y 不是 X 就是 Y	You can contact us **either** by phone **or** by e-mail. 你可以透過電話或電子郵件與我們聯絡。
neither X nor Y 既非 X 也非 Y	**Neither** Mr. Kato **nor** his assistant attended the meeting. Kato 先生和他的助理都沒去參加會議。
not only X but (also) Y 不只是 X，Y 也	Mr. Kato is **not only** a teacher **but also** an author. Kato 先生不只是老師，也是個作者。
not only X but Y as well 不僅 X 而且 Y	**Not only** can Mr. Tulloch speak Japanese, he can read and write the language **as well**. Tulloch 先生不僅能說日語，也能讀、寫。
whether X or Y 無論 X 還是 Y ※ 副詞子句	**Whether** you like it **or** not, you have to attend the meeting. 不論你喜不喜歡，都必須參加該會議。
whether X or Y 是 X 還是 Y ※ 名詞子句	I don't know **whether** to believe him **or** not. 我不知該不該相信他。
so X that S V 如此地 X 以致於～ ※ X 為形容詞或副詞	The road was **so** crowded **that** it took us two hours to reach the museum. 道路是如此地擁擠，以致於我們花了兩小時才到達博物館。
such X that S V 如此的 X 以致於～ ※ X 為名詞（片語）	It was **such** nice weather **that** we went for a picnic. 天氣如此好，於是我們便去野餐了。

第 **7** 章

配對・語法・數量・比較

【語法題】

> 這是關於詞彙用法的問題。具體而言就是考不及物動詞與及物動詞、可數與不可數名詞等的辨別，以及動詞片語的相關知識（動詞與介系詞的組合）。每次會出一題左右。

4. Blue Sky Airways is ------- mechanics that are not only competent at repairs, but also in preventive maintenance.

(A) seeking
(B) prohibiting
(C) looking
(D) escaping

5. Although the meeting did not start on time, there was still sufficient time to ------- all the issues on the agenda before 5:00 P.M.

(A) proceed
(B) respond
(C) address
(D) inquire

6. Because her restaurant has been unexpectedly busy, owner Paula Lopez has decided ------- at least five additional people within the month.

(A) hire
(B) hired
(C) hiring
(D) to hire

7. Ms. Wong ------- guests to the restaurant that the ingredients were all fresh.

(A) interpreted
(B) recommended
(C) permitted
(D) assured

8. The Australian Institute for Risk Assessment is creating five new committees to provide expert ------- on food safety.

(A) opinion
(B) advice
(C) request
(D) proposal

0616 **4.**   答案 **(A)**   0616 ▽ 0620

四選項當中，詞性為**可連接受詞** mechanics（技工）**之及物動詞**且形成通順文意者只有 (A) seeking（尋找～）。（注意，seek 常見於與徵才有關的文句。）而 (B) prohibiting 的動詞 prohibit 須以〈人〉為受詞，採取 prohibit X from *doing*（禁止 X 做～）的形式。另，(C) looking 的動詞 look 是不及物動詞，不直接連接受詞，須採 look for X（尋找 X）之形式。至於 (D) escaping（逃跑）則不符文意。

譯 Blue Sky 航空公司正在尋找不僅能修理也能做預防性維護的技工。

註 competent 形 有能力的；能勝任的   preventive 形 預防性的

0617 **5.**   答案 **(C)**

當選項中有多個動詞似乎都符合文意時，「是**不及物動詞**或是**及物動詞**？」就會變得很重要。由於空格後**有受詞** all the issues（所有議題），因此本題選及物動詞 (C) address（處理～）。而 (A) proceed 須採 proceed with X（繼續進行 X）的形式、(B) respond 須採 respond to X（回應 X）的形式、(D) inquire 則採 inquire about X（打聽 X）的形式使用，換言之，三者皆為不及物動詞（使用受詞前須先加介系詞）。

譯 雖然會議沒有準時開始，但仍有足夠時間在下午五點前處理議程中的所有議題。

0618 **6.**   答案 **(D)**

空格前的動詞 decide（決定～）須**以不定詞作為受詞**，所以答案是 (D) to hire。注意，不定詞的 to 原是表〈方向〉的介系詞，故以不定詞為受詞的動詞多半是表接下來打算要做某事而具〈未來意向〉之詞彙。其他須接不定詞的動詞還有 expect（預期～）、wish（希望～）、offer（提供～）、promise（答應～）等。

譯 由於餐廳出乎預料地忙碌，因此老闆 Paula Lopez 已決定在本月內至少再多雇用五個人。

0619 **7.**   答案 **(D)**

這題的空格處應填入可連接空格後之**受詞** guests 及 **that** 子句（SV）的述語動詞，而在四選項中可採取此形式的只有 (D) assured。〈assure ＋人＋ that S V〉是表「向〈人〉保證 S 會做 V」之意。另，(B) 的 recommend 須採取 recommend that S V（建議 S 做 V）的形式，即後面直接接 that 子句。(A) 的 interpret（口譯～）和 (C) 的 permit（允許～）則都不接 that 子句。

譯 王女士向餐廳的客人保證所有食材皆為新鮮的。

0620 **8.**   答案 **(B)**

選項中有三個可用來表「意見」、「建議」、「提議」等適合被 expert（專業的）修飾的名詞，因此必須考慮該名詞「是**可數**還是**不可數**」。由於空格前**無冠詞**，因此判斷正解為不可數名詞 (B) advice（忠告、建議）。其他的 (A) opinion（意見）、(C) request（要求）、(D) proposal（提議）皆為可數名詞，若採取單數形就必須加冠詞或所有格（his / her 等）或指示代名詞（this / that 等）。

譯 澳大利亞風險評估協會正建立五個新的委員會以提供專業的食品安全建議。

註 assessment 名 評估；估價

第 **7** 章 配對・語法・數量・比較

【數量題】

> 這類問題是要判斷題目中的名詞為「可數或不可數」、「單數或複數」，然後選出可修飾該名詞的適當形容詞。出題頻率為每次 0 ～ 1 題。

9. ------- employee of Brown Chemicals should attend the company's annual general meeting on April 10.

(A) Every
(B) Few
(C) Most
(D) All

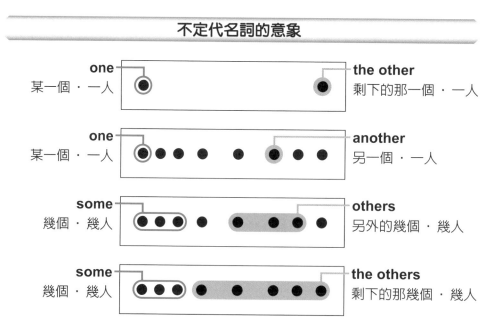

不定代名詞的意象

one 某一個・一人	**the other** 剩下的那一個・一人
one 某一個・一人	**another** 另一個・一人
some 幾個・幾人	**others** 另外的幾個・幾人
some 幾個・幾人	**the others** 剩下的那幾個・幾人

0621 **9.**　　　　　　　　　　　　　　　　　　　　　　　答案 (A)　0621

由所列出的選項可判斷，這題的出題重點在於空格後的名詞「是**可數**還是**不可數**」、「是**單數**還是**複數**」。由於接在空格後的是可數名詞的單數形 employee，所以答案是用來**修飾可數名詞單數形**的 (A) Every（每一）。而 (B) Few（很少數的）、(C) Most（大多數的）、(D) All（所有的）在修飾可數名詞時，皆須接複數形的名詞。

譯 Brown 化學公司的每位員工都應在 4 月 10 日參加公司的年度全體大會。

【數量題】常見搭配詞語一覽表

在此將左列詞語所修飾的名詞類型配合例句一同列出。（×指無法修飾該名詞類型）

	可數名詞		不可數名詞	備註
	單數形	複數形		
all 所有的	×	all books	all information	代名詞用法也很重要 all of the books all of the information
each 每個的	each book	×	×	代名詞用法也很重要 （※ 注意須視為單數） Each of the books is written by Mr. Kato.
every 所有的	every book	×	×	不具代名詞用法
many 許多的	×	many books	×	代名詞用法也很重要 many of the books
much 大量的	×	×	much information	代名詞用法也很重要 much of the information
most 大多數的	×	most books	most information	代名詞用法也很重要 most of the books most of the information
almost 幾乎、差不多	×	×	×	為副詞，不可修飾名詞 〔×〕almost book 〔○〕almost every book 〔○〕almost all information
another 另一、另外的	another book	×	×	也可作為代名詞使用 from one book to another
other 別的、其他的	×	other books	other information	不具代名詞用法
the other 另一個、其他剩下的	the other book	the other books	the other information	也可作為代名詞使用 from one book to the other
others 其他的物・人	×	×	×	為代名詞，不可修飾名詞
the others 其他剩下的物・人	×	×	×	為代名詞，不可修飾名詞

第**7**章

配對・語法・數量・比較

311

【比較題】

> 這類問題主要考的是原級、比較級、最高級等各種比較句型。而除了比較句型本身外，有些題目還會要應試者選出可強調比較程度的詞語。出題頻率為每次 0 ～ 1 題。

10. One of the requirements is that job applications should be ------- than four pages including the cover letter and résumé.

(A) short
(B) shorter
(C) shortest
(D) shortage

11. Leawood Hospital has selected Emily Taylor as Employee of the Year for having worked the ------- of all the employees.

(A) hardly
(B) harder
(C) hard
(D) hardest

12. The new copier installed in the Accounting Department works ------- than the previous machine did.

(A) most quiet
(B) more quietly
(C) most quietly
(D) more quiet

0622 **10.** 答案 (B)

這是基本的比較問題。既然空格後有 **than**，所以正確答案就是**比較級**的 (B) shorter。小心別只看到空格爲止，沒看後面，就直接選了原級的 (A) short。另注意，由於空格處須填入可作爲補語的形容詞，因此即使選項中有 more shortly 這樣的副詞比較級，在文法上仍不適用。選項 (C) shortest 是最高級，而 (D) shortage（短缺）則爲名詞。

TEX's notes

有些初級程度者會選到如 more shorter 之類的錯誤形式，請務必留意。

🈯 要求之一是，包括求職信和履歷在內的應徵文件應少於四頁。

0623 **11.** 答案 (D)

由於空格前有 **the**，空格後又有「在所有員工中」之敘述，故正解爲副詞 hard（努力地）的**最高級** (D) hardest。而雖然 (A) hardly（幾乎不〜）也是副詞，但和 hard 意思明顯不同，請務必注意。另，(B) harder 則爲比較級。

TEX's notes

請記住，在比較兩者的情況下，也有如下這種以 the 加上比較級的用法。

The first task is **the harder** of the two.

（第一個任務是兩個中較難的。）

🈯 Leawood 醫院選 Emily Taylor 爲年度最佳員工，因爲她是所有員工中最努力工作的。

0624 **12.** 答案 (B)

空格內應填入**修飾不及物動詞 work 的副詞**，而由於空格後有 **than**，因此判斷本題選副詞**比較級**選項 (B) more quietly。形容詞 quiet 的比較級是 quieter，最高級是 quietest，所以 (A) most quiet 和 (D) more quiet 的形式都不對。另注意，像 The copier works more quietly than any other machine.（該影印機運作起來比任何其他機器都更安靜）這樣的比較句型也很重要。

🈯 安裝在會計部的新影印機運作起來比以前那一部更安靜。

第 **7** 章

配對・語法・數量・比較

◎ 請以每題 20 秒的速度為目標作答。

1. The weather conditions leading to the event's cancellation were ------- foreseeable by organizers nor avoidable at such short notice.

(A) if
(B) both
(C) neither
(D) so

2. Not ------- did the company expand its warehouse, but BSC also plans to add five hundred employees this year.

(A) only
(B) yet
(C) still
(D) well

3. Several of the candidates were so highly qualified ------- it was difficult for the personnel director to decide which one to hire.

(A) unless
(B) even
(C) after
(D) that

4. Whether the tour members choose to visit nearby attractions ------- spend the day shopping, they have to return to the bus by 5:00 P.M.

(A) but
(B) or
(C) either
(D) nor

5. As an administrative assistant, Ms. Maeyama is in charge of ------- office supplies.

(A) stating
(B) inquiring
(C) ordering
(D) searching

0625 **1.** 配對   答案 (C)   0625 ▼ 0629

可與空格後的 **nor** 配對使用的是 (C) neither，而 **neither X nor Y** 指「既非 X 也非 Y」。另，(B) both 可作為 both X and Y（X 和 Y 都）、(D) so 可作為 so ... that（如此 地～以致於）等配對句型使用。至於 (A) if 則屬單一連接詞，後須接子句。

譯 會導致活動取消的天氣狀況既不是主辦單位所能預見的，也不是在如此倉促的情況下可避免 的。

註 foreseeable 形 可預見的

0626 **2.** 配對   答案 (A)

句子裡有 but ... also，而將 (A) only 填入空格後，就能正確形成 **not only X but also Y**（不僅 X 而且 Y）此配對句型，故為正解。類似句型 not only X but Y as well 也很重要。 另注意，not only 一旦出現在句首，後面就必須倒裝。

TEX's notes

The company did not only expand its warehouse, ...
　　　　　　　└────┘ 出現在句首
Not only **did the company** expand its warehouse, ...
　　　　※ 形成倒裝，詞序變成和問句相同。

譯 BSC 公司不僅擴大了它的倉庫，而且還計畫要在今年增加五百名員工。

0627 **3.** 配對   答案 (D)

可與空格前的副詞 **so** 形成配對句型的就是連接詞 (D) that。以〈so ＋形容詞／副詞＋ that S V〉此句型，便可表達「如此地～以致於～」之意。另，使用形容詞 **such** 的類 似句型〈such ＋形容詞＋名詞＋ that S V〉（如此的～〈名詞〉以致於～）」也很重要。 其他選項連接詞 (A) unless（除非）、副詞 (B) even（甚至）和介系詞或連接詞 (C) after 三者皆無法與 so 搭配使用。

譯 有幾位應徵者的條件是如此地好，以致於人事主任很難決定要聘用哪一位。

0628 **4.** 配對   答案 (B)

可與句首連接詞 **whether** 配對使用的只有 (B) or，以 **Whether X or Y** 表達「無論 X 還是 Y」之意。另注意，Whether ... or not（無論～還是不～）也相當常見。其他選項 (A) but、(C) either、(D) nor 均無法與 whether 搭配使用。

譯 無論旅行團成員是選擇去參觀附近的景點還是花一整天的時間購物，他們都必須在下午五點 前回到巴士。

0629 **5.** 語法   答案 (C)

空格後接著名詞 office supplies（辦公室用品），而四選項中能以其為受詞的及物動詞 只有 (C) ordering（訂購～），故為正解。另，(A) 的 state（陳述～）雖是及物動詞， 但意思不通；(B) 的 inquire（詢問）須接介系詞，用法如 inquire about X。至於 (D) 的 search 作為及物動詞或不及物動詞皆可指「搜查～」，在此不符文意。

譯 身為行政助理，Maeyama 女士負責訂購辦公室用品。

註 in charge of X 負責 X

第 **7** 章 配對・語法・數量・比較

6. Some analysts warn that the value of shares in Mandarin Corporation is poised ------- due to this quarter's expected drop in sales.

(A) fall
(B) to fall
(C) falling
(D) fell

7. Crystal Ocean is a non-profit organization which has been committed to ------- of the Greek seas and islands.

(A) conservation
(B) piece
(C) suggestion
(D) cure

8. Narayan Sharma's newest novel was popular ------- to be translated into six different languages.

(A) likely
(B) enough
(C) well
(D) correctly

9. Mr. Watts will ------- a new advertising manager to replace Ms. Takahashi, who is going to retire at the end of this year.

(A) appoint
(B) conclude
(C) agree
(D) regret

10. A driver will be there to pick up Ms. Walters when she ------- at the airport this evening.

(A) invites
(B) requests
(C) arrives
(D) visits

0630 **6.** 語法   答案 (B)

0630
▼
0634

空格前的形容詞 **poised** 應搭配**不定詞** (B) to fall，形成「即將要～、準備好了要～」之意。注意，類似句型 *be about to do*（即將要～）也很重要。

TEX's notes

> 不定詞 to 是衍生自表〈方向〉的介系詞 to，故通常都搭配具未來意向之動詞或形容詞使用。

譯 一些分析師警告，由於本季銷售預期會下降，Mandarin 公司的股價即將下跌。

註 poised 形 準備好了的；蓄勢待發的

0631 **7.** 語法   答案 (A)

可填入這題空格並形成通順文意的只有**不可數名詞**選項 (A) conservation（保護、管理）。(B) piece（一個、一片、一塊）是可數名詞，不能以單數且無冠詞的形式使用，且在此意思也不通；(C) suggestion（建議）完全與文意不符；(D) cure（療法、解決對策）亦是可數名詞，使用時須有冠詞，且用法如 cure for *X*，後接 for 而非 of。

譯 Crystal Ocean 是個致力於希臘海洋與島嶼之保護的非營利組織。

0632 **8.** 語法   答案 (B)

四選項中可由**後位修飾**形容詞 popular（受歡迎的）且後可接不定詞的只有**副詞** (B) enough（足夠地、充分地）。注意，enough 也可如 The product isn't selling fast enough. 這樣，以後置方式修飾副詞。而 (A) likely（很可能）、(C) well（很好地）、(D) correctly（正確地）皆可作爲副詞使用，但都無法由後位修飾 popular。

譯 Narayan Sharma 的最新小說夠受歡迎足以被翻譯成六種不同語言。

0633 **9.** 語法   答案 (A)

四選項中可以〈人〉（在本句中爲 a new advertising manager）作受詞的及物動詞是 (A) appoint（任命～、指派～），故爲正解。(B) conclude（結束～、斷定～）與 (D) regret（懊悔）都不能以〈人〉爲受詞，而 (C) agree（同意）則爲不及物動詞，用法如 agree with [to] *X*。

譯 Watts 先生將任命一位新的廣告經理來替代將在今年底退休的 Takahashi 女士。

0634 **10.** 語法   答案 (C)

四選項中可接〈**at＋地點**〉並形成通順文意的只有**不及物動詞** (C) arrives（到達）。(A) invites（邀請）、(B) requests（要求）、(D) visits（參觀、拜訪）都是及物動詞，故皆不可選。

譯 當 Walters 女士今天傍晚到達機場時，會有一位司機去接她。

第 **7** 章

配對・語法・數量・比較

11. In order to secure the contract, Roland Manufacturing has ------- to reduce the price of its proposal by ten percent.

(A) announced
(B) offered
(C) allowed
(D) discussed

12. A well designed brochure with relevant information can help ------- the company's strengths to potential clients.

(A) convey
(B) conveys
(C) conveyed
(D) conveyor

13. The tourism committee was praised for expertly ------- the relationships between visitors and local residents.

(A) dealing
(B) proceeding
(C) notifying
(D) managing

14. Office supplies can be ------- at any time by staff members using the online order form provided on the supplier's Web site.

(A) applied
(B) inquired
(C) arrived
(D) requested

15. During her summer break, Ms. Zhao wants to ------- a course on digital marketing at a local university.

(A) register
(B) take
(C) look
(D) enroll

0635 **11.** 語法　　　　　　　　　　　　　　　　　　　　　　　答案 (B)

四選項中可接**不定詞**的只有 (B) offered，而 **offer to do** 指「願意做～」之意。另，(A) 的 announce（宣布～）作及物動詞時須接「計畫」、「決定」等名詞；(C) 的 allow（允許～）要採取 allow X to do（允許 X 做～）的形式；(D) 的 discuss（討論～）是及物動詞，須接「事項」、「計畫」等名詞。

譯 為了確保獲得合約，Roland 製造公司已表達願意將其提案的價格降低 10%。

0636 **12.** 語法　　　　　　　　　　　　　　　　　　　　　　　答案 (A)

空格前的動詞 help 可用 **help (to) do** 句型表「有助於～、幫助～」之意，而因 to 可省略，故本題選 (A) convey（傳達～）。

TEX's notes

如 help X (to) do（有助於 X 做～）這樣夾有受詞的語法也很重要，請一併記住。
The brochure helped **me** find the information.
（該宣傳小冊幫助我找到資訊。）

譯 一份經精心設計而具恰當資訊的宣傳小冊有助於將該公司的優勢傳遞給潛在客戶。
註 relevant 形 有關的；恰當的　　convey 動 傳遞～；傳達～

0637 **13.** 語法　　　　　　　　　　　　　　　　　　　　　　　答案 (D)

能以空格後的**名詞 the relationships（關係）為受詞**並形成通順文意的，在四選項中只有 (D) managing（管理～）。(A) 的 deal 須以 deal with X 句型才能表「處理 X」之意。另，(B) 的 proceed（繼續進行）是不及物動詞，(C) 的 notify 則須採取〈notify ＋人＋ of X〉（通知某人 X）的形式。

譯 旅遊委員會因巧妙地處理了遊客與當地居民間的關係而受到讚揚。
註 praise 動 讚揚～　　expertly 副 巧妙地；熟練地

0638 **14.** 語法　　　　　　　　　　　　　　　　　　　　　　　答案 (D)

本題可先將題目轉換成主動語態 Ⓢ can ------- office supplies 的形式，而可填入該空格並形成通順文意的只有**及物動詞**選項 (D) requested（要求～）。(A) 的 apply 作為及物動詞時，指「應用～、塗抹～」之意，在此不符文意。另，(B) 的 inquire（詢問）的用法應如 inquire about X，即須接介系詞；(C) 的 arrive（到達）則為不及物動詞，雖可搭配 at 形成被動語態，但在此意思不通。

譯 工作人員可隨時使用供應商網站上提供的線上訂購表單來請購辦公室用品。

0639 **15.** 語法　　　　　　　　　　　　　　　　　　　　　　　答案 (B)

四選項中能**以名詞 a course（課程）為受詞**，並形成通順文意的僅有**及物動詞** (B) take（拿取～、修習～），故為正解。而 (A) register（註冊）、(C) look（看；留神）、(D) enroll（登記），則都需要有介系詞才能符合文意：register for、look for（尋找）、enroll in（加入）。

譯 在暑假期間，趙女士想在當地一所大學修習數位行銷課程。

16. The Green Wood Hotel ------- diners a choice of two restaurants, the Vine Restaurant and the Cottage Kitchen.

(A) recommends
(B) explains
(C) offers
(D) prepares

17. Julia Torres, the chief choreographer for the Paul Cooper Dance Theater, is to ------- a lecture and demonstration today at 5:30 P.M.

(A) talk
(B) present
(C) listen
(D) engage

18. When Yellow River Books ------- Edwin Press in September, several divisions of the two publishing companies will be combined.

(A) merges
(B) remains
(C) anticipates
(D) acquires

19. The marketing department has been allocated a month in which to ------- a plan for the release of the new health equipment.

(A) develop
(B) proceed
(C) invite
(D) agree

20. Following the final class, ------- attendee will be asked to fill out a survey form to evaluate the course material and instructors.

(A) many
(B) each
(C) most
(D) few

0640　**16.** 語法　　　　　　　　　　　　　　　　　　　　　　答案 (C)　　**0640**
　　　　　　　　　　　　　　　　　　　　　　　　　　　　　　　　　　　　　　▼
　　　　　　　　　　　　　　　　　　　　　　　　　　　　　　　　　　　　　0644

空格後有 $\underline{\text{diners}}_{O1}$ $\underline{\text{a choice}}_{O2}$ 這**兩個受詞**，故可知應填入採取 **SVOO** 形式的 (C) offers。以〈offer＋人＋物〉之句型，表「提供〈物〉給〈人〉」之意。而其他的 (A) recommends（推薦～）、(B) explains（解釋～）、(D) prepares（準備～）都不能接雙重受詞。

譯 Green Wood 飯店提供用餐者兩個用餐選擇：Vine 餐廳以及 Cottage 廚房。

0641　**17.** 語法　　　　　　　　　　　　　　　　　　　　　　答案 (B)

能以名詞 a lecture and demonstration（演講與示範）**作為受詞的及物動詞**為選項 (B) present（提出～），故為正解。而其他的選項動詞則皆須有介系詞：(A) 應為 talk $\underline{\text{about}}$ X（談論關於 X），(C) 應為 listen $\underline{\text{to}}$ X（傾聽 X），(D) 應為 engage $\underline{\text{in}}$ X（從事 X）。

譯 Paul Cooper 舞蹈劇團的首席編舞師 Julia Torres 將於今天下午 5 點 30 分進行演講與示範。
註 choreographer 名 編舞師

0642　**18.** 語法　　　　　　　　　　　　　　　　　　　　　　答案 (D)

四選項中能以空格後的名詞 Edwin Press 為受詞的只有及物動詞 (D) acquires（收購～、取得～）。而 (A) merges 需要介系詞，採取 merge $\underline{\text{with}}$ X（與 X 合併）的形式；(B) remains（保持不變）則須採取 SVC 句型，但在此意思不通。至於 (C) anticipates（預料～）雖為及物動詞，但無法形成通順文意。

譯 當 Yellow River 圖書於九月份收購 Edwin 出版社時，兩家出版公司的幾個部門將被合併。

0643　**19.** 語法　　　　　　　　　　　　　　　　　　　　　　答案 (A)

四選項中**可接受詞**（即空格後的名詞 a plan）的**及物動詞**只有 (A) develop，而 develop a plan 就是「制訂計畫」的意思。(B) proceed（繼續進行）是不及物動詞，用法如 proceed $\underline{\text{with}}$ a plan，須加介系詞；(C) invite（邀請～）是及物動詞，須以〈人〉為受詞；而 (D) agree（同意）則為不及物動詞。

譯 行銷部門已分配了一個月的時間來為新健康器材的上市制訂計畫。
註 allocate 動 分配～

0644　**20.** 數量　　　　　　　　　　　　　　　　　　　　　　答案 (B)

依四個選項可判斷本題的重點在於空格部分所修飾之名詞為**可數**還是**不可數**、**單數**還是**複數**。由於空格後的名詞為**可數名詞** attendee（出席者）之**單數形**，所以正確答案是 (B) each。(A) many、(C) most、(D) few 都是用來修飾可數名詞的複數形，故皆不可選。

TEX's notes

　就如 each of X is ...，當 each 作為代名詞後接 of 時也須視為單數。

譯 在最後一堂課後，每位出席者都會被要求填寫一份用來評估課程教材與講師的調查表。

第**7**章　配對・語法・數量・比較

21. Please direct ------- questions about the new travel expense reimbursement procedure to the accounting manager.

    (A) each
    (B) anything
    (C) all
    (D) others

22. Many new business opportunities have been discovered as a result of ------- research.

    (A) this
    (B) it
    (C) these
    (D) those

23. Raccoon Publishing said sales of digital books had ------- than tripled, lifting overall revenue by six percent.

    (A) more
    (B) most
    (C) much
    (D) already

24. Of the four downtown parks, Squirrel Green Park is the ------- to the central business district.

    (A) closer
    (B) close
    (C) closest
    (D) closely

25. The new voice recognition software will make cell phones and other electronic devices ------- more useful to customers.

    (A) very
    (B) many
    (C) too
    (D) much

0645 **21.** 數量 答案 (C)

四選項中可用來修飾空格後之**複數名詞** questions 的只有 (C) all。注意，**all** 除了能修飾可數名詞的複數形及不可數名詞外，搭配 of 的代名詞用法，如 all of the questions（所有問題），也很重要。另，(A) each 用來修飾可數名詞的單數形，(B) anything 和 (D) others 則皆爲代名詞，不能修飾名詞。

譯 請將關於新差旅費報銷程序的所有問題直接寄給會計經理。

0646 **22.** 數量 答案 (A)

空格後的 research（調查、研究）爲**不可數名詞**，應**視爲單數**，而四選項中可用以修飾單數名詞的只有 (A) this。另，(B) it 是代名詞，不可用來修飾名詞，而 (C) these 和 (D) those 除了作代名詞用之外應用來修飾複數形的名詞。

譯 許多新商機皆因這項調查研究而被發現。

0647 **23.** 比較 答案 (A)

四選項中可與空格後的 **than** 搭配使用的只有 (A) more，而 more than tripled 就是「超過三倍」之意。另，(B) most 是最高級；(C) much 則可用來強調比較級，如 much more than（遠多於～、遠比～多得多）。至於 (D) already（已經）則爲副詞，不能搭配 than。

譯 Raccoon 出版公司表示，電子書的銷售已超過三倍，使得整體營收提高了 6%。

註 lift 動 提高～

0648 **24.** 比較 答案 (C)

只要將表最高級的 (C) closest 填入空格，便能與前面的 **the** 結合，形成通順、合理的「四個公園中**最接近**中央商業區」之意。而表比較級的 (A) closer 必須在如 The park is the closer of the two.（該公園是兩個中較近的）這樣比較兩者時，才能和 the 一起使用。一般形容詞選項的 (B) close 與副詞 (D) closely 則皆非題意所需。

譯 在四個市區公園中，Squirrel Green 公園最接近中央商業區。

0649 **25.** 比較 答案 (D)

本題空格後爲比較級 more useful，因此應選可用來強調該比較級以形成「有用得多」之意的 (D) much。至於其他選項，(A) very 應採取如 The software is very useful. 的形式來修飾原級，(B) many 與 (C) too 則只能用於如 There were too many customers. 這樣非比較的句型中。

譯 對顧客來說新的語音辨識軟體將使手機和其他電子裝置變得有用得多。

註 recognition 名 識別；辨識

第 **7** 章

配對・語法・數量・比較

323

26. Sales of Taylor Electronics have increased substantially over the past year, a result that some analysts ------- to the CEO's strong leadership.

(A) accused
(B) presented
(C) attributed
(D) disapproved

27. Data centers are typically so automated that they create ------- new jobs.

(A) much
(B) hardly
(C) few
(D) each

28. Among all the applicants, Mr. Vincent seems to be the ------- qualified for the engineering manager position.

(A) more
(B) many
(C) much
(D) most

29. Mr. Wypych is going to ------- effective teaching methods for children in an online video to be available to subscribers from Friday this week.

(A) proceed
(B) inform
(C) remark
(D) address

30. Customers can place an order ------- the telephone or online, and the company will deliver it within 30 minutes.

(A) either
(B) over
(C) both
(D) but

0650

0650 **26.** 語法 答案 (C)

仔細查看並分析題目句子可發現，逗號之後有受格的關係代名詞 that 和其先行詞 result，而若將該 a result 恢復至受詞位置，就會變成 some analysts ------- a result to ...。接著將 (C) attributed 填入空格後，便能形成 **attribute X to Y**（把 X 歸因於 Y）的通順句型。另，(A) accused（指責～）和 (B) presented（提出～）均不符文意，(D) disapproved（不贊同）則爲不及物動詞。

譯 Taylor 電子公司在過去一年中銷售額大幅增長，有些分析師將此結果歸因於執行長的強勢領導力。

0651 **27.** 數量 答案 (C)

四選項中可用來修飾空格後之**複數名詞** jobs 的只有 (C) few。（注意，few 除了可作形容詞修飾可數名詞的複數形外，如 Few are .... 這樣的代名詞用法也很重要。）另，(A) much 用於修飾不可數名詞；(B) hardly（幾乎不～）則爲副詞，若置於動詞前，如 they hardly create new jobs 這樣即可成立。至於 (D) each 則用來修飾可數名詞的單數形。

譯 資料中心通常是如此地自動化以致於它們幾乎不會創造出新的工作機會。

0652 **28.** 比較 答案 (D)

由句首的 Among all the applicants（在所有應徵者當中）即可推斷空格內應填入表**最高級**的 (D) most。而 (A) more 除了用於比較級外，還能在如 S is the more qualified of the two. 這樣比較兩者的句子中，搭配 the 一起使用。(C) much 則可以 much more qualified（適任得多）的形式來強調比較級。至於選項 (B) many 則可用於如 many more applicants 這樣的結構中來強調比較級。

譯 在所有應徵者中，Vincent 先生似乎最有資格擔任工程經理一職。

0653 **29.** 語法 答案 (D)

能以「有效的教學方法」爲受詞的**及物動詞**只有 (D) address，而在此爲「針對～發表談話」之意。另，(A) proceed 是不及物動詞，用法如 proceed with X（繼續進行 X），須加介系詞；(B) inform 指「告知～」之意，須以〈人〉爲受詞；(C) remark 則採取 remark on X（評論 X）形式，須有介系詞。

TEX's notes

> 除此之外，address 也常以 address a problem（解決問題）的**動詞**「解決～、應付～」，以及 deliver an address（發表演說）的**名詞**「演說」之意出現。

譯 Wypych 先生將在一個從本週五開始可供訂戶觀賞的線上影片中，針對有效的兒童教學方法發表談話。

0654 **30.** 配對 答案 (B)

四選項中唯一可將空格後的名詞 the telephone 連接至空格前之完整句子的是**介系詞** (B) over，而 over the telephone 指「透過電話」之意。選項 (A) either 可和 or 配對使用，但無法用來連接 the telephone 與前面的部分。（注意，在此若要用 either，就必須寫成 either over the telephone or online。）至於選項 (C) both 須與 and 配對使用，而 (D) but 則爲連接詞，並非題意所需。

譯 顧客可透過電話或在網路上下單，而該公司會於三十分鐘內送貨。

31. The manager preferred Keisuke Honda over ------- qualified applicant, because he was fluent in both Japanese and English.

(A) other
(B) the other
(C) another one
(D) each other

32. Local residents ------- shocked by the news that the town library would be closed by the end of the year.

(A) impressed
(B) considered
(C) seemed
(D) showed

33. The low cost of online advertising helps small companies ------- in a rapidly changing market.

(A) proliferate
(B) will proliferate
(C) proliferated
(D) would proliferate

34. The new quality control procedures have proven ------- more successful than previous methods.

(A) far
(B) very
(C) too
(D) right

35. To maintain a quiet reading environment, visitors are required to ------- from using their mobile phones while in the Kanda Library.

(A) avoid
(B) wait
(C) prevent
(D) refrain

0655　**31.** 數量　答案 (B)

0655
0659

四選項中可用來修飾**單數形可數名詞** applicant（應徵者）的只有 (B) the other（指「兩人中的另一人」）。注意，當對象為複數時，比如「五名應徵者中的其餘三人」，則用 the other applicants 來表示。而 (A) other 是當對象為「其他數名應徵者」之類的不特定複數時，以 other applicants 的形式修飾複數名詞。另，(C) another one 與 (D) each other 皆屬代名詞，不適用於本句中。

譯▶ 經理偏好 Keisuke Honda 甚於另一位符合資格的應徵者，因為他日語和英語都很流利。
註▶ fluent 形（語言）流利的；熟練自如的

0656　**32.** 語法　答案 (C)

空格後有**形容詞 shocked**（震驚的），可見須填入能**以之為補語的動詞**，而在選項中能形成 SVC 句型的只有 (C) seemed（似乎～）。另，(B) considered 須採取 consider Ⓞ Ⓒ（將 O 視為 C）形式，而 (A) impressed（使～印象深刻）和 (D) showed（顯示～）則皆不使用補語。

譯▶ 鎮上的圖書館將在今年年底前被關閉的消息似乎讓當地居民感到震驚。

0657　**33.** 語法　答案 (A)

空格前的動詞 help 採取 **help Ⓞ (to) do**（有助於 O 做～）句型，所以答案是**原形不定詞** (A) proliferate（激增、迅速擴張）。

TEX's notes

正如本題，有時 Part 5 的文法題選項也可能出現難度較高的詞彙。但畢竟考的不是詞彙力，因此重點在於須冷靜地從文法層面來思考、作答。

譯▶ 網路廣告廉價的成本使得小型企業的數目在瞬息萬變的市場中激增。
註▶ proliferate 動 激增

0658　**34.** 比較　答案 (A)

空格後緊接著比較級的 more successful，而四選項中可用來**強調比較級**的只有 (A) far（很大程度地、遠比）。另，(B) very 與 (C) too 皆用於修飾形容詞原級，(D) right（立即、就）則一般用於修飾介系詞 (right after lunch) 或副詞 (right here)。（注意，其他可用於強調比較級的副詞還有 **much** 和 **even**。）

譯▶ 新的品質控制程序已證實遠比以前的方法更成功。

0659　**35.** 語法　答案 (D)

四選項中可接**介系詞 from** 並形成「忍住不要～」之通順文意的為 (D) refrain（抑制）。而 (A) avoid（避免～）是及物動詞，須以 avoid using X 的形式接動名詞；(C) prevent（阻止～、防止～）也是及物動詞，但須採取 prevent X from doing 的形式，即要有受詞。至於 (B) wait（等待）則意思不通。

譯▶ 為了維持安靜的閱讀環境，在 Kanda 圖書館時訪客必須避免使用手機。

接下來就是最後的【文法模擬試題】部分。

請計時並一口氣答完 30 題。

書末附有答案卡可供使用。

文法模擬試題

第 1 組

限時
10分鐘

題數
30

題目序號

0660 ～ 0689

1. You may renew your driver's license 60 days in advance of the date of -------.

   (A) expire
   (B) expired
   (C) expiring
   (D) expiration

2. Ms. Moreau in the PR department worked diligently to ensure that the new portable audio player was well -------.

   (A) publicly
   (B) publicized
   (C) publicizing
   (D) publicity

3. Tasty Beverage Co. has decided to give a more ------- title to Mr. Takahashi, who has led a successful national campaign.

   (A) prestige
   (B) prestigious
   (C) prestigiously
   (D) prestidigitation

4. Max Wilson has negotiated ------- a local sporting team to have players wear his company's logo on their uniforms.

   (A) upon
   (B) out
   (C) into
   (D) with

5. InfoTech, a leading provider of management service technology, announced a 20 percent revenue increase last year despite unfavorable market -------.

   (A) conditions
   (B) conditioned
   (C) conditionally
   (D) conditional

6. Local residents are ------- that Wilcox Castle's 500-year heritage will be preserved for years to come thanks to a generous federal grant.

(A) delight
(B) delighted
(C) delighting
(D) delightful

7. ------- supplement his income as an art teacher, Mr. Khatri illustrated children's books for various publishers.

(A) As long as
(B) Provided that
(C) Due to
(D) In order to

8. A study published in February says that ------- few employees use their time as effectively as they could.

(A) little
(B) none
(C) very
(D) neither

9. Jupiter Technology executives had ------- planned on selling at least 130,000 computers this year, but it now seems doubtful they will sell even 100,000.

(A) initial
(B) initialize
(C) initials
(D) initially

10. Organizers are ------- trying to find an alternative venue for the product launch but it may be too late.

(A) except
(B) still
(C) very
(D) while

11. Reproduction of any images on this Web site ------- written consent from the photographer is strictly prohibited.

(A) into
(B) through
(C) above
(D) without

12. Ms. Cho's ------- for oil painting is shown in a book she is writing about local artwork.

(A) enthusiastic
(B) enthusiastically
(C) enthusiast
(D) enthusiasm

13. Tokyo Airlines offers a flight plan called "Choice A" that allows customers to change reservations at ------- extra cost.

(A) none
(B) no
(C) nothing
(D) nowhere

14. Increased sales of new cars and improved tourism statistics are promising signs of a ------- economy.

(A) strength
(B) strengthen
(C) strengthening
(D) strengths

15. ------- was most notable about Nathan Lee's newest film was its amazing special effects.

(A) How
(B) Who
(C) Where
(D) What

16. A block of 100 ------- seats has been purchased by the sponsors of tomorrow night's football game.

(A) reserved
(B) reserve
(C) reserving
(D) reserves

17. At Stratford City Hotel, ------- of the guests is welcomed with complimentary coffee and a fruit platter in the main lobby.

(A) all
(B) each
(C) every
(D) much

18. Residents of Noblesville have frequently complained that the city is too ------- with tourists these days.

(A) crowd
(B) crowds
(C) crowded
(D) crowding

19. During the meeting last week, the advertising department discussed ways to improve ------- brand image among consumers.

(A) us
(B) our
(C) ours
(D) ourselves

20. Ms. Nakamura will place an order for office supplies, ------- copy paper at 10 A.M.

(A) includes
(B) included
(C) include
(D) including

21. Neither the workers ------- the supervisors are in favor of the new production procedures.

(A) or
(B) and
(C) nor
(D) but

22. For more information on scheduling a ------- of the glass factory, contact David Wilson, the Associate Director of Operations.

(A) tour
(B) touring
(C) toured
(D) tourist

23. Mary Anderson was unable to finish her presentation materials, ------- the additional time she was given by her supervisor.

(A) since
(B) even if
(C) in spite of
(D) as though

24. Even though tenants are usually expected to give one month's notice ------- moving out, alternative arrangements are sometimes negotiated.

(A) before
(B) so
(C) to
(D) but

25. Destruction of the artwork ------- if the museum curator had taken some simple precautions.

(A) will be avoided
(B) could avoid
(C) could have been avoided
(D) has avoided

26. Under the management of Paula Garcia, the company ------- developed a reputation as a leader in e-commerce.

(A) quick
(B) quicker
(C) quickly
(D) quickness

27. In today's market, the design of your Web site can be as important ------- the product or service you provide.

(A) for
(B) or
(C) neither
(D) as

28. All staff members are required to wear a hardhat while the manufacturing plant is in -------.

(A) operate
(B) operating
(C) operation
(D) operator

29. The Millar Corp glass scanner recognizes ------- the smallest defect in a piece of glass.

(A) upon
(B) even
(C) some
(D) with

30. Johnson Memorial Hospital requires the therapists to ------- to work 15 minutes before the start of their shifts.

(A) report
(B) inform
(C) assist
(D) complete

答案一覽表請見 p. 342

[0660] **1.** 詞性　　　　　　　　　　　　　難易度 ★★☆　答案 (D)

本題空格須填入前方**介系詞 of** 之受詞，故名詞 (D) expiration（到期、期滿）為正確答案。注意，(C) expiring 若視為不及物動詞 expire（到期）的動名詞，雖就文法而言可填入至空格，但會變成「到期這件事的日期」，意思不通。而 (A) expire 是原形動詞，(B) expired 乃其過去式或過去分詞。

譯 您可在到期日前六十天更新駕照。

[0661] **2.** 詞性　　　　　　　　　　　　　難易度 ★★☆　答案 (B)

〈be 動詞＋副詞 -------〉結構的空格內應填入作補語使用的**形容詞**，而四選項中可作為形容詞使用的只有及物動詞 publicize（宣傳～）的分詞 (B) publicized 和 (C) publicizing。但由於**空格後無受詞**，而聲音播放器是「被宣傳」的東西，可見應採取表被動式的過去分詞 (B) publicized。(A) publicly（公開地）為副詞；(D) publicity（宣傳、宣揚）則為名詞。

譯 Moreau 女士在公關部門勤奮地工作以確保新的可攜式聲音播放器能被廣為宣傳。

[0662] **3.** 詞性　　　　　　　　　　　　　難易度 ★☆☆　答案 (B)

可填入〈冠詞＋副詞 ------- 名詞〉之空格中的應是修飾名詞的**形容詞**，故本題選 (B) prestigious（有名望的）。注意，此字常以 prestigious award（著名獎項）的形式在考試中出現。另，(A) prestige（名望、聲望）是名詞，(C) prestigiously（有名望地）是副詞，而 (D) prestidigitation 則指「變戲法」，由字尾 -tion 可判斷其為名詞。

譯 Tasty 飲料公司已決定給曾領導一項成功的全國性活動的 Takahashi 先生一個更有名望的頭銜。

[0663] **4.** 介系詞　　　　　　　　　　　　難易度 ★☆☆　答案 (D)

四選項中只有 (D) with 可與前方動詞 negotiated 結合成有意義的動詞片語 negotiate with ...（與～談判），故為本題正解。另，negotiate X with Y（針對 X 與 Y 談判）的句型也很重要。其他選項介系詞則皆無法與 negotiate 結合。

譯 為了讓球員們穿上印有其公司 Logo 標誌的制服，Max Wilson 與當地的一支運動隊伍進行了談判。

[0664] **5.** 詞性　　　　　　　　　　　　　難易度 ★★☆　答案 (A)

若將空格前的 unfavorable market（不利的市場）視為介系詞 despite 的受詞而填入副詞 (C) conditionally（有條件地），整句話會令人覺得不知所云；但若填入名詞 (A) conditions 便能建立**複合名詞 market conditions**（市場狀況、市況），而將 unfavorable market conditions 作為 despite 的受詞並使文意通順。另，(B) conditioned（有條件的）與 (D) conditional（以～為條件的）則皆為形容詞。

譯 儘管市場狀況不利，管理服務技術的領先供應商 InfoTech 公司仍宣布去年的營收成長了 20%。

0665　**6.**　　**語法**　　　　　　　　　　難易度 ★★☆　　答案 **(B)**

四選項當中，可**作為**空格前 be 動詞 are 後之**補語**並**連接 that 子句**的就是形容詞 (B) delighted（高興的）。而名詞 (A) delight（愉快）並無法等同於主詞，故不可選。另，(C) delighting 是及物動詞 delight（使～高興）的現在分詞或動名詞，(D) delightful（令人愉快的）則為形容詞，兩者皆無法接 that 子句。

譯 多虧了聯邦政府的慷慨撥款，當地居民很高興 Wilcox 城堡的五百年傳承將能在未來的幾年內都保存下來。

註 heritage **名** 遺產　　preserve **動** 保存～；維護～　　generous **形** 慷慨的；大方的
　　federal **形** 聯邦（政府）的

0666　**7.**　　**介 or 連**　　　　　　　　難易度 ★★☆　　答案 **(D)**

雖然空格後的 supplement 可作為名詞的「補充」或動詞的「補充～」，但在本句中因其後接有受詞 his income（他的收入），故應為動詞用法。而選項中可後接**原形動詞**的只有**不定詞** (D) In order to（為了～）。連接詞 (A) As long as（只要～）和 (B) Provided that（倘若～）後面須接子句，(C) Due to（由於～）則為介系詞，後面須接名詞（片語）。

譯 為了貼補做美術老師的收入，Khatri 先生為許多不同的出版社繪製童書插畫。

註 supplement **動** 補充～

0667　**8.**　　**數量**　　　　　　　　　　難易度 ★★☆　　答案 **(C)**

在所有選項當中可用來**修飾空格後之形容詞 few** 的只有**副詞** (C) very。注意，〈**very few ＋複數形**〉表「幾乎沒有～」之意，亦即強調數量非常少的狀態。而 (A) little 是表量或程度很低的形容詞，用來修飾不可數名詞；(B) none（沒有任何人・物）和 (D) neither（兩者都沒有～）則皆無法置於 few 之前使用。

譯 二月份公布的一項研究顯示，極少數員工能夠盡可能有效地運用他們的時間。

0668　**9.**　　**詞性**　　　　　　　　　　難易度 ★☆☆　　答案 **(D)**

即使去掉空格，Ⓢ had planned ... 此過去完成式句型依舊成立，可見空格處應填入一修飾語，而可**修飾前後動詞部分 had planned** 的是副詞，因此本題選 (D) initially（最初）。另，(A) initial 可以是形容詞「最初的」或名詞「字首字母」，(B) initialize 是動詞「初始化～」，(C) initials 則為名詞的複數形。

譯 Jupiter 科技公司的管理階層最初計畫今年至少要銷售十三萬台電腦，但現在似乎連是否能賣十萬台都令人懷疑。

0669　**10.**　　**語法**　　　　　　　　　難易度 ★★☆　　答案 **(B)**

即使沒有空格，Ⓢ are trying to find ... 這個句型仍然成立，由此可知空格處應填入一修飾語，而四選項中**屬修飾語**的是副詞 (B) still 和 (C) very，但因 very 不用來修飾動詞，因此本題選 (B) still（還、仍舊）。（注意，(C) very 只能修飾形容詞或副詞。）(A) except 是介系詞「除了～」或動詞「把～排除在外」，(D) while 則為連接詞「當～的時候、然而～」或名詞「一會兒」。

譯 主辦單位仍在試圖為產品發表尋找替代會場，不過可能為時已晚。

[0670] **11.** 介系詞 　　　　　　　　　　　難易度 ★★☆ 答案 **(D)**

本題四個選項介系詞中可連結空格前「本網站上之任何圖像的複製」與其後「攝影師的書面同意」這兩部分並形成通順文意的是 (D) without。注意，without written consent from [of] X（在未經 X 書面同意的情況下）此用法相當重要，一定要記住。而其他介系詞 (A) into、(B) through、(C) above 意思都不通。

譯 在未經攝影師書面同意的情況下，嚴禁複製本網站上的任何圖像。

註 reproduction 名 複製；複寫　　prohibit 動 禁止～

[0671] **12.** 詞性 　　　　　　　　　　　　難易度 ★★☆ 答案 **(D)**

位於所有格 (Ms. Cho's) 後的空格內**需要一名詞作為此句之主詞**，因此符合文意的 (D) enthusiasm（熱情、熱忱）為正解。而 (C) enthusiast（熱衷者、愛好者）雖亦為名詞，但在此意思不通。另，(A) enthusiastic（熱衷的）是形容詞，(B) enthusiastically（充滿熱情地）則為副詞。（注意，這些衍生詞都曾於正式測驗中出現，故請將其詞性和意思都記起來。）

譯 在邱女士所寫的一本關於當地藝術作品的書中展現了她對油畫的熱情。

註 enthusiasm 名 熱情；熱忱

[0672] **13.** 其他 　　　　　　　　　　　　難易度 ★★☆ 答案 **(B)**

空格前有介系詞 at，後面又接了作為其受詞的名詞 extra cost（額外費用），故空格內應填入形容詞 (B) no。（**at no extra cost** 指「不須額外費用」之意。）而 (A) none（沒有任何人‧物）是代名詞或副詞，(C) nothing（沒有任何事物）是代名詞，(D) nowhere（任何地方都不～）則為副詞。

譯 東京航空公司提供一個名為「Choice A」的飛行方案，可讓顧客不須付額外費用就能更改預訂。

[0673] **14.** 詞性 　　　　　　　　　　　　難易度 ★★☆ 答案 **(C)**

可填入**冠詞與名詞間**之空格以**修飾後方名詞**當屬形容詞，而選項中具形容詞功用的只有動詞 strengthen（強化～、鞏固～）的現在分詞 (C)，故為正解。（strengthening economy 指「揚升中的經濟」。）另，(A) strength（力量）是名詞，(D) strengths 則為其複數形。

譯 新車銷量的增加和旅遊統計數據的改善是經濟揚升有望的跡象。

[0674] **15.** 關係詞 　　　　　　　　　　　難易度 ★★☆ 答案 **(D)**

從空格起至 film 為止為本句的主詞，而第二個 was 則為述語動詞。由於**可作為主詞的是名詞**，故可**引導名詞子句的關係代名詞** (D) What 即為正解。（注意，在關係詞題中，當空格後欠缺主詞或受詞，又無先行詞的話，答案就會是 what。）至於 (A) How、(B) Who、(C) Where 這三個選項作為關係詞時，所形成的都不是名詞子句，而是形容詞子句或副詞子句。

譯 關於 Nathan Lee 的最新電影最值得注意的地方就是它驚人的特效。

註 notable 形 值得注意的

0675 **16.** 詞性   難易度 ★★☆   答案 (A)

即使去掉空格部分，A block of 100 seats 仍可連接前後，由此判斷空格處應填入一修飾語，而可用來修飾名詞 seats 的應為形容詞，故 reserve（預約～）的過去分詞 (A) reserved 和現在分詞 (C) reserving 皆為可能的選擇。但因「座位是被預約」的，所以正確答案是可形成**被動意涵**的 (A) reserved。選項 (D) reserves 為動詞第三人稱單數現在式。

譯 一整區的一百個預留座位已被明晚美式足球賽的贊助商給買下。

0676 **17.** 代名詞   難易度 ★★★   答案 (B)

這題的空格處須填入對應述語動詞 is welcomed 的**單數名詞**，故表「每個～」之意的單數代名詞 (B) each 是正確答案。（注意，each of the 之後用複數名詞。）而 (A) all 在 of 後接複數形的情況下，應視為複數。另，(C) every（每個、全部的）是修飾名詞的形容詞，(D) much 則須在 of 之後接不可數名詞。

譯 在 Stratford 城市飯店裡，每位客人都可隨意在主大廳中享用免費招待的咖啡和水果拼盤。

0677 **18.** 詞性   難易度 ★☆☆   答案 (C)

be 動詞 is 之後應有補語，故本題選形容詞 (C) crowded（擁擠的、擠滿的）。注意，*be* crowded with *X*（擠滿 X）是多益測驗的常考句型。而 (A) crowd 是名詞「人群」或動詞「塞進」，(B) crowds 為其複數形或第三人稱單數現在式。另，(D) crowding 為動詞 crowd 之現在分詞或動名詞。

譯 Noblesville 的居民經常抱怨該城市近來擠滿了太多遊客。

0678 **19.** 代名詞   難易度 ★☆☆   答案 (B)

碰到代名詞「格」的問題時，就要**觀察空格前後的形式**。這題的空格前為及物動詞 improve（改善～），而空格後為其名詞受詞 brand image，只要填入所有格 (B) our，便能形成「我們的品牌形象」此合理的名詞片語，故為正解。另，(A) us 是受格，(C) ours 是所有代名詞，(D) ourselves 則為反身代名詞。

譯 在上週的會議裡，廣告部門討論了改善我們在消費者心目中之品牌形象的方法。

0679 **20.** 動詞   難易度 ★★☆   答案 (D)

本題應選可將空格後的名詞 copy paper 連接至空格前之完整句子的**介系詞**選項 (D) including（包括～）。由於句子已有述語動詞 will place，因此屬動詞第三人稱單數現在式的 (A) includes、過去式的 (B) included 和原形的 (C) include 皆不適當。另，若將 (B) included 視為過去分詞時表被動意義，後面不接名詞。

譯 Nakamura 女士將於上午十點下單訂購包括影印紙在內的辦公室用品。

[0680] **21.** 配對　　　　　　　　　　　　　　　難易度 ★☆☆　答案 (C)

可與句首的 **Neither** 結合成 neither X nor Y（X 和 Y 都不～）之配對句型的 (C) nor 就是正確答案。注意，選項 (A) or 必須和 either 配對使用。另，使用到 (B) and 的 both X and Y（X 和 Y 都）和 (D) but 的 not only X but also Y（不僅 X 而且 Y）的配對組合也很常見。

譯 工作人員和他們的主管都不贊成新的生產程序。

註 in favor of X 贊成 X

[0681] **22.** 詞性　　　　　　　　　　　　　　　難易度 ★☆☆　答案 (A)

〈冠詞 ------- 介系詞〉之結構的空格處應填入**名詞**，而四選項中可作爲動名詞 scheduling（預訂～、安排～）之受詞且能形成通順文意的爲名詞 (A) tour（旅遊）。(D) tourist（遊客）雖爲名詞，但在此意思不通。另，(B) touring 爲動詞 tour（參觀旅遊）之現在分詞，而若作動名詞時，係表動作，前不加冠詞 a。最後，(D) toured 則爲動詞 tour 之過去式或過去分詞。

譯 欲知關於安排玻璃工廠參觀行程的更多資訊，請與營運副總監 David Wilson 聯繫。

[0682] **23.** 介 or 連　　　　　　　　　　　　　難易度 ★★☆　答案 (C)

空格後的 the additional time (which) she was given by ... 是省略了關係代名詞的**名詞片語**，而由於**可將名詞連結至完整句子的是介系詞**，故本題選 (C) in spite of（儘管～）。另，(A) since（自從～）可爲連接詞或介系詞，而作爲介系詞時，後面要接〈過去的起點〉；(B) even if（即使～）和 (D) as though（彷彿～）則爲連接詞，須接子句。

譯 儘管 Mary Anderson 的主管給了她額外的時間，她仍無法完成簡報資料。

[0683] **24.** 介系詞　　　　　　　　　　　　　　難易度 ★☆☆　答案 (A)

可連結前方名詞「一個月的通知」和後方動名詞「搬出」並形成合理之通順文意者爲介系詞選項 (A) before。give one month's notice before *doing X* 指「在做 X 之前給予一個月的通知、在做 X 之前提前一個月通知」之意。至於另一介系詞 (C) to 雖有 give X to Y（把 X 給 Y）的用法，但在此不符文意。選項 (B) so 與 (D) but 則皆爲連接詞，非題意所需。

譯 儘管承租戶通常應在搬出前一個月提出通知，但有時可協商其他的替代安排。

註 arrangement 名 協議；安排　　　negotiate 動 協商～；談判～

[0684] **25.** 動詞　　　　　　　　　　　　　　　難易度 ★★★　答案 (C)

主詞「藝術品的毀損」和動詞 avoid（避免～）之間具有「被避免」的**被動關係**，由此判斷答案可能是 (A) will be avoided 或 (C) could have been avoid。但因 if 子句的動詞爲**過去完成式** had taken，故填入 (C) 後便可形成「若當時～的話，應該就可以……」這種表與過去事實相反的假設。(A) 則爲未來被動式，與句意不相干。

譯 如果當時博物館館長採取了一些簡單的預防措施，就可避免該藝術品被毀損了。

註 destruction 名 毀損；破壞　　　curator 名 館長；管理者　　　precaution 名 預防措施

[0685] **26.** 詞性　　　　　　　　　　　難易度 ★☆☆　　答案 **(C)**

即使去掉空格部分，the company developed a reputation 這個句子依舊成立，可見空格處應填入一修飾語，而可用來**修飾後方動詞** developed 的當屬**副詞**，故正解為 (C) quickly（迅速地）。(A) quick（迅速的）是形容詞，(B) 為其比較級，(D) quickness（迅速、敏捷）則為名詞。

譯 在 Paula Garcia 的管理下，該公司迅速發展出作為電子商務領導者的聲譽。

[0686] **27.** 比較　　　　　　　　　　　難易度 ★☆☆　　答案 **(D)**

可與空格前的 as 結合成〈**as ＋形容詞原級＋ as**〉之同等比較結構，以表「和～一樣……」之意的 (D) as 即為正確答案。注意，有時夾在 as ... as 之間的是副詞，如 as quickly as ...（和～一樣地快）。

譯 在今日的市場中，您網站的設計和您提供的產品或服務可能一樣重要。

[0687] **28.** 詞性　　　　　　　　　　　難易度 ★★☆　　答案 **(C)**

這題的空格處必須填入**介系詞 in 的受詞**，所以答案是名詞選項 (C) operation（運作）。（**in operation** 指「運作中」之意。）注意，動名詞 (B) operating 指「在運作這件事中」，而另一名詞 (D) operator 則指「作業員、接線生」，二者均不符文意，故皆不選。另，(A) operate（營運、操作）則為動詞。

譯 當製造工廠運作時，所有工作人員都必須戴上安全帽。

註 hardhat 名（工地用的）安全帽

[0688] **29.** 其他　　　　　　　　　　　難易度 ★★☆　　答案 **(B)**

此句即使去掉空格部分仍可連接前後，由此可知空格處應填入一修飾語，而能修飾後方名詞 the smallest defect（最細微的缺陷）的是副詞 (B) even（甚至）。（注意，副詞通常不用來修飾名詞，但 **even** 或 **only** 可像 Even [Only] a child can do it. 這樣修飾名詞。）介系詞選項 (A) upon 與 (D) with，以及形容詞選項 (C) some 則皆非題意所需。

譯 Millar 公司的玻璃掃描儀甚至連一塊玻璃上最細微的缺陷都能辨識出來。

註 recognize 動 識別～；辨識～　　defect 名 瑕疵；缺陷

[0689] **30.** 語法　　　　　　　　　　　難易度 ★★★　　答案 **(A)**

將選項 (A) report 填入空格後，便能形成 **report to work**（報到）此符合前後文意的片語，故為正解。（注意，在此片語中 to 是介系詞，work 為表「職場」之名詞）。另，(B) inform（告知～）和 (D) complete（完成～）皆為直接連接受詞的及物動詞，而 (C) assist（協助）可為及物或不及物動詞，但作不及物動詞用時，須採取 assist in [with] ...（協助～）之形式。

譯 Johnson 紀念醫院要求治療師在值班開始前十五分鐘報到。

文法模擬試題第 1 組

答案一覽表

No.	ANSWER A B C D	No.	ANSWER A B C D	No.	ANSWER A B C D
001	D	011	D	021	C
002	B	012	D	022	A
003	B	013	B	023	C
004	D	014	C	024	A
005	A	015	D	025	C
006	B	016	A	026	C
007	D	017	B	027	D
008	C	018	C	028	C
009	D	019	B	029	B
010	B	020	D	030	A

學習紀錄

次數	練習日	所需時間	答對題數
第 1 次	月　　日	分　　秒	／ 30
第 2 次	月　　日	分　　秒	／ 30

文法模擬試題

第 2 組

限時
10 分鐘

題數
30

題目序號

0690 ～ 0719

1. Unless you ------- mention that you want to remain anonymous, your user name and question may be posted online to help other customers.

   (A) specify
   (B) specific
   (C) specification
   (D) specifically

2. Before assembling the documents for Mr. Bennett's seminar, be sure to e-mail them to ------- for proofreading.

   (A) he
   (B) his
   (C) him
   (D) himself

3. In all Unique Design Clothing stores, spring clothing will be sold at ------- prices to make room for new inventory.

   (A) reduce
   (B) reduced
   (C) reduces
   (D) reduction

4. -------, the conference was attended by over a thousand people from the leisure industry.

   (A) Altogether
   (B) Largely
   (C) Always
   (D) Completely

5. The management has been debating ways of evaluating employee ------- more effectively.

   (A) perform
   (B) performs
   (C) performed
   (D) performance

6. Professor James Nichol will be here next week to share his ------- of knowledge on document filing.

(A) wealth
(B) wealthier
(C) wealthy
(D) wealthily

7. Many people who attend workshops underestimate how much they can learn from ------- participants.

(A) another
(B) others
(C) the other
(D) one another

8. To check the status of your recent -------, please enter your customer number and the date of purchase.

(A) order
(B) ordered
(C) ordering
(D) to order

9. Mr. Okubo has arranged ------- Ms. Grace to speak at the meeting on his behalf because he has other obligations.

(A) upon
(B) with
(C) for
(D) by

10. Mr.Park estimates that replacing all the copy machines with newer models will be ------- than continuing with the current ones.

(A) cheap
(B) cheaper
(C) cheapest
(D) more cheaply

11. Hiring managers ------- prefer applicants who either have experience in a related field or show great enthusiasm.

(A) normal
(B) normalize
(C) normality
(D) normally

12. The school has an integrated communication system that ------- all the classrooms.

(A) links
(B) linkage
(C) link
(D) linking

13. As children will be taking part in the parade, please make sure that they are dressed ------- for the weather.

(A) appropriate
(B) appropriately
(C) appropriateness
(D) more appropriate

14. Mr. Griffin called all the hotels near the convention venue, ------- find that they were all fully booked.

(A) so as
(B) even though
(C) in order that
(D) only to

15. ------- who wishes to participate in the negotiation skills training course should contact Ms. Moore on extension 990 by this coming Friday.

(A) They
(B) Anyone
(C) Themselves
(D) Other

16. First-time patients should arrive 15 minutes prior to their scheduled appointment in order to fill out the ------- medical paperwork.

(A) necessity
(B) necessitate
(C) necessary
(D) necessarily

17. After a preliminary consultation, Miller System Service ------- a plan outlining the types of services that will benefit your business.

(A) was created
(B) having created
(C) had been created
(D) will create

18. The position of marketing director will be assigned to either Mr. Hanyu in the marketing department ------- Mr. Nishikori, who was interviewed on Monday.

(A) but
(B) and
(C) neither
(D) or

19. A recent study has found that nearly half of Internet users are unsure ------- the content they are accessing is accurate or even factual.

(A) whether
(B) of
(C) about
(D) who

20. The purchasing division is responsible for sourcing, selecting, and ------- with suppliers for raw materials.

(A) negotiate
(B) negotiated
(C) negotiating
(D) negotiates

21. ------- secure a seat at the upcoming seminar, participants must submit an application form along with the $500 registration fee by September 15.

(A) In addition to
(B) In order to
(C) As soon as
(D) With regard to

22. Executives at Carlton Department Store are excited ------- the fresh perspective that the new CEO is expected to bring to the organization.

(A) about
(B) to
(C) from
(D) between

23. Rock singer Tina Wagner has been ------- welcomed by many designers as a new icon for American fashion.

(A) enthusiastic
(B) enthusiastically
(C) most enthusiastic
(D) enthusiasm

24. Return of any item for exchange or refund will be accepted ------- the item is in its original condition.

(A) in case
(B) only if
(C) so that
(D) due to

25. Fuel consumption is one of the most important factors ------- choosing a new vehicle.

(A) in
(B) but
(C) because
(D) even

26. Frank Rich, a theater critic and columnist at *Mongolia Times*, ------- the paper to join *Darkhan City* magazine.

(A) leave
(B) has been left
(C) is leaving
(D) leaving

27. A committee has been created to ------- new strategies to alleviate crowding on arterial roads during the rush hour.

(A) deal
(B) proceed
(C) identify
(D) agree

28. With regard to the performance review, project managers ------- accountable for both their personal and team achievements.

(A) had held
(B) were held
(C) were holding
(D) was held

29. Ms. Grace would like to extend her ------- to everyone for not being able to attend the award ceremony in person.

(A) apologize
(B) apologies
(C) apologetic
(D) apologized

30. Several convenient technologies have become available and it is necessary to update the Web site ------- to maintain client satisfaction.

(A) accord
(B) according
(C) accordingly
(D) accordance

答案一覽表請見 p. 356

[0690] 1. 　詞性　　　　　　　　　　　　　　　　　難易度 ★☆☆　答案 **(D)**

本句空格前的 you 為 Unless 子句之主詞，而空格後的 mention 則為動詞，由此可推斷空格內應填入可**修飾動詞 mention（提到）的副詞** (D) specifically（明確地）。另，(A) specify（具體指明～）是動詞，(B) specific（明確的、具體的）是形容詞，(C) specification（規格）則為名詞。

譯▶ 除非您明確地提到您要保持匿名，否則您的使用者名稱和問題可能會被張貼在網上以幫助其他顧客。

[0691] 2. 　代名詞　　　　　　　　　　　　　　　　難易度 ★☆☆　答案 **(C)**

空格處須填入前方**介系詞 to 的受詞**，所以答案可能是 (C) him 或 (D) himself，但因反身代名詞應在主詞和受詞相同時作為受詞使用，或用於強調，而這句的主詞實為 you（因祈使句而省略），與應填入空格的電子郵件寄送對象 Mr. Bennett 乃不同人，因此 (D) himself 並不適當。正解應為受格選項 (C) him（指 Mr.Bennett）。另，(A) he 是主格，(B) his 則為所有格或所有代名詞。

譯▶ 在替 Bennett 先生的研討會彙整文件前，請務必先用電子郵件寄給他以進行校對。

註▶ assemble 動 收集～；組裝～　　proofreading 名 校對

[0692] 3. 　詞性　　　　　　　　　　　　　　　　　難易度 ★☆☆　答案 **(B)**

作為空格前介系詞 at 之受詞的名詞 prices 已存在於空格後，由此判斷兩者間應填入可**修飾 prices 的形容詞**。而四選項中具形容詞功用的只有過去分詞 (B) reduced（減少的、減價的）。注意，名詞 (D) reduction（減少、減價）須以 price reduction（降價）的詞序使用。另，(A) reduce（減少）是原形動詞，(C) 則為第三人稱單數現在式。

譯▶ 在所有 Unique Design 的服飾店裡春裝將以折扣價出售，以為新商品騰出空間。

[0693] 4. 　語法　　　　　　　　　　　　　　　　　難易度 ★★☆　答案 **(A)**

後接逗號的句首副詞是用來**修飾整個句子**，而四個副詞選項中 (A) Altogether（總共）最適合置於本句句首以修飾全句。(B) Largely（主要地、大部分）通常不放在句首，且在此意思也不通。另，(C) Always（總是）和 (D) Completely（徹底地）也通常放在句中修飾動詞或形容詞。

譯▶ 這次會議總計共有來自休閒產業的一千多人參加。

[0694] 5. 　詞性　　　　　　　　　　　　　　　　　難易度 ★★☆　答案 **(D)**

空格前的名詞 employee 雖可作為及物動詞 evaluate（評估～）的受詞，但由於其為**可數名詞**，並無法以單數且無冠詞的形式使用，因此空格部分必須填入另一名詞 (D) performance（績效、表現）以形成**複合名詞 employee performance**（員工績效），文意才會通順。（注意，複合名詞的第一個名詞具形容詞的功能，用來修飾第二個名詞。）

譯▶ 管理階層一直在討論如何更有效地評估員工績效。

註▶ debate 動 討論～

0695 **6.** 詞性　　　　　　　　難易度 ★★☆　答案 **(A)**

0690 ▼ 0699

空格前為代名詞所有格 his，因此空格內應填入名詞 (A) wealth。（注意，**a wealth of ...** 指「豐富的～」。）另，(C) wealthy（富裕的）是形容詞，(B) wealthier 為其比較級，(D) wealthily（充裕地）則為副詞。

譯 James Nichol 教授下週會來這裡與大家分享他在文件歸檔方面的豐富知識。
註 document 名 文件

0696 **7.** 數量　　　　　　　　難易度 ★★☆　答案 **(C)**

由於本題空格後為可數名詞的複數形 participants，故可用來修飾它並形成「其他的參加者」之意的 (C) the other 為正解。另，(A) another 用來修飾可數名詞的單數形，(B) others 和 (D) one another 則為單獨使用的代名詞，並非形容詞。

譯 許多參加工作坊的人低估了他們可從其他參加者那裡學到多少東西。
註 underestimate 動 低估～

0697 **8.** 詞性　　　　　　　　難易度 ★☆☆　答案 **(A)**

空格處應填入可與其前之 your recent 一起作為介系詞 of 之受詞的名詞，因此本題選 (A) order（訂單）。注意，order 亦可作動詞用，而若將 (C) 視為 order 的動名詞（可作介系詞之受詞），其後必須有受詞，因為 order 是及物動詞。另，(B) ordered 是動詞 order 的過去式或過去分詞，(D) 則為不定詞，不能作為 of 的受詞。

譯 若要查看您最近的訂單狀態，請輸入您的顧客編號與購買日期。
註 status 名 狀態；地位

0698 **9.** 介系詞　　　　　　　難易度 ★★☆　答案 **(C)**

動詞 arrange 可作及物或不物動詞用，而當 arrange 作及物動詞用時，一般不以〈人〉為其受詞，因此本題應選可形成 **arrange for X to do**（安排 X 做～）此片語的介系詞 (C) for。另，像 arrange to *do*（安排做～）這樣直接接不定詞的用法，也請順便記住。其他選項介系詞則無法與 arrange 結合，形成有意義之片語。

譯 Okubo 先生已安排 Grace 女士代表他在會議上發言，因為他還有別的要事。
註 on *one's* behalf 代表～　　obligation 名 義務；責任

0699 **10.** 比較　　　　　　　　難易度 ★☆☆　答案 **(B)**

既然空格後有 **than**，那就只剩比較級的 (B) cheaper 和 (D) more cheaply 可考慮。而由空格前的 will be 可知，空格處應填入補語，而**可作為補語的是形容詞**，所以正確答案是 cheap（便宜的）的比較級 (B) cheaper。(D) more cheaply 屬副詞，不能當補語。另，(A) cheap 是原級，(C) cheapest 則為最高級。

譯 朴先生估計，用較新的機型替換所有影印機將比繼續使用現有的機型便宜。
註 estimate 動 估計～

0700 **11.** 詞性   難易度 ★☆☆   答案 **(D)**

本句以 Hiring managers_S ------- prefer_V 的形式起頭，而可填在 SV 之間的是**修飾動詞的副詞**，所以答案是 (D) normally（通常）。另，(A) normal（通常的）是形容詞，(B) normalize（使～正常化）是動詞，(C) normality（正常〔的狀態〕、常態）則爲名詞。

譯▶ 聘僱經理通常偏好具相關領域經驗或展現出極大熱情的應徵者。

註▶ hiring manager 聘僱經理

0701 **12.** 關係詞   難易度 ★★☆   答案 **(A)**

由前後句構可知空格前的 that 是主格的關係代名詞，其先行詞爲 an integrated communication system。由此判斷空格處應填入對應此**單數名詞**的述語動詞，故正解爲動詞 link（連結～）之第三人稱單數現在式 (A) links。而 (B) linkage（連接）是名詞，(D) linking 則爲動詞 link 的現在分詞或動名詞。

譯▶ 該校擁有一套連結所有教室的整合通訊系統。

註▶ integrated 形 整合的；一體的

0702 **13.** 詞性   難易度 ★☆☆   答案 **(B)**

即使不看空格，they are dressed for ... 此被動句型依舊成立，可見空格處應填入一修飾語，而能用來**修飾前方動詞部分 are dressed** 的副詞 (B) appropriately（適當地）就是正確答案。（注意，本題爲**被動式之後緊接副詞**的常見出題模式之一。）另，(A) appropriate（適當的）是形容詞，(D) 爲其比較級，(C) appropriateness（妥適性）則爲名詞。

譯▶ 由於孩子們將參加遊行，因此請確保他們能依天氣狀況穿適當的衣服。

0703 **14.** 其他   難易度 ★★☆   答案 **(D)**

四選項中只有不定詞選項 (D) only to 後面可接原形動詞 find，故爲正解。（**only to do** 指「結果卻只～」之意。）而 (A) 須以 so as to *do* 的形式來表「以便～」之意，(B) even though（即使～）和 (C) in order that（爲了～）則皆爲連接詞，須接子句。

譯▶ Griffin 先生打了電話給會議場地附近的所有飯店，結果卻發現他們全都已被訂滿。

0704 **15.** 代名詞   難易度 ★★☆   答案 **(B)**

句首空格後的 who 明顯是主格關係代名詞，而後方述語動詞 wishes 爲**第三人稱單數現在式**，可見其先行詞爲**單數**名詞，因此本題選表單數的代名詞選項 (B) Anyone（任何人）。另，(A) They 是複數，(C) Themselves 爲反身代名詞，不能當主詞，(D) Other 則爲形容詞。

TEX's notes

> 由於 anyone 被譯爲「任何人」，因此有人會誤以爲是複數，但其實必須使用單數形式的動詞。請以「接著 -one 所以是單數」的方式來記。另，everyone 也是一樣的情況。

譯▶ 任何希望參加談判技巧培訓課程的人皆應於本週五前以分機 990 與 Moore 女士聯繫。

0705
0700
▼
0709

0705 **16.** 詞性　　　　　　　　　　　　　　　　　難易度 ★★☆　　答案 **(C)**

空格前爲冠詞，後爲形容詞加名詞，若填入可修飾該形容詞 medical 的副詞 (D) necessarily，會變成「必然醫療的文件」，意思並不通。而若填入**形容詞** (C) necessary （必要的）來修飾名詞片語 medical paperwork（醫療文書資料）的話，則可形成通順文意。另，(A) necessity（需要）是名詞，(B) necessitate（使成爲必需）則爲動詞。

譯 初診病患應於預約時間前十五分鐘到達，以填寫必要的**醫療資料**。

0706 **17.** 動詞　　　　　　　　　　　　　　　　　難易度 ★☆☆　　答案 **(D)**

本句主詞爲 Miller System Service，空格處需要述語動詞，因此分詞選項 (B) having created 可先排除。而因**空格後有作爲受詞的名詞 a plan**，故動詞應爲**主動語態**，所以正確答案是 (D) will create。屬被動式的 (A) was created 與 (C) had been created 語態不符。

譯 經過初步的諮詢後，Miller 系統服務公司會製作一份概述對您事業有利之服務類型的計畫。

註 preliminary 形 初步的；預備的

0707 **18.** 配對　　　　　　　　　　　　　　　　　難易度 ★☆☆　　答案 **(D)**

本題應選可與 either 組成 **either X or Y**（不是 X 就是 Y）結構的 (D) or。注意，both X and Y（X 和 Y 都），以及 neither X nor Y（X 和 Y 都不〜）也都很重要。其他選項則皆非題意所需，故不選。

譯 行銷總監的職位不是派定給行銷部門的 Hanyu 先生，就是派定給週一接受了面試的 Nishikori 先生。

0708 **19.** 介 or 連　　　　　　　　　　　　　　　　難易度 ★★☆　　答案 **(A)**

這題的解題關鍵在於看出空格後爲 the content[S] ... is[V] ... 這樣的**子句結構**（the content 之後的 they are accessing 爲省略了 which 的形容詞子句），而因選項中可接子句的只有**連接詞** (A) whether（是否〜），故爲正解。（be unsure whether [S] [V] 指「不確定是否〜」之意。）而 (B) of 與 (C) about 皆爲介系詞，須接名詞。另，主格的關係代名詞 (D) who 則要接動詞。

TEX's notes

空格後的結構如下。

　　　　　　　　　　　　　　　　修飾
the content (which) they are accessing is accurate or even factual
　　[S]　　　　　　　　　　　　　[V]　　　[C]

譯 最近的一項研究發現，有近半數的網路使用者不確定他們正在存取的內容是否正確，或甚至是否爲事實。

0709 **20.** 詞性　　　　　　　　　　　　　　　　　難易度 ★☆☆　　答案 **(C)**

本句對等連接詞 and 之前出現兩個動名詞 sourcing 和 selecting，因此空格處也必須填入**動名詞** (C) negotiating（談判）以形成 X, Y, and Z 並列的平行結構。另注意，negotiate with ...（和〜談判）爲〈動詞＋介系詞〉形式，請務必記住。

譯 採購部門負責原料的取得、挑選，以及與供應商的談判。

註 source 動 從其他公司、國家購得零件、材料等

0710 21. 其他　　　　　　　　　難易度 ★★☆　答案 (B)

空格後的 secure 接著加了冠詞的名詞，可見在此它不是形容詞，而是表「取得～」之意的**原形動詞**，因此本題應選**不定詞** (B) In order to（為了～）。而 (A) In addition to（除了～之外）和 (D) With regard to（關於～）皆為介系詞，須接名詞或動名詞。另，(C) As soon as（一～就～）為連接詞，須接子句。

譯 為了在即將舉行的研討會上有位子可坐，參加者必須於 9 月 15 日前提交申請表與五百美元的註冊費。

註 secure 動 弄到～；取得～　　registration 名 註冊；登記

0711 22. 介系詞　　　　　　　　　難易度 ★☆☆　答案 (A)

四個選項介系詞中可用來連結空格前之形容詞 excited 與空格後的 the fresh perspective（全新的觀點）並形成通順文意的是 (A) about。注意，**be excited about X**（對 X 感到興奮）為常見語法，須採被動形式，即因被「事物」刺激而「感到興奮」。

譯 Carlton 百貨公司的業務主管們對新任執行長將會為他們的機構帶來的全新觀點感到興奮。

註 executive 名 業務主管　　perspective 名 觀點；看法

0712 23. 詞性　　　　　　　　　難易度 ★☆☆　答案 (B)

即使去掉空格，Ⓢ has been welcomed by ... 這個被動句型仍然成立，由此判斷空格內應填入一修飾語。而可**修飾前後動詞部分 has been welcomed 的是副詞** (B) enthusiastically（充滿熱情地）。另，(A) enthusiastic（熱衷的）是形容詞，(C) 為其最高級，(D) enthusiasm（熱情、熱忱）則為名詞。

譯 搖滾歌手 Tina Wagner 一直受到眾多設計師的熱烈歡迎，他們視她為美國時尚的新指標。

註 icon 名 偶像；代表人物

0713 24. 介 or 連　　　　　　　　　難易度 ★★★　答案 (B)

空格處應填入可合理連接「商品可換貨或退錢」與「商品維持原始狀態」這兩個子句的**連接詞**，而由於後者為前者的〈條件〉，所以正確答案是 (B) only if（唯有～、僅限～的情況）。同為連接詞的 (A) in case（以防萬一～）和 (C) so that（以便～）在此都意思不通。另，(D) due to 則為介系詞，其後不接子句。

譯 只有在商品維持原始狀態的情況下，才可以退還以換貨或退錢。

0714 25. 介系詞　　　　　　　　　難易度 ★★☆　答案 (A)

空格內應填入可將後方動名詞片語連結至前句的介系詞，故本題選 (A) in。（此意義是從「在～之中」的基本意象衍生而來，表「在做～的行為中→做～時」之意。）另，(B) but 為對等連接詞，(C) because 為從屬連接詞，(D) even（甚至～）則為副詞。

譯 油耗是選擇新車時最重要的因素之一。

註 consumption 名 消耗；消費

[0715] 26. 動詞   難易度 ★★☆   答案 **(C)**   [0710] ▾ [0719]

空格處應填入對應主詞 Frank Rich（第三人稱單數形）的**述語動詞**，而由於**空格後有受詞 the paper**，因此正解爲主動語態的 (C) is leaving。(B) has been left 爲被動式，語態不符。另，(A) leave 必須加上第三人稱單數現在式的 s，(D) leaving 則爲現在分詞或動名詞，不能作爲述語動詞。

譯 《Mongolia 時報》的戲劇評論家兼專欄作家 Frank Rich 即將離開報社加入《Darkhan City》雜誌。

文法模擬試題 第2組

[0716] 27. 語法   難易度 ★★☆   答案 **(C)**

四選項中可連接受詞 new strategies（新策略）的只有及物動詞 (C) identify（發現～、認出～），故爲正解。其他選項 (A) deal、(B) proceed、(D) agree 主要都作爲不及物動詞使用，如 deal with ...（處理～）、proceed with ...（繼續進行～）、agree with ...（同意～）等。

譯 爲了舒緩尖峰時段在主幹道上的擁擠狀況，已設立了一個委員會以找出新的策略。

註 alleviate 動 緩解～   arterial 形 動脈的；主幹的

[0717] 28. 動詞   難易度 ★★★   答案 **(B)**

本題空格內須填入對應**複數形**主詞 project managers 的述語動詞，而因**空格後沒有**及物動詞 hold 之名詞受詞，所以動詞應爲被動式的 (B) were held。（hold X accountable 指「要 X 負責」。）另，(A) had held 和 (C) were holding 語態都不符，(D) was held 則無法對應複數主詞。

譯 在績效評估方面，專案經理們應對其個人和團隊的成績負責。

註 with regard to X 關於 X   accountable 形 應負責任的

[0718] 29. 詞性   難易度 ★★☆   答案 **(B)**

空格前爲代名詞所有格 her，因此空格內應填入一名詞，而四選項中爲名詞的只有 apology（道歉）的複數形 (B) apologies。注意，本句中的 extend 從其原意「延伸」衍生出了「表示出（抱歉或感謝的）情感」之意。另，(A) apologize（道歉）是動詞，(C) apologetic（表歉意的）是形容詞，(D) apologized 則爲 (A) 的過去式或過去分詞。

譯 對於無法親自出席頒獎典禮一事，Grace 女士謹向所有人表達歉意。

註 extend X to Y 對 Y 表示 X（感謝及問候等）   in person 親自

[0719] 30. 詞性   難易度 ★★☆   答案 **(C)**

這個句子即使去掉空格部分仍可連接前後，可見空格處應填入一修飾語。正解爲能夠用來**修飾動詞 update 的副詞** (C) accordingly（相應地）。注意，空格後的 to 接著原形動詞 maintain，所以這個 **to 不是介系詞**，千萬別想到 according to X（依據 X）此用法就反射性地誤選了 (B)。另，(A) accord 可爲動詞「使一致」或名詞「一致」，(D) accordance（一致、符合）則爲名詞。

譯 如今已有幾種便利的技術可利用，故有必要相對應地更新網站以維持客戶的滿意度。

文法模擬試題第 2 組

答案一覽表

No.	ANSWER A B C D	No.	ANSWER A B C D	No.	ANSWER A B C D
001	D	011	D	021	B
002	C	012	A	022	A
003	B	013	B	023	B
004	A	014	D	024	B
005	D	015	B	025	A
006	A	016	C	026	C
007	C	017	D	027	C
008	A	018	D	028	B
009	C	019	A	029	B
010	B	020	C	030	C

學習紀錄

次數	練習日	所需時間	答對題數
第 1 次	月　　日	分　　秒	／ 30
第 2 次	月　　日	分　　秒	／ 30

文法模擬試題

第 **3** 組

限時
10 分鐘

題數
30

題目序號
0720 ～ 0749

1. All applicants must have ------- qualifications and at least three years'
classroom experience.

   (A) professional
   (B) profess
   (C) professionally
   (D) profession

2. With its outstanding service, Nagisa Hotel recorded its ------- profits
ever over the last year.

   (A) higher
   (B) more highly
   (C) most highly
   (D) highest

3. Since Sunflower Corporation launched a new national advertising
campaign this spring, its brand image has improved -------.

   (A) significant
   (B) more significant
   (C) significantly
   (D) significance

4. Managing ------- business, Ms. Martinez will rely on the experience
she gained during the several years she worked as bridal consultant.

   (A) she
   (B) hers
   (C) herself
   (D) her own

5. With 80 rooms on nine floors, the Savoy Mountain Hotel offers the
least ------- option in the vicinity of the Savoy National Park.

   (A) expense
   (B) expensively
   (C) expenses
   (D) expensive

6. No more vacancies are available for morning consultations so please consider coming ------- the afternoon.

(A) on
(B) in
(C) as
(D) with

7. Before working as a reporter for KTLA, Christopher Parker was one of the ------- of *The Chicago Times*.

(A) corresponds
(B) corresponding
(C) correspondingly
(D) correspondents

8. Due to increasing fuel prices, Skyfloat Airways ------- its airfares by three percent.

(A) raise
(B) raising
(C) has raised
(D) having raised

9. Cairo Journal's revenues fell sharply last year, ------- it is expected to become profitable again in the next 12 months.

(A) nor
(B) but
(C) so
(D) also

10. Besides scientists from several organizations, the team ------- researchers from more than a dozen universities in India.

(A) includes
(B) consists
(C) discusses
(D) relies

11. At least one staff member must work in the office ------- 6 P.M. each night to take any last-minute orders from stores.

(A) by
(B) until
(C) at
(D) since

12. ------- to gain approval for construction of a new retail outlet in the city center prompted the developers to look elsewhere for suitable locations.

(A) Failure
(B) To have failed
(C) Fail
(D) Fails

13. ------- has been said about the painter's outstanding technique, but few people comment on the subjects of her paintings.

(A) Much
(B) Other
(C) Several
(D) Nobody

14. Ms. Narita is best suited for the position, because she is well ------- with China and speaks fluent Mandarin.

(A) acquaint
(B) acquainting
(C) acquainted
(D) acquaintance

15. Your e-mail address and ------- contact information will be retained by Nilebooks.com in order to make future purchases more convenient.

(A) other
(B) another
(C) others
(D) each other

16. Mr. Clark's flight was delayed for ------- three hours because of a mechanical problem.

(A) within
(B) more than
(C) still
(D) now that

17. Please be aware that information is automatically exchanged between your computer and our server ------- you access our Web site.

(A) as soon as
(B) on the other hand
(C) as well as
(D) instead of

18. Isabella Winkler became a beneficiary of a corporate policy that ------- employees a five-week paid vacation after five years of service.

(A) retrieves
(B) grants
(C) donates
(D) requires

19. Koppel Online neither recommends any linked content, ------- does it accept any liability for losses caused by the linked Web site.

(A) and
(B) or
(C) nor
(D) whether

20. All boilers must be serviced -------, to ensure that they are working properly.

(A) regular
(B) regulate
(C) regularly
(D) regulator

21. Kim's Oriental Restaurant ------- in the heart of Tokyo, within walking distance of Tokyo Sky Tower.

(A) situate
(B) situating
(C) is situated
(D) situates

22. Increased competition with national chains could be to blame for the ------- in sales at family-owned stores.

(A) decreasingly
(B) to decrease
(C) decreased
(D) decrease

23. By the time Ms. Eriksson returns from her vacation in Stockholm, the workers ------- the renovations to her house.

(A) completes
(B) had completed
(C) were completing
(D) will have completed

24. The Entertainment Software Association represents companies that sell ------- video games.

(A) interact
(B) interactive
(C) interactively
(D) interaction

25. At training workshops, it is often stated that ------- has to do their part to keep projects running smoothly.

(A) other
(B) another
(C) others
(D) everyone

26. Over the past two decades Dreams Peak has ------- one of the leading marketing agencies for the gaming industry.

(A) turned
(B) become
(C) risen
(D) proceeded

27. The new company ------- includes e-mail addresses and staff members' areas of expertise in addition to telephone numbers.

(A) direct
(B) directly
(C) directory
(D) direction

28. Many of the company's ------- clients have been leaving for cheaper alternatives in recent years.

(A) establish
(B) established
(C) establishing
(D) establishes

29. Dolphin Hotel is conveniently located ------- the Sherwood Central Station and a short walk from the heart of the city center.

(A) opposite
(B) across
(C) next
(D) nearby

30. The GHV Sahara earned the highest safety rating for any vehicle in its class ------- tested by writers from *Motors Magazine*.

(A) this
(B) from
(C) when
(D) are

答案一覽表請見 p. 370

0720　1.　詞性　　　　　難易度 ★☆☆　答案 (A)

空格前為述語動詞 have，後有其名詞受詞 qualifications（資格），故空格內應填入可**修飾此名詞的形容詞** (A) professional（專業的）。（注意，professional 也常以表「專家」之意的名詞出現。）另，(B) profess（公開宣稱～）是動詞，(C) professionally（在專業上）是副詞，(D) profession（職業）則為名詞。

譯▶ 所有申請者都必須具備專業資格，並至少有三年的課堂教學經驗。

0721　2.　比較　　　　　難易度 ★☆☆　答案 (D)

空格前後為〈所有格 ------- 名詞〉之結構，可見空格處應填入可修飾名詞的**形容詞**，故可能的選項包括形容詞 high（高的）之比較級 (A) higher 和最高級 (D) highest。而因空格後有**副詞 ever**，故填入最高級的 (D) 能形成「史上最高的獲利」之通順文意。

譯▶ 憑藉著出色的服務，Nagisa 飯店在去年創下史上最高的獲利紀錄。

0722　3.　詞性　　　　　難易度 ★★☆　答案 (C)

本句空格前的動詞 improved（改善）同時具有不及物與及物兩種動詞用法。若將其視為及物動詞而填入作為受詞的名詞 (D) significance（重要性），意思會變成「品牌形象改善了重要性」，邏輯不通。但若將之視為不及物動詞而填入副詞 (C) significantly（顯著地），則可形成「品牌形象已顯著改善」之通順文意。另，(A) significant（顯著的）是形容詞，(B) 則為其比較級。

譯▶ 由於今年春季 Sunflower 公司推出了一個新的全國性廣告活動，因此其品牌形象已有顯著改善。

0723　4.　代名詞　　　　　難易度 ★☆☆　答案 (D)

這題是要選出人稱代名詞正確的格。空格前為形成分詞構句的現在分詞 Managing（管理～），後則為作為其受詞的名詞 business，句子的要素齊備，故加上強調用的反身代名詞之**所有格** (D) her own（她自己的）就是正確答案。另，(A) she 是主格，(B) hers 是所有代名詞，(C) herself 則為反身代名詞。

譯▶ 在管理她自己的事業方面，Martinez 女士將倚賴她在擔任婚禮顧問的數年間所獲得之經驗。

0724　5.　詞性　　　　　難易度 ★☆☆　答案 (D)

本句空格前為表最高級的 the least（最不），而空格後為名詞 option（選擇），因此空格中應填入可**修飾 option 的形容詞** (D) expensive（昂貴的）。另，(A) expense（花費）是名詞，(B) expensively（昂貴地）是副詞，(C) 則為 (A) 之複數形。

譯▶ 擁有九個樓層共八十間客房，Savoy Mountain 飯店在 Savoy 國家公園附近地區提供最便宜的選擇。

註▶ vicinity **名** 附近地區；周邊

0725 **6.** 介系詞　　　　　　　　　　　難易度 ★☆☆　答案 **(B)**

四選項當中只有 (B) in 可搭配空格後的 afternoon（下午）這種**有一段長度的時間**。（注意，除了用於「下午」或「上午」外，in 也可用於「月」或「年」之前。）另，(A) on 用於「日」之前，若是如 on Sunday afternoon 等「特定日子的下午」，這就會是正確答案。至於 (C) as 和 (D) with 則通常無法用來表示時間。

譯 上午的看診預約已滿，請考慮下午來看。

註 vacancy 名 空缺；空位

0726 **7.** 詞性　　　　　　　　　　　　難易度 ★★☆　答案 **(D)**

冠詞和介系詞之間的空格處需要**名詞**，故本題選 (D) correspondents（特派員）。（也請一併記住〈one of the ＋複數名詞〉此句型。）而 (B) 去掉 ing 後的 correspond（符合、一致）是動詞原形，由此可判斷 (A) 是其第三人稱單數現在式。另，(C) correspondingly（相應地、因此）則為副詞。

譯 在擔任 KTLA 的記者之前，Christopher Parker 是《Chicago 時報》的特派員之一。

註 correspondent 名 通訊記者；特派員

0727 **8.** 動詞　　　　　　　　　　　　難易度 ★★☆　答案 **(C)**

這題的空格處必須填入對應主詞 Skyfloat Airways 的述語動詞，而因 Airways 的 s **不是複數形的 s**，而是航空公司名稱，應**視為單數**，故本題選 (C) has raised。另，空格後的單數形所有格 **its** 亦為線索，由此亦可確定第三人稱單數現在式的 (C) has raised 就是正確答案。(A) raise 有主・述不一致的問題，(B) raising 和 (D) having raised 皆非述語動詞。

譯 由於燃油價格上漲，Skyfloat 航空已將其機票價格調漲 3%。

0728 **9.** 介 or 連　　　　　　　　　　難易度 ★☆☆　答案 **(B)**

可連接空格前後兩個子句的是**連接詞**選項，而由於空格前「去年營收減少」（負面）和空格後「今年可望有獲利」（正面）的文意脈絡是相反的，因此正解為 (B) but（但）。(C) so（所以～、因此～）雖亦為連接詞，但在此意思不通。另，(A) nor 須搭配 neither 使用，(D) also（也～）則為副詞。

譯 去年《Cairo 日報》的營收大幅下滑，但預計在接下來的十二個月裡將再次獲利。

0729 **10.** 語法　　　　　　　　　　　　難易度 ★★☆　答案 **(A)**

由於空格後有**作為受詞的名詞 researchers（研究員）**，因此正確答案是及物動詞 (A) includes（包含～）。不及物動詞選項 (B) consisits 和 (D) relies 須加介系詞，通常以 consist of X（由 X 構成）、rely on X（倚賴 X）之形式使用。至於 (C) discusses（討論～）雖為及物動詞，但在此意思不通。

譯 除了來自幾個組織的科學家外，該團隊還包括來自印度十幾所大學的研究員。

註 besides 介 除～之外

0730 **11.** 介系詞　　　　　　　　難易度 ★★☆　答案 **(B)**

本題四選項所列的介系詞皆可接「時刻」，因此須考慮文意。而為了接最後一刻來的訂單，工作人員「一直工作到下午六點**為止**」的文意是通順的，故本題選 (B) until（直到）。（注意，表〈**持續**〉的 until 常搭配 work 這類具持續性質的動詞用。）另，請注意它與表〈**期限**〉的 (A) by（在～之前）的差異。而 (C) at 應用於確切時間點之前，而 (D) since（自從）則不符句意。

譯▶ 為了能夠承接最後一刻從商店來的訂單，每晚至少必須有一名工作人員在辦公室工作到下午六點為止。

0731 **12.** 詞性　　　　　　　　　難易度 ★★★　答案 **(A)**

由本句之句構可知，空格處必須填入句子的**主詞**（述語動詞是 prompted），因此正解為**名詞**選項 (A) Failure（失敗）。注意，(B) To have failed 完成式的不定詞是在須表達該事件的發生早於述語動詞的情況下使用，通常無法作為主詞，故不可選。另，選項 (C) fail（失敗）為原形動詞，(D) 則為其第三人稱單數現在式。

TEX's notes

這題的句子結構如下。

Failure to gain approval ... in the city center prompted the developers ...
　　[S]　　　　　　　　　　　　　　　　[V]　　　[O]

譯▶ 未能獲得核准於市中心建造新的零售商場一事促使開發商們至他處尋找合適的地點。
註▶ outlet **名** 商店；暢貨中心　　　prompt X to do 促使 X 做～

0732 **13.** 代名詞　　　　　　　　難易度 ★★★　答案 **(A)**

空格後為述語動詞，由此可知空格處需要主詞，而四選項中可作為主詞的有代名詞 (A) Much、(C) Several 或 (D) Nobody，但因述語動詞是 has been，所以只剩下**單數**的 (A) 和 (D) 可考慮。而填入後能形成通順文意者則為 (A)「許多」，(D)「沒有人」意思並不通。另，(B) Other（其他的）是形容詞，(C)「幾個」作代名詞時應視為複數。

譯▶ 關於這位畫家的傑出技巧已被著墨許多，但鮮少有人評論她的畫作主題。

0733 **14.** 詞性　　　　　　　　　難易度 ★★☆　答案 **(C)**

〈**be 動詞＋副詞 -------**〉之結構的空格處應填入作為補語使用的**形容詞**，故本題選 (C) acquainted（瞭如指掌的）。選項 (A) acquaint（使～瞭解）是及物動詞，故其現在分詞 (B) acquainting 須有受詞。另，(D) acquaintance（熟人、認識的人）則為名詞。

譯▶ Narita 女士最適合擔任此職位，因為她對中國瞭若指掌且能說流利的華語。
註▶ Mandarin **名** 華語；標準中文　　be acquainted with X 對 X 瞭如指掌；精通 X

0734 **15.** 數量　　　　　　　　　難易度 ★★☆　答案 **(A)**

本題重點在於空格後之名詞為**可數或不可數**、是**單數或複數**。四個選項中可用來修飾空格後之**不可數名詞** information 的只有 (A) other。（注意，除了能修飾不可數名詞外，

other 還能修飾可數名詞的複數形。〉另，(B) another 應修飾可數名詞的單數形 (another = an + other)，或和 (C) others、(D) each other 一樣同屬代名詞，無法修飾名詞。

譯 為了使日後購買更方便，您的電子郵件地址及其他聯絡資訊將由 Nilebooks.com 保存。

(0735) **16.** 其他 　　　　　　　　　　　難易度 ★☆☆ 　答案 (B)

依前後文意可判斷，可用來連結空格前的 for 與空格後的 three hours，以表「**達三小時以上**」之意的 (B) more than 就是正確答案。而介系詞 (A) within（在～內）雖可接 three hours，但無法接前面的 for。另，副詞 (C) still（仍舊）在此意思不通，(D) now that（既然～）則爲連接子句的連接詞。

譯 因為機械問題，Clark 先生的班機延誤了三個多小時。

(0736) **17.** 介 or 連 　　　　　　　　　　難易度 ★★☆ 　答案 (A)

在四選項當中，可**作爲連接詞連接空格前後兩個子句的**，只有 (A) as soon as（一～就～）。而 (B) on the other hand（在另一方面）是副詞，可用來銜接句子，但不可用來連接子句；(C) 雖可以 X as well as Y（X 和 Y 都）的形式連接前後字詞，但不能連接子句。另，(D) instead of（代替～）則爲後接名詞的介系詞。

譯 請注意，當您一連上我們的網站，資訊就會在您的電腦和我們的伺服器之間自動交換。

(0737) **18.** 語法 　　　　　　　　　　　難易度 ★★★ 　答案 (B)

本句中由空格前之 that 引導的是一關係子句，而空格後連續接著 employees 和 a five-week paid vacation 這**兩個名詞受詞**，由此可知空格內應填入可採取 **SVOO** 形式的動詞，故 (B) grants 爲正解。（grant X Y 指「將 Y 授予給 X」之意。）其他的 (A) retrieves（取回～）、(C) donates（捐贈～）和 (D) requires（要求～）皆無法採用此形式。

譯 Isabella Winkler 成爲員工服務五年後給予五週有薪休假之公司政策的受惠者。

註 beneficiary 名 受益人；受惠者

(0738) **19.** 配對 　　　　　　　　　　　難易度 ★☆☆ 　答案 (C)

四選項中可與此句中的 **neither** 搭配使用的唯有 (C) nor，故爲正解。注意，neither X nor Y（既不 X 也不 Y）是常見於多益測驗的配對句型。此外亦請將 both X and Y（X 和 Y 都）與 either X or Y（不是 X 就是 Y、X 或 Y）、whether X or Y（不論 X 還是 Y）等也都一併記起來。

譯 Koppel Online 既不推薦任何連結的內容，也不承擔由連結網站所導致之損失的任何責任。

註 liability 名 （法律上的）責任

(0739) **20.** 詞性 　　　　　　　　　　　難易度 ★☆☆ 　答案 (C)

若去掉空格，All boilers[S] must be serviced[V] 此被動式句子仍成立，可見空格內應填入一修飾語，故可接在該句末尾用來**修飾動詞部分 must be serviced（必須被檢修）**的最佳選項就是副詞 (C) regularly（定期地）。而 (A) regular（定期的）是形容詞，(B) regulate（規範～）是動詞，(D) regulator（管理者）則爲名詞。

譯 所有的鍋爐都必須被定期檢修，以確保它們都能正常運作。

[0740] **21.** 動詞   難易度 ★★☆   答案 (C)

空格內需要可對應主詞 Kim's Oriental Restaurant 的**述語動詞**，而由於**空格後並不存在**作為及物動詞 (A) situate（將～置於）之**受詞的名詞**，可見餐廳和 situate 之間為「被置於」的被動關係，故正確答案是 (C) is situated。（注意，在此 situated 與 located 同義。）另，(B) situating 為 (A) 之現在分詞或動名詞，(D) situates 則為其第三人稱單數現在式。

譯▶ Kim's Oriental 餐廳位於東京的中心地帶，在東京晴空塔的步行範圍內。

[0741] **22.** 詞性   難易度 ★☆☆   答案 (D)

〈冠詞 ------- 介系詞〉之結構內的空格處應填入**名詞**，故本題選 (D) decrease（減少）。注意，decrease 也有「減少、使～減少」的動詞用法，而其反義詞 increase（增加／增加、使～增加）亦然。請將兩者一併記起來。另，(A) decreasingly 是副詞，(B) to decrease 是不定詞，(C) decreased 則為動詞之過去式或過去分詞。

TEX's notes

其他常出現的動詞與名詞同形之單字還有 estimate（估計～／估計）、forecast（預測～／預測）、recruit（雇用～／新成員）、respect（尊重～／尊重）等。

譯▶ 與全國性連鎖店的競爭加劇可能是家族經營式商店銷售減少的原因。

註▶ *be* to blame 應負責任；應受責備

[0742] **23.** 動詞   難易度 ★★☆   答案 (D)

句中以 By the time 起頭表時間的副詞子句內的動詞 returns 為現在式，而依文法此現在式表達的是未來的動作。換言之，此子句表示出「未來的終點」，故正解為表動作到未來時間點會完成之**未來完成式** (D) will have completed。(A) completes 為第三人稱單數現在式，(B) had completed 為過去完成式，(C) were completing 則為過去進行式。

譯▶ 在 Eriksson 女士從斯德哥爾摩度假回來時，工人們將已完成她家的裝修工作。

[0743] **24.** 詞性   難易度 ★☆☆   答案 (B)

空格前有及物動詞 sell（販售～），後有作為其受詞的名詞 video games，由此判斷空格處應填入可**修飾 video games** 的形容詞，因此正確答案為 (B) interactive（互動式的）。另，(A) interact（互動）是動詞，(C) interactively（互動地）是副詞，(D) interaction（相互作用、互動）則為名詞。

譯▶ 娛樂軟體協會代表販售互動式電玩遊戲的公司。

[0744] **25.** 代名詞   難易度 ★★☆   答案 (D)

這題的空格部分須填入接在關係代名詞 that 後之子句的主詞，而可作為主詞的選項有代名詞 (B) another、(C) others 和 (D) everyone，但因其述語動詞為**第三人稱單數現在式** has to *do*，所以只剩**單數**的 (B) 與 (D) 可選。符合文意者為 (D)「每個人」，(B)「另一個人‧物」在此意思不通。另，(C) 為複數，(A) other 則為形容詞。

譯▶ 訓練工作坊中經常提到每個人都必須盡自己的本分以維持專案順利運作。

0740 ▼ 0749

0745 **26.** 語法　　　　　　　　　　　難易度 ★★☆　答案 (B)

由前後文意來判斷，空格後的名詞片語 one of the leading marketing agencies 爲補語而非受詞，而四選項中可符合句意邏輯且須採取**以名詞爲補語**之 SVC 句型的動詞的爲 (B) become（變成～、成爲～），故爲正解。(A) turned 雖也可採用 SVC 句型，但用法應如 His face turned pale.（他的臉變得蒼白），須以形容詞爲補語，而若將其視爲及物動詞「改變～」，則文意不通。另，(C) risen（原形爲 rise）與 (D) proceeded 皆爲不接補語的不及物動詞。

譯 過去的二十年以來，Dreams Peak 已成爲遊戲業的領先行銷代理商之一。

0746 **27.** 詞性　　　　　　　　　　　難易度 ★★☆　答案 (C)

若將空格前後部分視爲 Ⓢ ------- Ⓥ 形式而填入副詞 (B) directly（直接地）的話，意思會不通，但若填入名詞 (C) directory，便可形成**複合名詞**型的主詞 **company directory**（員工通訊錄），且文意通順，故爲正解。另，(D) direction（指示、方向）雖亦爲名詞，但意思不通，而 (A) direct 則常以形容詞「直接的」或動詞「指導～」之意出現。

譯 除了電話號碼外，新的員工通訊錄中還包括電子郵件地址和工作人員的專業領域。

0747 **28.** 詞性　　　　　　　　　　　難易度 ★★☆　答案 (B)

〈所有格 ------- 名詞〉之結構的空格處應填入**形容詞**，故本題選 (B) established（已確立的）。注意，動詞 establish（確立～）和 clients（客戶）之間具有「（關係）被確立」的被動關係，故現在分詞選項 (C) establishing 雖也具有形容詞功能，但因其具主動意涵，故不可選。另，(A) establish 爲原形動詞，(D) 則爲其第三人稱單數現在式。

譯 近年來，該公司的許多既有客戶都已離開並轉向其他較便宜的公司。

註 alternative 名 可替代的東西；可能的選擇

0748 **29.** 介系詞　　　　　　　　　　難易度 ★★★　答案 (A)

本句中的 is located 指「位於～」之意，因此只要將介系詞 (A) opposite（在～對面）填入空格，便可正確地指出飯店位置是「在車站對面」。（注意，opposite 也常以形容詞或副詞形式出現。）另，(B) 應用 across from X 的形式表同樣意思，(C) 的用法則如 next to X（在 X 旁邊），(D) nearby 則爲形容詞或副詞。

譯 Dolphin 飯店地處方便，位於 Sherwood 中央火車站對面，距離該市的中心地帶僅幾步之遙。

0749 **30.** 其他　　　　　　　　　　　難易度 ★★☆　答案 (C)

可正確連接空格前的句子和後面過去分詞 tested 以後部分的選項是**連接詞** (C) when。注意，when tested ... 爲省略了 it was（主詞＋be 動詞）之句型。而 (A) this 是不具連接作用的代名詞，(B) from 則爲後須接名詞的介系詞。另，由於已有述語動詞 earned 存在，因此也不能填入 (D) are。

譯 在由《Motors Magazine》雜誌的撰稿人測試時，GHV Sahara 贏得了所有同級車中最高的安全評級。

文法模擬試題第 3 組

答案一覽表

No.	ANSWER A B C D	No.	ANSWER A B C D	No.	ANSWER A B C D
001	Ⓐ Ⓑ Ⓒ Ⓓ (A)	011	Ⓐ Ⓑ Ⓒ Ⓓ (B)	021	Ⓐ Ⓑ Ⓒ Ⓓ (C)
002	Ⓐ Ⓑ Ⓒ Ⓓ (D)	012	Ⓐ Ⓑ Ⓒ Ⓓ (A)	022	Ⓐ Ⓑ Ⓒ Ⓓ (D)
003	Ⓐ Ⓑ Ⓒ Ⓓ (C)	013	Ⓐ Ⓑ Ⓒ Ⓓ (A)	023	Ⓐ Ⓑ Ⓒ Ⓓ (D)
004	Ⓐ Ⓑ Ⓒ Ⓓ (D)	014	Ⓐ Ⓑ Ⓒ Ⓓ (C)	024	Ⓐ Ⓑ Ⓒ Ⓓ (B)
005	Ⓐ Ⓑ Ⓒ Ⓓ (D)	015	Ⓐ Ⓑ Ⓒ Ⓓ (A)	025	Ⓐ Ⓑ Ⓒ Ⓓ (D)
006	Ⓐ Ⓑ Ⓒ Ⓓ (B)	016	Ⓐ Ⓑ Ⓒ Ⓓ (B)	026	Ⓐ Ⓑ Ⓒ Ⓓ (B)
007	Ⓐ Ⓑ Ⓒ Ⓓ (D)	017	Ⓐ Ⓑ Ⓒ Ⓓ (A)	027	Ⓐ Ⓑ Ⓒ Ⓓ (C)
008	Ⓐ Ⓑ Ⓒ Ⓓ (C)	018	Ⓐ Ⓑ Ⓒ Ⓓ (B)	028	Ⓐ Ⓑ Ⓒ Ⓓ (B)
009	Ⓐ Ⓑ Ⓒ Ⓓ (B)	019	Ⓐ Ⓑ Ⓒ Ⓓ (C)	029	Ⓐ Ⓑ Ⓒ Ⓓ (A)
010	Ⓐ Ⓑ Ⓒ Ⓓ (A)	020	Ⓐ Ⓑ Ⓒ Ⓓ (C)	030	Ⓐ Ⓑ Ⓒ Ⓓ (C)

學習紀錄

次數	練習日	所需時間	答對題數
第 1 次	月 日	分 秒	/ 30
第 2 次	月 日	分 秒	/ 30

文法模擬試題

第 4 組

限時
10 分鐘

題數
30

題目序號

[0750] ～ [0779]

1. Tickets for the concert are $15 in advance, $20 at the door, and there are ------- rates for groups of 10 or more.

   (A) specialize
   (B) special
   (C) specially
   (D) specialty

2. Novelist Elizabeth Noguchi was her own ------- critic, inspecting every word and phrase with an eye toward possible improvement.

   (A) harsher
   (B) harshest
   (C) harshly
   (D) harshness

3. The event organizer apologized to Mr. Hasegawa for failing to include his name on the guest list, saying the omission was not -------.

   (A) deliberate
   (B) deliberation
   (C) deliberator
   (D) deliberately

4. It looks ------- there will be enough participants for the intensive English course this summer.

   (A) as
   (B) even if
   (C) as if
   (D) so

5. European music lovers are eagerly ------- next month's Tallinn Music Week festival.

   (A) performing
   (B) anticipating
   (C) displaying
   (D) hoping

6. The furniture on display in our main showroom is not ------- exposed to sunlight.

(A) direct
(B) directly
(C) direction
(D) directory

7. Some of the flights from Kobe Airport have been delayed due to heavy snow, but ------- were canceled throughout the day.

(A) nobody
(B) none
(C) nothing
(D) no

8. During the company banquet last night, Ms. Bailey ------- for her 30 years of service as a customer service representative.

(A) honored
(B) had honored
(C) to be honored
(D) was honored

9. There has been a huge negative reaction to a recently ------- plan to build high-rise hotels along the shoreline of George's Beach.

(A) adopt
(B) adopts
(C) adopting
(D) adopted

10. Speednet plans to release a new version of its best-selling software later this year ------- early next year.

(A) or
(B) over
(C) between
(D) but

11. For $3.99, all Eagle Online Books users can download a short story by Lucas King that will be exclusive to us for a ------- time.
(A) limit
(B) limits
(C) limited
(D) limitation

12. Unfortunately, the factory's completion has been postponed by ------- two weeks due to trouble obtaining building materials.
(A) another
(B) several
(C) much
(D) other

13. The T&T Cooling Pad fits neatly ------- most laptops and may extend the life of your computer's components.
(A) toward
(B) underneath
(C) through
(D) from

14. Mountain Electronics, one of the leading manufacturers of consumer electronics, announced a major ------- today.
(A) reorganize
(B) reorganized
(C) reorganizational
(D) reorganization

15. Mr. Kim opened a grocery store ------- sells imported food products from Korea and Japan.
(A) whose
(B) it
(C) that
(D) what

16. Expert System 990 provides its customers with key competitive advantages, such as improved energy efficiency, process reliability ------- overall productivity.

(A) whether
(B) even though
(C) in order to
(D) as well as

17. Unlike her previous books, the latest novel by Hilda Clarke has a consistent ------- of focus.

(A) clear
(B) clearly
(C) clarity
(D) clarifies

18. Mr. Gray insists that ------- deserves most of the credit for the successful advertising campaign.

(A) he
(B) him
(C) himself
(D) his

19. Take classes at Brighton College of Computing and ------- learn the skills needed to become a well-paid programmer.

(A) rapid
(B) rapidly
(C) more rapid
(D) rapidity

20. Located in a quiet residential area of Hampstead, Sherwood Hotel is ------- walking distance of a subway station, restaurants, and a shopping center.

(A) above
(B) without
(C) within
(D) below

21. Presidents of both Bear Airways and Panda Airlines ------- comment about the rumor of the merger.

(A) to withhold
(B) has withheld
(C) withholding
(D) withheld

22. Modigliani Motors plans to release its new model sports car not only in Europe, but in the USA -------.

(A) except for
(B) as well
(C) due to
(D) in case

23. Tex Corporation's success over the years is based ------- on its good reputation for product quality and service levels.

(A) large
(B) largely
(C) larger
(D) largeness

24. The office staff is encouraged to rely on e-mail and scheduling software ------- we can conserve paper.

(A) not only
(B) on behalf of
(C) while
(D) so that

25. Big Bear Room Solutions specializes in designing, creating, and installing room -------.

(A) divider
(B) divide
(C) divided
(D) dividers

26. Your completed online application form will be ------- to our hiring committee for consideration.

(A) forward
(B) forwards
(C) forwarded
(D) forwarding

27. Mr. Cox credited his business success to ------- advice from a mentor 20 years earlier.

(A) help
(B) helpful
(C) helpfully
(D) helper

28. Reviews in several magazines are reporting that the newest laptops from Hyper Technologies are more ------- than were earlier models.

(A) depends
(B) dependably
(C) dependence
(D) dependable

29. Attending courses at a community college can help employees ------- their skills in many fields.

(A) improve
(B) improved
(C) improving
(D) improves

30. ------- company policy, Max Weinberg obtained permission from a supervisor before requesting a technician to fix the air-conditioning.

(A) In accordance with
(B) As far as
(C) On the condition that
(D) In addition

答案一覽表請見 p. 384

0750 **1.** **詞性**　　　　　　　　　難易度 ★☆☆　　答案 **(B)**

即使不看空格，句子依舊成立，可見空格內應填入一修飾語，而**可用來修飾後方名詞 rates（價格、費率）的是形容詞**，故正解爲 (B) special（特別的）。另，(A) specialize（專門從事）是動詞，specialize in *X*（專門從事 *X*）爲其重要用法；(C) specially（特別地）是副詞；(D) specialty（專長、專業領域）則爲名詞。

譯▶ 音樂會門票預購價爲十五美元，當日爲二十美元，而十人以上的團體可享有特別的優惠。

0751 **2.** **比較**　　　　　　　　　難易度 ★★☆　　答案 **(B)**

這題即使去掉空格部分，⑤ was her own critic 此 SVC 句型依舊成立，故可知空格處需要的是修飾語，而可用來**修飾後方名詞 critic（評論家）**並形成通順文意的就是**形容詞最高級**選項 (B) harshest（最嚴厲的）。注意，在此是採取由代名詞所有格取代定冠詞 the 來作爲限定的形式。另，比較級的 (A) 因無比較對象，故不選；(C) harshly（嚴厲地）是副詞，(D) harhness（嚴厲、嚴格）則爲名詞。

譯▶ 小說家 Elizabeth Noguchi 是她自己最嚴厲的評論家，她仔細檢查每一個字與片語，希望能找出可以改進的地方。

註▶ harsh **形**（評論等）嚴厲的；嚴格的

0752 **3.** **詞性**　　　　　　　　　難易度 ★★☆　　答案 **(A)**

本題空格內應填入 be 動詞否定形 was not 之後的**補語**，故選**形容詞** (A) deliberate（故意的）。而名詞 (B) deliberation（深思熟慮）和 (C) deliberator（深思熟慮者）雖然皆可作爲補語，但在此意思不通。另，(D) deliberately（故意地）則爲副詞。（注意，即使不知 (A) 的意思，仍可依「**去掉副詞的 ly 就變成形容詞**」此一不變法則來判斷詞性。）

譯▶ 活動主辦單位針對未能將其名字列入賓客名單一事向 Hasegawa 先生道歉，聲稱該疏忽並非有意造成的。

註▶ omission **名** 疏忽；遺漏　　deliberate **形** 故意的；蓄意的

0753 **4.** **其他**　　　　　　　　　難易度 ★★☆　　答案 **(C)**

本題四個選項都是連接詞，但只有將 (C) as if 填入空格處，才能形成「～似乎有充足人數的參與者」之通順文意，故爲正解。**look as if [though] ⑤ Ⅴ**（看來似乎～）此句型十分重要，請牢記。此外也請將如 He talks as if he were rich.（他講起話來好像很富有的樣子）的假設形式記起來。至於 (A) as、(B) even if、(D) so 都與前後文意不符，故皆不可選。

譯▶ 看來今年夏天的密集英語課程似乎會有足夠的學員參加。

註▶ intensive **形** 密集的；加強的

0754 **5.** **語法**　　　　　　　　　難易度 ★★★　　答案 **(B)**

四選項中能以空格後的名詞片語爲受詞並形成通順文意者只有及物動詞 (B) anticipating（期盼～）。而 (A) performing（執行～）和 (C) displaying（展示～）雖爲及物動詞，但在此意思不通。另，(D) 則須採取 hope (that) ⑤ Ⅴ 形式，以 that 子句爲受詞，或採取

hope <u>for</u> X 形式，即後接介系詞 for 再接受詞。

(0750) ▼ (0759)

譯 歐洲的音樂愛好者們熱切期盼著下個月的 Tallinn 週音樂節。

(0755) 6.   **詞性**   難易度 ★☆☆   **答案 (B)**

本句去掉空格後其被動的否定式依舊成立，可見空格內應填入一修飾語，而可**修飾前後動詞部分的副詞** (B) directly（直接地）即為正解。（注意，以詞性題而言，空格前後的結構若為〈**be 動詞 ------- 過去分詞**〉，則答案是**副詞**的機率相當高。）另，(A) direct 可為形容詞「直接的」或動詞「指揮」，(C) direction（方向、指示）和 (D) directory（通訊錄）則為名詞。

譯 我們主展廳所展示的傢俱不會直接暴露於陽光下。

註 expose X to Y 將 X 暴露於 Y

(0756) 7.   **代名詞**   難易度 ★★☆   **答案 (B)**

連接詞 but 以後的子句缺乏主詞，由此判斷空格處應填入可對應述語動詞 <u>were canceled</u> 的**複數名詞**，所以正確答案是可作複數解的代名詞 (B) none（沒有任何人或物）。而 (A) nobody（沒有人）和 (C) nothing（沒有事物）皆為單數，(D) 則應以如 <u>no flights</u> 的形式作為形容詞使用。

譯 由於大雪，神戶機場的一些航班被延誤，但是一整天並沒有任何一班被取消。

(0757) 8.   **動詞**   難易度 ★★☆   **答案 (D)**

這題的空格處須填入對應主詞 Ms. Bailey 的**述語動詞**，而 Ms. Bailey 是「被表揚」的一方，再加上**空格後並沒有**及物動詞 honor（表揚～、給予～榮譽）的**受詞**存在，因此要選被動式的 (D) was honored。而 (A) honored 與 (B) had honored 則皆為主動式，語態不符。另，(C) to be honored 雖屬被動，但為不定詞，不可填入空格中。

譯 在昨晚的公司宴會上，Bailey 女士因為擔任了三十年的客服代表工作而受到表揚。

註 banquet 名 宴會

(0758) 9.   **詞性**   難易度 ★★☆   **答案 (D)**

〈冠詞＋副詞 ------- 名詞〉之結構的空格處應填入**形容詞**。四選項中具形容詞功用的只有動詞 (A) adopt（採納～）的現在分詞 (C) adopting 與過去分詞 (D) adopted，而因 plan（計畫）和 adopt 之間存在著「被採納」的被動關係，因此答案是 (D) adopted。(B) adopts 為 (A) 之第三人稱單數現在式。

譯 針對最近被採納的一項沿 George's 海灘之海岸線興建高樓層飯店的計畫已出現很大的負面反應。

註 negative 形 否定的；負面的

(0759) 10.   **介 or 連**   難易度 ★☆☆   **答案 (A)**

本題空格前後皆為時間副詞，故只要將**對等連接詞** (A) or（或）填入空格，便能連接空格前的 <u>later this year</u>（今年晚些時候）和空格後的 <u>early next year</u>（明年年初），並形成通順文意，故為正解。另，介系詞 (B) over（在～上方）與 (C) between（在～之間）都意思不通，而同為對等連接詞的 (D) but（但）也不符文意。

譯 Speednet 公司計畫在今年晚些時候或明年初發表其暢銷軟體的新版本。

註 release 動 發行～；發表～

[0760] **11.** 詞性　　　　　　　　　　　　　　難易度 ★☆☆　答案 (C)

〈冠詞 ------- 名詞〉是詞性題中以修飾名詞的**形容詞**為正解的常見題型之一，而四選項中屬於形容詞的只有 (C) limited（有限的），故為正解。for a limited time（在有限的期間內）為重要片語，請牢記。另，(A) limit 是動詞「限制～」或名詞「限度、界線」，(B) limits 是 (A) limit 動詞用法的第三人稱單數現在式或名詞複數形，(D) limitation（侷限、限制）則為名詞。

譯 只要 3.99 美元，Eagle 網路書店的使用者皆可下載一篇我們獨家限期提供的 Lucas King 短篇故事。

註 exclusive 形 獨有的；獨家的

[0761] **12.** 數量　　　　　　　　　　　　　　難易度 ★★☆　答案 (A)

本題四個選項中唯一可與空格後的 two weeks 結合並用來表「再兩週」之意的為 (A) another。選項 (B) several、(C) much 和 (D) other 之後皆無法接 two weeks。

TEX's notes

　another 通常用於修飾可數名詞的單數形，不過此〈another ＋數詞＋ X（時間、距離、金額等）〉的用法也很重要。

譯 不幸的是，由於取得建材方面發生困難，該工廠的完工時間又再被延遲了兩週。

[0762] **13.** 介系詞　　　　　　　　　　　　　難易度 ★★★　答案 (B)

只要將介系詞 (B) underneath（在～之下）填入空格，便能正確表達主詞「T&T 散熱墊」所「貼合」的位置是在「大多數的筆記型電腦之下」，形成合理通順之文意。注意，空格前的動詞 fit（適合於～）具有完美符合空缺處之意象，因此也很適合搭配 in / into / on 等接觸類的介系詞來使用。其他選項介系詞 (A) toward、(C) through 和 (D) from 則皆非題意所需。

譯 T&T 散熱墊可貼合於大多數筆記型電腦之下，且可延長您電腦元件的使用壽命。

註 extend 動 延長～　　component 名 元件；零件

[0763] **14.** 詞性　　　　　　　　　　　　　　難易度 ★★☆　答案 (D)

這題的空格處應填入**作為**前方及物動詞 announce（宣布～）之**受詞的名詞**，故正確答案是 (D) reorganization（改組、重整）。而 (A) reorganize（改組）是動詞，(B) reorganized 為其過去式或過去分詞，(C) reorganizational 則為形容詞。

譯 消費性電子產品領先製造商之一的 Mountain 電器公司今天宣布了一項重大的組織重組消息。

[0764] **15.** 關係詞　　　　　　　　　　　　　難易度 ★☆☆　答案 (C)

空格前為完整句子，空格後則為動詞 sells，由此推斷從空格開始應是以 a grocery store 為先行詞的關係詞子句，而由於空格後**欠缺主詞**，且先行詞「非人」，故正解為 (C) that。另，(A) whose 是所有格，後面須接名詞，(B) it 是不具連接作用的代名詞，而關係代名詞 (D) what 雖然也可用來連接缺少主詞的子句，但不需要先行詞。

譯 Kim 先生開了一家販賣來自韓國和日本之進口食品的雜貨店。

0760
▼
0769

0765 **16.** 其他 　　　　　難易度 ★★☆　答案 **(D)**

本句空格前的 energy efficiency（能源效率）、process reliability（程序之可靠性）以及空格後的overall productivity（整體生產力）皆爲名詞，而可將這**三個名詞**連接成 *X, Y* as well as *Z* 以表「X、Y 以及 Z」之意的 (D) as well as 就是正確答案。注意，as well as 與 and 具有相同功用。另，連接詞 (A) whether（不論～、是否～）和 (B) even though（即使～）都不接名詞，(C) in order to（爲了～）則爲接動詞原形的不定詞。

譯▶ Expert System 990 爲其顧客提供了關鍵的競爭優勢，例如較高的能源效率、程序之可靠性以及整體生產力。

註▶ advantage 名 優勢；好處　　reliability 名 可靠性

0766 **17.** 詞性 　　　　　難易度 ★★☆　答案 **(C)**

〈冠詞＋形容詞 ------- 介系詞〉之結構的空格處需要**名詞**，故本題選 (C) clarity（清楚、明確性）。（注意，就算不認識這個字，也能從名詞字尾 -ty 判斷其詞性。）而 (A) clear 是動詞「清除～」或形容詞「清楚的」，(B) clearly 是副詞，(D) clarifies 則爲動詞 clarify（澄清～）的第三人稱單數現在式。

譯▶ 與她的前幾本書不同，Hilda Clarke 的最新小說具有前後一貫之焦點的明確性。

註▶ clarity 名 清楚；明確性

0767 **18.** 代名詞 　　　　　難易度 ★☆☆　答案 **(A)**

本題四選項爲同一人稱代名詞的不同格，所以要注意句子結構。空格前爲連接詞 that，後爲述語動詞 deserves，由此可見應填入可**作爲主詞的主格** (A) he。另，(B) him 是受格；(C) himself 是反身代名詞；(D) his 可爲代名詞所有格或所有代名詞，而所有代名詞雖可作爲主詞，但在此意思不通。

譯▶ Gray 先生堅持那場成功廣告活動大部分的功勞都該歸於他。

註▶ credit 名 信用；功勞

0768 **19.** 詞性 　　　　　難易度 ★☆☆　答案 **(B)**

空格前後的結構爲 Take ... and learn ... .，即由連接詞 and 連接了以 Take 和 learn 起頭的兩個祈使句，句子已完整，由此判斷空格處應填入一修飾語，故正確答案是能**修飾後方動詞 learn** 的副詞 (B) rapidly（迅速地）。而 (A) rapid（迅速的）是形容詞，(C) more rapid 爲其比較級，(D) rapidity（迅速）則爲名詞。

譯▶ 來 Brighton 電腦學院上課並快速學習成爲高薪程式設計師所須之技能。

0769 **20.** 介系詞 　　　　　難易度 ★★☆　答案 **(C)**

本題四個介系詞選項中唯一可與空格之 walking distance 結合，形成有意義之片語的爲 (C) within。注意，within walking distance of *X* 指「在 X 的步行範圍內」。選項 (A) above、(B) without 與 (D) below 則皆非題意所需。

譯▶ 坐落於 Hampstead 的一個寧靜住宅區，Sherwood 飯店位在地鐵站、餐廳及購物中心等的步行範圍內。

註▶ residential area 住宅區

文法模擬試題 第4組

[0770] **21.** 動詞 　　　　　　　　　　　　　　難易度 ★★☆　答案 (D)

此句的整體結構為 Presidents⑤ ------- comment◎，換言之，空格處需要的是述語動詞，而由於主詞 Presidents 是**複數形**，因此及物動詞 withhold（不給～）的過去式 (D) withheld 便是正確答案。選項 (B) has withheld 為第三人稱單數，故不可選。另，選項 (A) to withhold 是不定詞，(C) withholding 則為現在分詞或動名詞。

譯 Bear 航空和 Panda 航空的總裁都拒絕對合併的傳聞發表評論。

註 rumor 名 傳聞　　withhold 動 不給～；保留～

[0771] **22.** 配對 　　　　　　　　　　　　　　難易度 ★☆☆　答案 (B)

四選項中可與句中的 **not only** 配對成 not only X but Y as well（不僅 X 而且 Y 也）的 (B) 即為正解。（請將同義的 not only X but (also) Y 也一併記起來。）而 (A) except for 與 (C) due to 為後接名詞的介系詞，(D) in case 則為連接子句的連接詞。

譯 Modigliani 汽車公司不僅計畫在歐洲推出其新款跑車，也計畫在美國推出。

[0772] **23.** 詞性 　　　　　　　　　　　　　　難易度 ★☆☆　答案 (B)

即使去掉空格部分，⑤ is based on ... 仍為語意連貫的句子，可見空格處應填入一修飾語，所以答案是可用來**修飾前方動詞 is based** 的副詞選項 (B) largely（主要地）。（注意，像這種**接在被動式後的空格**亦是詞性題中以**副詞**為正解的常見題型之一。）另，(A) large 是形容詞，(C) larger 為其比較級，(D) largeness 則為名詞，指「巨大、大量」。

譯 Tex 公司多年來的成功主要基於其產品品質與服務水準之好聲譽。

[0773] **24.** 介 or 連 　　　　　　　　　　　　難易度 ★☆☆　答案 (D)

這題的空格處應填入連接前後兩個子句的**連接詞**，而可正確連接前後文意的是 (D) so that。（so that ⑤ can do 指「以便 S 能夠～」之意。）注意，(C) while（當～的時候、然而～）雖亦為連接詞，但在此意思不通。另，(A) not only 是副詞，(B) on behalf of（代表～）則屬介系詞。

譯 我們鼓勵辦公室的工作夥伴多加利用電子郵件和時程規畫軟體以節省紙張。

註 conserve 動 節省、保存（資源等）

[0774] **25.** 詞性 　　　　　　　　　　　　　　難易度 ★★★　答案 (D)

若將空格前的名詞 room 視為三個動名詞的受詞，文意會不通，由此推斷可與 room 一起建立**複合名詞 room dividers**（隔間、房間隔板）的 (D) dividers 即為正解。另，(B) divide（分隔～、劃分～）是動詞，(C) 則為其過去式或過去分詞。

TEX's notes

room dividers 為三個動名詞的受詞。

... designing, creating, and installing **room dividers**

這題的關鍵在於，若只注意到複合名詞 room divider 就鬆懈，便可能會選到 (A) 而答錯。還須仔細考慮有無冠詞、是可數還是不可數等細節才行。

譯 Big Bear Room Solutions 公司專營設計、創作及安裝房間隔板。

0775 **26.** 動詞　　　　　　　　　　　　難易度 ★☆☆　答案 (C)　**0770 ▼ 0779**

可接在 be 動詞後的只有**分詞**選項 (C) forwarded 或 (D) forwarding，而由**空格後沒有作為**及物動詞 forward（轉寄～）之**受詞的名詞**，以及主詞的申請表是「被轉寄」的一方可知，這個句子應爲被動式，故正解爲過去分詞 (C) forwarded。現在分詞 (D) 語態不符。另，(A) forward 和 (B) forwards 都不能直接置於 be 動詞後。

譯▶ 您已填妥的線上申請表將被轉寄給我們的聘僱委員會以進行審議。
註▶ consideration 名 考慮；審議

0776 **27.** 詞性　　　　　　　　　　　　難易度 ★★☆　答案 (B)

本句中使用到的 **credit X to Y**（將 X 歸功於 Y）是多益測驗的重要語法，其中的 **to** 是**介系詞**，而由於作爲其受詞的名詞 advice 已存在於空格後，可見空格處應填入可**修飾該名詞的形容詞**，所以正確答案是 (B) helpful（有用的、有益的）。另，(A) help 是動詞或名詞，(C) helpfully 是副詞，(D) helper 則爲名詞。

譯▶ Cox 先生將他的事業有成歸功於二十年前來自一位導師的有用建議。
註▶ credit X to Y 將 X 歸功於 Y　　mentor 名 導師

0777 **28.** 詞性　　　　　　　　　　　　難易度 ★☆☆　答案 (D)

能與空格前的 more 和空格後的 than 一起形成**比較級**句型的只有副詞 (B) dependably 和形容詞 (D) dependable，而因本句空格處需要可置於 **are** 之**後的補語**，故本題選 (D) dependable（可靠的）。另，(A) depends 是動詞的第三人稱單數現在式，(C) dependence 則爲名詞。（注意，空格後的部分爲 than earlier models were 的倒裝形式。）

譯▶ 有幾家雜誌的評論報導說，Hyper Technologies 公司的最新筆記型電腦比先前的型號更可靠。

0778 **29.** 語法　　　　　　　　　　　　難易度 ★★☆　答案 (A)

動詞 help 可用 **help X do**（幫助 X 做～）之形式，也就是在**受詞後用原形動詞**，故選項 (A) improve 爲正解。另注意，直接接原形動詞的 help do（有助於～）用法也很重要。選項 (B) 是 (A) 的過去式或過去分詞，(C) 爲其現在分詞或動名詞，(D) 則爲其第三人稱單數現在式。

TEX's notes
同時也請記住其他和 help 一樣可接〈受詞＋原形動詞〉的 make / have / let 等使役動詞。

譯▶ 在社區大學上課可幫助員工增進他們在許多領域裡的技能。

0779 **30.** 介 or 連　　　　　　　　　　難易度 ★★☆　答案 (A)

空格後之 company policy（公司的政策）爲一複合名詞，由此可知空格處應填入**介系詞**。正解爲 (A) In accordance with（遵照～）。（注意，同義的語法 according to 也很重要。）另，(B) As far as（就～、達到～的程度）和 (C) On the condition that（在～的情況下）皆爲接子句的連接詞，(D) In addition（此外）則爲副詞。

譯▶ 遵照公司的政策，Max Weinberg 在請技術人員修理空調之前先取得了主管的許可。

文法模擬試題第 4 組

答案一覽表

答案一覽表

No.	ANSWER				No.	ANSWER				No.	ANSWER			
	A	B	C	D		A	B	C	D		A	B	C	D
001	Ⓐ	**B**	Ⓒ	Ⓓ	011	Ⓐ	Ⓑ	**C**	Ⓓ	021	Ⓐ	Ⓑ	Ⓒ	**D**
002	Ⓐ	**B**	Ⓒ	Ⓓ	012	**A**	Ⓑ	Ⓒ	Ⓓ	022	Ⓐ	**B**	Ⓒ	Ⓓ
003	**A**	Ⓑ	Ⓒ	Ⓓ	013	Ⓐ	**B**	Ⓒ	Ⓓ	023	Ⓐ	**B**	Ⓒ	Ⓓ
004	Ⓐ	Ⓑ	**C**	Ⓓ	014	Ⓐ	Ⓑ	Ⓒ	**D**	024	Ⓐ	Ⓑ	Ⓒ	**D**
005	Ⓐ	**B**	Ⓒ	Ⓓ	015	Ⓐ	Ⓑ	**C**	Ⓓ	025	Ⓐ	Ⓑ	Ⓒ	**D**
006	Ⓐ	**B**	Ⓒ	Ⓓ	016	Ⓐ	Ⓑ	Ⓒ	**D**	026	Ⓐ	Ⓑ	**C**	Ⓓ
007	Ⓐ	**B**	Ⓒ	Ⓓ	017	Ⓐ	Ⓑ	**C**	Ⓓ	027	Ⓐ	**B**	Ⓒ	Ⓓ
008	Ⓐ	Ⓑ	Ⓒ	**D**	018	**A**	Ⓑ	Ⓒ	Ⓓ	028	Ⓐ	Ⓑ	Ⓒ	**D**
009	Ⓐ	Ⓑ	Ⓒ	**D**	019	Ⓐ	**B**	Ⓒ	Ⓓ	029	**A**	Ⓑ	Ⓒ	Ⓓ
010	**A**	Ⓑ	Ⓒ	Ⓓ	020	Ⓐ	Ⓑ	**C**	Ⓓ	030	**A**	Ⓑ	Ⓒ	Ⓓ

學習紀錄

次數	練習日		所需時間		答對題數
第 1 次	月	日	分	秒	/ 30
第 2 次	月	日	分	秒	/ 30

文法模擬試題

第 **5** 組

限時 **10** 分鐘

題數 **30**

題目序號

0780 ～ 0809

1. Although ------- have confirmed their participation in this year's International Jazz Festival, the tickets have already sold out.

   (A) few
   (B) other
   (C) someone
   (D) everybody

2. Michael Hoffman is a venture capitalist who ------- writes opinion columns for local and international newspapers.

   (A) frequent
   (B) frequently
   (C) frequency
   (D) frequencies

3. Emiko Brooks swiftly became the head of a major auction house ------- her lack of art expertise.

   (A) even though
   (B) instead
   (C) furthermore
   (D) despite

4. PUV Productions is looking into a method for ------- its distribution procedure.

   (A) simplify
   (B) to simplify
   (C) simplifying
   (D) simplification

5. The Mizuno Auto Company has signed up about 300 of its ------- customers for a program using its newest electric cars.

   (A) reside
   (B) resided
   (C) residence
   (D) residential

6. Harukichi Murakami had never written a book in his life, ------- did he have any intention of writing one in the future.

(A) but
(B) and
(C) yet
(D) nor

7. Guests at Royal Hotel may have ------- complimentary buffet breakfast or, for an extra charge, dishes from the menu.

(A) either
(B) both
(C) and
(D) neither

8. The employee handbook has simple, step-by-step instructions that provide ------- ways of disposing of various types of garbage.

(A) approve
(B) approved
(C) approves
(D) approval

9. Mr. Smith is ------- opening a second store in the downtown area as his first one has been so successful.

(A) considering
(B) determining
(C) agreeing
(D) deciding

10. The dark colors in many scenes of the film were used ------- to evoke certain emotions in the audience.

(A) intend
(B) intentional
(C) intentionally
(D) intentions

文法模擬試題 第5組

11. In determining whether or not to open an office overseas, the CEO had to consider all of the -------.

(A) implicate
(B) implicated
(C) implicitly
(D) implications

12. The airline staff told Mr. Palmer that the flight to Boston would leave ------- gate 15 instead of gate 18.

(A) from
(B) on
(C) with
(D) to

13. Ms. Sherman says her new apartment on Central Park South does not have ------- space to store all her books.

(A) adequacy
(B) adequateness
(C) adequate
(D) adequately

14. ------- Ms. Diaz leaves for Hong Kong, she wants to talk with Mr. Evans about the work arrangements during her absence.

(A) Before
(B) Prior
(C) Near
(D) Past

15. Once the new computers are installed, employees will be required to return ------- old machines to the rental company.

(A) they
(B) them
(C) their
(D) theirs

16. Most of the employees ------- said that they would prefer to work longer hours every day if they could take Friday off.

(A) question
(B) questioned
(C) questions
(D) questionnaire

17. All physicians should find the time to bring themselves up-to-date with new drugs, no matter ------- busy they are.

(A) if
(B) how
(C) so
(D) where

18. The board of directors will proceed with negotiations ------- because the terms of the merger require thorough examination.

(A) caution
(B) cautious
(C) cautioning
(D) cautiously

19. In order to be closer to her family, Ms. Robinson will be ------- to a regional office in Colorado.

(A) visiting
(B) examining
(C) transferring
(D) requesting

20. The mayor has issued a statement in support ------- expanding the main airport building within the next two years.

(A) to
(B) with
(C) of
(D) from

21. The company concluded that renovating the existing facilities would be a ------- choice than relocating the business.

(A) wise
(B) more wisely
(C) most wisely
(D) wiser

22. Tanton City is known for its emphasis on social welfare and a strong ------- to environment protection.

(A) commit
(B) committing
(C) committed
(D) commitment

23. Employees of Sports Plus were astounded that Medalwear Sports Store had plans to build an outlet -------.

(A) near
(B) nearly
(C) nearness
(D) nearby

24. If the company had not merged with Vandelay Enterprises when it did, it ------- such dramatic growth in such a short period of time.

(A) would not have seen
(B) did not see
(C) is not seeing
(D) will not see

25. ------- so many people registered for his seminar, Mr. Kato decided to have his handouts printed by a professional printing company.

(A) With
(B) Until
(C) Rather
(D) Unless

26. The factory received a perfect score on safety and waste management when ------- reviewed by council inspectors.

(A) last
(B) recent
(C) soon
(D) previous

27. An intriguing new study suggests that ------- really draws people to rich desserts is not fat, but primarily sugar.

(A) who
(B) what
(C) where
(D) why

28. Any errors in programming are ------- to be found by the team of part-time software testers.

(A) expecting
(B) expected
(C) expectation
(D) expectantly

29. For most individuals, a home represents the ------- largest investment they will make in their lives.

(A) single
(B) singly
(C) singular
(D) singularly

30. Although last week's rain provided short-term -------, the showers had no significant impact on the overall drought in Australia.

(A) tendencies
(B) break
(C) levels
(D) relief

文法模擬試題 第5組

第 5 組試題解析

答案一覽表請見 p. 398

[0780] 1. 　**代名詞** 　　　　　　　　　難易度 ★★☆ 　**答案 (A)**

空格處應填入對應複數述語動詞 have confirmed 的**複數形主詞**，故正確答案是可表少數人或物的**代名詞** (A) few。而 (B) other 單獨使用時具形容詞作用，代名詞 (C) someone 與 (D) everybody 則皆為單數。

譯▶ 雖然很少人確認會參加今年的國際爵士音樂節，但是門票都已銷售一空。

[0781] 2. 　**詞性** 　　　　　　　　　難易度 ★☆☆ 　**答案 (B)**

即使去掉空格部分，關係代名詞 who 仍可順利連接前後：capitalist who writes ...，可見空格處應填入一修飾語，而**可用來修飾後方動詞 writes 的是副詞**，因此選項 (B) frequently（頻繁地）為正解。另，(A) frequent（頻繁的）是形容詞，(C) frequency（頻率）是名詞，(D) frequencies 則為其複數形。

譯▶ Michael Hoffman 是一位創投家，經常為地方性與國際性的報紙撰寫意見專欄。

註▶ venture capitalist 投資新創企業的人；創業投資家

[0782] 3. 　**介 or 連** 　　　　　　　　難易度 ★★☆ 　**答案 (D)**

從選項判斷出本題屬於【介系詞 or 連接詞】題型後，接著應觀察句子結構。由於空格前為子句、後為名詞，故應選可**將名詞連結至子句的介系詞** (D) despite（儘管～）。另，(A) even though（即使～）是接子句的連接詞，(B) instead（反而、卻）和 (C) furthermore（再者、而且）則皆為副詞。

譯▶ 儘管缺乏藝術專業，Emiko Brooks 仍迅速成為一重要拍賣行的負責人。

[0783] 4. 　**動詞** 　　　　　　　　　難易度 ★★☆ 　**答案 (C)**

本題空格處應填入作為其前**介系詞 for 之受詞**的名詞或動名詞，因此可能的選項為 (C) simplifing 或 (D) simplification，但因空格後有名詞 its distribution procedure，故**可以之為受詞來建立名詞片語的動名詞** (C)「簡化～」為正解。名詞 (D)「簡單化」並無法用來連接空格後的名詞，故不選。另，(A) simplify 是原形動詞，(B) 則為不定詞。

譯▶ PUV Productions 公司正在研究一項可簡化其配銷程序的方法。

註▶ look into X 研究 X；調查 X　　distribution **名** 配銷；分銷；流通

[0784] 5. 　**詞性** 　　　　　　　　　難易度 ★★☆ 　**答案 (D)**

〈所有格 ------- 名詞〉之結構的空格處需要可用來**修飾後方名詞**的字詞，而本題最適當的選項為形容詞 (D) residential。residential customers 指「（相對於法人顧客的）個人顧客」。另，(A) reside（居住）是不及物動詞，其過去分詞 (B) resided 雖可作形容詞用，但表達的是完成之意，而「已居住過的顧客」意思並不通。至於 (C) residence（居住、住所）則為名詞。

譯▶ Mizuno 汽車公司已與約三百名的個人顧客簽署了使用其最新電動汽車的計畫。

0785

0780
▼
0789

0785 **6.** 　其他　　　　　　　　　　　　難易度 ★★★　　答案 **(D)**

本題四個對等連接詞選項中的 (D) **nor** 表「也不～」之意，不僅可用以承接前面的否定語（在此為 never）並做進一步否定，且因用在句首，故採取〈（助）動詞＋主詞〉的倒裝形式。（注意，當承接肯定的內容時，若句首使用 so 也必須倒裝，例如 so did he。）另，(A) but、(B) and 及 (C) yet 皆不使用倒裝。

譯 村上春吉這輩子從未寫過一本書，將來也沒打算要寫一本。

註 intention 名 意圖；打算

0786 **7.** 　配對　　　　　　　　　　　　難易度 ★☆☆　　答案 **(A)**

由四選項可知本題為【配對題】。由於句中出現對等連接詞 **or**，因此若填入 (A) either，即可形成 either X or Y（X 或 Y）此配對形式，且文意通順，故為正解。另，(B) both 和 (C) and 也常以 both X and Y（X 和 Y 都）這個配對句型出現。而選項 (D) neither 則應與 nor 配對形成 neither X nor Y（非 X 亦非 Y）。

譯 Royal 飯店的客人可享用免費的自助早餐，或支付額外費用享用菜單中的菜餚。

0787 **8.** 　詞性　　　　　　　　　　　　難易度 ★★☆　　答案 **(B)**

空格前有及物動詞 provide，後有作為其受詞的名詞 ways，可見空格處應填入可用來**修飾 ways 的形容詞**，而四選項中具形容詞功用的只有**動詞 (A) approve**（批准～）的**過去分詞** (B) approved。另，(C) approves 是動詞的第三人稱單數現在式，(D) approval 則為名詞「批准、認可」。（注意，字尾 -al 容易讓人誤以為 approval 是形容詞，請務必小心。）

譯 員工手冊有簡單的步驟說明，提供已經過核定之各類垃圾的處置方式。

註 dispose of X 處置 X；處理掉 X

0788 **9.** 　語法　　　　　　　　　　　　難易度 ★★☆　　答案 **(A)**

本題四個選項似乎皆符合前後文脈，故須從語法的觀點來解題。由於空格後接著動名詞 opening，因此**以動名詞為受詞**的 (A) considering（考慮～）是正確答案。另，(B) determining（下決心～）、(C) agreeing（贊同～）、(D) deciding（決定～）則皆應以不定詞為受詞。

譯 因為第一家店非常成功，所以 Smith 先生正考慮在市中心區開設第二家店。

0789 **10.** 　詞性　　　　　　　　　　　　難易度 ★☆☆　　答案 **(C)**

即使刪除空格部分，... were used to evoke ... 仍可順利連接前後，由此判斷空格處應填入一修飾語，而四選項中可用來**修飾動詞 were used** 的以**副詞** (C) intentionally（刻意地）最適當。另，(A) intend（打算～）是動詞，(B) intentional（有意的）是形容詞，(D) intentions（意圖、打算）則為名詞的複數形。

譯 該電影許多場景中的深暗色彩被刻意用來喚起觀眾的某些情緒。

註 evoke 動 喚起（情感等）　　emotion 名 情緒；情感

[0790] **11.** 詞性 　　　　　　　　　　　難易度 ★☆☆ 　答案 (D)

這題的空格處必須填入其前**介系詞 of 的受詞**，因此**名詞** (D) implications（可能產生的影響）爲正確答案。而 (A) implicate（牽連～、連累～）是動詞，(B) implicated 爲其過去式或過去分詞，(C) implicitly（暗示地、含蓄地）則爲副詞。請將本句中的 whether or not to *do*（是否做～）這個用法一併記起來。

譯▶ 在決定是否於海外開設辦事處時，執行長必須考慮所有可能產生的影響。

[0791] **12.** 介系詞 　　　　　　　　　　難易度 ★☆☆ 　答案 (A)

由於空格後的 gate 15 是前往波士頓的班機的出發地點，故本題應選表〈**起點、出發點**〉的介系詞 (A) from。

譯▶ 航空公司的工作人員告訴 Palmer 先生，飛往波士頓的班機將從 15 號而非 18 號登機門出發。

[0792] **13.** 詞性 　　　　　　　　　　　難易度 ★☆☆ 　答案 (C)

空格前有及物動詞 have，後有作爲其受詞的名詞 space，可見空格處應填入一修飾語，故可用來**修飾 space 的形容詞** (C) adequate（足夠的）即爲正解。而 (A) adequacy 與 (B) adequateness 皆爲名詞，(D) adequately 則爲副詞。（注意，即使不認識選項 (C) 這個單字，也能從副詞 (D) 去掉 ly 就是形容詞判斷出答案。）

譯▶ Sherman 女士說她在 Central Park South 的新公寓沒有足夠的空間可存放她所有的書。

[0793] **14.** 介 or 連 　　　　　　　　　　難易度 ★☆☆ 　答案 (A)

本句逗號前後皆爲子句，由此可知空格處應填入連接子句的**連接詞**，而選項中可作爲連接詞使用的只有 (A) Before（在～之前）。另，(B) Prior（在先的）是形容詞，(C) Near 是形容詞／副詞／介系詞，(D) Past 則爲形容詞／介系詞／名詞／副詞。

譯▶ 在 Diaz 女士動身前往香港之前，她想與 Evans 先生談談她不在的這段期間内的工作安排。

[0794] **15.** 代名詞 　　　　　　　　　　難易度 ★☆☆ 　答案 (C)

這題必須選出人稱代名詞正確的格。因爲空格後爲動詞 return 之受詞 old machines，所以空格内應填入**所有格** (C) their（他們的）。另，(A) they 是主格，(B) them 是受格，(D) theirs 則爲所有代名詞。

譯▶ 一旦新電腦設置好，員工就必須把舊機器還給租賃公司。

No. 12 談到了登機門變更，而在多益測驗裡經常可見以班機延誤爲情境的考題。延誤的理由以「天候惡劣」、「機械系統故障」佔最多，不過也曾發生過「轉乘班機延誤」及「機組人員的工作時間超時」等狀況。

[0795] **16.** 詞性   難易度 ★★★   答案 **(B)**   [0790] ▼ [0799]

一般而言 SV 之間的空格常填入修飾後方動詞 said 的副詞，但是本題並沒有副詞選項，正確答案其實是可**由後方修飾名詞 employees 的過去分詞** (B) questioned（被詢問的）。（注意，單一個字的分詞通常會從前方修飾名詞，但在表「一時的狀態」時，即使是單一個字，也能從後方修飾。）選項 (A) question 在此為原形動詞，(C) 為其第三人稱單數現在式，(D) questionnaire（問卷）則為名詞。

TEX's notes

> questioned 和 said 連續接在一起很容易讓人搞混，其正確結構分析如下：
>
> 　　　　　　┌ - - - - - - - ┐修飾
> 　　　　　　▼　　　　　　│
> **Most of the employees** questioned said ...
> 　　　　[S]　　　　　　　　[V]

譯 ▶ 大多數被詢問的員工都表示，如果可以在週五休息，他們願意每天工作更長的時間。

[0796] **17.** 其他   難易度 ★☆☆   答案 **(B)**

本題四個選項中可接在 no matter 之後的為 (B) how 與 (D) where，但由空格後的形容詞 busy 即可知，正確選項應為 (B)。（no matter how busy 指「不論多忙」。）

譯 ▶ 所有醫生都應找時間去認識最新的藥物，不論他們有多忙。

[0797] **18.** 詞性   難易度 ★☆☆   答案 **(D)**

本題去掉空格句子依然完整，由此可知空格處需要的應是一修飾語，而由前後文意可判斷空格內應填入的是可用來**修飾動詞 proceed（進行）的副詞** (D) cautiously（小心地、謹慎地）。另，(A) caution 是名詞「小心、告誡」或動詞「警告～」，(B) cautious 是形容詞「謹慎的」，(C) cautioning 則為動詞 caution 的現在分詞或動名詞。

譯 ▶ 董事會將謹慎地進行談判，因為合併的條款需要周密的審查。

註 ▶ proceed 動 進行；繼續做

[0798] **19.** 語法   難易度 ★★☆   答案 **(C)**

本題四個選項中**可後接介系詞 to** 使用的為**不及物動詞** transfer（轉調）的現在分詞 (C) transferring。transfer to *X* 是「轉調至 X」之意，而 transfer *X* to *Y*（將 X 轉調至 Y）的及物動詞用法也很重要。另，(A) visiting（拜訪～）、(B) examining（檢查～）、(D) requesting（請求～）則皆屬及物動詞，應直接接受詞。

譯 ▶ 為了離她的家人更近，Robinson 女士將轉調到科羅拉多州的一個地區辦事處。

[0799] **20.** 介系詞   難易度 ★★☆   答案 **(C)**

本題四個選項介系詞中唯一能與空格前之 in support 連結形成有意義之片語的為 (C) of。in support of *X* 指「支持X」。

TEX's notes

> 注意，句中的 issue a statement（發表聲明）是多益詞彙題頻出的重要片語。另，主詞 mayor 則曾以 government official（公務員）的說法出現於文章理解題。

譯 ▶ 市長已發表聲明，支持在未來兩年內擴建主機場大樓。

[0800] 21. 比較   難易度 ★★☆   答案 **(D)**

〈冠詞 ------- 名詞〉之結構的空格處需要可修飾後方名詞的**形容詞**，而因空格後有用於比較級語法的 **than** 存在，故本題應選形容詞 wise（明智的）的**比較級** (D) wiser。（注意，別只看了空格部分就直接選了原級的 (A)。）而 (B) 是副詞 wisely（明智地）的比較級，(C) 則爲最高級。

譯▶ 該公司認爲翻修現有設備會比搬遷至他處更爲明智。

[0801] 22. 詞性   難易度 ★★☆   答案 **(D)**

〈冠詞＋形容詞 ------- 介系詞〉之結構的空格處應填入**名詞**，因此答案就是 (D) commitment（承諾、獻身）。（注意，這句的整體結構爲 Ⓢ is known for X and Y，也就是說，emphasis 與 commitment 爲介系詞 for 的受詞。）至於動名詞選項 (B) committing 雖可作名詞用，但其前不可加形容詞及冠詞 a，故不選。另，(A) commit（承諾～）是原形動詞，(C) 則爲其過去式或過去分詞。

譯▶ Tanton 市以其對社會福利的重視及對環境保護的堅定承諾而聞名。

註▶ emphasis 名 強調；重視   welfare 名 福利   protection 名 保護

[0802] 23. 詞性   難易度 ★★☆   答案 **(D)**

空格前爲完整句子，可見空格處應填入可**修飾動詞 build** 的副詞，而依文意，正確答案就是 (D) nearby（在附近）。（注意，此字也可如 a nearby outlet 這樣作爲形容詞使用。）另，同爲副詞的 (B) nearly（幾乎）與文意不符，而 (A) near 作爲副詞時，則通常接在 come 或 go 等不及物動詞後。最後，(C) nearness（接近）則爲名詞。

譯▶ Sports Plus 公司的員工對於 Medalwear 運動用品店有計畫在附近開一家暢貨中心感到震驚。

註▶ astound 動 使～震驚

[0803] 24. 動詞   難易度 ★★★   答案 **(A)**

由句首 If 子句的時態爲**過去完成式** had not merged 可知，此句表達的是與過去事實相反的假設，故本題選與其呼應的 (A) would not have seen。注意，〈If＋Ⓢ₁＋過去完成式，Ⓢ₂＋would have＋過去分詞〉的形式指「若當時～的話，那時就會……。」。

譯▶ 如果當時該公司沒有和 Vandelay Enterprises 公司合併，就不會在如此短的時間內看到這麼大幅度的成長。

註▶ dramatic 形 戲劇的；不尋常的

[0804] 25. 介 or 連   難易度 ★★☆   答案 **(A)**

若將空格後的 registered 視爲動詞的過去式而將逗號爲止的部分視爲子句的話，可能的選項就只有連接詞 (B) Until（直到～）和 (D) Unless（除非～），不過這兩者都無法形成通順文意，故應排除。但若將 registered 視爲修飾 people 的過去分詞，於空格處填入介系詞 (A) With，來表達「有這麼多的人做了～」這樣的情況，就能形成通順文意。另，選項 (C) Rather（相當、頗）則爲副詞，不可置於另一副詞 so 之前。

譯▶ 在有這麼多人登記參加其研討會的情況下，Kato 先生決定由專業的印刷公司來印製講義。

0805
0800
▼
0809

26. 其他　　　　　　　難易度 ★★☆　答案 (A)

本題若能看出空格前之連接詞 when 後面省略了〈主詞＋be 動詞〉(亦即，原本之子句形式應爲 when it was ------- reviewed) 即可知，空格內應填入**副詞** (A) last (最後地)，以指「工廠上一次接受檢查時」。另，(C) soon (不久) 的意思不通，而 (B) recent (最近的)、(D) previous (先前的) 則爲形容詞。

譯 上次由理事會的督察員審查時，該工廠在安全與廢棄物管理方面獲得了滿分。

註 council 名 議會；理事會

0806 **27.** 關係詞　　　　　　難易度 ★★☆　答案 (B)

題目的整體架構爲 X suggests that ⑤ ⑦.，而 that 子句的述語動詞是 is，因此前面必須有主詞。若將關係代名詞 (B) what 填入空格，便能形成**名詞子句**「吸引人們去吃豐富的甜點」作爲主詞，故爲正解。而關係代名詞 (A) who 和關係副詞 (C) where 和 (D) why 皆無法用來建立名詞子句。

TEX's notes

```
                   ┌──── 名詞子句 ────┐
... that what really draws people to rich desserts is not fat ...
              [S]                    [V]
```

譯 一項有趣的最新研究顯示，真正吸引人們去吃豐富甜點的並不是脂肪，而主要是糖份。

註 intriguing 形 有趣的；引人入勝的　　draw 動 吸引～；招來～　　primarily 副 主要地

0807 **28.** 詞性　　　　　　　難易度 ★☆☆　答案 (B)

可接在 be 動詞 are 之後的不是現在分詞 (A) expecting 就是過去分詞 (B) expected，但因主詞 Any errors 和動詞 expect (期望～) 之間具有「被期望 (能被找到)」的**被動關係**，所以答案是 (B) expected。表主動意義的 (A) 意思並不通。另，名詞 (C) expectation (期待、期望) 無法等同於主詞，而副詞 (D) expectantly (期待地) 則無法置於句中。

譯 程式設計中的任何錯誤都被期望能被兼職的軟體測試團隊找到。

0808 **29.** 詞性　　　　　　　難易度 ★★★　答案 (A)

可搭配最高級的 the largest 來**表**「其中最大的」這種**強調意義**的，就是形容詞 (A) single (單一的)。(the single largest investment 指「單一最大的投資」。) 而 (B) singly (單獨地) 是用來修飾動詞的副詞。另，(C) singular (單數的、超群的) 爲形容詞，但意思不通；副詞 (D) singularly (異常地、格外地) 亦不適用於本句。

譯 對大多數人來說，一個家代表的是他們這輩子會做的單一最大投資。

0809 **30.** 語法　　　　　　　難易度 ★★★　答案 (D)

由前後文意來推斷，可填入「上週的雨 (爲澳洲的乾旱) 提供了短期的-------」之空格的選項可能是 (B) break (間歇、休息) 或 (D) relief (緩解、解救)，但由於空格前**無冠詞**，故本題應選**不可數名詞** (D) relief。注意，(B) 爲可數名詞，其前須加冠詞 (如 a short-term break)。另，(A) tendencies 指「傾向、趨勢」、(C) levels 則爲「層次、程度」之意，二者皆爲複數形。

譯 雖然上週的雨提供了短期的緩解，但是短暫陣雨對澳洲整體的乾旱並沒有顯著影響。

註 shower 名 (短暫的) 陣雨　　significant 形 顯著的；重要的　　drought 名 乾旱；旱災

文法模擬試題第 5 組

答案一覽表

No.	ANSWER A B C D	No.	ANSWER A B C D	No.	ANSWER A B C D
001	Ⓐ	011	Ⓓ	021	Ⓓ
002	Ⓑ	012	Ⓐ	022	Ⓓ
003	Ⓓ	013	Ⓒ	023	Ⓓ
004	Ⓒ	014	Ⓐ	024	Ⓐ
005	Ⓓ	015	Ⓒ	025	Ⓐ
006	Ⓓ	016	Ⓑ	026	Ⓐ
007	Ⓐ	017	Ⓑ	027	Ⓑ
008	Ⓑ	018	Ⓓ	028	Ⓑ
009	Ⓐ	019	Ⓒ	029	Ⓐ
010	Ⓒ	020	Ⓒ	030	Ⓓ

學習紀錄

次數	練習日	所需時間	答對題數
第 1 次	月　　日	分　　秒	／ 30
第 2 次	月　　日	分　　秒	／ 30

文法模擬試題

第 6 組

限時
10分鐘

題數
30

題目序號
0810 ～ 0839

1. At a company luncheon next week, Ms. Inoue will receive an award for her ------- contribution to Perfect Tools Inc.

(A) impress
(B) impressive
(C) impressed
(D) impressively

2. ------- other staff members who took part in the teambuilding workshop, Mr. Jones' productivity has improved markedly.

(A) Altogether
(B) Like
(C) Although
(D) However

3. The effort of workers in the mail department is ------- valued to that of people working in advertising.

(A) equal
(B) equally
(C) equality
(D) equalize

4. One of the top criteria used to rank universities is the ------- of the education, including tuition rates and financial aid options.

(A) afford
(B) affordable
(C) affordably
(D) affordability

5. Ms. Bruno is now looking for ------- a caterer and a florist for the upcoming annual company banquet.

(A) either
(B) both
(C) whether
(D) never

6. Some Sydney suburbs recorded more ------- three inches of rain in the early hours of yesterday morning.

(A) over
(B) with
(C) than
(D) from

7. When Mr. Kim downloaded and used the X90 software, he ------- noticed any differences between it and the previous editions.

(A) bare
(B) barer
(C) barely
(D) barest

8. Cloud Publishing turned down the manuscript ------- the plot was considered too predictable.

(A) because
(B) so that
(C) however
(D) due to

9. The recruiting agency informed the restaurant owner that it had several ------- candidates on file for the head chef position.

(A) qualified
(B) qualifying
(C) qualification
(D) qualifies

10. Students from the biology class ------- on a field trip to the botanical gardens last Friday.

(A) studied
(B) went
(C) chose
(D) completed

11. A recent survey showed that 14 percent of respondents feel company management only promotes people who ------- work late.
(A) habit
(B) habitual
(C) habitually
(D) habitation

12. Interns at Harbor Publishing may choose to assist with ongoing research projects, or design one of -------.
(A) they
(B) their
(C) themselves
(D) their own

13. The global project manager's challenge is to create a team ------- members work well together although they see each other infrequently.
(A) whose
(B) its
(C) that
(D) which

14. The retirement party for Mr. Chen will be held at a newly ------- hotel where we held the annual shareholder meeting previously.
(A) renovate
(B) renovating
(C) renovation
(D) renovated

15. As a successful business person, Mr. O'Neill has been very effective in advising college students about ------- course options to pursue.
(A) that
(B) how
(C) where
(D) which

16. The food for the annual company banquet was prepared by Bradenton Kitchen, an ------- catering business in Springfield.

(A) excel
(B) excels
(C) excellent
(D) excellently

17. Compared with other fast-food chains, Hungry Burgers places ------- emphasis on employee education.

(A) greater
(B) greatly
(C) more greatly
(D) as great as

18. Many companies use pens as a giveaway instead of ------- promotional items although they are often considered a corporate cliché.

(A) another
(B) another one
(C) each other
(D) other

19. The snowstorm left many airline passengers ------- at the airport because many hotels were already fully booked.

(A) strand
(B) to strand
(C) stranded
(D) strands

20. Happy Department Store is relocating to a building ------- from its current location on Madison Avenue to address its growing storage needs.

(A) between
(B) around
(C) to
(D) across

文法模擬試題 第6組

21. One of the programs instituted by the new company director is to assign mentors to ------- to provide access to advice from more experienced employees.
    (A) recruit
    (B) recruits
    (C) recruited
    (D) recruitment

22. The staff members at Woodland Hotel are very ------- and helpful, which makes the guests feel comfortable.
    (A) cooperation
    (B) cooperators
    (C) cooperative
    (D) cooperatively

23. The number of farms in the region has declined by 45 percent ------- the past 30 years.
    (A) in
    (B) by
    (C) out
    (D) off

24. An extremely ------- research project was carried out to assess the viability of expanding the firm internationally.
    (A) cost
    (B) costing
    (C) costly
    (D) costs

25. To ease traffic congestion on James River Freeway, a new 300-meter-long tunnel has been -------.
    (A) construction
    (B) constructing
    (C) construct
    (D) constructed

26. All restaurants in Breeze Town must undergo a health ------- every three months.

(A) inspect
(B) inspecting
(C) inspector
(D) inspection

27. First Choice Bank announced yesterday that its board of directors would meet next Monday to discuss ------- to proceed with the merger.

(A) prior
(B) which
(C) whether
(D) furthermore

28. Senior management has required that department heads check with each other before ------- any major events.

(A) scheduling
(B) scheduled
(C) schedule
(D) schedules

29. The front door should be kept locked when reception is unattended ------- only a brief absence is anticipated.

(A) because
(B) even if
(C) despite
(D) due to

30. Meetings to discuss the status of the latest construction project ------- due to an unforeseen delay caused by the weather.

(A) was rescheduled
(B) will reschedule
(C) rescheduled
(D) have been rescheduled

答案一覽表請見 p. 412

0810 **1.** 詞性　　　　　　　　　　　　　　　　　難易度 ★☆☆　　答案 **(B)**

即使刪除空格部分，for her contribution 仍可連接前後，可見空格處需要的是一修飾語，故可**修飾後方名詞的形容詞** (B) impressive（令人印象深刻的）即為正解。注意，(C) impressed（印象深刻的）也可作為形容詞使用，但在此意思不通。另，(A) impress（使印象深刻）是動詞，(D) impressively（令人印象深刻地）則為副詞。

譯 在下週的一場公司午餐會上，Inoue 女士將會因為她對 Perfect Tools 公司做出之令人印象深刻的貢獻而獲獎。

0811 **2.** 介 or 連　　　　　　　　　　　　　　　　難易度 ★★☆　　答案 **(B)**

依句構來判斷，本句從空格後至逗號為止是由以 who 引導的關係子句來修飾 other staff members 的名詞片語，而逗號之後為主要句子，故**可將名詞連接至句子的介系詞** (B) Like（和～一樣、如～）就是正確答案。另，(A) Altogether（全部）和 (D) However（然而）皆為副詞，(C) Although（雖然～）則為接子句的連接詞。

TEX's notes

空格後至逗號為止的部分雖長，但卻是一個名詞（片語）。

------ **other staff members** who took part in the teambuilding workshop,
　　　　　　　　　　　　　　　〔關係子句〕

譯 就和參加團隊活動工作坊的其他工作夥伴一樣，Jones 先生的生產力顯著提升了。
註 markedly 副 顯著地

0812 **3.** 詞性　　　　　　　　　　　　　　　　　難易度 ★☆☆　　答案 **(B)**

空格前有 be 動詞 is，後接動詞 value（重視～）的過去分詞 valued，換言之，空格前後已形成完整的被動語態。由此判斷空格處需要可用來**修飾述語動詞的副詞**，因此答案選 (B) equally（同樣地）。（注意，本題屬於**被動語態之間應填入副詞**的常見題型之一。）而 (A) equal 是動詞／形容詞，(C) equality 是名詞，(D) equdlize 則為動詞。

譯 郵件部門工作人員的努力和在廣告部門工作的人的努力是同樣受到重視的。
註 value 動 重視～；評價～

0813 **4.** 詞性　　　　　　　　　　　　　　　　　難易度 ★☆☆　　答案 **(D)**

〈冠詞 ------- 介系詞〉之結構中的空格處應填入**名詞**，故本題選具名詞字尾 -ty 的 (D) affordability（可負擔性）。而 (A) afford 是動詞，用法如 can [can't] afford to *do*（經濟上負擔得起〔不起〕～），(B) affordable（負擔得起的）是形容詞，(C) affordably（負擔得起地）則為副詞。

譯 用來評定大學最重要的標準之一就是包括了學費和財務援助選項等之教育的可負擔性。
註 criteria 名 criterion（標準、尺度）的複數形　　tuition 名 學費

[0814] 5. 配對   難易度 ★☆☆   **答案 (B)**   [0810] ▽ [0819]

從選項判斷出這是配對題後，接著查找關鍵詞。答案就是可與空格後的 **and** 組成 both X and Y（X 和 Y 都）句型的 (B)。另，(A) 常以 either X or Y（X 或 Y）、(C) 則常以 whether X or Y（無論 X 還是 Y）等配對句型出現。選項 (D) never（決不）爲副詞；與配對用法無關。

譯▶ Bruno 女士現在正在爲即將到來的年度公司宴會尋找外燴廠商和花店。

[0815] 6. 比較   難易度 ★☆☆   **答案 (C)**

可與空格前的 more 結合成正確**比較結構**的 (C) than 爲本題正解。注意，(A) over 可以 recorded over three inches of rain 的形式使用，但不需要 more。另，(B) with 與 (D) from 皆爲介系詞，二者皆不適用於本句。

譯▶ 雪梨的部分郊區在昨天清晨創下了超過三英寸的降雨量紀錄。

[0816] 7. 詞性   難易度 ★☆☆   **答案 (C)**

〈主詞 ------- 述語動詞〉之結構的空格處應填入可修飾後方動詞的**副詞**，因此本題選 (C) barely（幾乎不～）。而 (A) bare（赤裸的）是形容詞，(B) barer 爲其比較級，(D) barest 則爲最高級。

譯▶ 當 Kim 先生下載並使用 X90 軟體時，他幾乎沒注意到它與以前的版本有任何差別。

註▶ notice **動** 注意（到）～；察覺～

[0817] 8. 介 or 連   難易度 ★☆☆   **答案 (A)**

空格前後皆爲子句，由此可見空格內應填入可**連接二子句的連接詞**，而符合本句「（結果）-------（原因）」之前後文脈的是 (A) because（因爲～）。(B) so that（以便～）雖亦爲連接詞，但在此不符文意。另，(C) however 是副詞，(D) due to 則爲後接名詞的介系詞。

譯▶ Cloud 出版公司拒絕了該手稿，因爲它的情節被認爲太好預測。

註▶ turn down X 拒絕 X；駁回 X   manuscript **名** 手稿   plot **名**（故事的）情節   predictable **形** 可預測的；墨守成規的

[0818] 9. 詞性   難易度 ★★☆   **答案 (A)**

即使去掉空格部分 several candidates 仍可連接前後，由此判斷空格處需要一修飾語，而能用來**修飾空格後名詞**的應爲**形容詞**，所以正確答案是 (A) qualified（符合條件的、適任的）。(B) qualifying 雖亦爲形容詞，但用法應如 a qualifying match（爲了取得資格的比賽、資格賽）。另，(C) qualification（資格）是名詞，(D) qualifies 則爲動詞 qualify（使具有資格）之第三人稱單數現在式。

譯▶ 人力仲介公司通知餐廳老闆說它有幾個符合主廚職位條件的候選人。

[0819] 10. 語法   難易度 ★★☆   **答案 (B)**

本句需要述語動詞，而若將 (B) went 填入空格，便能形成 **go on X**（去做 X），文意通順，故爲正解。選 (A) 則會變成 study on X（研究 X）之意，無法連接 to 以後的內容。另，(C) 須以 choose from X（從 X 中選擇）的形式使用，(D) completed 則爲及物動詞，應直接接受詞，不加介系詞。

譯▶ 生物課的學生上週五去了植物園做校外教學。

[0820] 11. 詞性   難易度 ★☆☆   答案 **(C)**

本句空格後爲動詞 work，由此可知空格前的 who 是主格的關係代名詞，而即使刪除空格部分，people who work late 仍可連接前後，可見空格處需要一修飾語，而**可修飾後方動詞 work 的應爲副詞**，所以答案是 (C) habitually（習慣性地）。另，(A) habit（習慣）和 (D) habitation（居住、住所）是名詞，(B) habitual（習慣性的）則爲形容詞。

譯 最近的一項調查顯示，14% 的受訪者覺得公司的管理階層只提拔那些習慣性工作到很晚的人。

[0821] 12. 代名詞   難易度 ★★★   答案 **(D)**

本句空格前爲介系詞 of，因此可先排除主格代名詞 (A)。其次，由於空格後並沒有名詞，故所有格 (B) their 亦可排除。而由前後文意來看本句並無使用反身代名詞之理由，故 (C) themselves 亦不可選。本題應選 (D)，以 one (= a research project) of their own 的形式表「自己的研究專案 (= their own research project)」之意。

譯 Harbor 出版公司的實習生可選擇協助正在進行中的研究專案，或是設計一個他們自己的專案。

[0822] 13. 關係詞   難易度 ★★☆   答案 **(A)**

若將空格前的先行詞 a team 改成代名詞的所有格 its 後填入空格，便能形成 its members work well together 的正確句子，因此本題選**所有格關係代名詞** (A) whose。而關係代名詞 (C) that 與 (D) which 則須接缺少主詞或受詞的句子。另，(B) its 是代名詞 it 的所有格，無法連接前後。

譯 全球專案經理的挑戰是創建一個其成員雖然很少見面但卻能合作無間的團隊。

註 infrequently 副 罕見地；很少地

[0823] 14. 詞性   難易度 ★★☆   答案 **(D)**

像本題這種〈**冠詞＋副詞 ------- 名詞**〉結構內之空格需要的是能修飾後名詞的**形容詞**，而四選項中可作形容詞用的包括分詞 (B) renovating 和 (D) renovated，但因飯店和動詞 (A) renovate（翻修～）之間具有「被翻修」的**被動關係**，所以正確答案是過去分詞 (D)。(B) 意思不通。另，(C) renovation 則爲名詞，不適用於本句中。

譯 陳先生的退休派對將在新翻修完成的飯店舉行，而我們之前曾在那裡舉行過年度股東大會。

[0824] 15. 其他   難易度 ★★☆   答案 **(D)**

本句空格後的 course options（課程選項）爲複合名詞，而疑問詞 (D) which 即可置於名詞前，**作爲表「哪個～、哪些～」之意的形容詞使用**（疑問形容詞）。（which course options 指「哪些課程選項」。）選項 (B) how 與 (C) where 則無法用來修飾名詞。另，(A) that 作爲「那個」之意的指示代名詞使用時，應修飾單數名詞；若作關係代名詞使用其前需要有先行詞。

譯 身爲一位成功的商業人士，O'Neill 先生一直都能非常有效地為大學生提供關於該追求哪些課程選項的建議。

0825 **16.** 詞性   難易度 ★☆☆   答案 (C)   0820 ▼ 0829

空格前為冠詞 an，後接名詞 catering business，故本題選能**修飾名詞的形容詞** (C) excellent（傑出的）。而 (A) excel（勝過～）是動詞，(B) excels 為其第三人稱單數現在式，(D) excellently（優異地）則為副詞。注意，catering（外燴）指專門安排、提供各種活動之餐飲服務的一種生意，常見於多益考題。

譯 年度公司宴會的食物是 Springfield 的一家傑出的外燴公司 Bradenton 廚房所準備的。

0826 **17.** 比較   難易度 ★★☆   答案 (A)

由句首之 Compared with（和～相比）即可推斷，空格處應填入**比較級**，而可用來**修飾空格後名詞 emphasis 的比較級形容詞** (A) greater 就是正確答案。另，(B) greatly 是副詞，(C) more greatly 為其比較級，(D) 則須以 X is as great as Y（X 和 Y 一樣 great）的形式使用。

譯 與其他速食連鎖店相比，Hungry Burgers 更重視員工的教育訓練。

0827 **18.** 數量   難易度 ★★☆   答案 (D)

空格前為介系詞 of，後則接其名詞受詞 promotional items（廣宣品），在這兩者間應填入**修飾後方名詞的形容詞**，而四選項中可作為形容詞使用的有 (A) aother 和 (D) other，但由於 items 是**複數形**，所以正確答案是 (D)。(A) 應用來修飾可數名詞的單數形。另，(B) another one 與 (C) each other 則皆為代名詞，無法修飾名詞。

譯 許多公司以筆代替其他廣宣品作為贈品，儘管它們通常被認為是一種企業團體的老套做法。

註 giveaway 名 贈品   cliché 名（太常使用的）老套；陳腔濫調

0828 **19.** 詞性   難易度 ★★★   答案 (C)

本句主要動詞 left 是 leave 的過去式，而其用法為 leave Ⓞ Ⓒ（讓 O 成為在 C 的狀態），由此判斷空格部分的 C（補語）處應填入**形容詞**，因此 (C) stranded（被困住的）為正解。另，(A) strand（使擱淺）為原形動詞，(B) to strand 是不定詞，(D) strands 則為第三人稱單數現在式。

譯 這場暴風雪使得許多航空公司的旅客滯留在機場，因為很多飯店都已被訂滿。

0829 **20.** 介系詞   難易度 ★★☆   答案 (D)

本題四選項中只有 (D) 能與空格後的 from 結合，形成表〈位置〉的 **across from**（在～的對面），故為正解。而 (A) 是以 between X and Y（在 X 和 Y 之間）、(B) 是以 around X（在 X 周圍）、(C) 則以 to X（往 X）的形式來表位置關係。

譯 Happy 百貨公司即將搬遷至位於 Madison 大道的現址對面，以解決其日益增長的倉儲需求。

文法模擬試題 第 **6** 組

0830 **21.** 詞性　　　　　　　　　　　　　　　　　難易度 ★★★　　答案 **(B)**

空格處需要可**作為前方介系詞 to 之受詞的名詞**。(D) recruitment（招募）雖為名詞但意思不通，而 (A) recruit 作名詞「新成員」用時為**可數名詞**，不能以單數且無冠詞的形式使用，所以正確答案是**複數形**的 (B) recruits。小心別以為空格前的 to 是不定詞而誤選了可作動詞的 (A) recruit。另，(C) recurited 則為動詞 recruit 之過去式或過去分詞。

譯 新任公司董事所提出的計畫之一是指派導師給新進人員，以便他們能夠吸收較具經驗之員工的建議。

0831 **22.** 詞性　　　　　　　　　　　　　　　　　難易度 ★★☆　　答案 **(C)**

〈**be 動詞＋副詞 -------**〉之結構的空格處應填入**作為補語使用的形容詞**，故本題選 (C) cooperative（合作的、配合的）。（注意，空格後之對等連接詞 and 的前後須為〈形容詞＋and＋形容詞〉之形式亦是線索之一。）另，(A) cooperation（合作、協力）和 (B) cooperators（合作夥伴、協力人員）皆為名詞，(D) cooperatively（合作地）則為副詞。

譯 Woodland 飯店的工作人員非常願意配合又樂於助人，使客人們感到很舒適。

0832 **23.** 介系詞　　　　　　　　　　　　　　　　難易度 ★★☆　　答案 **(A)**

本題四選項中可正確連結空格後之 the past 30 years（過去的三十年）這樣具有一定長度之期間的介系詞是 (A) in。（in the past 30 years 就是指「在過去的三十年裡」。）

TEX's notes

介系詞 in 常用於「年」、「月」之前，如 in April / in 2018。此外像 in ten minutes（十分鐘後）、in the afternoon（在下午）等用法也很重要。

譯 在過去的三十年裡，該地區的農場數量減少了 45%。
註 decline 動 減少

0833 **24.** 詞性　　　　　　　　　　　　　　　　　難易度 ★★★　　答案 **(C)**

〈**冠詞＋副詞 ------- 名詞**〉之結構的空格處需要一**形容詞**，因此正解為 (C) costly（昂貴的、奢侈的）。注意，costly 的字尾雖是 -ly，但並非副詞。）而現在分詞 (B) costing 雖可作為形容詞，但使用時須接金額，以如 a project costing $10,000（花費一萬美元的專案）的方式從後面修飾名詞。另，(A) cost 可作動詞「花費」或名詞「費用、成本」，(D) costs 則可為動詞第三人稱單數現在式或名詞複數。

譯 該公司為了評估拓展國際的可行性而進行了一項極昂貴的研究專案。
註 assess 動 評估～；評價～　　viability 名 可行性

0834 **25.** 動詞　　　　　　　　　　　　　　　　　難易度 ★☆☆　　答案 **(D)**

由於本句之主詞「隧道」是「被建造」的一方，再加上空格後沒有及物動詞 (C) construct（建造～）的受詞，由此可推知本句應為**被動式**，故正解為過去分詞 (D) constructed。而 (A) construction（建設）是名詞，在此意思不通。另，屬主動的現在分詞 (B) constructing 則與本句之邏輯不符。

譯 為了紓解 James River 高速公路的交通堵塞，已建造了一條三百公尺長的新隧道。
註 ease 動 紓解～；緩和～　　congestion 名 壅塞；堵塞

[0835] 26. 詞性　　　　　　　　　　　難易度 ★★☆　答案 (D)

空格前的 health（健康、衛生）是**不可數名詞**，故不須加冠詞 a，且作為動詞 undergo（經歷～、接受～）的受詞也不適當。但若將名詞 (D) inspection（檢查）填入空格，建立**複合名詞 health inspection**（衛生檢查），即可形成通順文意。而 (C) inspector（督察員）雖亦為名詞，但在此意思不通。另，(A) inspect（檢查、審視）是動詞，(B) inspecting 則為其現在分詞或動名詞。

譯 Breeze 鎮的所有餐館都必須每三個月接受一次衛生檢查。

[0836] 27. 其他　　　　　　　　　　　難易度 ★★★　答案 (C)

正確選項 (C) whether 之後**可接不定詞並形成名詞片語**以作為及物動詞 discuss 的受詞。（whether to *do* 指「是否該～」。）而 (B) which 雖可建立名詞片語 which to *do*（該～哪個），但在此文意並不通順。另，若選 (A) 所形成的 prior to 是介系詞，(D) furthermore（再者、而且）則為副詞。

譯 First Choice 銀行昨天宣布其董事會將於下週一開會討論是否要進行合併。

[0837] 28. 動詞　　　　　　　　　　　難易度 ★★☆　答案 (A)

能夠以空格後的名詞 any major events 為受詞，同時本身可作空格前介系詞 before 之受詞的**動名詞** (A) scheduling（預訂～、安排～）為本題正解。而 (B) scheduled 若是置於 any major 之後形成 any major scheduled events 的話，就可成為正確答案。另，(C) schedule 可作名詞（時程表）或動詞（預定～），(D) schedules 則可為名詞複數或動詞之第三人稱單數現在式。

譯 資深管理階層已要求各部門主管在安排任何重要活動之前要先互相確認。

[0838] 29. 介 or 連　　　　　　　　　　難易度 ★★☆　答案 (B)

本題空格內須填入連接前後兩個子句的**連接詞**。而能夠用來連接「前門應該鎖上」和「預計只離開一下」兩者並形成通順文意的為 (B) even if（即使～）。(A) because（因為～）雖亦為連接詞，但在此意思不通，另，(C) despite（儘管～）與 (D) due to（由於～）皆為接名詞而非子句的介系詞。

譯 即使預計只會離開一下，當接待櫃檯沒人看守時前門都該鎖上。

註 anticipate 動 預計～；預料～

[0839] 30. 動詞　　　　　　　　　　　難易度 ★★☆　答案 (D)

空格處需要可對應複數形主詞 Meetings 的述語動詞，而基於「會議」是「被改期」的一方，再加上空格後並不存在及物動詞 reschedule 的受詞，故可判斷本句應為**被動式**。正解為 (D) have been rescheduled。注意，選項 (A) 若是用 were 而非 was，就會是答案。另，(B) will reschedule 為未來簡單式，(C) rescheduled 則為過去式或過去分詞。

TEX's notes

本句因為修飾主詞的不定詞較長，所以較不易看懂，而其架構如下：

Meetings to discuss the status of ... project have been rescheduled

[S]　　　　　　　　　　　　　　　　　　　[V]

譯 為討論最新建設專案狀況而召開的會議因天氣所造成之意外延誤而改期了。

文法模擬試題第 6 組

答案一覽表

No.	ANSWER A B C D	No.	ANSWER A B C D	No.	ANSWER A B C D
001	Ⓐ **Ⓑ** Ⓒ Ⓓ	011	Ⓐ Ⓑ **Ⓒ** Ⓓ	021	Ⓐ **Ⓑ** Ⓒ Ⓓ
002	Ⓐ **Ⓑ** Ⓒ Ⓓ	012	Ⓐ Ⓑ Ⓒ **Ⓓ**	022	Ⓐ Ⓑ **Ⓒ** Ⓓ
003	Ⓐ **Ⓑ** Ⓒ Ⓓ	013	**Ⓐ** Ⓑ Ⓒ Ⓓ	023	**Ⓐ** Ⓑ Ⓒ Ⓓ
004	Ⓐ Ⓑ Ⓒ **Ⓓ**	014	Ⓐ Ⓑ Ⓒ **Ⓓ**	024	Ⓐ Ⓑ **Ⓒ** Ⓓ
005	Ⓐ **Ⓑ** Ⓒ Ⓓ	015	Ⓐ Ⓑ Ⓒ **Ⓓ**	025	Ⓐ Ⓑ Ⓒ **Ⓓ**
006	Ⓐ Ⓑ **Ⓒ** Ⓓ	016	Ⓐ Ⓑ **Ⓒ** Ⓓ	026	Ⓐ Ⓑ Ⓒ **Ⓓ**
007	Ⓐ Ⓑ **Ⓒ** Ⓓ	017	**Ⓐ** Ⓑ Ⓒ Ⓓ	027	Ⓐ Ⓑ **Ⓒ** Ⓓ
008	**Ⓐ** Ⓑ Ⓒ Ⓓ	018	Ⓐ Ⓑ Ⓒ **Ⓓ**	028	**Ⓐ** Ⓑ Ⓒ Ⓓ
009	**Ⓐ** Ⓑ Ⓒ Ⓓ	019	Ⓐ Ⓑ **Ⓒ** Ⓓ	029	Ⓐ **Ⓑ** Ⓒ Ⓓ
010	Ⓐ **Ⓑ** Ⓒ Ⓓ	020	Ⓐ Ⓑ Ⓒ **Ⓓ**	030	Ⓐ Ⓑ Ⓒ **Ⓓ**

學習紀錄

次數	練習日		所需時間		答對題數
第 1 次	月	日	分	秒	／ 30
第 2 次	月	日	分	秒	／ 30

文法模擬試題

第 **7** 組

限時
10分鐘

題數
30

題目序號

0840 ～ 0869

1. The quarterly results, announced on Wednesday, exceeded -------, and Victoria Department Store raised its yearly sales forecast.

   (A) expect
   (B) expected
   (C) expectations
   (D) expectedly

2. It is ------- for employees to eat lunch at their desks on the condition that they only eat during the designated lunch hour.

   (A) reliable
   (B) capable
   (C) acceptable
   (D) legible

3. When Speednet.com requires a new employee, a significant amount of time is spent identifying and interviewing ------- candidates.

   (A) promise
   (B) promises
   (C) promised
   (D) promising

4. Orion Corporation has decided ------- building a new headquarters in Tokyo and will instead expand its existing facilities in Chiba.

   (A) against
   (B) except
   (C) within
   (D) during

5. The exact re-opening date of the Leopard Resort depends on the ------- arrival of newly ordered furniture and equipment.

   (A) time
   (B) timing
   (C) timely
   (D) timeliness

6. The toy manufacturer announced today that despite the major product recall, new deliveries would begin to reach stores ------- October.

(A) as early as
(B) at an early
(C) the earliest
(D) if early

7. Mr. Tan's recent research ------- that students learn more effectively when listening to classical music has received almost no attention from academics.

(A) suggests
(B) has suggested
(C) suggesting
(D) is suggesting

8. ------- several local companies have recently advertised job openings indicates that the economic situation is on the mend.

(A) The fact that
(B) There are
(C) Now
(D) In addition to

9. David Townsend is one of the most ------- experienced teachers at the university although he rarely promotes himself this way.

(A) high
(B) higher
(C) highest
(D) highly

10. To ------- the press conference for the launch of the film, media representatives must submit their applications by March 31.

(A) reply
(B) participate
(C) meet
(D) attend

11. In addition to its sleek and modern design, the new laptop from Cool Electronics is highly -------.
(A) economically
(B) economy
(C) economical
(D) economist

12. When choosing a new president, the bank decided to promote from ------- the company, instead of hiring from outside.
(A) onto
(B) within
(C) above
(D) between

13. Dr. Cornelia Turner informed the program coordinator that she was ------- to accept the invitation to address the students on May 25.
(A) please
(B) pleased
(C) pleasing
(D) pleasure

14. ------- international branch managers should attend the company's annual strategic conference at the headquarters in Tokyo next April.
(A) Neither
(B) Every
(C) Each
(D) All

15. Arrow Airways ------- the profit increase to higher ticket prices and a return in travel demand.
(A) attributed
(B) attributing
(C) attribution
(D) to attribute

16. There is ongoing debate among the city council members ------- whether or not to allow developers to renovate the historical building on Palm Street.

(A) up to
(B) as to
(C) out of
(D) because

17. ------- the result of the latest customer survey is presented, the national advertising campaign for Kimura Water will be postponed.

(A) With
(B) Even
(C) Until
(D) Whereas

18. Tomioka Solar Panels provides ------- solutions for home and industrial electricity needs.

(A) optimal
(B) optimally
(C) optimize
(D) optimizes

19. Candidates for the position need to be able to work efficiently on ------- as well as in a team.

(A) they
(B) their
(C) themselves
(D) their own

20. Once the document is inserted and the envelope affixed to a box, the envelope has to be cut ------- to retrieve its contents.

(A) open
(B) opens
(C) opener
(D) opening

文法模擬試題 第7組

21. Employees are not allowed to order more than $50 worth of stationery products ------- authorized by a section manager.

(A) without
(B) despite
(C) since
(D) unless

22. Hassan Engineering hopes to make partnerships with the contractors ------- than they have been to maintain its competitive pricing strategy.

(A) stronger
(B) strongest
(C) more strongly
(D) most strongly

23. Mr. Reed was surprised at the ------- participation of the attendees at his business seminar.

(A) enthusiast
(B) enthusiasm
(C) enthusiastic
(D) enthusiastically

24. Stronger customer demand has triggered several auto manufacturers to develop hybrid vehicles that are ------- economically efficient and environmentally friendly.

(A) as
(B) both
(C) either
(D) not only

25. Gooday Electronics recently hired Benjamin Fischer, an ------- in mobile phone technology.

(A) expert
(B) expertise
(C) expertize
(D) expertized

26. Ms. Brooks suggested that she would be ------- staying in the company than leaving after her maternity leave.

(A) happy
(B) happily
(C) happiness
(D) happier

27. The book, *A Comprehensive Guide for Job Interviews*, can be useful to people who are unsure of -------.

(A) them
(B) themselves
(C) us
(D) ourselves

28. James Nichol has been ------- in obtaining a loan to the museum of an exhibit from the Royal French Historical Society.

(A) instrument
(B) instrumental
(C) instrumentally
(D) instruments

29. If requested, Hanz Confectionary ------- an extended leave of absence for employees who have worked at the company for longer than five years.

(A) arrange
(B) has arranged
(C) arranging
(D) will arrange

30. Employees are provided a safety helmet which they should keep ------- the length of their employment at Kramer Industries.

(A) until
(B) and
(C) then
(D) for

答案一覽表請見 p. 426

0840 1. 詞性 　　　　　難易度 ★☆☆ 　答案 **(C)**

空格內須填入名詞以作為其前及物動詞 exceeded（超越～）的**受詞**，故正解為 (C) expectations（期待）。而 (A) expect 是動詞，(B) 為其過去式或過去分詞，(D) expectedly 則為副詞。（另注意，本句中夾在兩個逗號之間的過去分詞片語 announced on Wednesday 部分用來修飾主詞。）

譯 週三公布的季業績超出預期，因此 Victoria 百貨公司提高了其年度銷售額預測。
註 quarterly **形** 每季的

0841 2. 語法 　　　　　難易度 ★★☆ 　答案 **(C)**

四選項中可合理填入 **It is ... for X to do** 此句型的形容詞只有 (C) acceptable（可接受的）。而若填入 (A) reliable（可信賴的、可靠的）、(B) capable（有能力的）與 (D) legible（清晰易讀的）皆無法形成有意義之句子。（注意，本句中的不定詞片語 to eat lunch at their desk 為真主詞，而句首的 It 為假主詞。）

譯 員工在他們的辦公桌吃午餐是可接受的，只要他們只在指定的午餐時間內用餐。

0842 3. 詞性 　　　　　難易度 ★★☆ 　答案 **(D)**

空格前有及物動詞 identifying 與 interviewing，後有名詞受詞 candidates，因此空格處應填入可用來**修飾 candidates 的形容詞** (D) promising（可期待的、前途有望的）。而動詞 (A) promise（答應～、允諾～）的過去分詞 (C) promised 雖然也可作為形容詞，但會變成「被答應的應徵者」，意思不通。（注意，promise 亦常作名詞用，指「承諾」。）另，(B) promises 則為 (A) 之第三人稱單數現式。

譯 當 Speednet.com 需要一名新員工時，便會花費大量時間來找出並面試前途有望的應徵者。

0843 4. 介系詞 　　　　　難易度 ★★★ 　答案 **(A)**

本題四個選項介系詞中適合**與空格前的動詞 decide 搭配使用之介系詞**為 (A) against，而所謂 decide against *doing X* 指的是「決定不做 X」。同時也請記住表相反意義的 decide on *doing X*（決定做 X）。至於其他的介系詞 (B) except、(C) within 與 (D) during 均無法用來形成通順文意。

譯 Orion 公司已決定不在東京建立新的總部，而會擴大其在千葉的既有設施。
註 facility **名** 設備；設施

0844 5. 詞性 　　　　　難易度 ★★☆ 　答案 **(C)**

冠詞與名詞間的空格應填入形容詞，因此 (C) timely（適時的、及時的）為正解。（注意，本字字尾雖是 -ly，但並不是副詞。）而 (A) time 可作名詞表「時間」，或作動詞表「安排～的時間」；(B) timing 是 time 動詞的現在分詞或動名詞；(D) timeliness（適時、及時）則為名詞。

譯 Leopard 度假村確切的重新開放日期取決於新訂購之傢俱與設備是否及時到達。
註 depend on *X* 視 *X* 而定；取決於 *X*

0845

0840
▼
0849

6. 　其他　難易度 ★★☆ 答案 (A)

只要將 (A) as early as 填入空格，便能形成 **as early as** October（早在十月）的通順文意。而若選擇 (B) at an early 會變成「在一個早的十月」，意思不通，故不可選，但若爲 in early October（在十月初）就會是正確答案。另，(C) the earliest 則須以 in October at the earliest（最早也要十月）的形式使用。最後，(D) if early 則完全不知所云。

譯▶ 該玩具製造商今天宣布，儘管有大規模的產品召回，新產品仍將於十月份就開始到店。

7. 　動詞　難易度 ★★★ 答案 (C)

這句的主要結構爲 Mr. Tan's recent research_[S] has received_[V]，換言之，從空格起至 music 爲止的部分是主詞的修飾語。而能由名詞後方修飾名詞的則爲**現在分詞** (C) suggesting。另，(A) suggests、(B) has suggested 與 (D) is suggesting 皆爲述語動詞形式。

TEX's notes

關鍵在於必須看出現在分詞的後置修飾結構。

Mr. Tan's recent research suggesting that students learn more ... music has received ... no attention
　　　[S]　　　　　　　　　　　　　　　　　　　　　　[V]　　　　[O]

譯▶ 譚先生最近的研究顯示學習時聽古典音樂的學生學習效果較佳，但此研究幾乎沒從學者們那兒獲得任何關注。

8. 　其他　難易度 ★★☆ 答案 (A)

檢視整體句子結構後發現，indicates 爲句子的主要動詞，因此空格處應填入對應該動詞的**單數主詞**。若填入 (A)，便能以 **The fact that** ⓈⓋ 之形式建立出作爲主詞的單數名詞「S 做了 V 這一事實」（that 子句爲 The fact 之同位語）。而 (B) There are、(C) Now 與 (D) In addition to（除此～之外）皆無法達成此功能。

譯▶ 幾家當地公司最近已公布出職缺的這一事實，表示經濟狀況正在好轉。

註▶ on the mend 在好轉中

9. 　比較　難易度 ★★☆ 答案 (D)

空格後方爲過去分詞形容詞 experienced，而可用來修飾此形容詞者爲副詞 (D) highly（非常、高度地）。（the most highly experienced 爲最高級，表「經驗最豐富的」之意。）而 (A) high 爲形容詞，(B) 爲其比較級，(C) 則爲最高級。

譯▶ David Townsend 是該大學裡最有經驗的教師之一，儘管他很少以這種方式宣傳自己。

10. 　語法　難易度 ★★☆ 答案 (D)

能以空格後方之名詞 the press conference（記者會）爲受詞並形成通順文意的應爲**及物動詞**，故本題選 (D) attend（出席～）。(B) participate（參加）爲不及物動詞，用法如 participate in X，須加介系詞 in。另，(A) 常以 reply to X（回覆 X）的形式出現，而 (C) meet 則與題意無關。

譯▶ 若要出席該電影的發表記者會，媒體代表必須在 3 月 31 日前提交申請書。

文法模擬試題　第 **7** 組

[0850] **11.** 詞性　　　　　　　　　　　　難易度 ★☆☆　　答案 **(C)**

〈be 動詞＋副詞 ------〉之結構的空格處需要的是一**形容詞**，因此本題選 (C) economical（經濟的、節省的）。而 (A) economically（經濟地）是副詞，(B) economy（經濟）和 (D) economist（經濟學家）則皆為名詞。

譯 除了時尚且設計現代化外，Cool Electronics 公司的新款筆記型電腦還非常經濟實惠。

註 sleek **形** 時尚的；時髦的

[0851] **12.** 介系詞　　　　　　　　　　　難易度 ★☆☆　　答案 **(B)**

可用來連結前方介系詞 from 和後方名詞 the company 並形成通順文意的介系詞為 (B) within。from within the company 指「來自公司內部」。（注意，within 的基本意象是〈在範圍內〉，常以 within two weeks（在兩週內）等表「在某段時間內」的形式出現。）其他選項介系詞 (A) onto、(C) above 與 (D) between 則皆非題意所需。

譯 在選擇新總裁時，該銀行決定從公司內部拔擢，而不是從外部招聘。

[0852] **13.** 詞性　　　　　　　　　　　　難易度 ★★☆　　答案 **(B)**

本題應選可作為 be 動詞 was 後之補語且**可接不定詞的形容詞**選項。正解為 (B) pleased（樂意的、滿意的）。注意，be pleased to do（樂意做～）和 be pleased with X（對 X 很滿意）這兩個語法都很常見於多益測驗。而另一形容詞 (C) pleasing（討喜的）及動詞 (A) please 與名詞 (D) pleasure（樂事、樂趣）在此都意思不通。

譯 Cornelia Turner 博士通知專案協調人員說她很樂意接受於 5 月 25 日向學生發表演說的邀請。

[0853] **14.** 數量　　　　　　　　　　　　難易度 ★★☆　　答案 **(D)**

這題的解題重點在於空格後名詞為**可數或不可數**、是**單數或複數**，而可用來修飾空格後之複數形名詞 international branch managers 的只有 (D) All。其他的 (A) Neither、(B) Every 和 (C) Each 皆用於修飾單數形的可數名詞。

TEX's notes

> 別忘了，all 除了能修飾可數名詞的複數形外，還能如 all information 般修飾不可數名詞。此外請將其他能修飾可數名詞複數形的 many / most / few 等也一併記起來。

譯 所有的國際分公司經理都應該在明年四月參加於東京總部舉行的公司年度策略會議。

[0854] **15.** 詞性　　　　　　　　　　　　難易度 ★☆☆　　答案 **(A)**

主詞 Arrow Airways 和受詞 the profit 之間缺少動詞，所以正確答案是及物動詞 attribute 的過去式 (A) attributed。（attribute X to Y 指「將 X 歸因於 Y」之意。）而 (B) attributing 是動詞 attribute 的現在分詞或動名詞，(C) attribution（屬性）是名詞，(D) 則為動詞 attribute 之不定詞。（注意，attribute 有時作名詞用，指「屬性」。）

譯 Arrow 航空公司將獲利增長歸因於較高的票價與旅遊需求的再現。

【0855】 **16.** 其他   難易度 ★★★   答案 **(B)**   【0850】
                                                           ▼
空格前為子句，空格後為名詞片語 whether or not to *do*（是否做～），而在可**連接子句**   【0859】
與名詞的介系詞選項 (A) up to、(B) as to、(C) out of 中只有 (B) as to（至於～、關於～）
可填入空格中並形成通順文意。(A) up to（多達～）和 (C) out of（在～範圍之外）意思
都不通。另，(D) because（因為）則是用來連接完整句子的連接詞。
譯 市議會成員之間一直在辯論是否要允許開發商翻修 Palm 街上的歷史建築。

【0856】 **17.** 介 or 連   難易度 ★☆☆   答案 **(C)**
由於逗號前後各有一個子句，可見空格處應填入可**連接子句的連接詞**，而在本句中可
用來連接「調查結果被提出」和「活動將被延期」並形成通順文意的為 (C) Until（直
到～）。另一連接詞 (D) Whereas（然而～、卻～）在此意思不通。而 (A) With 是後接
名詞的介系詞，(B) Even 則為不具連接作用的副詞。
譯 Kimura Water 公司的全國性廣告活動將延期至最新的顧客調查結果提出為止。

【0857】 **18.** 詞性   難易度 ★☆☆   答案 **(A)**
空格前為及物動詞 provides（提供～），後則有作為其受詞的名詞 solutions（解決方
案），由此判斷空格處應填入可**修飾名詞的形容詞**，故本題選 (A) optimal（最佳的）。
另，(B) optimally（最佳地）是副詞，(C) optimize（最佳化～）是動詞，(D) optimizes
則為其第三人稱單數現在式。
譯 Tomioka 太陽能板為家庭和工業用電需求提供最佳的解決方案。
註 industrial 形 工業用的

【0858】 **19.** 代名詞   難易度 ★★☆   答案 **(D)**
可與前方介系詞 on 結合並形成常用片語的 (D) their own 為本題正解。（on *one's*
own 指「靠自己、獨自」。）而若前面的介系詞是 by，則能形成同義之 by *oneself* 的 (C)
themselves 就會是正確答案。另，(A) they 是作為主詞用的主格，(B) their 則為須接名
詞的所有格。
譯 該職位的應徵者需要能夠有效率地獨立作業並能在團隊中與他人合作。

【0859】 **20.** 詞性   難易度 ★★☆   答案 **(A)**
本句之動詞 cut 採取 cut Ｏ Ｃ（將 O 切割成 C）之形式，但為**被動式**，因此受詞 the
envelope 出現在主詞的位置，然而空格處仍需要**補語**。四選項中適合作本句補語者為**形
容詞** (A) open（開封的），填入後便能形成「割開信封」之通順文意。注意，open 亦可
作動詞而 (B) opens 即為其第三人稱單數現在式。另，(C) opener 是名詞，指「開瓶器、
開罐器」；(D) opening 則為動詞 open 之現在分詞或動名詞，雖亦具補語功能，但沒有
cut Ｏ *doing* 這種用法，故不選。

TEX's notes

     Ｓ has to **cut** the envelope open
               [O]   [C]

     the envelope has to **be cut** open

譯 一旦文件被放入且信封被黏貼到盒子上，就必須割開信封才能取得其內容物。

[0860] 21. 介 or 連   難易度 ★★★   答案 **(D)**

可如 ------- (they are) authorized 般省略〈主詞＋be 動詞〉部分，**直接接過去分詞**的連接詞選項有 (C) since 及 (D) unless 兩個，而其中能形成通順文意的是 (D)「除非～」，(C)「既然～、自從～」在此則意思不通。另，介系詞選項 (A) without 和 (B) despite 後面皆須接名詞（片語），故不可選。

譯 除非經部門經理授權，否則員工不被允許訂購價值超過五十美元的文具用品。

註 stationery **名** 文具；信紙

[0861] 22. 比較   難易度 ★★★   答案 **(A)**

由於這題的空格後有 **than**，因此可直接於**比較級** (A) stronger（較堅強的）與 (C) more strongly（較堅強地）間二選一。而因本句中被比較的是今後及以往之 partnership 的強度，所以**形容詞** (A) 是正確答案。另，屬最高級的 (B) 和 (D) 與本題毫不相干。

譯 Hassan 工程公司希望與承包商建立比以往更堅強的合作關係以維持其具競爭力的定價策略。

註 constructor **名** 營造商；承包商

[0862] 23. 詞性   難易度 ★☆☆   答案 **(C)**

可填入〈**冠詞** ------- **名詞**〉之結構中的空格處的是可用來修飾其後名詞的**形容詞**，故本題選 (C) enthusiastic（熱情的）。而 (A) enthusiast（熱衷者、愛好者）和 (B) enthusiasm（熱情、熱忱）均是名詞，(D) enthusiastically（充滿熱情地）則為副詞。

譯 Reed 先生對於在其商務研討會上參加者的熱情參與感到驚訝。

註 attendee **名** 出席者；在場者

[0863] 24. 配對   難易度 ★☆☆   答案 **(B)**

由四個選項即可推斷，本題為配對題，而可與空格後的**連接詞 and** 組成 both X and Y（X 和 Y 都）句型的 (B) both（兩者都）就是正確答案。選項 (A) as 應與 as 連用，(C) either 應與 or 連用，(D) not only 則應接 but also。

譯 更強烈的顧客需求已引發幾家汽車製造商著手開發經濟效益高且環保的混合動力車。

註 trigger **動** 觸發～；引起～

[0864] 25. 詞性   難易度 ★☆☆   答案 **(A)**

冠詞與介系詞間需要的是名詞，所以 (A) expert、(B) expertise 皆為可能的選項，但因逗號以後的部分是在補充說明 Benjamin Fischer 這個人，因此正解為表〈人〉的 (A) expert（專家）。(B) expertise（專業技術、專長）並不符文意，且因其為不可數名詞，故不可加冠詞 an。另，(C) expertize（提出專業的見解）是動詞，(D) expertized 則為其過去式或過去分詞。

譯 Gooday Electronics 公司最近雇用了行動電話技術的專家 Benjamin Fischer。

註 hire **動** 雇用～；租借～

0865 **26.** 比較　　　　　　　　　　　　難易度 ★★★　答案 **(D)**　0860 ▼ 0869

可與空格後的 **than** 組成比較句型的**比較級**選項 (D) happier（較快樂的）明顯是正確答案。（happier *doing* X than *doing* Y 指「做 X 比做 Y 更快樂」。）(B) happily（快樂地）為副詞的原級，(A) happy（快樂的）是形容詞的原級，(C) happiness（快樂、幸福）則為名詞。

譯 Brooks 女士暗示在她放完產假後留在公司會比離職更快樂。

註 maternity leave　產假

0866 **27.** 代名詞　　　　　　　　　　　難易度 ★★☆　答案 **(B)**

本題四選項均可作為空格前介系詞 of 的受詞，因此須從主詞和文意來判斷。空格前的 be 動詞 are 的**主詞是 people** (= they)，而依據文意，**受詞應亦為同一群人**，故正解為 (B) themselves。（be unsure of *oneself* 指「對自己沒信心」。）其他選項則都不符文意。

譯 《求職面試綜合指南》這本書對於那些對自己沒信心的人可能會很實用。

0867 **28.** 詞性　　　　　　　　　　　　難易度 ★★☆　答案 **(B)**

空格內須填入述語動詞 has been 後之**補語**，故本題選**形容詞**選項 (B) instrumental（對～有幫助的、起作用的）。（be instrumental in *doing* 指「在做～方面發揮重要作用」之意。）而表「器具、樂器」之意的名詞 (A) instrument（單數）和 (D) instruments（複數）雖然也可作為補語，但無法等同於主詞〈人〉，邏輯不通。另，(C) instrumentally 則為副詞，不作補語用。

譯 在從皇家法國歷史協會借出展示品以供博物館展覽方面，James Nichol 一直扮演著重要的角色。

註 instrumental 形 對～有幫助的；起作用的

0868 **29.** 動詞　　　　　　　　　　　　難易度 ★★☆　答案 **(D)**

這題的空格處須填入對應**單數形主詞**的述語動詞，因此只有 (B) has arranged 和 (D) will arrange 可考慮，而由於句首的 If requested（省略了〈主詞＋be 動詞〉）表達的是「若有人向公司提出要求」，故在有提出要求的情況下表**未來行動**的 (D) will arrange 就是正確答案。(B) has arranged 的時態並不符且文意不通。

譯 若有人提出要求，Hanz Confectionary 將為在公司工作五年以上的員工安排延長休假。

註 leave of absence　休假

0869 **30.** 介系詞　　　　　　　　　　　難易度 ★★☆　答案 **(D)**

空格後的 the length of their employment 指的是「他們（員工）的在職期間」，而用於這類〈**持續期間**〉之前的介系詞是 (D) for。（for the length of X 指「在 X 的期間一直都」。）(A) until 的用法應如 until the end of their employment，須接〈時間的終點〉。另，(B) and 是對等連接詞，(C) then 則為副詞，二者皆非題意所需。

譯 Kramer 實業公司提供員工一頂安全帽，而他們應於在職期間予以妥善保管。

文法模擬試題　第 **7** 組

425

文法模擬試題第 7 組

答案一覽表

No.	ANSWER A B C D	No.	ANSWER A B C D	No.	ANSWER A B C D
001	Ⓐ Ⓑ ● Ⓓ	011	Ⓐ Ⓑ ● Ⓓ	021	Ⓐ Ⓑ Ⓒ ●
002	Ⓐ Ⓑ ● Ⓓ	012	Ⓐ ● Ⓒ Ⓓ	022	● Ⓑ Ⓒ Ⓓ
003	Ⓐ Ⓑ Ⓒ ●	013	Ⓐ ● Ⓒ Ⓓ	023	Ⓐ Ⓑ ● Ⓓ
004	● Ⓑ Ⓒ Ⓓ	014	Ⓐ Ⓑ Ⓒ ●	024	Ⓐ ● Ⓒ Ⓓ
005	Ⓐ Ⓑ ● Ⓓ	015	● Ⓑ Ⓒ Ⓓ	025	● Ⓑ Ⓒ Ⓓ
006	● Ⓑ Ⓒ Ⓓ	016	Ⓐ ● Ⓒ Ⓓ	026	Ⓐ Ⓑ Ⓒ ●
007	Ⓐ Ⓑ ● Ⓓ	017	Ⓐ Ⓑ ● Ⓓ	027	Ⓐ ● Ⓒ Ⓓ
008	● Ⓑ Ⓒ Ⓓ	018	● Ⓑ Ⓒ Ⓓ	028	Ⓐ ● Ⓒ Ⓓ
009	Ⓐ Ⓑ Ⓒ ●	019	Ⓐ Ⓑ Ⓒ ●	029	Ⓐ Ⓑ Ⓒ ●
010	Ⓐ Ⓑ Ⓒ ●	020	● Ⓑ Ⓒ Ⓓ	030	Ⓐ Ⓑ Ⓒ ●

學習紀錄

次數	練習日	所需時間	答對題數
第 1 次	月　　日	分　　秒	/ 30
第 2 次	月　　日	分　　秒	/ 30

文法模擬試題

第 **8** 組

限時
10 分鐘

題數
30

題目序號

0870 ～ 0899

1. Attendance at County Stadium ------- at 50,000 on October 8, when the Osaka Panthers defended the Pacific Championship title.

(A) enlarged
(B) attained
(C) peaked
(D) reached

2. Through her ------- negotiations with Wallaby Airways, the CEO of Kangaroo Air has removed a major obstacle in bringing the two airlines together.

(A) success
(B) successful
(C) successfully
(D) succeed

3. Computer software can be used to analyze the amount of time staff members spend ------- each stage of the project.

(A) on
(B) from
(C) of
(D) as

4. Most of the vehicles our customers use are not ------- but cars and trucks from a rental company.

(A) they
(B) their
(C) them
(D) theirs

5. Alpha Taxi plans to relocate since the current ------- does not have sufficient room to accommodate its growing number of vehicles.

(A) locate
(B) located
(C) locates
(D) location

6. ------- two years, the Kyoto Airport conducts a study of the passengers to learn how to better attend to their needs.

(A) Every
(B) Within
(C) For
(D) Before

7. The Web site contains ------- reviews of classic movies as well as the latest movies and documentaries.

(A) count
(B) countless
(C) counting
(D) counts

8. A survey estimated that 43 percent of households in Britain have ------- a garage nor a driveway, forcing vehicle owners to park on the street.

(A) every
(B) neither
(C) all
(D) either

9. Companies are eager ------- what consumers search for on the Internet, what terms they use, and what they ultimately buy.

(A) know
(B) knew
(C) to know
(D) knowing

10. EG Equipment provides customers with the highest quality materials, competitive prices, and ------- service.

(A) depend
(B) depending
(C) dependable
(D) dependably

文法模擬試題 第 8 組

11. Construction of the new city museum will begin shortly after the contractor ------- by the city council.

(A) has been authorized
(B) has authorized
(C) will authorize
(D) authorized

12. Passengers should be aware that Orange Airlines has strict size and weight ------- for checked and carry-on luggage.

(A) limits
(B) limit
(C) limited
(D) limitedly

13. Golden Babylonia can translate Arabic into English ------- than any other software on the market.

(A) accurately
(B) accurate
(C) more accurately
(D) more accurate

14. ------- interested in attending the seminar should register early because there is a limited number of seats.

(A) Whoever
(B) Anyone
(C) Other
(D) Whom

15. Since Jack Taylor had outstanding professional -------, the hiring manager immediately decided to interview him.

(A) experience
(B) experienced
(C) experiencing
(D) experiential

16. Research indicates that of all the customers ------- register a complaint, 60 percent will return if their complaint is resolved satisfactorily.

(A) who
(B) whose
(C) they
(D) what

17. Green Airways recommends that passengers arrive at the airport no later than two hours ------- the scheduled departure time.

(A) previously
(B) advanced
(C) prior to
(D) in addition to

18. Please direct any concerns or questions to our veterinary staff so we can help ------- a plan to keep your pets healthy.

(A) develop
(B) develops
(C) developed
(D) developing

19. At Coral Reef Hotel, special meals are available upon request for ------- with dietary restrictions.

(A) them
(B) those
(C) which
(D) whose

20. Mr. Dubois turned the company around by utilizing customer feedback in a highly ------- manner.

(A) effect
(B) effects
(C) effective
(D) effectively

21. ------- shopping for a mobile phone, customers tend to be drawn to the coolest design and the latest technology.

(A) The
(B) Because
(C) Then
(D) When

22. Naturally, the ------- of the advertising budget includes research and travel related expenses.

(A) allocate
(B) allocated
(C) allocates
(D) allocation

23. The store manager was concerned that his store did not have ------- products to meet customer demand.

(A) much
(B) enough
(C) every
(D) almost

24. Under a sublet agreement, the original tenant is still responsible for complying with the ------- in the lease.

(A) provide
(B) provided
(C) provider
(D) provisions

25. ------- delays in the testing process, the pharmaceutical company had to postpone the launch of its new line of vitamin supplements.

(A) In case
(B) Unless
(C) Eventually
(D) Because of

26. Although Andrea Martin started her career as a fiction writer only three years ago, she has ------- published nearly 20 works.

(A) after
(B) until
(C) already
(D) yet

27. The artist's most notable ------- was being chosen to design the stained glass windows in the Westhaven chapel.

(A) achieve
(B) achiever
(C) achieved
(D) achievement

28. ------- a lucrative contract, Mr. Plushenko was praised for achieving the highest yearly profit in Soft World's history.

(A) Secure
(B) To secure
(C) Secured
(D) Having secured

29. Tests have shown that the quality ------- locally produced cars is somewhat higher than that of imported vehicles.

(A) from
(B) of
(C) about
(D) without

30. Mr. Fletcher, who was trained at Regent Music School in Boston, ------- and teaching for the past 20 years.

(A) having played
(B) has played
(C) will be playing
(D) has been playing

文法模擬試題 第8組

答案一覽表請見 p. 440

0870 **1.** 語法 難易度 ★★★ 答案 **(C)**

由於選項中有多個動詞都符合文意，故須從語法的觀點來思考。**屬於不及物動詞、可接介系詞 at**，又能形成通順文意的則只有選項 (C) peaked（達到了最高點）。另，(A) enlarged（擴大～）和 (B) attained（達成～）皆為需要受詞的及物動詞，(D) reached 作「達到～」之意使用時，亦為及物動詞，不加 at，而作為不及物動詞時為「伸出手」之意，在此意思不通。

譯▶ 10 月 8 日在 Osaka Panthers 隊太平洋錦標賽冠軍頭銜保衛戰的當天，縣立體育館的到場人數達到了最高峰的五萬人。

註▶ defend 動 保住（頭銜）

0871 **2.** 詞性 難易度 ★☆☆ 答案 **(B)**

〈所有格 ------ 名詞〉之結構的空格內需要可用來修飾其後名詞的**形容詞**，故本題選 (B) successful（成功的）。

譯▶ 透過她與 Wallaby 航空公司的成功談判，Kangaroo 航空的總裁消除了在合併兩家航空公司上的主要障礙。

註▶ obstacle 動 障礙

0872 **3.** 介系詞 難易度 ★★☆ 答案 **(A)**

空格前的動詞 spend 可與介系詞 (A) on 結合，以表〈**spend ＋時間／金錢等＋ on X**〉（在 X 上花時間／金錢等）之意。（注意，本題以 the amount of time (which) staff members spend on X 來表達「工作人員花在 X 上的時間」。）其他選項介系詞皆不適用於本句。

譯▶ 電腦軟體可用於分析工作人員花在該專案各個階段上的時間。

0873 **4.** 代名詞 難易度 ★★☆ 答案 **(D)**

本題空格內應填入 **are not** 之後所需的補語，而四選項中以**一個字代替 their cars 的所有代名詞** (D) theirs（他們的東西）就是可形成通順文意的正確答案。選 (A) they（他們）意思不通，(B) their 之後則需要名詞，而 (C) them 雖然也可作為補語（尤其在口語中），但在此不符文意，故亦不可選。

譯▶ 我們的顧客所用的車輛大多不是他們自己的，而是來自租賃公司的汽車和卡車。

0874 **5.** 詞性 難易度 ★☆☆ 答案 **(D)**

空格處應填入由 since 引導之子句的述語動詞 does not have 的**主詞**，故正解為**名詞**選項 (D) location（地點、位置）。另，(A) locate（找出～的地點）是動詞，而過去分詞形容詞 (B) located 基本上應以 be located in [at] X（位於 X 處）的形式出現。至於 (C) locates 則為動詞的第三人稱單數現在式。

譯▶ 由於目前的地點沒有足夠空間可容納其日益增多的車輛，因此 Alpha 計程車公司計畫搬遷。

> No. 2 中的 success 衍生詞如 successful、successfully、succeed 等皆經常散見於多益測驗各 Part 題目中。

0875 **6.** 其他 　　　　　　　　　　難易度 ★★☆ 　答案 **(A)** 　0870
　　　　　　　　　　　　　　　　　　　　　　　　　　　　　　　　　　　　0879

句首的〈時間副詞 ------ two years〉所修飾之述語動詞爲**現在簡單式 conducts**，而現在簡單式表達的是從過去經現在到未來**反覆持續的動作**，故將 (A) Every（每一、每隔～的）填入空格，便能形成「每兩年實施～」的通順文意。另，(B) Within（在～之內）應使用未來時態，而 (C) For（在～期間一直都）若是現在完成式的話，則可成爲正解。至於 (D) before 之後則需要一明確時間點，如 before 2 P.M.。

譯 每隔兩年京都機場都會對乘客實施調查，以瞭解如何更妥善地滿足他們的需求。

0876 **7.** 詞性 　　　　　　　　　　難易度 ★★☆ 　答案 **(B)**

空格前爲及物動詞 contains（包含～），後則有作爲其受詞的名詞 reviews，由此可知空格處應填入可用來**修飾 reviews 的形容詞** (B) countless（無數的）。若選動詞 (A) count（計算、數）的現在分詞 (C) counting，會變成「正在數的評論」，不知所云。而 (D) counts 則爲動詞的第三人稱單數現在式或名詞的複數形。（注意，count 亦可作名詞使用，指「計數、總數」。）

譯 該網站包含無數經典電影、最新電影與紀錄片之評論。

0877 **8.** 配對 　　　　　　　　　　難易度 ★☆☆ 　答案 **(B)**

可與空格後的 **nor** 結合成 neither *X* nor *Y*（X 和 Y 都不～）之配對的 (B) neither 就是正確答案。其他選項則明顯皆非題意所需。

譯 一項調查估計，英國有 43% 的家庭既沒車庫也沒車道，迫使車主必須在街道上停車。

0878 **9.** 語法 　　　　　　　　　　難易度 ★☆☆ 　答案 **(C)**

空格前的形容詞 eager 應接**不定詞**，以 *be* eager to *do* 的形式表「熱切地想做～、渴望～」之意。正解爲 (C) to know。注意，其他常見的同樣可接不定詞並表「情感、情緒」的重要形容詞還有 pleased（樂意的、滿意的）、happy（高興的）、anxious（渴望的）等。選項 (A) know、(B) knew 和 (C) knowing 則皆不適合置於 eager 之後使用。

譯 各家公司都渴望知道消費者在網路上搜尋什麼、用什麼詞彙，以及他們最終買了些什麼。

0879 **10.** 詞性 　　　　　　　　　　難易度 ★☆☆ 　答案 **(C)**

空格前有**對等連接詞 and**，句子中呈現出 *X, Y,* and *Z* 之結構，而 X 和 Y 皆爲〈形容詞＋名詞〉的形式，由此判斷只要在空格處也填入修飾名詞 service 的形容詞 (C) dependable（可信賴的），即可完成**平行結構**，故爲正解。注意，若填入動詞 depend 的現在分詞 (B) depending，則會變成「正在依靠的服務」，邏輯不通。另，(A) depend（信賴、依靠）是原形動詞，(D) dependably（可信賴地、依靠地）則爲副詞。

譯 EG 裝備公司爲顧客提供最高品質的材料、具競爭力的價格，以及可信賴的服務。

文法模擬試題 第**8**組

No. 8 題目句中的 driveway 是指從道路通往自家住宅的私人車道。這在像台灣這樣地小人多、建築密集的住宅區很少見，但在多益測驗中，driveway 並非冷僻單字。

[0880] **11.** 動詞   難易度 ★★☆   答案 (A)

選項當中的主要單字 authorize（授權～、批准～）是及物動詞，但**空格後並沒有作為受詞的名詞**存在，而是接著〈by＋授權者〉的形式，可見此句應為以受詞為主詞的**被動式**，故本題選 (A) has been authorized。其他 (B) has authorized、(C) will authorize 和 (D) authorized 皆為主動式，語態不符。

譯 新的市立博物館的建設工作將在承包商獲得市議會授權後不久展開。

註 authorize 動 授權～；批准～

[0881] **12.** 詞性   難易度 ★★★   答案 (A)

若將空格前的 size and weight 視為動詞 has 之受詞，文意邏輯並不通順，由此推斷空格處應填入一名詞以建立複合名詞。而 (B) limit 為可數名詞，**不能以單數且無冠詞的形式使用**，所以正確答案是複數形的 (A) limits，亦即以 size and weight limits 表「尺寸與重量限制」之意。注意，limit 亦可作動詞用，指「限制」，而 (C) limited 即為過去式或過去分詞。另，(D) limitedly（有限地）則為副詞。

譯 乘客應該要知道 Orange 航空公司對托運行李和隨身行李有嚴格的尺寸與重量限制。

[0882] **13.** 比較   難易度 ★★☆   答案 (C)

這題的空格後有 **than**，故可知為比較級的 (C) more accurately 和 (D) more accurate 皆為可能的選擇，但因句子在空格前就已完整，因此可**於要素齊備之句子末尾修飾動詞 translate 的副詞** (C)「更精準地」為正解。屬形容詞比較級的 (D) 應以 X is more accurate than Y. 的形式使用。

譯 Golden Babylonia 能比市場上任何其他軟體更精準地將阿拉伯語翻譯成英文。

[0883] **14.** 代名詞   難易度 ★★☆   答案 (B)

本題空格處需要句子的**主詞**，而四選項中可接過去分詞片語 interested in attending the seminar 作為其修飾語的是**代名詞** (B) Anyone（任何人）。(A) 則須採取 Whoever (= Anyone who) is interested in ... 之形式，也就是，後方須緊接述語動詞。另，(C) Other 是形容詞，(D) Whom 則為受格的關係代名詞。

譯 任何有興趣參加研討會的人都應提前登記，因為座位數量有限。

[0884] **15.** 詞性   難易度 ★☆☆   答案 (A)

Since 子句中的 **had 為及物動詞，其後應接受詞**，而空格前的 outstanding（出色的）與 professional（專業的）則皆為形容詞，故本題應選名詞 (A) experience（經驗）。而 (B) experienced 是 (A) experience 作動詞（經歷～、體驗～）時的過去式或過去分詞，(C) experiencing 為其現在分詞或動名詞。至於 (D) experiential（來自經驗的）則為形容詞。

譯 由於 Jack Taylor 具有出色的專業經驗，因此聘僱經理立刻決定要面試他。

[0885] **16.** 關係詞   難易度 ★★☆   答案 **(A)**   [0880] ▼ [0889]

由前後文意可知空格前的 the customers 爲一先行詞，而空格後則接著**欠缺主詞的子句** ------- register a complaint（提出客訴）。四選項中能正確用來連接兩者的即爲**主格關係代名詞** (A) who。另，(B) whose 是所有格，後面須接名詞，(C) they 是不具連接作用的代名詞。至於關係代名詞 (D) what 則不需要先行詞。

譯 研究指出，在所有提出客訴的顧客中，若其客訴被圓滿地解決的話，有 60% 的人會回頭。

註 register **動** 提出（意見等）   satisfactorily **副** 圓滿地；令人滿意地

[0886] **17.** 其他   難易度 ★★☆   答案 **(C)**

可連結空格前的 two hours（兩小時）和空格後的 the scheduled departure time（預定的出發時間）這兩個名詞，並形成通順文意的**介系詞**是 (C) prior to（在～之前）。（two hours before the scheduled departure time 即「在預定出發時間的兩小時前」之意。）而介系詞 (D) in addition to（除了～之外）在此意思不通，(A) previously（先前、之前）是副詞，(B) advanced（先進的）則爲形容詞。

譯 Green 航空公司建議旅客不要晚於預定起飛時間的兩小時前抵達機場。

[0887] **18.** 語法   難易度 ★★☆   答案 **(A)**

空格前的**動詞 help** 可接不定詞或原形動詞，因此本題選 (A) develop。另，像 help you (to) develop a plan（協助你制定計畫）這種中間夾受詞的用法也很重要，請一併記起來。其他選項則皆非題意所需。

譯 請向我們的獸醫工作人員提出任何疑慮或問題，以便我們能協助您制定一個可使您的寵物保持健康的計畫。

註 veterinary **形** 獸醫的

[0888] **19.** 代名詞   難易度 ★★☆   答案 **(B)**

這題的空格處需要**介系詞 for** 的受詞，而若填入**表 people** 之意的代名詞 (B) those，便能結合 with 以後字句，形成「有飲食限制的人們」之通順文意，故爲正解。(A) them 雖可作爲受詞，但在此所指不明，且後面也不能接修飾片語。至於關係代名詞 (C) which 和 (D) whose 則須接子句，不能接〈介系詞＋名詞〉。

譯 Coral Reef 飯店可應要求為那些有飲食限制的人提供特殊餐點。

註 dietary **形** 飲食的   restriction **名** 限制；限定

[0889] **20.** 詞性   難易度 ★☆☆   答案 **(C)**

〈冠詞＋副詞 ------- 名詞〉之結構的空格處應填入可修飾名詞的**形容詞**，故本題選 (C) effective（有效的）。注意，**in a ... manner**（以～的方法）此用法相當重要。而 (A) effect 是名詞「效果、影響」或動詞「招致～」；(B) effects 爲名詞之複數形或動詞之第三人稱單數現在式；(D) effectively 則爲副詞，指「有效地」。

譯 Dubois 先生以一種非常有效的方式運用顧客的回饋意見翻轉了公司的營運頹勢。

註 turn *X* around 使 *X* 徹底改觀   utilize **動** 運用～；利用～

文法模擬試題 第 **8** 組

[0890] 21.　介 or 連　　　　　　難易度 ★★☆　**答案 (D)**

本句空格後爲分詞，而逗號後爲一完整子句，由此可推斷逗號前之結構應爲省略了〈**主詞＋be 動詞**〉的簡化子句，故本題選**連接詞** (D) When。而同爲連接詞的 (B) Because 無法如此省略，必須接完整句子。另，(A) The 是冠詞，(C) Then 則爲副詞。

TEX's notes

當 when 或 while 所引導之副詞子句的主詞和主要子句的主詞相同時，便可省略〈主詞＋ be 動詞〉。

┌────── they = customers ──────┐
When they are shopping for a mobile phone, customers tend to be drawn ...
　　※ 可省略　　　　　　　　　　　　主要子句的 [S]

譯 在購買手機時，顧客們往往會被最酷的設計和最新的技術吸引。

[0891] 22.　詞性　　　　　　　難易度 ★☆☆　**答案 (D)**

本題之冠詞 the 和介系詞片語 of the advertizing budget 之間應塡入**名詞** (D) allocation（分配）以作爲句子之主詞。另，(A) allocate（分配～）是動詞，(B) allocated 爲其過去式或過去分詞，(C) allocates 則爲其第三人稱單數現在式。（allocation 此字可用「分配給 location（地點、位置）」這樣的語源印象來記憶。）

譯 當然，廣告預算的分配包括研究與出差相關費用。

[0892] 23.　數量　　　　　　　難易度 ★★☆　**答案 (B)**

此題重點在於空格後名詞爲**可數或不可數**、是**單數或複數**。而四選項當中，可用來修飾**複數形可數名詞** products 的是 (B) enough（足夠的）。（注意，enough 也可修飾不可數名詞，如 enough money。）另，(A) much 用來修飾不可數名詞，(C) every 用來修飾單數形的可數名詞，而 (D) almost（幾乎）則爲副詞，無法修飾名詞。

譯 店長擔心他的店沒有足夠的產品以滿足顧客需求。

[0893] 24.　詞性　　　　　　　難易度 ★★☆　**答案 (D)**

冠詞和介系詞間的空格處需要一**名詞**，因此本題可能的答案爲 (C) provider 和 (D) provisions，而適合塡入空格中並形成通順文意的是 (D)「條款」。(C)「供應商」在此意思不通。另，(A) provide（提供～）是動詞，(B) provided 爲其過去式或過去分詞，或作表「以～爲條件、假如～」之意的連接詞。

譯 根據轉租協議，原租戶仍有責任遵守租約中的條款。

註 sublet **名** 轉租　　　comply **動** 遵守（規則等）　　provision **名** 條款；規定

[0894] 25.　介 or 連　　　　　　難易度 ★☆☆　**答案 (D)**

從空格後至逗號爲止爲一**名詞片語**〈名詞 (delays)＋修飾語〉，而能將之與後面子句連結的應是**介系詞**。四選項中屬介系詞的只有 (D) Because of（因爲～、由於～），故爲正解。(A) In case（以防萬一～）、(B) Unless（除非～）皆爲後須接子句的連接詞，(C) Eventually（最終）則爲不具連接作用的副詞。

譯 由於測試過程中的延誤，該製藥公司不得不延後推出其新款維他命營養補充系列產品。

[0895] 26. 　其他　　　　　　　　　　　　難易度 ★☆☆　　答案 (C)　　[0890]
　　　　　　　　　　　　　　　　　　　　　　　　　　　　　　　　　　　　[0899]

即使不看空格，S has published X 這個句子依舊成立，由此可知空格處應填入一修飾語，而只要填入可用來**修飾前後動詞部分的副詞** (C) already（已經），便可形成通順文意。另，(A) after 和 (B) until 皆為介系詞或連接詞，而 (D) yet 可為連接詞或副詞，但作副詞時通常用於否定句或疑問句。

譯 雖然 Andrea Martin 從三年前才開始她的小說家職業生涯，但是她已經出版了近二十部作品。

[0896] 27. 　詞性　　　　　　　　　　　　難易度 ★★☆　　答案 (D)

空格內應填入述語動詞 was 的**主詞**，而可作為主詞的是**名詞**，因此可先排除動詞 (A) achieve（達成～）與其過去式或過去分詞 (C) achieved。正解為符合文意的 (D) achievement（成就），而另一名詞 (B) achiever（成功者）明顯並非題意所需。

譯 該藝術家最值得注意的成就是被選去設計 Westhaven 教堂裡的彩色玻璃窗。

[0897] 28. 　動詞　　　　　　　　　　　　難易度 ★★★　　答案 (D)

若將不定詞 (B) To secure 填入空格並無法形成通順文意，由此可判斷空格前之結構應為一**分詞構句**。由於空格後有作為受詞的名詞，且主句之主詞是取得合約的一方，故空格內應填入**表主動語態的現在分詞**。又依前後文脈可知，取得合約的時間點應早於主要子句中動詞的發生時間，所以正確答案是完成式的現在分詞 (D) Having secured。過去分詞 (C) Secured 表被動式，在此意思也不通。另，(A) secure 可為原形動詞（取得～）或形容詞（安全的）。

譯 在取得了利潤豐厚的合約後，Plushenko 先生因達成了 Soft World 公司史上最高的年收益而備受讚揚。

註 lucrative 形 賺錢的；利潤豐厚的

[0898] 29. 　介系詞　　　　　　　　　　　難易度 ★★☆　　答案 (B)

本題四選項皆為介系詞，而若將表〈**隸屬、所有**〉、指「～的」之意的介系詞 (B) of 填入空格形成 the quality of locally produced cars，用來指「本地生產之汽車的品質」，意思通順合理，故為正解。另注意，名詞 **quality** 的其他用法如複合名詞 quality control（品質管理、品管）、形容詞「優質的」quality products（優質產品）等，也都很重要。

譯 多項測試已證明本地生產的汽車品質略高於進口車。

註 somewhat 副 稍微；有點

[0899] 30. 　動詞　　　　　　　　　　　　難易度 ★★☆　　答案 (D)

空格內須填入句子的**述語動詞**。由於句末有時間副詞 for the past 20 years（過去二十年來），因此只有屬完成式的 (B) has played 和 (D) has been playing 可選。而由空格後的**對等連接詞 and** 及其後的現在分詞 teaching 即可知，本題應選 (D) 以形成平行並列的現在完成進行式 has been playing and (has been) teaching，故為正解。

譯 於波士頓的 Regent 音樂學院接受訓練的 Fletcher 先生過去二十年來都一直持續在演奏和教學。

第 8 組　文法模擬試題

文法模擬試題第 8 組

答案一覽表

No.	ANSWER A B C D	No.	ANSWER A B C D	No.	ANSWER A B C D
001	Ⓐ Ⓑ **C** Ⓓ	011	**A** Ⓑ Ⓒ Ⓓ	021	Ⓐ Ⓑ Ⓒ **D**
002	Ⓐ **B** Ⓒ Ⓓ	012	**A** Ⓑ Ⓒ Ⓓ	022	Ⓐ Ⓑ Ⓒ **D**
003	**A** Ⓑ Ⓒ Ⓓ	013	Ⓐ Ⓑ **C** Ⓓ	023	Ⓐ **B** Ⓒ Ⓓ
004	Ⓐ Ⓑ Ⓒ **D**	014	Ⓐ **B** Ⓒ Ⓓ	024	Ⓐ Ⓑ Ⓒ **D**
005	Ⓐ Ⓑ Ⓒ **D**	015	**A** Ⓑ Ⓒ Ⓓ	025	Ⓐ Ⓑ Ⓒ **D**
006	**A** Ⓑ Ⓒ Ⓓ	016	**A** Ⓑ Ⓒ Ⓓ	026	Ⓐ Ⓑ **C** Ⓓ
007	Ⓐ **B** Ⓒ Ⓓ	017	Ⓐ Ⓑ **C** Ⓓ	027	Ⓐ Ⓑ Ⓒ **D**
008	Ⓐ **B** Ⓒ Ⓓ	018	**A** Ⓑ Ⓒ Ⓓ	028	Ⓐ Ⓑ Ⓒ **D**
009	Ⓐ Ⓑ **C** Ⓓ	019	Ⓐ **B** Ⓒ Ⓓ	029	Ⓐ **B** Ⓒ Ⓓ
010	Ⓐ Ⓑ **C** Ⓓ	020	Ⓐ Ⓑ **C** Ⓓ	030	Ⓐ Ⓑ Ⓒ **D**

學習紀錄

次數	練習日	所需時間	答對題數
第 1 次	月　　日	分　　秒	/ 30
第 2 次	月　　日	分　　秒	/ 30

文法模擬試題

第 **9** 組

限時
10 分鐘

題數
30

題目序號
0900 ～ 0929

1. According to a recent survey, 30 percent of Japanese executives think their business will benefit ------- from Tokyo's hosting of the Olympic Games.

(A) substantialize
(B) substantial
(C) substantially
(D) substance

2. All baggage must be tagged by a customer service agent before being ------- onto the aircraft.

(A) reached
(B) proceeded
(C) arrived
(D) loaded

3. A new local regulation requires that equipment at city playgrounds be inspected ------- for safety concerns.

(A) period
(B) periodical
(C) periodically
(D) periodicals

4. Emma Simon can arrange a factory tour for your clients if you let ------- know at least a week in advance.

(A) she
(B) hers
(C) her
(D) herself

5. The Louisville Museum will be open ------- the public on Sunday, following nearly two years of renovation.

(A) with
(B) from
(C) to
(D) of

6. With regard to home delivery, TRT Delivery Service treats all weekdays as ------- business days regardless of national holidays.

(A) normal
(B) normally
(C) normalize
(D) normality

7. Store employees who greet customers at the front of the store should be ------- polite and helpful at all times.

(A) both
(B) either
(C) neither
(D) but

8. Maddox Butchers is a ------- source for quality meats and sauces in the Beaudesert Region.

(A) trust
(B) trusted
(C) trusting
(D) trustily

9. Employees should speak to their department ------- for information about the new shift schedule.

(A) manage
(B) managed
(C) managing
(D) manager

10. *No Dice*, the production currently showing at Roux Theater of Oklahoma, consists of seven actors ------- acrobatic dances.

(A) perform
(B) have been performing
(C) performing
(D) to be performed

11. Mr. Nowak complimented his assistant for ------- organizing the employee appreciation dinner.

(A) expert
(B) expertise
(C) expertness
(D) expertly

12. The Seeger Hellenic Fund was established by David Bertrand 60 years ago ------- advance the understanding of the culture of ancient Greece.

(A) in order to
(B) even if
(C) because
(D) even though

13. The new sedan was ------- supposed to be available from June, but is now scheduled for release in August.

(A) initial
(B) initially
(C) initials
(D) initialization

14. Like most similar institutions, Hakata Museum of Arts ------- photography on the premises.

(A) prohibit
(B) prohibiting
(C) prohibits
(D) is prohibited

15. ------- two decades of experience in Thai cuisine, Ms. Tan has opened a new high-class restaurant in downtown New York.

(A) Toward
(B) Since
(C) Behind
(D) With

16. Due to a rapid increase in customer demand, Camel Furniture must find ways to deliver their products ------- than before.

(A) fast
(B) faster
(C) too fast
(D) so fast

17. ------- works of art by celebrated painters are on display at the *Great Masters of Dance* show at the Saint-Jean Palace.

(A) Authentic
(B) Authenticity
(C) Authenticate
(D) Authentically

18. Teddy Bailey's first solo album, released three years ago, sold more than a million copies, and ------- did the two that followed it.

(A) so
(B) but
(C) both
(D) each

19. Dream Toys ------- the value of its Web site until a survey revealed that it was responsible for much of its business.

(A) does not recognize
(B) were not recognized
(C) had not recognized
(D) will not recognize

20. Teppei Takami was formerly the executive engineer for advanced technology vehicles at Max Motors and was ------- in developing the Max Elite Sedan.

(A) influence
(B) influencing
(C) influential
(D) influentially

21. Oriental Textiles employs and trains more inexperienced young people than ------- company in Thailand.

(A) any other
(B) others
(C) all
(D) each other

22. The president requested that all employees turn ------- their computers at the end of each business day to save on energy costs.

(A) onto
(B) out
(C) at
(D) off

23. Mr. Smirnov is widely considered a ------- successor to the current CEO, Andrei Morozov.

(A) potential
(B) potentially
(C) potentiality
(D) potentialities

24. La Bella Ferrara is crowded with dozens of office workers and executives during lunch hours, ------- it is situated in the heart of a bustling business district.

(A) after
(B) since
(C) when
(D) where

25. The candidate must be able to communicate ------- and in a timely manner with all members of the health care team.

(A) efficient
(B) efficiency
(C) efficiently
(D) more efficient

26. Kazuko Ishiguro's latest novel made quite a splash worldwide, but the ------- response came from Japan.

(A) greater
(B) greatly
(C) greatest
(D) greatness

27. Some industry analysts predict that the worldwide mobile phone market will show signs of ------- toward the end of the year.

(A) utility
(B) improvement
(C) rise
(D) relocation

28. Sales of portable printers have been ------- improving since the lighter, faster models were released last year.

(A) consistent
(B) consistency
(C) consistencies
(D) consistently

29. The building owner does not intend to allow businesses ------- lease will expire to get an extension because he plans to rebuild it.

(A) which
(B) whose
(C) what
(D) who

30. People who ------- to the Sakura Fund had their names inscribed on a memorial plaque.

(A) supported
(B) donated
(C) dedicated
(D) purchased

第 9 組試題解析

答案一覽表請見 p. 454

[0900] 1. ［詞性］　難易度 ★★☆　答案 (C)

即使去掉空格部分，benefit from 仍可連接前後，可見空格處應填入一修飾語，而可**修飾不及物動詞 benefit（得益、受惠）**的就是**副詞** (C) substantially（大幅地）。注意，若將 benefit 視爲及物動詞「對～有益」而填入作爲其受詞的名詞 (D) substance（物質），則意思不通。另，(A) substantialize（使～成實體）是動詞，(B) substantial（實在的、大量的）則爲形容詞。

譯▶ 根據最近的一項調查，30% 的日本企業主管認爲他們的生意將大幅受惠於東京舉辦奧運會一事。

[0901] 2. ［語法］　難易度 ★★☆　答案 (D)

由空格前的 being 可知空格內應填入**表被動之過去分詞**，而依前後文脈判斷，baggage（行李）應該是被「裝載」上飛機的，因此本題選 (D) loaded。另，(A) reached（達到～）在此意思不通，(B) proceeded（進行）和 (C) arrived（到達）則皆屬不及物動詞，不使用被動式。

譯▶ 所有行李在被裝上飛機之前都必須先由櫃檯客服人員貼上標籤。

[0902] 3. ［詞性］　難易度 ★☆☆　答案 (C)

即使刪除空格，be inspected for 仍可連接前後，由此可知空格處應填入一修飾語，而可於被動式後方**修飾動詞部分 be inspected** 的應爲**副詞** (C) periodically（定期地）。另，(A) period（期間）是名詞，(B) periodical 是形容詞「定期的」或名詞「期刊」，(D) periodicals 則爲名詞的複數形。

TEX's notes

> 注意，由於是位在表要求之意的動詞 (require) 後的 that 子句內，故其動詞採取原形的 be。

譯▶ 新的地方法規要求，基於安全考量市營活動場所的設備必須定期檢查。

[0903] 4. ［代名詞］　難易度 ★★☆　答案 (C)

這題的空格處應填入前方**及物動詞 let 的受詞**，故正解爲**受格選項** (C) her。（請將受詞後接原形動詞的 let ⓞ *do* 用法也記起來。）注意，反身代名詞 (D) herself 在主詞和受詞相同時才可作爲受詞使用。另，(A) she 是作爲主詞用的主格，而所有代名詞 (B) hers（指「她的東西」）雖然也可作爲受詞，但在此意思不通。

譯▶ 如果您至少提前一週告知，Emma Simon 可爲您的客戶安排工廠參觀行程。

[0904] 5. ［介系詞］　難易度 ★☆☆　答案 (C)

本題四個選項介系詞中只有基本意象爲〈**目的點**〉的介系詞 (C) to 可適當連接空格前的 be open（開放的）和空格後的 the public（公衆），故爲正解。注意，open to the public（對公衆開放）是多益測驗常考片語之一。

譯▶ 在經過近兩年的翻修後，Louisville 博物館將在星期天對外開放。

[0905] 6. ［詞性］　　　　　　　　　　　　　　　難易度 ★☆☆　　［答案］(A)　　［0900] ▼ [0909]

由於空格後有作爲前方介系詞 as 之受詞的名詞 business days（營業日），因此空格處應填入**可修飾該名詞的形容詞** (A) normal（通常的、正常的）。而 (B) normally（通常、正常地）是副詞，(C) normalize（使常態化）是動詞（字尾 -ize 屬動詞），(D) normality（常態、正常）則爲名詞（字尾 -ty 屬名詞）。

［譯］ 在宅配到府方面，TRT 送貨服務將所有平日皆視為正常的營業日，不論是否為國定假日。

[0906] 7. ［配對］　　　　　　　　　　　　　　　難易度 ★☆☆　　［答案］(A)

本題應選可與空格後的 **and** 組成 both X and Y（X 和 Y 都）配對句型的 (A) both。而 (B)、(C)、(D) 則分別常以 either X or Y（X 或 Y）、neither X nor Y（X 和 Y 都不～）、not only X but (also) Y（不僅 X，Y 也）的配對句型出現。

［譯］ 在店門口迎接顧客的店員隨時都應該有禮貌又樂於助人。

[0907] 8. ［詞性］　　　　　　　　　　　　　　　難易度 ★★☆　　［答案］(B)

冠詞與名詞間的空格處應填入**形容詞**，而在本題四選項中適合作爲形容詞以修飾後方名詞 source（供應來源）的爲動詞 (A) trust（信賴～）的**過去分詞** (B) trusted，因爲供應來源是「被信賴」的一方。若選現在分詞 (C) trusting，會變成供應來源是信賴別人的一方，在此不符文意。另，(D) trustily（可信賴地）爲副詞，非題意所需。

［譯］ Maddox 肉鋪是 Beaudesert 地區優質肉品與醬料的可靠供應來源。

［註］ source ⓝ 來源；產地

[0908] 9. ［詞性］　　　　　　　　　　　　　　　難易度 ★☆☆　　［答案］(D)

這題的空格處需要接在述語動詞 speak 後之**介系詞 to 的受詞**，亦即應填入「講話的對象」，故正確答案是可與 department 形成**複合名詞 department manager**（部門經理）的 (D) manager。注意，若將空格前的名詞 department（部門）視爲 to 的受詞，則會變成「對部門講話」，意思不通。另，(A) manage（經營、管理）是動詞，(B) 爲其過去式或過去分詞，(C) 則爲其現在分詞或動名詞。

［譯］ 針對新的班表資訊員工應與他們的部門經理洽談。

[0909] 10. ［動詞］　　　　　　　　　　　　　　　難易度 ★★☆　　［答案］(C)

空格前爲完整句子，seven actors 之後的部分則應爲其修飾語，而可用來連接後方名詞 acrobatic dances 建立**可修飾前方名詞之形容詞片語**的就是**現在分詞** (C) performing。（performing acrobatic dances 指「表演特技舞蹈的」之意。）注意，不定詞 (D) to be performed 爲被動式，語態不符。另，(A) perform（表演～）是原形動詞，(B) have been performing 則爲現在完成進行式。

TEX's notes

在此也請注意這種兩個名詞並列，其中之一以逗號隔開來作爲補充說明的〈同位語〉用法。

No Dice, the production currently showing at Roux Theater of Oklahoma, ...

〔名詞〕　　　　　　〔名詞（片語）〕

※ 針對前面的名詞 No Dice 做補充說明

［譯］ 目前在奧克拉荷馬州 Roux 劇院演出的作品 No Dice 由七名表演特技舞蹈的演員所構成。

［註］ consist of X 由 X 所構成

0910 **11.** 詞性　　　　　　　　　　　難易度 ★★☆　　答案 (D)

即使去掉空格部分，for organizing the employee ... 仍可連接前後，可見空格處應填入一修飾語，而可用來**修飾動名詞 organizing（安排～）**的就是**副詞** (D) expertly（巧妙地、熟練地）。若將名詞 (A) expert（專家）、(B) expertise（專業技術）、(C) expertness（熟練）視爲 for 的受詞填入空格內並無法與空格後的詞語銜接，故皆不可選。

譯 Nowak 先生稱讚他的助手巧妙安排了員工慰勞晚宴。

0911 **12.** 其他　　　　　　　　　　　難易度 ★★☆　　答案 (A)

空格前爲完整句子，後接原形動詞 advance（推進～、促進～），而可用來連接兩者的就是 (A) **in order to do**（爲了做～）。至於其他選項，(B) even if（即使～）、(C) because（因爲～）、(D) even though（縱使～）皆爲連接子句的連接詞，須接完整句子。注意，advance 亦可作名詞「前進」或形容詞「預先的」使用。

譯 Seeger Hellenic 基金由 David Bertrand 於六十年前創立，旨在促進對古希臘文化的理解。
註 advance ⑩ 促進～；推進～

0912 **13.** 詞性　　　　　　　　　　　難易度 ★☆☆　　答案 (B)

即使刪除空格，was supposed to ... 仍可連接前後，由此可知空格處需要一修飾語，而四選項中可用來插入至被動式之 be 動詞與過去分詞間以**修飾前後動詞部分**的只有**副詞** (B) initially（最初）。另，(A) initial 可作形容詞「最初的」或名詞「字首字母」，(C) initials 是名詞的複數形，(D) initialization 則爲名詞「初始化」。

譯 該新款房車最初應於六月份開始供貨，但是現在計畫在八月份才上市。
註 be supposed to do 應該～　　initially ⑩ 最初；一開始

0913 **14.** 動詞　　　　　　　　　　　難易度 ★★☆　　答案 (C)

空格處需要對應主詞 Hakata Museum of Arts 的**述語動詞**，另因空格後有作爲受詞的名詞 photography（攝影），故動詞應採取**主動語態**，而可與**單數形主詞** (Museum) 維持主・述一致的第三人稱單數現在式 (C) prohibits（禁止～）就是正確答案。選項 (A) prohibit 是原形動詞或複數動詞，(B) prohibiting 爲現在分詞或動名詞，(D) is prohibited 則爲被動式，語態不符。

譯 就和大多數類似的機構一樣，Hakata 藝術博物館禁止在其建築物內攝影。
註 on the premises 在建築物等之內

0914 **15.** 介系詞　　　　　　　　　　　難易度 ★★☆　　答案 (D)

本題空格內須填入能將逗號前之名詞片語連結至其後句子的**介系詞**，因此正解爲可表「擁有」two decades of experience（二十年的經驗）之〈所有〉意義的 (D) With。而 (B) Since（自從～）要接〈過去的時間點〉，(A) Toward（朝向～、接近～）和 (C) Behind（在～的後面）則都意思不通。

譯 在泰國料理方面擁有二十經驗的 Tan 女士於紐約市中心開了一家新的高級餐廳。

[0915] **16.** 比較　　　　　　　　　　　　　　　難易度 ★☆☆　答案 **(B)**　[0910] ▼ [0919]

本題空格後有比較級句型的關鍵字 **than**，所以很明顯地答案就是副詞 fast（快速地）的比較級 (B) faster（更快速地）。(A) fast 是原形，不可選。(C) too fast（太快）與 (D) so fast（如此之快）同樣非題意所需。

譯▶ 由於顧客需求的迅速增長，Camel 傢俱必須找到比以前更快的配送貨品的方法。

[0916] **17.** 詞性　　　　　　　　　　　　　　　難易度 ★★☆　答案 **(A)**

空格後的名詞 works（作品）為本句的主詞，因此空格處應填入用來**修飾此名詞的形容詞**。正解為 (A) Authentic（真正的、非假冒的）。（小心別只看空格部分，而將 works 誤認為動詞的第三人稱單數現在式。作答時務必擴大視野，必須先看出 works[S] are[V] 這樣的句子結構。）選項 (B) Authenticity（真實性）是名詞，(C) Authenticate（證明～為真實）是動詞，(D) Authentically（真正地）則為副詞。

譯▶ 著名畫家的藝術真品正在 Saint-Jean 宮的「舞蹈大師秀」中展出。

註▶ celebrated 形 著名的

[0917] **18.** 其他　　　　　　　　　　　　　　　難易度 ★★★　答案 **(A)**

由空格後的 did the two（指專輯）that followed it 可知，此部分屬倒裝句型，而倒裝句型 **so do** [does / did] [S] 將 so 置於句首，使用於承接前面的內容，表達「**S 亦為如此、也會如此**」之意。本題正解為 (A) so。其他選項 (B) but、(C) both、(D) each 皆與題意不相干。

譯▶ Teddy Bailey 三年前發行的第一張個人專輯賣出超過一百萬張，而接下來的兩張亦是如此。

[0918] **19.** 動詞　　　　　　　　　　　　　　　難易度 ★★☆　答案 **(C)**

本句中由 until 所引導之子句中的述語動詞 revealed（揭露～）為**過去式**，由此可推斷這家公司至該時間點為止都還未認知到其網站的價值，因此答案就是表直到過去某時間點為止之**過去完成式** (C) had not recognized。而 (B) were not recognized 為被動式，語態不符；現在式的 (A) does not recognize 和未來式的 (D) will not recognize 則皆因時態不恰當而不可選。

譯▶ Dream Toys 公司一直都未意識到其網站的價值，直到一項調查揭露它是該公司許多生意的來由。

註▶ reveal 動 揭露～

[0919] **20.** 詞性　　　　　　　　　　　　　　　難易度 ★★☆　答案 **(C)**

本題空格內應填入前方 be 動詞 was 後之**補語**，故正確答案為**形容詞** (C) influential（有影響力的）。而名詞 (A) influence（影響）雖也可作補語，但無法等同於主詞的人物，故不選。另，因動詞 (A) influence（影響～）為及物動詞，因此若要選現在分詞 (B) influencing，後方則須接作為其受詞的名詞。選項 (D) influentially（有影響地）則為副詞。注意，influence 亦可作名詞用，指「影響（力）」。

譯▶ Teppei Takami 先前曾擔任 Max Motors 公司高科技車輛的執行工程師，在開發 Max Elite Sedan 方面頗具影響力。

文法模擬試題 第 **9** 組

0920 21. 數量　　難易度 ★★☆　答案 (A)

空格處需要可用來**修飾後方名詞 company** 的形容詞，而四選項中可修飾單數形可數名詞的是 (A) any other（任何其他的）。（than any other *X* 指「比任何其他的 X」之意。）另，(C) all（全部的）用於修飾複數形的可數名詞或不可數名詞，故不可選；(B) others 與 (D) each other 則皆為代名詞。

譯 Oriental 紡織公司比泰國的任何其他公司雇用並訓練更多缺乏經驗的年輕人。
註 inexperienced 形 缺乏經驗的；經驗不足的

0921 22. 其他　　難易度 ★☆☆　答案 (D)

本題考慣用之動詞片語。四選項中可與空格前的動詞 turn 結合成慣用語 **turn off**（關掉電腦／電視／電燈等）的 (D) off 就是正確答案。（欲表達「打開」之意時，則用 turn on。）

譯 總裁要求所有員工在每個工作日結束時關閉電腦以節省能源成本。

0922 23. 詞性　　難易度 ★☆☆　答案 (A)

冠詞和名詞間的空格內應填入可修飾名詞用的**形容詞**，而本題可用來修飾後方名詞 successor（繼任者）的形容詞 (A) potential（潛在的、可能的）即為正解。（另注意，potential 也常作為名詞，指「可能性」。）而 (B) potentially（潛在地）是副詞，(C) potentiality（潛在可能性）是名詞，(D) potentialities 則為其複數形。

譯 許多人都認為 Smirnov 先生是現任執行長 Andrei Morozov 的可能繼任者。
註 potential 形 潛在的；可能的　　successor 名 繼任者

0923 24. 介 or 連　　難易度 ★★☆　答案 (B)

這題的空格處應填入可連接逗號前後子句的連接詞，而能連接「S（主詞）很擁擠」和「位於商業區中心」這兩個子句並形成通順文意者為表〈理由〉之選項 (B) since（既然～、由於～）。另，(C) when（當～時）亦為連接詞，但在此意思不通。而 (A) after 和 (D) where 作為連接詞時，則分別表「在～之後」、「在～發生的地方」之意，二者皆與題意無關。

譯 由於 La Bella Ferrara 位於繁華的商業區中心地帶，因此在午餐時段擠滿了許多辦公室員工與主管。
註 bustling 形 熙熙攘攘的；繁華熱鬧的

0924 25. 詞性　　難易度 ★☆☆　答案 (C)

空格後的連接詞 and 前後須並列相同形式之字詞，而由 and 後接**副詞片語 in a timely manner**（及時地）這點即可推知本題應選副詞 (C) efficiently（有效率地）。（注意，efficiently 和 in a timely manner 皆用來修飾動詞 communicate。）另，(A) efficient（有效率的）是形容詞，(B) efficiency（效率）是名詞，(D) 則為 efficient 之比較級。

譯 候選人必須要能及時且有效率地與衛生保健團隊的所有成員溝通。
註 in a timely manner 及時地

0925 **26.** 比較 難易度 ★★☆ 答案 **(C)** 0920 ▼ 0929

冠詞與名詞間的空格處需要可用來**修飾名詞的形容詞**，而在本題四選項中只有形容詞 great 的**最高級** (C) greatest 符合文意，故為正解。注意，比較級的 (A) greater 必須像 the greater of the two（兩者中較大的一方）這樣，在比較兩者時加上 the。另，(B) greatly 是副詞，(D) greatness 則為名詞。

譯 Kazuko Ishiguro 的最新小說在世界各地都引起了相當大的轟動，不過最大的回響來自日本。

註 make a splash 引起轟動

0926 **27.** 語法 難易度 ★★★ 答案 **(B)**

本題空格內應填入可作為其前介系詞 of 之受詞的名詞，而由於空格前無冠詞，因此答案是**不可數名詞** (B) improvement（改善）。另一名詞選項 (C) rise（上升）是可數名詞，其前須有冠詞 a。（注意，rise 亦可作動詞用，指「升高」。）另，(A) utility（〔水、電、瓦斯等〕公用事業）和 (D) relocation（搬遷）則皆不符文意。

譯 有些業界分析師預測，今年年底時全球手機市場將顯現出好轉的跡象。

0927 **28.** 詞性 難易度 ★☆☆ 答案 **(D)**

即使去掉空格，§ have been improving 此現在完成進行式句型依舊成立，可見空格處應填入一修飾語，而可插入至進行式之 be 動詞與現在分詞間以**修飾前後動詞部分的應為副詞**，故本題選 (D) consistently（一貫地）。另，(A) consistent（一貫的）是形容詞，(B) consistency（一貫性）是名詞，(C) consistencies 則為其複數形。

譯 自從去年更輕、更快的機型上市以來，可攜式印表機的銷售狀況一直在持續改善。

註 consistently **副** 一貫地

0928 **29.** 關係詞 難易度 ★★☆ 答案 **(B)**

由前後文意可知，空格後之 lease（租約）乃空格前之 business（公司、企業）所擁有之物，而若將先行詞 businesses 改成代名詞的所有格 their 並置於空格後，結果會形成 their lease will expire 此正確句子，故可推斷正解為可用來連結前後子句的**所有格關係代名詞** (B) whose。其他的關係代名詞 (A) which、(C) what、(D) who 雖然都可接缺少主詞或受詞的子句，但本句兩者都不缺，因此三者均不適用。

譯 該大樓的擁有者不打算讓租約將到期的公司續約，因為他計畫要重建大樓。

0929 **30.** 語法 難易度 ★★★ 答案 **(B)**

本題 who 子句中缺乏動詞，而可作後接介系詞 to 之不及物動詞用、形成 donate to X（捐贈給 X）之正確用法的 (B) donated 就是正確答案。而其他選項皆為及物動詞，分別應採取 support X（支持 X）、dedicate X to Y（把 X 奉獻給 Y）和 purchase X（購買 X）等形式使用，也就是說其後必須直接接受詞。

譯 捐贈給 Sakura 基金的人之姓名被刻在一塊紀念牌上。

註 inscribe **動** 刻～；雕～　　plaque **名** 飾板；銘牌

文法模擬試題 第 **9** 組

文法模擬試題第 9 組

答案一覽表

No.	ANSWER A B C D	No.	ANSWER A B C D	No.	ANSWER A B C D
001	C	011	D	021	A
002	D	012	A	022	D
003	C	013	B	023	A
004	C	014	C	024	B
005	C	015	D	025	C
006	A	016	B	026	C
007	A	017	A	027	B
008	B	018	A	028	D
009	D	019	C	029	C
010	C	020	C	030	B

學習紀錄

次數	練習日	所需時間	答對題數
第 1 次	月　　日	分　　秒	／ 30
第 2 次	月　　日	分　　秒	／ 30

文法模擬試題

第 10 組

限時
10 分鐘

題數
30

題目序號
0930 ～ 0959

1. Before purchasing a used guitar, buyers should ------- inspect the front, back, and sides of the guitar's body for damage.

(A) thorough
(B) more thorough
(C) thoroughly
(D) thoroughness

2. ------- a large international company, Horizon Ltd. started as a small business in South Melbourne.

(A) Now
(B) Become
(C) After
(D) Prior

3. Townsend Corporation continuously looks ------- new ways to save money while protecting the environment.

(A) like
(B) around
(C) for
(D) through

4. Independent tests by several respected magazines confirmed the outstanding ------- of Colombo Motors' newest sedan.

(A) rely
(B) reliable
(C) reliably
(D) reliability

5. Sunrise Financial Advisers relies mostly on word-of-mouth publicity which means it saves a lot of money on ------- its services.

(A) advertise
(B) advertised
(C) advertising
(D) advertisements

6. Student loan applications will be ------- promptly in chronological order according to the date on the receipt.

(A) processed
(B) process
(C) processes
(D) processing

7. ------- the motivational speaker addressed new staff members, a technician recorded her presentation.

(A) While
(B) As if
(C) Yet
(D) Instead of

8. After a three-month delay, Olivia Evans is ------- ready to launch a sequel to her popular debut novel.

(A) final
(B) finally
(C) finalizing
(D) finals

9. Please forward any ------- additions to the agenda by noon on Monday before the meeting.

(A) suggest
(B) suggests
(C) suggested
(D) suggestions

10. Items in the canned food section should be stacked with ------- to avoid any damage from accidental bumps and scrapes.

(A) care
(B) careful
(C) carefully
(D) cared

11. Mr. Park will be posted to the customer service department ------- he has been trained for three weeks under Ms. Williams.
    (A) after
    (B) while
    (C) then
    (D) that

12. Barriers have been placed at certain points around the building to restrict people ------- entering areas under construction.
    (A) of
    (B) out
    (C) from
    (D) in

13. Factory supervisors are responsible for ------- that all employees are updated on safety regulations.
    (A) ensure
    (B) ensuring
    (C) ensures
    (D) ensured

14. The cap on the gas tank should be ------- tightened before starting the engine.
    (A) firm
    (B) firmer
    (C) firmness
    (D) firmly

15. While Sophia Gonzalez's promotion to the director position took place a month ago, her previous position is ------- to be filled.
    (A) even
    (B) recent
    (C) like
    (D) yet

16. The administrative assistant was required by her supervisor to restock the shelves with office -------.

(A) supplying
(B) supplied
(C) supplier
(D) supplies

17. Joe Oliver, the British celebrity chef, has made it his mission in recent years, to break people's ------- on fast food.

(A) dependent
(B) depends
(C) dependence
(D) dependently

18. Participants will receive copies of all materials used ------- the workshop sessions.

(A) during
(B) while
(C) when
(D) upon

19. Senior sales representatives can obtain ------- access to their team's sales figures using one of the computers in the administration office.

(A) secure
(B) securely
(C) secures
(D) securing

20. Ms. Shaw ------- that she would be out of town when the decision was made about the location of the new offices.

(A) assured
(B) pointed
(C) offered
(D) indicated

21. The Mansfield Domestic Airport built just six years ago has ------- been expanded to accommodate international flights.

    (A) soon
    (B) yet
    (C) since
    (D) after

22. Unless George's Appliances ------- a more aggressive business plan immediately, it will lose market share to new rivals.

    (A) adopts
    (B) coincides
    (C) proceeds
    (D) agrees

23. Applications for business trips must have a manager's signed ------- before they are submitted to administration.

    (A) approve
    (B) approved
    (C) approves
    (D) approval

24. Quick Communication's newest mobile phone is far smaller ------- the palm of a typical user.

    (A) at
    (B) with
    (C) than
    (D) when

25. If the copy machine is running out of paper, add ------- from the storage cupboard located beside the door to the kitchen.

    (A) other
    (B) more
    (C) few
    (D) one

26. Considering her exceptional work at the regional office, we believe Ms. Gupta is ------- a qualified candidate for general manager.

(A) sure
(B) surely
(C) surest
(D) sureness

27. The parking area near the front entrance of the main office ------- for outside visitors.

(A) to be allocated
(B) has been allocated
(C) allocates
(D) was allocating

28. Angela Ocampo attended last Tuesday's seminar on business ------- and learned how to reduce costs and increase profits.

(A) finance
(B) financial
(C) financially
(D) financed

29. Most industry experts expect prices ------- relatively constant for the next five years.

(A) remain
(B) to remain
(C) remaining
(D) remains

30. Any reasonable expenses incurred in holding business meetings will be reimbursed ------- the company.

(A) by
(B) after
(C) on
(D) with

文法模擬試題 第10組

答案一覽表請見 p. 468

[0930] 1. 詞性　　　　　　　　　　　難易度 ★☆☆　答案 **(C)**

本題去掉空格後句子依舊成立，可見空格處需要的應爲一修飾語，而可修飾前後動詞部分 should inspect 的就是副詞 (C) thoroughly（徹底地）。（像這種在助動詞和原形動詞之間的空格，是詞性題中答案爲副詞的常見出題模式之一。）另，(A) thorough（徹底的）是形容詞，(B) more thorough 爲其比較級，而 (D) thoroughness（徹底、完全）則爲名詞。

譯 在購買二手吉他之前，買家應徹底檢查吉他琴身的正面、背面與側面是否有損傷。

[0931] 2. 其他　　　　　　　　　　　難易度 ★★★　答案 **(A)**

從空格後至逗號爲止爲一名詞片語，然而若將唯一的介系詞選項 (C) After 填入，卻無法形成通順文意。由此可推斷逗號前的部分是子句 Although it is now a large international company 經省略連接詞、主詞和動詞的效果，故本題選副詞 (A) Now。另，(B) Become 是動詞，(C) After 可爲連接詞或介系詞，(D) Prior（在前的）則爲形容詞。

譯 雖然現在已是一家大型國際公司，不過 Horizon 有限公司是從南墨爾本的小型企業起家的。

[0932] 3. 介系詞　　　　　　　　　　　難易度 ★★☆　答案 **(C)**

這題應選可連結空格前不及物動詞 look 和受詞 new ways 的介系詞，故正解爲可形成 **look for ...** 以表「尋找～」之意的 (C) for。而其他選項與 look 結合則分別爲 (A) look like（看起來像～）、(B) look around（環顧四周）、(D) look through（仔細查閱～），但在此皆非題意所需，故不選。

譯 Townsend 公司持續尋找新的方法來省錢，同時保護環境。

註 continuously ⓐ 持續地；連續不斷地

[0933] 4. 詞性　　　　　　　　　　　難易度 ★☆☆　答案 **(D)**

〈冠詞＋形容詞 ------- 介系詞〉之結構中的空格內應填入名詞，故本題選字尾爲 -ty 的 (D) reliability（可靠信、可信賴性）。另，(A) rely（依靠）是動詞，(B) reliable（可靠的、可信賴的）是形容詞，(C) reliably（可靠地、確實地）則爲副詞。（「信賴」、「成功」等詞彙於多益考題中相當常見，請多留意其相關衍生詞。）

譯 由幾家備受推崇的雜誌所做的獨立測試證實了 Colombo 汽車公司最新型房車出色的可靠性。

[0934] 5. 詞性　　　　　　　　　　　難易度 ★★☆　答案 **(C)**

可與空格後名詞 its services 結合，形成「宣傳其服務」之意並作爲介系詞 on 之受詞的動名詞 (C) advertising 就是正確答案。另，(A) advertise（宣傳～）是動詞，(B) advertised 爲其過去式或過去分詞，而 (D) advertisements（廣告、宣傳）則爲名詞 advertisement 的複數形，若空格後無 its services，則可爲正解。

譯 Sunrise 財務顧問公司主要靠口碑而廣爲人知，這表示它省下了很多宣傳其服務的錢。

註 rely on X 倚賴 X

[0935] **6.** 　**動詞**　　　　　　　　　　　　　難易度 ★☆☆　　**答案** **(A)**

[0930] ▼ [0939]

主詞 Student loan applications（學生貸款的申請）應該是「被處理」的事物，因此可與前方 be 動詞結合爲被動式的過去分詞 (A) processed 即爲正確答案。(B) process（處理～）是原形動詞、(C) processes 爲其第三人稱單數現在式，(D) 則爲其現在分詞或動名詞。（注意，process 亦可作名詞用，指「過程」。）

譯 學生貸款的申請將依收據日期、按照時間先後順序儘速處理。

註 chronological **形** 按照時間先後順序的

[0936] **7.** 　**介 or 連**　　　　　　　　　　　　難易度 ★★☆　　**答案** **(A)**

由於逗號前後各有一個包含 SV 的子句，由此推斷本題應選可**連接子句的連接詞**，而依前後文脈可合理連接前半「講者發表了演說」與後半「技術人員錄下了她的談話」的 (A) While（當～時）即爲正解。另，(B) As if（彷彿～）雖亦爲連接詞，但在此意思不通；(C) Yet 作爲「但是」之意的連接詞時，須採取 S V yet S V. 之形式，不可置於句首。最後，(D) Instead of（而不是～）屬介系詞，並無法用來連接子句。

譯 當激勵講者對新進人員發表演說時，一位技術人員錄下了她的談話。

註 motivational **形** 有動機的；激發鬥志的　　address **動** 向～發表演說；對～致詞

[0937] **8.** 　**詞性**　　　　　　　　　　　　　難易度 ★☆☆　　**答案** **(B)**

空格後有可作爲前方 be 動詞 is 後之補語的形容詞 ready，可見空格中應填入一修飾語，而能用來**修飾空格後之形容詞**的是**副詞** (B) finally（最後、終於），故爲正解。另，(A) final 是形容詞「最後的」或名詞「決賽、期末考」，(C) finalizing 是動詞 finalize（完成～、最後確定～）的現在分詞或動名詞，(D) finals 則爲名詞 final 的複數形。

譯 經過三個月的延遲之後，Olivia Evans 終於準備好要推出其暢銷小說處女作的續集。

註 sequel **名** 續集

[0938] **9.** 　**詞性**　　　　　　　　　　　　　難易度 ★★☆　　**答案** **(C)**

空格前的及物動詞 forward（轉寄～、發送～）的名詞受詞 additions（附加事項）緊接於空格後，由此可推斷空格處應填入可**修飾 additions 的形容詞**，而四選項中具形容詞功用的只有動詞 suggest（建議～）的**過去分詞** (C) suggested（被建議的）。(A) suggest、(B) suggests 都是動詞用法，而 (D) suggestions 則爲名詞 suggestion 之複數。

譯 請在會議之前的星期一中午前將任何對於議程的附加建議事項送出。

註 agenda **名** 議程；待議事項

[0939] **10.** 　**詞性**　　　　　　　　　　　　　難易度 ★★☆　　**答案** **(A)**

本題空格內須填入前方**介系詞 with 的受詞**，所以答案是名詞選項 (A) care（小心、謹慎）。（**with care** 指「小心地」(= carefully)。）而 (B) careful（小心的）是形容詞，(C) carefully（謹慎地）是副詞。另注意，care 也有動詞用法，指「擔心、在乎」，(D) cared 即爲其過去式或過去分詞。

譯 罐頭食品區的商品應小心堆放以避免意外撞擊與刮擦所造成的損壞。

註 stack **動** 堆疊～　　bump **名** 碰；撞　　scrape **名** 刮；擦

[0940] 11. 介 or 連 　　　　　　　　　　　　難易度 ★☆☆　答案 **(A)**

空格前後皆為子句，由此推斷本題空格處應填入**連接詞**，而可合理連接「Park 先生將被分發到客服部門」與「他在 Williams 女士底下受訓三週」的應是 (A) after（在～之後）。另，(B) while（然而～）亦為連接詞，但在此意思不通；(C) then（然後、接著）是副詞；(D) that 作為連接詞時，應用於引導名詞子句。

譯 ▶ 在 Williams 女士底下受訓三週後，Park 先生將被分發到客服部門。

註 ▶ post 動 分發～；分派～

[0941] 12. 介系詞 　　　　　　　　　　　　難易度 ★★☆　答案 **(C)**

四選項中可與空格前的動詞 restrict 結合以表「限制 X 做～」之意的 (C) from 即為本題正解。注意，此處的 from 是由其基本意象〈起點〉衍生出「遠離某些行為→禁止、阻礙」之意，而同樣後接 from 的動詞 prevent（阻止～、防止～）也很重要。其他選項介系詞則皆非題意所需。

譯 ▶ 該建築物周圍的某些地點已放置了柵欄以限制人們進入正在施工中的區域。

註 ▶ restrict 動 限制～

[0942] 13. 動詞 　　　　　　　　　　　　難易度 ★★☆　答案 **(B)**

空格前的介系詞 for 後面必須接作為受詞的**名詞**或**動名詞**，故本題選可後接 that 子句的動名詞選項 (B) ensuring（確保～）。注意，**be responsible for *doing***（負責做～、對於做～負有責任）和 **ensure that** Ⓢ Ⓥ（確保 S 做 V）皆為多益常考句型。

譯 ▶ 工廠主管負責確保所有員工都有獲得關於安全法規的最新資訊。

[0943] 14. 詞性 　　　　　　　　　　　　難易度 ★☆☆　答案 **(D)**

即使去掉空格，Ⓢ should be tightened ... 此被動句型依舊成立，可見空格處應填入一修飾語，而可用來**修飾前後動詞部分的為副詞** (D) firmly（牢固地、緊實地）。另，(A) firm 可作形容詞（指「穩固的」），或作名詞（指「公司」），或作動詞（指「使牢固」）；(B) firmer 是形容詞 firm 的比較級，(C) firmness（堅固度）則為名詞。

譯 ▶ 啟動引擎之前，油箱蓋應先牢牢鎖緊。

註 ▶ tighten 動 使～變緊（蓋緊、鎖緊等）

[0944] 15. 其他 　　　　　　　　　　　　難易度 ★★★　答案 **(D)**

相對於「一個月前就升為董事」的 While 子句，能用逆接方式連接「她的前一職位尚未被遞補」以形成相反文脈的副詞 (D) yet（還沒）就是正確答案。（注意，**be yet to *do*** 指「還未做～」。）另一副詞 (A) even（甚至～）則與句意不符。而形容詞 (B) recent（最近的）和介系詞 (C) like（像～）更非題意所需。

譯 ▶ 雖然 Sophia Gonzalez 升董事一職已是一個月前的事，但是她的前一職位尚未被遞補。

(0945) **16.** 詞性 難易度 ★★☆ 答案 **(D)** **(0940)** ▼ **(0949)**

本題可用來與空格前之名詞 office 結合成**複合名詞 office supplies**（辦公用品）的 (D) supplies 就是正確答案。（注意，此複合名詞常見於多益考題，通常採複數形。）而 (A) supplying 為動詞 supply（供應～）之現在分詞或動名詞，(B) supplied 為過去式或過去分詞，二者皆與句意無關。另，(C) supplier（供應商）亦非題意所需，故不選。

譯 行政助理被其主管要求補充架子上的辦公用品。

註 restock 動 補充～；替～補貨

(0946) **17.** 詞性 難易度 ★☆☆ 答案 **(C)**

空格前有**所有格** people's（人們的），故本題選名詞選項 (C) dependence（依賴）。而 (A) dependent（依賴的）是形容詞（請注意 be dependent on X [依賴 X] 的用法），(D) dependently（依賴地）是副詞，(B) depends 則為動詞 depend（依賴）的第三人稱單數現在式。

譯 英國名廚 Joe Oliver 近年來以破除人們對速食的依賴為其使命。

(0947) **18.** 介 or 連 難易度 ★☆☆ 答案 **(A)**

由前後文脈可推知，從空格前的過去分詞 used 到空格後的名詞 the workshop sessions 為止皆為名詞 materials 的修飾語，而填入介系詞 (A) during（在～期間），便可形成「用於工作坊課程期間的→資料」之通順文意，故為正解。而若將另一介系詞 (D) upon 置入空格中，並無法形成合理文意。另，其他二選項則皆為連接詞，不能接名詞。

譯 參加者將收到所有於工作坊課程期間所需之資料。

(0948) **19.** 詞性 難易度 ★★☆ 答案 **(A)**

空格前為及物動詞 obtain，空格後則有名詞 access 作為其受詞，由此可推斷空格處應填入可用來**修飾 access 的形容詞**。正解為 (A) secure（安全的、牢靠的）。若將 (D) securing 作為動詞 secure（確保～）的現在分詞而填入空格，意思會變成「存取權限」正在「確保中」，語焉不詳，故不可選。另，(B) securely（完全地）是副詞，(C) secures 則為動詞 secure 之第三人稱單數現在式。

譯 資深業務代表們可使用行政辦公室裡的其中一台電腦來取得安全的存取權限以查看其團隊之銷售數據。

第 **10** 組 文法模擬試題

(0949) **20.** 語法 難易度 ★★☆ 答案 **(D)**

本題正解為**可直接接 that 子句**的 (D) indicated（表明～）。而 (A) assured 除了 assure X that（向 X 保證～）的正統用法外，直接接 that 子句的用法近年也逐漸被接受，但在此意思並不通，故不選。另，(B) pointed 應採取 point out that（指出～）之形式，而 (C) offered 則不接 that 子句。

譯 Shaw 女士表明當新辦公室的位置被決定時，她將不在城裡。

第 10 組試題解析

[0950] 21. 其他　難易度 ★★★　答案 (C)

可使用於完成式並表「**從那時以來、此後**」之意的副詞 (C) since 就是正確答案。而 (A) soon（不久）通常不用於完成式，(B) yet（還沒～）主要用於疑問句或否定句的完成式，(D) after 則不能單獨作爲副詞使用。

TEX's notes

注意，since 給人的印象多半是作爲連接詞，表「自從～、由於～」，或作介系詞，表「自從～」之意，但實際上多益測驗也出現過像本題這種作爲副詞使用的題目。

譯▶ 六年前才建好的 Mansfield 國內機場之後就被擴建以容納國際航班。

[0951] 22. 語法　難易度 ★★☆　答案 (A)

四選項中能**以後方的 a business plan 為受詞**的只有**及物動詞** (A) adopts（採用～）。其他選項皆爲不及物動詞，須以 (B) coincide with X（與 X 一致）、(C) proceed with X（繼續進行 X）、(D) agree with X（同意 X、與 X 意見一致）等形式使用，也就是，使用受詞之前須先加介系詞。

譯▶ 除非 George's 電器公司立即採用更積極的商業計畫，否則其市場佔有率將被新的競爭對手奪走。

[0952] 23. 詞性　難易度 ★★☆　答案 (D)

本句述語動詞是 have，而 a manager's signed ------- 爲其受詞，由此推斷空格處應填入**名詞**，所以答案是 (D) approval（批准、認可）。另，(A) approve（批准～、認可～）是原形動詞，(B) 爲其過去式或過去分詞，(C) approves 則爲其第三人稱單數現在式。

譯▶ 出差申請在被提交給管理部之前必須先經過經理簽名批准。

[0953] 24. 比較　難易度 ★☆☆　答案 (C)

空格前有形容詞**比較級 smaller**，故正解爲可與比較級搭配使用的 (C) than。注意，本句中被拿來比較的是 newest mobile phone（最新的手機）和 the palm（手掌）。而 (A) at 和 (B) with 都是介系詞，(D) when 則爲連接詞，三者明顯皆與題意不相干。

TEX's notes

在此題中，用來強調比較級的 far（～得多）非常重要。另，much 和 even 也同樣可用來強調比較級。

譯▶ Quick Communication 公司的最新手機遠比一般使用者的手掌要小得多。

[0954] 25. 其他　難易度 ★★★　答案 (B)

可作空格前及物動詞 add 之受詞並形成通順文意的是可作**代名詞**用之選項 (B) more。而 (A) other 單獨使用時應作爲形容詞來修飾名詞，而 (C) few 和 (D) one 雖皆可作爲代名詞，但都用於代替可數名詞，不能作爲不可數名詞 paper 的代名詞。

譯▶ 如果影印機快要沒紙的話，可從位於廚房門旁邊的儲物櫃拿多一些來補充。

[0955] **26.** 詞性   難易度 ★★☆   答案 (B)   [0950] [0959]

這句即使去掉空格部分，S is a qualified candidate 仍可連接前後，可見空格處應填入一修飾語，因此正解為可置於 a qualified candidate 之前用來**修飾其前之 be 動詞 is 的副詞** (B) surely（肯定地）。而 (A) sure 是形容詞，(C) surest 為其最高級，(D) sureness 則為名詞。

譯▶ 考慮到她在地區辦事處的優秀工作表現，我們相信 Gupta 女士肯定是總經理一職的合格候選人。

[0956] **27.** 動詞   難易度 ★★☆   答案 (B)

本句主詞為 The parking area，而空格處需要可與其對應的述語動詞，故可先排除不定詞被動式 (A) to be allocated。由於**空格後沒有**作為及物動詞 allocate（分配～）之**受詞**的名詞，而停車場是「被分配」的一方，由此可推斷本句應為被動式，所以正確答案是 (B) has been allocated。而屬主動的現在式 (C) allocates 和過去進行式 (D) was allocating 語態都不符。

譯▶ 總公司大門附近的停車場已被分配給外來訪客。

[0957] **28.** 詞性   難易度 ★★☆   答案 (A)

句子在空格前似乎已完整，但若填入可作修飾語用的副詞 (C) financially（經濟上、財務上），語意並不通順。而若填入名詞 (A) finance（財務、金融），則可與 business 形成**複合名詞 business finance**（企業金融）而產生合理通順之文意，故為正解。另，(B) financial 是形容詞，指「財政的、金融的」；(D) financed 則為動詞 finance（提供資金給～）的過去式或過去分詞。

譯▶ Angela Ocampo 參加了上週二的企業金融研討會，並學習到如何降低成本和增加利潤。

[0958] **29.** 動詞   難易度 ★★☆   答案 (B)

動詞 expect 應採取 **expect O to do**（預期 O 會做～）之形式，故本題選**不定詞** (B) to remain（保持）。另，以受詞（O）作為主詞的 be expected to do（被期待做～）用法也很常出現。(A) remain 是原形動詞，(C) 為其現在分詞或動名詞，(D) 則為第三人稱單數現在式。

譯▶ 大多數的業界專家都預期在接下來的五年裡價格將會維持相對穩定。
註▶ relatively 副 相對地   constant 形 固定的；不變的

[0959] **30.** 介系詞   難易度 ★☆☆   答案 (A)

這句可先將修飾語刪除，將題目簡化成基本的被動式句子 Any expenses will be reimbursed ------- the company.，而因空格後的 the company 是「退還 (reimburse) 費用 (expenses)」此一**行為的執行方**，因此正解為用來表被動動作之〈**執行者**〉的介系詞 (A) by。其他選項介系詞則皆非題意所需。

譯▶ 任何因舉行商務會議而產生的合理費用都將由公司報銷。
註▶ reasonable 形 合理的；正常的   incur 動 招致；產生（費用、負債等）
    reimburse 動 補償～；報銷～

文法模擬試題第 10 組

答案一覽表

No.	ANSWER A B C D	No.	ANSWER A B C D	No.	ANSWER A B C D
001	Ⓐ Ⓑ **C** Ⓓ	011	**A** Ⓑ Ⓒ Ⓓ	021	Ⓐ Ⓑ **C** Ⓓ
002	**A** Ⓑ Ⓒ Ⓓ	012	Ⓐ Ⓑ **C** Ⓓ	022	**A** Ⓑ Ⓒ Ⓓ
003	Ⓐ Ⓑ **C** Ⓓ	013	Ⓐ **B** Ⓒ Ⓓ	023	Ⓐ Ⓑ Ⓒ **D**
004	Ⓐ Ⓑ Ⓒ **D**	014	Ⓐ Ⓑ Ⓒ **D**	024	Ⓐ Ⓑ **C** Ⓓ
005	Ⓐ Ⓑ **C** Ⓓ	015	Ⓐ Ⓑ Ⓒ **D**	025	Ⓐ **B** Ⓒ Ⓓ
006	**A** Ⓑ Ⓒ Ⓓ	016	Ⓐ Ⓑ Ⓒ **D**	026	Ⓐ **B** Ⓒ Ⓓ
007	**A** Ⓑ Ⓒ Ⓓ	017	Ⓐ Ⓑ **C** Ⓓ	027	Ⓐ **B** Ⓒ Ⓓ
008	Ⓐ **B** Ⓒ Ⓓ	018	**A** Ⓑ Ⓒ Ⓓ	028	**A** Ⓑ Ⓒ Ⓓ
009	Ⓐ Ⓑ **C** Ⓓ	019	**A** Ⓑ Ⓒ Ⓓ	029	Ⓐ **B** Ⓒ Ⓓ
010	**A** Ⓑ Ⓒ Ⓓ	020	Ⓐ Ⓑ Ⓒ **D**	030	**A** Ⓑ Ⓒ Ⓓ

學習紀錄

次數	練習日		所需時間		答對題數
第 1 次	月	日	分	秒	/ 30
第 2 次	月	日	分	秒	/ 30

文法模擬試題

第 11 組

限時
10 分鐘

題數
30

題目序號
0960 ～ 0989

1. Using public ------- in countries that you visit is the most cost-efficient way to travel.

   (A) transportable
   (B) transporting
   (C) transportation
   (D) transported

2. Over the weekend, either Ms. Parker ------- Mr. Scott will be in the office to answer customer calls.

   (A) or
   (B) also
   (C) too
   (D) and

3. A spokesperson for City Metro Radio said it planned to run a Sunday schedule on national holidays, ------- its regular weekday service.

   (A) provided that
   (B) in the event of
   (C) instead of
   (D) as much as

4. The detailed terms and conditions of your employment are set forth in the ------- employment agreement.

   (A) enclose
   (B) enclosed
   (C) enclosing
   (D) encloses

5. The CEO said a suburban location would be more convenient and less expensive ------- the current corporate headquarters in downtown New York.

   (A) than
   (B) and
   (C) but
   (D) while

6. Meridian Town was already participating in Bigmart's same-day ------- program, which began in select markets last fall.

(A) deliver
(B) delivered
(C) delivers
(D) delivery

7. The Drover's Bookshop carries a large ------- of books signed by their authors, in addition to rare first editions and hard-to-find books.

(A) stock
(B) stocks
(C) stocked
(D) stocking

8. Tourist information and brochures can be found ------- the front desk in the lobby.

(A) at
(B) during
(C) since
(D) between

9. FutureNet ------- announced on Monday that it had acquired Next Networks, a Web video production company based in San Francisco.

(A) formal
(B) formality
(C) formally
(D) formalize

10. Melware Corporation reserves the right ------- service to users who do not abide by the terms of the contract.

(A) cancel
(B) canceling
(C) canceled
(D) to cancel

11. The Laurent Museum in Paris is home to the world's largest ------- of impressionist paintings.

(A) collect
(B) collected
(C) collects
(D) collection

12. The company will ------- be organizing a nationwide campaign for its new line of mobile phones in April.

(A) want
(B) most likely
(C) the one
(D) to

13. In order for an employee to register for a seminar, all application forms must be filled in ------- and signed.

(A) complete
(B) completes
(C) completing
(D) completely

14. Mr. Cooper's proposal for street rejuvenation was met ------- enthusiasm by local residents who had put up with potholes for decades.

(A) with
(B) in
(C) at
(D) through

15. For preventive maintenance of your car, visit one of our ------- dealers at least once every six months.

(A) authority
(B) authorize
(C) authorized
(D) authorization

16. Before signing an agreement, ------- lease terms, especially in regard to the fees required.

(A) examines
(B) examine
(C) examined
(D) examining

17. The Wellington Bus Service operates between City Airport and Central Train Station ------- two hours during the day, seven days a week.

(A) many
(B) every
(C) few
(D) more

18. Summerville town officials are currently developing a plan to reduce the ------- number of cars using Route 15.

(A) increase
(B) increases
(C) increasing
(D) increasingly

19. To enter the building you must swipe your employee card through the reader firmly, but not so firmly ------- damage the machine.

(A) so that
(B) as to
(C) if only
(D) in case

20. Fresh Mart ------- the help of its suppliers to cut down on packaging and its impact on the environment.

(A) was enlisted
(B) enlisting
(C) is enlisting
(D) has been enlisted

21. Tenants are usually required to inform their landlords at least 30 days in ------- if they wish to move out.

(A) advance
(B) advanced
(C) advancement
(D) advancing

22. According to the magazine, Wave Instruments is now under ------- to produce smartwatches.

(A) pressure
(B) burden
(C) weight
(D) rule

23. Despite ------- requests from wholesalers and retailers, Orange Appliance has yet to develop a new refrigerator.

(A) numerous
(B) numerously
(C) numbering
(D) numbered

24. Dr. Mitchell has shown unparalleled compassion for ------- patients over the past thirty years.

(A) she
(B) her
(C) hers
(D) herself

25. Hoffman Corporation's annual meeting ------- shareholders will be held on Wednesday, December 22 at 1:00 P.M.

(A) into
(B) for
(C) from
(D) through

26. When sending staff members overseas, it is essential that companies take ------- measures to ensure their employees' health.

(A) prevent
(B) prevents
(C) preventive
(D) prevented

27. The CEO will review the third-quarter sales reports ------- they are submitted to the auditing firm.

(A) upon
(B) before
(C) around
(D) from

28. The manufacturer ------- set its prices below cost in an effort to drive out a competitor.

(A) deliberate
(B) deliberated
(C) deliberately
(D) deliberation

29. Popular jazz singer Olivia Price will be holding two concerts in Tokyo in April, ------- an announcement on her Web site.

(A) if only
(B) provided that
(C) according to
(D) even though

30. The company ------- that their national advertising campaign had not generated the expected results.

(A) was concluded
(B) have concluded
(C) concluding
(D) concluded

答案一覽表請見 p. 482

[0960] 1.　[詞性]　　難易度 ★☆☆　[答案] (C)

這題的空格處應填入與形容詞 public 一起**作為動名詞 Using** 之受詞的名詞,所以正確答案是 (C) transportation。注意,public transportation(公共交通工具)是多益測驗的頻出詞彙之一。而 (A) transportable(可運送的)是形容詞,(B) transporting 是動詞 transport(運送~)的現在分詞或動名詞,(D) transported 則爲其過去式或過去分詞。

譯 在您出訪的國家使用大眾交通工具是最具成本效益的旅行方式。

[0961] 2.　[配對]　　難易度 ★☆☆　[答案] (A)

很明顯地本題可與句中 **either** 結合的 (A) or 即爲正解。either X or Y(X 或 Y)長年以來都是 Part 5 常見的經典題型。另,both X and Y(X 和 Y 都)、neither X nor Y(X 和 Y 都不~)也請一併記住。

譯 週末期間,Parker 女士或 Scott 先生將在辦公室接聽顧客來電。

[0962] 3.　[介 or 連]　　難易度 ★★☆　[答案] (C)

本題空格內須填入一**介系詞**,以**連結前面的子句與後方名詞**,因此只剩 (B) in the event of、(C) instead of 可選,但可形成通順文意的是 (C)instead of(代替~、而不是~),(B) in the event of(如果發生~)在此則意思不通。另,(A) provided that(倘若~、以~爲條件)是接子句的連接詞,(D) as much as 則一般用來強調量很多。

譯 市營地鐵電台的一位發言人表示,地鐵計畫在國定假日以週日的時刻表運行,而非一般平日的服務時間。

[0963] 4.　[動詞]　　難易度 ★★☆　[答案] (B)

空格前有定冠詞 the,後爲複合名詞 employment agreement,由此可知空格處須填入一**形容詞**,而四選項中可作爲形容詞使用的是分詞選項 (B) enclosed 和 (C) enclosing,但由於合約是「被封入、附在信裡」的　方,故本題應選具被動意涵的過去分詞 (B)。(A) enclose(把~封入)是原形動詞,(D) 則爲其第三人稱單數現在式。

譯 您的詳細雇用條款及條件皆列於隨附的聘僱協議書中。

註 terms and conditions(合約的)條款與條件　　set forth 列舉~;提出~

[0964] 5.　[比較]　　難易度 ★☆☆　[答案] (A)

四選項中唯一可與空格前的 more convenient and less expensive 結合、形成**比較句型**的明顯即爲 (A) than。(注意,在多益測驗中也常考須於空格處填入對應 than 之比較級詞彙的題目。)其他選項則皆與題意不相干。

譯 該執行長表示,與目前在紐約市中心的公司總部相比,郊區位置會更方便也更便宜。

註 suburban 〔形〕郊區的

[0965] **6.** [詞性]   難易度 ★★☆   答案 **(D)**   [0960] ▼ [0969]

若將過去分詞 (B) delivered 視爲形容詞填入空格以修飾後方名詞 program，意思會變成「被配送了的計畫」，並不合理。但若填入名詞 (D) delivery 以建立**複合名詞 same-day delivery program**（當日配送計畫），則明顯符合句意邏輯。另，(A) deliver（運送）是動詞，(C) delivers 則爲其第三人稱單數現在式。

譯 Meridian Town 已參加從去年秋天開始在特定市場展開之 Bigmart 公司的當日配送計畫。

[0966] **7.** [詞性]   難易度 ★★☆   答案 **(A)**

此〈冠詞＋形容詞 ------- 介系詞〉形式是詞性題中以**名詞**爲正解的常見出題模式之一。由於空格前方有**不定冠詞 a**，所以正確答案就是**單數形**的 (A) stock（進貨、貯存）。（注意，在此句中 a large stock of books 扮演的是述語動詞 carries 的受詞。）另，(C) stocked 是動詞 stock 的過去式或過去分詞，(D) stocking 則爲其現在分詞或動名詞。

譯 除了罕見的初版書和難以找到的書籍外，Drover's 書店還備有大量的作者簽名書庫存。

[0967] **8.** [介系詞]   難易度 ★☆☆   答案 **(A)**

只要將表〈地點〉的介系詞 (A) at 填入空格，便能以 at the front desk（在服務櫃檯）此片語來明確指出可找到主詞 Tourist information and brochures 的地點，故爲正解。而選項 (B) during 和 (C) since 與地方無關，(D) 須以 between X and Y（在 X 和 Y 之間）這樣的形式以表達位置關係。

譯 旅客資訊與宣傳小冊可在大廳裡的服務櫃檯處找到。

[0968] **9.** [詞性]   難易度 ★☆☆   答案 **(C)**

本句拿掉空格 FutureNet[S] announced[V] 之句型依然完整，由此可知空格處需要可用來**修飾後方動詞 announced 的副詞**，故本題選 (C) formally（正式地）。而 (A) formal（正式的）是形容詞，(B) formality（拘謹的形式、俗套）是名詞，(D) formalize（使～形式化）則爲動詞。

譯 FutureNet 於週一正式宣布它已收購總部位於舊金山的網路影片製作公司 Next Networks。

[0969] **10.** [動詞]   難易度 ★★☆   答案 **(D)**

空格前的 right 是表「權利」之意的名詞，在此爲動詞 reserves 之受詞。而由於在空格前 SVO 要素皆已齊備，由此可推斷空格以後的部分爲修飾元素，因此只要將**不定詞 (D) to cancel**（取消～）填入空格，便能結合後方名詞 service 以**修飾前方名詞 the right**，形成「取消服務的→權利」之通順文意。（**the right to do** 指「做～的權利」，爲重要用法，請牢記。）另，(A) cancel 是原形動詞，(B) 爲其現在分詞或動名詞，(C) 則爲其過去式或過去分詞，三者皆無法置於 right 之後，故皆不可選。

譯 Melware 公司針對不遵守合約條款之使用者保留取消服務的權利。

註 reserve **動** 保留（權利等）   abide by X 遵守 X（規則等）
term **名**（契約、談判等的）條件；條款

文法模擬試題 第11組

第 11 組試題解析

[0970] 11. 詞性　　　　　　　　　　難易度 ★☆☆　　答案 (D)

空格前為形容詞 large 的最高級 largest，其前又有所有格 world's，由此即可推斷空格處需要一名詞以作為前方介系詞 to 之受詞。而四選項中只有 (D) collection（收藏品、收集）是名詞，故為正解。另，(A) collect（收集～）是動詞，(B) collected 為其過去式或過去分詞，(C) collects 則為其第三人稱單數現在式。

譯▶ 巴黎的 Laurent 博物館是世界上最大的印象派畫作收藏地。

註▶ impressionist ⑱ 印象派的

[0971] 12. 其他　　　　　　　　　　難易度 ★☆☆　　答案 (B)

這句即使刪除空格部分仍可連接前後，可見空格處應填入一修飾語，而能在助動詞與動詞原形之間修飾動詞的是副詞，故本題選 (B) most likely（最有可能）。另，若選 (A) want 應採取 will want to be ... 的形式，而 (C) the one 和 (D) to 則不可置於 will 之後。

譯▶ 該公司最有可能會在四月份為其新的手機系列產品安排一次全國性的宣傳活動。

[0972] 13. 詞性　　　　　　　　　　難易度 ★★☆　　答案 (D)

在空格前 Ⓢ must be filled in 此被動式句子就已成立，由此可知空格處需要的應為一修飾語，而能用來修飾前方動詞部分 **must be filled in** 的就是副詞 (D) completely（完全地、徹底地）。另，(A) complete 是動詞「完成～」或形容詞「完整的」，(B) completes 是動詞的第三人稱單數現在式，(C) completing 則為其現在分詞或動名詞。

譯▶ 員工若要登記參加研討會，所有申請表都必須完整填寫並簽名。

[0973] 14. 介系詞　　　　　　　　　難易度 ★★☆　　答案 (A)

本題四個選項皆為介系詞，而可用以形成 **meet with X** 以表「得到 X 這種結果、反應」之意的 (A) with 為正解。（be met with enthusiasm 指「獲得熱情的支持、回應」。）注意，X 的部分也可使用 approval（批准、認可）、opposition（反對）、success（成功）等單字。

譯▶ Cooper 先生的街道復興計畫受到當地已忍受坑洞數十年之居民們的熱情支持。

註▶ rejuvenation ⑧ 返老還童；復興　　put up with X 忍受 X　　pothole ⑧（道路上的）坑洞

[0974] 15. 詞性　　　　　　　　　　難易度 ★☆☆　　答案 (C)

〈所有格 ------- 名詞〉之結構中的空格處應填入用來修飾後方名詞的形容詞，而四選項中具形容詞功用只有動詞 (B) authorize（授權～、批准～）的過去分詞 (C) authorized（經授權的、公認的）。另，(A) authority（權威人士、權限）是名詞，(D) authorization（授權、批准）亦為名詞。

譯▶ 為了能夠預防性地維護您的車子，請至少每六個月造訪一次我們的授權經銷商處。

[0975] 16. 動詞   難易度 ★★☆   答案 **(B)**   [0970]

置於兩個逗號間的 ------- lease terms 部分爲本句的核心架構，應將之視爲省略主詞 you 的祈使句而填入**原形動詞** (B) examine（檢查～）以形成一完整句子。而第三人稱單數現在式的 (A) examines 和過去式的 (C) examined 都需要有主詞。另，現在分詞或動名詞 (D) examining 則無法作爲述語動詞。

譯 在簽署協議之前，請檢查租約條款，尤其是關於所需費用的部分。

註 in regard to X 關於 X (= with regard to X)

[0976] 17. 數量   難易度 ★★☆   答案 **(B)**

本題須針對空格後的名詞 two hours 選出正確的修飾語，而四選項中可置於數字前作爲修飾語的只有 (B) every。（every two hours 指「每兩個小時」。）另，(A) many（許多的）、(C) few（很少的）和 (D) more（更多的）則都無法用來修飾如 two hours 這樣的結構。

譯 Wellington 巴士公司一週七天，於日間每隔兩小時在城市機場與中央火車站之間營運。

[0977] 18. 詞性   難易度 ★★☆   答案 **(C)**

〈冠詞 ------- 名詞〉之結構中的空格處需要可用來修飾後方名詞 number 的**形容詞**，而四選項中具有形容詞功用的只有動詞 (A) increase（增加）的**現在分詞** (C) increasing（不斷增長的、正在增加的）。注意，(A) increase 除可作動詞外亦可爲名詞。另，(B) increases 爲動詞 increase 之第三人稱單數現在式或名詞 increase 之複數形，(D) increasingly（越來越、漸增地）則爲副詞。

譯 Summerville 鎮的官員們目前正在制定一項計畫，目的是要減少在不斷增加的、使用 15 號公路的汽車數量。

[0978] 19. 配對   難易度 ★★☆   答案 **(B)**

本句空格後爲一原形動詞 damage（損壞～），而四選項中唯一可接原形動詞的是 (B) as to，故爲正解。（〈so ＋形容詞／副詞＋ as to do〉表「如此地～以致於～」之意。）而 (A) so that（以便～）、(C) if only（只要～）、(D) in case（以防萬一～）皆爲連接子句的連接詞。

譯 要進入大樓，您必須確實將您的員工卡刷過讀卡機，但不要過度使力以致於損壞到機器。

註 swipe 動 刷（卡）   firmly 副 穩穩地；用力地

[0979] 20. 動詞   難易度 ★★☆   答案 **(C)**

本題空格內須填入對應主詞 Fresh Mart 的**述語動詞**，故可能的選項有 (A) was enlisted、(C) is enlisting、(D) has been enlisted，但因空格後有受詞名詞 the help，故動詞應採取**主動語態**，所以正確答案是 (C) is enlisting（正在尋求）。而 (A) 和 (D) 都是被動式，語態不符。另，(B) enlisting 則爲現在分詞或動名詞。注意，本句中所使用到的 enlist 除了指「徵募」外，也可用來指「求取（支持或幫助）」。

譯 Fresh Mart 公司正在尋求供應商的幫助，以減少包裝及其對環境的影響。

註 enlist 動 謀取～的贊助或支持

[0980] 21. 詞性   難易度 ★☆☆   答案 **(A)**

空格處需要一**作為前方介系詞 in 之受詞的名詞**，而若填入選項 (A) advance 即可形成 **in advance**（事先）此符合文意之片語，故為正解。另一名詞 (C) advancement（發展、晉升）在此則意思不通。而 (B) advanced（先進的、高等的）和 (D) advancing（前進的）則皆為形容詞。

譯 如果承租人想搬走，通常需要提前至少三十天通知房東。

註 landlord 名 房東；地主

[0981] 22. 語法   難易度 ★★☆   答案 **(A)**

空格前為介系詞 under，故空格中應填入名詞，但由於**空格前沒有冠詞**，因此答案是**不可數名詞** (A) pressure（壓力）。（under pressure 指「在壓力之下」之意。）而 (B) burden、(D) rule 皆為可數名詞，都須加冠詞，用法如 under the burden of X（在 X 的負擔之下）、under the rule of X（在 X 的規則之下、根據 X 的規則）。至於 (C) weight（重量）則與句意風馬牛不相及。

譯 根據該雜誌的說法，Wave Instruments 公司目前正處於必須生產智慧手錶的壓力之下。

[0982] 23. 詞性   難易度 ★☆☆   答案 **(A)**

空格後有作為前方介系詞 Despite 之受詞的名詞 requests，由此可知空格處應填入可用來**修飾此名詞的形容詞** (A) numerous（許多的、為數眾多的）。另，(B) numerously（多數地、無數地）是副詞，並非題意所需；(C) numbering 是動詞 number（替～編號）的現在分詞或動名詞，與句意無關；(D) numbered 則為 number 之過去式或過去分詞，若填入空格中同樣會導致文意不通。

譯 儘管有許多來自批發商和零售商的要求，Orange 電器公司仍尚未開發新的冰箱。

註 wholesaler 名 批發商

[0983] 24. 代名詞   難易度 ★☆☆   答案 **(B)**

本題屬代名詞格的題目。由於空格後有被所有的名詞 patients，因此本題應選**所有格**選項 (B) her（她的）。另，(A) she（她）是作為主詞用的主格，(C) hers（她的）是所有代名詞，(D) herself（她自己）則為反身代名詞，應作為主詞和受詞相同時之受詞，或用於強調。

譯 Mitchell 醫師在過去的三十年裡對她的病人展現出了無比的愛心。

註 unparalleled 形 無比的；無雙的   compassion 名 同情心；憐憫；愛心

[0984] 25. 介系詞   難易度 ★☆☆   答案 **(B)**

本題四選項皆為介系詞，而只有將選項 (B) for（為了～）填入空格，才能形成「為股東而開的年度會議」之通順文意，故為正解。（正如表〈方向〉的 for 之基本意象，本句提到的會議有朝向、針對股東召開的感覺。）

譯 Hoffman 公司的股東年度會議將於 12 月 22 日星期三下午 1 點舉行。

0980
▼
0989

[0985] **26.** 詞性   難易度 ★★☆   答案 (C)

空格前有及物動詞 take，後則有作爲其受詞的名詞 measures（措施、方法），故可推斷本題應選可用來**修飾 measures 的形容詞** (C) preventive（預防的）。而 (A) prevent（阻止～、防止～）是動詞，(B) prevents 爲其第三人稱單數現在式。另，若將 (D) prevented 視爲過去分詞形容詞而填入空格，意思會變成「被預防的措施」，並不通順。

譯 在派遣工作人員至海外時，企業必須採取預防措施以確保員工的健康。

註 measure 名 措施；方法

[0986] **27.** 介 or 連   難易度 ★☆☆   答案 (B)

由空格前後皆爲子句即可知，正確答案是可用來連接前後兩子句的**連接詞**，而四選項中可作連接詞使用的只有 (B) before（在～之前）。注意，像 before the submission to X（在提交給 X 之前）這種介系詞用法也很重要。其他選項 (A) upon（在～之上）、(C) around（在～周圍）、(D) from（從～起）皆爲介系詞，後面應接名詞而非子句。

譯 在提交給審計公司之前執行長將審查第三季的銷售報告。

註 auditing firm   審計公司；會計師事務所

[0987] **28.** 詞性   難易度 ★☆☆   答案 (C)

若將空格拿掉 The manufacturer$_S$ set$_V$ 這個句子仍然成立，由此可知空格內應填入用來**修飾動詞 set 的副詞**，故正解爲 (C) deliberately（故意地）。而 (A) deliberate 可作形容詞，指「故意的、愼重的」，或作動詞，指「仔細考慮～」；(B) deliberated 是動詞 deliberate 的過去式或過去分詞；(D) deliberation（細想、審議）則爲名詞。

譯 爲了達到驅逐競爭對手的目的，該製造商故意將其價格定得低於成本。

註 in an effort to *do* 努力～；試圖～   drive out X 趕走 X

[0988] **29.** 介 or 連   難易度 ★★☆   答案 (C)

可將空格後的名詞 an announcement 連結至空格前之子句的應爲**介系詞**，而四選項中屬於介系詞的只有 (C) according to（依據～、按照～）。其他的 (A) if only（只要～、但願～）、(B) provided that（倘若～、以～爲條件）、(D) even though（即使～）均爲連接詞，後面須接〈主詞＋動詞〉形式的子句，而非名詞，故皆不可選。

譯 依據她網站上的一則通知，流行爵士樂歌手 Olivia Price 將在四月於東京舉行兩場演唱會。

[0989] **30.** 動詞   難易度 ★★☆   答案 (D)

這句的主詞是 The company，而空格處需要的是述語動詞，故可先排除掉形容詞 (C) concluding（結束的）。而在剩下的三個選項中與**單數形**主詞主・述一致的只有 (A) was concluded 和 (D) concluded。又因空格後方接著的是**作爲受詞的 that 子句**，因此正解應爲主動語態的 (D)。被動式的 (A) 不可接 that 子句。另，選項 (B) 則須改成 has concluded 才正確。

譯 該公司斷定他們所推出的全國性廣告活動並未產生預期的效果。

文法模擬試題第 11 組

答案一覽表

No.	ANSWER A B C D	No.	ANSWER A B C D	No.	ANSWER A B C D
001	Ⓐ Ⓑ **Ⓒ** Ⓓ	011	Ⓐ Ⓑ Ⓒ **Ⓓ**	021	**Ⓐ** Ⓑ Ⓒ Ⓓ
002	**Ⓐ** Ⓑ Ⓒ Ⓓ	012	Ⓐ **Ⓑ** Ⓒ Ⓓ	022	**Ⓐ** Ⓑ Ⓒ Ⓓ
003	Ⓐ Ⓑ **Ⓒ** Ⓓ	013	Ⓐ Ⓑ Ⓒ **Ⓓ**	023	**Ⓐ** Ⓑ Ⓒ Ⓓ
004	Ⓐ **Ⓑ** Ⓒ Ⓓ	014	**Ⓐ** Ⓑ Ⓒ Ⓓ	024	Ⓐ **Ⓑ** Ⓒ Ⓓ
005	**Ⓐ** Ⓑ Ⓒ Ⓓ	015	Ⓐ Ⓑ **Ⓒ** Ⓓ	025	Ⓐ **Ⓑ** Ⓒ Ⓓ
006	Ⓐ Ⓑ Ⓒ **Ⓓ**	016	Ⓐ **Ⓑ** Ⓒ Ⓓ	026	Ⓐ Ⓑ **Ⓒ** Ⓓ
007	**Ⓐ** Ⓑ Ⓒ Ⓓ	017	Ⓐ **Ⓑ** Ⓒ Ⓓ	027	Ⓐ **Ⓑ** Ⓒ Ⓓ
008	**Ⓐ** Ⓑ Ⓒ Ⓓ	018	Ⓐ Ⓑ **Ⓒ** Ⓓ	028	Ⓐ Ⓑ **Ⓒ** Ⓓ
009	Ⓐ Ⓑ **Ⓒ** Ⓓ	019	Ⓐ **Ⓑ** Ⓒ Ⓓ	029	Ⓐ Ⓑ **Ⓒ** Ⓓ
010	Ⓐ Ⓑ Ⓒ **Ⓓ**	020	Ⓐ Ⓑ **Ⓒ** Ⓓ	030	Ⓐ Ⓑ Ⓒ **Ⓓ**

學習紀錄

次數	練習日		所需時間		答對題數
第 1 次	月	日	分	秒	／ 30
第 2 次	月	日	分	秒	／ 30

文法模擬試題

第 **12** 組

限時
10 分鐘

題數
30

題目序號

0990 ～ 1019

1. The meeting this afternoon will be held in the conference room on the fourth floor at 3 P.M. -------.

   (A) precise
   (B) most precise
   (C) more precisely
   (D) precisely

2. Applicants for the position are expected to be ------- in English, although no certificate is required.

   (A) proficient
   (B) proficiently
   (C) proficiency
   (D) more proficiently

3. We ask that you ------- your mobile phone during the performance as a matter of courtesy to other audience members.

   (A) silences
   (B) silenced
   (C) silence
   (D) silencing

4. The language school boasts that over 80 percent of its students make significant ------- in both listening and speaking after three months of tuition.

   (A) progressive
   (B) progress
   (C) progressively
   (D) progressed

5. Marketing department staff members are invited to tour the plant to see ------- the quality control procedures are implemented.

   (A) during
   (B) how
   (C) about
   (D) whom

6. Brad Jessen presented an ------- to the City Council for heating and air conditioning at the new convention center.

(A) estimate
(B) estimated
(C) estimating
(D) estimates

7. Through a translator, Ms. Ivanov spoke with ------- by phone from Moscow about her role in the new film.

(A) we
(B) our
(C) us
(D) ourselves

8. Baliwood Hotel ------- conducts guest surveys to gather information that will help it find what areas of its services need improvement.

(A) regularize
(B) regularizing
(C) regularity
(D) regularly

9. During the conference, a ------- meal will be served from 3:00 P.M. to 3:30 P.M. in the Tower Café located on the fifth floor.

(A) lightness
(B) lightly
(C) light
(D) lightest

10. The company has expanded suddenly, ------- a move to larger premises with a dedicated parking lot.

(A) necessitate
(B) necessitating
(C) necessitated
(D) necessitates

11. Gilbert Public Schools' technology department already has plans to replace the ------- computers this summer.

(A) outdate
(B) outdated
(C) outdates
(D) outdating

12. While traditional manufacturing is still ideal for high-volume production of metallic parts, 3D printing offers the option to ------- produce low-volume mock-ups.

(A) speed
(B) speeded
(C) speedy
(D) speedily

13. Aya Hernandez was one of the top five finalists of the piano competition, ------- whom audience members will choose a winner.

(A) around
(B) during
(C) from
(D) above

14. ------- she has a previous engagement with her client, Louise Simon will not be in attendance at today's meeting.

(A) Nevertheless
(B) Rather
(C) Because
(D) Whether

15. Next year, Bernier Corporation's major objective is to establish even ------- ties between its domestic and international divisions.

(A) strong
(B) stronger
(C) strongly
(D) strongest

16. Successful candidates should possess a university degree in marketing or another ------- field.

(A) rely
(B) relying
(C) relevant
(D) relevancy

17. Ms. Kim is considering relocating to Evergreen Town because ------- would be more convenient to her base of clients.

(A) it
(B) she
(C) which
(D) some

18. Every room of the hotel has an ------- view of Lake Tahoma and Millwood Mountain.

(A) expand
(B) expansive
(C) expansively
(D) expansion

19. Experts are predicting that the market for mobile phones ------- by over 5 percent over the next five years.

(A) are growing
(B) will grow
(C) has grown
(D) had grown

20. The main lobby of the Grace Hotel is ------- decorated with ceramic tiles, crystal chandeliers, and a water fountain.

(A) beauty
(B) beautiful
(C) beautifully
(D) beautified

21. We have extended the deadline because many of the applicants have ------- to submit their documents.
    (A) yet
    (B) already
    (C) after
    (D) until

22. The Voyage Savor jams are made ------- locally grown, organic ingredients.
    (A) from
    (B) below
    (C) to
    (D) into

23. The factory foreman conducts ------- inspections of the facility to ensure that all the machinery is working efficiently.
    (A) frequent
    (B) frequently
    (C) frequency
    (D) frequencies

24. After returning to Florence in 1985, Mr. Moretti produced a number of paintings, ------- of which are housed in Moretti Memorial Museum.
    (A) other
    (B) several
    (C) that
    (D) anything

25. ------- the annual company banquet, Mr. Garcia and his team volunteered to work in the cloakroom.
    (A) When
    (B) While
    (C) Instead
    (D) During

26. Our certified technicians provide a full range of services ------- vehicles, such as oil changes, scheduled maintenance, and brake upgrades.

(A) by
(B) for
(C) from
(D) in

27. The Real Estate Show will offer an excellent opportunity for home owners to acquaint ------- with the latest trends in home furnishings.

(A) they
(B) their
(C) them
(D) themselves

28. The renowned architect Stuart Silk ------- to design nine custom homes near Shanghai.

(A) was commissioning
(B) would be commissioning
(C) will have commissioned
(D) has been commissioned

29. Mr. Lyle was asked to contact the human resources department to arrange a follow-up ------- for the accounting position.

(A) interviewed
(B) interview
(C) interviewing
(D) interviews

30. The museum announced today that Alan Cooper has been ------- chief executive officer.

(A) returned
(B) appointed
(C) regarded
(D) promoted

答案一覽表請見 p. 496

[0990] **1.** 詞性　　　　　　　　　　　　　　　難易度 ★☆☆　答案 **(D)**

由於在空格前本句便已完整，可見空格處應填入一修飾語，故可用來修飾空格前之副詞片語 at 3 P.M. 並形成「準時地在三點」之意的**副詞** (D) precisely 就是正確答案。（注意，precisely 也可寫在前面的位置，如 at precisely 3 P.M.。）而若填入比較級的 (C) more precisely 會意思不通。

譯▶ 今天下午的會議將準時於下午 3 點在四樓的會議室舉行。

[0991] **2.** 詞性　　　　　　　　　　　　　　　難易度 ★★☆　答案 **(A)**

本題正確答案是可作爲空格前 **be 動詞後之補語的形容詞** (A) proficient（熟練的）。（*be proficient in [at] X* 指「X 的技巧很熟練、精通 X」之意。）而名詞 (C) proficiency（精通、熟練）雖也可作爲補語，但無法等同於主詞 Applicants（應徵者），故不選。另，(B) proficiently（熟練地）是副詞，(D) more proficiently 則爲其比較級。

譯▶ 雖然不需要證書，但該職位的應徵者被期待需要精通英語。
註▶ proficient 形 熟練的；精通的

[0992] **3.** 動詞　　　　　　　　　　　　　　　難易度 ★☆☆　答案 **(C)**

包含空格之 that 子句的主詞是 you，故可知空格處須填入一**述語動詞**，而由於此句內容講的是一般的注意事項，因此應選**現在式**的 (C) silence（將～設爲靜音）。第三人稱單數現在式的 (A) silences 有主・述不符的問題，過去式的 (B) silenced 則時態不符；(D) silencing 是現在分詞或動名詞，不能作爲述語動詞，故三者皆不可選。

譯▶ 我們要求您在演出過程中將手機設爲靜音，這是出於對其他觀衆的禮貌。
註▶ courtesy 名 禮貌；禮節　　silence 動 使～安靜；將～設爲靜音

[0993] **4.** 詞性　　　　　　　　　　　　　　　難易度 ★★☆　答案 **(B)**

這題的空格處應填入作爲前方及物動詞 make 之受詞的**名詞**，故正解爲 (B) progress（進展、進步）。（make progress 指「取得進展、有所進步」。）而 (A) progressive 可作形容詞，表「進步的、逐步的」，或作名詞，表「革新主義者」，但此名詞意涵與文意不符。另，(C) progressively（逐漸地）是副詞，(D) progressed 則爲作動詞用之 progress（前進、進行）的過去式或過去分詞。

譯▶ 該語言學校以其學生有超過 80% 在三個月的授課後於聽和說方面都有顯著的進步而自豪。
註▶ boast 動 吹嘘～；誇口～；以有～而自豪　　tuition 名 教學；授課

[0994] **5.** 其他　　　　　　　　　　　　　　　難易度 ★★☆　答案 **(B)**

空格後緊接著要素齊備的完整句子，故本題應選**可建立名詞子句以作爲及物動詞 see 之受詞**的疑問詞 (B) how。（注意，本題由 how 引導的爲一間接問句，意思是「品質管理程序是如何被執行的」。）另，(A) during、(C) about 是接名詞而非子句的介系詞，關係代名詞 (D) whom 則須以〈人〉爲先行詞，並連接缺少受詞的子句。

譯▶ 行銷部門的工作人員受邀參觀工廠，以便能看看品質管理程序是如何被執行的。

0990
0999

0995 **6.** 　詞性　　　　　　　　　　　　　　　難易度 ★★☆　　答案 **(A)**

冠詞與介系詞間的空格應填入**名詞**，故正解爲 (A) estimate（估價）。注意，estimate 也常以表「估計～」之意的動詞形式出現。而 (B) estimated 爲動詞 estimate 的過去式或過去分詞，(C) estimating 則爲其現在分詞或動名詞。另，(D) estimates 可爲名詞的複數或動詞的第三人稱單數現在式。

譯 Brad Jessen 在新的會議中心向市議會提出暖氣與空調的估價。

0996 **7.** 　代名詞　　　　　　　　　　　　　　難易度 ★☆☆　　答案 **(C)**

本題四選項皆爲代名詞，而可作爲空格前**介系詞 with 之受詞**的受格 (C) us（我們）就是正確答案。另，(A) we（我們）是作爲主詞用的主格；(B) our（我們的）是在名詞前表所有者的所有格；(D) ourselves（我們本身）則爲反身代名詞，可在主詞和受詞相同時作爲受詞使用，但是本句的主詞 Ms. Ivanov 和受詞（我們）是不同人，故不可選。

譯 透過翻譯，Ivanov 女士從莫斯科通過電話與我們談了她在新電影中所飾演的角色。

0997 **8.** 　詞性　　　　　　　　　　　　　　　難易度 ★☆☆　　答案 **(D)**

即使去掉空格部分，Baliwood Hotel~S~ conducts~V~ ... 此句依舊成立，故可知空格處應填入一修飾語，而可用來**修飾後方述語動詞 conducts**（實行～）的是副詞，因此 (D) regularly（定期地）爲正解。另，(A) regularize（使有規則）是動詞，(B) regularizing 爲其現在分詞或動名詞，(C) regularity 則爲名詞，表「規則性」。

譯 Baliwood 飯店定期實行住客意見調查以收集可幫助它找出哪些方面的服務須改善之資訊。

0998 **9.** 　詞性　　　　　　　　　　　　　　　難易度 ★☆☆　　答案 **(C)**

冠詞 a 與名詞 meal 之間應填入用來**修飾名詞的形容詞** (C) light（輕的）。注意，a light meal（輕食、簡餐）在文章理解題中常與 refreshments（茶點、便餐）互爲替換。而 (A) lightness（輕）是名詞，(B) lightly（輕輕地）是副詞，(D) lightest（最輕的）則爲形容詞的最高級。

譯 在會議期間，位於五樓的 Tower Café 將從下午 3 點到 3 點 30 分供應簡餐。

0999 **10.** 　動詞　　　　　　　　　　　　　　　難易度 ★★★　　答案 **(B)**

由於空格前爲一完整的句子，故可填入空格的應該是分詞，而因**空格後有作爲受詞的名詞 a move**，由此判斷此部分應採主動語態，所以正確答案是及物動詞 (A) necessitate（需要～、使～成爲必要）的**現在分詞 (B) necessitating**。至於過去分詞 (C) necessitated 則表被動意義，後不接名詞。最後，選項 (D) necessitates 則爲動詞之第三人稱單數現在式。

譯 該公司突然間擴大，因此必須搬遷至備有專用停車場的較大廠區。

註 premises 名 場地；廠區　　dedicated 形 專用的

文法模擬試題 第**12**組

1000 **11.** 詞性　　　　　　　　　　　　　　難易度 ★★☆　　答案 **(B)**

〈冠詞 ------ 名詞〉之結構中的空格內應填入可用來修飾後方名詞的**形容詞**，故正解為 (B) outdated（過時的）。本題若選動詞 (A) outdate（使過時）的現在分詞 (D) outdating，意思會變成「造成過時的電腦」，不知所云。另，(C) outdates 是動詞的第三人稱單數現在式。

譯▶ Gilbert 公立學校的技術部門已有計畫要在今年夏天更換過時的電腦。

1001 **12.** 詞性　　　　　　　　　　　　　　難易度 ★☆☆　　答案 **(D)**

即使去掉空格部分，the option to produce ... 仍可連接前後，可見空格處應填入一修飾語，而可用來**修飾空格後方動詞 produce** 的應為副詞，所以正確答案是 (D) speedily（迅速地）。（注意，像這種在 to 和原形動詞之間插入副詞的形式稱為〈分離不定詞〉，常出現於正式測驗中。）而 (A) speed 可作名詞（指「速度」）或動詞（指「超速」），(B) 為動詞之過去式或過去分詞，(C) speedy（迅速的）則為形容詞。

譯▶ 雖然傳統的製造方式對金屬零件的大量生產來說依舊理想，不過 3D 列印提供了快速生產少量模型打樣的選項。

註▶ mock-up 名 模型打樣

1002 **13.** 介系詞　　　　　　　　　　　　　難易度 ★★★　　答案 **(C)**

空格後的 whom 是受格的關係代名詞，其先行詞為 the top five finalists。若將此先行詞移回至關係詞子句的受詞位置，分成兩句來思考之後即可知，可填入 audience members will choose a winner ------- the top five finalists. 之空格並形成通順文脈的應為介系詞 (C) from。其他選項 (A) around、(B) during 和 (D) above 明顯皆不適合置於 whom 之前。

譯▶ Aya Hernandez 是鋼琴比賽的前五名決賽選手之一，而觀眾將從五位選手中選出一位優勝者。

1003 **14.** 介 or 連　　　　　　　　　　　　難易度 ★★☆　　答案 **(C)**

這題的空格處應填入可用來連接逗號前後兩個子句的**連接詞**，而可正確連接「與顧客有約在先」和「不出席今天的會議」之「理由→結果」文脈者為 (C) Because（因為～）。選項 (D)「無論～」若為 Whether ... or not, S V. 句型，就會是正確答案。另，(A) Nevertheless（不過、然而）與 (B) Rather（寧願、倒不如）則皆為副詞。

譯▶ 因為與顧客有約在先，所以 Louise Simon 將不會出席今天的會議。

註▶ engagement 名 （會面等的）約定

1004 **15.** 比較　　　　　　　　　　　　　　難易度 ★★☆　　答案 **(B)**

空格前的 **even** 可用來**強調比較級**，表示「甚至更～」，符合全句句意邏輯，故本題選 (B) stronger（更牢固的）。而若選形容詞原級的 (A)，even strong ties 的意思會是「甚至牢固的連結」，不知所云。另，(C) strongly 是副詞，(D) strongest 則為形容詞的最高級。

譯▶ Bernier 公司明年的主要目標是在其國內和國際部門之間建立更牢固的連結。

註▶ objective 名 目標

[1005] **16.** 詞性　　　　　　　　　　　　　　難易度 ★★☆　　答案 **(C)**

即使去掉空格部分，another field（另一領域）的意思依然完整，故空格內應填入的是一修飾語，而可用來修飾名詞 field 者爲**形容詞**，所以正確答案是 (C) relevant（有關的）。另，(A) rely（依靠）是動詞，(B) relying 爲其現在分詞或動名詞。至於 (D) relevancy（關聯）則爲名詞。

譯 成功的候選人應具備市場行銷或其他相關領域的大學學位。

[1006] **17.** 代名詞　　　　　　　　　　　　　難易度 ★☆☆　　答案 **(A)**

本題空格內須填入 because 子句中述語動詞 would be 的**主詞**。依據文意，「------ 對客戶來說會更方便」的空格部分指的應該是 relocating to Evergreen Town，因此可作爲其代稱的 (A) it 就是正確答案。另，選項 (B) she 與 (D) some 明顯皆不適當，而 (C) which 則無法用來當該子句的主詞。

譯 Kim 女士正考慮搬遷到 Evergreen 鎮，因爲這樣對她的客戶群來說會更方便。

註 base 名（支撐的）基礎；底層

[1007] **18.** 詞性　　　　　　　　　　　　　　難易度 ★★☆　　答案 **(B)**

冠詞與名詞間的空格處需要可用來修飾後方名詞的**形容詞**，故本題選 (B) expansive（廣闊的）。而 (A) expand（擴大～）是動詞，(C) expansively（廣闊地）是副詞，(D) expansion（擴張、擴大）則爲名詞，三者皆不適合置於 view 之前，故皆不選。

譯 該飯店的每間客房均可看到 Tahoma 湖與 Millwood 山的廣闊景觀。

[1008] **19.** 動詞　　　　　　　　　　　　　　難易度 ★☆☆　　答案 **(B)**

由於句尾有 over the next five years（在接下來的五年裡）這種表〈**未來時間**〉的副詞，因此本題選未來式的 (B) will grow。注意，因爲填入空格之述語動詞所須對應的主詞是 the market 這個**單數形名詞**，所以雖然現在進行式的 (A) are growing 可用以表未來，但因有主·述不一致的問題，故不可選。另，現在完成式的 (C) has grown 與過去完成式的 (D) had grown 時態皆不符。

譯 專家預測手機市場在未來的五年裡將成長超過 5%。

[1009] **20.** 詞性　　　　　　　　　　　　　　難易度 ★☆☆　　答案 **(C)**

即使刪除空格，Ⓢ is decorated with X 此被動句型依舊成立，可見空格處應填入一修飾語，因此能用來修飾前後動詞部分的**副詞** (C) beautifully（漂亮地）即爲正解。而 (A) beauty（美、美的人事物）是名詞，(B) beautiful（漂亮的）是形容詞，(D) beautified 則爲動詞 beautify（美化～）的過去式或過去分詞。

譯 Grace 飯店的主要大廳用磁磚、水晶吊燈以及一座噴泉裝飾得美輪美奐。

註 chandelier 名 枝型吊燈

文法模擬試題 第 **12** 組

[1010] 21. 其他　　　　　　　　　　　　　　難易度 ★★☆　答案 **(A)**

只要將副詞 (A) yet 填入空格，便能形成 **have yet to *do*** 這個表示「還沒做～」的動詞形式。（注意，yet 通常用於否定句或疑問句，不過此形式亦為重要用法之一。）而其他選項 (B) already、(C) after 和 (D) until 皆無法置於 have 與 to 之間形成有意義的組合。

譯 我們已經把截止日期延後，因為有許多申請人尚未提交他們的文件。

[1011] 22. 介系詞　　　　　　　　　　　　　難易度 ★☆☆　答案 **(A)**

空格後的 locally grown, organic ingredients（當地栽種的有機食材）是果醬的「原料」，故本題應選表〈**原料**〉出處的介系詞 (A) from（從～、由～）。注意，(D) 雖可用於 make *X* into *Y*（把 X 變成 Y）中，但本題若選 (D) 意思就會是「果醬被變成原料」，並不合理，故不可選。另，(B) below 與 (C) to 則與句意毫不相干。

譯 Voyage Savor 果醬是由當地種植的有機食材所製成。

[1012] 23. 詞性　　　　　　　　　　　　　　難易度 ★☆☆　答案 **(A)**

空格後的名詞 inspections（檢查）是及物動詞 conducts（實行～）的受詞，所以空格處應填入可用來修飾此一名詞的**形容詞** (A) frequent（頻繁的）。而 (B) frequently（頻繁地）是副詞，若空格是在動詞 conducts 的前面，這就會是正確答案。另，(C) frequency（頻率）是名詞，(D) frequencies 則為其複數形。

譯 該工廠領班實行頻繁的設施檢查以確保所有機器都能夠有效率地運作。

註 foreman **名** 領班；工頭

[1013] 24. 代名詞　　　　　　　　　　　　　難易度 ★★☆　答案 **(B)**

空格前為一完整子句，空格以後部分則為替 a number of paintings 添加補充資訊的關係詞子句，由此可推斷空格處應填入對應該子句之述語動詞 are housed 的**複數形主詞**，故正解為代名詞 (B) several（幾個、數個）。而 (A) other（別的、其他的）是形容詞，(C) that（那個）與 (D) anything（任何東西／事情）則皆屬單數，會有主・述語不一致的問題。

譯 1985 年回到佛羅倫斯後，Moretti 先生創作了許多畫作，其中有幾幅被收藏在 Moretti 紀念美術館。

[1014] 25. 介 or 連　　　　　　　　　　　　難易度 ★☆☆　答案 **(D)**

可將空格後名詞 the annual company banquet（年度公司宴會）連結至逗號後之主句者應為**介系詞**，因此正確答案是 (D) During（在～期間）。而 (A) When（當～時）、(B) While（和～同時）皆為用來連接子句的連接詞，(C) Instead（作為替代）則是副詞（注意，instead of 為介系詞）。

譯 在年度公司宴會期間，Garcia 先生和他的團隊自願在寄物處工作。

註 volunteer **動** 自願（做）；自願提供　　cloakroom **名** 衣帽間；寄物處

1010
▼
1019

1015 **26.** 介系詞   難易度 ★☆☆   答案 **(B)**

空格前爲 a full range of services（全方位的服務），後爲服務的對象 vehicles（車輛），故正確答案是 (B) for（爲了～的）。注意，這句動詞部分的結構是 provide X for Y（提供 X 給 Y），而相關用法 provide X with Y（將 Y 提供給 X）也很重要。

譯 ▶ 我們的認證技術人員可爲車輛提供全方位的服務，如更換機油、定期保養和煞車升級等。

註 certified 形 經認證合格的；公認的

1016 **27.** 代名詞   難易度 ★★★   答案 **(D)**

可能**作爲及物動詞 acquaint（使～瞭解、使～熟悉）之受詞**的選項包括受格的 (C) them（他們）和反身代名詞 (D) themselves（他們自己），但由前後文意可知，acquaint 的主詞 home owners 和受詞應爲相同之人，故正解爲 (D)。

譯 ▶ 房地產物件展將爲屋主提供一個讓他們自己瞭解家居擺設之最新趨勢的絕佳機會。

註 acquaint 動 使～瞭解／熟悉

1017 **28.** 動詞   難易度 ★★☆   答案 **(D)**

這題的空格處應填入整個句子的述語動詞，而因**空格後沒有作爲**及物動詞 commission（委託～、任命～）之**受詞的名詞**，由此可知本句屬於受詞出現在主詞位置的**被動語態**，所以正確答案是 (D) has been commissioned。其他的 (A) was commissioning、(B) would be commissioning 和 (C) will have commissioned 皆爲主動式，語態不符。

譯 ▶ 知名建築師 Stuart Silk 被委託要在上海附近設計九間客製化住宅。

1018 **29.** 詞性   難易度 ★★☆   答案 **(B)**

〈冠詞 a ＋形容詞 ------- 介系詞〉的空格內應填入一**單數形名詞**，故本題選 (B) interview（面試）。（follow-up interview 指「後續面試」。注意，follow-up 除了作爲形容詞表「後續的、補充的」之外，也可作爲名詞表「後續動作、補充」，但在此若將之視爲名詞，文意會不通。）另，(A) interviewed 爲 (B) interview 作動詞用時的過去式或過去分詞，(C) 爲其現在分詞或動名詞，(D) 則可爲名詞的複數形或動詞第三人稱單數現在式。

譯 ▶ Lyle 先生被要求與人力資源部門聯繫以便安排會計職務的後續面試。

1019 **30.** 語法   難易度 ★★★   答案 **(B)**

由前後文意可推斷，Alan Cooper 應該是被「任命」爲執行長，故本題選 (B) appointed。注意，appoint O C 表「任命 O 爲 C」之意，不過因本句是以被動式敘述，受詞 Alan Cooper 出現在主詞位置，補語 chief executive officer 則置於被動式動詞之後。另，(A) returned 與句意無關，而 (C) regarded（視爲）之後須接 as，(D) promoted（擢升）之後則須接 to。

TEX's notes

S **has appointed** Alan Cooper chief executive officer
                [O]   [C]
             ↓ 改成被動語態
Alan Cooper **has been appointed** chief executive officer
            ※ 補語會留在動詞後

譯 ▶ 該博物館今天宣布 Alan Cooper 已被任命爲執行長。

文法模擬試題 第12組

文法模擬試題第 12 組

答案一覽表

No.	ANSWER A B C D	No.	ANSWER A B C D	No.	ANSWER A B C D
001	D	011	B	021	A
002	A	012	D	022	A
003	C	013	C	023	A
004	B	014	C	024	B
005	B	015	B	025	D
006	A	016	C	026	B
007	C	017	A	027	D
008	D	018	B	028	D
009	C	019	B	029	B
010	B	020	C	030	B

學習紀錄

次數	練習日	所需時間	答對題數
第 1 次	月　日	分　秒	/ 30
第 2 次	月　日	分　秒	/ 30

文法模擬試題

第 13 組

限時
10 分鐘

題數
30

題目序號
1020 ～ 1049

1. *Common Questions & Answers About Investment* is a ------- written book that is easy to use.
   (A) thought
   (B) thoughtful
   (C) thoughtfully
   (D) thoughtfulness

2. Amenities at Palm Tree Hotel ------- modern convenience and old-world elegance.
   (A) exemplify
   (B) exemplifying
   (C) exemplifies
   (D) exemplification

3. Tickets for the train tour of Fort Worth can be purchased ------- the station or online.
   (A) with
   (B) through
   (C) between
   (D) inside

4. Should you wish to terminate the lease, you need to give ------- two months' notice before leaving the apartment.
   (A) we
   (B) our
   (C) us
   (D) ours

5. Laptop Stand Pro comes equipped with a flat base and rubber pads to keep your laptop computer ------- on your desk.
   (A) stable
   (B) stabilization
   (C) stabilize
   (D) stabilizer

6. Ms. Brown has been teaching at Skyline University ------- the day it was built 25 years ago.

(A) as soon as
(B) then
(C) until
(D) ever since

7. The device conforms to the current safety regulations and is subjected to ------- testing before shipment.

(A) extend
(B) extensive
(C) extensively
(D) extension

8. The fund-raising event has always attracted corporate donations, and this year's organizers have ------- managed to secure funds from local businesses.

(A) enough
(B) likewise
(C) quite
(D) much

9. For decades, wristwatches have been endorsed by ------- such as movie stars and professional athletes.

(A) celebration
(B) celebrate
(C) celebrating
(D) celebrities

10. Ozaki Law Firm in downtown Kyoto has an opening for an administrative assistant ------- April 1.

(A) start
(B) started
(C) starting
(D) starts

文法模擬試題 第13組

11. In a news release, the mayor announced plans to replace most street lights with ------- ones to improve visibility.
    (A) brightly
    (B) brighter
    (C) brightest
    (D) brightness

12. All staff members are required to wear the new uniforms that were provided ------- the meeting last week.
    (A) with
    (B) at
    (C) to
    (D) of

13. In addition to high salaries, the real estate agency offers outstanding opportunities for professional -------.
    (A) developer
    (B) develop
    (C) developed
    (D) development

14. With the launch date only weeks away, the advertising director ------- has not decided on a name for the product line.
    (A) prior
    (B) yet
    (C) recent
    (D) still

15. Before leaving Howell University last year, Mr. Kaufman had ------- to the position of director of physics.
    (A) advanced
    (B) identified
    (C) recommended
    (D) promoted

16. ------- promising, the research findings are still tentative and need further investigation.

(A) Despite
(B) Because
(C) Though
(D) Therefore

17. While standard orders usually ship within two business days, express delivery is available for an additional -------.

(A) charge
(B) pay
(C) money
(D) admission

18. The interviewers created a set of technical questions to help ------- between candidates for the position.

(A) different
(B) differently
(C) difference
(D) differentiate

19. The one-week summer program is for university students who aspire to become leaders ------- their peers.

(A) during
(B) under
(C) among
(D) from

20. Ms. Valois has applied for a supervisor position that will allow her to demonstrate her management -------.

(A) expertise
(B) expertly
(C) expertized
(D) expert

21. The new order-tracking system will highlight outstanding orders that need to be -------.

(A) expedite
(B) expediting
(C) expedited
(D) expedites

22. ------- starting their own business, Mr. Amano and Mr. Akazaki had been classmates at Kamakura Institute of Technology.

(A) By means of
(B) In order to
(C) Former
(D) Prior to

23. Over the past 20 years, Vertelli Apparel has developed an ------- reputation as a leader in the fashion industry.

(A) envy
(B) envying
(C) enviable
(D) enviably

24. Please note that the conference venue may change ------- the registered attendees number more than 100.

(A) despite
(B) if
(C) due to
(D) consequently

25. Staff members are advised that any technology developed while in the ------- of Grandocom belongs exclusively to the company.

(A) employ
(B) employed
(C) employing
(D) employer

26. The Sunnyside Inn offers spacious rooms ------- afford beautiful views of the Still River Valley throughout the seasons.

(A) with
(B) that
(C) then
(D) into

27. Ken Gupta's latest novel, *Listen to the Song of the Wind*, certainly lends ------- to being adapted for film.

(A) them
(B) it
(C) themselves
(D) itself

28. Situated near the city center, Dolphin Hotel is ------- enough to reach on foot from Central Station.

(A) close
(B) closely
(C) closed
(D) closure

29. Factory workers are required to wear protective clothing ------- that fire, electrical, or chemical hazards exist.

(A) when
(B) because of
(C) anywhere
(D) even if

30. A few board members expressed concerns about expansion into China, but ------- are looking forward to investing in the area.

(A) most
(B) much
(C) another
(D) other

文法模擬試題 第13組

答案一覽表請見 p. 510

[1020] **1.** 詞性   難易度 ★☆☆   答案 **(C)**

去掉空格部分後 SVC 的句型依舊成立，可見空格處應填入一**修飾語**，而本句只要填入可用來修飾後方過去分詞 written 的**副詞** (C) thoughtfully（考慮周到地），便能形成「經周道考慮而寫出的書」之通順文意。(B) thoughtful（考慮周到的、體貼的）為形容詞，無法用來修飾 written。另，(A) thought 可作動詞 think 的過去式或過去分詞，或作名詞，表「思維、想法」；(D) thoughtfulness（深思熟慮）則為名詞。

譯▶《關於投資的常見問與答》是一本經周道考慮而寫出的書，相當易於使用。

[1021] **2.** 動詞   難易度 ★★☆   答案 **(A)**

本題空格內須填入對應**複數形主詞** Amenities（設施）的**述語動詞**，故正解為 (A) exemplify（是～的典型例子）。而 (C) exemplifies 雖然也可作述語動詞，但對應的應是第三人稱單數形的主詞。另，(B) exemplifying 是現在分詞或動名詞，(D) exemplification（示例）則為名詞。（在這種詞彙難度較高的動詞題中，務必注意主詞是單數或複數。）

譯▶ Palm Tree 飯店的設施是結合現代的便利與舊世界之優雅的典型例子。

註▶ amenities 名（使生活方便舒適的）設施   exemplify 動 是～的典型例子

[1022] **3.** 介系詞   難易度 ★☆☆   答案 **(D)**

空格前提到購買票券，後則接著場所 the station，故將 (D) inside 填入空格後，便能以 **inside the station**（在車站內）正確指出票券的**購買地點**。而若填入 (A) with 雖可形成 *X* can be purchased with *Y* 此動詞片語之用法，但在此句中會變成「票券與車站一起購買」之意，並不合理。另，(B) through 和 (C) between 則完全與本句無關。

譯▶ Fort Worth 火車之旅的票券可在車站內或網路上購買。

[1023] **4.** 代名詞   難易度 ★☆☆   答案 **(C)**

依前後文意可推斷，空格前的動詞 give 採取的是 **SVO₁O₂**（將 O_2 給 O_1）形式，後面可連續接兩個受詞，故只要將**受格** (C) us 填入空格，便能形成「給我們兩個月的通知（提前兩個月通知我們）」之通順文意。

譯▶ 如果您想終止租約，必須在搬離公寓的兩個月前通知我們。

註▶ terminate 動 終止～

[1024] **5.** 詞性   難易度 ★★☆   答案 **(A)**

依前後文意可推斷，本句 to 之後的動詞 keep 採取的是 keep O C（保持 O 為 C）之句型，因此在位於補語位置的空格填入**形容詞** (A) stable（平穩的），便能形成 keep your laptop computer₀ stable₍c₎ 之正確結構。而 (C) stabilize（使～穩定）是動詞，(B) stabilization（穩定、安定）和 (D) stabilizer（穩定裝置、安定劑）則皆為名詞。

譯▶ Laptop Stand Pro 配備了一個平底座與橡膠墊以便你的筆記型電腦在桌子上可以保持平穩。

註▶ stable 形 平穩的

1025 **6.** 介 or 連 難易度 ★★☆ 答案 (D)

1020 ▼ 1029

本句空格後的部分原本應爲 the day (when) it was built ...，換言之，即省略了關係副詞 when，由此可知 it 之後部分是用來修飾 the day 的**關係子句**，而正由於 the day 爲一名詞（片語），所以其前應填入**介系詞** (D) ever since（從～以來）。另一可作介系詞之選項 (C) until（直到～爲止）應接〈終點〉而非〈起點〉。（注意，(C) 與 (D) 皆可作連接詞用。）至於 (A) as soon as（一～就～）是接子句（SV）的連接詞，(B) then（那時、當時）則爲副詞。

譯 Brown 女士從二十五年前 Skyline 大學建立以來就一直在該校教書。

1026 **7.** 詞性 難易度 ★★★ 答案 (B)

本句 **be subjected to**（遭受到～）中的 to 是介系詞而非不定詞，而由於空格後的 testing（檢測）爲其受詞，因此空格處應填入可用來修飾 testing 的**形容詞** (B) extensive（廣泛的、全面的）。另，(A) extend（延長～）是動詞，(C) extensively（廣泛地）是副詞，(D) extension（延長）則爲名詞。

譯 該設備符合現行安全法規且在出貨前經過全面的檢測。

註 conform 動 遵從；符合（規則等） *be* subjected to 遭受到～

1027 **8.** 其他 難易度 ★★☆ 答案 (B)

本題四選項皆可作爲副詞使用，但適合用來修飾空格後方動詞 (managed) 的爲 (B) likewise（同樣地）。而 (A) enough（足夠地、充分地）作爲副詞時，應置於動詞後，副詞 (C) quite（相當）則通常用於修飾形容詞或副詞，而不修飾動詞。至於 (D) much（非常、很）作爲副詞時，常以 very much 的形式置於動詞後。

譯 該募捐活動一向都吸引了許多企業捐款，而今年的主辦單位也同樣設法從當地企業獲得了資金。

註 fund-raising 形 募集資金的；募捐的

1028 **9.** 詞性 難易度 ★★☆ 答案 (D)

題目裡的動詞 endorse 原指「爲～背書」，在此則指「爲～代言」（句中的 have been endorsed 爲被動式），而可作代言人的應該是 (D) celebrities（名人）。（注意，celebrities 爲 celebrity 之複數。）名詞 (A) celebration（慶祝）和動名詞 (C) celebrating（慶祝一事）在此都不符文意。另，(B) celebrate（慶祝～）則爲動詞。

譯 幾十年來，手錶一直都找電影明星和職業運動員等類之名人代言。

註 endorse 動 爲～代言；爲～背書 celebrity 名 名人；名流

1029 **10.** 動詞 難易度 ★★☆ 答案 (C)

本句空格後的 April 1 爲一日期，而只要將 (C) starting 填入空格，便能爲空格前的完整句子補充到職日期。（注意，這是省略了 starting on April 1 的 on，將 starting 介系詞化的形式。）(A) start 可爲動詞，指「開始～」，或作名詞，表「開始」；(D) starts 是動詞的第三人稱單數現在式。另，(B) started 作爲過去分詞使用時，則表被動意義，不接日期。

譯 京都市中心的 Ozaki 律師事務所有個從 4 月 1 日開始上班的行政助理職缺。

文法模擬試題 第 **13** 組

[1030] 11. 詞性   難易度 ★☆☆   答案 (B)

本題空格處需要可用來修飾空格後之代名詞 **ones** (= lights) 的**形容詞**，而若填入**比較級**的 (B) brighter（更亮的），便能形成「比以往更亮的燈」之通順文意。最高級的 (C) brightest（最亮的）則須採取 the brightest ones 形式，前須加定冠詞 the。另，(A) brightly（明亮地）是副詞，(D) brightness（明亮）則爲名詞。

> 譯 在新聞稿中，市長宣布了用更亮的燈以取代大多數路燈來提高能見度的計畫。

[1031] 12. 介系詞   難易度 ★☆☆   答案 (B)

由前後文意可推斷，空格後的 the meeting（會議）是制服被提供的〈場所〉，所以正確答案是表〈地點〉的介系詞 (B) at。注意，(A) with 雖然能以〈provide＋人＋with＋物〉之形式表達「提供〈物〉給〈人〉」之意，但若填入此空格，意思會變成「將會議提供給制服」，不知所云。另外的 (C) to 與 (D) of 則與本句不相干。

> 譯 所有工作人員都必須穿著在上週會議中所提供的新制服。

[1032] 13. 詞性   難易度 ★★★   答案 (D)

這題的空格處必須填入可爲前方形容詞 professional 所修飾同時可作爲介系詞 for 之受詞的**名詞**，而可能的選項 (A) developer（開發者）、(D) development（發展）都符合前後文脈，因此須由文法的觀點來思考。由於空格前並**無冠詞**，故可判斷正確答案是**不可數名詞**的 (D) development。(A) developer 爲可數名詞，單數形須加冠詞。另，(B) develop 是動詞「使～發達、發展～」，(C) developed 則爲其過去式或過去分詞。

> 譯 除了高薪外，房地產仲介公司還提供了絕佳的專業發展機會。
> 註 real estate agency 房地產仲介公司；不動產業者

[1033] 14. 其他   難易度 ★★☆   答案 (D)

副詞 (D) still 可用於 **not** 前，以表「**還沒～**」之意，而將之填入空格，便能形成「還沒決定名稱」之通順文意，故爲正解。而另一副詞 (B) yet 則必須如 has not yet decided 這樣以 not yet 的詞序來表達同樣意思。另，(A) prior（在前的）與 (C) recent（最近的）則皆爲形容詞。

> 譯 距離上市日期只剩短短幾週，廣告總監卻還沒決定好該系列產品的名稱。

[1034] 15. 其他   難易度 ★★☆   答案 (A)

依前後文意 Kaufman 先生應是「升作」物理系主任，所以可能的選項有 (A) advanced 和 (D) promoted。而因 (D) promoted（使～升遷）是及物動詞，以主動語態使用時須加受詞，但空格後接的是**介系詞 to**，而非作爲受詞的名詞，因此**不及物動詞** (A) advanced（前進、高昇）才是正確答案。另，(B) identified（確認～、識別～）和 (C) recommended（推薦～）皆爲及物動詞。

> 譯 在去年離開 Howell 大學之前，Kaufman 先生已升上物理系主任的職位。
> 註 physics 名 物理學

[1035] **16.** 介 or 連 　　　　　　　　難易度 ★★★　答案 (C) 　[1030]
[1039]

在由連接詞 though（雖然、儘管）所連接的兩個子句之主詞相同時，though 子句可**省略後方的〈主詞＋be 動詞〉**，在此即爲 Though (they are) promising 的形式 (they = the research findings)，故正解爲 (C)。而連接詞 (B) Because（因爲）之後無法如此省略，必須接要素齊備的完整句子。注意，(A) Despite（儘管）是後接名詞（片語）的介系詞，即使將空格後的 promising 視爲動名詞，在文法上說得通，但文意並不合理。另，(D) Therefore（所以）則爲副詞。

譯 雖然大有可爲，但研究結果仍是暫定的，需要進一步的調查。

註 findings 名（經調查、研究所獲得之）發現；結果　　　tentative 形 暫時性的；實驗性的

[1036] **17.** 其他 　　　　　　　　　難易度 ★★☆　答案 (A)

由前後文意可推斷，本句後半指的應是「支付額外〈**金額**〉即可享有快遞服務」，因此可能的選項爲 (A) charge（費用）或 (C) money（錢）。而由空格前有不定冠詞 an 便可知，本題應選**可數名詞** (A) charge。(C) money 則是不可數名詞。(B) pay（薪資）雖然亦爲可數名詞，但與文意不符。另，(D) admission 作爲「入場費」之意使用時爲不可數名詞，而且也不符文意。

譯 標準訂單通常在兩個工作天內出貨，但若支付額外費用即可享有快遞服務。

[1037] **18.** 詞性 　　　　　　　　　難易度 ★★☆　答案 (D)

句中動詞 help 可如 help (to) *do* 以接 to 不定詞或原形不定詞的句型來表達「**有助於做～**」之意，而填入**原形動詞** (D) differentiate（區分、鑑別）便能形成「有助於鑑別應徵者」之通順文意。像 help X (to) *do*（有助於 X 做～）這樣夾著受詞的形式也請一併記住。另，(A) different（不同的）是形容詞，(B) differently（不同地）是副詞，(C) difference 則爲名詞，指「不同點、差異」。

譯 面試官創建了一組有助於區別應徵該職務者的技術性問題。

註 differentiate 動 區分；鑑別

[1038] **19.** 介系詞 　　　　　　　　　難易度 ★★★　答案 (C)

空格前有 leaders（領導者），空格後則接著其所屬群體 peers（同僚、同事），而可適當地連接此兩者的介系詞就是表「**在（人或物的群體）之中、之間**」的 (C) among。另，(A) during 指「在～期間」，(B) under 指「在～下方」，(D) from 則用來表示「起點」，三者皆與句意無關。

譯 爲期一週的夏季課程針對的是渴望成爲同儕中之領導者的大學生。

註 aspire 動 嚮往；渴望　　　peers 名（年齡、職業等）同等的人；同儕

[1039] **20.** 詞性 　　　　　　　　　難易度 ★★☆　答案 (A)

只要將名詞 (A) expertise（專業技術、專長）填入空格，便可建立**複合名詞 management expertise**（管理的專長），作爲 demonstrate（展示～、發揮～）的受詞並形成通順文意。若填入副詞 (B) expertly（巧妙地、熟練地）和名詞 (D) expert（專家）雖然都合文法，但分別會變成「巧妙地示範她的管理」、「示範她的管理專家」，意思都不通，故不選。而 (C) expertized 則爲動詞 expertize（提出專家意見）的過去式或過去分詞。

譯 Valois 女士已應徵了一個可以讓她發揮管理專長的主管職位。

註 demonstrate 動 展示；發揮（能力等）

文法模擬試題　第 **13** 組

1040 **21.** 動詞 　　　　　　　　　　　難易度 ★★☆ 答案 **(C)**

本題四選項皆與動詞 expedite（加快～）有關，但由空格前的 be 可知，答案應為一分詞選項。而因 outstanding orders（未出貨的訂單）乃「被加快處理」的事物，故正解為**過去分詞** (C) expedited。若選表主動關係的現在分詞 (B) expediting，不僅意思不通，且由於是及物動詞，還必須有受詞才行。

譯 新的訂單追蹤系統將標示出須被加速處理的未出貨訂單。

註 highlight 動 使突出　　outstanding 形 未出貨的；未完成的
　　expedite 動 加速處理～；加快～

1041 **22.** 其他 　　　　　　　　　　　難易度 ★★☆ 答案 **(D)**

四選項當中**可後接動名詞片語** starting their own business（開始他們自己的事業）的只有**片語介系詞** (A) By means of 和 (D) Prior to。而若考慮到與逗號後內容之連結性，能形成通順文意的 (D) Prior to（在～之前）便是正確答案。而 (A) By means of（以～的方法）在此不符文意。另，(B) In order to（為了～）是接原形動詞的不定詞，(C) Former（先前的、前者的）則為修飾名詞的形容詞。

譯 在開創他們自己的事業之前，Amano 先生和 Akazaki 先生是鎌倉技術學院的同學。

1042 **23.** 詞性 　　　　　　　　　　　難易度 ★★☆ 答案 **(C)**

冠詞與名詞間應填入一形容詞，因此選項 (B) envying 或 (C) enviable 都有可能是答案，但適合用來修飾空格後的 reputation（名聲）並形成通順文意者為 (C) enviable（令人羨慕的）。(B) envying 是動詞 (A) envy（羨慕～）的現在分詞或動名詞，作為現在分詞使用時具有形容詞作用，但名詞 reputation 並非「感到羨慕的一方」，故在此意思不通。另，(D) enviably（令人羨慕地）則為副詞。

譯 過去二十年來，作為時尚產業的領導者 Vertelli 服飾已建立出令人羨慕的聲譽。

1043 **24.** 介 or 連 　　　　　　　　　　　難易度 ★★★ 答案 **(B)**

句子後半部的 **number** 在此非指名詞，而是**表「總數達到～」之意的動詞**。換言之，空格前後皆為子句，因此空格處需要連接兩個子句的**連接詞**，所以正確答案是 (B) if（如果）。其他選項 (A) despite（儘管～）和 (C) due to（由於～）皆屬接名詞（片語）而非子句的介系詞，至於 (D) consequently（因此）則為副詞。

譯 請注意，如果登記參與者的總數超過一百人，會議地點可能會改變。

註 number 動 總數達到～

1044 **25.** 詞性 　　　　　　　　　　　難易度 ★★★ 答案 **(A)**

冠詞和介系詞間應填入一名詞，但填入 (D) employer（雇主）意思不通，填入 (C) employing 會指「雇用 Grandocom 公司一事」，語焉不詳。故選通常作動詞，但也可作名詞並採取 **in the employ of X**（受雇於 X）此固定講法的 (A) employ（雇用～）。

譯 工作人員們被告知，任何在受雇於 Grandocom 公司期間所開發出之技術皆屬該公司獨有。

註 in the employ of X 受雇於 X　　belong to X 屬於 X；為 X 所有　　employer 名 雇主

[1045] **26.** 關係詞   難易度 ★★☆   答案 **(B)**   [1040]

由句中出現兩個動詞（offers 與 afford）即可知本句有兩個子句，因此空格內應填入一連接詞，而只要將**主格關係代名詞** (B) that 填入空格，便能成為修飾先行詞 spacious rooms 的關係子句，故為正解。而 (A) with 和 (D) into 皆為介系詞，(C) then 則為副詞。

[1049]

譯▶ Sunnyside Inn 飯店提供在所有季節均可欣賞到 Still 河谷美景的寬敞客房。

[1046] **27.** 代名詞   難易度 ★★★   答案 **(D)**

四選項皆為代名詞且均可作為動詞 lend 的受詞，因此必須確認空格部分所指為何。從句首到空格為止都沒有任何對應 (A) them、(C) themselves 的複數名詞存在，也沒有除了主詞 (novel) 外可由 (B) it 代替之適當的單數名詞，由此斷定**主詞和受詞應相同**，故選**反身代名詞** (D) itself。（**lend itself to X** 是表「適合於 X」之意的固定用法。）

譯▶ Ken Gupta 的最新小說《傾聽風之歌》肯定很適合被改編成電影。
註▶ lend itself to X 適合於 X

[1047] **28.** 詞性   難易度 ★☆☆   答案 **(A)**

可作為 be 動詞 is 後之補語的**形容詞** (A) close（接近的）即為正確答案。注意，**enough**（足夠地、充分地）是從後方修飾形容詞・動詞・副詞的副詞。而副詞 (B) 應如 look closely enough（看得夠仔細），以修飾一般動詞的方式使用。另，(C) closed（關閉的）與空格後的文意不符，(D) closure（關閉）則為名詞。

譯▶ 位於市中心，Dolphin 飯店近得可以從中央火車站徒步到達。
註▶ on foot 用走的；步行

[1048] **29.** 其他   難易度 ★★★   答案 **(C)**

本句空格前後皆為子句，而若填入連接詞 (A) when（當～時）或 (D) even if（即使），空格後的 that 會變成指示代名詞，但 that 所指內容不明。故應**將空格後的 that 視為關係副詞**，引導 fire 之後的部分作為關係子句，再填入 (C) anywhere（任何地方）作為其先行詞，便能形成正確的句子。另，(B) because of（因為）是片語介系詞，不接子句。

譯▶ 工廠的工人必須在任何有火、電或化學危害的地方穿著防護衣。
註▶ hazard 名 危害；危險

[1049] **30.** 其他   難易度 ★★☆   答案 **(A)**

本題空格內須填入 but 之後子句的主詞，而由於其述語動詞是 are looking ...，因此**主詞必須為複數形**。符合此條件的選項只有代名詞 (A) most（大多數）（在此是指 most members）。另，(B) much（許多）作為代名詞時應視為單數，表大量或程度很高；(C) another（另一個）作為代名詞時亦為單數。（注意，most、much 可作形容詞或副詞用，而 another 則可作形容詞用。）最後，(D) other 則是用來修飾名詞的形容詞。

譯▶ 有少數董事會成員對於擴展至中國一事表示擔憂，不過大多數都很期待在該地區投資。
註▶ expansion 名 擴展；擴張   invest 動 投資

文法模擬試題 第13組

> 1049 題到此結束！各位讀者辛苦了～

文法模擬試題第 13 組

No.	ANSWER A B C D	No.	ANSWER A B C D	No.	ANSWER A B C D
001	Ⓐ Ⓑ ● Ⓓ	011	Ⓐ ● Ⓒ Ⓓ	021	Ⓐ Ⓑ ● Ⓓ
002	● Ⓑ Ⓒ Ⓓ	012	Ⓐ ● Ⓒ Ⓓ	022	Ⓐ Ⓑ Ⓒ ●
003	Ⓐ Ⓑ Ⓒ ●	013	Ⓐ Ⓑ Ⓒ ●	023	Ⓐ Ⓑ ● Ⓓ
004	Ⓐ Ⓑ ● Ⓓ	014	Ⓐ Ⓑ Ⓒ ●	024	Ⓐ ● Ⓒ Ⓓ
005	● Ⓑ Ⓒ Ⓓ	015	● Ⓑ Ⓒ Ⓓ	025	● Ⓑ Ⓒ Ⓓ
006	Ⓐ Ⓑ Ⓒ ●	016	Ⓐ Ⓑ ● Ⓓ	026	Ⓐ ● Ⓒ Ⓓ
007	Ⓐ ● Ⓒ Ⓓ	017	● Ⓑ Ⓒ Ⓓ	027	Ⓐ Ⓑ Ⓒ ●
008	Ⓐ ● Ⓒ Ⓓ	018	Ⓐ Ⓑ Ⓒ ●	028	● Ⓑ Ⓒ Ⓓ
009	Ⓐ Ⓑ Ⓒ ●	019	Ⓐ Ⓑ ● Ⓓ	029	Ⓐ Ⓑ ● Ⓓ
010	Ⓐ Ⓑ ● Ⓓ	020	● Ⓑ Ⓒ Ⓓ	030	● Ⓑ Ⓒ Ⓓ

學習紀錄

次數	練習日	所需時間	答對題數
第 1 次	月　　日	分　　秒	／ 30
第 2 次	月　　日	分　　秒	／ 30

多益頻出 關鍵詞彙表

以下為書中註釋所介紹的詞彙一覽表。各詞彙所標示之參照編號指書中題目序號。

A

abide by *X*	遵守 X（規則等）	0969
acceptance	名 接受；認可	0413
accessible	形 可（易）取得的	0066
accommodate	動 容納～	0008
accommodation	名 住處；住宿設施	0483
accomplished	形 有造詣的	0232
accountable	形 應負責任的	0717
acknowledgement	名 確認通知（書）	0497
acknowledgements	名（作者的）答謝詞	0331
acquaint	動 使～瞭解／熟悉	1016
acquire	動 取得～	0010
acquisition	名 取得；收購	0520
acumen	名 聰明；敏銳	0121
adaptability	名 適應性	0438
addition	名 附加	0368
additive	名（食品等的）添加物	0008
address	動 處理～；解決～	0101
	動 向～發表演說；對～致詞	0936
adhere to *X*	遵守 X	0075
adjacent	形 鄰接的	0394
administration	名 管理部門；行政機構	0498
advance	動 促進～；推進～	0911
advantage	名 優勢；好處	0765
adverse	形 不利的；（天候）惡劣的	0453
advise	動 忠告；告知	0440
advisory	形 顧問的；提供忠告的	0471
affordable	形（價格）合理的；負擔得起的	0588
agenda	名 議程；待議事項	0938
agreeable	形 宜人的；令人愉快的	0003
	形 欣然贊同的	0398
aid	名 援助	0138
alike	副 一樣地	0267
alleviate	動 緩解～	0716
allocate	動 分配～	0643

alternative	形 替代的；供選擇的	0326
	名 可替代的東西；可能的選擇	0747
amenities	名 （使生活方便舒適的）設施	1021
anonymous	形 匿名的	0369
anonymously	副 匿名地	0303
anticipated	形 被期待的	0165
appealing	形 有吸引力的	0170
appearance	名 外表；外觀	0079
apply	動 實行～；應用～	0306
appointment	名 任命	0159
approximately	副 大約；近乎	0112
aquarium	名 水族館	0536
arrangement	名 協議；安排	0683
arterial	形 動脈的；主幹的	0716
as of X	自 X（日期／時間）起	0210
as to X	關於 X	0287
aspire	動 嚮往；渴望	1038
assemble	動 收集～；組裝～	0691
assembly	名 組裝；裝配	0519
assess	動 評估～；評價～	0833
assessment	名 評估；估價	0620
asset	名 資產；寶貴的人才；有價值的物品	0478
assign	動 指派～	0199
associate X with Y	使 X 和 Y 有關聯	0468
assure	動 向～保證	0231
assuredly	副 一定地；確實地	0076
astound	動 使～震驚	0802
attendance	名 出席人數	0324
attendee	名 出席者；在場者	0862
attentively	副 聚精會神地	0329
attribute X to Y	將 X 歸因於 Y	0121
auditing firm	審計公司；會計師事務所	0986
authorization	名 授權；許可	0463
authorize	動 授權～；批准～	0880
award	動 授予	0146

B

banquet	名 宴會	0757
base	名 （支撐的）基礎；底層	1006
be acquainted with X	對 X 瞭如指掌；精通 X	0733

be committed to *X*	致力於 X	0288
be compliant with *X*	遵從 X	0334
be derived from *X*	源自 X；來自 X	0108
be situated in *X*	位於 X（地點）	0569
be slated for *X*	預定 X	0450
be subjected to	遭受到～	1026
be supposed to *do*	應該～	0912
be to blame	應負責任；應受責備	0741
belong to *X*	屬於 X；為 X 所有	1044
beneficiary	名 受益人；受惠者	0737
besides	介 除～之外	0729
bidder	名（競標、拍賣等的）投標者；出價者	0604
boast	動 吹噓～；誇口～；以有～而自豪	0993
bump	名 碰；撞	0939
bustling	形 熙熙攘攘的；繁華熱鬧的	0923
by far	（用作比較的強調語）～得多	0333

C

campus	名（學校、企業等的）土地範圍	0228
carrier	名 運送者；運輸工具	0352
celebrated	形 著名的	0916
celebrity	名 名人；名流	1028
ceremony	名 儀式；典禮	0006
certified	形 經認證合格的；公認的	1015
chair	動 擔任～的主席	0193
chairperson	名 主席；董事長	0380
challenging	形 有挑戰性的	0145
chamber of commerce	商會	0278
chandelier	名 枝型吊燈	1009
change hands	（房子、公司等）擁有者換人；轉手	0298
characteristic	名 特性	0272
chef	名 主廚；大師傅	0227
choreographer	名 編舞師	0641
chronological	形 按照時間先後順序的	0935
circulation	名 循環；（圖書館的）借還書籍	0424
clarity	名 清楚；明確性	0766
clerical error	文書性的錯誤	0097
cliché	名（太常使用的）老套；陳腔濫調	0827
cloakroom	名 衣帽間；寄物處	1014
coal	名 煤；煤塊	0243

collectible	形 值得收藏的	0401
combine	動 結合～；合併～	0068
come	動 （商品等）附有～	0297
come up with X	想出 X	0120
comfort	名 舒適（性）	0164
commendably	副 值得讚賞地	0157
commute	動 通勤；通學	0288
commuter	名 通勤、通學的人	0442
compartment	名 置物櫃	0050
compassion	名 同情心；憐憫；愛心	0983
competent	形 有能力的；能勝任的	0616
competing	形 競爭的	0120
competition	名 競爭；比賽	0004
competitive	形 有競爭力的	0143
completion	名 完成；結束	0415
compliance	名 遵照；符合（規則、命令等）	0114
complication	名 複雜；糾葛	0220
compliment	動 讚美～；恭維～	0540
complimentary	形 免費的；贈送的	0518
comply	動 遵守（規則等）	0893
component	名 元件；零件	0762
comprehensive	形 全面性的；綜合性的	0297
conduct	名 行為；表現	0423
confidential	形 機密的；秘密的	0236
conform	動 遵從；符合（規則等）	1026
congestion	名 壅塞；堵塞	0834
conscientious	形 認真的；煞費苦心的	0099
consecutive	形 連續的	0572
consent	名 同意；承諾	0087
conservation	名 （對自然資源的）保護、管理	0407
conserve	動 節省、保存（資源等）	0773
considerable	形 相當大的；相當多的	0352
considerably	副 相當多地；大幅地	0099
consideration	名 考量；體貼	0129
	名 考慮；審議	0775
consist of X	由 X 所構成	0909
consistent	形 一貫的；始終如一的	0277
consistently	副 一貫地	0927
constant	形 固定的；不變的	0958
constructor	名 營造商；承包商	0861

consultation　图（與專家的）諮商；諮詢 0088

consumption　图 消耗；消費 0714

contention　图 爭論；主張 0539

continuously　副 持續地；連續不斷地 0932

contractor　图 承包商 0021

contribute　動 貢獻 0230

contribution　图 貢獻 0193

conventionally　副 依慣例；傳統地 0019

converse　動 交談 0129

convey　動 傳遞～；傳達～ 0636

correspondent　图 通訊記者；特派員 0726

correspondingly　副 相對應地 0156

council　图 議會；理事會 0805

courtesy　图 禮貌；禮節 0992

coworker　图 同事 0457

credit　图 信用；功勞 0767

credit X to Y　將 X 歸功於 Y 0776

criteria　图 criterion（標準、尺度）的複數形 0813

critical　形 批評的；關鍵的；不可或缺的 0248

criticize　動 批評～ 0351

curator　图 館長 0378

cut back on X　削減 X 0215

D

dairy　图 酪農（業） 0144

dawn　图 黎明；開端 0090

debate　動 討論～ 0694

declare X Y　宣告 X 是 Y 0312

decline　動 婉拒 0230

　　　　　動 減少 0832

dedicated　形 專用的 0999

dedication　图 奉獻 0399

deem X Y　認為 X 是 Y；將 X 視為 Y 0604

defect　图 瑕疵；缺陷 0688

defective　形 有瑕疵的；不完美的 0035

defend　動 保住（頭銜） 0870

definitely　副 肯定地；一定 0591

deliberate　形 故意的；蓄意的 0752

deliberations　图 審議；商討 0148

deliver　動 發表（演說等） 0561

demolition	名 拆除	0450
demonstrate	動 展示；發揮（能力等）	1039
depend on X	視 X 而定；取決於 X	0844
dependable	形 可靠的	0111
dependency	名 依賴	0063
deserve	動 應得～	0486
designated	形 指定的	0308
destruction	名 毀損；破壞	0684
developer	名 開發商	0565
devote X to Y	把 X 奉獻給 Y	0501
diagnostic	形 診斷用的	0162
dietary	形 飲食的	0888
differentiate	動 區分；鑑別	1037
diligently	副 勤勉地；用心地	0075
direct	動 將～（信件等）寄至	0296
disposal	名 處理；處置	0459
dispose of X	處置 X；處理掉 X	0787
disruption	名 中斷；混亂	0566
distinct	形 與其他不同的；有區別的	0165
distinctive	形 獨特的；有特色的	0102
distinctly	副 確切地；清晰地	0319
distribution	名 配銷；分銷；流通	0783
diverse	形 多種多樣的	0127
document	名 文件	0695
domestic	形 國內的	0022
donor	名 捐贈者	0369
draft	名 草稿；草圖	0496
dramatic	形 戲劇的；不尋常的	0803
drapes	名 窗簾	0318
draw	動 吸引～；招來～	0806
draw near	（人、事件等）接近；靠近	0285
drive out X	趕走 X	0987
drought	名 乾旱；旱災	0809
durability	名 耐用（性）	0164
dwindling	形 日益減少的；逐漸萎縮的	0355

E

eager	形 急切的；渴望的	0040
ease	動 紓解～；緩和～	0834
edge	名 優勢；優越條件	0386

eligible	形 有資格的	0141
emotion	名 情緒；情感	0789
emphasis	名 強調；重視	0801
emphatically	副 斷然地；強調地	0010
employee	名 受雇者；員工	0025
employer	名 雇主	1044
emulate	動 仿效～；模仿～	0103
endorse	動 支持～；為～背書	0054
	動 為～代言	1028
enforce	動 實施～；執行～	0210
engage in X	從事 X；參加 X	0299
engagement	名 （會面等的）約定	1003
enlist	動 謀取～的贊助或支持	0979
ensure	動 確保～	0018
enthusiasm	名 熱情；熱忱	0671
enthusiast	名 熱衷者；熱心者	0302
enthusiastically	副 熱烈地	0054
entrant	名 參賽者	0549
entrepreneur	名 創業家	0120
estimate	動 估計～	0699
ethical	形 倫理的；道德的	0258
evacuation	名 疏散；避難	0106
evaluate	動 評估～；鑑定～	0407
evaluation	名 評估	0330
evident	形 明顯的；明白的	0194
evoke	動 喚起（情感等）	0789
exceed	動 超出～	0332
exceedingly	副 非常地；極度地	0187
exception	名 例外；除外	0450
exceptional	形 非比尋常的；卓越的	0039
exclusive	形 獨有的；獨家的	0760
exclusivity	名 獨特（性）；排他（性）	0319
executive	名 業務主管	0711
exemplify	動 是～的典型例子	1021
exhaustively	副 徹底地	0182
expansion	名 擴展；擴張	1049
expedite	動 加速處理～；加快～	1040
expertise	名 專業技術；專長	0608
expertize	動 對～提出專業見解	0608
expertly	副 巧妙地；熟練地	0637

expiration	名 期滿;到期	......	0524
expose *X* to *Y*	將 X 暴露於 Y		0755
extend	動 擴展;廣及		0608
	動 延長～	......	0762
extend *X* to *Y*	對 Y 表示 X（感謝及問候等）	......	0718
extended	形 延長了的;長期的	......	0109
extensive	形 廣泛的;大量的	......	0192
extraordinary	形 非凡的;驚人的	......	0276

F

fabric	名 布料;織品／物	......	0155
facility	名 設備;設施	......	0843
faculty	名（大學的）教職員	......	0166
favorable	形 贊同的;有利的	......	0368
feasibility	名 可行性	......	0086
feature	動 以～為特色	......	0190
federal	形 聯邦（政府）的	......	0665
file	動 提出～	......	0015
findings	名（經調查、研究所獲得之）發現;結果	......	1035
firmly	副 穩穩地;用力地	......	0978
fiscal year	會計年度	......	0316
fleet	名 艦隊;車隊	......	0215
fluent	形（語言）流利的;熟練自如的	......	0655
foreman	名 領班;工頭	......	1012
foreseeable	形 可預見的	......	0625
founder	名 創立者;創始人	......	0191
founding	形 創辦的;發起的	......	0393
fraction	名 小部分	......	0533
functional	形 功能上的;實用的	......	0178
fund	名 資金	......	0571
fund-raising	形 募集資金的;募捐的	......	1027
furnishings	名（包括地毯、窗簾等的）居家用品;傢俱	......	0197

G

generate	動 生成～;產生～	......	0068
generator	名 發電機	......	0590
generous	形 慷慨的;大方的	......	0665
giveaway	名 贈品	......	0827
gourmet	形 美味的;美食家的	......	0540
grant	名 補助金;助學金	......	0146

動 同意～；准予～ 0228

H

halt　　　　　　動 使～停止；使終止 0390
hardhat　　　　名（工地用的）安全帽 0687
harsh　　　　　形（評論等）嚴厲的；嚴格的...................... 0751
hazard　　　　　名 危害；危險 1048
heritage　　　　名 遺產 0665
highlight　　　　動 使突出 1040
house　　　　　動 收容～；安置～ 0265
hub　　　　　　名 樞紐；中心 0325

I

icon　　　　　　　　　名 偶像；代表人物 0712
imaginative　　　　　形 富想像力的；虛構的..................... 0186
impending　　　　　　形 即將到來的 0236
imperfection　　　　　名 瑕疵；缺點 0432
implement　　　　　　動 執行～；實施～.......................... 0203
impressionist　　　　　形 印象派的................................. 0970
in a timely manner　　　及時地 0924
in an effort to *do*　　　努力～；試圖～ 0987
in charge of *X*　　　　負責 X 0629
in excess of *X*　　　　超過 X 0055
in favor of *X*　　　　　贊成 X 0680
in light of *X*　　　　　有鑑於 X 0502
in operation　　　　　　運作中 0590
in person　　　　　　　親自 0718
in regard to *X*　　　　關於 X (= with regard to *X*) 0975
in the employ of *X*　　受雇於 X 1044
in terms of *X*　　　　　就 X 方面 0062
inclement　　　　　　　形（天候）惡劣的......................... 0422
incur　　　　　　　　　動 招致；產生（費用、負債等）...... 0959
industrial　　　　　　　形 工業用的 0857
inexperienced　　　　　形 缺乏經驗的；經驗不足的 0920
infrequently　　　　　　副 罕見地；很少地....................... 0822
ingredient　　　　　　　名（烹調的）原料；（構成）要素 ... 0596
initially　　　　　　　　副 最初；一開始......................... 0912
inscribe　　　　　　　　動 刻～；雕～ 0929
inspector　　　　　　　名 稽查員 0041
instrumental　　　　　　形 對～有幫助的；起作用的........... 0867

519

insulation	名 隔熱（材料）..0063
integrated	形 整合的；一體的..0701
intensive	形 密集的；加強的..0753
intention	名 意圖；打算..0785
intentionally	副 刻意地；有意地..0215
interact	動 互動..0191
intriguing	形 有趣的；引人入勝的..0806
invalid	形 無效的..0312
invaluable	形 非常寶貴的；無法估價的..0478
inventory	名 存貨清單；庫存..0506
invest	動 投資～..1049
investigation	名 調查..0566
investment	名 投資..0340
itinerary	名 旅行計畫；行程（表）..0132

J

jeopardize	動 危及～；使～瀕於危險境地..0355
justify	動 正當化～；證明～是正當的..0399

L

landlord	名 房東；地主..0980
landscape	名 風景；景色..0333
lane	名 車道；線道..0327
lawnmower	名 割草機..0167
leave of absence	休假..0868
leftover	形 剩餘的..0571
legislation	名 立法..0005
lend itself to X	適合 X..1046
liability	名（法律上的）責任..0738
librarian	名 圖書館員..0613
lift	動 提高～..0647
look into X	研究 X；調查 X..0783
lounge	名 休息室；會客廳..0345
loyalty card	忠誠卡..0291
lucrative	形 賺錢的；利潤豐厚的..0897
luncheon	名 午餐會..0393

M

make a splash	引起轟動..0925
managerial	形 管理人的..0241

managerial	形 管理上的	0121
Mandarin	名 華語；標準中文	0733
maneuverable	形 容易操作的	0167
manual	名 手冊；簡介	0347
manuscript	名 手稿	0817
mark	動 為～的表徵	0393
markedly	副 顯著地	0811
maternity leave	產假	0865
mature	動 成熟	0022
means	名 手段；方法	0442
measure	名 措施；方法	0985
medication	名 藥物；藥物治療	0175
mentor	名 導師	0776
merge	動 合併	0452
merger	名 合併	0236
meteorologist	名 氣象學家	0421
minimize	動 將～減少到最低限度	0411
mining	名 採礦	0145
mock-up	名 模型打樣	1001
moderately	副 適度地	0108
modify	動 修改～	0389
motif	名 (服裝設計等的) 基本圖案	0102
motivational	形 有動機的；激發鬥志的	0936
municipal	形 市政的；自治都市的	0300

N

neatly	副 整齊地；恰好地	0586
negative	形 否定的；負面的	0758
negotiate	動 協商～；談判～	0683
nominal	形 象徵性的；金額很低的	0015
notable	形 值得注意的	0674
notably	副 顯著地；尤其	0193
noticeable	形 顯著的；值得注意的	0131
noticeably	副 顯著地；明顯地	0188
number	動 總數達到～	1043
nutrition	名 營養學	0546

O

objective	名 目標	1004
obligation	名 義務；責任	0698

observe	動 遵守（法律等）	0585
obstacle	名 障礙	0871
occasion	名 時機；場合；活動	0032
occupant	名（交通工具的）乘坐者；乘客	0385
omission	名 疏忽；遺漏	0752
on foot	用走的；步行	1047
on one's behalf	代表～	0698
on the mend	在好轉中	0847
on the premises	在建築物等之內	0913
optimal	形 最理想的	0404
originate	動 來自～	0422
outdated	形 過時的；舊式的	0358
outlet	名 商店；暢貨中心	0731
outline	動 概述～；說明～的要點	0247
outstanding	形 傑出的	0584
	形 未出貨的；未完成的	1040
overwhelmingly	副 壓倒性地	0083

P

parting	形 離別的	0560
patent	名 專利	0343
patron	名 顧客	0562
pavilion	名（博覽會的）展示館	0450
peers	名（年齡、職業等）同等的人；同儕	1038
perception	名 感覺；認知	0314
periodic	形 定期的	0493
permit	名 許可證	0348
persistence	名 堅持	0272
personalized	形 個人化的	0174
perspective	名 觀點；看法	0711
pertain to X	與 X 有關	0339
pharmaceuticals	名 藥物；製藥公司	0332
pharmacy	名（在醫院等處的）藥局；藥房	0088
phase	名 階段；時期	0072
phenomenon	名 現象	0033
physician	名 醫師	0175
physics	名 物理學	1034
pinpoint	動 查明；精準地確定（位置、原因等）	0162
plant	名 工廠	0209
plaque	名 飾板；銘牌	0929

plot	名（故事的）情節	0817
pointless	形 無意義的	0298
poised	形 準備好了的；蓄勢待發的	0630
polished	形 優雅的；洗練的	0525
post	動 分發～；分派～	0940
potential	形 潛在的；可能的	0922
pothole	名（道路上的）坑洞	0973
practically	副 幾乎；實際上	0218
practice	名 慣例	0182
praise	動 讚揚～	0637
precaution	名 預防措施	0684
precisely	副 恰好；精確地	0181
predecessor	名 前任（者）	0159
predict	動 預料～；預言～	0063
predictable	形 可預測的；墨守成規的	0817
preference	名 優先（權）	0209
preliminary	形 初步的；預備的	0706
premises	名 場地；廠區	0999
preserve	動 保存～；維護～	0665
press conference	記者會	0582
prestigious	形 有名望的；具威信的	0146
prevent X from doing	妨礙 X 做～	0563
preventable	形 可預防的	0097
preventive	形 預防性的	0616
primarily	副 主要地	0806
prior to X	在 X 之前	0255
probationary	形 試用的；實習中的	0125
proceed	動 進行；繼續做	0797
produce	名 農產品；生鮮蔬果	0134
production	名 生產；（藝術）作品	0109
proficient	形 熟練的；精通的	0991
profitability	名 獲利；收益性	0359
prohibit	動 禁止～	0670
proliferate	動 激增	0657
prominent	形 著名的；卓越的	0160
promising	形 可期待的；前途有望的	0052
promote	動 推銷～	0186
prompt X to do	促使 X 做～	0731
proofreading	名 校對	0691
prospect	名 前景；（成功的）可能性	0098

prospective	形 預期的；未來的	0255
protection	名 保護	0801
provided	連 以～為條件；假如～	0105
provision	名 條款；規定	0893
put an emphasis on *X*	重視 X；把重點放在 X	0060
put up with *X*	忍受 X	0973

Q

qualifications	名 資格；能力條件	0098
qualified	形 符合條件的	0142
	形 合格的；有資格的	0175
qualify for *X*	取得 X 的資格	0574
quarterly	形 每季的	0840

R

rarely	副 很少；難得	0033
rate	動 評價～	0119
rating	名 評分；等級	0487
reach	動 達成（協議等）	0409
readily	副 容易地；輕易地	0066
real estate agency	房地產仲介公司；不動產業者	1032
reasonable	形 合理的；正當的	0959
recognition	名 認出；表彰	0206
	名 識別；辨識	0649
recognize	動 識別～；辨識～	0688
reduction	名 減少；降低	0340
refrain from *doing*	避免做～；忍住不做～	0129
regardless of *X*	不管 X	0470
register	動 提出（意見等）	0885
registration	名 註冊；登記	0710
regrettably	副 令人遺憾地	0031
reimburse	動 補償～；報銷～	0959
reimbursement	名 償還；補償	0337
rejuvenation	名 返老還童；復興	0973
relatively	副 相對地	0958
release	動 發行～；發表～	0759
relevant	形 有關的；恰當的	0636
reliability	名 可靠性	0765
reliable	形 可靠的	0197
rely on *X*	倚賴 X	0934

remark	名 意見；評語	0042
remarkable	形 卓越的；非凡的	0165
remedy	動 補救～；紏正～	0470
rendition	名 演奏；表演	0428
renew	動 更新～	0476
replace	動 取代～；繼任～	0580
representative	名 代表；代理人	0051
reproduction	名 複製；複寫	0670
reputation	名 名聲；聲譽	0423
reserve	動 保留（權利等）	0969
residential area	住宅區	0769
resign	動 辭職	0359
resolve	動 解決～	0468
respectfully	副 恭敬地	0230
respondent	名 受訪者；被告	0137
restock	動 補充～；替～補貨	0945
restoration	名 修復；整修	0031
restore	動 修復～；恢復～	0601
restrict	動 限制～	0941
restriction	名 限制；限定	0888
retailer	名 零售商；零售店	0078
retain	動 留住～	0223
retool	動 更新（工廠等的）機械設備	0086
reveal	動 揭露～	0918
revenue	名 收入；收益	0332
revise	動 修訂～；修正～	0196
revolutionary	形 完全創新的；革命性的	0076
rumor	名 傳聞	0770
run	動 經營～	0159

S

satisfactorily	副 圓滿地；令人滿意地	0885
scores of X	許多的 X	0526
scrape	名 刮；擦	0939
secretary	名 秘書（長）；書記官；（政府各部的）部長	0038
secure	動 獲得～；確保～	0257
seemingly	副 表面上看來；似乎是	0226
sensitivity	名 敏感度	0438
sequel	名 續集	0937
set aside	空出；撥出（錢或時間等）	0147

set forth	列舉～；提出～	0963
share	名 股票；股份	0078
shoreline	名 海岸線	0536
shower	名 （短暫的）陣雨	0809
shutdown	名 關閉；停工	0248
sign up	報名登記；註冊	0350
signage	名 招牌	0608
significant	形 顯著的；重要的	0809
significantly	副 顯著地；相當多地	0486
silence	動 使～安靜；將～設為靜音	0992
simplify	動 簡化～	0374
site	名 地點；場所；遺跡	0118
sleek	形 時尚的；時髦的	0850
slogan	名 宣傳口號；廣告標語	0410
solely	副 僅僅；完全	0310
solid	形 可信賴的；穩固的	0021
somewhat	副 稍微；有點	0898
sophisticated	形 精緻的；精密的	0174
source	動 從其他公司、國家購得零件、材料等	0709
	名 來源；產地	0907
specifications	名 規格（書）	0493
speculation	名 猜測；臆測	0067
stable	形 平穩的	1024
stack	動 堆疊～	0939
start-up	形 新創的；啟動（新事業）的	0577
statement	名 聲明	0520
stationery	名 文具；信紙	0860
statistics	名 統計（的數據）；統計學	0418
status	名 狀態；地位	0697
steady	形 穩定的；不變的	0514
stellar	形 非常精彩的	0428
storeroom	名 儲藏室；庫房	0506
streamline	動 使有效率	0374
strict	形 嚴格的	0075
strictly	副 嚴格地；完全地	0303
stringently	副 嚴格地	0306
struggle	動 努力；掙扎	0456
sublet	名 轉租	0893
submission	名 提交（物）	0084
subordinate	名 部下；下屬	0206

subscribe to *X*	訂閱 X；成為 X 的會員；報名 X	0578
subscriber	名 用戶；訂閱者	0555
subscription	名 訂閱	0057
subsequently	副 隨後；接著	0203
substantial	形 實在的；大量的	0089
substantially	副 大幅地	0305
suburb	名 郊區；近郊住宅區	0235
suburban	形 郊區的	0964
successor	名 繼任者	0922
supervisor	名 主管；上司	0125
supplement	動 補充～	0666
surpass	動 超越～；勝過～	0140
survey	名 調查	0023
swiftly	副 迅速地；飛快地	0225
swipe	動 刷（卡）	0978

T

take on *X*	採用 X	0221
	承擔 X	0300
take over from *X*	接替 X	0309
temporarily	副 暫時地；臨時地	0349
tentative	形 暫時性的；實驗性的	1035
terminate	動 終止～	1023
term	名 (契約、談判等的) 條件；條款	0969
terms and conditions	(合約的) 條款與條件	0963
textile	名 紡織品；紡織原料	0139
thanks to	由於；幸虧	0587
theatrical	形 戲劇的	0109
tighten	動 使～變緊 (蓋緊、鎖緊等)	0943
time sheet	工作時間紀錄表	0044
tirelessly	副 堅持不懈地	0278
top	動 超過～	0551
transcript	名 (演講等的) 文字稿；謄本	0366
transform	動 使～轉變	0577
trigger	動 觸發～；引起～	0863
tuition	名 學費	0813
	名 教學；授課	0993
turn down *X*	拒絕 X；駁回 X	0817
turn *X* around	使 X 徹底改觀	0889
turnout	名 出席者；聚集人數	0275

U

uncertainty	名 不確定	0287
underestimate	動 低估～	0696
undergo	動 接受～；經歷～	0147
understaffed	形 人手不足的	0513
undertake	動 承擔～；從事～	0024
unparalleled	形 無比的；無雙的	0983
utility costs	水、電、瓦斯等公用事業費用	0019
utilize	動 運用～；利用～	0889

V

vacancy	名 空缺；空位	0725
value	動 重視～；評價～	0812
vendor	名 賣主	0308
ventilate	動 使～通風	0242
venture	名 冒險事業；企業	0090
venture capitalist	投資新創企業的人；創業投資家	0781
venue	名 場地；會場	0324
verify	動 證實～；證明～	0101
versatile	形 多才多藝的	0449
veterinary	形 獸醫的	0887
viability	名 可行性	0833
vicinity	名 附近地區；周邊	0724
vital	形 必不可少的；極其重要的	0114
voluntary	形 自願的	0303
volunteer	動 自願（做）；自願提供	1014

W

welfare	名 福利	0801
well-suited	形 適合的	0387
wholesaler	名 批發商	0982
widening	名 擴大；拓寬	0327
with regard to X	關於 X	0717
withhold	動 不給～；保留～	0770
without fail	一定	0377
withstand	動 經得起～；承受得住～	0353
word-of-mouth	形 口耳相傳的	0033
work ethic	職業道德；工作操守	0336
workload	名 工作量	0199
workplace	名 職場	0206

文法模擬試題第 □ 組

（練習日：　　月　　日／所需時間：　　分　　秒）

No.	ANSWER A B C D	No.	ANSWER A B C D	No.	ANSWER A B C D
001	Ⓐ Ⓑ Ⓒ Ⓓ	011	Ⓐ Ⓑ Ⓒ Ⓓ	021	Ⓐ Ⓑ Ⓒ Ⓓ
002	Ⓐ Ⓑ Ⓒ Ⓓ	012	Ⓐ Ⓑ Ⓒ Ⓓ	022	Ⓐ Ⓑ Ⓒ Ⓓ
003	Ⓐ Ⓑ Ⓒ Ⓓ	013	Ⓐ Ⓑ Ⓒ Ⓓ	023	Ⓐ Ⓑ Ⓒ Ⓓ
004	Ⓐ Ⓑ Ⓒ Ⓓ	014	Ⓐ Ⓑ Ⓒ Ⓓ	024	Ⓐ Ⓑ Ⓒ Ⓓ
005	Ⓐ Ⓑ Ⓒ Ⓓ	015	Ⓐ Ⓑ Ⓒ Ⓓ	025	Ⓐ Ⓑ Ⓒ Ⓓ
006	Ⓐ Ⓑ Ⓒ Ⓓ	016	Ⓐ Ⓑ Ⓒ Ⓓ	026	Ⓐ Ⓑ Ⓒ Ⓓ
007	Ⓐ Ⓑ Ⓒ Ⓓ	017	Ⓐ Ⓑ Ⓒ Ⓓ	027	Ⓐ Ⓑ Ⓒ Ⓓ
008	Ⓐ Ⓑ Ⓒ Ⓓ	018	Ⓐ Ⓑ Ⓒ Ⓓ	028	Ⓐ Ⓑ Ⓒ Ⓓ
009	Ⓐ Ⓑ Ⓒ Ⓓ	019	Ⓐ Ⓑ Ⓒ Ⓓ	029	Ⓐ Ⓑ Ⓒ Ⓓ
010	Ⓐ Ⓑ Ⓒ Ⓓ	020	Ⓐ Ⓑ Ⓒ Ⓓ	030	Ⓐ Ⓑ Ⓒ Ⓓ

文法模擬試題第 □ 組

（練習日：　　月　　日／所需時間：　　分　　秒）

No.	ANSWER A B C D	No.	ANSWER A B C D	No.	ANSWER A B C D
001	Ⓐ Ⓑ Ⓒ Ⓓ	011	Ⓐ Ⓑ Ⓒ Ⓓ	021	Ⓐ Ⓑ Ⓒ Ⓓ
002	Ⓐ Ⓑ Ⓒ Ⓓ	012	Ⓐ Ⓑ Ⓒ Ⓓ	022	Ⓐ Ⓑ Ⓒ Ⓓ
003	Ⓐ Ⓑ Ⓒ Ⓓ	013	Ⓐ Ⓑ Ⓒ Ⓓ	023	Ⓐ Ⓑ Ⓒ Ⓓ
004	Ⓐ Ⓑ Ⓒ Ⓓ	014	Ⓐ Ⓑ Ⓒ Ⓓ	024	Ⓐ Ⓑ Ⓒ Ⓓ
005	Ⓐ Ⓑ Ⓒ Ⓓ	015	Ⓐ Ⓑ Ⓒ Ⓓ	025	Ⓐ Ⓑ Ⓒ Ⓓ
006	Ⓐ Ⓑ Ⓒ Ⓓ	016	Ⓐ Ⓑ Ⓒ Ⓓ	026	Ⓐ Ⓑ Ⓒ Ⓓ
007	Ⓐ Ⓑ Ⓒ Ⓓ	017	Ⓐ Ⓑ Ⓒ Ⓓ	027	Ⓐ Ⓑ Ⓒ Ⓓ
008	Ⓐ Ⓑ Ⓒ Ⓓ	018	Ⓐ Ⓑ Ⓒ Ⓓ	028	Ⓐ Ⓑ Ⓒ Ⓓ
009	Ⓐ Ⓑ Ⓒ Ⓓ	019	Ⓐ Ⓑ Ⓒ Ⓓ	029	Ⓐ Ⓑ Ⓒ Ⓓ
010	Ⓐ Ⓑ Ⓒ Ⓓ	020	Ⓐ Ⓑ Ⓒ Ⓓ	030	Ⓐ Ⓑ Ⓒ Ⓓ

文法模擬試題第 □ 組

（練習日： 月 日／所需時間： 分 秒）

No.	ANSWER				No.	ANSWER				No.	ANSWER			
	A	B	C	D		A	B	C	D		A	B	C	D
001	Ⓐ	Ⓑ	Ⓒ	Ⓓ	011	Ⓐ	Ⓑ	Ⓒ	Ⓓ	021	Ⓐ	Ⓑ	Ⓒ	Ⓓ
002	Ⓐ	Ⓑ	Ⓒ	Ⓓ	012	Ⓐ	Ⓑ	Ⓒ	Ⓓ	022	Ⓐ	Ⓑ	Ⓒ	Ⓓ
003	Ⓐ	Ⓑ	Ⓒ	Ⓓ	013	Ⓐ	Ⓑ	Ⓒ	Ⓓ	023	Ⓐ	Ⓑ	Ⓒ	Ⓓ
004	Ⓐ	Ⓑ	Ⓒ	Ⓓ	014	Ⓐ	Ⓑ	Ⓒ	Ⓓ	024	Ⓐ	Ⓑ	Ⓒ	Ⓓ
005	Ⓐ	Ⓑ	Ⓒ	Ⓓ	015	Ⓐ	Ⓑ	Ⓒ	Ⓓ	025	Ⓐ	Ⓑ	Ⓒ	Ⓓ
006	Ⓐ	Ⓑ	Ⓒ	Ⓓ	016	Ⓐ	Ⓑ	Ⓒ	Ⓓ	026	Ⓐ	Ⓑ	Ⓒ	Ⓓ
007	Ⓐ	Ⓑ	Ⓒ	Ⓓ	017	Ⓐ	Ⓑ	Ⓒ	Ⓓ	027	Ⓐ	Ⓑ	Ⓒ	Ⓓ
008	Ⓐ	Ⓑ	Ⓒ	Ⓓ	018	Ⓐ	Ⓑ	Ⓒ	Ⓓ	028	Ⓐ	Ⓑ	Ⓒ	Ⓓ
009	Ⓐ	Ⓑ	Ⓒ	Ⓓ	019	Ⓐ	Ⓑ	Ⓒ	Ⓓ	029	Ⓐ	Ⓑ	Ⓒ	Ⓓ
010	Ⓐ	Ⓑ	Ⓒ	Ⓓ	020	Ⓐ	Ⓑ	Ⓒ	Ⓓ	030	Ⓐ	Ⓑ	Ⓒ	Ⓓ

文法模擬試題第 □ 組

（練習日： 月 日／所需時間： 分 秒）

No.	ANSWER				No.	ANSWER				No.	ANSWER			
	A	B	C	D		A	B	C	D		A	B	C	D
001	Ⓐ	Ⓑ	Ⓒ	Ⓓ	011	Ⓐ	Ⓑ	Ⓒ	Ⓓ	021	Ⓐ	Ⓑ	Ⓒ	Ⓓ
002	Ⓐ	Ⓑ	Ⓒ	Ⓓ	012	Ⓐ	Ⓑ	Ⓒ	Ⓓ	022	Ⓐ	Ⓑ	Ⓒ	Ⓓ
003	Ⓐ	Ⓑ	Ⓒ	Ⓓ	013	Ⓐ	Ⓑ	Ⓒ	Ⓓ	023	Ⓐ	Ⓑ	Ⓒ	Ⓓ
004	Ⓐ	Ⓑ	Ⓒ	Ⓓ	014	Ⓐ	Ⓑ	Ⓒ	Ⓓ	024	Ⓐ	Ⓑ	Ⓒ	Ⓓ
005	Ⓐ	Ⓑ	Ⓒ	Ⓓ	015	Ⓐ	Ⓑ	Ⓒ	Ⓓ	025	Ⓐ	Ⓑ	Ⓒ	Ⓓ
006	Ⓐ	Ⓑ	Ⓒ	Ⓓ	016	Ⓐ	Ⓑ	Ⓒ	Ⓓ	026	Ⓐ	Ⓑ	Ⓒ	Ⓓ
007	Ⓐ	Ⓑ	Ⓒ	Ⓓ	017	Ⓐ	Ⓑ	Ⓒ	Ⓓ	027	Ⓐ	Ⓑ	Ⓒ	Ⓓ
008	Ⓐ	Ⓑ	Ⓒ	Ⓓ	018	Ⓐ	Ⓑ	Ⓒ	Ⓓ	028	Ⓐ	Ⓑ	Ⓒ	Ⓓ
009	Ⓐ	Ⓑ	Ⓒ	Ⓓ	019	Ⓐ	Ⓑ	Ⓒ	Ⓓ	029	Ⓐ	Ⓑ	Ⓒ	Ⓓ
010	Ⓐ	Ⓑ	Ⓒ	Ⓓ	020	Ⓐ	Ⓑ	Ⓒ	Ⓓ	030	Ⓐ	Ⓑ	Ⓒ	Ⓓ

文法模擬試題第 □ 組

（練習日：　　月　　日／所需時間：　　分　　秒）

No.	ANSWER A B C D	No.	ANSWER A B C D	No.	ANSWER A B C D
001	Ⓐ Ⓑ Ⓒ Ⓓ	011	Ⓐ Ⓑ Ⓒ Ⓓ	021	Ⓐ Ⓑ Ⓒ Ⓓ
002	Ⓐ Ⓑ Ⓒ Ⓓ	012	Ⓐ Ⓑ Ⓒ Ⓓ	022	Ⓐ Ⓑ Ⓒ Ⓓ
003	Ⓐ Ⓑ Ⓒ Ⓓ	013	Ⓐ Ⓑ Ⓒ Ⓓ	023	Ⓐ Ⓑ Ⓒ Ⓓ
004	Ⓐ Ⓑ Ⓒ Ⓓ	014	Ⓐ Ⓑ Ⓒ Ⓓ	024	Ⓐ Ⓑ Ⓒ Ⓓ
005	Ⓐ Ⓑ Ⓒ Ⓓ	015	Ⓐ Ⓑ Ⓒ Ⓓ	025	Ⓐ Ⓑ Ⓒ Ⓓ
006	Ⓐ Ⓑ Ⓒ Ⓓ	016	Ⓐ Ⓑ Ⓒ Ⓓ	026	Ⓐ Ⓑ Ⓒ Ⓓ
007	Ⓐ Ⓑ Ⓒ Ⓓ	017	Ⓐ Ⓑ Ⓒ Ⓓ	027	Ⓐ Ⓑ Ⓒ Ⓓ
008	Ⓐ Ⓑ Ⓒ Ⓓ	018	Ⓐ Ⓑ Ⓒ Ⓓ	028	Ⓐ Ⓑ Ⓒ Ⓓ
009	Ⓐ Ⓑ Ⓒ Ⓓ	019	Ⓐ Ⓑ Ⓒ Ⓓ	029	Ⓐ Ⓑ Ⓒ Ⓓ
010	Ⓐ Ⓑ Ⓒ Ⓓ	020	Ⓐ Ⓑ Ⓒ Ⓓ	030	Ⓐ Ⓑ Ⓒ Ⓓ

文法模擬試題第 □ 組

（練習日：　　月　　日／所需時間：　　分　　秒）

No.	ANSWER A B C D	No.	ANSWER A B C D	No.	ANSWER A B C D
001	Ⓐ Ⓑ Ⓒ Ⓓ	011	Ⓐ Ⓑ Ⓒ Ⓓ	021	Ⓐ Ⓑ Ⓒ Ⓓ
002	Ⓐ Ⓑ Ⓒ Ⓓ	012	Ⓐ Ⓑ Ⓒ Ⓓ	022	Ⓐ Ⓑ Ⓒ Ⓓ
003	Ⓐ Ⓑ Ⓒ Ⓓ	013	Ⓐ Ⓑ Ⓒ Ⓓ	023	Ⓐ Ⓑ Ⓒ Ⓓ
004	Ⓐ Ⓑ Ⓒ Ⓓ	014	Ⓐ Ⓑ Ⓒ Ⓓ	024	Ⓐ Ⓑ Ⓒ Ⓓ
005	Ⓐ Ⓑ Ⓒ Ⓓ	015	Ⓐ Ⓑ Ⓒ Ⓓ	025	Ⓐ Ⓑ Ⓒ Ⓓ
006	Ⓐ Ⓑ Ⓒ Ⓓ	016	Ⓐ Ⓑ Ⓒ Ⓓ	026	Ⓐ Ⓑ Ⓒ Ⓓ
007	Ⓐ Ⓑ Ⓒ Ⓓ	017	Ⓐ Ⓑ Ⓒ Ⓓ	027	Ⓐ Ⓑ Ⓒ Ⓓ
008	Ⓐ Ⓑ Ⓒ Ⓓ	018	Ⓐ Ⓑ Ⓒ Ⓓ	028	Ⓐ Ⓑ Ⓒ Ⓓ
009	Ⓐ Ⓑ Ⓒ Ⓓ	019	Ⓐ Ⓑ Ⓒ Ⓓ	029	Ⓐ Ⓑ Ⓒ Ⓓ
010	Ⓐ Ⓑ Ⓒ Ⓓ	020	Ⓐ Ⓑ Ⓒ Ⓓ	030	Ⓐ Ⓑ Ⓒ Ⓓ

文法模擬試題第 ☐ 組

（練習日：　　月　　日／所需時間：　　分　　秒）

No.	ANSWER A　B　C　D	No.	ANSWER A　B　C　D	No.	ANSWER A　B　C　D
001	Ⓐ Ⓑ Ⓒ Ⓓ	011	Ⓐ Ⓑ Ⓒ Ⓓ	021	Ⓐ Ⓑ Ⓒ Ⓓ
002	Ⓐ Ⓑ Ⓒ Ⓓ	012	Ⓐ Ⓑ Ⓒ Ⓓ	022	Ⓐ Ⓑ Ⓒ Ⓓ
003	Ⓐ Ⓑ Ⓒ Ⓓ	013	Ⓐ Ⓑ Ⓒ Ⓓ	023	Ⓐ Ⓑ Ⓒ Ⓓ
004	Ⓐ Ⓑ Ⓒ Ⓓ	014	Ⓐ Ⓑ Ⓒ Ⓓ	024	Ⓐ Ⓑ Ⓒ Ⓓ
005	Ⓐ Ⓑ Ⓒ Ⓓ	015	Ⓐ Ⓑ Ⓒ Ⓓ	025	Ⓐ Ⓑ Ⓒ Ⓓ
006	Ⓐ Ⓑ Ⓒ Ⓓ	016	Ⓐ Ⓑ Ⓒ Ⓓ	026	Ⓐ Ⓑ Ⓒ Ⓓ
007	Ⓐ Ⓑ Ⓒ Ⓓ	017	Ⓐ Ⓑ Ⓒ Ⓓ	027	Ⓐ Ⓑ Ⓒ Ⓓ
008	Ⓐ Ⓑ Ⓒ Ⓓ	018	Ⓐ Ⓑ Ⓒ Ⓓ	028	Ⓐ Ⓑ Ⓒ Ⓓ
009	Ⓐ Ⓑ Ⓒ Ⓓ	019	Ⓐ Ⓑ Ⓒ Ⓓ	029	Ⓐ Ⓑ Ⓒ Ⓓ
010	Ⓐ Ⓑ Ⓒ Ⓓ	020	Ⓐ Ⓑ Ⓒ Ⓓ	030	Ⓐ Ⓑ Ⓒ Ⓓ

文法模擬試題第 ☐ 組

（練習日：　　月　　日／所需時間：　　分　　秒）

No.	ANSWER A　B　C　D	No.	ANSWER A　B　C　D	No.	ANSWER A　B　C　D
001	Ⓐ Ⓑ Ⓒ Ⓓ	011	Ⓐ Ⓑ Ⓒ Ⓓ	021	Ⓐ Ⓑ Ⓒ Ⓓ
002	Ⓐ Ⓑ Ⓒ Ⓓ	012	Ⓐ Ⓑ Ⓒ Ⓓ	022	Ⓐ Ⓑ Ⓒ Ⓓ
003	Ⓐ Ⓑ Ⓒ Ⓓ	013	Ⓐ Ⓑ Ⓒ Ⓓ	023	Ⓐ Ⓑ Ⓒ Ⓓ
004	Ⓐ Ⓑ Ⓒ Ⓓ	014	Ⓐ Ⓑ Ⓒ Ⓓ	024	Ⓐ Ⓑ Ⓒ Ⓓ
005	Ⓐ Ⓑ Ⓒ Ⓓ	015	Ⓐ Ⓑ Ⓒ Ⓓ	025	Ⓐ Ⓑ Ⓒ Ⓓ
006	Ⓐ Ⓑ Ⓒ Ⓓ	016	Ⓐ Ⓑ Ⓒ Ⓓ	026	Ⓐ Ⓑ Ⓒ Ⓓ
007	Ⓐ Ⓑ Ⓒ Ⓓ	017	Ⓐ Ⓑ Ⓒ Ⓓ	027	Ⓐ Ⓑ Ⓒ Ⓓ
008	Ⓐ Ⓑ Ⓒ Ⓓ	018	Ⓐ Ⓑ Ⓒ Ⓓ	028	Ⓐ Ⓑ Ⓒ Ⓓ
009	Ⓐ Ⓑ Ⓒ Ⓓ	019	Ⓐ Ⓑ Ⓒ Ⓓ	029	Ⓐ Ⓑ Ⓒ Ⓓ
010	Ⓐ Ⓑ Ⓒ Ⓓ	020	Ⓐ Ⓑ Ⓒ Ⓓ	030	Ⓐ Ⓑ Ⓒ Ⓓ

文法模擬試題第 ☐ 組

（練習日： 月 日／所需時間： 分 秒）

No.	ANSWER A B C D	No.	ANSWER A B C D	No.	ANSWER A B C D
001	Ⓐ Ⓑ Ⓒ Ⓓ	011	Ⓐ Ⓑ Ⓒ Ⓓ	021	Ⓐ Ⓑ Ⓒ Ⓓ
002	Ⓐ Ⓑ Ⓒ Ⓓ	012	Ⓐ Ⓑ Ⓒ Ⓓ	022	Ⓐ Ⓑ Ⓒ Ⓓ
003	Ⓐ Ⓑ Ⓒ Ⓓ	013	Ⓐ Ⓑ Ⓒ Ⓓ	023	Ⓐ Ⓑ Ⓒ Ⓓ
004	Ⓐ Ⓑ Ⓒ Ⓓ	014	Ⓐ Ⓑ Ⓒ Ⓓ	024	Ⓐ Ⓑ Ⓒ Ⓓ
005	Ⓐ Ⓑ Ⓒ Ⓓ	015	Ⓐ Ⓑ Ⓒ Ⓓ	025	Ⓐ Ⓑ Ⓒ Ⓓ
006	Ⓐ Ⓑ Ⓒ Ⓓ	016	Ⓐ Ⓑ Ⓒ Ⓓ	026	Ⓐ Ⓑ Ⓒ Ⓓ
007	Ⓐ Ⓑ Ⓒ Ⓓ	017	Ⓐ Ⓑ Ⓒ Ⓓ	027	Ⓐ Ⓑ Ⓒ Ⓓ
008	Ⓐ Ⓑ Ⓒ Ⓓ	018	Ⓐ Ⓑ Ⓒ Ⓓ	028	Ⓐ Ⓑ Ⓒ Ⓓ
009	Ⓐ Ⓑ Ⓒ Ⓓ	019	Ⓐ Ⓑ Ⓒ Ⓓ	029	Ⓐ Ⓑ Ⓒ Ⓓ
010	Ⓐ Ⓑ Ⓒ Ⓓ	020	Ⓐ Ⓑ Ⓒ Ⓓ	030	Ⓐ Ⓑ Ⓒ Ⓓ

文法模擬試題第 ☐ 組

（練習日： 月 日／所需時間： 分 秒）

No.	ANSWER A B C D	No.	ANSWER A B C D	No.	ANSWER A B C D
001	Ⓐ Ⓑ Ⓒ Ⓓ	011	Ⓐ Ⓑ Ⓒ Ⓓ	021	Ⓐ Ⓑ Ⓒ Ⓓ
002	Ⓐ Ⓑ Ⓒ Ⓓ	012	Ⓐ Ⓑ Ⓒ Ⓓ	022	Ⓐ Ⓑ Ⓒ Ⓓ
003	Ⓐ Ⓑ Ⓒ Ⓓ	013	Ⓐ Ⓑ Ⓒ Ⓓ	023	Ⓐ Ⓑ Ⓒ Ⓓ
004	Ⓐ Ⓑ Ⓒ Ⓓ	014	Ⓐ Ⓑ Ⓒ Ⓓ	024	Ⓐ Ⓑ Ⓒ Ⓓ
005	Ⓐ Ⓑ Ⓒ Ⓓ	015	Ⓐ Ⓑ Ⓒ Ⓓ	025	Ⓐ Ⓑ Ⓒ Ⓓ
006	Ⓐ Ⓑ Ⓒ Ⓓ	016	Ⓐ Ⓑ Ⓒ Ⓓ	026	Ⓐ Ⓑ Ⓒ Ⓓ
007	Ⓐ Ⓑ Ⓒ Ⓓ	017	Ⓐ Ⓑ Ⓒ Ⓓ	027	Ⓐ Ⓑ Ⓒ Ⓓ
008	Ⓐ Ⓑ Ⓒ Ⓓ	018	Ⓐ Ⓑ Ⓒ Ⓓ	028	Ⓐ Ⓑ Ⓒ Ⓓ
009	Ⓐ Ⓑ Ⓒ Ⓓ	019	Ⓐ Ⓑ Ⓒ Ⓓ	029	Ⓐ Ⓑ Ⓒ Ⓓ
010	Ⓐ Ⓑ Ⓒ Ⓓ	020	Ⓐ Ⓑ Ⓒ Ⓓ	030	Ⓐ Ⓑ Ⓒ Ⓓ

文法模擬試題第 □ 組

（練習日：　月　日／所需時間：　分　秒）

No.	ANSWER A B C D	No.	ANSWER A B C D	No.	ANSWER A B C D
001	Ⓐ Ⓑ Ⓒ Ⓓ	011	Ⓐ Ⓑ Ⓒ Ⓓ	021	Ⓐ Ⓑ Ⓒ Ⓓ
002	Ⓐ Ⓑ Ⓒ Ⓓ	012	Ⓐ Ⓑ Ⓒ Ⓓ	022	Ⓐ Ⓑ Ⓒ Ⓓ
003	Ⓐ Ⓑ Ⓒ Ⓓ	013	Ⓐ Ⓑ Ⓒ Ⓓ	023	Ⓐ Ⓑ Ⓒ Ⓓ
004	Ⓐ Ⓑ Ⓒ Ⓓ	014	Ⓐ Ⓑ Ⓒ Ⓓ	024	Ⓐ Ⓑ Ⓒ Ⓓ
005	Ⓐ Ⓑ Ⓒ Ⓓ	015	Ⓐ Ⓑ Ⓒ Ⓓ	025	Ⓐ Ⓑ Ⓒ Ⓓ
006	Ⓐ Ⓑ Ⓒ Ⓓ	016	Ⓐ Ⓑ Ⓒ Ⓓ	026	Ⓐ Ⓑ Ⓒ Ⓓ
007	Ⓐ Ⓑ Ⓒ Ⓓ	017	Ⓐ Ⓑ Ⓒ Ⓓ	027	Ⓐ Ⓑ Ⓒ Ⓓ
008	Ⓐ Ⓑ Ⓒ Ⓓ	018	Ⓐ Ⓑ Ⓒ Ⓓ	028	Ⓐ Ⓑ Ⓒ Ⓓ
009	Ⓐ Ⓑ Ⓒ Ⓓ	019	Ⓐ Ⓑ Ⓒ Ⓓ	029	Ⓐ Ⓑ Ⓒ Ⓓ
010	Ⓐ Ⓑ Ⓒ Ⓓ	020	Ⓐ Ⓑ Ⓒ Ⓓ	030	Ⓐ Ⓑ Ⓒ Ⓓ

文法模擬試題第 □ 組

（練習日：　月　日／所需時間：　分　秒）

No.	ANSWER A B C D	No.	ANSWER A B C D	No.	ANSWER A B C D
001	Ⓐ Ⓑ Ⓒ Ⓓ	011	Ⓐ Ⓑ Ⓒ Ⓓ	021	Ⓐ Ⓑ Ⓒ Ⓓ
002	Ⓐ Ⓑ Ⓒ Ⓓ	012	Ⓐ Ⓑ Ⓒ Ⓓ	022	Ⓐ Ⓑ Ⓒ Ⓓ
003	Ⓐ Ⓑ Ⓒ Ⓓ	013	Ⓐ Ⓑ Ⓒ Ⓓ	023	Ⓐ Ⓑ Ⓒ Ⓓ
004	Ⓐ Ⓑ Ⓒ Ⓓ	014	Ⓐ Ⓑ Ⓒ Ⓓ	024	Ⓐ Ⓑ Ⓒ Ⓓ
005	Ⓐ Ⓑ Ⓒ Ⓓ	015	Ⓐ Ⓑ Ⓒ Ⓓ	025	Ⓐ Ⓑ Ⓒ Ⓓ
006	Ⓐ Ⓑ Ⓒ Ⓓ	016	Ⓐ Ⓑ Ⓒ Ⓓ	026	Ⓐ Ⓑ Ⓒ Ⓓ
007	Ⓐ Ⓑ Ⓒ Ⓓ	017	Ⓐ Ⓑ Ⓒ Ⓓ	027	Ⓐ Ⓑ Ⓒ Ⓓ
008	Ⓐ Ⓑ Ⓒ Ⓓ	018	Ⓐ Ⓑ Ⓒ Ⓓ	028	Ⓐ Ⓑ Ⓒ Ⓓ
009	Ⓐ Ⓑ Ⓒ Ⓓ	019	Ⓐ Ⓑ Ⓒ Ⓓ	029	Ⓐ Ⓑ Ⓒ Ⓓ
010	Ⓐ Ⓑ Ⓒ Ⓓ	020	Ⓐ Ⓑ Ⓒ Ⓓ	030	Ⓐ Ⓑ Ⓒ Ⓓ

文法模擬試題第 ☐ 組

（練習日：　　月　　日／所需時間：　　分　　秒）

No.	ANSWER A B C D	No.	ANSWER A B C D	No.	ANSWER A B C D
001	Ⓐ Ⓑ Ⓒ Ⓓ	011	Ⓐ Ⓑ Ⓒ Ⓓ	021	Ⓐ Ⓑ Ⓒ Ⓓ
002	Ⓐ Ⓑ Ⓒ Ⓓ	012	Ⓐ Ⓑ Ⓒ Ⓓ	022	Ⓐ Ⓑ Ⓒ Ⓓ
003	Ⓐ Ⓑ Ⓒ Ⓓ	013	Ⓐ Ⓑ Ⓒ Ⓓ	023	Ⓐ Ⓑ Ⓒ Ⓓ
004	Ⓐ Ⓑ Ⓒ Ⓓ	014	Ⓐ Ⓑ Ⓒ Ⓓ	024	Ⓐ Ⓑ Ⓒ Ⓓ
005	Ⓐ Ⓑ Ⓒ Ⓓ	015	Ⓐ Ⓑ Ⓒ Ⓓ	025	Ⓐ Ⓑ Ⓒ Ⓓ
006	Ⓐ Ⓑ Ⓒ Ⓓ	016	Ⓐ Ⓑ Ⓒ Ⓓ	026	Ⓐ Ⓑ Ⓒ Ⓓ
007	Ⓐ Ⓑ Ⓒ Ⓓ	017	Ⓐ Ⓑ Ⓒ Ⓓ	027	Ⓐ Ⓑ Ⓒ Ⓓ
008	Ⓐ Ⓑ Ⓒ Ⓓ	018	Ⓐ Ⓑ Ⓒ Ⓓ	028	Ⓐ Ⓑ Ⓒ Ⓓ
009	Ⓐ Ⓑ Ⓒ Ⓓ	019	Ⓐ Ⓑ Ⓒ Ⓓ	029	Ⓐ Ⓑ Ⓒ Ⓓ
010	Ⓐ Ⓑ Ⓒ Ⓓ	020	Ⓐ Ⓑ Ⓒ Ⓓ	030	Ⓐ Ⓑ Ⓒ Ⓓ

文法模擬試題第 ☐ 組

（練習日：　　月　　日／所需時間：　　分　　秒）

No.	ANSWER A B C D	No.	ANSWER A B C D	No.	ANSWER A B C D
001	Ⓐ Ⓑ Ⓒ Ⓓ	011	Ⓐ Ⓑ Ⓒ Ⓓ	021	Ⓐ Ⓑ Ⓒ Ⓓ
002	Ⓐ Ⓑ Ⓒ Ⓓ	012	Ⓐ Ⓑ Ⓒ Ⓓ	022	Ⓐ Ⓑ Ⓒ Ⓓ
003	Ⓐ Ⓑ Ⓒ Ⓓ	013	Ⓐ Ⓑ Ⓒ Ⓓ	023	Ⓐ Ⓑ Ⓒ Ⓓ
004	Ⓐ Ⓑ Ⓒ Ⓓ	014	Ⓐ Ⓑ Ⓒ Ⓓ	024	Ⓐ Ⓑ Ⓒ Ⓓ
005	Ⓐ Ⓑ Ⓒ Ⓓ	015	Ⓐ Ⓑ Ⓒ Ⓓ	025	Ⓐ Ⓑ Ⓒ Ⓓ
006	Ⓐ Ⓑ Ⓒ Ⓓ	016	Ⓐ Ⓑ Ⓒ Ⓓ	026	Ⓐ Ⓑ Ⓒ Ⓓ
007	Ⓐ Ⓑ Ⓒ Ⓓ	017	Ⓐ Ⓑ Ⓒ Ⓓ	027	Ⓐ Ⓑ Ⓒ Ⓓ
008	Ⓐ Ⓑ Ⓒ Ⓓ	018	Ⓐ Ⓑ Ⓒ Ⓓ	028	Ⓐ Ⓑ Ⓒ Ⓓ
009	Ⓐ Ⓑ Ⓒ Ⓓ	019	Ⓐ Ⓑ Ⓒ Ⓓ	029	Ⓐ Ⓑ Ⓒ Ⓓ
010	Ⓐ Ⓑ Ⓒ Ⓓ	020	Ⓐ Ⓑ Ⓒ Ⓓ	030	Ⓐ Ⓑ Ⓒ Ⓓ

國家圖書館出版品預行編目資料

多益文法必考真題狂解 1000 題 / TEX加藤作；
　陳亦苓譯 . -- 初版 . -- 臺北市：波斯納，2018.11
　　面；　公分
　ISBN 978-986-96852-4-5（平裝）
　1. 多益測驗　2. 語法

805.1895　　　　　　　　　　　　107016997

多益文法必考真題狂解 **1000** 題

作　　者 / TEX 加藤
譯　　者 / 陳亦苓
執行編輯 / 游玉旻

出　　版 / 波斯納出版有限公司
地　　址 / 100 台北市館前路 26 號 6 樓
電　　話 / (02) 2314-2525
傳　　真 / (02) 2312-3535
客服專線 / (02) 2314-3535
客服信箱 / btservice@betamedia.com.tw
郵　　撥 / 19493777 波斯納出版有限公司

總 經 銷 / 時報文化出版企業股份有限公司
地　　址 / 桃園市龜山區萬壽路二段 351 號
電　　話 / (02) 2306-6842

出版日期 / 2024 年 7 月初版六刷
定　　價 / 580 元
I S B N / 978-986-96852-4-5

Ⓑ 貝塔網址：https://www.betamedia.com.tw

喚醒你的英文語感！

Get a Feel for English !